De stam van de holenbeer

De serie *De Aardkinderen* bestaat uit de volgende delen:

De stam van de holenbeer
De vallei van de paarden
De mammoetjagers
Het dal der beloften
Een vuurplaats in steen

JEAN M. AUEL

De stam van de holenbeer

Deel 1 van De Aardkinderen

A.W. Bruna Uitgevers B.V., Utrecht

Oorspronkelijke titel
The Clan of the Cave Bear

Vertaling
Annelies Hazenberg
Omslagontwerp
Myosotis Reclame Studio

ISBN 90 229 8712 4
NUR 302

Vijfenveertigste druk, mei 2003

Voor Karen, die het eerste concept van beide boeken heeft gelezen,
en voor Asher, met veel liefs.

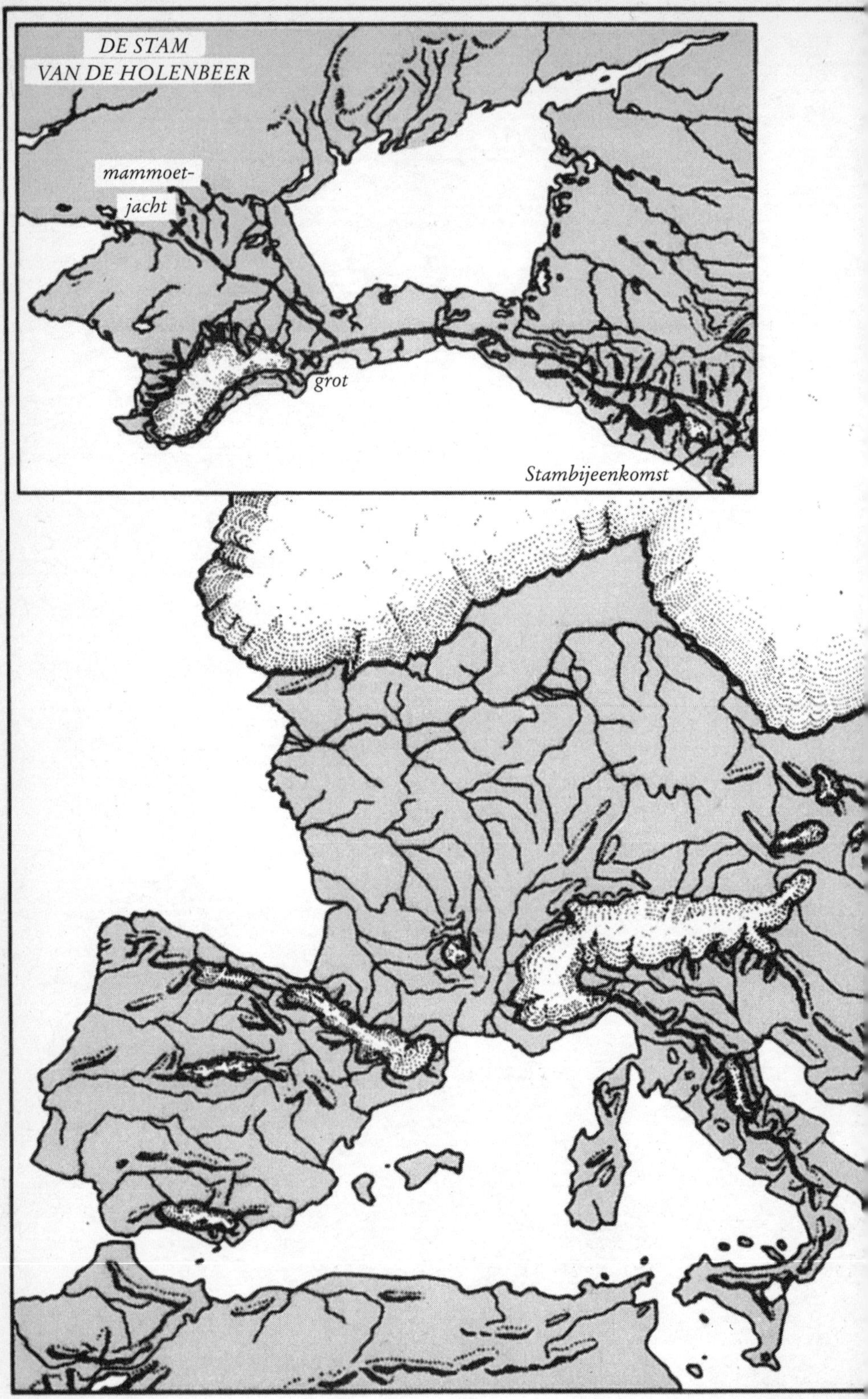
DE STAM
VAN DE HOLENBEER
mammoet-
jacht
grot
Stambijeenkomst

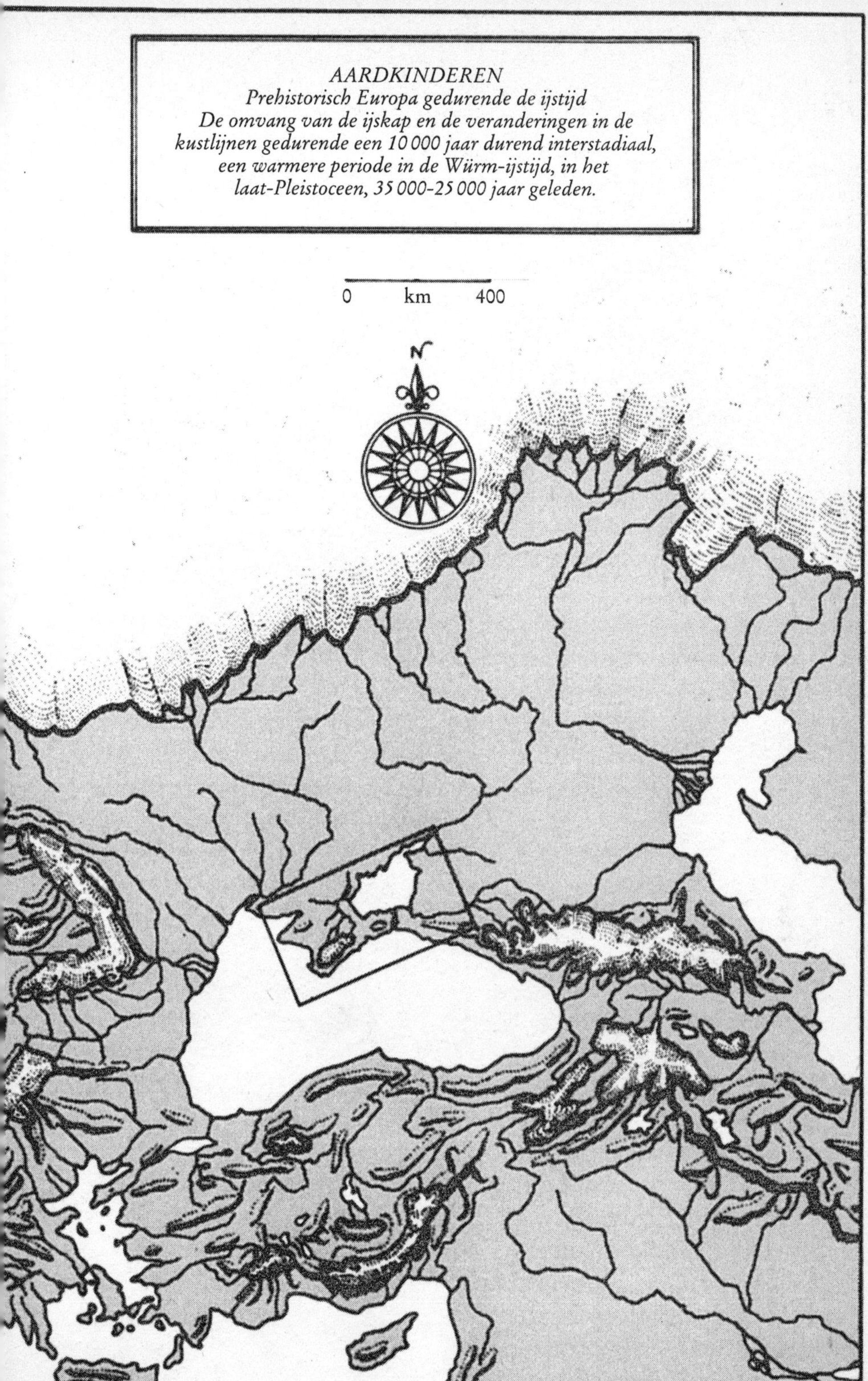

AARDKINDEREN
Prehistorisch Europa gedurende de ijstijd
De omvang van de ijskap en de veranderingen in de kustlijnen gedurende een 10 000 jaar durend interstadiaal, een warmere periode in de Würm-ijstijd, in het laat-Pleistoceen, 35 000-25 000 jaar geleden.

1

Het naakte kleine meisje rende onder het afdak van huiden uit naar de steenachtige zandstrook in de kromming van het smalle riviertje. Het kwam niet bij haar op nog eens achterom te kijken. Ze had geen enkele reden om eraan te twijfelen dat het beschutte plekje en degenen die daar binnen waren er bij haar terugkomst nog zouden zijn.
Ze wierp zich met veel gespetter in de rivier en voelde stenen en zand van de steil aflopende bedding onder haar voeten wegglijden. Ze dook in het koude water onder en kwam proestend weer boven; daarop begaf ze zich met zekere slagen op weg naar de hoge oever aan de overkant. Ze had al leren zwemmen voor ze lopen kon en was nu, op haar vijfde jaar, volkomen thuis in het water. Dikwijls kon een rivier alleen zwemmend overgestoken worden.
Het meisje plaste een tijdje in het water rond, zwom wat heen en weer en liet zich ten slotte met de stroom meedrijven. Op het punt waar de rivier zich verbreedde en over een bed van stenen kabbelde, stond ze op en waadde naar de kant; toen liep ze naar het strandje terug en begon daar mooie kiezels bijeen te zoeken. Ze had er juist een boven op een stapeltje bijzonder fraaie neergelegd toen de aarde begon te beven.
Het kind zag verrast het steentje uit zichzelf omlaagrollen en was nog verbaasder toen de kleine piramide van kiezels schokkend en schuddend uiteenviel. Toen pas bemerkte ze dat ook zijzelf stond te schudden, maar nog steeds was dit eerder bevreemdend dan beangstigend. Ze keek om zich heen, zoekend naar de reden waarom haar wereld op zo'n onverklaarbare wijze veranderd was. De aarde hóórde niet te bewegen.
Het riviertje, dat nog maar enkele ogenblikken tevoren zo kalmpjes had voortgestroomd, kolkte en bruiste; het water klotste in troebele golven over de oevers doordat de bedding dwars op de stroomrichting heen en weer bewoog en aldus modder van de bodem op deed dwarrelen. Stroomopwaarts stonden de struiken op de oevers te sidderen, als door een onzichtbare beweging bij hun wortels tot leven gebracht,

en stroomafwaarts maakten rolkeien kleine huppelsprongetjes in een ongewone opwinding. Daarachter zwaaiden de statige coniferen van het woud waar het riviertje in verdween op groteske wijze heen en weer. Een aan de oever staande, reusachtige den die met door de stromen smeltwater van de lente blootgelegde en verzwakte wortels zwaar naar de overzijde helde, kwam nu krakend omlaag en smakte tegen de grond, aldus een brug over het woelige water vormend, en schudde met de bevende aarde mee.
Het meisje schrok op van het lawaai van de neerstortende boom. Haar maag krampte samen bij de eerste lichte aanraking van angst. Ze probeerde op te staan, maar viel weer terug, uit balans gebracht door de misselijkmakende, heen en weer golvende beweging. Ze deed een tweede poging en slaagde er ditmaal in overeind te komen en op wankele benen te blijven staan, zonder verder een voet te durven verzetten.
Bij haar eerste beweging in de richting van het afdak van dierenvellen dat een eindje van de stroom af stond, werd ze een diep gerommel gewaar dat aanzwol tot een angstaanjagend, bulderend geraas. Een zure stank van vocht en rotting sloeg omhoog toen de bodem plotseling openscheurde, als de riekende ochtendadem van een geeuwende aarde. Niet-begrijpend keek ze toe hoe zand en stenen en kleine boompjes wegzakten in de opening, die steeds wijder werd naarmate de afgekoelde korst van de gesmolten planeet stuiptrekkend verder openbarstte.
Het afdak dat daar aan de overkant op het randje van de kloof balanceerde, zakte scheef weg toen de vaste grond eronder voor de helft verdween. De slanke nokpaal stond een ogenblik besluiteloos te wankelen, zakte toen opzij en gleed weg in het diepe gat, het dak van huiden en alles wat zich daaronder bevond met zich meevoerend. Bevend, de ogen wijdopen van ontzetting, zag het kleine meisje alles wat aan de vijf korte jaren van haar leven inhoud en geborgenheid had gegeven door de kwalijk riekende, gapende muil verzwolgen worden.
'Moeder! Moederrr!' schreeuwde ze, toen het besef verpletterend tot haar doordrong. In het oorverdovend kraken van het scheurend rotsgesteente wist ze niet of de kreet in haar oren van haarzelf afkomstig was. Ze trachtte naar de diepe scheur toe te krabbelen, maar de aarde kwam omhoog en wierp haar neer. Ze klauwde in de grond in een poging een houvast te krijgen op de golvende, schuivende bodem. Toen sloot de opening zich, het geraas verstomde en de bevende aarde kwam tot rust; doch niet het kind. Plat vooroverliggend op de vochti-

ge, rulle, door de krampende bodem losgewoelde aarde, schokte haar lijfje nog van angst. Ze had alle reden om bang te zijn.
Het kind was alleen in een wildernis van grasrijke steppen en verspreide wouden. In het noorden werd het vasteland omspannen door gletsjers die hun kille adem voor zich uit bliezen. Onnoemelijke aantallen grasetende dieren en vleeseters die hen bejaagden zwierven over de uitgestrekte grasvlakten rond, maar mensen waren er nauwelijks. Ze kon nergens heen en niemand zou haar komen zoeken. Ze was alleen.
Weer sidderde de grond, als in een nawee, en het meisje hoorde een gerommel uit de diepte opstijgen alsof de aarde het in één enkele hap opgeslokte maal aan het verteren was. Ze sprong in paniek overeind, doodsbang dat de grond opnieuw zou opensplijten. Ze keek naar de plek waar het hutje had gestaan. Omgewoelde aarde en ontwortelde struiken waren alles wat er nog was te zien. Het kind barstte in tranen uit en rende terug naar de stroom, waar ze bij het modderige water tot een snikkend hoopje ineenzeeg.
Maar de vochtige oevers van de rivier boden geen bescherming tegen de onrust van de planeet. Een tweede nawee, deze keer heviger, trok schokkend door de bodem. Het meisje hapte naar adem van schrik toen een golf koud water over haar naakte lichaam klotste. Haar paniek keerde terug en weer sprong ze overeind. Ze moest weg van deze vreselijke plek waar de aarde bewoog en alles verslond, maar waar kon ze heen?
Op de steenachtige walkant vonden zaden geen plaats om wortel te schieten en er groeiden dan ook geen planten, maar stroomopwaarts stonden de oevers vol struiken die juist begonnen uit te lopen. Een diepgeworteld instinct zei het kind in de buurt van het water te blijven, maar de warrig door elkaar groeiende doornstruiken leken ondoordringbaar. Met betraande ogen die slechts wazig zagen, keek ze de andere kant op, naar het woud van hoge coniferen.
Ragfijne zonnestralen gleden tussen de elkaar kruisende takken van dicht opeenstaande naaldbomen heen, die zich tot vlak bij de stroom verdrongen. In het schaduwrijke woud groeide bijna geen kreupelhout, maar vele bomen stonden niet langer rechtop. Enkele waren omgevallen en lagen op de grond, maar meer leunden in een vreemde hoek tegen nog stevig verankerde buren aan. Achter de slordige bomenmassa was het noordelijk woud duister en in niets aantrekkelijker dan het struikgewas stroomopwaarts.
Ze wist niet welke richting ze uit moest en keek weifelend eerst de ene en dan de andere kant op. Een siddering onder haar voeten terwijl ze stroomafwaarts stond te kijken, bracht haar in beweging. Met een

laatste verlangende blik op het lege landschap, in de kinderlijke hoop dat het afdak er op de een of andere wijze toch nog zou blijken te staan, rende ze het bos in.

Voortgedreven door een af en toe opborrelend gerommel van de zich ter ruste leggende aarde volgde het kind de waterloop. In haar haast om van de onheilsplek weg te komen, hield ze alleen nu en dan stil om wat te drinken. Naaldbomen die het tegen het schokken van de aarde hadden afgelegd, lagen her en der op de grond en het meisje moest soms om een krater heen die de cirkelvormige, verwarde knoedel van ondiep doorgegroeide wortels – vochtig zand en steentjes nog aan de zichtbaar geworden onderzijde vastgekleefd – had achtergelaten.
Tegen de avond begon ze minder tekenen van verstoring te zien, minder ontwortelde bomen en weggerolde keien, en helderder water. Ze bleef staan toen ze niet meer kon zien waar ze liep en zonk uitgeput onder de bomen neer. Het lopen had haar warm gehouden, maar nu huiverde ze in de kille avondlucht en kroop diep weg in het dikke tapijt van dennennaalden. Ze rolde zich op tot een stevige kleine bal en wierp handenvol naalden bij wijze van dek over zich heen. Maar hoe vermoeid ze ook was, de slaap wilde niet gemakkelijk tot het angstige kleine meisje komen. Zolang ze zich nog een weg om de obstakels langs de stroom heen had moeten zoeken, had ze haar angst in een hoekje van haar geest weg kunnen stoppen. Nu werd ze erdoor overspoeld. Ze lag volkomen stil, met wijdopen ogen, en zag de duisternis zich om haar heen verdichten en tot een zwarte massa stollen. Ze was bang om zich te bewegen, bijna bang om te ademen.
Nog nooit had ze de nacht alleen doorgebracht, er was altijd een vrouw geweest om het onbekende duister op een afstand te houden. Ten slotte kon ze zich niet langer beheersen. Krampachtig snikkend kreet ze haar vrees uit. Haar kleine lichaam schokte van het hortend schreien, en met dit loslaten van de spanning gleed ze weg in de slaap. Een klein nachtdiertje besnuffelde haar in gemoedelijke nieuwsgierigheid, maar ze merkte het niet.

Gillend werd ze wakker!
De planeet was nog steeds onrustig en een ver rommelen diep in de aarde deed haar angst in een vreselijke nachtmerrie terugkeren. Ze schoot overeind, wilde wegrennen, maar zag met wijdopen ogen niets meer dan vanachter gesloten oogleden. Eerst wist ze niet meer waar ze was. Haar hart bonsde wild; waarom kon ze niet zien? Waar waren de liefdevolle armen die haar altijd hadden getroost wanneer ze 's nachts

wakker werd? Langzaam sijpelde het besef van haar ellendige situatie in haar bewustzijn terug, en rillend van angst en koude rolde ze zich weer op en werkte zich opnieuw in de met dennennaalden bedekte bosgrond. Het eerste zwakke ochtendgloren vond haar in slaap.

Het daglicht drong slechts traag in de diepten van het woud door. Toen het kind ontwaakte, was het al ver in de morgen, maar in de dichte schaduwen was dat moeilijk te zien. De vorige avond was ze bij het vervagen van het daglicht van de stroom weggedwaald, en een lichte paniek dreigde haar te bevangen toen ze om zich heen niets dan bomen zag.

Haar dorst maakte haar op het kabbelen van water attent. Ze ging op het geluid af en was opgelucht het riviertje terug te zien. Bij de stroom was ze niet minder hopeloos verloren dan in het bos, maar ze voelde zich beter nu ze ergens houvast aan had, en zolang ze er in de buurt bleef, kon ze er haar dorst lessen.

De dag tevoren was ze wel blij geweest met het voortkabbelende water, maar voor haar honger baatte het niet veel. Het was haar bekend dat je groene planten en wortels kon eten, maar ze wist niet welke. Het eerste blaadje dat ze voorzichtig proefde, was bitter en prikte in haar mond. Ze spuwde het uit en spoelde haar mond om de smaak kwijt te raken, maar de ervaring weerhield haar van een tweede poging. Ze dronk nog wat water om zich althans tijdelijk verzadigd te voelen, en ging weer in stroomafwaartse richting op weg. De diepten van het woud joegen haar nu angst aan en ze bleef dicht bij de stroom, waar de zon helder scheen. Toen de nacht viel, groef ze een kuil in de naalden op de bodem, en rolde zich er weer in op.

Haar tweede nacht alleen was al niet beter dan de eerste. Naast haar honger deed ijskoude vrees haar maag samentrekken. Nooit eerder was ze zo doodsbang geweest, nooit zo uitgehongerd, nooit zo alleen. Zo hevig schrijnde de pijn van haar verlies dat ze de herinnering aan de aardbeving en haar leventje ervoor uit haar bewustzijn begon te weren; en gedachten aan de toekomst brachten haar zo op het randje van paniek dat ze uit alle macht ook deze trachtte tegen te houden. Ze wilde niet denken aan wat er met haar zou kunnen gebeuren, of wie er nu voor haar moest zorgen.

Alleen in het nu leefde ze, zich concentrerend op het probleem hoe het volgende obstakel te overwinnen, het volgend zijriviertje over te steken, over de volgende boomstronk heen te klimmen. Het volgen van de stroom werd een doel op zich, niet omdat deze haar ergens heen zou brengen, maar omdat dat het enige was wat haar een richting, een doel, een plan verschafte. Het was beter dan helemaal niets doen.

Na enige tijd werd het lege gevoel in haar maag een doffe pijn, die haar denken vertroebelde. Nu en dan schreide ze onder het voortstrompelen; haar tranen trokken witte strepen over haar smoezelig gezichtje. Haar naakte lijfje zat onder het aangekoekte vuil en het haar, dat ooit bijna wit was geweest, en zo fijn en zacht als zijde, plakte nu tegen haar hoofd in een warrige massa vol dennennaalden, takjes en modder.
Het voortgaan werd moeilijker toen het naaldwoud in een minder dichte begroeiing overging en de met dennennaalden bedekte bosgrond het veld ruimde voor weerbarstige struiken, kruiden en grassoorten, de typische bodembedekkers onder kleinbladige loofbomen. Wanneer het regende, hurkte ze neer in de beschutting van een omgevallen boom, een grote rolkei of een overhangende oeverwand, of sopte domweg gelaten in de neergutsende regen door de modder voort. 's Avonds hoopte ze dorre, knisperende bladeren van de vorige zomer tot een bergje op en kroop erin weg om te slapen.
De voortdurende aanwezigheid van drinkwater voorkwam uitdroging van haar lichaam, wat, samen met het dalen van de lichaamstemperatuur, dodelijk zou zijn geweest, maar wel namen haar krachten af. Honger voelde ze niet meer; er was alleen een voortdurende zeurende pijn en af en toe een zweverig gevoel in haar hoofd. Ze probeerde er niet aan te denken, nergens anders aan te denken dan aan de stroom, alleen maar aan het volgen van de stroom.

Zonlicht priemde door haar nest van bladeren en maakte haar wakker. Ze kroop uit het knusse holletje, dat warm was van haar lichaam, en liep naar de rivier voor een eerste slokje water, terwijl de vochtige bladeren nog aan haar huid kleefden. Na de regen van de vorige dag was ze blij met de blauwe lucht en de zonneschijn. Kort nadat ze weer op weg was gegaan, begon de oever aan haar kant langzaam omhoog te lopen. Tegen de tijd dat ze besloot weer even wat te gaan drinken, scheidde een steile helling haar van de rivier. Ze probeerde voorzichtig af te dalen, maar gleed uit en tuimelde de hele helling af.
Als een geschramd en gekneusd hoopje mens bleef ze liggen in de modder aan de waterkant, te moe, te zwak, te ellendig om overeind te komen. Grote tranen welden op en liepen over haar gezichtje en klaaglijke jammerkreten verscheurden de stilte. Niemand hoorde ze. Na een tijdje gingen ze over in een zacht smekend schreien, of er toch maar iemand zou komen om haar te helpen. Niemand kwam. Haar schouders schokten van het wanhopig snikken. Ze wilde niet meer opstaan, ze wilde niet meer verder lopen, maar wat kon ze anders?

Daar in de modder blijven liggen huilen?
Toen ze was uitgehuild, bleef ze stilletjes liggen aan de waterkant, tot ze onder zich een wortel ongemakkelijk in haar zij voelde prikken en een moddersmaak in haar mond proefde; toen stond ze moeizaam op en liep naar de stroom om wat te drinken. En weer ging ze verder, koppig takken opzij duwend, over met mos bedekte boomstronken klimmend, soms met veel geplets door het water wadend.
De stroom, die nog hoog stond van eerdere voorjaarsoverstromingen, was inmiddels door het water van zijriviertjes meer dan tweemaal zo breed geworden. Het kind had al lang een luid geraas gehoord voordat ze de waterval, gevormd door de zijrivier, van een hoge rand omlaag zag dansen op het punt waar die brede stroom haar riviertje ontmoette, zodat het daar bijna nog eens zo breed werd. Na de waterval gleden de snelle golven van de verenigde waterstromen ruisend over een stenige bedding voort, de steppen in.
De waterval stortte zich donderend over de hoge rand omlaag in een breed scherm van wit water. Het kletste schuimend neer in het holle bekken dat in het gesteente eronder was uitgesleten, aldus een eeuwige mist van fijne waterdeeltjes creërend, en kolkte in het water waar de rivieren samenstroomden. In het verre verleden had de rivier de harde rotswand achter de waterval dieper weggeknaagd. De rand waar het water over omlaagviel, stak voor de achterwand uit, zodat er een doorgang ontstond.
Het meisje kroop naderbij en gluurde voorzichtig de vochtige tunnel in; daarop stapte ze achter het bewegend gordijn van water. Ze klampte zich aan het natte gesteente vast, omdat het onophoudelijk neervallen van de waterstroom haar duizelig maakte. Het geraas van het water was oorverdovend, doordat het door de stenen wand achter de woeste stroom weerkaatst werd. Ze keek angstig omhoog, zich ongemakkelijk bewust van het feit dat daar, boven het druipende gesteente boven haar hoofd, de rivier was, en kroop langzaam verder.
Ze was bijna aan de andere kant toen de doorgang doodliep; hij versmalde zich tot hij weer in de steile rotswand overging. Het in het klif uitgesleten gedeelte liep niet helemaal door; het meisje moest rechtsomkeert maken. Toen ze terug was op haar punt van vertrek, keek ze naar de neerbruisende stroom en schudde het hoofd. Er was geen andere weg.
Het water was koud toen ze de rivier in waadde, en de stroming sterk. Ze zwom naar het midden van de rivier en liet zich door het water om de waterval heen dragen; daarop zwom ze in een boog terug naar de oever van de nu sterk verbrede stroom. Het zwemmen vermoeide

haar, maar ze was schoner dan ze in lange tijd was geweest, afgezien van haar geklitte en verwarde haar. Ze ging weer op weg – verfrist, al was het niet voor lang.
De dag was ongewoon warm voor het late voorjaar en toen de bomen en struiken plaatsmaakten voor de open steppen, was de warme zonneschijn eerst wel prettig. Maar naarmate de vurige bol hoger steeg, begonnen zijn brandende stralen de geringe reserves van het kleine meisje aan te spreken. Tegen de middag wankelde ze voort langs een smalle zandstrook tussen de rivier en een steil klif. De weerkaatsing van de felle zon in het glinsterende water hinderde haar, terwijl ook het bijna witte zandsteen licht en hitte reflecteerde, aldus de intense gloed nog verhogend.
Aan de overzijde van de rivier en recht voor haar uit bloeiden tot aan de einder toe kruidplanten met kleine bloemetjes; wit, geel en purper, overal in het half opgeschoten gras, dat felgroen was van nieuw leven. Maar het kind had geen oog voor de kortstondige schoonheid van de steppen in de lente. Honger en zwakte bezorgden haar ijlkoortsen en ze begon te hallucineren.
'Ik heb toch gezegd dat ik voorzichtig zou zijn, moeder, ik heb maar een klein eindje gezwommen, maar waar was jij toch gebleven?' mompelde ze. 'Moeder, wanneer gaan we eten? Ik heb zo'n honger en het is zo warm. Waarom kwam je niet toen ik je riep? Ik heb geroepen en geroepen en je kwam maar niet. Waar ben je toch geweest? Moeder? Moeder! Ga nu niet weer weg! Blijf toch bij me! Moeder, wacht op me! Laat me nu niet weer alleen!'
Het visioen vervaagde en ze rende ernaartoe, steeds de voet van het klif volgend, maar het klif liep van het water weg en boog van de rivier af. Ze verliet haar bron van drinkwater. Blindelings voortrennend stootte ze haar teen tegen een kei en smakte neer. Het bracht haar met een schok tot de werkelijkheid terug – althans bijna. Zittend op de grond wreef ze haar teen en trachtte haar gedachten te verzamelen.
De ruwe wand van zandsteen zag er pokdalig uit door de vele donker gapende openingen en smalle scheuren en spleten erin. Het uitzetten en weer inkrimpen door de sterk uiteenlopende uitersten van verzengende hitte en vrieskoude hadden het zachte gesteente verkruimeld. Het kind keek even in een klein hol vlak boven de grond in de wand naast haar, maar de kleine grot zei haar niet veel. Veel indrukwekkender was de kudde oerossen die vredig in het welige jonge gras tussen klif en rivier liep te grazen. In haar blinde haast om de luchtspiegeling te volgen, had ze de enorme roodbruine wilde runderen met hun schofthoogte van een meter tachtig en hun geweldige gebogen horens

niet opgemerkt. Nu ze hen in de gaten kreeg, vaagde een plotselinge angst de laatste spinnenwebben uit haar brein weg. Ze deinsde achteruit, naar de rotswand toe, onderwijl haar blik strak gevestigd op een levensgrote stier die was opgehouden met grazen en naar haar stond te kijken. Toen draaide ze zich om en begon te rennen.

Ze keek even over haar schouder en de adem stokte haar in de keel toen ze een snelle flitsende beweging zag. Ze bleef met een ruk staan. Een reusachtige leeuwin was de kudde aan het besluipen geweest. Het meisje onderdrukte een kreet toen de monstrueuze grote kat een wilde koe besprong.

In een warreling van blikkerende slagtanden en woeste klauwen worstelde de reuzenleeuwin de geweldige oeros tegen de grond. Met een krakend geluid sneden de machtige kaken het ontzette loeien van het rund af toen de grote vleeseter het de strot doorbeet. Opspuitend bloed bevlekte de snuit van de vierpotige jaagster en bespikkelde haar geelbruine pels met karmozijn. De oeros sloeg nog krampachtig met haar poten toen de leeuwin haar al de buik openscheurde en er een lap warm, rood vlees uit rukte.

Pure doodsangst sloeg door het meisje heen. Ze vluchtte in wilde paniek, nauwlettend gadegeslagen door een andere grote kat. Het kind was in het gebied van de holenleeuwen terechtgekomen. Normaliter zouden de grote katachtigen een zo nietig creatuur als een vijfjarig mensje als prooi versmaad hebben en aan een stoere oeros, een buitenmaatse bizon, of een reuzenhert de voorkeur hebben gegeven om aan de behoeften van een troep hongerige holenleeuwen te voldoen. Maar het vluchtende kind kwam veel te dicht in de buurt van de grot die twee pasgeboren, miauwende welpen huisvestte.

Omdat hij met het toezicht op de jongen was belast terwijl de leeuwin jaagde, brulde de ruigmanige leeuw waarschuwend. Het meisje stond abrupt stil en hapte naar adem toen de gigantische kat op een rotsrichel ineendook, klaar om te springen. Ze gilde, gleed onderuit en schaafde haar been aan de losse steentjes bij de rotswand. Haastig scharrelde ze weer overeind om rechtsomkeert te kunnen maken. Door nog groter vrees voortgedreven rende ze de weg terug die ze gekomen was.

De leeuw sprong met lui gemak, in de zekerheid de kleine indringster te zullen vangen die het heilig terrein rond de kinderkamer had durven schenden. Hij had geen haast – vergeleken bij zijn soepele snelheid bewoog zij zich langzaam – en hij was wel in de stemming voor een spelletje van kat en muis.

In haar paniek leidde alleen instinct het meisje naar het kleine gat in de rotswand, vlak boven de grond. Met pijn in haar zij en snakkend naar adem werkte ze zich door een opening die maar nauwelijks groot genoeg voor haar was. Het was een kleine grot, niet veel meer dan een spleet in de rots. Ze draaide in de benauwde ruimte rond tot ze op haar knieën met haar rug tegen de massieve achterwand zat, haar best doend er geheel in te verdwijnen.

De leeuw brulde van ergernis toen hij bij het hol kwam en zijn spelletje gedwarsboomd zag. Het kind sidderde bij het geluid en keek als gehypnotiseerd en vol afschuw toe hoe de grote kat zijn klauw met de lange gebogen nagels uitgeslagen door het gat naar binnen wurmde. Niet in staat weg te komen zag ze de klauw op zich af komen en ze schreeuwde het uit van pijn toen de nagels in haar linkerdij zonken en er vier diepe, lange voren in trokken.

Het meisje schoof heen en weer om buiten het bereik van het dier te komen en vond in de donkere wand links van haar een ondiepe uitholling. Ze trok haar benen in, rolde zich zo klein mogelijk op en hield haar adem in. De klauw kwam langzaam weer naar binnen, daarbij het weinige licht dat door de spleet naar binnen viel bijna geheel blokkerend, maar vond deze keer niets. De holenleeuw brulde en brulde terwijl hij voor het gat op en neer bleef lopen.

Het kind bleef de gehele dag, die nacht en het grootste deel van de volgende dag in de nauwe ruimte zitten. Het been zwol op en de ontstoken wond veroorzaakte een constante pijn en de ruwwandige grot bood weinig mogelijkheden om anders te gaan zitten of zich uit te strekken. Meestentijds ijlde ze van honger en pijn en had ze afschuwelijke nachtmerries over aardbevingen, scherpe klauwen en eenzaamheid vol angst. Maar ten slotte werd ze toch uit haar schuilplaats gedreven – niet door haar verwonding, of haar honger, of zelfs haar pijnlijk verbrande huid, maar door haar dorst.

Bevend keek ze door de kleine opening naar buiten. De enkele groepjes door de wind klein gebleven wilgen en pijnbomen dicht bij de rivier wierpen lange avondschaduwen voor zich uit. Het kind staarde lang naar het met gras bedekte land en het glinsterende water daarachter voor ze voldoende moed bijeengeraapt had om zich naar buiten te wagen.

Ze likte met een uitgedroogde tong langs haar gebarsten lippen en bekeek speurend de omgeving. Alleen het gras bewoog in de wind. De troep leeuwen was weg. De leeuwin, bezorgd om haar jongen en nerveus vanwege de vreemde lucht van het onbekende schepsel zo dicht bij hun hol, had besloten naar een nieuwe kinderkamer op zoek te gaan.

Het kind kroop het hol uit en stond op. Haar hoofd bonkte en vlekjes dansten duizeligmakend voor haar ogen. Hevige pijngolven sloegen bij iedere stap door haar heen en uit haar wonden begon een weerzinwekkend geelgroen vocht langs haar gezwollen been omlaag te sijpelen.

Ze wist niet zeker of ze het water zou kunnen bereiken, maar haar dorst was allesoverheersend. Ze viel op haar knieën en kroop de laatste meters, strekte zich toen plat op haar buik uit en slurpte gulzig grote teugen koud water naar binnen. Toen haar dorst eindelijk gelest was, probeerde ze weer op te staan, maar ze was aan het eind van haar krachten. Vlekjes zwommen voor haar ogen, haar hoofd tolde en alles werd zwart toen ze tegen de grond sloeg.

Een loom boven haar hoofd rondcirkelende roofvogel ontdekte het roerloze lichaampje en gleed omlaag voor een nader onderzoek.

2

Het groepje reizigers stak de rivier over vlak achter de waterval, op het punt waar hij zich verbreedde en schuimend langs de uit het ondiepe water oprijzende rotsblokken joeg. Jong en oud bijeengenomen waren het er twintig. De stam had uit zesentwintig leden bestaan voor de aardbeving de grot waarin ze woonden, verwoestte. Twee mannen liepen voorop; dan volgde een groepje vrouwen en kinderen, door twee oudere mannen geflankeerd. Jongere mannen liepen achteraan.
Ze volgden de slingerende loop van de brede stroom door de vlakke steppe, en merkten de rondcirkelende roofvogels op. Als ze rondcirkelden, betekende dat gewoonlijk dat datgene wat hun aandacht had getrokken nog leefde. De vooroplopende mannen gingen haastig kijken. Een gewond dier was een gemakkelijke prooi voor jagers, mits er althans geen vierpotige roofdieren op hetzelfde idee waren gekomen. Eén vrouw, halverwege haar eerste zwangerschap, liep voor de andere vrouwen uit. Ze zag de twee mannen even omlaagkijken en doorlopen. Zeker een vleeseter, dacht ze. De stam at zelden carnivoren.
De vrouw was net een meter vijfendertig lang, grof gebouwd, gedrongen en krombenig, maar ze liep rechtop op haar sterke gespierde benen en platte blote voeten. Haar armen, lang in verhouding tot haar lichaam, waren enigszins gebogen, net als haar benen. Ze had een grote snebneus, kaken die als een snuit naar voren staken en geen kin. Haar lage voorhoofd ging welvend over in een langgerekt, groot hoofd, dat op een korte, dikke nek rustte. Aan de achterzijde van haar hoofd bevond zich een benige verdikking, een achterhoofdsknobbel die de lengte van de schedel nog accentueerde. Zacht en donzig kort bruin haar dat enigszins krulde, bedekte haar benen en schouders en het bovenste deel van haar ruggengraat. Het ging over in een bos zwaar, lang en tamelijk grof hoofdhaar. De winterse bleekheid van haar huid begon al plaats te maken voor een zomerse bruine tint. Grote, ronde, intelligente donkerbruine ogen lagen diep onder de vooruitstekende wenkbrauwbogen verscholen, en ze waren een en al nieuwsgierigheid toen ze haar pas versnelde om te zien wat de mannen voorbijgelopen waren.

De vrouw was oud voor een eerste zwangerschap, al bijna twintig, en de stam had gedacht dat ze onvruchtbaar was, tot het in haar groeiende leven zich begon af te tekenen. Haar zwangerschap betekende echter niet dat ze nu minder hoefde te sjouwen. Op haar rug was een grote mand vastgesnoerd waaraan allerlei bundels waren vastgemaakt en vanaf hingen. Verscheidene vanboven dichtgetrokken zakjes bungelden aan een leren band, die zodanig om de soepele dierenhuid die ze droeg was aangetrokken dat er plooien en zakken ontstonden om van alles in te vervoeren. Eén buidel was bijzonder opvallend. Hij was kennelijk van een otter gemaakt, die geprepareerd was zonder dat de waterdichte pels, de poten, staart of kop beschadigd waren. In plaats van een snede in de buik van het dier te maken, had men het alleen de strot geopend om ingewanden, vlees en botten te verwijderen, zodat slechts een buidelachtige zak overbleef. De kop, die nog met een reep huid aan de rug vastzat, diende als klep, en een roodgeverfd koord van pezen was door langs de halsopening in de huid geslagen gaten geregen, dichtgetrokken en aan de riem rond haar middel gebonden.

Toen de vrouw het wezen zag dat de mannen hadden laten liggen, raakte ze eerst in verwarring door die op een dier lijkende verschijning zonder vacht. Maar toen ze er dichterbij kwam, hapte ze naar adem en deed een stap achteruit, in een onbewust gebaar naar het leren zakje grijpend dat aan een koord rond haar hals hing, om onbekende geesten af te weren. Door het leer heen betastte ze de kleine voorwerpen in haar amulet om bescherming af te smeken, en leunde voorover om beter te kunnen zien; ze aarzelde om nog een stap dichterbij te komen, maar kon niet helemaal geloven dat ze zag wat ze dacht te zien.

Haar ogen hadden haar niet bedrogen. Het was geen dier dat de vraatzuchtige vogels had aangetrokken. Het was een kind, een broodmager, vreemd uitziend kind!

De vrouw keek om zich heen, zich afvragend wat er nog meer voor griezelige raadselachtigheden in de buurt konden zijn, en wilde het bewusteloze kind al voorbijlopen toen ze een zacht kreunen hoorde. Ze bleef staan en knielde, haar vrees vergetend, bij het kind neer, dat ze zachtjes heen en weer schudde. De medicijnvrouw – want dat was ze – greep dadelijk naar het koord van de zak van otterhuid om deze open te trekken toen het kind omrolde en ze de zwerende diepe krabben en het gezwollen been zag.

De man die vooropliep, keek achterom en zag de vrouw bij het kind knielen. Hij liep naar haar terug.

'Iza! Kom nu!' beval hij. 'Sporen en mest van holenleeuwen voor ons uit.'
''t Is een kind, Brun. Gewond, maar niet dood,' antwoordde ze.
Brun keek naar het magere meisje met het hoge voorhoofd, de kleine neus en het vreemd platte gezicht. 'Geen Stam,' gebaarde de leider bruusk en draaide zich om om verder te gaan.
'Brun, het is maar een kind. Ze is gewond. Ze zal sterven als we haar hier laten.' Iza's ogen smeekten terwijl ze de handgebaren maakte.
De aanvoerder van de kleine stam staarde op de pleitende vrouw neer. Hij was veel groter dan zij, meer dan een meter vijftig, sterk gespierd en indrukwekkend van bouw, met een vierkante borstkas en zware kromme benen. Zijn gelaatstrekken leken op de hare, maar sterker geprononceerd – zwaardere wenkbrauwbogen, grotere neus. Zijn benen, buik, borstkas en het bovenste deel van zijn rug waren bedekt met grof bruin haar, nog net geen pels, maar het scheelde niet veel. Een wilde baard verborg zijn kinloze, vooruitstekende kaken. Ook hij had een dierenhuid omgeslagen, maar zijn omslag was niet zo wijd, korter, en anders dichtgebonden, met minder plooien en zakken om dingen in te doen.
Hij droeg geen last, alleen zijn bovenmantel, een bontvacht die in een om zijn wijkend voorhoofd geslagen leren band op zijn rug hing, en zijn wapens. Op zijn rechterdij bevond zich een litteken, zwart als een tatoeage, ongeveer in de vorm van een *U* met buitenwaarts gebogen uiteinden – het teken van zijn totem, de bizon. Hij had geen uiterlijke kentekenen of versierselen nodig om zijn leiderschap kenbaar te maken. Zijn optreden en de respectvolle houding van de anderen maakten zijn positie duidelijk.
Hij verplaatste zijn knots, het lange voorbeen van een paard, van zijn schouder naar de grond, het handvat tegen zijn dij geleund, en Iza wist dat hij serieus over haar verzoek nadacht. Ze wachtte zwijgend, haar opwinding verbergend, hem tijd gevend om na te denken. Hij zette zijn zware houten speer neer en liet de schacht tegen zijn schouder rusten met de scherp geslepen en in het vuur geharde punt naar boven, en verschikte de bola die hij samen met zijn amulet om zijn hals droeg, zodat de drie stenen bollen meer in evenwicht hingen. Daarop trok hij een reep soepele hertenhuid, een slinger die aan de uiteinden taps toeliep en in het midden een uitstulping had voor de steen, uit zijn gordel en liet het zachte leer nadenkend door zijn hand glijden.
Brun hield niet van overhaaste beslissingen ten aanzien van ongebruikelijke zaken die consequenties voor zijn stam konden hebben, vooral

niet nu ze geen thuis hadden, en hij weerstond de impuls om dadelijk nee te zeggen. Ik had kunnen weten dat Iza haar zou willen helpen, dacht hij; ze heeft haar genezende magie zelfs al enkele keren op dieren toegepast, vooral op jonge. Ze zal van streek zijn als ik haar dit kind niet laat helpen. Stam of Anderen, het maakt geen verschil voor haar; ze ziet alleen maar een kind dat gewond is. Nou ja, misschien is ze daarom wel zo'n goede medicijnvrouw.

Maar medicijnvrouw of niet, ze blijft maar een vrouw. Wat doet het ertoe of ze van streek is? Iza weet wel beter dan het te laten merken, en we hebben al genoeg problemen zonder een gewonde vreemdelinge erbij. Maar haar totem zal het merken, alle geesten zullen het merken. Zouden ze nog kwader worden als zij van streek is? Als we een grot vinden – nee, wannéér we een nieuwe grot vinden, zal Iza haar drank voor de inwijdingsceremonie moeten maken. Stel dat ze zo uit haar doen is dat ze een vergissing maakt? Kwade geesten zouden de zaak in het honderd kunnen sturen, en ze zijn al kwaad genoeg. Er mag niets fout gaan bij de ceremonie voor de nieuwe grot.

Laat haar het kind maar meenemen, dacht hij. Ze krijgt waarschijnlijk algauw genoeg van het sjouwen met die extra last, en het meisje is al zover heen, misschien is zelfs de toverkunst van mijn bloedverwante niet sterk genoeg om haar te redden. Brun stopte zijn slinger terug in zijn gordel, nam zijn wapens op en haalde onverschillig zijn schouders op. Ze moest het zelf maar weten; Iza kon het meisje meenemen of niet, net wat ze wilde.

Hij draaide zich om en beende weg.

Iza pakte uit haar mand een wijde leren cape. Ze wikkelde het meisje erin, tilde haar op en bond het bewusteloze kind met behulp van het soepele leer op haar heup, verrast over het voor haar lengte geringe gewicht. Het kind kreunde even toen het werd opgetild en Iza gaf haar een geruststellend klopje; toen liep ze weer achter de beide mannen voort.

De andere vrouwen waren tijdens het gesprek tussen Iza en Brun op enige afstand blijven staan. Toen ze de medicijnvrouw iets van de grond zagen oprapen en meenemen, fladderden hun handen in snelle bewegingen door de lucht, door enkele kelige klanken ondersteund, in een opgewonden, nieuwsgierige discussie. Afgezien van de buidel van otterhuid waren zij hetzelfde gekleed als Iza, en even zwaar beladen. Gezamenlijk droegen ze al de wereldse bezittingen van de stam, voorzover ze die uit de puinhopen na de aardbeving hadden kunnen redden.

Twee van de zeven vrouwen droegen een baby in een plooi van hun omslag, vlak tegen de huid, wat praktisch was bij het voeden. Terwijl ze daar stonden te wachten, voelde een van hen een straaltje warm vocht, rukte haar naakte kind uit de plooi tevoorschijn en hield het voor zich uit tot het uitgeplast was. Wanneer ze niet op doortocht waren, werden baby's dikwijls in zachte dierenvellen ingebakerd. Om hun urine en zachte melkachtige stoelgang op te vangen, werden er om hen heen diverse materialen mee ingepakt: wol van wilde schapen die van doornige struiken werd geplukt wanneer de moeflons verhaarden, het borstdons van vogels, of pluis van vezelplanten. Maar onderweg was het gemakkelijker en eenvoudiger baby's naakt mee te dragen en hen zonder een stap achter te blijven hun behoefte op de grond te laten doen.

Toen ze weer verdergingen, nam een derde vrouw een klein jongetje op en plaatste hem in een leren draagband op haar heup. Na enkele ogenblikken begon hij te spartelen om weer neergezet te worden en zelf te lopen. Ze liet hem gaan, in de wetenschap dat hij wel terug zou komen als hij moe werd. Een groter meisje, nog geen vrouw maar wel al de last van een vrouw dragend, volgde de vrouw die achter Iza liep, en keek af en toe even om naar een jongen, al bijna een man, die achter in de groep vrouwen en kinderen voortslenterde. Hij probeerde zoveel achter te blijven dat het zou lijken alsof hij bij een van de drie jagers hoorde die de stoet sloten, en niet bij de kinderen. Hij wenste dat ook hij een buit te dragen had en benijdde zelfs de oude man, een van de twee die aan weerszijden van de vrouwen gingen, die een grote haas over zijn schouders droeg, geveld door een steen uit zijn slinger.

De jagers waren niet de enige voedselleveranciers van de stam. Dikwijls leverden de vrouwen het leeuwendeel, en zij hadden meer en zekerder bronnen. Ondanks hun zware lasten foerageerden ze onder het lopen, en wel zo efficiënt dat het hun voortgang nauwelijks vertraagde. Een pol daglelies was snel van knoppen en bloemen ontdaan en sappige nieuwe wortels werden met enkele porren van de graafstokken blootgelegd. Lisdoddenwortels, vanonder het oppervlak van drassige poelen losgetrokken, waren nog gemakkelijker te verzamelen.

Als ze niet op doorreis waren geweest, zouden de vrouwen zich de plek waar de hoge dunne planten stonden zorgvuldig hebben ingeprent, teneinde later in het seizoen terug te kunnen keren om de malse pluimen te plukken, die als groente dienden. Nog later zou geel stuifmeel, gemengd met uit de vezels van oude wortels geklopt zetmeel, kleffe ongedesemde koekjes opleveren. Wanneer de pluimen droogden zou pluis worden verzameld; en een aantal draagmanden was van de taaie bladeren en stengels gemaakt. Nu verzamelden de

vrouwen alleen wat ze vonden, maar weinig werd over het hoofd gezien.
Nieuwe scheuten en malse jonge blaadjes van klaver, luzerne, paardebloem, distels, voor het afsnijden van hun stekels ontdaan, enkele vroege bessen en vruchtjes. De puntige graafstokken waren voortdurend in de weer; in de rappe handen der vrouwen was niets veilig voor hen. Ze werden als hefboom gebruikt om boomstronken om te keren, op zoek naar salamanders en smakelijke vette maden; zoetwaterweekdieren werden uit stroompjes gevist of naar de kant gewerkt, en allerlei bollen, knollen en wortels werden uit de grond gehaald.
Alles vond zijn weg naar de handige plooien in de omslaghuiden der vrouwen of een leeg hoekje in hun manden. Grote groene bladeren dienden als verpakkingsmateriaal en sommige ervan, zoals klisbladeren, werden als groente bereid. Ook droog hout, twijgjes en gras, en mest van grasetende dieren werden verzameld. Hoewel er later in de zomer meer verscheidenheid zou zijn, was er voedsel in overvloed – als je maar wist waar je moest zoeken.

Iza keek op toen een oude man, al over de dertig, na de hervatting van hun tocht naar haar toe kwam hobbelen. Hij droeg geen last en geen wapens, alleen een lange staf om bij het lopen op te steunen. Zijn rechterbeen was mank en korter dan het linker; toch bewoog hij zich met verrassende behendigheid.
Zijn rechterschouder en -bovenarm waren verschrompeld en de arm was onder de elleboog afgezet. De krachtig ontwikkelde linkerschouder en -arm en het gespierde linkerbeen gaven zijn verschijning iets scheefs. Zijn enorme schedel was nog groter dan die van de andere stamleden en zijn daardoor problematische geboorte was er de oorzaak van dat hij voor het leven was verminkt.
Hij was een bloedverwant van Iza en Brun, de eerstgeborene, en zou zonder zijn gebrek de leider zijn geweest. Hij droeg zijn leren omslag net als de andere mannen en had zijn warme bovenmantel, de bontvacht die tevens als slaapvacht diende, ook op zijn rug. Maar aan de leren band rond zijn middel hingen verscheidene buidels en een leren draagmantel zoals die der vrouwen hield een groot bultig voorwerp op zijn rug bevestigd.
De linkerkant van zijn gezicht was door vele littekens afschuwelijk verminkt en zijn linkeroog ontbrak, maar uit zijn rechteroog straalde intelligentie, en nog iets meer dan dat. Ondanks zijn hobbelende gang bewoog hij zich met een gratie die voortkwam uit een grote wijsheid en een kalm bewustzijn van zijn positie binnen de stam. Hij was

Mog-ur, de machtigste der tovenaars, de ontzagwekkendste en meest geëerbiedigde heilige man van alle stammen. Hij was ervan overtuigd dat hij zo'n gehavend lichaam had gekregen om zijn plaats als contactpersoon tussen de wereld der geesten en die der mensen in te kunnen nemen, in plaats van als hoofd van zijn stam. In menig opzicht bezat hij meer macht dan welke leider ook, en hij wist het. Alleen nauwe verwanten kenden de naam die hem bij zijn geboorte gegeven was en spraken hem ermee aan.

'Creb,' zei Iza bij wijze van groet, in reactie op zijn verschijning een teken makend dat aangaf dat ze het prettig vond hem te zien.

'Iza?' vroeg hij, met een gebaar naar het kind dat ze droeg. De vrouw sloeg de mantel terug en Creb bekeek het roodgloeiend gezichtje aandachtig. Zijn blik gleed omlaag naar het gezwollen been en de etterende wond en richtte zich dan weer op het gezicht van de medicijnvrouw, in haar ogen haar gedachten lezend. Het meisje kreunde en Crebs gelaatstrekken verzachtten zich. Hij knikte goedkeurend.

'Mooi,' zei hij. Het woord klonk ruw en kelig. Toen maakte hij een gebaar dat wilde zeggen: 'Er zijn er al genoeg gestorven.'

Creb bleef naast Iza lopen. Hij hoefde zich niet aan de ongeschreven regels te houden volgens welke ieders positie en status werden bepaald; hij kon oplopen met wie hij wilde, met inbegrip van de leider. Mog-ur stond boven en buiten de strikte hiërarchie van de stam.

Brun leidde hen een flink eind voorbij het spoor van de holenleeuwen voordat hij bleef staan om het landschap te bestuderen. Aan de overzijde van de rivier strekte zich zo ver hij zien kon de steppe uit, in lage golvende heuvels die in de verte tot een vlakke groene zee werden. Niets belemmerde hem het uitzicht. De enkele onvolgroeide bomen, door de onafgebroken waaiende wind tot karikaturen van bevroren beweging misvormd, verleenden het open terrein alleen maar perspectief en benadrukten de leegte ervan.

Dicht bij de horizon verried een stofwolk de aanwezigheid van een grote kudde hoefdieren, en Brun wenste van ganser harte dat hij zijn jagers het sein kon geven erachteraan te gaan. Achter hem waren alleen de toppen van hoge coniferen te zien als achtergrond voor de kleinere loofbomen van het bos, die nu door de uitgestrektheid van de steppen al dwergen leken.

Aan zijn zijde van de rivier hield de steppe abrupt op, afgegrendeld door het klif dat nu op enige afstand van het water lag en zich er steeds verder van verwijderde. De steile rotswand ging verderop over in de uitlopers van zich reeds dichtbij verheffende, majestueuze, met gletsjers gekroonde bergen; hun beijsde pieken lichtten in de stralen van de ondergaande zon op in felroze, helrode, violette en purperen tinten, als gigantische schitterende juwelen in de kroon van de koninklijk oprijzende toppen. Zelfs de nuchtere leider was onder de indruk van het schouwspel.

Hij wendde zich af van de rivier en leidde zijn stam naar het klif, waar zich misschien grotten in zouden kunnen bevinden. Ze moesten een onderkomen hebben; maar wat bijna nog belangrijker was: de hen beschermende totemgeesten moesten een thuis hebben, als ze de stam tenminste niet al verlaten hadden. Ze waren vertoornd; de aardbeving was er het bewijs van – vertoornd genoeg om de dood van zes stamleden te veroorzaken en de woonstee van de stam te verwoesten. Als er geen vaste verblijfplaats voor de totemgeesten gevonden werd, zouden ze de stam aan de genade van boze geesten overleveren, die ziekten veroorzaakten en prooidieren verjoegen. Niemand wist waarom de geesten boos waren, zelfs Mog-ur niet, hoewel hij nachtelijke rituelen had uitgevoerd om hun toorn te doen bedaren en de kommernis van de stamleden te verlichten. Allen maakten zich zorgen, maar niemand meer dan Brun.

De stam was zijn verantwoordelijkheid, en hij voelde de druk. Geesten, die onzichtbare krachten met hun onpeilbare verlangens, stelden hem voor raadsels. Hij was meer thuis in de fysieke wereld van de jacht en het leiden van zijn stam. Geen van de grotten die hij tot dusver bekeken had, was geschikt – aan elk ontbrak iets essentieels – en hij begon de moed te verliezen. Kostbare warme dagen waarop ze voedsel voor de volgende winter hadden behoren te verzamelen, werden verspild met het zoeken naar een nieuw onderdak. Weldra zou hij misschien gedwongen zijn zijn stam in een minder dan redelijk geschikte grot onder te brengen en het zoeken het volgend jaar voort te zetten. Dat zou de stamleden lichamelijk en geestelijk uit hun evenwicht brengen en Brun hoopte vurig dat het niet nodig zou zijn.

Ze liepen langs de voet van het klif voort terwijl de schaduwen zich verdiepten. Toen ze bij een kleine waterval kwamen die de rotswand af kwam huppelen, de fijne nevel een glinsterende regenboog in de lange stralen van de zon, gaf Brun het sein tot halt houden. Vermoeid zetten de vrouwen hun lasten neer en verspreidden zich langs het bassin aan de voet van de waterval en het smalle beekje waar het water in wegliep om hout te zoeken.

Iza spreidde haar bontvacht uit, legde het kind erop neer en haastte zich toen de andere vrouwen te gaan helpen. Ze maakte zich zorgen om het meisje. Ze haalde slechts oppervlakkig adem en ze was niet bijgekomen; zelfs haar kreunen nam af. Iza had erover na lopen denken hoe ze het kind moest helpen, eventueel met gebruikmaking van de gedroogde kruiden die ze in haar otterhuid had, en onder het sprokkelen bekeek ze de planten die daar in de buurt groeiden. Voor haar had alles, of ze het nu kende of niet, waarde, als medicijn of als voedsel, maar ze kon maar weinig planten thuisbrengen.

Toen ze lange irisstengels op het punt van bloeien op de drassige oever van het vijvertje zag staan, was één probleem opgelost en ze groef de wortels op. De drievingerige hopbladeren die rond een der bomen rankten, brachten haar op een tweede idee, maar ze besloot de fijngestampte hop te gebruiken die ze bij zich had, daar de kegelvormige vruchten pas later rijp zouden zijn. Ze schilde wat gladde, grijzige bast van een elzenstruik die bij de poel groeide en rook eraan. Het geurde sterk en ze knikte bij zichzelf toen ze het in een plooi van haar omslag stopte. Voor ze zich terugrepte, plukte ze nog enkele handenvol jonge klaverblaadjes.

Toen het hout verzameld en de vuurplaats aangelegd was, haalde Grod, de man die met Brun samen vooropliep, een gloeiend kooltje tevoorschijn dat in mos verpakt in de holle punt van een oeroshoren gepropt was. Ze konden wel vuur maken, maar wanneer ze door onbekend gebied reisden was het gemakkelijker om van het vorige kampvuur een kooltje mee te nemen en dat brandend te houden voor het volgende dan iedere avond een nieuw vuur aan te moeten maken met mogelijk ontoereikende middelen.

Grod had het brandend stukje houtskool onderweg zorgvuldig gevoed. Het kooltje van de vorige avond was aangestoken met een gloeiende kool van het vuur van de avond dáár weer voor, en kon zo uiteindelijk herleid worden tot het vuur dat ze op de resten van de vuurplaats voor de oude grot hadden ontstoken. Bij de riten die voor de ingebruikneming van een nieuwe grot noodzakelijk waren, moesten ze het vuur kunnen aanmaken met een kooltje dat ze tot aan hun oude woning terug konden voeren.

Het brandend houden van het vuur kon alleen aan een man van hoge rang worden toevertrouwd. Als het kooltje doofde, zou dat een zeker teken zijn dat hun beschermgeesten hen verlaten hadden, en dan zou Grod van tweede man gedegradeerd worden tot de laagste rang die een man in de stam kon hebben, een vernedering die hij niet graag zou ondergaan. Zijn taak was zeer vererend, maar bracht een zware verantwoordelijkheid met zich mee.

Terwijl Grod voorzichtig het brokje brandende houtskool op een bed van licht ontvlambaar materiaal vlijde en het vuur al blazend op deed vlammen, zetten de vrouwen zich aan andere taken. Met gebruikmaking van generaties lang doorgegeven technieken vilden ze snel het gevangen wild. Enkele ogenblikken nadat het vuur hoog was opgelaaid, hing er al vlees boven te roosteren aan scherpe groene twijgen die aan weerszijden in gevorkte takken rustten. De felle hitte schroeide het vlees dicht, en toen het vuur zacht smeulende houtskool geworden was, was er maar weinig van het sap in de lekkende vlammen verloren gegaan.

Met dezelfde scherpe stenen messen die ze voor het villen en snijden van het vlees gebruikt hadden, schrapten de vrouwen wortels en knollen en sneden ze in plakken. Strakgevlochten waterdichte mandjes en houten kommen werden met water gevuld, waarna er hete stenen in werden gelegd. Waren deze afgekoeld, dan werden ze weer in het vuur gelegd en werden er andere in het water gedaan, tot het kookte en de groenten gaar waren. Dikke larven werden knapperig geroosterd en kleine hagedissen in hun geheel in het vuur gebakken tot hun taaie huid verkoolde en openbarstte en smakelijk doorbakken vlees te zien gaf.

Terwijl ze met de maaltijd hielp, maakte Iza voor zichzelf ook het een en ander klaar. In een kom die ze vele jaren geleden uit een blok hout gesneden had, bracht ze water aan de kook. Ze waste de iriswortels, kauwde ze tot pulp en spuwde dat in het kokende water. In een ander bakje – het komvormige gedeelte van de onderkaak van een groot hert – stampte ze klaverblaadjes fijn, mat een beetje gemalen hop af in haar hand, trok de elzenbast aan reepjes en goot er kokend water overheen. Toen maalde ze hard gedroogd vlees uit hun noodvoorraad verduurzaamd voedsel tussen twee stenen tot grove korrels en vermengde de geconcentreerde eiwitten in een derde schaaltje met vocht van de kokende groenten.

De vrouw die achter Iza had gelopen, wierp af en toe een blik in haar richting, in de hoop dat Iza erop zou reageren. Alle vrouwen, en ook de mannen, hoewel zij trachtten het niet te laten merken, barstten haast van nieuwsgierigheid. Ze hadden Iza het meisje op zien nemen en iedereen had wel een aanleiding gevonden om langs Iza's bontvacht te lopen toen ze het kamp hadden opgeslagen. Er werd druk gespeculeerd over het hoe en waarom van de aanwezigheid van het kind op die plaats, over de verblijfplaats van de mensen bij wie ze hoorde, en vooral over de reden waarom Brun Iza een kind had laten meenemen dat zo duidelijk een van de Anderen was.

Ebra wist beter dan wie ook onder welke druk Brun stond. Zij was degene die de spanning uit zijn nek en schouders trachtte weg te masseren en ook degene die het meest van zijn nerveuze geïrriteerdheid te lijden had, zo ongewoon in de man die haar partner was. Brun stond bekend om zijn stoïcijnse zelfbeheersing en ze wist dat hij zijn uitbarstingen betreurde, hoewel hij ze niet goed wilde maken door dat toe te geven. Maar zelfs Ebra vroeg zich verwonderd af waarom hij goedgevonden had dat het kind met hen meeging, temeer daar iedere afwijking van de normale gedragslijn de toorn der geesten nog zou kunnen verergeren.

Hoewel nieuwsgierig, stelde Ebra geen vragen aan Iza, en geen der andere vrouwen bezat genoeg status om dat zelfs maar te overwegen. Niemand zou ooit een medicijnvrouw die kennelijk met haar magie bezig was storen, en Iza was niet in de stemming voor kletspraatjes. Ze was volledig geconcentreerd op het kind dat haar hulp nodig had. Ook Creb was in het meisje geïnteresseerd, maar zijn aanwezigheid werd door Iza zeer op prijs gesteld.

Ze keek met zwijgende dankbaarheid toe hoe de tovenaar naar het bewusteloze kind toe schuifelde, haar een tijdje gadesloeg, zijn staf tegen een rotsblok zette en met één hand vloeiende bewegingen over haar heen maakte, in een verzoek aan hen welgezinde geesten om tot haar herstel bij te dragen. Ziekten en ongelukken waren mysterieuze manifestaties van de oorlog die geesten op het slagveld van het lichaam voerden. Iza's toverkunst was afkomstig van beschermgeesten die door haar handelden, maar zonder de heilige man was geen genezing volledig. Een medicijnvrouw was slechts een pion van de geesten; een tovenaar trad rechtstreeks met hen in contact.

Iza wist niet waarom ze zo bezorgd was voor een kind dat zo anders was dan de leden van haar stam, maar ze wilde zo graag dat het meisje in leven bleef. Toen Mog-ur klaar was, nam Iza het kind op en droeg het naar de vijver aan de voet van de waterval. Ze dompelde het meisje geheel onder, op haar hoofd na, en waste het vuil en de aangekoekte modder van het magere lichaampje. Het koele water deed de kleine enigszins herleven, maar ze ijlde en had koorts. Ze rolde heen en weer en spartelde wild, roepend en klanken mompelend die de vrouw nog nooit eerder had gehoord. Iza hield het meisje dicht tegen zich aan toen ze met haar terugliep, sussende geluidjes makend die als een zacht brommen klonken.

Voorzichtig, maar met geroutineerde grondigheid, waste Iza de wonden uit met een absorberend stukje konijnenvel dat ze in het hete kookwater van de iriswortels had gedoopt. Toen schepte ze de wortelpulp uit het water, legde deze rechtstreeks op de wonden, dekte het geheel af met de konijnenhuid en omwond het been met repen zachte hertenhuid om het papje op zijn plaats te houden. Ze haalde met

een gevorkte tak de fijngestampte klaverblaadjes, de in stukjes gescheurde elzenbast, en de stenen uit de kinnebak, en zette dat alles naast de kom heet kookvocht om af te koelen.
Creb maakte een belangstellend gebaar in de richting van de kommen. Het was geen directe vraag – zelfs Mog-ur kon een medicijnvrouw niet rechtstreeks over haar toverkunst ondervragen – het gaf alleen interesse aan. De belangstelling van haar bloedverwant hinderde Iza niet; meer dan de anderen wist hij haar kennis naar waarde te schatten. Sommige van de kruiden die zij toepaste, hanteerde hij ook, voor andere doeleinden. Afgezien van Stambijeenkomsten, waar ook andere medicijnvrouwen kwamen, leek een gesprek met Creb nog het meest op een gedachtewisseling met een vakgenoot.
'Dit vernietigt de boze geesten die ontsteking veroorzaken,' gebaarde Iza, op de antiseptische irisworteloplossing wijzend. 'Een nat verband van de wortel trekt het gif eruit en helpt de wond genezen.' Ze nam het benen bakje op en doopte er een vinger in om de temperatuur te controleren. 'Klaver maakt het hart sterk om kwade geesten te bevechten – stimuleert het.' Iza gebruikte wel enkele gesproken woorden bij het praten, maar voornamelijk als ze iets wilde benadrukken. De mensen van de Stam konden niet goed genoeg articuleren voor een volledig verbale taal; ze communiceerden meer via gebaren en bewegingen, maar hun gebarentaal was geheel toereikend en zeer genuanceerd.
'Klaver is voedsel. We hebben het gisteren nog gegeten,' zuchtte Creb.
'Ja,' knikte Iza, 'en straks eten we het weer. De toverij schuilt in de manier van klaarmaken. Je kookt een grote bos in een beetje water om de benodigde stoffen eruit te trekken, en gooit later de blaadjes weg.' Creb knikte begrijpend, en ze ging verder: 'Elzenbast zuivert het bloed en verjaagt de geesten die het vergiftigen.'
'Je gebruikte ook iets uit je medicijnbuidel.'
'Gestampte hop, de rijpe kegels met de fijne haartjes, om haar te kalmeren en rustig te laten slapen. Zolang de geesten strijden, heeft ze rust nodig.'
Creb knikte opnieuw; hij was op de hoogte van de slaapverwekkende eigenschappen van hop, dat op andere wijze toegepast een milde euforie tot stand bracht. Hoewel hij altijd in Iza's behandelingswijzen geïnteresseerd was, deelde hij haar nooit iets mee over de manier waarop *híj* kruidentoverij toepaste. Dergelijke geheime informatie was alleen voor Mog-urs en hun leerlingen, niet voor vrouwen, zelfs niet voor medicijnvrouwen. Iza wist meer over de eigenschappen van planten dan hij, en hij was bang dat ze te veel zou kunnen afleiden.

Het zou heel kwalijk zijn als ze te veel van zijn toverkunst zou weten.
'En het andere schaaltje?' vroeg hij.
'Dat is gewoon vleessoep. Het arme ding is half uitgehongerd. Wat denk je dat haar overkomen is? Waar zou ze vandaan komen? En waar zou haar familie zijn? Ze moet dagen alleen rondgezworven hebben.'
'Alleen de geesten weten het,' antwoordde Mog-ur. 'Weet je zeker dat genezende magie ook bij haar zal werken? Ze is geen Stam.'
'Ik denk het wel; de Anderen zijn ook mensen. Herinner je je niet dat moeder ons vertelde van de man met de gebroken arm, die háár moeder ooit geholpen had? Onze toverkunst werkte bij hem ook, hoewel moeder wel zei dat hij langer onder invloed van de slaapmedicijn bleef dan ze had verwacht.'
'Het is jammer dat je haar nooit gekend hebt, de moeder van onze moeder. Ze was zo'n goede medicijnvrouw. Zelfs mensen van andere stammen kwamen haar raadplegen. Heel spijtig dat ze de wereld der geesten zo kort na jouw geboorte binnenging, Iza. Ze heeft mij zelf nog van die man verteld, en Mog-ur-vóór-mij ook. Hij bleef na zijn herstel nog een tijdje bij de stam en ging met de jagers mee op jacht. Het moet een goed jager geweest zijn; hij mocht de jachtceremonie bijwonen. Het is waar, het zijn ook mensen, maar ze zijn ook anders.'
Mog-ur zweeg. Iza was zo snel van begrip; hij kon zich niet veroorloven te veel te zeggen, want dan zou ze gevolgtrekkingen over de geheime rituelen van de mannen kunnen gaan maken.
Iza controleerde haar kommetjes opnieuw; daarop nam ze het hoofd van het kind in haar schoot en begon haar met kleine slokjes de inhoud van het benen schaaltje te voeren. Vocht ging er gemakkelijker in. Het meisje mompelde onsamenhangend en probeerde de kom bittersmakende medicijn te ontwijken, maar zelfs in haar ijlkoortsen snakte haar uitgehongerde lichaam naar voedsel. Iza hield haar in haar armen tot ze in een rustige slaap viel en controleerde toen haar hartslag en ademhaling. Ze had gedaan wat ze kon. Als het meisje niet te ver heen was, maakte ze een kans. Het hing nu verder af van de geesten en van de innerlijke kracht van het kind.
Iza zag Brun met ongenoegen in zijn blik op zich af komen. Ze stond haastig op en schoot toe om bij het opdienen van de maaltijd te helpen. Brun had na zijn eerste overpeinzingen het vreemde kind uit zijn gedachten gezet, maar nu ging hij twijfelen over de juistheid van zijn beslissing. Hoewel het niet de gewoonte was anderen bij hun gesprekken gade te slaan, had hij zijns ondanks toch gemerkt wat zijn stamleden zeiden. Hun verwondering dat hij had toegestaan dat het meisje met hen meekwam, maakte dat hij zich er zelf nu ook over begon te

verwonderen. Hij begon te vrezen dat de woede der geesten door de vreemdelinge in hun midden nog meer geprikkeld zou worden. Hij veranderde van koers om de medicijnvrouw te onderscheppen, maar Creb zag hem en sneed hem de pas af.

'Wat is er aan de hand, Brun? Je ziet er zo zorgelijk uit.'

'Iza moet dat kind hier achterlaten, Mog-ur. Ze behoort niet tot de Stam; de geesten zullen het niet prettig vinden als we haar bij ons hebben terwijl we een nieuwe grot zoeken. Ik had Iza haar nooit mee moeten laten nemen.'

'Nee, Brun,' weersprak Mog-ur hem. 'Beschermgeesten ergeren zich niet aan barmhartigheid. Je kent Iza; ze kan niets zien lijden zonder te proberen het te helpen. Denk je niet dat de geesten haar ook wel kennen? Als ze Iza het kind niet hadden willen laten helpen, zouden ze het niet op haar weg geplaatst hebben. Er moet een reden voor zijn. Het meisje zal misschien toch sterven, Brun, maar áls Ursus haar naar de wereld der geesten wil roepen, laat het dan zíjn beslissing zijn en niet de jouwe. Kom nu niet tussenbeide. Ze zal zeker sterven als ze achtergelaten wordt.'

Het beviel Brun niet erg – er was iets aan het meisje dat hem hinderde –, maar uit respect voor Mog-urs grotere vertrouwdheid met de wereld der geesten gaf hij toe.

Creb zat na het maal in nadenkend zwijgen, wachtend tot iedereen de maaltijd beëindigd had zodat hij met de avondceremonie kon beginnen terwijl Iza zijn slaapstede gereedmaakte en voorbereidingen voor de ochtend trof. Mog-ur had de samenslaap taboe verklaard tot ze een nieuwe woongrot gevonden hadden, zodat de mannen zich beter op de riten konden concentreren en allen zouden voelen dat ze zich een opoffering getroostten die hen dichter bij een nieuw thuis zou brengen.

Voor Iza maakte het geen verschil; haar partner was bij de instorting van hun grot een van de doden geweest. Ze had hem bij zijn begrafenis met gepaste droefheid beweend – het zou ongeluk gebracht hebben dat niet te doen –, maar ze was er niet rouwig om dat hij er niet meer was. Het was geen geheim dat hij wreed en veeleisend geweest was. Er had tussen hen nooit enige warmte bestaan. Ze wist niet wat Brun zou besluiten nu ze alleen was. Iemand zou voor haar en het kind dat ze droeg moeten zorgen; ze hoopte alleen dat ze dan nog voor Creb zou kunnen koken.

Deze had vanaf het begin hun vuur gedeeld. Iza voelde dat hij haar gezel al evenmin mocht als zij, hoewel hij zich nooit in de interne problemen van hun relatie had gemengd. Ze had het altijd als een eer beschouwd voor Mog-ur te mogen koken, maar bovendien was er een genegenheid tussen haar en haar bloedverwant ontstaan die veel leek op die welke veel vrouwen met hun gezel ontwikkelden.

Iza had soms medelijden met Creb; hij had zelf een gezellin kunnen hebben als hij zich die gewenst had. Maar ze wist dat niettegenstaande zijn grote toverkracht en zijn hoge positie geen vrouw ooit zonder weerzin naar zijn verminkte lichaam en gehavend gelaat keek, en ze was er zeker van dat hij dat ook wist. Hij had zich nooit een gezellin genomen, bleef op een afstand. Het droeg nog tot zijn aanzien bij. Iedereen, ook de mannen, Brun misschien uitgezonderd, vreesde Mog-ur of keek tegen hem op. Iedereen behalve Iza, die zijn zachtmoedigheid en gevoeligheid al sinds haar geboorte kende. Een kant van zijn karakter die hij zelden openlijk toonde.

En het was die kant van zijn karakter die op dat moment in de grote Mog-ur sprak. In plaats van over de ceremonie van die avond te mediteren, zat hij over het kleine meisje te peinzen. Hij was altijd al nieuwsgierig naar haar soort geweest, maar mensen van de Stam vermeden de Anderen zoveel mogelijk, en hij had nog nooit een van hun kinderen gezien. Hij vermoedde wel dat de aardbeving iets te maken had met het feit dat het meisje alleen was, hoewel het hem verbaasde dat haar soortgenoten dan zo dichtbij zouden moeten zijn. Gewoonlijk hielden ze zich veel verder naar het noorden op.

Hij zag dat enkele mannen de kampplaats begonnen te verlaten en hees zich met behulp van zijn staf overeind om op de voorbereidingen toe te gaan zien. Het ritueel was het voorrecht – én de dure plicht – der mannen. Slechts zelden werd vrouwen toegestaan aan het religieuze leven van de stam deel te nemen, en bij deze ceremonie mochten ze absoluut niet aanwezig zijn. Er was geen grotere ramp denkbaar dan dat een vrouw de geheime riten van de mannen zou zien. Het zou niet zomaar ongeluk brengen – het zou de beschermgeesten verjagen. De hele stam zou ten onder gaan.

Maar daar bestond weinig gevaar voor. Het zou nooit bij een vrouw opkomen om zich ook maar in de buurt van zo'n belangrijk ritueel te wagen. Ze keken er altijd naar uit als naar een adempauze, waarin ze even verlost waren van de voortdurende eisen en bevelen der mannen en van de plicht steeds het voorgeschreven decorum en respect in acht te nemen. Het viel de vrouwen zwaar de hele dag de mannen om zich heen te hebben, vooral omdat ze zo nerveus waren en dat op hun gezellinnen afreageerden. Gewoonlijk waren ze tijden achtereen weg, op jacht. De vrouwen verlangden al evenzeer als zij naar een nieuw thuis,

maar er was weinig wat ze eraan doen konden. Brun bepaalde in welke richting ze gingen en hun advies werd niet gevraagd, noch hadden ze dat kunnen geven.
De vrouwen verwachtten van hun mannen dat zij de leiding gaven, de verantwoordelijkheid droegen, de belangrijke beslissingen namen. De Stam was in bijna honderdduizend jaar zo weinig veranderd dat ze nu niet meer tot verandering in staat waren, en gewoonten die ooit uit praktische overwegingen waren ingeburgerd, lagen ten slotte genetisch vast. Zowel mannen als vrouwen accepteerden hun rol zonder tegenstribbelen; zij waren star, niet bij machte een andere rol op zich te nemen. Ze zouden net zomin proberen hun onderlinge relatie te veranderen als dat ze zouden proberen een extra arm aan te laten groeien of de vorm van hun schedel te veranderen.
Toen de mannen vertrokken waren, verzamelden de vrouwen zich rond Ebra en hoopten dat ook Iza zich bij hen zou voegen, zodat ze hun nieuwsgierigheid konden bevredigen, maar Iza was dodelijk vermoeid en wilde bovendien het meisje niet alleen laten. Zodra Creb weg was, ging ze naast haar liggen en stopte haar bontvacht rond hen beiden in. Bij het zwakke licht van het nasmeulende vuur lag ze een tijdje naar het slapende meisje te kijken.
Wonderlijk klein ding, dacht ze. Nogal lelijk eigenlijk. Haar gezicht is zo plat met dat hoge gewelfde voorhoofd en dat kleine stompe neusje, en wat een vreemde bottige knobbel onder haar mond. Ik vraag me af hoe oud ze is. Jonger dan ik eerst dacht; ze is zo lang dat je je erop verkijkt. En zo mager, ik kan haar botten voelen. Arme kleine, hoe lang zou het wel niet geleden zijn dat ze iets te eten heeft gehad, zo in haar eentje rondzwervend. Iza legde beschermend haar arm om het meisje heen. De vrouw die bij gelegenheid zelfs jonge dieren geholpen had, kon voor het ongelukkige uitgeteerde kleine meisje niet minder doen. Het warme hart van de medicijnvrouw ging uit naar het weerloze kind.

Mog-ur hield zich op de achtergrond terwijl man na man arriveerde en zijn plaats innam achter een van de stenen die in een kleine kring binnen een grotere van toortsen waren neergelegd. Ze bevonden zich op de open steppe, ver van het kamp. De tovenaar wachtte tot alle mannen zaten, en nog iets langer, en stapte toen naar het midden van de kring met een brandende fakkel van een geurige houtsoort in zijn hand. Hij stak de kleine fakkel in de grond voor de lege plaats waar zijn staf achter stond. Rechtop, op zijn goede been, midden in de kring, staarde hij over de hoofden van de zittende mannen met een dromerige, ongerichte blik de donkere verte in, alsof hij met zijn ene oog een wereld zag waar de anderen geen weet van hadden. In zijn zware mantel van holenbeerbont die de vreemde vormen van zijn asymmetrisch lichaam bedekte, was hij een indrukwekkende en toch onwerkelijke verschijning. Een man, en toch, met zijn misvormde gestalte, niet helemaal een man; niet minder of meer, maar anders. Juist zijn mismaaktheid verleende hem iets bovennatuurlijks, dat nooit zo ontzagwekkend op de voorgrond trad als wanneer Mog-ur een ceremonie leidde.

Plotseling, met de weidse armzwaai van een goochelaar, bracht hij een schedel tevoorschijn. Met zijn sterke linkerarm hield hij hem hoog boven zijn hoofd en draaide langzaam in het rond, zodat iedere man de grote karakteristieke, sterk gewelfde vorm kon zien. De mannen staarden naar de holenbeerschedel, die bleek glansde in het flakkerende licht van de toortsen. Mog-ur zette hem voor de in de grond gestoken fakkel en ging er zelf achter zitten, zodat de kring gesloten was.

Een jongeman die naast hem zat, stond op en pakte een houten kom op. Hij was zijn elfde jaar gepasseerd en zijn inwijding tot man was kort voor de aardbeving gevierd. Goov was reeds als kleine jongen uitverkoren leerling te worden en hij had Mog-ur dikwijls bij allerlei voorbereidingen geassisteerd, maar leerlingen werden pas bij een echte ceremonie toegelaten als ze man waren geworden. Goov was voor het eerst in zijn nieuwe rol opgetreden toen ze al op zoek waren naar een nieuwe grot, en hij was nog steeds nerveus.

Voor Goov had het vinden van een nieuwe grot een speciale betekenis. Het was zijn grote kans om alle bijzonderheden te vernemen van de zelden uitgevoerde en moeilijk te beschrijven ceremonie waardoor een grot tot woonstee werd, en nog wel van de grote Mog-ur zelf. Als kind had hij de tovenaar gevreesd, hoewel hij begreep dat het een eer was om uitverkoren te zijn. Sindsdien had de jonge man ontdekt dat de mismaakte niet alleen de meest bedreven Mog-ur van alle stammen was, maar ook dat hij onder zijn streng uiterlijk een vriendelijk en zachtmoedig hart verborg. Goov voelde eerbied voor zijn leraar en had hem lief.

De leerling was begonnen de drank in de nap te bereiden zodra Brun het teken tot halt houden had gegeven. Eerst had hij hele doornappelplanten tussen twee stenen geplet, waarbij het erop aankwam de juiste hoeveelheid bladeren, stengels en bloemen te gebruiken en de juiste verhouding te bepalen. De verpulverde planten werden met kokend water overgoten, en dan kon het mengsel trekken tot aan de ceremonie.

Goov had, zijn vingers als zeef gebruikend, de sterke doornappelthee in de speciaal voor de ceremonie bestemde schaal geschonken vlak voor Mog-ur de kring binnenstapte, en hij wachtte vol spanning op het goedkeurend knikje van de heilige man. Terwijl Goov de kom vasthield, nam Mog-ur een klein teugje, knikte tevreden en dronk, en Goov slaakte een onhoorbare zucht van verlichting. Daarop reikte hij ieder op zijn beurt in overeenstemming met zijn plaats in de rangorde de kom aan, beginnend bij Brun. Hij hield de nap vast terwijl de mannen dronken, toeziend op de hoeveelheid die ieder kreeg, en dronk zelf als laatste.

Mog-ur wachtte tot hij zat en gaf toen een teken. Nu begonnen de mannen met het stompe eind van hun speer ritmisch op de grond te stampen. Het doffe dreunen van de speren leek aan te zwellen tot het alle andere geluiden overstemde. De mannen raakten in de ban van het ritmisch bonzen, kwamen overeind en begonnen zich op de maat te bewegen. De heilige man staarde naar de schedel en zijn intense blik dwong de ogen van de mannen naar de gewijde reliek alsof hij hun zijn wil oplegde. De timing was belangrijk, en hij was er een meester in. Hij wachtte net lang genoeg om de gespannen verwachting tot een hoogtepunt op te voeren – nog éven langer en hun aandacht zou verslappen – en keek toen op naar zijn bloedverwant, de man die de stam leidde. Brun hurkte voor de schedel neer.

'Geest van de Bizon, Totem van Brun,' begon Mog-ur. Hij zei eigenlijk maar één woord, 'Brun'. De rest werd door middel van zijn eenhandige gebaren uitgedrukt. Gestileerde bewegingen volgden, de oeroude taal die gebruikt werd voor het communiceren met geesten en met andere stammen wier weinige kelige woorden en normale handsignalen anders waren. In stille symbolen smeekte Mog-ur de Geest van de Bizon om als ze hem door een of andere misgreep mishaagd hadden, hun die te vergeven en hen te hulp te komen.

'Deze man heeft altijd de geesten in ere gehouden, o Grote Bizon, en de tradities van de stam gehandhaafd. Hij is een krachtig leider, een wijs leider, een rechtvaardig leider, een goed jager, een goed verzorger, een beheerst man die de Machtige Bizon waardig is. Verlaat deze man niet, wijs deze leider de weg naar een nieuw thuis, een plek waar de Geest van de Bizon tevreden kan zijn. Deze stam smeekt de totem van deze man hem te helpen,' besloot de heilige man. Daarop keek hij de tweede man aan. Brun stapte achteruit en Grod hurkte neer voor de holenbeerschedel.

Geen vrouw mocht ooit de ceremonie zien en zo ontdekken dat hun mannen, die altijd zo stoer leiding gaven, onzichtbare geesten baden

en smeekten net zoals de vrouwen dat de mannen deden.
'Geest van de Bruine Beer, Totem van Grod,' begon Mog-ur een tweede, soortgelijke toespraak tot Grods totem, en hij hield er daarna nog een tot de totems van alle andere mannen, ieder op zijn beurt. Toen hij ze allemaal gehad had, bleef hij naar de schedel staren, terwijl de mannen met hun speren op de grond stampten en de spanning weer steeg.
Ze wisten allemaal wat er nu zou komen, de ceremonie veranderde nooit; die was nacht na nacht hetzelfde en toch waren ze weer vol verwachting. Mog-ur zou de Geest van Ursus aanroepen, de Grote Holenbeer, zijn eigen persoonlijke totem en de meest geëerbiedigde van alle geesten.
Ursus was niet alleen Mog-urs totem; hij was hun aller totem, en meer dan een totem. Door Ursus behoorden zij tot de Stam. Hij was de oppergeest, de opperbeschermer. De verering van de Holenbeer was de gemeenschappelijke factor die hen bond, de kracht die alle afzonderlijke, autonome stammen tot één volk samensmeedde, tot de Stam van de Holenbeer.
Toen de eenogige tovenaar het juiste moment gekomen achtte, gaf hij een teken. De mannen hielden op met stampen en gingen achter hun stenen zitten, maar het zware dreunende ritme golfde nog door hun bloed en bonsde na in hun hoofden.
Mog-ur tastte in een zakje en haalde er een snufje wolfsklauwsporen uit. Hij hield zijn hand boven de korte toorts, leunde voorover en blies, zodat de sporen boven het vuur werden uitgestrooid. De sporen vatten vlam en dansten in een spectaculair schouwspel rond de schedel, met een schittering van magnesium die fel afstak tegen de donkere nacht. De schedel gloeide op, leek tot leven te komen – en kwam ook tot leven in de ogen van de mannen, wier bewustzijn door de doornappelthee was verruimd. In een boom vlakbij kraste een uil als op commando, met zijn spookachtig geluid het luguber tafereel ondersteunend.
'Grote Ursus, Beschermer van de Stam,' zei de tovenaar met vloeiende gebaren, 'wijs deze stam de weg naar een nieuw thuis zoals ooit de Holenbeer de Stam leerde in grotten te wonen en dierenhuiden te dragen. Bescherm uw Stam tegen de Berg van IJs, en tegen de Geest van de Gekorrelde Sneeuw die hem baarde, en de Geest van de Sneeuwstormen, zijn metgezel. Deze stam smeekt de Grote Holenbeer nederig hun geen kwaad te laten geschieden zolang zij dakloos zijn. Meest vereerde van alle Geesten, uw Stam, uw volk, bidt de Geest van de Machtige Ursus hen te vergezellen op hun reis naar het begin.'

En toen schakelde Mog-ur de geheimzinnige kracht van zijn grote brein in.
Al deze primitieve mensen met hun nauwelijks ontwikkelde frontale hersenen en een door slechts rudimentair aanwezige spraakorganen beperkt spraakvermogen, maar met een enorme schedelinhoud – groter dan die van welke andere toen levende of nog ongeboren mensensoort ook – waren absoluut uniek. Ze vormden het eindstadium van een tak van het menselijk ras bij wie het brein zich in het achterdeel van de schedel ontwikkeld had, in de zone van achterhoofd en wandbeen, waar het gezichtsvermogen en de fysieke waarneming worden bestuurd en herinneringen opgeslagen.
En het was hun geheugen dat hen zo buitengewoon maakte. De onbewuste kennis van voorouderlijk gedrag, instinct geheten, had zich bij hen verder ontwikkeld. Achter in hun grote schedels lagen niet alleen hun eigen herinneringen, maar ook die van hun voorouders opgeslagen. Ze konden zich de door hen opgedane kennis te binnen brengen, en onder bepaalde, bijzondere omstandigheden zelfs nog een stap verdergaan. Ze konden zich de geschiedenis van hun ras als geheel, van hun eigen ontwikkeling als soort herinneren. En wanneer ze ver genoeg teruggingen, konden ze die herinnering die voor allen gelijk was met elkaar delen en hun geesten langs telepathische weg verenigen.
Maar alleen in het enorme brein van de getekende, mismaakte tovenaar was die gave volledig ontwikkeld. Creb, zachtmoedige, schuwe Creb, wiens geweldige schedel de oorzaak van zijn mismaaktheid was geweest, had als Mog-ur geleerd de kracht van dat brein aan te wenden om de afzonderlijke individuen die om hem heen zaten tot één denken te verenigen en dit denken te besturen. Hij kon hen meevoeren naar ieder willekeurig moment in de geschiedenis van hun ras, en hen in hun gedachten iedere willekeurige voorvader laten worden. Hij was dé Mog-ur. Hij beschikte over echte krachten, die niet ophielden bij kunstjes met lichteffecten of een via verdovende middelen opgewekte euforie. Die vormden alleen het decor en brachten de mannen ertoe zijn leiding te aanvaarden.
In die stille donkere nacht, onder het schijnsel van oude sterren, ervoeren enkele mannen verschijningen die onmogelijk te beschrijven zijn. Ze zágen ze niet, ze wáren ze. Ze ondergingen de gewaarwordingen, zagen met de ogen van de verschijning en herinnerden zich het onpeilbaar verre begin. In de diepten van hun geest vonden ze de onontwikkelde hersenen van schepselen uit de zee, stil ronddrijvend in het warme, zoutige water. Ze overleefden de pijn van hun eerste

ademhaling en werden amfibieën die in beide elementen thuis waren. Omdat de stam de holenbeer vereerde, riep Mog-ur een vroeg zoogdier op – de voorouder die beide soorten en nog een menigte andere voortbracht – en liet het in één gezamenlijk verenigd denken van de mannen samenvloeien met de voorvader van de beer. Daarna werden ze op hun reis door de eeuwen achtereenvolgens ieder van hun voorzaten, en voelden ze affiniteit met die stamvaders die zich tot andere vormen ontwikkelden. Aldus werden ze zich bewust van de verwantschap met al het leven op aarde, en de eerbied die ze zodoende zelfs voor de dieren die ze doodden en aten gingen voelen, vormde de basis van hun geestelijke band met hun totems.

Hun zielen reisden als één door de tijd, en pas bij het naderen van het heden splitsten ze zich op in hun directe voorouders en bereikten ten slotte zichzelf. De reis leek eindeloos te duren, maar in werkelijkheid verstreek er slechts weinig tijd. Wanneer een man zichzelf had teruggevonden, stond hij zachtjes op en begaf zich naar zijn slaapplaats, waar hij diep en droomloos slapen zou, omdat al zijn dromen al gedroomd waren.

Mog-ur was de laatste. Alleen achtergebleven dacht hij over hun ervaringen na en voelde na enige tijd een bekende, lichte beklemming over zich komen. De mannen mochten dan het verleden kennen met een intensiteit die de ziel verrukte, alleen Creb voelde een beperking waar de anderen nimmer bij stilstonden. Ze konden niet vooruitzien. Ze konden niet eens vooruitdenken. Hij alleen had een vaag vermoeden van de mogelijkheid.

De Stam kon zich geen toekomst voorstellen die ook maar enigszins zou afwijken van het verleden, kon geen vernieuwingen of alternatieven voor morgen creëren. Alles wat ze wisten, alles wat ze deden, was een herhaling van iets dat al eerder was gedaan. Zelfs het opslaan van voedsel was het resultaat van vroegere ervaringen.

Er was lang geleden wel een tijd geweest waarin vernieuwing gemakkelijker leek te komen, een tijd waarin een kapotte steen met een scherpe rand iemand op het idee bracht opzettelijk een steen stuk te slaan om er een scherpe rand aan te krijgen, en waarin de warme punt van een rondgedraaid stokje iemand ertoe aanzette het harder en langer rond te draaien om eens te zien hoe heet het kon worden. Maar naarmate er meer herinneringen kwamen die de opslagruimte van hun brein vulden en deden uitdijen kwamen veranderingen moeizamer tot stand. Er was geen ruimte meer om nieuwe ideeën aan hun herinneringen toe te voegen, hun hoofden waren al te groot. De vrouwen kregen moeite met het baren van hun kinderen; ze konden zich

geen nieuwe kennis meer veroorloven die hun hoofden nog verder vergroten zou.
De Stam leefde volgens nooit veranderende tradities. Elk facet van hun leven, vanaf het moment van hun geboorte totdat ze naar de wereld der geesten geroepen werden, was door het verleden omschreven en bepaald. Zij waren zich er niet van bewust dat dit een laatste wanhopige poging van de natuur was om het ras voor uitsterven te behoeden, een poging die gedoemd was te mislukken. Ze konden veranderingen niet tegenhouden, en zich ertegen verzetten was hun eigen doodvonnis tekenen.
Ze pasten zich slechts langzaam aan. Uitvindingen werden puur bij toeval gedaan en dikwijls niet ten nutte gemaakt. Als hen iets nieuws overkwam, kon dat wel aan hun informatievoorraad worden toegevoegd, maar veranderingen werden alleen met de grootste inspanning tot stand gebracht. En wanneer hen de verandering eenmaal was opgedrongen, volgden ze de nieuwe koers met grote hardnekkigheid. Ze hadden er zoveel moeite mee gehad dat ze er niet meer van konden afwijken. Maar een ras zonder mogelijkheid tot leren, zonder ruimte voor groei, was niet langer adequaat toegerust voor een per definitie steeds veranderende omgeving, en ze waren het punt waarop ze zich nog in een andere richting hadden kunnen ontwikkelen gepasseerd. Dat zou de taak worden van een nieuwere levensvorm, een ander experiment van de natuur.
Terwijl Mog-ur alleen op de open vlakte zat en de laatste toorts sputterend uit zag doven, dacht hij aan het vreemde meisje dat Iza gevonden had, en zijn beklemming groeide tot het een lichamelijk onwelzijn werd. Ze hadden haar soort wel eens eerder ontmoet, maar volgens zijn tijdrekening was dat lang geleden, en die toevallige ontmoetingen waren over het algemeen niet prettig verlopen. Waar de vreemdelingen vandaan kwamen was een mysterie – ze waren nieuw in het land van de Stam –, maar sinds hun komst waren er veel dingen veranderd. Ze schenen verandering met zich mee te brengen.
Creb schudde zijn onbehagen van zich af, wikkelde de holenbeerschedel zorgvuldig in zijn mantel, pakte zijn staf en hobbelde naar bed.

3

Het kind rolde om en begon om zich heen te slaan.
'Moeder,' kreunde ze. Wild met haar armen door de lucht maaiend riep ze weer, nu luider: 'Moeder!'
Iza nam de kleine in haar armen en maakte zachte brommende geluidjes. De warme nabijheid van haar lichaam en de sussende klanken drongen door de koortsnevels heen en stelden het meisje gerust. Ze had de hele nacht onrustig geslapen en de vrouw dikwijls met haar woelen en kreunen en verward gemompel gewekt. Ze stootte vreemde klanken uit, anders dan de woorden die de stamleden gebruikten. Ze kwamen gemakkelijk en vloeiend, de ene klank ging in de ander over. Iza kon geen enkele ervan ook maar enigszins benaderen; haar gehoor was er zelfs niet voor toegerust om de fijnere nuances te onderscheiden. Maar die ene bepaalde combinatie werd zo vaak herhaald dat Iza vermoedde dat het de naam was van iemand die het kind zeer na stond, en toen ze zag dat haar aanwezigheid het troostte, begreep ze wel wie die iemand was.
Ze kan niet zo heel oud zijn, dacht Iza; ze kon nog niet eens zelf voedsel vinden. Ik vraag me af hoe lang ze alleen is geweest. Wat zou haar familie overkomen zijn? Zou het de aardbeving zijn geweest? Heeft ze werkelijk zo lang alleen rondgezworven? En hoe is ze aan de holenleeuw ontkomen, met alleen een paar krabben? Iza had genoeg wonden behandeld om te weten dat die van het meisje door de grote kat waren toegebracht. Ze moet wel door machtige geesten beschermd worden, dacht Iza bij zichzelf.
Het was nog donker, hoewel de dag spoedig zou aanbreken, toen de koorts zich eindelijk in een vloedgolf van zweet ontlaadde. Iza hield het kind dicht tegen zich aan om haar haar eigen warmte te geven en verzekerde zich ervan dat ze goed was toegedekt. Kort daarop werd het meisje wakker en vroeg zich af waar ze was, maar het was te donker om iets te zien. Ze voelde het lichaam van de vrouw geruststellend tegen het hare en sloot haar ogen weer; daarop gleed ze weg in een rustige slaap.

Toen de hemel lichter werd en de silhouetten van de bomen zich begonnen af te tekenen, kroop Iza zachtjes uit de warme vacht. Ze porde het vuur op en legde er wat hout bij. Vervolgens ging ze naar het riviertje om haar kom te vullen en wat wilgenbast te halen. Ze stond even stil, omklemde haar amulet en dankte de geesten voor de wilg. Ze dankte de geesten altijd voor de wilg, zowel voor zijn alomtegenwoordigheid als voor zijn pijnstillende bast. Ze wist niet meer hoe dikwijls ze al wilgenbast van de boom had geschild om er een thee van te trekken die pijntjes en pijnen verlichtte. Ze kende wel sterkere pijnstillers, maar die verdoofden tevens de zintuigen. De wilgenbast werkte alleen verzachtend en deed de koorts dalen.

Ook andere stamleden begonnen zich te roeren toen Iza weer over het vuur gebogen zat en hete steentjes in de kom water en wilgenbast deed. Toen de thee klaar was, droeg ze de kom naar de vacht terug, zette hem voorzichtig in een kuiltje in de grond en nestelde zich weer naast het kind. Ze zag dat haar ademhaling normaal was en bleef een tijdje naar het slapende meisje kijken, geboeid door haar ongewoon gezichtje. De verbrande huid was goudbruin geworden, behalve een stukje op de brug van haar neus, dat vervelde.

Iza had haar soort eenmaal eerder gezien, maar alleen op afstand. De vrouwen van de Stam renden altijd weg om zich voor hen te verbergen. Op Stambijeenkomsten had men het wel eens over vervelende gebeurtenissen die zich bij toevallige ontmoetingen tussen de Stam en de Anderen hadden voorgedaan, en stamleden plachten ze te ontwijken. Vooral vrouwen mochten maar weinig contact met hen hebben. Maar de ervaringen van hún stam waren niet zo slecht geweest. Iza herinnerde zich haar gesprek met Creb over de man die lang geleden hun grot was binnengestrompeld, bijna buiten zinnen van pijn door zijn ernstig gehavende en gebroken arm.

Hij had een beetje van hun taal geleerd, maar hij hield er wel eigenaardige gewoonten op na. Hij sprak bijvoorbeeld ook graag met de vrouwen en trad de medicijnvrouw met grote eerbied, bijna verering, tegemoet. Desondanks had hij het respect van de mannen afgedwongen. Onder de steeds lichter wordende hemel lag Iza klaarwakker en vol nieuwsgierige gedachten over de Anderen naar het kind te kijken. En terwijl ze naar haar keek, viel er op haar gezichtje een bundel stralen van de helle vuurbol die juist boven de einder rees. De oogleden van het meisje trilden. Ze opende haar ogen en keek recht in een paar grote diepliggende bruine ogen, overwelfd door zware wenkbrauwbogen in een gezicht dat enigszins naar voren stak, als een snuit.

Het meisje gilde en kneep haar ogen weer stijf dicht. Iza trok het kind dicht tegen zich aan, waarbij ze het uitgeteerde lichaampje voelde trillen van angst, en maakte kalmerende murmelende geluidjes. Deze waren het kind op de een of andere wijze vertrouwd, en het warme troostende lichaam was dat nog meer. Langzaam nam het trillen af. Het meisje deed haar ogen op een kiertje open en gluurde weer even naar Iza. Deze keer gilde ze niet. Toen deed ze haar ogen helemaal open en staarde de vrouw in het angstaanjagend, volkomen onbekend gezicht.

En Iza staarde vol verbazing terug. Ze had nog nooit ogen met de kleur van de hemel gezien. Even vroeg ze zich af of het kind blind was. Bij oudere stamleden groeide er soms een dun vlies over de ogen, en naarmate dit troebeler en lichter van kleur werd, nam het gezichtsvermogen verder af. Maar de pupillen van het kind verwijdden zich normaal en er was geen twijfel aan dat ze Iza gezien had. Die lichte blauwgrijze kleur moet normaal voor haar zijn, dacht Iza.

Het kleine meisje lag doodstil, bang om een spier te bewegen, en met wijdopen ogen. Toen ze met Iza's hulp overeind ging zitten, vertrok haar gezichtje van pijn en haar herinneringen keerden in een vloedgolf terug. Ze dacht met een rilling terug aan de monsterachtige leeuw en zag weer de scherpe klauw haar been openrijten. Ze herinnerde zich haar moeilijke gang naar de rivier toen haar dorst sterker werd dan haar angst, en de pijn in haar been, maar van daarvoor herinnerde ze zich niets meer. Haar geest had alle herinnering aan haar eenzame zwerftocht vol honger en angst, aan de vreselijke aardbeving, en aan de dierbaren die ze verloren had uit haar bewustzijn gesloten.

Iza bracht de kom met vloeistof naar de mond van het kind. Ze had dorst en dronk wat, en trok een vies gezicht vanwege de bittere smaak. Maar toen de vrouw de kom opnieuw bij haar lippen hield, dronk ze weer, te bang om tegen te stribbelen. Iza knikte goedkeurend en ging daarop de vrouwen helpen bij de bereiding van het ochtendmaal. De ogen van het kleine meisje volgden haar en openden zich nog wijder toen ze voor het eerst het kamp zag, vol mensen die er net zo uitzagen als de vrouw.

Door de kookgeuren trok haar maag samen van de honger en toen de vrouw met een kommetje vol met met graan tot een pap verdikt vleesvocht terugkeerde, sloeg het kind het voedsel uitgehongerd naar binnen. Haar verschrompelde maag was snel gevuld en Iza deed de rest in een waterzak, zodat het kind er onderweg van drinken kon. Toen het meisje klaar was, legde Iza haar weer neer en verwijderde het papje op de wond. De pus was uit de wond gelopen en de zwelling was verdwenen.

'Fijn,' zei Iza luidop.
Het kind schrok van de scherpe kelige klank van het woord, het eerste dat ze de vrouw hoorde uitspreken. In de niet met hun taal vertrouwde oren van het meisje klonk het helemaal niet als een woord, meer als het grommen of knorren van een dier. Maar Iza's handelingen waren niet die van een dier; ze waren die van een mens, en zeer menslievend. De medicijnvrouw had al een nieuw wortelpapje klaar en terwijl ze dat op de wond legde, strompelde er een mismaakte, scheefgegroeide man op hen af.
Het was de griezeligste en meest afstotelijke man die het meisje ooit had gezien. Eén kant van zijn gezicht was overdekt met littekens en een huidplooi bedekte de plek waar een van zijn ogen had moeten zitten. Maar deze mensen kwamen haar allemaal zo vreemd en lelijk voor dat zijn weerzinwekkende mismaaktheid alleen een kwestie van meer of minder was. Ze wist niet wie ze waren of hoe ze bij hen terechtgekomen was, maar ze wist wel dat de vrouw haar verzorgde. Ze had voedsel gekregen, het verband verkoelde haar been en verzachtte de pijn, en vooral: diep vanbinnen voelde ze de spanning wijken die haar met schrijnende angst had vervuld. Hoe vreemd deze mensen ook waren, bij hen was ze tenminste niet langer alleen.
De mismaakte ging bij haar zitten en keek naar het kind. Ze keek terug met een vrijmoedige nieuwsgierigheid die hem verraste. De kinderen van zijn stam waren altijd een beetje bang voor hem. Ze hadden al vroeg in de gaten dat zelfs de volwassenen ontzag voor hem hadden, en zijn gereserveerde houding moedigde vertrouwelijkheden niet aan. De kloof werd nog breder doordat moeders vaak dreigden Mog-ur te zullen roepen als de kinderen zich misdroegen. Tegen de tijd dat de kinderen bijna volwassen waren, voelden ze werkelijk angst voor hem, vooral de meisjes. Pas wanneer ze de rijpere leeftijd bereikten, verminderde de vrees van de stamleden en veranderde in eerbied. Crebs goede oog schitterde van geamuseerde belangstelling voor dit vreemde kind dat hem zo onbevreesd opnam.
'Het kind is veel beter, Iza,' zei hij. Zijn stem was lager dan die van de vrouw, maar ook de geluiden die hij maakte kwamen het meisje meer als knorren voor dan als woorden. Ze merkte de bijbehorende handgebaren niet op. De taal was haar volstrekt vreemd; ze wist alleen dat de man de vrouw iets had meegedeeld.
'Ze is nog zwak van de honger,' zei Iza, 'maar de wond ziet er veel beter uit. Het waren diepe krabben, maar niet diep genoeg om haar been ernstig te beschadigen, en de etter loopt weg. Ze is door een holenleeuw aangevallen, Creb. Heb je ooit meegemaakt dat een holenleeuw

het bij een paar krabben liet wanneer hij besloten had aan te vallen? Het verbaast me dat ze nog leeft. Ze moet een sterke beschermgeest hebben. Maar,' voegde Iza eraan toe, 'wat weet ik van geesten?'
Het lag allerminst op de weg van een vrouw, zelfs al was ze zijn bloedverwante, om Mog-ur iets over geesten te vertellen. Ze maakte een verontschuldigend gebaar om zijn vergeving voor haar aanmatiging te vragen. Hij reageerde niet – dat had ze ook niet verwacht –, maar hij bekeek het kind na haar opmerking over een sterke beschermgeest met nog meer belangstelling. Hij had zelf ongeveer hetzelfde gedacht, en hoewel hij dat nooit zou toegeven, hechtte hij veel waarde aan de mening van zijn bloedverwante, en deze bevestigde zijn eigen indrukken.

Het kamp werd snel opgebroken. Beladen met haar mand en bundels bukte Iza zich, hees het kind op haar heup en nam achter Brun en Grod haar plaats in de rij in. Schrijlings op haar heup gezeten keek het kleine meisje nieuwsgierig om zich heen, alles wat Iza en de vrouwen deden met de ogen volgend. Ze was vooral geïnteresseerd wanneer ze bleven staan om voedsel te verzamelen. Iza gaf haar dikwijls een hapje van een verse knop of een malse jonge scheut en dat riep een vage herinnering op aan een andere vrouw, die dat ook deed. Maar nu begon het kind de planten beter te bekijken en de specifieke kenmerken te onderscheiden. Haar dagen van honger deden in het kleine meisje een sterk verlangen ontwaken ook voedsel te leren vinden. Ze wees naar een plant en was in haar schik toen de vrouw stilstond en de wortel ervan opgroef. Ook Iza was in haar schik. Het kind is vlug van begrip, dacht ze. Ze kan dat vroeger niet geweten hebben, anders had ze de wortel toen wel gegeten.
Tegen het middaguur hielden ze halt voor een rustpauze, terwijl Brun een mogelijke woongrot ging bekijken, en nadat ze de kleine het laatste vleesvocht uit de waterzak had laten drinken, gaf Iza haar een reep hard droog vlees in de hand om op te kauwen. De grot beantwoordde niet aan hun eisen. Later in de middag begon het been van het meisje weer te kloppen, toen het wilgenbastverband uitgewerkt raakte. Ze schoof onrustig heen en weer. Iza gaf haar een bemoedigend klopje en verplaatste haar gewicht, zodat ze wat gemakkelijker zat. Het meisje gaf zich volledig aan de zorgen van de vrouw over. Geheel ontspannen en vol vertrouwen sloeg ze de dunne armpjes om Iza's hals en legde haar hoofd tegen de brede schouder van de vrouw. De medicijnvrouw, zo lang kinderloos, voelde een golf van warmte voor het verweesde meisje door zich heen gaan. Het kind was nog steeds zwak en vermoeid, en op de cadans van Iza's stappen viel ze in slaap.

Tegen het vallen van de avond voelde Iza de vermoeienis van het dragen van haar extra last wel en ze was blij het kind neer te kunnen zetten toen Brun halt liet houden voor de nacht. Het meisje had koorts, haar wangen waren rood en heet, haar ogen stonden glazig, en terwijl de vrouw hout sprokkelde, keek ze tegelijk uit naar planten waarmee ze het kind opnieuw kon behandelen. Iza wist niet hoe infecties veroorzaakt werden, maar ze wist wel hoe ze ze behandelen moest, en vele andere kwalen bovendien.

Hoewel geneeskunst als magie werd beschouwd en met geesten in verband werd gebracht, was Iza's geneeskunst er niet minder doeltreffend om. De oeroude Stam had altijd van jagen en verzamelen geleefd, en door generaties lang met wilde planten om te gaan hadden ze, toevallig of welbewust, een schat aan kennis verworven. Dieren werden gevild en opengesneden en hun organen werden onderzocht en vergeleken. De vrouwen ontleedden de jachtbuit tegelijk met het klaarmaken van het avondmaal en pasten hun bevindingen meteen in de praktijk toe.

Iza's moeder had haar als onderdeel van haar opleiding de verschillende ingewanden laten zien en hun functie uitgelegd, maar daarmee vertelde ze haar eigenlijk alleen maar iets dat ze al wist. Iza was een telg uit een hogelijk gerespecteerd geslacht van medicijnvrouwen, en de dochters van een medicijnvrouw verkregen hun kennis van de geneeskunst langs een geheimzinniger weg dan via eenvoudig mondeling onderricht. Een beginnende medicijnvrouw uit een vermaard geslacht bezat meer aanzien dan een ervaren medicijnvrouw die zich daar niet op kon beroemen – en niet ten onrechte.

Reeds bij haar geboorte lag al de door haar voormoeders verworven kennis in haar brein opgeslagen; en die voormoeders vormden een lange keten van medicijnvrouwen, waar Iza rechtstreeks van afstamde. Ze kon zich herinneren wat zij wisten. Dat ging niet veel anders dan het zich te binnen brengen van haar eigen herinneringen; en was het proces eenmaal op gang gebracht, dan verliep het verder automatisch. Ze kon haar eigen herinneringen vooral onderscheiden doordat ze zich ook de omstandigheden eromheen herinnerde – ze vergat nooit iets –, maar uit haar voormoederlijke herinneringen kon ze alleen de kennis opdiepen, niet de manier waarop die verworven was. En hoewel Iza en haar beide bloedverwanten dezelfde ouders hadden, bezat noch Creb noch Brun haar medische kennis.

Bij stamleden waren de herinneringen naar sekse gescheiden. Vrouwen hadden net zomin behoefte aan oude jachtgeschiedenissen als mannen aan een meer dan rudimentaire kennis van planten. Het verschil tussen de hersenen van mannen en vrouwen was door de natuur verordonneerd, en door de cultuur alleen nog maar versterkt. Ook dit was een van die pogingen van de natuur om de omvang van hun brein te beperken, teneinde het ras langer te laten voortbestaan. Een kind dat bij zijn geboorte kennis bezat die eigenlijk aan de andere sekse toebehoorde, had deze door gebrek aan stimulatie verloren tegen de tijd dat hij volwassen werd.

Maar de pogingen van de natuur om de soort voor uitsterven te behoeden droegen de elementen tot hun eigen verijdeling al in zich. De beide geslachten hadden elkaar niet alleen nodig voor de voortplanting, maar ook voor het leven van alledag; het ene kon niet lang overleven zonder het andere. En elkaars vaardigheden konden ze niet leren, ze hadden er de herinneringen niet voor.

Maar de ogen en hersenen van de Stam hadden de beide seksen ook een scherp en helder gezichtsvermogen geschonken, hoewel ze het voor verschillende doeleinden aanwendden. Het terrein was gedurende hun tocht geleidelijk veranderd en onbewust legde Iza ieder detail van het landschap waar ze doorheen trokken in haar geheugen vast, waarbij ze vooral op de begroeiing lette. Ze kon kleine veranderingen in de vorm van een blad of de lengte van een stengel al van grote afstand waarnemen, en hoewel er enkele planten, wat bloemen, en hier en daar een boom of een struik waren die ze nooit eerder had gezien, kwamen ze haar toch niet onbekend voor. Vanuit een klein hoekje ergens achter in haar grote schedel kwam een herinnering eraan naar boven, een herinnering die niet van haarzelf was. Maar zelfs met dit reusachtig spaarbekken van informatie tot haar beschikking had ze toch al wel eens begroeiing gezien die haar volkomen onbekend was, even onbekend als het land. Ze had de planten graag van dichterbij willen bekijken. Alle vrouwen waren nieuwsgierig naar onbekend plantaardig leven. Hoewel dit het opnemen van nieuwe kennis betekende, was het voor de directe overleving soms van vitaal belang.

Iedere vrouw wist via overgeërfde kennis hoe ze onbekende planten uit moest proberen, en net als de anderen experimenteerde Iza op zichzelf. Punten van overeenkomst met bekende planten plaatsten nieuwe in de groep van de verwanten, maar ze wist hoe gevaarlijk het was om aan te nemen dat overeenkomstige kenmerken op gelijksoortige eigenschappen wezen. De manier van testen was simpel. Ze nam een klein hapje. Als de smaak onaangenaam was, spuwde ze het onmiddellijk weer uit. Was de smaak goed, dan hield ze het kleine stukje in haar mond en lette scherp op of ze het voelde prikken of branden of van smaak veranderen. Zo niet, dan slikte ze het door en wachtte af of ze enige uitwerking bespeurde. De volgende dag nam ze een grotere hap en werkte dezelfde procedure af. Als ze na de derde proef geen schadelijke effecten bemerkte, beschouwde ze het nieuwe voedsel als eetbaar, maar at het aanvankelijk nog in kleine porties.

Maar Iza was vaak meer geïnteresseerd als ze een duidelijk effect waarnam, want dat wees op een mogelijke toepasbaarheid als geneesmiddel. De andere vrouwen brachten haar alle planten waar ze bij het uitvoeren van een eetbaarheidstest iets ongewoons aan hadden opgemerkt, of die kenmerken bezaten die overeenkwamen met die van als giftig of verdovend bekendstaande planten. Ook met deze planten experimenteerde ze voorzichtig volgens haar eigen methodes. Maar zulke proeven kostten tijd, en als ze op reis waren, hield ze zich maar bij planten die ze kende.

Dicht bij de nieuwe kampplaats vond Iza verscheidene hoge, slankgesteelde stokrozen met grote felgekleurde bloemen. De wortels van de veelkleurige bloemplanten konden verwerkt worden tot een soortgelijk kompres als dat van de iriswortels, om het genezingsproces te bevorderen en zwellingen en infecties tegen te gaan. Een aftreksel van de bloemen zou het kind minder pijn doen voelen en haar slaperig maken. Iza nam de planten tegelijk met haar brandhout mee.

Na het avondmaal zat het kleine meisje tegen een grote rots geleund naar de bedrijvigheid van de mensen om haar heen te kijken. Voedsel en een vers nat verband hadden haar gesterkt en ze zat tegen Iza te snateren, hoewel ze kon zien dat de vrouw haar niet verstond. Andere stamleden wierpen afkeurende blikken in haar richting, maar ze was zich de betekenis van die blikken niet bewust. Hun onderontwikkelde spraakorganen maakten de mensen van de Stam duidelijk articuleren onmogelijk. De enkele klanken die ze gebruikten om ergens de nadruk op te leggen, hadden zich uit waarschuwingskreten of de noodzaak de aandacht te trekken ontwikkeld, en het gewicht dat zij aan in klank gegoten woorden toekenden, maakte deel uit van hun tradities. Hun voornaamste communicatiemiddelen – handgebaren, houdingen, een uit nauw contact geboren intuïtie, gevestigde gebruiken en een scherp oog voor gelaatsuitdrukking en lichaamshouding – waren expressief maar beperkt. Bepaalde dingen die de een had gezien, lieten zich moeilijk aan de anderen beschrijven, en met abstracte begrippen werd dat nog ingewikkelder. De spraakwaterval van het kind verbijsterde de stamleden en maakte hen achterdochtig.

Ze waren dol op kinderen en brachten hen groot met veel warmte en aandacht en een milde tucht, die strenger werd naarmate ze ouder werden. Baby's werden zowel door mannen als door vrouwen vertroeteld, kleine kinderen alleen terechtgewezen door hen te negeren. Wanneer deze zich de hogere status van oudere kinderen en volwassenen bewust werden, begonnen ze de ouderen na te streven en wilden ze zich niet meer als baby's laten knuffelen. De kleintjes leerden al vroeg binnen de strikte grenzen van de gevestigde orde te blijven, en één regel daarvan was dat overbodige geluiden niet te pas kwamen. Door haar lengte leek het meisje ouder dan haar jaren, en de stam beschouwde haar als ongedisciplineerd, niet goed opgevoed.

Iza, die haar van veel dichterbij had meegemaakt, vermoedde wel dat ze jonger was dan ze leek. Ze was tot een vrij nauwkeurige schatting van de ware leeftijd van het meisje gekomen en reageerde toleranter op haar hulpeloosheid. Ook vermoedde ze op grond van haar gemompel tijdens haar ijlkoortsen dat haar soort gemakkelijker en meer verbaliseerde. Iza's hart trok naar het kind dat voor haar leven van haar afhankelijk was en dat met zo'n volledig vertrouwen de stakige armpjes om haar hals had geslagen. Tijd genoeg om haar betere manieren te leren, dacht Iza. Ze begon het kind al als het hare te beschouwen.

Toen Iza kokend water over de stokroosbloemen goot, kwam Creb naar hen toe hobbelen en ging dicht bij het kind zitten. Hij voelde een grote belangstelling voor de vreemdelinge, en daar de voorbereidingen voor de avondceremonie nog niet waren afgerond, kwam hij eens kijken hoe haar herstel vorderde. Ze staarden elkaar aan, het kleine meisje en de manke, getekende, oude man, en bekeken elkaar met even grote interesse. Hij was nooit eerder zo dicht bij een van haar soort geweest en had al helemaal nooit een kínd van de Anderen gezien. Zij had niet eens van het bestaan van de mensen van de Stam af geweten tot ze in hun midden ontwaakte, maar meer dan hun raskenmerken wekte de verfrommelde huid van zijn gezicht haar nieuwsgierigheid. Nog nooit in haar korte leventje had ze een gezicht zo vreselijk vol littekens gezien. Impulsief, met de spontane reactie van een kind, strekte ze haar hand uit om te zien of de littekens anders aanvoelden.

Creb was enigszins van zijn stuk gebracht toen ze zachtjes over zijn gezicht streek. Geen van de kinderen van de stam had ooit op die manier een handje naar hem uitgestoken. De volwassenen trouwens ook niet. Ze vermeden lichamelijk contact met hem, alsof ze door de aanraking met zijn mismaaktheid zelf besmet zouden worden. Alleen Iza, die hem verpleegde tijdens de jichtaanvallen die hem iedere winter met grotere hevigheid kwelden, scheen er geen problemen mee te hebben. Ze voelde geen afkeer voor zijn misvormde lichaam en de akelige littekens, evenmin als ontzag voor zijn macht en positie. De zachte aanraking van het kleine meisje deed een gevoelige snaar trillen in zijn eenzame oude hart. Hij wilde met haar praten en dacht een ogenblik na hoe hij moest beginnen.

'Creb,' zei hij toen, op zichzelf wijzend. Iza keek zwijgend toe terwijl ze wachtte tot de bloementhee getrokken was. Ze was blij dat Creb belangstelling voor het meisje had en het feit dat hij zijn eigen naam gebruikte, ontging haar niet.

'Creb,' zei hij nog eens, zichzelf op de borst kloppend.

Het kind hield haar hoofdje scheef in een poging tot begrijpen. Hij wilde iets van haar. Creb zei zijn naam voor de derde maal. Plotseling klaarde haar gezichtje op, ze ging rechtop zitten en glimlachte.

'Grub?' zei ze terug, met een zwaar rollende *r* in imitatie van de zijne.

De oude man knikte goedkeurend; haar uitspraak kwam er dichtbij. Daarop wees hij op haar. Ze fronste licht, onzeker wat hij nu zou willen. Hij klopte op zijn borst, zei opnieuw zijn naam, en tikte toen op de hare. Haar brede begrijpende glimlach was in zijn ogen een vreemde grimas en het veellettergrepige woord dat uit haar mond kwam rollen, was voor hem niet alleen niet uit te spreken, maar ook bijna niet te volgen. Hij maakte nogmaals de bewegingen en leunde naar voren om beter te kunnen luisteren. Ze zei haar naam.

'Aay-rr,' aarzelde hij; hij schudde zijn hoofd, probeerde het opnieuw. 'Aay-lla, Ay-la?' Dichter kon hij er niet bij komen. Er waren er niet veel in de stam die het hem na zouden doen. Ze straalde en bewoog haar hoofd heftig op en neer. Het was niet helemaal wat ze gezegd had, maar ze had er vrede mee; jong als ze was voelde ze aan dat hij het woord voor haar naam niet beter kon zeggen.

'Ayla,' herhaalde Creb, om aan de klank te wennen.

'Creb?' vroeg het meisje, aan zijn arm trekkend om zijn aandacht te vangen, en wees vervolgens op de vrouw.

'Iza,' zei Creb, 'Iza.'

'Ies-za,' herhaalde ze. Ze genoot van het woordenspel. 'Iza, Iza,' zei ze nogmaals, de vrouw aankijkend.

Iza knikte ernstig; naamklanken waren heel belangrijk. Ze boog zich voorover en tikte het kind op de borst zoals Creb had gedaan, om haar haar naamwoord nog eens te laten zeggen. Het kind herhaalde haar volledige naam, maar Iza schudde slechts het hoofd. Ze zou op geen enkele manier ooit die combinatie van klanken kunnen maken die het meisje zo gemakkelijk uitsprak. Het kind keek verslagen, zei toen met een blik naar Creb haar naam zoals *hij* die uitgesproken had.

'Aag-gha?' probeerde de vrouw. Het meisje schudde haar hoofd en zei het nog eens. 'Aay-ga?' probeerde Iza opnieuw.

'Ay, Ay, niet Aay,' zei Creb. 'Ayl-la,' herhaalde hij heel langzaam, zodat Iza de ongewone klankcombinatie kon horen.
'Ay-lla,' zei de vrouw zorgvuldig, zich inspannend om het woord net zo te vormen als Creb het deed.
Het meisje glimlachte. Het gaf niet dat de naam niet helemaal correct was. Iza had zich zoveel moeite getroost de naam die Creb haar gegeven had uit te spreken dat ze hem als de hare accepteerde. Voor hen zou ze Ayla zijn. Impulsief strekte ze haar armpjes uit en omhelsde de vrouw. Iza drukte haar even tegen zich aan en trok zich toen terug. Ze zou het kind moeten leren dat uitingen van genegenheid in het openbaar ongepast waren, maar ze was er niettemin blij mee.
Ayla was buiten zichzelf van vreugde. Ze had zich onder deze vreemde mensen zo verloren en zo geïsoleerd gevoeld. Ze had zo wanhopig geprobeerd contact te krijgen met de vrouw die voor haar zorgde en ze was zo teleurgesteld toen al haar pogingen faalden. Het was nog maar een begin, maar ze had nu tenminste een naam om de vrouw mee aan te spreken, en een naam om mee aangesproken te worden. Ze wendde zich weer tot de man die de communicatie had ingeleid. Hij leek haar lang zo lelijk niet meer. Ze borrelde over van vreugde en voelde een grote warmte vanbinnen naar hem uitgaan, en zoals ze vele malen gedaan had bij een andere man die ze zich nog maar vaag herinnerde, legde het kleine meisje haar armen rond de hals van de mismaakte, trok zijn hoofd naar zich toe en legde haar wang tegen de zijne.
Haar gebaar van affectie bracht hem uit zijn evenwicht. Hij weerstond een impuls om de omhelzing te beantwoorden. Het zou uiterst onbetamelijk zijn – stel dat men hem dit vreemde schepseltje zag knuffelen, en dan nog wel buiten de begrenzingen van de familiekring. Maar hij liet haar nog een kort moment haar gladde, stevige wangetje tegen zijn ruig bebaard gezicht drukken voor hij zachtjes haar armen losmaakte van rond zijn hals.
Creb raapte zijn staf op en hees zich ermee omhoog. Onder het weghinken dacht hij over het meisje na. Ik moet haar leren spreken, ze moet behoorlijk leren communiceren, dacht hij. Ten slotte kan ik toch niet haar hele opvoeding aan een vrouw overlaten? Hij wist echter dat hij eigenlijk alleen maar graag meer tijd met haar wilde doorbrengen. Zonder het te beseffen zag hij haar al als een blijvend lid van de Stam.

Brun had de gevolgen van zijn toestemming aan Iza om zomaar een vreemd kind mee te nemen niet overzien. Dat was geen tekort van hem als leider, het was het tekort van zijn ras. Hij had niet kunnen voorzien dat ze een kind zouden vinden dat niet tot de Stam behoorde, en hij had de logische gevolgen van het redden van dat kind niet kunnen overzien. Ze hadden haar inderdaad het leven gered; het enige alternatief was haar weer in haar eentje op pad sturen. Alleen kon ze niet overleven – men hoefde niet helderziende te zijn om dat te weten, dat was eenvoudig zo. Om haar de dood in te sturen na eerst haar leven gered te hebben zou hij Iza moeten trotseren, die, hoewel ze geen persoonlijke macht bezat, wel een formidabele stoet geesten aan haar zijde had – en nu ook Creb, de Mog-ur, die iedere willekeurige geest te hulp kon roepen. Geesten waren voor Brun een macht waar niet mee te spotten viel en hij had er geen behoefte aan met hen in conflict te komen. Om hem recht te doen dient gezegd dat juist die mogelijkheid hem met betrekking tot het meisje had bezwaard. Hij had het voor zichzelf niet onder woorden kunnen brengen, maar de gedachte was op de achtergrond aanwezig geweest. Brun wist het nog niet, maar zijn stam bestond nu uit eenentwintig leden.

Toen de medicijnvrouw de volgende ochtend Ayla's been bekeek, kon ze de vooruitgang zien. Dankzij haar deskundige verzorging was de ontsteking bijna verdwenen en de vier evenwijdige groeven in het been hadden zich gesloten en waren aan het genezen, hoewel het meisje er altijd de littekens van zou dragen. Iza besloot dat een kompres niet langer nodig was, maar ze maakte nog wel wilgenbastthee voor het kind. Toen ze haar van de slaapvacht optilde, probeerde Ayla te gaan staan. Iza hielp haar en ondersteunde haar terwijl het meisje behoedzaam haar gewicht op haar gewonde been probeerde over te brengen. Het deed pijn, maar na een paar voorzichtige stapjes ging het al beter.

Nu ze rechtop stond, was het meisje zelfs nog langer dan Iza gedacht had. Haar benen waren lang en spichtig, met knokige knieën, en recht. Iza vroeg zich af of ze soms mismaakt was – de benen van de Stamleden waren enigszins buitenwaarts gebogen –, maar afgezien van een lichte mankheid bewoog het meisje zich verder zonder problemen. Rechte benen zijn voor haar zeker ook normaal, besloot Iza, net als blauwe ogen.

Toen de stam op weg ging, sloeg de medicijnvrouw de mantel om het kind heen en tilde haar weer op haar heup; haar been was nog niet voldoende genezen om er langere afstanden op te lopen. Tijdens de mars van die dag zette Iza haar af en toe neer om een stukje te lopen. Het meisje had gegeten als een wolf om haar lange hongerperiode in te halen en Iza meende al een gewichtstoename te bemerken. Ze was blij nu en dan van de extra last verlost te zijn, vooral nu het voortgaan moeilijker werd.

De stam liet de wijde, vlakke steppe achter zich en trok de volgende paar dagen door golvende heuvels die geleidelijk aan steiler werden. Ze bevonden zich in de uitlopers van de bergen, wier glinsterende mutsen van ijs iedere dag dichterbij kwamen. De heuvels waren dichtbegroeid, niet met de naaldbomen van het noordelijk woud, maar met het volle groen en de dikke knoestige stammen van breedbladige loofbomen. De temperatuur was veel sneller gestegen dan in dit seizoen normaal was, wat Brun sterk verwonderde. De mannen hadden hun omslag verwisseld voor een kortere leren lap die het bovenlichaam onbedekt liet. De vrouwen droegen nog hun winterkleding; dat vergemakkelijkte het dragen van hun last en ging het schuren ervan langs het lichaam tegen.
Het landschap verloor iedere gelijkenis met de koude grasvlakte die om hun oude grot heen gelegen had. Iza moest meer en meer terugvallen op herinneringen die ouder waren dan die van haarzelf, toen de Stam door beschaduwde bergdalen en over de grazige heuvels van een echt loofbomenwoud uit de gematigde zone trok. De grove bruine stammen van eik, beuk, walnoot, appel en esdoorn werden afgewisseld door de rechte, dunschorsige van wilg, berk, haagbeuk, esp, en de hoogopgaande struiken van els en hazelaar. De lucht had iets prikkelends, iets wat Iza niet dadelijk thuis kon brengen en wat op de warme lichte zuidenwind leek te worden meegevoerd. Er hingen nog katjes aan al geheel uitgelopen berken. Tere roze en witte bloemblaadjes zweefden omlaag, de bloesem van vruchtbomen en notelaars, die al een overvloedige herfst beloofden.
Ze baanden zich een weg door het struikgewas en de slingerplanten van het dichte woud en beklommen kale rotshellingen. En terwijl ze over de steenachtige grond voortklauterden, gloeiden om hen heen de heuvels op in alle mogelijke kleuren groen. De diepe tinten van pijnbomen keerden bij het verder klimmen ook weer terug, tezamen met die van de zilverspar. Nog hoger dook een enkele keer een blauwspar op. Hier en daar verschenen de donkerder kleurschakeringen van coniferen tussen het weelderige felle groen van de grootbladige boomsoorten en het gelige en bleekwitte groen van de kleinbladige variëteiten. Mossen en grassoorten droegen het hunne bij tot het groene mozaïek van welige gewassen en kleine planten, van oxalis, de klaverachtige boszuring, tot kleine vetplantjes die zich aan het kale steen vastklemden. Overal in het bos stonden wilde bloemen, witte trilliums, gele viooltjes, rozerode hagendoorn, terwijl gele tijloos en blauwgele gentianen sommige hoger gelegen weiden overdekten. Op enkele sterk beschaduwde plekken staken de laatste gele, witte en paarse krokussen nog dapper hun kopjes op.

De stam hield op de top van een steile heuvel stil voor een rustpauze. Onder hen ging het panorama van beboste heuvels abrupt over in de zich tot de horizon uitstrekkende steppen. Vanaf hun hoge uitkijkpost konden ze in de verte verscheidene kudden hoefdieren zien grazen in het hoge gras, dat al tot zomers goudgeel verbleekte. Zich snel verplaatsende jagers, die weinig bij zich hadden en niet door zwaar bepakte vrouwen opgehouden werden, hadden een ruime keus uit de diverse soorten jachtwild en konden de steppe gemakkelijk in minder dan een halve morgen bereiken. In het oosten was de lucht boven de wijde grasvlakte helder, maar in het zuiden pakten zich snel naderende onweerswolken samen. Als ze zo bleven groeien, zou de hoge bergketen in het noorden ervoor zorgen dat de wolken hun vochtige lading over de stam zouden uitstorten.
Brun en de mannen gingen net buiten gehoorsafstand van de vrouwen en kinderen in vergadering, maar de bezorgde gezichten en handgebaren lieten geen twijfel bestaan over de inhoud van de discussie. Ze probeerden uit te maken of ze terug moesten keren of verdergaan. Ze kenden deze streek niet, maar wat belangrijker was: ze verwijderden zich te ver van de steppen. Hoewel ze in de beboste heuvels aan de voet van de bergen veel dieren hadden gezien, haalden die het niet bij de reusachtige kudden die van het overvloedig voedsel op de grasrijke vlakten daar beneden leefden. Op open terrein was de jacht gemakkelijker: de dieren waren beter zichtbaar zonder de dekking van het woud, dekking die ook hun vierpotige vijanden verborg. Dieren die op de vlakten leefden, waren socialer en vormden veelal kudden, in plaats van zich alleen of in kleine familiegroepjes te verplaatsen, zoals de prooidieren van het woud.
Iza verwachtte dat ze terug zouden gaan, zodat hun moeizame tocht de heuvel op voor niets was geweest. De zich samenpakkende bewolking en de dreigende regen wierpen sombere schaduwen over de ontmoedigde reizigers. Omdat ze toch stonden te wachten, zette Iza Ayla neer en bevrijdde zich van haar zware bepakking. Het kind dwaalde weg, blij met de bewegingsvrijheid die haar bijna genezen been haar bood, nadat ze zo lang op Iza's heup had moeten zitten. Iza zag haar nog juist rond een hoge richel in de rotsen recht voor hen uit uit het gezicht verdwijnen. Ze wilde niet dat het meisje te ver afdwaalde. Het overleg kon ieder moment beëindigd worden en Brun zou het haar niet in dank afnemen als het meisje hun vertrek ophield. Ze ging haar achterna, en toen ze om de richel heen gelopen was, zag Iza het kind, maar wat ze achter het meisje zag deed haar hart bonzen van opwinding.

Ze haastte zich terug, snelle blikken achterom werpend. Ze durfde Brun en de mannen niet te storen en wachtte geduldig tot de vergadering was afgelopen. Brun zag haar, en hoewel hij het niet liet merken, wist hij dat er iets aan de hand was. Zodra de mannen uiteengingen, rende Iza op Brun af en ging met neergeslagen ogen voor hem op de grond zitten – de houding die aangaf dat ze hem graag wilde spreken. Hij kon haar een gesprek toestaan of niet; de keus was aan hem. Als hij haar negeerde, zou ze hem niet mogen vertellen wat ze op het hart had.

Brun vroeg zich af wat ze wilde. Hij had gezien dat het meisje op onderzoek was uitgegaan – met betrekking tot zijn stam ontging hem weinig –, maar hij had dringender zaken aan zijn hoofd. Het zal wel iets over dat meisje zijn, dacht hij fronsend, en hij kwam in verleiding om Iza's verzoek te negeren. Wat Mog-ur ook mocht zeggen, het beviel hem niet dat het kind met hen meereisde. Opkijkend zag Brun de tovenaar naar hem kijken en probeerde uit zijn blik op te maken wat er in de eenogige omging, maar er viel van het onbewogen gezicht niets af te lezen.

De leider keek weer naar de vrouw die daar aan zijn voeten zat; uit haar houding sprak haar intense innerlijke beroering. Ze is werkelijk van de kook, dacht hij. Brun was geen ongevoelig man en hij had veel respect voor zijn bloedverwante. Ondanks de problemen die ze met haar partner had gehad, had ze zich altijd goed gedragen. Ze was een voorbeeld voor de andere vrouwen en viel hem zelden met onbenullige verzoeken lastig. Misschien moest hij haar toch maar laten spreken; hij hoefde tenslotte niet in te gaan op wat ze hem wilde vragen. Hij reikte omlaag en tikte haar op de schouder. Iza's adem ontsnapte sissend bij zijn aanraking; ze wist niet eens dat ze hem al die tijd had ingehouden. Ze mocht spreken! Hij had zo lang met zijn besluit gewacht dat ze al overtuigd was dat hij haar zou negeren. Iza stond op, wees in de richting van de richel en zei één woord: 'Grot!'

4

Brun draaide zich op zijn hielen rond en beende naar de richel. Toen hij om de vooruitstekende punt heen gelopen was stond hij stil, abrupt tot staan gebracht door wat hij daarachter zag. Opwinding bruiste door zijn aderen. Een grot! En wat voor een grot! Bij de eerste oogopslag wist hij dat dit de grot was die hij zocht, maar hij trachtte zijn emoties te beheersen en zijn groeiende hoop in bedwang te houden. Met bewuste inspanning richtte hij zijn aandacht op de bijzonderheden van de grot en de ligging ervan. Zo sterk concentreerde hij zich dat hij het kleine meisje ternauwernood opmerkte.
Zelfs vanwaar hij stond, op een afstand van een kleine honderd meter, was de min of meer driehoekige ingang, als in het grijsbruine gesteente uitgehouwen, groot genoeg om daarachter een holte te doen vermoeden die zijn stam meer dan voldoende ruimte zou bieden. De opening lag op het zuiden, zodat er het grootste deel van de dag zonlicht naar binnen viel. Als om dat te bevestigen deed een zonnestraal die een spleetje in de wolken boven hem gevonden had, de roodachtige aarde van de brede strook grond voor de grot opgloeien. Brun bekeek de omgeving en maakte snel de balans op. Een hoge rotswand aan de noordzijde en een tweede op het zuidoosten boden beschutting tegen de wind. Water is ook vlak in de buurt, dacht hij, in gedachten het zoveelste pluspunt noterend toen hij het rustig voortkabbelende beekje aan de voet van een zachtglooiende helling ten westen van de grot zag. Het was verreweg de meest aantrekkelijke plek die hij tot dusver had gezien. Hij wenkte Grod en Creb, met moeite zijn geestdrift beheersend tot ze bij hem zouden zijn om de grot van dichterbij te bekijken.
De beide mannen haastten zich naar hun leider toe, gevolgd door Iza, die Ayla kwam halen. Ook zij wierp een kritische blik op de grot en knikte voldaan voor ze met het kind naar de opgewonden gesticulerende groep stamleden terugkeerde. Bruns onderdrukte emoties hadden zich aan de anderen medegedeeld. Ze wisten dat er een grot gevonden was en ze wisten dat Brun dacht dat deze goede mogelijkhe-

den bood. Helle zonnestralen priemden door de sombere bewolking heen en leken de sfeer van hoop nog te versterken.
Brun en Grod grepen hun speren stevig vast toen de mannen gedrieën op de grot af liepen. Ze zagen geen tekenen van menselijke bewoning, maar dat was nog geen waarborg dat de grot onbewoond was. Vogels fladderden kwetterend en tsjilpend, omlaagduikend en heen en weer vliegend de grote opening in en uit. Vogels zijn een goed voorteken, dacht Mog-ur. Behoedzaam kwamen de mannen naderbij en liepen voor de ingang langs terwijl Brun en Grod zorgvuldig naar verse sporen en mest uitkeken. De meest verse waren enkele dagen oud. Deze prenten, en de grote tandafdrukken in zware, door machtige kaken gekraakte dijbeenbotten vertelden hun eigen verhaal: een troep hyena's had de grot als tijdelijk onderkomen gebruikt. De verscheurende rovers hadden een bedaagd damhert aangevallen en het karkas naar de grot gesleept om hun maal in alle rust en relatieve veiligheid te verorberen.
Opzij van de grot en dicht bij de westkant van de opening bevond zich, omgeven door een wirwar van ranken en struikgewas, een vijvertje dat door een bron gevoed werd; het teveel aan water liep in een smal stroompje weg naar de beek. Terwijl de anderen wachtten, volgde Brun het water terug tot waar het even boven de grond uit de steile, ruwe, dichtbegroeide buitenwand van de grot welde. Ook direct bij de bronuitgang was het sprankelende water fris en zuiver. Brun voegde het vijvertje toe aan de lijst pluspunten van de plek en ging naar de anderen terug. De ligging van de grot was goed, maar de grot zelf zou de doorslag geven. De beide jagers en de tovenaar maakten zich op om het grote, donkere gat binnen te gaan.
Ze liepen terug naar de oostzijde van de ingang en keken naar de bovenpunt van de driehoekige opening omhoog toen ze het gat in de berg in liepen. Al hun zintuigen waren tot het uiterste gespitst terwijl ze omzichtig verder de grot in gingen, dicht langs de wand lopend. Toen hun ogen aan het schemerig interieur gewend raakten, keken ze vol verbazing om zich heen. Een hoog oprijzende zoldering overspande een enorme ruimte, die groot genoeg was om er vele malen hun aantal in te huisvesten. Voetje voor voetje schoven ze langs de ruwe rotswand voort, uitkijkend naar eventuele openingen die naar dieper gelegen nissen zouden kunnen voeren. Dicht bij de achterwand sijpelde een tweede bron uit de muur; het water drupte omlaag en verzamelde zich in een donker plasje dat even verderop in de droge zanderige bodem verdween. Vlak voorbij de plas liep de grotwand weer met een scherpe bocht terug naar de ingang. Bij het volgen van die

westelijke muur zagen ze in het geleidelijk weer toenemende licht een donkere spleet die zich duidelijk aftekende tegen de dofgrijze wand. Op een teken van Brun brak Creb zijn schuifelende gang af terwijl Grod en de leider de scheur naderden en naar binnen keken. Ze zagen volslagen duisternis.

'Grod!' beval Brun, met een gebaar dat aangaf wat hij wilde hebben. De onderaanvoerder repte zich naar buiten terwijl Brun en Creb vol spanning wachtten. Toen hij buiten was, liet Grod zijn ogen over de begroeiing dwalen en ging toen op een klein groepje zilversparren af. Harsachtige, door de bast heen gedrongen pek glom in harde klonters op de stammen. Grod prikte de bast los; vers kleverig sap parelde uit de witte wond op de stam. Hij brak enkele dorre takken af die nog onder de levende groene twijgen aan de boom zaten, haalde een stenen vuistbijl uit een plooi van zijn omslag, hakte een groene tak af en ontdeed die vlug van de zijtakken. Hij bond de pekachtige bast en dorre twijgjes met taai gras aan het uiteinde van de groene tak, haalde voorzichtig het gloeiende kooltje uit de oeroshoren aan de riem rond zijn middel, hield deze bij de pek en begon te blazen. Weldra holde hij de grot weer binnen met een brandende toorts in de hand.

Terwijl Grod het licht hoog boven zijn hoofd hield en Brun voor hem uit zijn knots stevig omklemde voor het geval dat, gingen de twee mannen de donkere spleet in. Ze slopen zwijgend door een smalle gang, die na enkele stappen abrupt in de richting van de achterwand van de grot afboog, en vlak na die bocht in een tweede grot uitkwam. Deze ruimte, die veel kleiner was dan de hoofdgrot, was bijna rond, en tegen de verste wand glansde een stapel beenderen wit op in het flakkerende licht van de toorts. Brun ging ernaartoe om beter te kunnen kijken, en zijn ogen sperden zich wijd open. Hij beheerste zich met moeite, gaf Grod een teken en beiden gingen snel terug.

Mog-ur wachtte gespannen, zwaar op zijn staf leunend. Toen Brun en Grod uit de donkere opening tevoorschijn stapten, keek de tovenaar verbaasd op. Het was niets voor Brun om zo opgewonden te zijn. Op een wenk volgde Mog-ur de twee mannen het donkere gangetje weer in. Toen ze de kleine ruimte bereikten, hield Grod de fakkel omhoog. Mog-urs ogen vernauwden zich toen hij de stapel beenderen zag. Hij schoot erop af en zijn staf viel kletterend op de grond toen hij zich op zijn knieën liet vallen. In de stapel graaiend zag hij een groot langgerekt voorwerp. Hij duwde de andere botten opzij en raapte de schedel op.

Er was geen twijfel mogelijk. De hoge frontale welving was dezelfde als die van de schedel die Mog-ur in zijn mantel droeg.

Hij ging rechtop zitten, hield de enorme schedel op ooghoogte en keek ongelovig en eerbiedig in de donkere oogkassen. Ursus had deze grot gebruikt. Aan de hoeveelheid beenderen te zien hadden hier vele jaren holenberen overwinterd. Nu begreep Mog-ur Bruns opwinding. Het was het beste voorteken dat ze hadden kunnen krijgen. Deze grot was de woning van de Grote Holenbeer geweest. Zelfs de rotsige grotwanden waren doortrokken van het wezen van het zwaargebouwde schepsel dat de Stam boven alle andere aanbad, boven alle andere eer bewees. Voorspoed en geluk zouden zeker deel zijn van de stam die zich hier vestigde. Aan de ouderdom van de beenderen was te zien dat de grot al jaren niet meer was bewoond en eenvoudig lag te wachten tot zij hem zouden vinden.
De grot was volmaakt, gunstig gelegen en ruim, met een apart vertrek voor geheime rituelen dat ze zomer en winter konden gebruiken, een vertrek dat vervuld was van het bovennatuurlijk mysterie van het geestelijk leven van de Stam. Mog-ur had al visioenen van allerlei ceremoniën die hij er leiden zou. Deze kleine grot zou zijn domein zijn. Hun speurtocht was ten einde, de stam had een thuis gevonden – als tenminste de eerste jacht succesvol was.

Toen de drie mannen de grot verlieten, scheen de zon en werden de wolken door een straffe wind uit het oosten tot een snelle aftocht gedwongen. Brun vatte het op als een goed voorteken. Trouwens, ook als de wolken in een stortvloed van water compleet met bliksem en donder opengescheurd waren, zou hij dat als een goed teken hebben opgevat. Niets had een domper op zijn overgrote vreugde kunnen zetten of zijn innige voldoening kunnen verstoren. Hij stond op het terras voor de grot en keek naar het uitzicht. Recht vooruit kon hij tussen twee heuvels door een brede, glinsterende open watervlakte zien. Hij had niet beseft dat die zo dichtbij was, en een herinnering kwam boven die het raadsel van de snel stijgende temperatuur en de ongewone begroeiing oploste.
De grot bevond zich in een uitloper van een bergketen op de zuidpunt van een schiereiland dat tot halverwege in een binnenzee stak die midden op het continent lag. Het schiereiland was op twee punten met het vasteland verbonden. De voornaamste verbinding werd gevormd door een brede landtong in het noorden, maar een smalle strook zoutig moerasland liep door tot aan het hoge bergachtige land in het oosten. Het zoute moeras vormde tevens een drassige afwatering voor een kleinere binnenzee aan de noordoostkust van het schiereiland.

De bergen achter hen beschermden de kuststrook tegen de strenge winterkou en snijdende winden die de continentale ijskap in het noorden veroorzaakte. Door het nooit bevriezende water van de zee getemperde aanlandige winden zorgden voor een smalle gematigde zone op de beschutte zuidpunt en voorzagen in voldoende vocht en warmte voor het dichte loofbomenwoud van de gematigde luchtstreken.

De grot lag op een ideale plaats; ze hadden er het beste van twee werelden. De temperatuur was er hoger dan waar ook in de omliggende gebieden en er was een overvloed aan hout voor brandstof tijdens de koude wintermaanden. De wijde zee was vlakbij, vol vis en schaaldieren, en kliffen langs de kust boden onderdak aan nestelende kolonies zeevogels en leverden eieren. Het loofbos was een waar paradijs voor de voedselverzamelaar: vol vruchten, noten, bessen, zaden, eetbare planten en bladgroenten. Vers water was in bronnen en stroompjes direct voorhanden. Maar wat het voornaamste was: ze bevonden zich op slechts korte afstand van de open steppen, waar de enorme kudden grote herbivoren graasden die niet alleen vlees, maar ook kleding en gebruiksvoorwerpen leverden. De kleine stam van jagers en voedselverzamelaars leefde van wat het land hun bood, en dit land bood hun een overstelpende overvloed.

Brun voelde nauwelijks de grond onder zijn voeten toen hij naar de wachtende stam toe liep. Hij kon zich geen perfectere grot voorstellen. De geesten zijn bij ons teruggekeerd, dacht hij. Misschien hebben ze ons wel nooit verlaten; misschien wilden ze ons alleen maar naar deze grotere, mooiere grot laten verhuizen. Natuurlijk! Dat moet het zijn! Ze waren de oude grot beu, ze wilden een nieuwe woning, dus maakten ze een aardbeving om ons er weg te laten gaan. Misschien hadden ze de doden die bij de aardbeving gevallen waren in de geestenwereld nodig en leidden ze ons naar deze nieuwe grot om het verlies goed te maken. Ze moeten ons op de proef gesteld hebben, en ook mij, als leider. Daarom kon ik niet besluiten of we terug zouden gaan of niet. Brun was blij dat hij als leider niet gefaald bleek te hebben. Als dat niet volstrekt ongepast geweest was, zou hij zijn teruggerend om het de anderen te gaan vertellen.

Toen de drie mannen weer in het gezicht kwamen, hoefden ze niemand te vertellen dat hun zwerftocht afgelopen was. De anderen wisten het direct. Van degenen die daar stonden te wachten, hadden alleen Iza en Ayla de grot gezien, en alleen Iza kon hem naar waarde schatten; ze was er zeker van geweest dat Brun hem zou willen betrekken. Nu kan hij Ayla niet wegsturen, dacht Iza. Als zij er niet geweest was, zou Brun zijn omgekeerd voor we de grot vonden. Ze moet een sterke totem hebben, en een die geluk brengt ook. Ze brengt zelfs ons geluk. Iza keek naar het kleine meisje naast haar, dat zo volkomen onbewust was van de opwinding die ze veroorzaakt had. Maar als ze zoveel geluk heeft, waarom heeft ze dan haar familie verloren? Iza schudde haar hoofd. Ik zal nooit iets van de werkwijze van de geesten begrijpen.

Ook Brun stond naar het kind te kijken. Zodra hij Iza en het meisje zag, herinnerde hij zich dat het Iza was geweest die hem van de grot vertelde, en ze zou die nooit gezien hebben als ze Ayla niet achternagegaan was. De leider had zich eraan geërgerd dat het kind in haar eentje wegdwaalde; hij had iedereen gezegd te wachten. Maar als ze niet zo ongedisciplineerd was geweest, had hij de grot niet gezien. Waarom zouden de geesten háár er het eerst heen geleid hebben? Mog-ur had gelijk, hij heeft altijd gelijk, de geesten waren niet boos geworden dat Iza zich over het kind ontfermd had, ze waren niet kwaad dat Ayla bij hen was. Integendeel, ze leken haar zelfs te begunstigen.

Brun wierp een blik op de mismaakte man die in zijn plaats leider had behoren te zijn. We mogen ons gelukkig prijzen dat mijn broeder onze Mog-ur is. Vreemd, dacht hij, ik heb hem in lang niet meer als mijn broeder gezien, sinds onze kinderjaren niet meer. Brun had Creb voor het laatst als zijn broer gezien toen hij nog een jongen was die met zichzelf worstelde om de zelfbeheersing te verwerven waar de mannen van de stam over moesten beschikken, vooral degene die voorbestemd was om leider te zijn. Zijn oudere broer had zijn eigen strijd gestreden tegen pijn en hoon omdat hij niet jagen kon, en hij scheen te weten wanneer Brun het bijzonder zwaar had. De zachtmoedige blik van de gebrekkige had zelfs toen al een kalmerende uitwerking, en Brun had zich altijd beter gevoeld wanneer Creb naast hem zat en hem troostte met zijn stilzwijgend begrip.

Alle kinderen van dezelfde vrouw waren bloedverwanten, maar alleen kinderen van hetzelfde geslacht gebruikten het meer intieme woord broeder of zuster voor elkaar, en dan nog alleen in hun vroege jeugd of in zeldzame ogenblikken van bijzondere verbondenheid. Mannen hadden geen zusters, zoals vrouwen geen broeders hadden; Creb was Bruns bloedverwant, én zijn broeder; Iza was alleen hun bloedverwante, en zij had geen zusters.

Er was een tijd dat Brun meelij had met Creb, maar zijn ontzag voor Crebs kennis en vermogens had hem sindsdien allang zijn mismaaktheid doen vergeten; hij was zelfs bijna opgehouden hem nog als een man te zien en zag hem alleen nog als de grote magiër wiens wijze raad hij dikwijls vroeg. Brun geloofde niet dat zijn broeder het ooit had betreurd dat hij geen leider was geworden, maar soms vroeg hij zich af of de gebrekkige het nooit jammer vond geen gezellin en geen kinderen van die gezellin te hebben. Vrouwen konden zo af en toe knap lastig zijn, maar ze brachten toch ook dikwijls gezelligheid en warmte bij de vuurplaats. Creb had nooit een gezellin gehad, had nooit leren jagen, had nooit de vreugden of de verantwoordelijkheden van een normale man gekend, maar hij was Mog-ur, dé Mog-ur. Brun wist niets van magie en weinig van geesten, maar hij was de leider, en zijn gezellin had een flinke zoon gebaard. Zijn hart werd warm van vreugde bij de gedachte aan Broud, de jongen die hij bezig was op te leiden om later zijn plaats in te kunnen nemen. Ik zal hem op de volgende jacht meenemen, besloot Brun plotseling, op de jacht voor het grotfeest. Dat kan dan zíjn inwijdingsjacht worden. Als hij daarbij zijn eerste grote prooi doodt, kunnen we zijn inwijding tot man in de grotceremonie opnemen. Wat zou Ebra trots zijn. Broud is oud genoeg, en hij is sterk en dapper. Een beetje te koppig soms, maar hij leert zijn heftige aard wel beheersen. Brun had behoefte aan een jager erbij. Nu de stam een thuis had, was er veel werk te doen vanwege de voorbereidingen voor de komende winter. De jongen was bijna twaalf, meer dan oud genoeg om tot man bevorderd te worden. Broud kan de herinneringen voor het eerst delen in de nieuwe grot, dacht Brun. Ze zullen extra sterk zijn; Iza zal de drank maken.

Iza! Wat moet ik met Iza doen? En met dat meisje? Iza is al aan haar gehecht, hoe vreemd ze ook is. Het zal wel komen doordat ze zo lang kinderloos is geweest. Maar binnenkort heeft ze zelf een kind, en ze heeft geen metgezel die in haar onderhoud kan voorzien. Met het meisje erbij zullen er twee kinderen zijn die we onder moeten brengen. Iza is niet jong meer, maar ze is zwanger, en ze heeft haar toverkunst en haar hoge rang, die een man extra aanzien zouden verschaffen. Misschien zou een van de jagers haar als tweede vrouw willen nemen, als dat vreemde kind er tenminste niet was. De vreemdelinge die de geesten begunstigen. Ze zouden misschien echt kwaad worden als ik haar nu wegstuurde. Misschien zouden ze de aarde wel weer laten schudden. Brun huiverde.

Ik weet dat Iza haar wil houden en ze hééft me van de grot verteld. Ze heeft wel een beloning verdiend, maar het moet niet te duidelijk zijn. Als ik haar het meisje liet houden zou dat haar beloning kunnen zijn, maar het meisje is geen Stam. Zouden de stamgeesten haar wel accepteren? Ze heeft niet eens een totem; hoe kunnen we haar bij ons laten blijven als ze geen totem heeft? Geesten! Ik begrijp niets van ze!

'Creb,' riep Brun. De tovenaar draaide zich om, verrast dat Brun hem bij zijn persoonlijke naam riep, en hinkte naar de leider toe toen deze gebaarde hem onder vier ogen te willen spreken.

'Dat meisje dat Iza meegenomen heeft, je weet dat ze niet tot de Stam behoort, Mog-ur,' begon Brun, enigszins onzeker. Creb wachtte. 'Jij was degene die zei dat ik Ursus moest laten bepalen of ze in leven mocht blijven. Nu, het ziet ernaar uit dat hij dat gedaan heeft, maar wat doen we nu verder met haar? Ze is niet van de Stam. Ze heeft geen totem. Onze totems staan niet eens toe dat er iemand van een andere stam aanwezig is bij de ceremonie waarmee wij de grot voor hen inwijden; alleen degenen wiens beschermgeesten er zullen wonen mogen erbij zijn. Ze is nog zo jong, ze zou zich alleen nooit redden, en je weet dat Iza haar wil houden, maar hoe moet het dan met de grotceremonie?'

Creb had juist op een dergelijke vraag gehoopt; hij had zijn antwoord klaar. 'Het kind heeft wél een totem, Brun, zelfs een machtige. We weten alleen niet welke. Ze is door een holenleeuw aangevallen, maar het enige wat ze eraan overgehouden heeft, zijn een paar krabben.'

'Een holenleeuw! Daar zouden niet veel jagers zo gemakkelijk van af zijn gekomen.'

'Zo is het. En ze heeft lange tijd alleen rondgezworven, ze was de hongerdood nabij. Toch is ze niet gestorven; ze werd op ons pad geplaatst zodat Iza haar zou vinden en meenemen. En vergeet niet dat je het Iza niet belet hebt, Brun. Het meisje is jong voor een dergelijke beproeving,' sprak Mog-ur verder, 'maar ik geloof dat ze door haar totem op de proef gesteld werd om te zien of ze hem waardig is. Haar totem is niet alleen sterk, hij brengt ook geluk. We zouden allen in haar geluk kunnen delen; misschien doen we dat al.'

'Je bedoelt de grot?'

'Hij werd háár het eerst geopenbaard. We gingen al bijna terug; je had ons er al zo dichtbij gebracht, Brun...'

'De geesten hebben me geleid, Mog-ur. Ze wilden een nieuw thuis.'

'Ja, natuurlijk hebben ze je geleid, maar toch openbaarden ze de grot het eerst aan het meisje. Ik heb er eens over nagedacht, Brun. Er zijn twee kleintjes die hun totem nog niet kennen. Ik heb geen tijd gehad; het vinden van een nieuwe grot ging voor. Maar ik denk dat we de totemceremonie van die twee wel tegelijk met de grotceremonie kunnen houden. Het zou hun geluk brengen en hun moeders veel genoegen doen.'

'Wat heeft dat met het meisje te maken?'
'Wanneer ik ga mediteren om de totems van de kleintjes te weten te komen, zal ik ook om de hare vragen. Als haar totem zich aan mij openbaart, kan zij ook in de ceremonie worden opgenomen. Het zou niet veel van haar eisen, en dan kunnen we haar tegelijkertijd in onze stam opnemen. Dan zal het geen problemen geven als ze blijft.'
'Haar in de stam opnemen! Ze is niet van de Stam, ze is bij de Anderen geboren. Wie heeft er iets gezegd over haar in de Stam opnemen? Dat zou nooit gaan, Ursus zou het niet dulden. Het is nog nooit gebeurd!' wierp Brun tegen. 'Het was niet mijn bedoeling haar een van ons te maken; ik vroeg me alleen af of de geesten zouden toestaan dat ze bij ons bleef tot ze wat ouder is.'
'Iza heeft haar het leven gered, Brun. Zij draagt nu de geest van het meisje voor een deel in zich, en dat maakt het kind gedeeltelijk lid van de Stam. Ze wandelde al bijna in de volgende wereld, maar nu is ze weer springlevend. Dat is bijna hetzelfde als opnieuw geboren worden, in de Stam.' Creb kon de leider zijn kaken opeen zien klemmen in verzet tegen die gedachte en ging haastig verder, voordat Brun iets kon zeggen.
'Mensen van de ene stam gaan soms over tot de andere, Brun. Daar is niets ongewoons aan. Het is wel gebeurd dat de jonge mensen van vele stammen zich bij elkaar aansloten om nieuwe stammen te vormen. Herinner je je de laatste Stambijeenkomst, toen twee kleine stammen besloten samen te gaan? Ze gingen allebei steeds verder in aantal achteruit, er werden niet genoeg kinderen geboren, en van degene die er wel geboren werden overleefden te weinig het eerste levensjaar. Iemand in de stam opnemen is niet nieuw,' betoogde Creb.
'Dat is wel waar; soms sluiten mensen van de ene stam zich inderdaad bij een andere aan, maar het meisje is niet van de Stam. Je weet niet eens of de geest van haar totem tot je zal spreken, Mog-ur; en zo ja, hoe weet je dan dat je hem zult verstaan? Ik kan háár niet eens verstaan! Denk je werkelijk dat je het zult kunnen? Haar totem ontdekken?'
'Ik kan het alleen proberen. Ik zal Ursus vragen me te helpen. Geesten hebben hun eigen taal, Brun. Als het zo moet zijn dat ze bij ons blijft, zal de totem die haar beschermt zorgen dat ik hem versta.'
Brun dacht een ogenblik na. 'Maar zelfs als je haar totem ontdekt, welke jager zal haar willen hebben? Iza en haar kleine betekenen straks al een extra last, en we hebben niet meer zoveel jagers. Bij de aardbeving is niet alleen Iza's partner omgekomen, ook de zoon van Grods gezellin, een jonge, sterke jager, is gedood, en Aga's metgezel,

en zij heeft twee kinderen, en ook haar moeder deelde dat vuur.' Even was er pijn in de ogen van de leider toen hij aan de doden in zijn stam dacht.

'En Oga,' sprak Brun verder. 'Eerst werd de metgezel van haar moeder op de horens genomen en vlak daarna kwam haar moeder zelf bij de instorting om. Ik heb Ebra gezegd dat het meisje bij ons kon komen. Oga is bijna een vrouw. Wanneer ze oud genoeg is, denk ik haar aan Broud te geven; dat zal hem wel bevallen,' peinsde Brun, een ogenblik afgeleid door gedachten aan zijn andere verantwoordelijkheden. 'De mannen die nog over zijn, hebben het al zwaar genoeg zonder het meisje erbij, Mog-ur. Als ik haar in de stam opneem, aan wie kan ik Iza dan geven?'

'Aan wie was je van plan haar te geven tot het meisje oud genoeg zou zijn om ons te verlaten, Brun?' vroeg de eenogige. Deze vraag bracht Brun in verlegenheid, maar Creb sprak door voor hij kon antwoorden. 'Je hoeft geen jager met Iza of het kind te belasten, Brun. Ik zal voor hen zorgen.'

'Jij!'

'Waarom niet? Het zijn vrouwen. Er zijn geen jongens om op te leiden, nog niet althans. Heb ik niet het recht van de Mog-ur op een deel van iedere jachtbuit? Ik heb nooit mijn hele aandeel opgeëist, ik heb het nooit nodig gehad, maar ik kán erom vragen. Zou het niet gemakkelijker zijn als alle jagers me het hele aan de Mog-ur toekomende deel gaven, zodat ik in het onderhoud van Iza en het meisje kan voorzien, in plaats van één jager met de zorg voor hen beiden te belasten? Ik was toch al van plan je te vertellen van mijn voornemen om een eigen vuurplaats in te richten wanneer we een nieuwe grot hadden gevonden, om voor Iza te zorgen, tenzij een andere man haar graag wil hebben. Ik heb al vele jaren een vuur met mijn bloedverwante gedeeld; het zou me moeilijk vallen na al die tijd te veranderen. Bovendien behandelt ze mijn jicht. Als haar kind een meisje is, zal ik haar ook opnemen. Als het een jongen is – nu, dat zien we dan wel weer.'

Brun bekeek het idee van alle kanten. Ja, waarom niet? Het zou de zaak er voor iedereen gemakkelijker op maken. Maar waarom wil Creb het zo? Iza zou zijn jicht toch wel behandelen, wiens vuur ze ook deelde. Waarom wil een man van zijn leeftijd zich opeens met kleine kinderen belasten? Waarom zou hij de verantwoordelijkheid voor het onderricht en de opvoeding van een vreemd meisje op zich willen nemen? Misschien is dat het: hij voelt zich verantwoordelijk. Brun had niet veel op met het idee het meisje in zijn stam op te nemen – hij wilde dat het probleem helemaal niet aan de orde was gekomen –, maar hij voelde er nog veel minder voor iemand bij hen te laten wonen die niet tot de stam behoorde en over wie hij geen zeggenschap had. Misschien was het inderdaad wel het beste om haar in de stam op te nemen en haar tot een behoorlijke vrouw op te voeden. Ook de rest van de stam zou er dan misschien minder moeite mee hebben. En als Creb hen wilde opnemen, zag Brun geen reden om hem dat niet toe te staan.

Brun maakte een berustend gebaar. 'Goed dan, als je haar totem kunt achterhalen zullen we haar in de stam opnemen, Mog-ur, en ze kunnen bij jouw vuurplaats wonen, althans tot Iza haar kind baart.' Brun bemerkte dat hij voor de eerste keer in zijn leven meer op een vrouwelijke dan op een mannelijke boreling hoopte.

Nu de beslissing eenmaal genomen was, voelde Brun een zekere opluchting. De vraag wat hij met Iza aan moest, had hem wel beziggehouden, maar hij had de kwestie even laten rusten. Hij had belangrijker dingen aan zijn hoofd gehad. Crebs voorstel verloste hem niet alleen van een netelig probleem, waar hij als leider van de stam een beslissing over had moeten nemen, maar loste ook een probleem van veel persoonlijker aard op. Sinds haar metgezel bij de aardbeving omgekomen was had hij, hoe hij er ook over nadacht, geen andere mogelijkheid gezien dan Iza en haar toekomstig kind, en waarschijnlijk Creb ook nog, bij zijn eigen vuurplaats op te nemen. Hij was al verantwoordelijk voor Broud en Ebra, en nu ook voor Oga. Als er nog meer mensen bij kwamen, zou dat tot wrijvingen leiden op de enige plek waar hij zich enigszins kon ontspannen en niet zo op zijn qui-vive hoefde te zijn. Ook zijn gezellin zou het waarschijnlijk niet zo op prijs hebben gesteld.

Ebra kon het redelijk met zijn bloedverwante vinden, maar bij hetzelfde vuur? Hoewel er nooit openlijk iets was gezegd, wist Brun dat Ebra jaloers was op Iza's status. Ebra was de gezellin van de leider; bij de meeste stammen zou zij de hoogste rang onder de vrouwen gehad hebben. Maar Iza was een medicijnvrouw wier afstamming in een rechte lijn terugvoerde langs de meest geëerde en beste medicijnvrouwen van de Stam. Ze bezat status van zichzelf, niet via haar gezel. Toen Iza het meisje meenam, dacht Brun al dat hij ook haar op zou moeten nemen. Hij was nooit op het idee gekomen dat Mog-ur niet alleen voor zichzelf, maar ook voor Iza en haar kinderen verantwoordelijkheid zou willen dragen. Creb kon niet op jacht gaan, maar Mog-ur had andere hulpbronnen.

Nu het probleem van de baan was, haastte Brun zich terug naar zijn stam, die verlangend op de leider wachtte om de bevestiging te krijgen van dat wat men al geraden had. Hij gaf het teken: 'We gaan niet verder, we hebben een grot gevonden.'

'Iza,' zei Creb, terwijl ze met wilgenbastthee voor Ayla bezig was, 'vanavond eet ik niet.'

Iza boog het hoofd ten antwoord. Ze wist dat hij ging mediteren als voorbereiding op de ceremonie en dan at hij nooit.

De stam kampeerde bij het riviertje onder aan de zachtglooiende helling naar de grot. Pas wanneer de grot door de juiste rituelen ingewijd was, konden ze erin trekken. Hoewel het ongepast was té nieuwsgierig te lijken, vond ieder lid van de stam wel een excuus om zo dicht bij de grot te komen dat hij of zij naar binnen kon kijken. Voedselzoekende vrouwen zochten vooral rond de ingang, en mannen volgden de vrouwen, zogenaamd om hen in het oog te houden. De stam was gespannen, maar opgewekt. De druk waar ze sinds de aardbeving onder geleefd hadden, was van hen afgevallen. Ze vonden dat de nieuwe grot er veelbelovend uitzag. Hoewel ze niet zo heel ver de schemerige, onverlichte holte in konden kijken, zagen ze genoeg om te weten dat het een grote ruimte was, veel groter dan hun oude grot. De vrouwen wezen elkaar verrukt op de stilstaande plas vers water pal naast de ingang. Ze zouden voor water zelfs niet naar het riviertje hoeven. Ze verheugden zich op de grotceremonie, een van de weinige rituelen waar vrouwen hun eigen aandeel in hadden, en iedereen verlangde ernaar de grot te betrekken.

Mog-ur verwijderde zich van de drukke kampplaats. Hij wilde een rustig plekje vinden waar hij ongestoord kon nadenken. Terwijl hij voortliep langs de snelstromende rivier, die zich voortrepte naar zijn ontmoeting met de binnenzee, stak er uit het zuiden weer een warme bries op die zijn baard deed wapperen. Slechts enkele verre wolken deden afbreuk aan de kristallen klaarte van de namiddaghemel. Het kreupelhout groeide hier dicht en welig, hij moest zich om allerlei obstakels heen een weg zoeken, maar hij merkte het nauwelijks, diep in gedachten als hij was. Een geluid vlakbij uit het struikgewas deed hem met een ruk stilstaan. Dit was onbekend gebied en zijn enige verdediging bestond uit de stevige stok waar hij mee liep, maar die kon in zijn ene krachtige hand een formidabel wapen zijn. Hij hield de stok gereed en luisterde naar het snorken en knorren in de dichte begroeiing en het geluid van knappende twijgen dat uit de richting van bewegende struiken opsteeg.

Plotseling schoot er een dier uit het dichte gordijn van groen tevoorschijn. Het grote, sterke lichaam rustte op korte, stevige poten. Akelig scherpe hoektanden staken aan beide zijden van de snuit als slagtanden naar voren. De naam van het dier sprong hem in gedachten, hoewel hij het nog nooit gezien had. Een everzwijn. Het wilde varken gluurde hem strijdlustig aan, schuifelde besluiteloos met zijn poten, besloot toen hem te negeren en ging, met zijn snuit de zachte aarde omwoelend, terug de struiken in. Creb haalde opgelucht adem en liep toen weer verder stroomafwaarts. Bij een smalle strook zanderige oever bleef hij staan, spreidde zijn mantel uit, legde de holenbeerschedel erop en ging ertegenover zitten. Hij maakte de gestileerde gebaren waarmee hij Ursus' bijstand afsmeekte, en ledigde zijn geest vervolgens van alle gedachten, behalve die aan de zuigelingen die hun totem moesten weten.

Kinderen hadden Creb altijd geboeid. Vaak als hij te midden van de stam ogenschijnlijk diep in gedachten op de grond zat, observeerde hij ongemerkt de kinderen. Een van de beide kleintjes was een stevige, forse jongen, ongeveer halverwege zijn eerste jaar, die bij zijn geboorte en vele malen daarna een verontwaardigde keel had opgezet, vooral wanneer hij gevoed wilde worden. Vanaf het eerste moment had Borg altijd met zijn gezichtje tegen zijn moeder aan liggen wrijven, in haar zachte borst wroetend tot hij de tepel vond en knorrende geluidjes van genot makend terwijl hij zoog. Het deed hem denken, dacht Creb opeens vermaakt, aan de ever die hij zojuist knorrend in de zachte aarde had zien wroeten. De ever was een eerbiedwaardig dier. Hij was intelligent; de scherpe hoektanden konden ernstige schade aanrichten wanneer het dier geprikkeld was en de korte poten konden een verbluffende snelheid ontwikkelen wanneer het beest besloot aan te vallen. Geen enkele jager zou op een dergelijke totem neerzien. En de totem past goed in deze omgeving; zijn geest zal zich in de nieuwe grot thuis voelen. Een ever zal het zijn, besloot hij, overtuigd dat de totem van de jongen zich aan hem had laten zien om hem op het idee te brengen.

Mog-ur was voldaan over zijn keus en richtte zijn gedachten nu op de andere baby. Ona, wier moeder haar partner bij de aardbeving verloren had, was niet lang voor de ramp geboren. Vorn, haar vier jaar oude bloedverwant, was nu het enige mannelijke element bij dat vuur. Aga zal weldra een andere metgezel moeten hebben, peinsde de tovenaar, een die ook haar oude moeder Aba wil opnemen. Maar dat is Bruns zorg, ik moet me om Ona bekommeren, niet om haar moeder. Meisjes moesten een zachtaardiger totem hebben; hij mocht niet sterker zijn dan een mannelijke totem, want dan zou hij de bevruchtende geest afweren en de vrouw zou geen kinderen baren. Hij dacht aan Iza. Haar saiga-antilope was de totem van haar partner vele jaren te machtig geweest – of had het toch niet daaraan gelegen? Mog-ur had zich dat al dikwijls afgevraagd. Iza beheerste meer toverkunsten dan menigeen besefte, en ze was niet gelukkig met de man aan wie ze gegeven was. En in vele opzichten kon Creb haar geen ongelijk geven. Ze had zich altijd goed gedragen, maar de spanning tussen hen was duidelijk voelbaar geweest. Wel, de man is dood, dacht Creb. Mog-ur zal haar verzorger zijn, al is hij niet haar metgezel.

Als haar bloedverwant kon Creb Iza nooit tot vrouw nemen; het zou tegen alle tradities indruisen, maar hij verlangde allang niet meer naar een vrouw. Iza was een goede kameraad, ze kookte en zorgde al vele jaren voor hem, en de sfeer rond het vuur zou nu misschien prettiger zijn zonder die voortdurende ondertoon van vijandigheid tussen haar en haar partner. Ayla zou daar nog toe bijdragen. Creb voelde zich warm worden vanbinnen toen hij zich weer herinnerde hoe ze haar armpjes naar hem had uitgestoken. Later, zei hij tegen zichzelf, eerst Ona.

Ona was een rustige tevreden baby, die vaak ernstig naar hem lag te staren met haar grote ronde ogen. Ze volgde alles met zwijgende belangstelling en niets ontging haar, of zo leek het althans. Het beeld van een uil kwam bij hem op. Te sterk? De uil ís een jager, dacht hij, maar hij jaagt alleen op kleine dieren.

Wanneer een vrouw een sterke totem had, moest die van haar metgezel nog veel sterker zijn. Een man met een zwakke beschermgeest zou een vrouw met een uil als totem niet tot gezellin kunnen nemen, maar misschien zal ze ook wel een man met een sterke beschermgeest nodig hebben. Een uil dus, besloot hij. Alle vrouwen hebben een metgezel met een sterke totem nodig. Heb ik daarom nooit een gezellin genomen, dacht Creb. Hoeveel bescherming kan een ree geven? Iza's geboortetotem is sterker. Creb stond er allang niet meer bij stil dat de zachte, schuwe ree zijn totem was. Ook dit dier was een bewoner van deze dichte wouden, net als de ever, herinnerde hij zich plotseling. De tovenaar was een van de weinigen die twee totems had – Crebs totem was de ree, die van Mog-ur Ursus.

Ursus Spelaeus, de holenbeer, was een enorme vegetariër die in opgerichte houding bijna tweemaal zo hoog was als zijn allesetende neven, en een reusachtig ruigbehaard lichaam bezat dat driemaal zo zwaar was als het hunne. De grootste beer die de wereld ooit gekend heeft, was normaliter niet snel geprikkeld. Maar één nerveuze berin viel een weerloze manke jongen aan die in gedachten verzonken te dicht bij een berenjong in de buurt was geraakt. De moeder van de knaap vond hem, opengereten en bloedend, zijn ene oog en de helft van zijn gezicht weggescheurd, en zij verpleegde hem tot hij hersteld was. Ze zette zijn nutteloze, verlamde arm af onder de door de enorme kracht van het geweldige dier verbrijzelde elleboog. Niet lang daarna koos Mog-ur-vóór-hem het mismaakte en met littekens overdekte kind als zijn leerling en vertelde de jongen dat Ursus hem had uitverkoren, op de proef gesteld en waardig bevonden, en hem zijn oog had ontnomen ten teken dat Creb onder zijn bescherming stond. Hij mocht wel trots zijn op zijn littekens, werd hem gezegd; ze waren het merkteken van zijn nieuwe totem.

Ursus stond nimmer toe dat zijn geest door een vrouw werd ingeslikt om een kind voort te brengen; de holenbeer verleende zijn bescherming pas na allerlei beproevingen. Weinigen werden uitverkoren, en nog minder overleefden het. Zijn oog was een hoge prijs geweest, maar Creb treurde er niet om. Hij was dé Mog-ur. Geen enkele tovenaar was ooit zo machtig geweest als hij, en die macht – daar was Creb zeker van – was hem door Ursus gegeven. En nu vroeg Mog-ur zijn totem om hulp.

Zijn amulet omklemmend, smeekte hij de geest van de Grote Beer hem te openbaren welke totemgeest het bij de Anderen geboren meisje beschermde. Dit werd werkelijk een proeve van zijn bekwaamheid en hij was er helemaal niet zo zeker van dat de boodschap hem zou bereiken. Hij concentreerde zijn gedachten op het kind en op het weinige dat hij van haar wist. Ze is onbevreesd, dacht hij. Ze had hem openlijk haar genegenheid betuigd, waarbij ze noch voor hem, noch voor de kritiek van de stam angst had getoond. Zeldzaam voor een meisje. Gewoonlijk verborgen meisjes zich achter hun moeder wanneer hij in de buurt was. Ze was nieuwsgierig en leerde snel. In zijn hoofd begon zich een beeld te vormen, maar hij duwde het weg. Nee, dat kan niet, het is een meisje, dat is geen totem voor een vrouw. Hij ledigde zijn geest en begon opnieuw, maar het beeld kwam terug. Hij besloot het zich af te laten wikkelen; misschien voerde het naar iets anders.

Hij zag een troep holenleeuwen die zich lui koesterden in de hete zomerzon van de open steppe. Er waren twee welpen bij. Een sprong speels in het hoge gras rond, nieuwsgierig de neus in de holen van kleine knaagdieren stekend en grommend een aanval imiterend. Het was een vrouwelijke welp, die zou uitgroeien tot een leeuwin, de voornaamste voedselleverancier van de troep en degene die haar prooi naar haar partner zou brengen. De welp huppelde op een ruigmanig

mannetje toe en probeerde hem tot een spelletje over te halen. Zonder angst stak ze een pootje omhoog en tikte de volwassen kat op zijn vierkante snuit. Het was een lichte aanraking, bijna een liefkozing. De grote leeuw duwde haar tegen de grond, hield haar met een zware voorpoot neer en begon daarop de welp met zijn lange ruwe tong te wassen. Holenleeuwen brengen hun jongen ook met genegenheid en discipline groot, dacht Mog-ur, zich afvragend waarom hem dit tafereeltje van huiselijk geluk bij de grote katten getoond werd.
Mog-ur trachtte het beeld uit zijn geest te bannen en zich weer op het meisje te concentreren, maar het beeld wilde niet wijken.
'Ursus,' gebaarde hij, 'een holenleeuw? Dat kan toch niet? Een vrouw kan niet zo'n sterke totem hebben. Welke man zou haar ooit tot gezellin willen?'
In zijn stam had geen enkele man een holenleeuw als totem en ook in de andere stammen kwam dat maar heel weinig voor. Hij zag het lange, magere kind voor zich, haar rechte armen en benen, haar plat gezichtje met het grote bolle voorhoofd, bleek en kleurloos; zelfs haar ogen waren te licht. Ze zal een lelijke vrouw worden, dacht Mog-ur zonder er doekjes om te winden. Welke man zal haar überhaupt ooit willen hebben? Hij dacht even aan zijn eigen afstotelijkheid en herinnerde zich hoe vrouwen hem vermeden hadden, vooral toen hij jonger was. Misschien zal ze nooit een metgezel hebben om haar te beschermen, en dan zou ze de bescherming van een sterke totem goed kunnen gebruiken. Maar een holenleeuw? Hij trachtte zich te herinneren of er ooit een vrouw in de Stam was geweest die de grote kat tot totem had gehad.
Ze hoort immers niet tot de Stam, bracht hij zichzelf in herinnering, en ze stond zonder twijfel onder een krachtige bescherming, anders zou ze niet meer in leven zijn. Die holenleeuw zou haar gedood hebben. De gedachte kristalliseerde zich uit. De holenleeuw! Hij had haar wel aangevallen, maar niet gedood – of was het geen echte aanval geweest? Had de leeuw haar soms alleen op de proef gesteld? Toen brak er een andere gedachte door en een rilling van herkenning liep over zijn ruggengraat. Alle twijfel werd uit zijn hart weggenomen. Nu was hij zeker van zijn zaak. Zelfs Brun kan nu niet meer twijfelen, dacht hij. De holenleeuw had haar getekend met vier evenwijdige groeven in haar linkerdij, littekens die ze de rest van haar leven zou dragen. Als Mog-ur bij een initiatieceremonie een jongeman zijn totemteken in het lichaam kerfde, bestond het teken van de holenleeuw uit vier evenwijdige lijnen in de dij!
Bij een man werden ze op de rechterdij aangebracht, maar het is een

meisje en de tekens zijn verder identiek. Natuurlijk! Waarom had hij dat niet eerder beseft? De leeuw wist dat de stam er moeite mee zou hebben hem als totem van het meisje te accepteren; daarom tekende hij haar zelf, maar zo duidelijk dat niemand zich erin kon vergissen. En hij tekende haar met het totemteken van de Stam. De holenleeuw wilde dat de Stam het zou herkennen. Hij wil dat ze bij ons blijft. Hij nam haar familie weg, zodat ze bij ons zou komen. Waarom? Opnieuw werd de tovenaar door een gevoel van beklemming beslopen, dezelfde beklemming die hij de dag dat het meisje gevonden was na de avondceremonie gevoeld had. Als hij er een begrip voor had gehad, zou hij het een boos voorgevoel hebben genoemd, echter doorweven met een vreemde, onbegrijpelijke hoop.
Mog-ur schudde het van zich af. Nooit eerder had een totem zich zo helder aan hem geopenbaard; dat was zeker de reden van zijn bevangenheid, dacht hij. De holenleeuw is haar totem. Hij heeft haar uitverkoren, net zoals Ursus mij uitverkoos. Mog-ur keek in de donkere lege oogkassen van de schedel voor hem. In volledige aanvaarding bedacht hij hoe wonderbaarlijk de wegen van de geesten waren wanneer men hen eenmaal doorgrondde. Het was nu allemaal zo duidelijk. Hij voelde zich opgelucht – en diep verwonderd. Waarom zou dit kleine meisje zo'n machtige beschermer nodig hebben?

5

Donkere bladeren wuifden en ritselden in de avondbries; dansende silhouetten tegen een zich verduisterende hemel. Het was rustig in het kamp, men maakte zich gereed voor de nacht. Bij de zachte gloed van smeulende kooltjes bekeek Iza de inhoud van verscheidene kleine zakjes die in nette rijtjes op haar mantel lagen uitgestald, terwijl ze nu en dan een blik wierp in de richting waarin ze Creb had zien weggaan. Ze maakte zich ongerust nu hij alleen het onbekende bos was ingegaan, zonder wapens om zich te verdedigen. Het kind sliep al en de ongerustheid van de vrouw steeg naarmate het daglicht verder afnam.

Eerder die dag had ze de begroeiing rond de grot geïnspecteerd om te zien of er planten bij waren waarmee ze haar voorraad geneeskundige kruiden kon aanvullen en uitbreiden. Bepaalde dingen had ze altijd in haar otterhuid bij zich, maar ze beschouwde de zakjes met gedroogde bladeren, bloemen, wortels, zaden en stukken bast in haar medicijnbuidel alleen als een voorraadje voor eerste hulp. In de nieuwe grot zou ze ruimte hebben voor grotere hoeveelheden en meer variëteit. Toch ging ze nooit ver weg zonder haar medicijnbuidel. Hij hoorde net zozeer bij haar als haar omslag. Meer zelfs. Zonder haar medicijnen zou ze zich naakt gevoeld hebben, zonder haar omslag niet.

Eindelijk zag ze de oude tovenaar terug komen hobbelen, en opgelucht sprong ze op om het voor hem bewaarde voedsel op het vuur te zetten en water aan de kook te brengen voor zijn geliefde kruidenthee. Hij schuifelde naar haar toe en ging voorzichtig naast haar zitten, terwijl ze haar kleine buideltjes in de grote deed.

'Hoe is het vanavond met het kind?' gebaarde hij.

'Slaapt rustiger. De pijn is bijna over. Ze vroeg nog naar je,' antwoordde Iza.

Creb knorde wat, innerlijk gestreeld. 'Maak morgenochtend maar een amulet voor haar, Iza.'

De vrouw boog het hoofd ten antwoord en sprong toen weer op om naar het eten en het water te gaan kijken. Ze moest zich bewegen. Ze was zo blij, ze kon niet stilzitten. Ayla blijft. Creb moet met haar totem gesproken hebben, dacht Iza, en haar hart bonsde van opwinding. De moeders van de twee baby's hadden die dag amuletten gemaakt. Ze waren er zeer opvallend mee bezig geweest, zodat iedereen zou weten dat hun kinderen tijdens de grotceremonie hun totem zouden leren kennen. Die omstandigheid zou hun geluk brengen en de beide vrouwen liepen dan ook bijna te dansen van trots en blijdschap. Was Creb daarom zo lang weggebleven? Het moest een moeilijke meditatie geweest zijn. Iza vroeg zich af wat Ayla's totem was, maar onderdrukte een impuls om ernaar te vragen. Hij zou het haar toch niet vertellen, en bovendien zou ze het gauw genoeg te weten komen.

Ze bracht haar bloedverwant zijn eten, en thee voor hen beiden. Zwijgend zaten ze bij elkaar, in een ontspannen sfeer van warme genegenheid. Toen Creb zijn maaltijd beëindigd had, waren zij de enigen die nog wakker waren.

'De jagers zullen morgenochtend op pad gaan,' zei Creb. 'Als ze een goede buit behalen, zal de ceremonie de dag daarop gehouden worden. Ben jij dan zover?'

'Ik heb de zak nagekeken en er zijn genoeg wortels. Ik zal gereed zijn,' gebaarde Iza, en ze hield een klein zakje omhoog. Het was anders dan de andere. Het leer was in een diep bruinrode kleur geverfd doordat het berenvet waarmee de oorspronkelijke holenbeerhuid geprepareerd was met fijngestampte rode oker was gemengd. Geen enkele andere vrouw bezat enig voorwerp in de heilige rode kleur, hoewel alle leden van de Stam een stukje rode oker in hun amulet hadden. Het was de heiligste reliek die Iza bezat. 'Ik zal mijzelf in de ochtend reinigen.'

Weer maakte Creb een knorrend geluid. Het was de gewone neutrale respons die mannen tegenover vrouwen bezigden, en die niets anders inhield dan dat ze haar verstaan hadden, zonder al te veel betekenis toe te kennen aan hetgeen ze gezegd had. Ze zaten nog een tijdje zwijgend bijeen, toen zette Creb zijn theekommetje neer en keek zijn bloedverwante aan.

'Mog-ur zal voor jou en het meisje zorgen, en voor je kind als het een meisje is. In de nieuwe grot zul je mijn vuurplaats delen, Iza,' zei hij. Hij reikte naar zijn staf om op te staan en hobbelde naar zijn slaapplaats.

Iza was half overeind gekomen maar ging weer zitten, door zijn aankondiging was ze als door de bliksem getroffen. Het was het laatste wat ze verwacht had. Ze wist wel dat, nu haar partner dood was, een andere man voor haar zou moeten zorgen. Ze had getracht gedachten over haar toekomst van zich af te zetten – haar mening deed er toch niet toe, Brun zou haar er niet naar vragen –, maar soms dacht ze er

onwillekeurig over na. Van de diverse mogelijkheden trokken sommige haar niet aan en leken de andere onwaarschijnlijk.
Neem bijvoorbeeld Droeg; aangezien Goovs moeder bij de aardbeving was omgekomen, was hij nu alleen. Iza had veel achting voor Droeg. Hij was de beste gereedschapmaker van de stam. Ze konden allemaal wel stukjes van een vuursteen slaan om er een ruwe vuistbijl of krabber van te maken, maar Droeg had er werkelijk talent voor. Hij kon de steen zo voorbewerken dat de schilfers die hij eraf sloeg precies de gewenste vorm en grootte hadden. Zijn messen, krabbers, ál zijn werktuigen, werden hooglijk gewaardeerd. Als de keuze aan haar was, zou Iza van al de mannen van de stam Droeg kiezen. Hij had de moeder van de tovenaarsleerling goed behandeld en ze hadden echt wat voor elkaar gevoeld.
Het was echter waarschijnlijker, wist Iza, dat hij Aga zou krijgen. Aga was jonger en al moeder van twee kinderen. Haar zoon, Vorn, zou spoedig bij een jager in de leer moeten en voor het meisje, Ona, moest er een man zijn die voor haar zou zorgen tot ze groot genoeg was om zelf een metgezel te krijgen. De gereedschapmaker zou vermoedelijk ook Aga's moeder Aba wel willen opnemen. Net als voor haar dochter moest ook voor de oude vrouw een plaats gevonden worden. Al die verantwoordelijkheden erbij zouden een hele verandering betekenen in het leven van de rustige, ordelijke gereedschapmaker. Aga kon wel eens wat moeilijk zijn en ze was niet zo begripvol als Goovs moeder, maar Goov zou weldra toch zijn eigen vuurplaats willen bouwen, en Droeg had een vrouw nodig.
Goov als partner voor Iza was geheel uitgesloten. Hij was te jong, nog maar net een man, en had nog niet eens een vrouw gehad. Brun zou hem nooit een oude vrouw geven en Iza zou zich meer zijn moeder dan zijn gezellin voelen.
Iza had ook nagedacht over een eventueel samenwonen met Grod en Oeka en de man die de metgezel van Grods moeder was geweest, Zoug. Grod was een stijve, laconieke man, maar nooit wreed, en zijn trouw aan Brun was boven alle twijfel verheven. Ze zou het niet erg gevonden hebben om bij Grod in te trekken, al zou ze dan slechts tweede vrouw zijn. Maar Oeka was Ebra's zuster en ze had Iza nooit vergeven dat ze door haar status de plaats in de hiërarchie had ingenomen die eigenlijk haar bloedverwante toekwam. En sinds de dood van haar zoon – zelfs nog voordat hij zijn eigen vuurplaats had aangelegd – was Oeka treurig en stil geworden. Zelfs Ovra, haar dochter, was niet in staat de smart van de vrouw te verzachten. Er is te veel verdriet rond dat vuur, had Iza gedacht.

Crugs vuurplaats had ze nauwelijks in overweging genomen. Ika, zijn gezellin en de moeder van Borg, was een openhartige, vriendelijke jonge vrouw. Dat was juist de moeilijkheid: ze waren beiden zo jong, en Iza had nooit goed overweg gekund met Dorv, de oude man die de metgezel van Ika's moeder was geweest en hun vuur deelde.
Zo bleef alleen Brun over, en bij zijn vuur kon ze niet eens tweede vrouw zijn; hij was haar bloedverwant. Niet dat het er veel toe deed, ze had status van zichzelf. Het was met haar tenminste niet zo als met de arme oude vrouw die bij de aardbeving ten slotte haar weg naar de geesten gevonden had. Zij was van een andere stam afkomstig geweest, haar gezel was al lang geleden gestorven, ze had nooit kinderen gehad, en ze was van het ene vuur naar het andere doorgeschoven, altijd iemand tot last, een vrouw zonder status, zonder waarde.
Maar de mogelijkheid om een vuurplaats met Creb te delen, de mogelijkheid dat hij voor haar zou zorgen, was zelfs nooit bij haar opgekomen. Er was niemand in de stam op wie ze meer gesteld was, man of vrouw. En hij mag Ayla ook graag, dacht ze, ik ben er zeker van. Het is een ideale regeling – tenzij ik een jongen krijg. Een jongen moet wonen bij een man die hem tot jager op kan leiden, en Creb kan niet jagen.
Ik zou de medicijn kunnen nemen waardoor ik het kind verlies, dacht ze een ogenblik. Dan weet ik tenminste zeker dat ik geen jongen krijg. Ze sloeg zachtjes op haar buik en schudde haar hoofd. Nee, het is te laat, het zou problemen kunnen geven. Ze besefte dat ze de baby wilde hebben en ondanks haar leeftijd vorderde haar zwangerschap zonder moeilijkheden. Er waren goede kansen dat het kind normaal en gezond zou zijn en kinderen waren te kostbaar om lichtvaardig mee om te springen. Ik zal mijn totem nog eens vragen ervoor te zorgen dat het een meisje wordt. Hij weet dat ik altijd al een meisje heb willen hebben. Ik heb beloofd goed voor mezelf te zullen zorgen zodat de kleine die hij liet komen gezond zou zijn, als hij het maar een meisje wilde laten zijn.
Iza wist dat vrouwen van haar leeftijd problemen konden krijgen, en ze at voedselsoorten en nam medicijnen die goed waren voor zwangere vrouwen. Hoewel ze zelf nog nooit moeder was geworden, wist de medicijnvrouw meer over zwangerschap, bevalling en borstvoeding dan de meeste vrouwen. Ze had bij de geboorte van alle kleintjes in de stam geholpen en deelde, tegelijk met haar medicijnen, met ruime hand haar kennis onder de vrouwen uit. Maar er was één bepaald onderdeel van haar toverkunst, van moeder op dochter doorgegeven, dat zo geheim was dat Iza liever dood zou gaan dan het te openbaren, in

het bijzonder ten overstaan van een man. Geen man die ervan wist zou de toepassing ervan dulden.
Het geheim was bewaard gebleven omdat niemand, man of vrouw, een medicijnvrouw vragen stelde over haar magie. De gewoonte om rechtstreekse vragen te vermijden bestond al zo lang dat het een traditie was geworden, bijna een wet. Ze kon haar kennis delen als iemand van belangstelling blijk gaf, maar Iza had deze speciale toverkunst nooit ter sprake gebracht, omdat ze, als een man op het idee gekomen was haar ernaar te vragen, een antwoord niet had kunnen weigeren – geen enkele vrouw kon een man iets weigeren, en liegen was voor leden van de stam een onmogelijkheid. Hun wijze van communiceren, waarbij subtiele nuances werden overgebracht door nauwelijks waarneembare veranderingen in gelaatsuitdrukking, gebaar en houding, maakte dat iedere poging tot liegen onmiddellijk werd doorzien. Ze hadden er niet eens een begrip voor; ze konden het dichtst bij liegen komen door in het geheel niet te spreken, en ook dat werd gewoonlijk opgemerkt, hoewel dikwijls getolereerd.
Iza sprak nooit over de bijzondere magie die ze van haar moeder had geleerd, maar ze had er wel gebruik van gemaakt. De toverij voorkwam bevruchting, verhinderde dat de geest van de mannelijke totem haar mond binnenging om een kind in haar te laten groeien. De man die haar metgezel was geweest, was nooit op het idee gekomen haar te vragen waarom ze geen kind ontving. Hij veronderstelde dat haar totem te sterk was voor een vrouwentotem. Dat zei hij haar ook dikwijls, en hij beklaagde zich er bij de andere mannen over als de reden dat de geest van zijn totem de hare niet de baas kon. Iza gebruikte de planten die conceptie tegengingen omdat ze haar partner te schande wilde maken. Ze wilde dat de stam en hijzelf zouden denken dat het bevruchtend element van zijn totem te zwak was om door de verdediging van de hare heen te breken, zelfs al sloeg hij haar.
De aframmelingen werden verondersteld te dienen om haar totem tot onderwerping te dwingen, maar Iza wist dat hij ervan genoot. Eerst hoopte ze nog dat haar partner haar aan een andere man zou geven als ze geen kinderen kreeg. Ze haatte de pedante snoever al voordat ze aan hem gegeven werd, en toen ze ontdekte wie haar metgezel zou worden, kon ze zich alleen maar in vertwijfeling aan haar moeder vastklemmen. Haar moeder kon haar slechts wat troostende woorden bieden; ze had al even weinig zeggenschap over de kwestie als haar dochter. Maar Iza's partner gaf haar niet weg. Ze was de medicijnvrouw, de hoogstgeplaatste vrouw in de stam, en het streelde zijn gevoel van mannelijkheid dat hij gezag over haar had. Toen de kracht

van zijn totem en zijn mannelijkheid in twijfel werden getrokken omdat zijn gezellin geen nageslacht voortbracht, moest zijn fysieke overmacht dat compenseren.
Hoewel de afranselingen werden geduld in de hoop dat ze een kind zouden opleveren, voelde Iza dat Brun ze afkeurde. Ze was er zeker van dat, indien Brun destijds leider was geweest, ze nooit aan die man gegeven zou zijn. Naar Bruns oordeel bewees een man zijn mannelijkheid niet door vrouwen te tiranniseren. Vrouwen hadden geen andere mogelijkheid dan zich te onderwerpen. Het was een man onwaardig met een zwakkere tegenstander de strijd aan te binden of zich emotioneel door een vrouw uit de tent te laten lokken. Een man had de plicht vrouwen te commanderen, de discipline te handhaven, op jacht te gaan en voor voedsel te zorgen, zijn emoties te beheersen en niet te laten blijken wanneer hij pijn leed. Men mocht een vrouw wel eens een oorvijg geven als ze lui of brutaal was, maar niet uit boosheid en niet voor zijn genoegen; het mocht alleen om haar discipline bij te brengen. Hoewel sommige mannen vaker vrouwen sloegen dan anderen, maakten weinigen er een gewoonte van. Alleen Iza's partner gebruikte regelmatig geweld.
Nadat Creb bij hun vuur was komen wonen, was Iza's metgezel er nog minder voor gaan voelen om haar weg te geven. Iza was niet alleen de medicijnvrouw, ze was ook de vrouw die voor Mog-ur kookte. Als Iza zijn vuur verliet, zou Mog-ur dat ook doen. En haar partner hield zichzelf voor dat de rest van de stam dacht dat de grote tovenaar hem allerlei geheimen vertelde. In werkelijkheid was Creb gedurende de periode dat zij hetzelfde vuur deelden nooit meer dan gepast beleefd geweest en had zich bij vele gelegenheden zelfs nauwelijks verwaardigd de man op te merken; vooral, daar was Iza van overtuigd, wanneer Creb een bijzonder kleurrijke kneuzing zag.
Ondanks alle slaag was Iza haar kruidenmagie blijven toepassen. Maar toen ze merkte dat ze zwanger was, schikte ze zich in haar lot. De een of andere geest had uiteindelijk toch zowel haar totem als haar toverij overwonnen. Misschien was het zíjn totemgeest; maar, dacht Iza, als het wezen van zijn totem uiteindelijk gezegevierd had, waarom had de geest hem dan verlaten toen de grot instortte? Aan één laatste hoop klemde ze zich nog vast. Ze wilde een dochter, een meisje, om aan zijn pasverworven aanzien afbreuk te doen én om haar geslacht van medicijnvrouwen voort te zetten, hoewel ze bereid was geweest dat bij haarzelf te laten eindigen; dat liever dan een kind te krijgen zolang ze met haar partner samenleefde. Als ze een zoon baarde, zou haar metgezel volledig gerehabiliteerd zijn; met een meisje zou er

nog steeds iets te wensen overblijven. Nu wilde Iza nóg liever dat het een meisje werd – niet om haar dode partner een postume eer te ontnemen, maar om het haarzelf mogelijk te maken bij Creb te blijven.
Iza borg haar medicijnzak weg en kroop in haar bontvacht naast het vredig slapende kind. Ayla moet een gelukkig gesternte hebben, dacht ze. Eerst vonden we de grot en nu mag ze bij me blijven, en we gaan Crebs vuur delen. Misschien zal haar geluk mij ook nog wel een dochter brengen. Iza legde haar arm om Ayla heen en kroop dicht tegen haar warme lijfje aan.

De volgende morgen na het ontbijt wenkte Iza het kind om met haar mee te komen en ze gingen in stroomopwaartse richting op pad. Onder het lopen langs de rivier keek de medicijnvrouw naar bepaalde planten uit. Na enige tijd zag ze aan de overkant een open plek en stak de stroom over. Op het open stuk groeiden verscheidene planten van ongeveer dertig centimeter hoogte, met dofgroene bladeren aan lange stelen die in de top pluimen met kleine dichtopeenstaande groene bloempjes droegen. Iza groef de rode ganzenvoet met zijn rode wortels op en ging toen naar een drassig gedeelte waar het water trager stroomde en waar ze heermoes vond, en verder stroomopwaarts zeepkruid. Ayla, die haar op de hielen volgde, keek belangstellend toe en wenste dat ze met de vrouw kon praten. Haar hoofd was vol vragen die ze niet kon stellen.
Ze liepen terug naar het kamp en Ayla keek weer toe hoe Iza een dicht gevlochten mand met water vulde en de langstelige varens en hete stenen uit het vuur erin deed. Ayla hurkte naast de vrouw neer terwijl Iza met een scherpe steenflinter een ronde lap sneed uit de mantel waarin ze het meisje had meegedragen. Hoewel zacht en soepel, was het met vet geprepareerde leer taai, maar het stenen mes sneed er gemakkelijk doorheen. Met een ander stenen stuk gereedschap, waar een scherpe punt aan was geslepen, boorde Iza verscheidene gaten langs de rand van de lap. Daarop draaide ze taaie, draderige schors van een lage struik tot een koord ineen, reeg dat door de gaten heen en trok het vervolgens aan om aldus een buideltje te vormen. Met een snelle haal van haar mes, door Droeg gemaakt en een geliefd werktuig van Iza, sneed ze een stuk af van de lange leren veter die haar omslag dichthield, nadat ze eerst de maat genomen had rond Ayla's hals. De hele handeling nam slechts enkele minuten in beslag.
Toen het water in het kookmandje borrelde, nam Iza de andere planten die ze geplukt had bijeen, pakte het waterdichte tenen mandje op en ging terug naar de stroom. Ze liepen langs de waterkant tot ze bij

een plek kwamen waar de oever glooiend afliep. Iza vond een ronde steen die goed in de hand lag en stampte het zeepkruid met wat water fijn in een holte van een bij de stroom liggende grote platte steen. De plant begon een dik sop vol zeepdeeltjes af te geven. Iza haalde allerlei stenen gereedschap en andere kleine voorwerpen uit de plooien van haar omslag, wond de gordel eromheen los en legde hem af. Ze trok haar amulet over haar hoofd en legde hem zorgvuldig boven op haar omslag.

Ayla was verrukt toen Iza haar bij de hand nam en de stroom in leidde. Ze vond het water heerlijk. Maar toen ze helemaal nat was, nam de vrouw haar op, zette haar op de steen en sopte haar van hoofd tot voeten in, met inbegrip van haar sliertige en verwarde haar. Na haar in het koele water te hebben ondergedompeld, gebaarde de vrouw iets tegen haar en kneep haar ogen dicht. Ayla begreep het gebaar niet, maar toen ze de vrouw nadeed, knikte Iza en Ayla begreep dat ze haar ogen moest sluiten. Het kind voelde dat haar hoofd voorovergebogen werd; toen liep de warme vloeistof uit de schaal met varens over haar heen. Ze had jeuk op haar hoofd gehad en Iza had er klein kruipend ongedierte op ontdekt. De vrouw masseerde Ayla het luizendodend extract van de heermoes in de hoofdhuid. Na de tweede keer spoelen in de koude stroom stampte Iza de rode ganzenvoetwortel samen met de bladeren fijn en sopte Ayla's haar er opnieuw mee in. Een laatste onderdompeling; toen voerde Iza dezelfde handelingen bij zichzelf uit terwijl het kind in het water speelde.

Toen ze zich op de oever in de zon lieten drogen, trok Iza met haar tanden de bast van een twijgje af en gebruikte het om er hun haar mee te ontwarren terwijl het droogde. Ze was verbluft over de fijne, zijdeachtige zachtheid van Ayla's bijna witte haar. Erg ongewoon, dacht Iza, maar wel mooi. Het is eigenlijk haar enige sterke punt. Ze bekeek het kind onopvallend. Hoewel door de zon gebruind was ze nog steeds lichter dan zij, en Iza vond het magere, bleke kleine meisje met haar lichte ogen verbazend onaantrekkelijk. Eigenaardig uitziende mensen toch; het lijdt geen twijfel dat het mensen zijn, maar zo lelijk! Arm kind. Hoe zal ze ooit een metgezel vinden?

En als ze geen metgezel vindt, hoe zal ze dan ooit enig aanzien krijgen? Ze zou waarschijnlijk net zoiets worden als de oude vrouw die bij de aardbeving omgekomen was, dacht Iza. Als ze mijn echte dochter was, zou ze ook aanzien van zichzelf hebben. Ik vraag me af of ik haar wat genezende magie kan leren. Dat zou haar enig aanzien verschaffen. Als ik een meisje krijg, zou ik hen samen kunnen opleiden, en als ik een jongen krijg, zal er geen andere vrouw zijn om mijn geslacht voort te zetten. De stam zal ooit een nieuwe medicijnvrouw nodig hebben. Als Ayla de toverkunst machtig was, zouden ze haar misschien accepteren – misschien zou een of andere man haar zelfs wel tot gezellin willen nemen. Ze zal nu in de stam opgenomen worden; waarom kan ze dan niet ook mijn dochter zijn? Iza beschouwde het meisje al helemaal als haar eigen kind; en haar overpeinzingen deden een idee wortel schieten.

Ze keek op, zag dat de zon al veel hoger stond en besefte dat het al laat werd. Ik moet haar amulet nog afmaken en de worteldrank bereiden, zei Iza tot zichzelf, zich plotseling haar verplichtingen herinnerend.

'Ayla,' riep ze naar het kind, dat weer naar de rivier was afgedwaald. Het meisje kwam dadelijk aanrennen. Iza keek naar haar been en zag dat de korsten zacht geworden waren door het water, maar het genas goed. Ze schoot in haar omslag en ging met het kind naar de rotsrichel voor de grot, nadat ze eerst haar graafstok en het buideltje dat ze gemaakt had opgehaald had. Ze had pal achter de richel, dicht bij de plek waar ze hadden staan wachten voor Ayla hun de grot had gewezen, een greppel met rode aarde ontdekt. Toen ze die bereikt hadden, prikte ze met haar stok enkele brokjes rode oker los. Ze raapte wat kleine stukjes op en hield ze Ayla voor. Het meisje keek er onzeker naar, niet begrijpend wat er van haar verwacht werd, en raakte er toen voorzichtig een aan. Iza pakte het brokje op, deed het in het buideltje en stopte dat weg in een plooi van haar omslag. Voor ze rechtsomkeert maakten, keek Iza nog even naar het wijde panorama en zag kleine figuurtjes over de vlakte beneden haar bewegen. De jagers waren vroeg die morgen op pad gegaan.

Vele eeuwen eerder hadden mannen en vrouwen die veel primitiever waren dan Brun en zijn vijf jagers, vierpotige rovers bij het jagen leren beconcurreren door hun methoden te bestuderen en na te volgen. Ze zagen bijvoorbeeld hoe wolven door nauwe samenwerking prooidieren neer konden halen die vele malen groter en sterker waren dan zijzelf. Door de tijden heen leerden ze dat ook zij, door samen te werken en in plaats van klauwen en tanden werktuigen en wapens te gebruiken, de grote dieren konden bejagen die hun biotoop met hen deelden. Het betekende een stap voorwaarts op hun reis door de evolutie. Omdat zwijgen geboden was teneinde het wild dat zij beslopen niet op te schrikken, ontwikkelden ze jachtsignalen die uitgroeiden tot de ingewikkelde handgebaren en tekens waarmee ook andere behoeften en wensen werden overgebracht. Waarschuwingskreten veranderden van toonhoogte en klank om meer informatie te kunnen overbrengen. Hoewel de tak van de stamboom van de mens die tot het volk van de Stam voerde geen voldoende ontwikkelde spraakorganen bezat om een volledig verbale taal te doen ontstaan, hinderde dat hen niet bij het jagen.

De zes mannen gingen bij het eerste licht op pad. Vanuit hun uitkijkpost bij de richel zagen ze de zon eerst zijn stralen als verspieders vooruitzenden, dan omzichtig over de rand van de aarde omhoogkruipen, om zich ten slotte in volle glorie tot heer en meester van de dag uit te roepen. Naar het noordoosten omhulde een enorme stofwolk van zachte fijne löss een deinende massa ruige bruine vormen met sterk afstekende kromme zwarte horens; een breed spoor van omgewoelde en kaalgevreten aarde volgde de zich langzaam voortbewegende kudde bizons die de goudgroene vlakte van haar begroeiing ontdeed. Nu ze niet meer door vrouwen en kinderen werden opgehouden, legden de jagers de afstand naar de steppe in korte tijd af.

Toen ze de uitlopers van de bergen achter zich hadden gelaten, vervielen ze in een snelle draf, waarbij ze de kudde tegen de wind in naderden. Dichtbij gekomen doken ze in het lange gras neer om de enorme dieren te bespieden. Reusachtige, tot een bult oprijzende schoften die in smalle flanken overgingen, droegen de zware wollige koppen met hun geweldige zwarte horens, die bij volwassen dieren ruim een meter spanwijdte haalden. De ranzige zweetlucht van de dicht opeengepakte massa drong scherp de neusgaten van de jagers binnen en de aarde trilde van het stampen van duizenden hoeven.

Brun beschutte met zijn hand zijn ogen en bekeek ieder dier dat voorbijkwam, wachtend op een geschikte prooi onder de juiste omstandigheden. Er viel aan hem niet te zien onder welk een ondraaglijke spanning hij stond. Alleen de kloppende slapen boven zijn opeengeklemde kaken verrieden het nerveuze bonzen van zijn hart en het trillen van zijn zenuwen. Dit was de belangrijkste jacht van zijn leven. Zelfs de jacht waarbij hij voor het eerst een prooi had moeten doden om tot volwassen man te worden verheven haalde het niet bij deze, want dit was de beslissende laatste voorwaarde voor het betrekken van de nieuwe grot. Een geslaagde jacht zou niet alleen vlees leveren voor het feestmaal dat deel zou uitmaken van de grotceremonie, maar zou hun ook de zekerheid geven dat hun totems inderdaad over hun nieuwe behuizing tevreden waren. Als de jagers met lege handen van hun eerste jacht terugkeerden, zou de stam genoodzaakt zijn verder te zoeken, naar een voor hun beschermgeesten beter aanvaardbare grot. Het was de wijze waarop hun totems hen waarschuwden dat de grot hun geen geluk zou brengen. Toen Brun de grote kudde bizons zag, had

hij daar moed uit geput. Bizons waren de belichaming van zijn eigen totem.
Brun keek even naar zijn jagers, die gespannen op zijn teken wachtten. Het wachten was altijd het moeilijkst, maar voortijdig tot actie overgaan zou rampzalige gevolgen kunnen hebben, en voorzover dat menselijkerwijs mogelijk was zou Brun ervoor zorgen dat er niets misging bij deze jacht. Hij ving de bezorgde uitdrukking op Brouds gezicht op en had een kort ogenblik bijna spijt van zijn besluit de zoon van zijn gezellin met het doden van de prooi te belasten. Toen herinnerde hij zich weer hoe de ogen van de knaap schitterden toen de leider hem zei zich op zijn initiatiejacht voor te bereiden. Het is heel normaal dat de jongen nerveus is, dacht Brun. Het is niet alleen zijn inwijdingsjacht; ook hangt de nieuwe woning van de stam misschien af van de kracht van zijn rechterarm.
Broud voelde Bruns blik op zich en bracht snel zijn gelaatsuitdrukking onder controle, zodat niets zijn innerlijke verwarring verried. Hij had zich niet gerealiseerd hoe enorm groot een levende bizon was – zelfs als hij rechtop stond, bevond de bult op de schouders van het log voortsjokkende dier zich nog bijna een halve meter boven zijn hoofd – of wat een overweldigende indruk een hele kudde bizons maakte. Hij zou op z'n minst de eerste belangrijke wond moeten toebrengen om de eer van de vangst te krijgen. En als ik nu eens misstoot? Of hem niet goed raak en hij gaat ervandoor? De gedachten maalden door Brouds hoofd. Verdwenen was het gevoel van superioriteit waarmee hij onder het oefenen met zijn speer voor Oga heen en weer had geparadeerd, terwijl zij vol aanbidding toekeek. Hij had net gedaan of hij het niet zag; ze was nog maar een kind, een vrouwelijk kind bovendien. Maar het zou niet zo lang meer duren voor ze vrouw zou worden. Oga zou misschien niet zo'n slechte gezellin zijn, dacht Broud. Ze zal een sterke jager nodig hebben om haar te beschermen nu zowel haar moeder als diens metgezel dood is. Broud vond het wel prettig zoals ze zich inspande om het hem naar de zin te maken sinds ze bij hen was komen wonen en vol dienstbetoon rondrende om aan al zijn wensen te voldoen, terwijl hij nog niet eens een man was. Maar wat zal ze van me denken als ik het beest niet doden kan? Stel dat ik geen man kan worden bij de grotceremonie? Wat zou Brun wel denken? Wat zou de hele stam denken? Stel dat we de prachtige nieuwe grot moeten achterlaten, terwijl hij al door Ursus gezegend is? Broud omklemde zijn speer nog steviger en greep in een smekend gebaar naar zijn amulet om de Wolharige Neushoorn moed en een sterke arm te vragen.
Als het aan Brun lag, zou het dier weinig kans krijgen om te ontsnap-

pen. Hij liet de knaap maar in de waan dat het al of niet betrekken van de nieuwe grot van hem afhing. Als hij ooit leider zou moeten worden, kon hij net zo goed nu alvast ondervinden hoe zwaar de verantwoordelijkheid van die functie drukte. Hij zou de jongen zijn kans geven, maar Brun was wel van plan dicht in zijn buurt te blijven om het dier eventueel zelf te kunnen doden. Ter wille van de jongen hoopte hij dat dat niet nodig zou zijn. De knaap was trots en het zou een grote vernedering voor hem zijn, maar de leider was niet van zins de grot op te offeren aan Brouds trots.

Brun richtte zijn blik weer op de kudde. Even later kreeg hij een jonge stier in het oog die wat van de dichte meute afdwaalde. Het dier was bijna volgroeid, maar nog jong en onervaren. Brun wachtte tot de bizon zich nog wat verder van de andere dieren verwijderd had, wachtte op het moment dat hij een eenling zou zijn, los van de beschermende kudde. Toen gaf hij het teken.

De mannen sprongen dadelijk in verschillende richtingen weg, het veld in, Broud voorop. Brun keek toe hoe ze zich op regelmatige afstand van elkaar opstelden en hield tegelijkertijd gespannen de afgedwaalde jonge bizon in het oog. Weer gaf hij een teken en de mannen renden joelend en schreeuwend en met hun armen zwaaiend op de kudde af. De dieren aan de buitenkant begonnen zich geschrokken verder de kudde in te dringen, waarbij de open plekken dichtvielen en ze de anderen vóór hen verder naar het centrum dreven. Op hetzelfde moment sprong Brun tussen de kudde en de jonge stier in, zodat die ervan wegliep.

Terwijl de angstige dieren aan de buitenkant van de kudde zich verder de woelende massa in werkten, zwoegde Brun achter de afgezonderde bizon aan. Hij stak alle energie die hij bezat in de jacht en dreef de stier voort zo snel als zijn stevige gespierde benen hem wilden dragen. Door de opschudding in de kudde hardhoevige bizons woei de droge aarde van de steppe op en vulde de lucht met een wolk fijn stof. Brun kneep zijn ogen toe en hoestte, verblind door het rondstuivend stof dat zijn neusgaten verstopte en hem de adem afsneed. Hijgend, bijna uitgeput, zag hij Grod de jacht overnemen.

De stier boog weer af toen hij de nog frisse Grod op zich af zag rennen. De mannen bewogen zich in een grote kring naar elkaar toe, waardoor het dier weer bij Brun terecht zou komen, die nog nahijgend aan kwam draven om de cirkel te sluiten. De enorme kudde denderde nu in volle vaart over de steppe – de onberedeneerde angst van de dieren werd door het rennen zelf nog aangewakkerd. Alleen de jonge stier was achtergebleven en vluchtte in paniek voor een wezen dat slechts een fractie van zijn kracht bezat, maar meer dan genoeg intelligentie en vasthoudendheid om het verschil te compenseren. Grod stampte achter hem aan. Hij weigerde op te geven, hoewel zijn hamerende hart uit elkaar dreigde te springen. Het zweet liep in stromen door de laag stof die zijn lichaam bedekte en zijn baard met een grauwe korst omgaf. Ten slotte kwam hij strompelend tot stilstand, juist toen Droeg zijn plaats innam.

De jagers hadden een groot uithoudingsvermogen, maar de sterke jonge stier bleef met onverminderde energie voortrennen. Droeg was de langste van de stam, en had iets langere benen. Met een snelle run liep hij op het beest in en joeg het voort, het de pas afsnijdend wanneer het probeerde de zich verwijderende kudde achterna te gaan. Tegen de tijd dat Crug het van de uitgeputte Droeg overnam, was het jonge dier zichtbaar buiten adem. Crug was nog fris en hij dreef de bizon opnieuw voor zich uit, zette hem met een prikje van zijn scherpe speer in de flank tot een nieuwe uitbarsting van energie aan.

Toen Goov de estafette overnam, bewoog het grote ruige dier zich al langzamer. De stier rende blindelings en koppig voort, op de hielen gevolgd door Goov, die hem voortdurend met zijn speer bleef prikken om het jonge dier zijn laatste restjes kracht te ontnemen. Broud zag Brun naderbij komen toen hij met een wilde kreet op zijn beurt de drijfjacht op het geweldige dier overnam. Hij hoefde niet lang te lopen. De bizon had er genoeg van. Hij liep langzamer en bleef toen helemaal staan, weigerend nog een stap te doen, met hangende kop en schuim rond de bek en op zijn vacht. Met zijn speer in gereedheid naderde de jonge man de uitgeputte stier.

Met uit ervaring geboren inzicht schatte Brun snel de situatie in. Was de jongen niet ongewoon nerveus voor een eerste doodsteek, of al te enthousiast? Was het dier wel volledig aan het eind van zijn krachten? Een listige oude bizon bleef soms vlak voor de totale uitputting staan en kon dan in één aanval op het laatste ogenblik een jager, vooral een onervaren jager, doden of ernstig verwonden. Zou hij eigenlijk maar niet zijn bola gebruiken om het dier neer te halen? De kop van het beest hing bijna op de grond; zijn zwoegende flanken lieten er geen twijfel over bestaan: de bizon was op. Als hij zijn bola gebruikte zou de eerste doodsteek van de jongen minder waarde hebben. Brun besloot Broud de hele eer te gunnen.

Snel, voordat de bizon weer op adem kwam, stapte Broud op het enorme wollig behaarde dier toe en hief zijn speer. Met nog een laatste korte gedachte aan zijn totem haalde hij uit en stootte toe. De lange, zware speer drong diep in de flank van de jonge stier; de in het vuur geharde punt doorboorde de taaie huid en kraakte een rib in die snelle, fatale stoot. De bizon loeide van pijn en draaide zich om om zijn aanvaller op de horens te nemen terwijl hij al bijna door zijn poten zakte. Brun zag de beweging, sprong naast de jonge man en liet met alle kracht van zijn machtige spieren zijn knots op de grote kop neerdalen. Zijn slag versnelde de val van het dier. De bizon rolde op zijn zij, zijn scherpe hoeven klauwden in een laatste doodsstrijd door de lucht, toen lag hij stil.

Broud was eerst verbluft en een beetje overdonderd; toen rees de doordringende kreet omhoog waarmee de jonge man zijn triomf uitschreeuwde. Hij had het volbracht! Hij had zijn eerste prooi gedood! Hij was een man!

Broud was in vervoering. Hij reikte naar zijn diep naar binnen gedrongen speer, die recht uit de flank van het dier omhoogstak. Hij rukte hem los, voelde een warme straal bloed in zijn gezicht spuiten en proefde de zoutige smaak. Brun sloeg hem op de schouder met trots in zijn blik.

'Goed gedaan,' zei het gebaar, o zo duidelijk. Brun was blij een sterke jager aan zijn gelederen toe te kunnen voegen, een sterke jager die zijn grote trots was, de zoon van zijn gezellin, de zoon van zijn hart.

De grot was van hen. De rituele ceremonie zou dat nog bevestigen, maar Brouds succes had het zeker gesteld. De totems waren tevreden. Broud hield de bloederige punt van zijn speer omhoog terwijl de rest van de jagers op hen toe kwam rennen, vreugde in hun schreden bij het zien van het verslagen dier. Brun had zijn mes al in de hand, klaar om de buik open te snijden en de bizon van zijn ingewanden te ontdoen voor ze hem naar de grot droegen. Hij haalde de lever tevoorschijn, sneed deze in plakken en gaf iedere jager een plak. Het was het meest uitgelezen deel van het dier en alleen voor mannen bestemd; het verleende spieren en ogen de voor de jacht noodzakelijke kracht en scherpte. Brun sneed het grote, ruige dier ook het hart uit en begroef dat dicht bij de bizon, een offergave die hij zijn totem had beloofd.

Broud kauwde op de warme rauwe lever, zijn eerste kennismaking met de volwassenheid, en dacht dat zijn hart zou barsten van geluk. Hij zou bij de grotceremonie een man worden, hij zou de jachtdans leiden, hij zou in de kleine grot de geheime rituelen met de mannen meebeleven en hij zou met liefde zijn leven gegeven hebben om die trotse blik in Bruns ogen te zien. Dit was Brouds grote dag. Hij verheugde zich op de aandacht die hem na zijn inwijding tot man ten deel zou vallen. Hij zou de bewondering en de achting van de hele

stam genieten. Uitsluitend over hem en zijn grote jachtprestatie zouden de gesprekken gaan. Het zou zijn grote nacht zijn, en Oga's ogen zouden stralen van onuitgesproken aanbidding en devote eerbied.
De mannen bonden de poten van de bizon ruim boven de kniegewrichten bijeen. Grod en Droeg bonden hun speren aan elkaar vast en Crug en Goov deden hetzelfde, om van hun vier speren twee dubbel zo sterke draagstokken te maken. De ene staken ze tussen de voorpoten door, de andere tussen de achterpoten, dwars over het grote beest heen. Brun en Broud stelden zich ieder aan een kant van de ruige kop op en grepen elk een horen beet, één hand vrijlatend om hun speren vast te houden. Grod en Droeg pakten ieder een uiteinde van de stok aan weerszijden van de voorpoten, terwijl Crug links en Goov rechts van de achterpoten ging staan. Op een teken van hun leider strompelden de zes mannen voorwaarts, en zeulden het enorme dier half dragend en half slepend over de grasvlakte. De tocht terug naar de grot duurde veel langer dan de heenweg. Ondanks hun grote kracht zuchtten de mannen onder de last terwijl ze de bizon over de steppe en omhoog de heuvels in sleepten.
Oga stond naar hen uit te kijken en zag de terugkerende jagers ver beneden zich op de vlakte. Toen ze de richel bereikten, werden ze daar opgewacht door de hele stam, die uitgelopen was om de jagers het laatste stuk naar de grot te begeleiden, en die nu in zwijgende bewondering met hen meeliep. Brouds positie voorop maakte duidelijk dat hij de buit gedood had. Zelfs Ayla, die niet kon verstaan wat er aan de hand was, raakte aangestoken door de opwinding die voelbaar in de lucht hing.

6

'De zoon van je gezellin heeft goed werk geleverd, Brun. Het was een mooie zuivere stoot,' zei Zoug toen de jagers het grote beest voor de grot neerlieten. 'Je hebt een nieuwe jager op wie je trots kunt zijn.'

'Hij heeft laten zien moed en een sterke arm te bezitten,' gebaarde Brun. Hij legde zijn hand op de schouder van de jonge man, zijn ogen schitterden van trots. Broud liet zich de warme loftuitingen genietend welgevallen.

Zoug en Dorv bekeken de geweldige jonge stier vol bewondering en met een licht heimwee naar de opwinding en vreugde van een geslaagde jacht, daarbij de gevaren en teleurstellingen vergetend die evenzeer deel uitmaakten van de avontuurlijke jacht op groot wild. Omdat ze niet langer in staat waren met de jongere mannen mee te gaan, maar ook niet van zins waren om zich uitgerangeerd te voelen, hadden de beide oude mannen de beboste heuvels afgestroopt naar kleinere buit.

'Ik zie dat jij en Dorv een goed gebruik van jullie slingers hebben gemaakt. Ik kon de braadlucht al halverwege de heuvel ruiken,' ging Brun verder. 'Als we de nieuwe grot in gebruik hebben genomen, zullen we een plek moeten vinden waar we met de slinger kunnen oefenen. De stam zou er wel bij varen als alle jagers jouw handigheid ermee bezaten, Zoug. En het zal ook niet meer zo lang duren voor we Vorn moeten gaan opleiden.'

De leider was zich ervan bewust dat de oudere mannen nog steeds een flink aandeel in de vleesvoorziening van de stam leverden en wilde hun dat laten weten. De jagers hadden niet altijd succes bij de jacht. Meer dan eens was er alleen vlees dankzij de inspanningen van de oudere mannen, en tijdens de zware sneeuwval in de winter werd het af en toe verschijnende verse vlees dikwijls gemakkelijker met de slinger neergelegd. Het vormde een welkome afwisseling in hun winters dieet van gedroogd, geconserveerd vlees, vooral later in het seizoen, wanneer de bevroren voorraden van de late herfstjachten opraakten.

'Niet zo indrukwekkend als de jonge bizon daar, maar we hebben wat

konijnen en een vette bever. Het eten is klaar, we zaten alleen nog maar op jullie te wachten,' gebaarde Zoug. 'Ik heb niet ver hiervandaan inderdaad al een mooi vlak, open veldje gezien dat goed geschikt is als oefenterrein.'
Zoug, die sinds de dood van zijn partner bij Grods vuur woonde, had zijn behendigheid met de slinger verder ontwikkeld nadat hij zich uit de rijen van Bruns jagers had teruggetrokken. De slinger en de bola waren voor de mannen van de stam de moeilijkste wapens om mee om te leren gaan. Hoewel hun gespierde, van zware botten voorziene en licht gebogen armen ontzaglijk sterk waren, konden ze er toch erg fijn en precies werk mee verrichten, zoals het aftikken van vuursteenschilfers. De bouw van hun armgewrichten, vooral de wijze waarop spieren en pezen aan de beenderen waren gehecht, gaf hun een goede motoriek gekoppeld aan een ongelooflijke kracht. Maar daar moesten ze wel een zekere tol voor betalen. De bouw van de gewrichten beperkte de arm in zijn bewegingen. Ze konden er geen volledige boog mee beschrijven, waardoor ze minder goed in staat waren dingen weg te werpen. Niet de fijne spierbeheersing, maar de hefboomfunctie moesten ze inleveren in ruil voor hun kracht.
Hun speer was niet de over grote afstand geworpen spies, maar eerder een lans waarmee van korte afstand en met grote kracht toegestoten werd. Het trainen met speer en knots behelsde weinig meer dan het ontwikkelen van machtige spierbundels, maar het leren hanteren van slinger of bola vereiste jaren van geconcentreerd oefenen. De slinger, een reep soepel leer die met beide uiteinden in één hand bijeengehouden boven het hoofd werd rondgezwaaid om vaart te krijgen voordat de ronde, in de uitstulping in het midden rustende steen werd weggeslingerd, vroeg veel oefening en inspanning, en Zoug was trots op zijn vermogen een steen trefzeker weg te schieten. Hij was er al evenzeer trots op dat Brun een beroep op hem deed om jonge jagers in het hanteren van dat wapen te onderrichten.
Terwijl Zoug en Dorv met hun slingers over de heuvels rondzwierven, hadden de vrouwen in hetzelfde gebied gefoerageerd, en het prikkelend aroma van voedsel dat op het vuur staat, wekte de eetlust van de jagers op. Ze hoefden niet lang te wachten.
Na het maal ontspanden de mannen zich, een en al verzadigde voldaanheid, en namen nog eens de gebeurtenissen van de opwindende jacht door, zowel voor hun eigen genoegen als ten behoeve van Zoug en Dorv. Broud, die gloeide van trots over zijn nieuwe status en alle gelukwensen van zijn nieuwe gelijken, bemerkte dat Vorn met onverbloemde bewondering naar hem stond te kijken. Tot die ochtend wa-

ren Broud en Vorn elkaars gelijken, en Vorn was zijn enig mannelijk gezelschap onder de kinderen geweest sinds Goov een man geworden was.

Broud herinnerde zich hoe híj na hun terugkeer van de jacht bij de jagers had rondgehangen, net als Vorn nu deed. Vanaf nu zou hij niet meer aan de kant hoeven staan, door de mannen genegeerd, maar gretig toekijkend terwijl ze hun verhalen vertelden. Hij zou niet meer aan de bevelen van zijn moeder en de andere vrouwen om met allerlei karweitjes te komen helpen hoeven gehoorzamen. Hij was nu een jager, een man. Alleen de laatste rite ontbrak nog aan zijn status van man, en die zou deel uitmaken van de grotceremonie, wat er een bijzonder tintje aan gaf en hem geluk zou brengen.

Wanneer dat gebeurd was, zou hij de laagst geplaatste onder de mannen zijn, maar dat kon hem niet veel schelen. Dat zou nog wel veranderen, zijn plaats was al bepaald. Hij was de zoon van de gezellin van de leider; op een dag zou hij met de mantel van het leiderschap bekleed worden. Vorn was wel eens vervelend geweest, maar nu kon Broud het zich veroorloven grootmoedig te zijn. Hij liep naar de vierjarige toe, waarbij hem niet ontging dat Vorns ogen in gretige verwachting oplichtten toen hij de kersverse jager zag naderen.

'Vorn, me dunkt dat je er inmiddels oud genoeg voor bent,' gebaarde Broud, enigszins pompeus in zijn pogingen mannelijker te lijken. 'Ik zal een speer voor je maken. Het is tijd dat je voor jager begint te oefenen.'

Vorn kronkelde zich in allerlei bochten van verrukking, pure aanbidding in zijn ogen terwijl hij opkeek naar de jonge man die zo kortgeleden de begeerde status van jager had verworven.

'O ja,' knikte hij, hevig instemmend. 'Ik ben er best oud genoeg voor, Broud,' gebaarde het knaapje vervolgens verlegen. Hij wees naar de zware speer met de donkere met bloed bevlekte punt. 'Mag ik hem eventjes aanraken?'

Broud legde de speer voor de jongen op de grond. Vorn stak een voorzichtige vinger uit en raakte het opgedroogde bloed van de enorme bizon aan die nu voor de ingang van de grot lag. 'Was je bang, Broud?' vroeg hij.

'Men zegt dat alle jagers nerveus zijn bij hun eerste jacht,' antwoordde Broud, die zijn angst niet wilde toegeven.

'Vorn! Daar ben je dus! Ik had het kunnen weten. Je wordt verondersteld Oga te helpen met sprokkelen,' zei Aga, die haar van de vrouwen en kinderen weggeglipte zoon ontdekte. Vorn volgde zijn moeder schoorvoetend, over zijn schouder omkijkend naar zijn nieuwe afgod.

Brun had de zoon van zijn gezellin goedkeurend gadegeslagen. Het kenmerkt de goede leider, dacht hij, de jongen niet te vergeten alleen omdat hij nog een kind is. Eens zal Vorn ook jager zijn, en wanneer Broud dan leider is, zal Vorn zich dit nog herinneren.

Broud zag Vorn met tegenzin achter zijn moeder aan sloffen. Nog maar een dag tevoren was Ebra hém komen halen om met het werk te helpen, bedacht hij. Hij keek even naar de vrouwen die bezig waren een gat te graven en had de neiging weg te sluipen zodat zijn moeder hem niet zou zien, maar toen zag hij Oga in zijn richting kijken. Mijn moeder kan me de wet niet meer voorschrijven. Ik ben geen kind meer, ik ben een man. Ze moet nu míj gehoorzamen, dacht Broud, een hoge borst opzettend. Zo is het toch... en Oga kijkt.

'Ebra! Breng me eens wat water te drinken!' commandeerde hij arrogant, op de vrouwen afstappend. Hij verwachtte half en half dat zijn moeder hem zou bevelen hout te gaan halen. Strikt genomen zou hij pas na zijn mannelijkheidsrite een man zijn.

Ebra keek naar hem op en haar ogen straalden van trots. Dat was háár fijne jongen die zich zo uitstekend van zijn taak gekweten had, háár zoon die de verheven status van man bereikt had. Ze sprong op, ging naar de poel bij de grot en kwam vlug met water terug, ondertussen hooghartig naar de andere vrouwen kijkend, alsof ze wilde zeggen: 'Kijk mijn zoon eens! Is hij geen prachtkerel? Is hij geen dappere jager?'

De prompte reactie van zijn moeder en haar trotse blik stelden Broud gerust en brachten hem er zelfs toe haar met een knor van erkenning te vereren. Ebra's reactie deed hem bijna evenveel genoegen als het deemoedig gebogen hoofd van Oga en de blik vol adoratie waar hij haar op betrapte toen haar ogen hem bij het weggaan volgden.

Oga was erg overstuur geweest na de dood van haar moeder, zo kort na die van haar moeders metgezel. Als enig kind van het paar was ze, hoewel slechts een meisje, door beiden erg vertroeteld. Bruns gezellin was vriendelijk voor haar toen ze bij het gezin van de leider introk, wat inhield dat ze de maaltijden bij hen gebruikte en achter Ebra aan liep tijdens hun speurtocht naar een grot. Maar Brun boezemde haar angst in. Hij was strenger dan haar moeders partner; zijn verantwoordelijkheid drukte zwaar op hem. Ebra's zorgen gingen voornamelijk naar Brun uit en niemand had veel tijd voor het verweesde meisje zolang ze nog op reis waren. Maar Broud had haar op een avond in haar eentje terneergeslagen in het vuur zien staren. Oga liep over van dankbaarheid toen de trotse jongen, al bijna een man, die voordien zelden aandacht aan haar had besteed, naast haar kwam zitten en een arm om haar heen legde terwijl zij zachtjes haar verdriet uitjammerde. Van dat ogenblik af had Oga nog maar één wens: wanneer ze een vrouw werd, wilde ze de gezellin van Broud worden.

De namiddagzon was warm in de roerloze lucht. Geen zuchtje wind deed ook maar het kleinste blaadje trillen. De verwachtingsvolle stilte werd alleen verbroken door het gezoem van vliegen die zich aan de restanten van de maaltijd tegoed deden en de geluiden van de vrouwen die een stoofkuil groeven. Ayla zat naast Iza terwijl de medicijnvrouw in haar otterhuid naar het rode zakje zocht. Het kind had de hele dag achter haar aan gelopen, maar nu moest Iza met Mog-ur bepaalde riten uitvoeren als voorbereiding op de belangrijke rol die ze de volgende dag bij de grotceremonie moest spelen, nu ze zeker wisten dat die inderdaad gehouden zou worden. Ze bracht het vlasharige meisje naar de groep vrouwen die niet ver van de grotingang een diep gat aan het graven waren. De binnenwand daarvan zou worden bekleed met stenen en dan zou er een groot vuur in worden aangelegd dat de hele nacht zou blijven branden. 's Morgens zou men de gevilde en in stukken verdeelde bizon in bladeren gewikkeld in de put laten zakken, ze met nog meer bladeren en een laag aarde toedekken en tot laat in de middag in de stenen oven laten smoren.
Het uitgraven was een langdurig en vervelend karwei. De vrouwen gebruikten hun puntige graafstokken om de aarde los te wrikken, die dan met handenvol op een leren mantel werd gegooid; vervolgens werd deze uit de put opgehesen en ergens anders geleegd. Maar wanneer de put eenmaal klaar was, konden ze hem vele malen gebruiken en hoefde er alleen af en toe as uit gehaald te worden. Terwijl de vrouwen groeven, waren Oga en Vorn onder het toeziend oog van Oeka's nog manloze dochter Ovra hout aan het sprokkelen en brachten ze stenen aan van de rivier.
Toen Iza hen met het kind aan de hand naderde, hielden de vrouwen op met graven. 'Ik moet Mog-ur spreken,' zei Iza met een handgebaar. Ze gaf Ayla een klein zetje in de richting van de groep. Ayla wilde haar volgen toen ze zich omdraaide om weg te gaan, maar de vrouw schudde haar hoofd, duwde het meisje weer naar de vrouwen toe en liep toen snel weg.
Het was Ayla's eerste contact met andere leden van de stam buiten Iza en Creb en ze voelde zich zonder Iza's geruststellende aanwezigheid schuw en verloren. Ze stond als op de plek vastgevroren, nerveus naar haar voeten starend en alleen nu en dan even angstig opkijkend. Tegen alle fatsoensnormen in gaapte iedereen het magere, langbenige

meisje met haar eigenaardige gezicht en bolle voorhoofd aan. Ze waren allemaal nieuwsgierig naar het kind geweest, maar dit was pas hun eerste kans haar eens van dichterbij te bekijken.
Het was Ebra die ten slotte de betovering verbrak. 'Laat haar maar hout gaan zoeken,' seinde de gezellin van de leider met een zwijgend gebaar naar Ovra, en ze begon toen weer te graven. Ovra liep naar een groepje bomen toe waar veel stukken hout op de grond lagen. Oga en Vorn konden hun blik maar ternauwernood van Ayla losscheuren. Ovra wenkte de beide kinderen ongeduldig en daarop ook Ayla. Het meisje dacht dat ze het gebaar wel begreep, maar wist niet zeker wat er van haar verwacht werd. Ovra wenkte nogmaals, draaide zich toen om en liep verder. De twee stamleden die in leeftijd het dichtst bij Ayla stonden, gingen Ovra met tegenzin achterna. Het meisje keek hen na en deed toen aarzelend enkele stappen achter hen aan.
Toen ze het boomgroepje had bereikt, stond Ayla een tijdje te kijken hoe Oga en Vorn droge takken opraapten, terwijl Ovra met haar stenen vuistbijl op een flinke omgevallen boomstronk inhakte. Oga kwam terug van de put, waar ze een lading hout had neergelegd en begon een door Ovra losgehakt stuk boomstronk naar de houtstapel te slepen. Ayla zag haar tobben en liep toe om te helpen. Ze bukte zich om het andere eind van het houtblok op te tillen en toen ze weer overeind kwam, keek ze in Oga's donkere ogen. Ze bleven beiden staan en staarden elkaar een ogenblik aan.
De twee meisjes waren erg verschillend en toch merkwaardig gelijk. Uit hetzelfde oerzaad voortgekomen, had het nageslacht van hun gemeenschappelijke voorvader verschillende wegen ingeslagen, die beide uitmondden in rijk ontwikkelde, zij het verschillende intelligenties. Daar beide soorten verstandelijk ontwikkeld en ook enige tijd allebei dominant waren, was de kloof die hen scheidde niet zo breed. Maar de subtiele verschillen tussen hen zouden hen naar een volkomen verschillende eindbestemming voeren.
Ieder een eind van de stronk dragend, brachten Ayla en Oga hem naar de houtstapel. Toen ze weer samen wegliepen, zij aan zij, hielden de vrouwen opnieuw met hun werk op en keken hen na. De twee meisjes waren bijna even lang, hoewel het grootste bijna tweemaal zo oud was als het kleinste. De een was slank, met rechte ledematen, en blond; de ander gedrongen, krombenig en donkerder. De vrouwen trokken vergelijkingen, maar zoals alle kinderen vergaten de meisjes zelf snel de verschillen tussen hen. Samen doen maakte het werk lichter en voor de dag voorbij was hadden ze manieren gevonden om met elkaar te communiceren en een element van spel in hun werk te brengen.

Die avond zochten ze elkaar op en zaten onder het eten een tijdje bijeen, blij met het gezelschap van iemand die meer van hun eigen leeftijd was. Iza was verheugd dat Oga Ayla accepteerde en wachtte tot bedtijd voor ze de kleine ging ophalen. De meisjes keken elkaar bij het afscheid na, toen wendde Oga zich af en liep naar haar vacht naast Ebra. De mannen en vrouwen sliepen nog steeds apart. Mog-urs verbod zou pas opgeheven worden als ze de grot betrokken hadden.

Bij het eerste ochtendkrieken sloeg Iza haar ogen op. Stil lag ze te luisteren naar de welluidende kakofonie van vogelstemmen die de nieuwe dag tsjirpend, kwelend en kwetterend begroetten. Weldra, zo lag ze te denken, zou ze bij het openen van haar ogen stenen wanden zien. Buiten slapen vond ze niet erg zolang het weer nog goed was, maar ze verlangde naar de geborgenheid van wanden om haar heen. Bij die gedachte herinnerde ze zich wat ze die dag allemaal moest doen, en met groeiende opwinding aan de grotceremonie denkend stond ze zachtjes op.
Creb was al wakker. Ze vroeg zich af of hij überhaupt geslapen had; hij zat nog steeds op dezelfde plek waar ze hem de vorige avond had achtergelaten, in een contemplatief zwijgen in het vuur starend. Ze begon water warm te maken en tegen de tijd dat ze hem zijn ochtendthee van kruizemunt, luzerne en brandnetelbladeren bracht, zat Ayla al naast de gebrekkige. Iza gaf het kind een ontbijt van kliekjes van de vorige avond. De mannen en vrouwen zouden die dag tot aan de rituele feestmaaltijd niet eten.
Tegen het eind van de middag stegen er van de diverse vuren waar voedsel stond te koken heerlijke geuren op, die de lucht rond de grot bezwangerden. Potten, bestek en ander kookgerei dat de vrouwen uit hun vorige grot hadden gered en in hun bundels meegedragen, waren nu uitgepakt. Knap gemaakte, strak gevlochten waterdichte mandjes van fijn materiaal en met een door middel van kleine wijzigingen in het vlechtwerk ingeweven patroon, werden gebruikt om water uit de poel te halen en als kook- en voorraadpotten. Houten kommen werden voor dezelfde doeleinden gebruikt. Ribben dienden als roerlepel, grote platte heupbeenderen als borden en schalen, net als dunne schijven hout. Kaak- en schedelbeenderen werden gebruikt als dienlepels, nappen en kommen. Met moerasdennensap aan elkaar gelijmde stukken berkenbast, hier en daar met een peesknoopje op de juiste plaats verstevigd, werden in diverse vormen gevouwen voor vele doeleinden gebruikt.
In een dierenhuid die aan een uit leren banden en stokken geconstru-

eerd bouwsel boven een vuur hing, pruttelde een smakelijke soep van het bizonvlees. Er werd zorgvuldig op toegezien dat de vloeistof niet te ver inkookte. Zolang het kokende vocht hoger stond dan de vlammen reikten, bleef de temperatuur van de leren pot te laag om te verbranden. Ayla zag Oeka brokken vlees en bot van de hals van de bizon omhoogroeren, die samen met wilde ui, zoutig klein hoefblad en andere kruiden moesten trekken. Oeka proefde van het vleesvocht en completeerde het geheel met geschilde distelstengels, paddestoelen, lelieknoppen en -wortels, waterkers, melkdistelknoppen, kleine onrijpe broodvruchten, uit de vorige grot meegenomen veenbessen en verlepte lelies van de vorige dag om de soep mee te binden.
De harde, vezelige oude wortels van lisdodden waren fijngestampt en de vezels werden uiteengetrokken en verwijderd. Meegebrachte gedroogde bosbessen en gedroogde en gemalen graankorrels waren toegevoegd aan het zetmeel dat zich onder in de manden met koud water vormde. Hompen plat, donker, ongezuurd brood stonden al op hete stenen dicht bij het vuur gaar te worden. Bladeren van de rode ganzenvoet, melganzevoet, jonge klaver en paardebloembladeren stonden, met klein hoefblad gekruid, in een andere pot te koken, en een saus van gedroogde zure appels, met bloemblaadjes van de wilde roos en wat door een gelukkig toeval gevonden honing aangemaakt, stond bij een ander vuur te dampen.
Iza was extra in haar nopjes geweest toen ze Zoug met een stel sneeuwhoenderen van een tocht naar de steppe zag terugkomen. De laagvliegende, zware vogels die zo gemakkelijk met een steen uit de slinger van de scherpschutter waren neer te halen, waren Crebs lievelingskostje. Gevuld met kruiden en eetbare planten waar hun eigen eieren in ingebed lagen en in bladeren van de wilde druif gewikkeld, stonden de smakelijke vogels in een kleinere met stenen beklede put te stoven. Hazen en reuzenhamsters werden gevild en op pennen gestoken boven gloeiende kolen geroosterd en bergjes kleine, verse wilde aardbeien glinsterden felrood in de zon.
Het was een feestmaal, de gelegenheid waardig.
Ayla wist niet of ze wel kon wachten. Ze had de hele dag doelloos bij het kookgedeelte rondgehangen. Zowel Iza als Creb was het grootste deel van de tijd ergens anders heen en als Iza in de buurt was, had ze het veel te druk. Ook Oga was samen met de vrouwen druk met de voorbereidingen voor het feestmaal bezig en niemand had tijd of zin om zich met het meisje te bemoeien. Na enkele snibbige woorden en niet-zo-zachtaardige duwtjes van de nerveuze vrouwen had ze geprobeerd hun niet meer voor de voeten te lopen.

Toen de lange schaduwen van de late namiddag over de rode aarde voor de grot vielen, daalde er een verwachtingsvolle stilte over de stam neer. Iedereen kwam rond de grote kuil staan waarin de bizonbouten lagen te stoven. Ebra en Oeka begonnen de bovenlaag van warme aarde te verwijderen. Ze trokken de slappe, geschroeide bladeren weg en legden het offerdier bloot in een wolk van stoom, die het water in de mond bracht. Het vlees, zo mals dat het haast van de botten viel, werd voorzichtig omhooggehaald. Als gezellin van de leider viel Ebra de taak van het snijden en serveren toe, en de trots straalde van haar af toen ze haar zoon het eerste stuk gaf.
Broud stapte zonder enig blijk van valse bescheidenheid naar voren om de hem toekomende portie in ontvangst te nemen. Nadat alle mannen bediend waren, kregen de vrouwen hun deel en daarna de kinderen. Ayla was de laatste, maar er was voor iedereen meer dan genoeg, er bleef zelfs nog over. Toen viel er voor de tweede maal een stilte, waarin de hongerige stam op het maal aanviel.
Het was een rustig en ontspannen feestmaal; zo af en toe stond er iemand op om nog wat bizon van het karkas te trekken of een tweede portie van een lievelingsgerecht te halen. De vrouwen hadden hard gewerkt, maar hun beloning bestond niet alleen uit de goedkeurende opmerkingen van de verzadigde stam; ze zouden nu enkele dagen niet meer hoeven koken. Na het maal rustten allen wat, om krachten op te doen voor een lange avond.

Toen de langer wordende schaduwen overgingen in de dofgrijze schemer van de naderende duisternis, veranderde de luie namiddagstemming ongemerkt in een sfeer die geladen was met verwachting. Op een blik van Brun ruimden de vrouwen snel de restanten van het feestmaal op en posteerde ieder zich rond een onaangestoken vuurplaats bij de ingang van de grot. De toevallig lijkende opstelling van de groep loochende het formele karakter ervan: de vrouwen stonden ieder op de door hun status in de groep bepaalde plaats. De mannen, die zich aan de andere zijde van de vuurplaats verzamelden, stonden eveneens in een vast patroon, al naar gelang hun hiërarchische positie. Alleen Mog-ur was nergens te bekennen.
Brun, die het meest vooraan stond, wenkte Grod, die daarop met langzame, waardige schreden naar voren stapte en uit zijn oeroshoren een gloeiend kooltje tevoorschijn haalde. Het was het belangrijkste van een lange reeks kooltjes, die begon bij het op de puinhopen van de oude grot ontstoken vuur. De voortzetting van dat vuur symboliseerde het voortbestaan van de stam. Met het ontsteken van dit vuur

voor de ingang zouden ze de grot voor zich opeisen en hem tot hun woonstee verklaren.

Het leren beheersen van vuur was een vinding van de mens die in een koud klimaat van levensbelang was. Zelfs rook had weldadige eigenschappen; de geur alleen al riep een gevoel van veiligheid en huiselijke gezelligheid op. De rook van het grotvuur die door de holle ruimte naar de gewelfde zoldering omhoogdreef, zou via spleten en de trek door de opening zijn weg naar buiten vinden. Eventuele onzichtbare krachten die hun ongunstig gezind zouden kunnen zijn, zou hij met zich meevoeren; hij zou de grot zuiveren, en hem doortrekken met hun wezen, het wezen van de mens.

Het ontsteken van het vuur was als ritueel eigenlijk al voldoende om de grot te zuiveren en in bezit te nemen, maar er werden al zo lang ook bepaalde andere rituelen bij uitgevoerd, dat deze bijna als onderdeel van de grotceremonie beschouwd werden. Eén ervan was de rite waarbij de geesten van hun beschermtotems met hun nieuwe thuis vertrouwd werden gemaakt, iets wat gewoonlijk door Mog-ur in afzondering gedaan werd, met een alleen uit mannen bestaand publiek. De vrouwen mochten ondertussen hun eigen feest vieren en daarom maakte Iza bij die gelegenheid een speciale drank voor de mannen klaar.

Het welslagen van de jacht had al bewezen dat deze plek hun totems beviel en met het feestmaal bevestigden ze hun voornemen de grot tot hun vaste woning te maken, hoewel de stam op bepaalde tijden wel langdurig afwezig kon zijn. Totemgeesten reisden ook, maar zolang stamleden hun amuletten bij zich hadden, konden hun totems hen vanaf de grot opsporen en zo nodig te hulp komen.

Daar de geesten toch al bij de grotceremonie aanwezig zouden zijn, konden er ook andere rituelen in opgenomen worden, en dat werden ze dikwijls ook. Iedere rite won aan glans als hij gekoppeld was aan de inwijding van een nieuwe woning en versterkte op zijn beurt de band van de stam met zijn territorium. Hoewel ieder soort plechtigheid zijn eigen nooit veranderende ritueel had, hadden ceremoniële aangelegenheden dikwijls een ander karakter, afhankelijk van de rituelen die erin opgenomen werden.

Mog-ur was degene die, gewoonlijk in overleg met Brun, bepaalde hoe de diverse onderdelen aaneengeregen zouden worden tot de complete feestviering, maar toch was het iets organisch dat sterk door hun stemming bepaald werd. Deze ceremonie zou Brouds initiatieritueel omvatten én de ceremonie waarbij de totems van de twee zuigelingen geïdentificeerd en benoemd zouden worden, aangezien dat ook nog gebeuren moest en zij de geesten welgevallig wilden zijn. De tijd was geen belangrijke factor – het mocht zo lang duren als nodig was – maar als ze uitgeput of in gevaar waren geweest, zou alleen het aanleggen van een vuur al volstaan hebben om de grot tot de hunne te maken.

Met een ernst die bij de belangrijkheid van zijn taak paste, knielde Grod neer, legde het gloeiende kooltje op het droge aanmaakmateriaal en begon te blazen. De stamleden leunden gespannen voorover en lieten hun adem in één gezamenlijke zucht ontsnappen toen vurige tongen in een eerste fataal proeven langs de dorre twijgjes lekten. Het vuur laaide op en plotseling stond een uit het niets verschenen, schrikwekkende figuur zo dicht bij het vreugdevuur dat de loeiende vlammen hem leken te omspelen. Hij had een felrood gezicht onder een griezelige witte schedel die midden in het vuur leek te hangen, onaangetast door de opdansende, lekkende tongen.

Ayla zag de vurige verschijning eerst niet en hapte naar adem van schrik toen ze hem in het oog kreeg. Ze voelde dat Iza haar een geruststellend kneepje in de hand gaf. Onder haar voeten trilde de aarde van het doffe bonzen van de speren en ze vloog achteruit toen de nieuwbakken jager naar het stukje grond voor het vuur sprong, juist toen Dorv een scherpe roffel gaf op een groot houten komvormig instrument dat omgekeerd tegen een houtblok stond geleund.

Broud hurkte neer en keek in de verte, met zijn hand zijn ogen tegen een niet-bestaande zon beschuttend, terwijl andere jagers opsprongen om met hem samen de bizonjacht nog eens op te voeren. Zo groot was hun bedrevenheid in de pantomime, door het generaties lang communiceren via gebaar en teken bijgevijld, dat de intense emoties van de jacht opnieuw tot leven kwamen. Zelfs de vijfjarige vreemdelinge werd door de suggestieve kracht van het drama gegrepen. De vrouwen van de Stam werden, gevoelig als ze voor subtiele nuances waren, als het ware naar de hete stoffige vlakte overgebracht. Ze konden de grond voelen trillen onder de donderende hoefslagen, het verstikkende stof proeven, de opperste triomf van de doodsteek meebeleven. Het was een zeldzame gunst dat hun deze blik in het heilige leven van de jagers werd toegestaan.

Vanaf het eerste moment nam Broud de leiding bij de dans. Hij had het dier gedood en dit was zijn grote nacht. Hij kon het emotievolle meeleven van de anderen voelen, de angst van de vrouwen, en reageerde met nog hartstochtelijker doorvoeld toneelspel. Broud was een volleerd acteur en was nooit meer in zijn element dan wanneer hij in het middelpunt van de belangstelling stond. Hij bespeelde kundig

de emoties van zijn publiek en de extatische rilling die de vrouwen doorvoer toen hij zijn beslissende stoot met de speer naspeelde, had een duidelijk erotisch karakter. Mog-ur, die vanachter het vuur toekeek, was niet minder onder de indruk; hij zag de mannen dikwijls over de jacht praten, maar het was alleen bij deze zeldzame ceremoniën dat hij van zo nabij het volledig spectrum van opwindende emoties kon meebeleven. De jongen deed het goed, dacht de tovenaar, terwijl hij om het vuur heen naar voren liep; hij verdiende zijn totemteken. Hij had het wel verdiend een beetje op te scheppen.
De laatste armzwaai van de jonge man bracht hem recht voor de machtige man van de toverkunsten, terwijl het doffe dreunende ritme en het opgewonden staccatogeluid van Dorv in een snelle roffel eindigden. De oude magiër en de jonge jager stonden nu tegenover elkaar. Ook Mog-ur wist zijn rol te spelen. De meester van het juiste ogenblik wachtte, om de opwinding van de jachtdans te laten zakken en een sfeer van gespannen verwachting te creëren. Zijn in een zware berenhuid gehulde logge, scheve gedaante stond scherp tegen het fel brandende vuur afgetekend. Zijn met oker rood gemaakte gezicht werd door zijn eigen gestalte overschaduwd, waardoor zijn trekken vervloeiden tot een vage vlek, waarin het onheilspellende asymmetrische oog als dat van een bovennatuurlijke demon gloeide.
De stilte van de nacht werd alleen verstoord door het knappende vuur, een zachte bries die door de bomen streek en het stotend lachen van een verre hyena. Broud hijgde en zijn ogen schitterden, ten dele van de inspanning van de dans en ten dele van opwinding en trots, maar meer nog van een groeiende, verontrustende angst.
Hij wist wat er nu ging komen en hoe langer het op zich liet wachten, hoe sterker hij zich moest verzetten tegen een kilte die in een huiver over wilde gaan. Nu was het ogenblik daar dat Mog-ur hem zijn totemteken in het vlees zou snijden. Hij had zichzelf niet toegestaan eraan te denken, maar nu het ogenblik gekomen was bemerkte Broud dat er iets was dat hij nog meer vreesde dan de pijn. De tovenaar straalde iets uit dat de jonge man met een veel grotere angst vervulde. Mog-ur stond op de drempel van de wereld van de geesten, een oord waar wezens huisden die nog veel angstaanjagender waren dan de reusachtige bizons. Ondanks hun grootte en kracht waren bizons tenminste tastbare, stoffelijke schepselen uit de zichtbare wereld, schepselen waar een man zich mee kon meten. Maar de onzichtbare en toch veel sterkere krachten die zelfs de aarde konden doen schudden, waren iets heel anders. Broud was niet de enige die een rilling onderdrukte bij de plotselinge herinnering aan de kortgeleden doorge-

maakte aardbeving. Alleen heilige mannen, Mog-urs, durfden met die niet-stoffelijke wereld in contact te treden en de bijgelovige jonge man wenste dat deze grootste aller Mog-urs voort zou maken en de zaak zou afwerken.

Als in antwoord op Brouds stille bede hief de tovenaar zijn arm en staarde omhoog naar de rijzende maan. Toen, met soepele, vloeiende bewegingen, begon hij aan een hartstochtelijke aanroeping. Maar zijn gehoor was niet de als gehypnotiseerd toekijkende stam. Zijn welsprekendheid was gericht op de etherische, zij het niet minder werkelijke wereld der geesten – en zijn bewegingen wáren welsprekend. Door gebruik te maken van ieder subtiel trekje in lichaamshouding, iedere nuance in gebaar, had de eenarmige zijn handicap met betrekking tot zijn eigen taal overwonnen. Hij was expressiever met zijn ene arm dan de meeste mannen met twee. Tegen de tijd dat hij uitgesproken was, wisten de stamleden zich door het wezen van hun beschermtotems en nog een menigte andere onbekende geesten omringd, en Brouds gewaarwording van kilte werd een siddering.

Plotseling, met een onverwachtheid die sommigen de adem afsneed, rukte de tovenaar een scherp stenen mes uit een plooi van zijn mantel tevoorschijn en hief het hoog boven zijn hoofd. Toen zwaaide hij het scherpe werktuig omlaag naar Brouds borstkas. In een volstrekt beheerste beweging hield Mog-ur zijn hand vlak voor de fatale steek stil. In plaats daarvan kerfde hij met snelle halen twee lijnen in het vlees van de jonge man die zich in dezelfde richting kromden en in een punt bijeenkwamen, zoals de grote kromme horen van de rinoceros. Broud sloot zijn ogen, maar vertrok verder geen spier toen het mes zijn vlees openkerfde. Bloed welde naar de oppervlakte en liep in rode stroompjes over zijn borst. Nu verscheen Goov naast de magiër, met een kom met zalf die gemaakt was van het gesmolten vet van de bizon en as van verbrand essenhout. Mog-ur smeerde het zwarte vet op de wond om het bloed te stelpen en ervoor te zorgen dat zich een zwart litteken zou vormen. Dit teken verkondigde aan allen die het zagen dat Broud een man was en voor altijd onder bescherming stond van de Geest van de formidabele en onberekenbare Wolharige Neushoorn.

De jonge man keerde naar zijn plaats terug, zich er scherp van bewust dat aller blikken op hem gevestigd waren, en hij genoot daar intens van nu het ergste achter de rug was. Hij was er zeker van dat zijn dapperheid en bekwaamheid bij de jacht, zijn suggestieve toneelspel tijdens de dans, en zijn onbewogen ondergaan van het inkerven van zijn totemteken zowel onder de mannen als onder de vrouwen lange tijd onderwerp van geanimeerde gesprekken zouden zijn. Misschien zou het wel een legende worden, een verhaal dat vele malen opnieuw verteld zou worden, tijdens de lange koude winters waarin de stam tot binnenblijven genoopt was, en bij Stambijeenkomsten. Zonder mij zou de grot nu niet van ons zijn, zei hij bij zichzelf. Als ik de bizon niet had gedood, zouden we nu geen ceremonie houden; dan zouden we nog steeds op zoek zijn naar een grot. Broud had het idee gekregen dat de nieuwe grot en deze hele gedenkwaardige gelegenheid uitsluitend aan hem te danken waren.

Ayla had bij het ritueel tegelijk angstig en gefascineerd toegekeken en had een rilling niet kunnen onderdrukken toen de vreeswekkende grote man op Broud instak en bloed deed vloeien. Ze stribbelde tegen toen Iza haar naar de angstaanjagende tovenaar in zijn berenvel leidde, zich ongerust afvragend wat hij met haar zou gaan doen. Aga met Ona in haar armen en Ika met Borg liepen ook op Mog-ur toe. Ayla was blij toen beide vrouwen zich voor Iza en haarzelf opstelden.

Goov hield nu een dichtgevlochten mandje in zijn handen dat rood gekleurd was van de vele malen dat het de heilige rode oker had bevat, die, tot een fijn poeder vermalen en samen met dierlijk vet verhit, tot een warm getinte pasta was verwerkt. Mog-ur keek over de hoofden van de voor hem staande vrouwen heen naar het smalle streepje maan boven hen. In de klankloze formele taal maakte hij tekens waarmee hij de geesten verzocht naderbij te komen en de kleinen aan te zien wier beschermtotems nu onthuld zouden worden. Toen doopte hij een vinger in de rode pasta en tekende op de heup van het mannelijk kind een krul in de vorm van de kurkentrekkerstaart van het wilde zwijn. Onder de stamleden rees een gedempt, schor gemompel op terwijl ze in gebarentaal reageerden op de toepasselijkheid van de totem.

'Geest van het Everzwijn, de jonge Borg wordt in uw bescherming aanbevolen,' zeiden de handgebaren van de tovenaar, terwijl hij een klein zakje aan een leren veter over het hoofd van de baby liet glijden. Ika boog in aanvaarding het hoofd en uit die beweging sprak tegelijk haar blijdschap. Het was een sterke, achtenswaardige geest, en ook zij voelde aan hoe goed deze totem bij haar zoon paste. Toen stapte ze opzij.

Weer riep de magiër de geesten op, en nadat hij zijn hand in het door Goov vastgehouden mandje had gestoken, trok hij met de pasta een cirkel op Ona's armpje.

'Geest van de Uil,' verkondigden zijn gebaren, 'het meisje Ona wordt u in bescherming gegeven.' Daarop deed Mog-ur het kind de amulet die haar moeder had gemaakt om de hals. Weer klonk er een gedempt gemurmel, terwijl handen fladderden in reactie op de sterke totem die het meisje nu beschermde. Aga was zeer tevreden. Haar dochter was goed beschermd en het betekende ook dat de man die haar partner werd geen zwakke totem mocht hebben. Ze hoopte alleen maar dat het daardoor niet te moeilijk voor haar zou worden om kinderen te krijgen.

De groep rekte belangstellend de hals toen Aga opzij stapte en Iza zich bukte om Ayla op te tillen. Het meisje was niet bang meer. Ze besefte, nu ze dichter bij hem stond, dat de imposante figuur met het roodgevlekte gelaat niemand anders was dan Creb. Er glansde warmte in zijn blik toen hij haar aankeek.

Tot verbazing van de stam gebruikte de tovenaar ditmaal andere gebaren om de geesten op te roepen tot bijwoning van het ritueel. Het waren de gebaren die hij maakte wanneer hij een pasgeboren kind zeven dagen na de geboorte een naam gaf. Niet alleen zou de totem van het vreemde meisje bekend worden gemaakt, ze zou ook in de stam opgenomen worden! Mog-ur doopte zijn vinger in de pasta en trok toen een lijn vanaf midden op haar voorhoofd, bij mensen van de Stam de plek waar de botrichels boven hun ogen elkaar ontmoetten, tot aan de punt van haar kleine neus.

'De naam van het kind is Ayla,' zei hij, haar naam langzaam en zorgvuldig uitsprekend zodat zowel de stam als de geesten hem zouden verstaan.

Iza draaide zich naar de toekijkende stamleden om. Ayla's adoptie was voor haar al evenzeer een verrassing als voor de anderen; het meisje kon haar hart voelen bonzen. Dit moet betekenen dat ze mijn dochter is, mijn eerste kind, dacht de vrouw. Alleen de moeder houdt het kind vast wanneer het een naam krijgt en als lid van de stam wordt geaccepteerd. Is het zeven dagen geleden dat ik haar vond? Ik weet het niet zeker, ik zal het Creb vragen, maar ik denk van wel. Ze moet wel mijn dochter zijn, want wie zou er nu anders haar moeder kunnen zijn?

Een voor een liepen de stamleden langs Iza heen terwijl deze het vijfjarige meisje als een baby in haar armen hield, en ze zeiden elk met wisselend succes haar naam na. Daarna wendde Iza zich opnieuw naar de tovenaar. Nogmaals keek hij omhoog en riep de geesten bijeen. De stam wachtte nieuwsgierig. Mog-ur was zich van hun gespannen aandacht bewust en deed er zijn voordeel mee. Met opzettelijk trage bewegingen, het moment rekkend om de spanning erin te houden, deed hij een beetje van de olieachtige pasta op zijn vinger en trok toen een lijn precies over een van de genezende krabben op Ayla's been.

Wat kan dat betekenen? Welke totem is dat? De toekijkende stam stond voor een raadsel. De heilige man doopte zijn vinger opnieuw in het rode mandje en trok een tweede lijn over de volgende krab. Het meisje voelde dat Iza begon te beven. Geen van de anderen bewoog, geen zuchtje werd gehoord. Bij de derde lijn trachtte Brun met een boze frons Mog-urs blik te vangen, maar de tovenaar ontweek het oogcontact. Toen de vierde lijn getrokken was, wist de stam het zeker, maar wilde het niet geloven. Ten slotte was het het verkeerde been. Mog-ur wendde het hoofd en keek Brun vol in het gezicht toen hij het slotgebaar maakte.

'Geest van de Holenleeuw, het meisje Ayla wordt in uw bescherming aanbevolen.'

De gestileerde beweging nam het laatste restje twijfel weg. Terwijl Mog-ur het kind de amulet omhing, fladderden weer de handen, in geschokte verbazing. Kon het werkelijk waar zijn? Kon een meisje een van de sterkste mannelijke totems hebben? De Holenleeuw?

Creb keek zijn broer vast en onverzettelijk in de boze ogen. Een ogenblik lang waren zij in een zwijgend wilsgevecht verwikkeld. Maar Mog-ur wist dat er aan de logica van de Holenleeuwtotem voor het meisje niet te tornen viel, hoe onlogisch het ook mocht lijken dat een meisje onder de bescherming van zo'n machtige geest zou staan. Mog-ur had alleen benadrukt wat de holenleeuw zelf al had gedaan. Brun had nog nooit de onthullingen van zijn manke broer aangevochten, maar nu voelde hij zich door de tovenaar beetgenomen. Het beviel hem niet, al moest hij toegeven dat hij nooit eerder een zo duidelijk aangegeven totem had gezien. Hij wendde zijn blik het eerste af, maar gelukkig was hij er niet mee.

Het idee om het vreemde kind in de stam op te nemen was al moeilijk genoeg te accepteren geweest, maar deze totem was te veel. Het was ongebruikelijk, tegen de gewoonte, en Brun hield niet van buitensporigheden in zijn goed geordende stam. Hij klemde grimmig zijn kaken opeen. Hierna geen afwijkingen van de bestaande orde meer. Als het meisje dan lid van zijn stam moest worden, zou ze zich moeten aanpassen, holenleeuw of geen holenleeuw.

Iza was perplex. Nog steeds met het kind in haar armen boog ze aanvaardend het hoofd. Als Mog-ur het verordonneerde, moest het zo zijn. Ze wist wel dat Ayla een sterke totem had, maar een Holenleeuw? De gedachte maakte haar nerveus; een meisje met de machtigste der katten als totem? Nu wist ze zeker dat het meisje nooit een metgezel zou vinden. Het sterkte haar in haar besluit Ayla genezende magie bij te brengen, zodat ze enige status van zichzelf zou hebben. Creb had haar een naam gegeven, haar tot lid van de stam verklaard, en haar totem geopenbaard terwijl de medicijnvrouw haar vasthield. Als dat het meisje niet tot haar dochter maakte, wat dan wel? Het in de stam geboren zijn was nog geen waarborg er ook in geaccepteerd te worden. Iza herinnerde zich plots dat als alles goed bleef gaan ze binnenkort opnieuw met een baby in haar armen voor de tovenaar zou staan. Zij, die zo lang kinderloos was gebleven, zou er weldra twee hebben.

De stam was in grote beroering; verbijstering sprak uit de gebaren en stemmen. Zich pijnlijk de verblufte blikken van zowel mannen als vrouwen bewust ging Iza terug naar haar plaats. De stamleden probeerden haar en het meisje niet aan te staren – aanstaren was onhoffelijk – maar één man deed meer dan staren.

Iza zag Broud naar het kleine meisje kijken met zo'n haat in zijn ogen dat ze ervan schrok. Ze probeerde zich tussen hen tweeën in te plaatsen om Ayla tegen de kwaadaardige blik van de trotse jongeman te beschermen. Broud zag dat hij niet langer in het middelpunt van de belangstelling stond; niemand had het meer over hem. Vergeten was de heldendaad waarmee hij de grot als woonruimte veilig had gesteld, vergeten zijn schitterende dans en zijn onverstoorbare dapperheid toen Mog-ur zijn totemteken in zijn borst sneed. De ontsmettende zalf deed nog meer pijn dan de snee zelf – het prikte nog steeds – maar merkte iemand op hoe flink hij de pijn verdroeg?

Niemand lette meer op hem. De initiatierite keerde met een zekere regelmaat terug, zelfs die van jongens die tot leider waren voorbestemd. Ze vielen in het niet bij Mog-urs wonderbaarlijke en onverwachte openbaring over het vreemde meisje. Broud zag hoe de mensen elkaar eraan herinnerden dat zij als eerste naar de grot was geleid. Ze zeiden dat dat lelijke meisje hun nieuwe thuis voor hen had gevonden. En wat dan nog, als haar totem de Holenleeuw is, dacht Broud kribbig. Heeft *zíj* de bizon soms gedood? Dit werd verondersteld *zíjn* nacht te zijn, *híj* was degene die in het middelpunt van de belangstelling hoorde te staan en het voorwerp van de bewondering en het respect van de stam hoorde te zijn, maar Ayla had hem zijn applaus ontstolen.

Hij gluurde woedend naar het vreemde meisje, maar toen hij Iza naar het kamp bij de rivier zag hollen, werd zijn aandacht weer naar Mog-ur getrokken. Gauw, heel gauw, zou hij in de geheime rituelen van de mannen mogen delen. Hij wist niet wat hij moest verwachten; er was hem alleen gezegd dat hij dan voor het eerst zou ervaren wat herinneringen precies waren. Het was de laatste stap op zijn weg naar de volwassenheid.

Bij de vuurplaats aan de rivier deed Iza vlug haar omslag af en raapte een houten kom en een rode zak gedroogde wortels op die ze al had klaargezet. Ze vulde eerst de kom nog met water en ging toen terug naar het grote vreugdevuur, dat nog feller oplaaide nu Grod er wat extra hout op gooide.

Iza's omslag had een van de redenen voor haar lange perioden van afwezigheid eerder op de dag bedekt. Toen de medicijnvrouw weer op de tovenaar toe liep, was ze volledig naakt, op haar amulet en de op haar lichaam geschilderde rode strepen na. Een grote cirkel accentueerde de bolling van haar buik. Ook haar beide borsten waren omcirkeld; en twee lijnen liepen van iedere borst over haar schouder en ontmoetten elkaar in een V onder aan haar rug. Haar beide billen waren eveneens door een rode cirkel omsloten. Deze raadselachtige symbolen, waarvan de betekenis alleen aan Mog-ur bekend was, dienden om haar én de mannen te beschermen. Het was gevaarlijk om een vrouw in religieuze rituelen te betrekken, maar bij dit ritueel was ze nu eenmaal nodig.

Iza stond nu dicht bij Mog-ur, dicht genoeg om de druppels transpiratie op zijn gezicht te zien. Dat kwam van het staan in zijn zware berenhuid voor het hete vuur. Op een onmerkbaar teken van hem hield ze de kom omhoog en draaide zich naar de stam toe. Het was een zeer oude kom, die generaties lang alleen bij deze speciale gelegenheden was gebruikt. Een verre voormoeder van Iza had uit een stuk boomstam de buitenkant gevormd en de binnenkant lang en zorgvuldig uitgestoken, en daarna de kom nog langer liefdevol gladgeschuurd met korrelig zand en een ronde steen. Een laatste polijstbeurt met de ruwe stengels van heermoes zorgde voor een zijdeachtig gladde afwerking. De kom was aan de binnenzijde met een witachtig patina bedekt door het vele gebruik voor deze ceremoniële drank.

Iza stak de gedroogde wortels in haar mond en kauwde ze langzaam fijn, erop lettend dat ze geen speeksel inslikte terwijl haar grote tanden en sterke kaken de taaie vezels vermaalden. Ten slotte spuwde ze de uitgekauwde pulp in de kom water en roerde de vloeistof tot deze een melkwitte kleur aannam. Alleen de medicijnvrouwen van Iza's geslacht kenden het geheim van de sterk werkende wortel. De plant was betrekkelijk zeldzaam, hoewel niet onbekend, maar aan de verse wortel waren de verdovende eigenschappen nauwelijks te bemerken. De wortel werd gedroogd en ten minste twee jaar bewaard; en bij het drogen werd hij rechtop opgehangen, in plaats van ondersteboven zoals bij de meeste kruiden. Hoewel alleen een medicijnvrouw de drank mocht maken, mochten van oudsher alleen mannen hem drinken.

Er bestond een oeroude legende, van moeder op dochter overgeleverd samen met de geheime instructies over het in de wortel concentreren van het werkzame bestanddeel van de plant, dat eens, lang geleden, alleen vrouwen het krachtige middel gebruikten. De ceremonie werd mét de bijbehorende rituelen door de mannen gestolen en vrouwen werd verboden de drank nog langer te gebruiken, maar de bereidingswijze konden de mannen niet stelen. De medicijnvrouwen die het geheim kenden, waren zo weinig geneigd het geheim met iemand anders dan hun eigen nageslacht te delen, dat het geheel verloren was gegaan, behalve voor die vrouw die zich beroemen kon op een directe en ononderbroken afstamming die tot in de verre oudheid terugging. Ook nu nog werd de drank nooit toebereid zonder dat de medicijnvrouw er iets van gelijke aard en waarde voor terugkreeg.

Toen de drank gereed was, gaf Iza een knikje met haar hoofd en Goov stapte naar voren met een kom doornappelthee zoals hij die anders voor de mannen klaarmaakte, alleen was het deze keer voor de vrouwen. Met waardig ceremonieel werden de kommen uitgewisseld en daarop ging Mog-ur de mannen voor naar de kleine grot.

Toen ze weg waren, ging Iza met de doornappelthee onder de vrouwen rond. De medicijnvrouw gebruikte dezelfde plant dikwijls als verdovend middel, pijnstiller of slaapmiddel en ze had nog een ander preparaat, van de daturaplant, gereed om er de kinderen mee tot rust te brengen. De vrouwen konden zich pas dan ontspannen als ze wisten dat hun kleintjes geen aandacht van hen zouden komen vragen en toch veilig zouden zijn. Bij de zeldzame gelegenheden dat de vrouwen zich de luxe van een eigen ritueel veroorloofden, zorgde Iza ervoor dat de kinderen heerlijk in slaap waren.

Weldra begonnen de vrouwen hun dommelende kinderen naar bed te brengen en kwamen daarna naar het vuur terug. Nadat ze Ayla in haar vacht had gestopt, ging Iza naar de omgekeerde schaal die Dorv bij de jachtdans had gebruikt en begon er in een langzaam, gestaag ritme op te trommelen, waarbij ze de toon veranderde door met de stok nu eens op de bodem en dan weer dicht bij de rand te slaan.

Eerst bleven de vrouwen nog roerloos zitten. Ze waren er te zeer aan gewend zich in de aanwezigheid van mannen in te tomen. Maar langzamerhand, toen de uitwerking van het verdovend middel voelbaar werd en de vrouwen zich realiseerden dat ze buiten het gezichtsveld van de mannen waren, begonnen sommigen op het plechtige ritme mee te bewegen. Ebra was de eerste die opsprong. Ze danste met ingewikkelde passen in een cirkel om Iza heen en toen de medicijnvrouw het tempo verhoogde, raakten meer vrouwen opgewonden. Weldra dansten ze allen met de gezellin van de leider mee.

Toen het ritme sneller en gecompliceerder werd, wierpen de gewoonlijk zo volgzame vrouwen hun omslagen af en dansten met bewegingen die ongeremd en openlijk erotisch waren. Ze merkten het niet toen Iza ophield met trommelen en zich bij hen voegde; ze waren te geconcentreerd op hun eigen innerlijke ritme aan het dansen. Hun opgekropte, in het leven van alledag zo sterk onderdrukte emoties baanden zich een uitweg in de ongeremde bewegingen. Spanningen vloeiden weg in een bevrijdende losheid, in een innerlijke reiniging die het hun mogelijk maakte hun beperkt bestaan te accepteren. In een razernij van draaien, springen en stampen dansten de vrouwen voort tot ze tegen de dageraad uitgeput neervielen en insliepen waar ze gevallen waren.

Met het eerste licht van de nieuwe dag begonnen de mannen naar buiten te komen. Ze stapten over de lichamen van de slapende vrouwen heen en zochten hun slaapplaatsen op, waar ze spoedig in een droomloze sluimer weggleden. De mannen ontlaadden hun emoties in de spanning van de jacht. Hun ceremonie bezat een andere dimensie – hij was beheerster, meer naar binnen gericht, veel ouder, maar niet minder opwindend.

Toen de zon over de bergkam in het oosten rees, hobbelde ook Creb de grot uit en overzag het met lichamen bezaaide terrein. Eén keer had hij uit nieuwsgierigheid de ceremonie van de vrouwen bespied. Met zijn diepe intuïtie begreep de wijze oude tovenaar hun behoefte aan ontlading van hun gevoelens. Hij wist dat de mannen zich altijd afvroegen wat de vrouwen toch uitvoerden dat ze in zo'n toestand van uitputting geraakten, maar Mog-ur maakte hen niet wijzer. De mannen zouden even geschokt zijn geweest over de ongeremde losbandigheid van de vrouwen als de vrouwen over de vurige smeekbeden van hun stoïcijnse metgezellen tot de onzichtbare geesten die hun bestaan deelden.

Mog-ur had zich wel eens afgevraagd of hij ook de zielen van de vrouwen terug zou kunnen voeren naar het eerste begin. Hun herinneringen waren anders, maar zij bezaten hetzelfde vermogen om oeroude kennis op te roepen. Hadden zij herinneringen aan de geschiedenis van hun ras? Zouden zij deel kunnen nemen aan een ceremonie met de mannen? Mog-ur stelde zichzelf de vraag, maar hij zou nooit de woede van de geesten riskeren door een poging er een antwoord op te krijgen. Het zou de ondergang van de stam betekenen als een vrouw bij zulke gewijde plechtigheden toegelaten werd.

Creb schuifelde naar de kampplaats en ging op zijn slaapvacht liggen.

Hij zag de verwarde massa fijn blond haar op Iza's vacht, en die zette hem aan het denken over alles wat er gebeurd was sinds hij nog maar juist op tijd naar buiten was gestrompeld toen de oude grot instortte. Hoe had het vreemde kind toch zo snel de weg naar zijn hart gevonden? De negatieve ondertoon in Bruns houding tegenover haar verontrustte hem enigszins, en ook Brouds kwaadaardige blikken in haar richting waren hem niet ontgaan. De onenigheid in de nauw verbonden groep had de ceremonie verstoord en hem een tikkeltje bezorgd achtergelaten.

Broud zal het er niet bij laten zitten, dacht Creb. De Wolharige Neushoorn past als totem goed bij onze toekomstige leider. Broud kan dapper zijn, maar hij is koppig, en te trots. Het ene moment is hij kalm en verstandig, zelfs zacht en vriendelijk, en het volgende ogenblik kan hij om de een of andere onbetekenende reden in blinde woede ontsteken. Ik hoop dat hij zich niet tegen het meisje keert.

Wees niet zo dwaas, wees hij zichzelf terecht. De zoon van Bruns gezellin gaat zich heus niet druk maken over een meisje. Hij wordt later de leider; en bovendien zou Brun het niet goedkeuren. Broud is nu een man, hij zal zijn drift leren beheersen.

De mismaakte oude man ging liggen en besefte hoe moe hij was. Sinds de aardbeving had hij onder grote spanning gestaan, maar nu kon hij zich ontspannen. De grot was van hen, hun totems waren uitgebreid in hun nieuwe thuis geïnstalleerd en als ze wakker werden konden de stamleden de grot betrekken. De vermoeide tovenaar gaapte, strekte zich uit en sloot zijn oog.

7

Toen ze voor het eerst hun nieuwe woning binnengingen, raakten de stamleden enigszins bevangen door de enorme, gewelfachtige proporties van de grot, maar ze wenden er spoedig aan. De herinnering aan de oude grot en aan hun ingespannen zoeken naar een nieuwe verdween snel naar de achtergrond en hoe beter ze met de omgeving van hun nieuwe behuizing bekendraakten, hoe meer ze ermee in hun schik waren. Ze vielen terug in de gebruikelijke routine van de korte hete zomers: het bejagen, verzamelen en opslaan van voedsel om hen door de lange periode van felle koude heen te helpen die, naar ze uit ervaring wisten, voor hen lag. Ze hadden trouwens de keus uit een rijke verscheidenheid.

Zilveren forellen flitsten door de witte stuifnevel van de wilde stroom en lieten zich met veel geduld en een vlugge handbeweging uit het water grissen als ze, niet op hun hoede, onder overhangende wortels en rotsige oevers rustten. Reuzensteur en zalm hielden zich, dikwijls nog van een extra lekkernij als verse zwarte kuit of helderrode hom voorzien, op bij de monding van de rivier, terwijl monstrueuze zeewolven en zwarte kabeljauw over de bodem van de binnenzee gleden. Sleepnetten, gemaakt van met de hand ineengedraaid lang dierenhaar, trokken de grote vissen uit het water terwijl ze nog wegsprongen voor de waders die hen naar deze versperring toe dreven. De stamleden legden dikwijls de gemakkelijk haalbare afstand van vijftien kilometer naar de zeekust af en hadden al snel een flinke hoeveelheid boven rokerige vuren gedroogde zoute vis in voorraad. Allerlei week- en schaaldieren werden behalve om hun smakelijke vlees ook verzameld om als opscheplepels, eetlepels, schaaltjes en nappen dienst te doen. Steile kliffen werden beklommen om er de eieren te rapen van de massa's zeevogels die op de rotsige uitsteeksels aan de zeezijde nestelden en af en toe leverde een goedgemikte steen een extra versnapering op in de vorm van een jan-van-gent, zeemeeuw of een grote alk.

Wortels en vlezige stengels, bladeren, peulen, bessen, vruchten, noten en graansoorten werden ieder op hun beurt bij het rijpen van de zo-

mer verzameld. Bladeren, bloemen, kruiden werden gedroogd om ze als thee of als kruiderij in het eten te gebruiken en zanderige klompen zout, hoog en droog achtergebleven toen de grote ijskap in het noorden er het vocht aan onttrok en de kustlijn op deed schuiven, werden naar de grot gebracht om er de winterkost mee te bereiden.
De jagers trokken er dikwijls op uit. De nabijgelegen, met gras en kruiden en een enkel groepje dwergachtige boompjes begroeide steppen wemelden van kudden grazende dieren. Er zwierven reuzenherten rond, waarvan de geweldige handvormige geweien bij sommige dieren een spanwijdte van drie meter hadden, samen met enorme bizons met bijna even lange horens. Steppepaarden trokken zelden zo ver naar het zuiden, maar er dwaalden wel ezels en onagers – de zich ergens tussen paard en ezel bewegende halfezel – over de open vlakten van het schiereiland, terwijl hun zwaargebouwde neef, het bospaard, zich alleen of in kleine groepjes dichter bij de grot ophield. Een enkele maal werden de steppen ook bezocht door kleinere kudden van de in het laagland wonende verwanten van de geit, de saiga-antilopen.
Het lieflijke landschap tussen de steppe en de heuvels aan de voet van de bergen bood onderdak aan de oeros, het donkerbruine of zwarte wilde rund dat de voorvader was van zachtmoediger tamme rassen. De bosneushoorn – familie van latere, aan struiken knabbelende tropische soorten, maar meer aan de koele wouden van de gematigde zone aangepast – bewoog zich slechts zelden op het territorium van een andere neushoornvariëteit die aan het gras van het glooiend landschap de voorkeur gaf. Met hun kortere, rechtopstaande horen en horizontale kopdracht verschilden beide soorten van de wolharige neushoorn die evenals de behaarde toendramammoet slechts een seizoengast was. De wolharige neushoorns hadden een lange naar voren hellende voorste horen en droegen de kop laag, wat van pas kwam bij het wegvegen van de sneeuw op de winterse velden. Hun dikke laag onderhuids vet, het dieprode lange bovenhaar en zachte wollige onderhaar waren aanpassingen waardoor ze aan koude streken gebonden waren. Hun natuurlijke leefgebieden waren de noordelijke, door de vorst uitgedroogde steppen, de lösssteppen.
Alleen daar waar het land door gletsjers bedekt was, konden lösssteppen ontstaan. De voortdurende lage luchtdruk boven de uitgestrekte ijsvlakten zoog vocht uit de lucht, waardoor er weinig sneeuw viel in de streek rond de gletsjer en er een constante wind woei. Fijn kalkhoudend stof, löss, werd van de vermalen rotsen aan de rand van de gletsjers opgenomen en over een gebied van honderden kilometers verspreid. Een korte lente deed de schaarse sneeuw smelten en de bo-

venlaag van het immer bevroren land voldoende ontdooien om snelwortelende grassoorten en kruiden te doen opschieten. Ze groeiden vlug en droogden uit tot rechtopstaand hooi, duizenden en duizenden hectaren voer voor de miljoenen dieren die zich aan de hevige koude van het vasteland hadden aangepast.
De aan het vasteland grenzende steppen van het schiereiland lokten de behaarde dieren alleen laat in de herfst naar zich toe. De zomers waren er voor hen te heet en de zware sneeuwval in de winters maakte wegvegen van de sneeuw onmogelijk. Ook vele andere dieren werden in de winter noordwaarts gedreven, naar de grensgebieden van de koudere maar drogere lösssteppen. De meeste kwamen in de zomer weer terug. De wouddieren die kreupelhout of schors of korstmossen konden knabbelen, bleven op de beboste hellingen die hun beschutting boden en grote kudden buiten hielden.
Behalve bospaarden en bosneushoorns vonden ook wilde zwijnen en verscheidene hertensoorten in het met bomen bedekte deel van het landschap een onderkomen: kleine kudden edelherten, alleen of in kleine groepjes levende schuwe reeën met eenvoudige, van drie punten voorziene geweien, het iets grotere, geelbruin en wit gespikkelde damhert en enkele elanden; zij alle deelden hetzelfde beboste woongebied.
Hoger de bergen in klampten groothoornige schapen, de moeflons, zich aan rotspunten en uitstekende aardlagen vast en voedden zich met het groen van alpenweitjes; en nog hoger dartelden steenbokken, wilde berggeiten en gemzen van afgrond naar afgrond. Heen en weer schietende kwikzilverachtige vogels verleenden het bos kleur en muziek, al leverden ze niet dikwijls een maaltijd op. Hun plaats op het menu werd gemakkelijker ingenomen door de vette, laagvliegende sneeuwhoenderen en wilgenkorhoenderen van de steppe, die met een snelle steen omlaaggehaald werden, en door de herfstbezoekjes van ganzen en eidereenden die bij het neerstrijken op de drassige bergpoelen in netten gevangen werden. Roofvogels en gieren dreven loom op opstijgende luchtstromingen rond en speurden de rijk voorziene vlakten en bosgebieden onder hen af.
Een menigte kleinere dieren bevolkte de bergen en steppen rond de grot en leverde voedsel en bont. Je had jagers: nertsen, otters, veelvraten, hermelijnen, marters, vossen, sabeldieren, wasberen, dassen, en de kleine wilde katten die ooit legioenen tamme muizenvangers voort zouden brengen; en bejaagden: boomeekhoorns, stekelvarkens, hazen, konijnen, mollen, muskusratten, beverratten, bevers, stinkdieren, muizen, spitsmuizen, lemmingen, grondeekhoorns, grote woes-

tijnspringmuizen, reuzenhamsters, pika's, en nog enkele onbenoemd gebleven en later uitgestorven soorten.
Grotere vleeseters waren absoluut noodzakelijk om de enorme aantallen prooidieren binnen de perken te houden. Er waren wolven en hun woestere verwanten de wilde honden. En er waren grote katten: lynxen, jachtluipaarden, tijgers, luipaarden, de sneeuwluipaard, een bergbewoner en, tweemaal zo groot als alle andere, de holenleeuw. Allesetende bruine beren jaagden dicht bij de grot, maar hun uit de kluiten gewassen neven, de plantenetende holenberen, waren er nu niet meer. De alomtegenwoordige holenhyena completeerde de groep tegenhangers van het jachtwild.
Het land was ongelooflijk rijk en de mens was slechts een onbetekenend onderdeeltje van de grote verscheidenheid aan levensvormen die in dat koude, oeroude Eden leefden. Te onafgewerkt geboren, zonder een goede natuurlijke uitrusting voor de jacht – zijn buitensporig grote brein daargelaten – was hij de zwakste van de jagers. Maar niettegenstaande zijn ogenschijnlijke kwetsbaarheid door het ontbreken van slagtanden, scherpe klauwen, snelheid of springkracht, had de tweebenige jager zich het ontzag van zijn vierpotige concurrenten verworven. Zijn geur alleen was al voldoende om een veel krachtiger schepsel van een gekozen pad te doen afbuigen in gebieden waar de twee lang in elkaars nabijheid leefden. De ervaren jagers van de stam waren even behendig in de verdediging als in de aanval en wanneer de veiligheid of het zekere bestaan van hun stam bedreigd werd, of wanneer ze zich een door de natuur ontworpen warme winterjas verlangden, beslopen ze de nietsvermoedende besluiper.

Het was een heldere zonnige dag, warm, met de eerste gulheid van de zomer. De bomen waren helemaal uitgelopen, maar nog een nuance lichter dan ze later in het jaar zouden zijn. Lome vliegen zoemden rond her en der verspreid liggende afgekloven botten van eerdere maaltijden. Een frisse bries uit zee bracht een vleugje van het erin verblijvend leven mee en het fladderend gebladerte wierp dansende schaduwen over de zonnige glooiing voor de grot.
Nu de problemen rond het dakloos zijn voorbij waren, was Mog-urs taak licht. Het enige wat van hem verlangd werd, was af en toe een jachtceremonie of een ritueel om kwade geesten te verdrijven, of wanneer er iemand gewond of ziek was een ritueel om goede geesten te vragen Iza's genezende magie te ondersteunen. En vandaag waren de jagers weg en verscheidene vrouwen waren met hen mee. Ze zouden pas over vele dagen terugkeren. De vrouwen waren mee om het vlees

van het gedode wild te bewerken; de jachtbuit was gemakkelijker naar huis te vervoeren wanneer hij al gedroogd was voor de winteropslag. De warme zon en altijd aanwezige wind op de steppen zorgden ervoor dat het in dunne repen gesneden vlees snel uitdroogde. Rokerige vuren van droog gras en mest dienden meer om de vleesvliegen weg te houden, die hun eitjes in vers vlees legden waardoor het ging rotten. De vrouwen zouden op de terugweg ook het grootste deel van de last dragen.

Creb had bijna elke dag sinds ze de grot betrokken enige tijd met Ayla doorgebracht, waarin hij probeerde haar hun taal bij te brengen. De rudimentaire woordvormen, voor kinderen van de stam gewoonlijk het moeilijkste gedeelte, pikte ze gemakkelijk op, maar hun ingewikkeld systeem van gebaren en tekens ontging haar ten enen male. Hij had geprobeerd haar de betekenis van gebaren duidelijk te maken, maar ze hadden geen van tweeën enig aanknopingspunt in de taal van de ander en er was niemand om te vertalen of uit te leggen. De oude man had zich de hersens gepijnigd om een manier te vinden de betekenis van de gebaren over te brengen, maar zonder succes. Ayla was al evenzeer teleurgesteld.

Ze wist dat er iets was dat zij niet begreep en ze brandde van verlangen om zich wat beter te kunnen uitdrukken dan via de enkele woorden die ze kende. Het was haar duidelijk dat de mensen van de stam meer verstonden dan de simpele woorden alleen, maar ze wist gewoon niet hoe. Het probleem was dat ze de handbewegingen niet zag. Voor haar waren het niet meer dan toevallige bewegingen, geen betekenisvolle gebaren. Ze begreep eenvoudig niet dat mensen via tekens konden praten. De mogelijkheid was nooit bij haar opgekomen; het lag volkomen buiten haar ervaringsgebied.

Creb had nu eindelijk een eerste vermoeden van haar probleem gekregen, hoewel hij het moeilijk kon geloven. Het moet komen doordat ze niet weet dat de bewegingen iets betekenen, dacht hij. 'Ayla!' riep Creb, het meisje meewenkend. Dat moet het zijn, dacht hij, toen ze over het pad langs de glinsterende rivier liepen. Dat, of ze is gewoon niet intelligent genoeg om een taal te begrijpen. Op grond van zijn waarnemingen kon hij echter niet geloven dat ze in intelligentie tekort zou schieten, ook al was ze anders. Maar ze begrijpt wél eenvoudige gebaren. Hij had aangenomen dat het er slechts om zou gaan daarop voort te borduren.

De vele voeten die in hun richting op pad, strooptocht of vispartij waren gegaan, hadden gras en kreupelhout al platgelopen en via de weg van de minste weerstand een pad gevormd. Ze kwamen op een plek

waar de oude man graag was, een open stuk bij een grote, rijkbebladerde eik waarvan de hoog uit de grond oprijzende wortels hem een beschaduwde zitplaats boden die hem beter beviel dan het op de grond zitten. Hij begon de les door met zijn staf op de boom te wijzen.
'Eik,' antwoordde Ayla snel. Creb knikte goedkeurend; toen richtte hij zijn staf op de rivier.
'Water,' zei het meisje.
De oude man knikte opnieuw. Toen maakte hij een beweging met zijn hand en herhaalde het woord. 'Stromend water, rivier,' zeiden hand en woord samen.
'Water?' zei het meisje aarzelend, in verwarring gebracht doordat hij had aangegeven dat haar antwoord juist was en het haar toch nogmaals vroeg. Diep onder in haar maag begon paniek te groeien. Het was weer hetzelfde liedje, ze wist dat hij haar nog iets anders wilde laten doen, maar ze begreep niet wat.
Creb schudde van nee. Hij had al vele malen hetzelfde soort oefeningen met het kind gedaan. Hij probeerde het opnieuw en wees op haar voeten.
'Voeten,' zei Ayla.
'Ja,' knikte de tovenaar. Op de een of andere manier moet ik het haar ook laten zíen, niet alleen horen, dacht hij. Hij stond op, nam haar bij de hand en deed samen met haar enkele stappen, zijn staf achterlatend. Tegelijkertijd maakte hij een beweging en zei het woord 'voeten'. 'Bewegende voeten, lopen,' was de betekenis die hij over wilde brengen. Ze luisterde ingespannen of soms iets in zijn toon haar ontging.
'Voeten?' probeerde ze nogmaals, wetend dat het niet het antwoord was dat hij verlangde.
'Nee, nee, nee! Lopen! Voeten bewegen!' herhaalde hij nog eens, terwijl hij haar recht in het gezicht keek en op overdreven wijze het gebaar maakte. Hij leidde haar wat verder, weer op haar voeten wijzend en eraan twijfelend of ze het ooit zou leren.
Ayla kon tranen in haar ogen voelen opkomen. Voeten! Voeten! Ze wist dat het het goede woord was, waarom schudde hij dan van nee? Ik wou dat hij ophield zo met zijn hand voor mijn gezicht te bewegen. Wat doe ik toch verkeerd?
De oude man liet haar weer een stukje lopen, wees naar haar voeten, maakte de beweging met zijn hand, zei het woord. Ze bleef staan en keek hem aan. Opnieuw maakte hij het gebaar, het zo sterk overdrijvend dat het bijna iets anders ging betekenen, en zei het woord. Hij boog zich naar haar toe, keek haar strak aan en maakte de beweging vlak voor haar ogen. Gebaar, woord. Gebaar, woord.

Wat wil hij toch? Wat wil hij dat ik doe? Ze wilde hem zo graag begrijpen. Ze wist dat hij haar iets probeerde te vertellen. Waarom blijft hij toch maar steeds zijn hand bewegen?
Toen ging haar een lichtje op. Zijn hand! Hij beweegt steeds zijn hand. Aarzelend hief ze haar eigen handje op.
'Ja! Ja! Dat is het!' Crebs heftig bevestigende knikken was bijna een schreeuw. 'Maak het gebaar! Bewegen! Voeten bewegen!' herhaalde hij.
Met langzaam dagend begrip keek ze naar zijn handbeweging, probeerde die toen na te doen. Creb zei ja! Dat is wat hij wil! Die beweging! Hij wil dat ik die beweging maak.
Ze maakte het gebaar opnieuw en zei het woord, niet begrijpend wat het betekende, maar tenminste beseffend dat hij wilde dat ze dat gebaar maakte wanneer ze het woord zei. Creb draaide haar rond en ging zwaar hinkend met haar terug naar de eik.
Onder het lopen wees hij op haar voeten en herhaalde nogmaals de combinatie van gebaar en woord.
Plotseling, als met een ontploffing in haar brein, legde ze het verband. Je voeten bewegen! Lopen! Dat bedoelt hij! Niet alleen voeten. De handbeweging en het woord 'voeten' betekenen samen lopen! Haar hersens draaiden op volle toeren. Ze herinnerde zich dat ze de mensen van de stam altijd hun handen zag bewegen. In haar gedachten zag ze Iza en Creb staan, elkaar aankijkend en hun handen bewegend, weinig woorden gebruikend, maar hun handen bewegend. Spraken ze met elkaar? Is dát de manier waarop ze met elkaar spreken? Is dat de reden dat ze zo weinig zeggen? Spreken ze met hun handen?
Creb ging zitten. Ayla stond voor hem en probeerde haar opwinding de baas te worden.
'Voeten,' zei ze, op haar voeten wijzend.
'Ja,' knikte hij, niet begrijpend waar ze heen wou.
Ze wendde zich om en liep weg, en toen ze weer op hem toe kwam maakte ze het gebaar en zei het woord 'voeten'.
'Ja, ja! Dat is het! Zo moet het!' zei hij. Ze heeft het! Ik geloof dat ze het begrijpt!
Het meisje wachtte even, draaide zich toen om en rende van hem weg. Nadat ze over de kleine open plek was teruggerend, bleef ze vol verwachting voor hem staan, een beetje buiten adem.
'Rennen,' gebaarde hij, terwijl ze oplettend toekeek. Het was een andere beweging, wel ongeveer zoals de eerste, maar toch anders.
'Rennen,' zei haar aarzelend gebaar hem na.
Ja, ze heeft het!

Creb was zeer opgewonden. Het gebaar was lomp en bezat niet de verfijning waarmee zelfs kleine kinderen van de stam het maakten, maar ze begreep de bedoeling. Hij knikte heftig en viel bijna van zijn plaats toen Ayla zich op hem stortte om hem in verrukt begrijpen te omhelzen.
De oude tovenaar keek om zich heen. Het ging bijna instinctief. Genegenheid werd alleen binnen de grenzen van de vuurplaats geuit. Maar hij wist dat ze alleen waren. De gebrekkige beantwoordde de omhelzing door het kind even zachtjes tegen zich aan te drukken en voelde een warme gloed van voldoening die hij nooit eerder had ervaren.

Een heel nieuwe wereld van wederzijds begrip ging voor Ayla open. Ze bezat een aangeboren talent voor acteren en imiteren, dat ze in dodelijke ernst aanwendde bij het nadoen van Crebs bewegingen. Maar Crebs eenhandige gebaren waren noodzakelijkerwijs aanpassingen van normale tekens, en het was Iza die haar de fijnere kneepjes bijbracht. Ze leerde zoals een baby dat zou doen, beginnend bij het uitdrukken van eenvoudige behoeften, maar ze leerde veel sneller. Te lang was ze geremd in haar pogingen tot contact maken; ze was vastbesloten het tekort zo snel mogelijk in te halen.
Toen ze meer begon te verstaan, kreeg het dagelijks bestaan van de stam opeens veel meer reliëf. Ze begon de mensen om haar heen bij hun gesprekken gade te slaan, staarde in verrukte aandacht naar hun gebaren en probeerde te begrijpen wat ze tegen elkaar zeiden. Eerst tolereerde de stam haar visuele inbreuk op hun privacy en beschouwde haar maar als een baby. Maar na enige tijd maakten afkeurende blikken in haar richting duidelijk dat dergelijk ongemanierd gedrag niet veel langer geduld zou worden. Staren was onbeleefd, net zoals gesprekken afluisteren; naar oude zeden dienden de ogen te worden afgewend wanneer anderen in een persoonlijk gesprek gewikkeld waren. Op een midzomeravond kwam het tot een botsing.
De stam zat na het avondmaal binnen in de grot om de familievuurplaatsen verzameld. De zon was achter de horizon verdwenen en tegen de laatste zwakke gloed zag men in silhouet de bladeren van donker loof, die ritselden in de zachte avondbries. Het vuur bij de grotingang, daar aangelegd om boze geesten, nieuwsgierige roofdieren en de vochtige avondlucht buiten te houden, zond dunne sliertjes rook en trillende golfjes warme lucht omhoog die de donker beschaduwde bomen en struiken erachter op het stille ritme van de flakkerende vlammen op en neer deden deinen. Het licht wierp dansende schaduwen op de ruwe, rotsige wanden van de grot.

Ayla zat binnen de kring van stenen die Crebs territorium afbakende naar Bruns huishouding te staren. Broud was uit zijn humeur en reageerde dat af op zijn moeder en Oga door zijn rechten als volwassen man uit te buiten. De dag was voor Broud slecht begonnen en was er verder alleen maar slechter op geworden. Lange uren van opsporen en besluipen waren verspild toen hij miste en de vos wiens rode pels hij met een groots gebaar aan Oga had beloofd in de bosjes verdween, door de te snel geslingerde steen alleen maar gewaarschuwd. Oga's blikken vol begrijpende vergevensgezindheid kwetsten zijn trots alleen nog meer; híj was degene die vergevensgezind ten opzichte van háár tekortkomingen hoorde te zijn, niet andersom.
De vrouwen, vermoeid na een drukke dag, probeerden hun laatste werkjes af te krijgen en door zijn voortdurende interrupties geprikkeld, maakte Ebra een licht gebaar naar Brun. De leider had het aanmatigende, veeleisende gedrag van de jonge man al een tijdje gevolgd. Broud stond in zijn recht, maar Brun vond dat hij wel wat meer begrip voor de vrouwen kon hebben. Het was niet nodig hen voor alles te laten rennen terwijl ze al zo druk en moe waren.
'Broud, laat de vrouwen met rust. Ze hebben al genoeg te doen,' seinde hij in een zwijgende terechtwijzing. De correctie was te veel, vooral in Oga's bijzijn, en dan van Brun. Broud stampte weg naar het verste gedeelte van Bruns vuurplaats om bij de grensstenen te gaan zitten mokken en zag toen dat Ayla hem recht in het gezicht keek. Het deed er niet toe dat Ayla nauwelijks de subtiele huishoudelijke problemen binnen de grenzen van het naburig huishouden had kunnen volgen; wat Broud betrof had de lelijke kleine indringster hem als een kind een standje zien krijgen. Het was de laatste verpletterende slag voor zijn kwetsbaar ego. Ze heeft niet eens het fatsoen om de andere kant op te kijken, dacht hij. Maar als ze denkt dat ze de enige is die de eenvoudige beleefdheid met voeten kan treden, heeft ze het mis. De beker van zijn frustratie vloeide over en opzettelijk de goede gewoonte schendend, richtte Broud een kwaadaardige woeste blik over de grenzen heen, op het meisje dat hij verafschuwde.
Creb was zich van de milde onenigheid bij Bruns vuurplaats bewust, zoals hij zich van al de mensen in de grot bewust was. Meestal zakte dat allemaal weer uit zijn bewustzijn weg, ongeveer zoals achtergrondmuziek, maar alles waar Ayla bij betrokken was, hield zijn aandacht vast. Hij wist dat er een opzettelijke inspanning en buitengewoon boze opzet van Brouds kant voor nodig was geweest om zijn levenslange training op dit punt opzij te zetten en recht in de omsloten ruimte rond andermans vuurplaats te kijken. Broud voelt te veel vij-

andigheid jegens het kind, dacht Creb. Het is tijd om haar voor haar eigen bestwil wat manieren te leren.
'Ayla!' zei hij scherp bevelend. Ze schrok van de klank in zijn stem.
'Niet kijken andere mensen!' seinde hij. Ze begreep het niet helemaal.
'Waarom niet kijken?' informeerde ze.
'Niet kijken, niet staren; mensen niet prettig vinden,' probeerde hij uit te leggen, wetend dat Broud uit een ooghoek toekeek en zelfs niet de moeite nam zijn leedvermaak te verbergen over het standje dat het meisje van Mog-ur kreeg. De tovenaar neemt toch al veel te veel van haar, dacht Broud. Als ze bij ons woonde, zou ik haar gauw genoeg leren hoe een meisje zich hoort te gedragen.
'Wil leren praten,' gebaarde Ayla, nog steeds niet-begrijpend en een beetje gekwetst.
Creb wist heel goed waarom ze had zitten kijken, maar ze moest het toch eens leren. Misschien zou het Brouds haat jegens haar verminderen als hij zag dat ze voor haar staren terechtgewezen werd.
'Ayla niet staren,' gebaarde Creb met een ernstige blik. 'Stout. Ayla niet tegenspreken wanneer man spreekt. Stout. Ayla niet kijken naar mensen bij hun vuur. Stout, stout. Begrijpen?'
Creb was streng. Hij wilde duidelijk zijn. Hij zag Broud opstaan en op Bruns roepen naar de vuurplaats teruggaan, zichtbaar in een betere stemming.
Ayla was verpletterd. Creb was nog nooit streng tegen haar geweest. Ze dacht dat hij het prettig vond dat ze hun taal leerde en nu zei hij dat ze stout was omdat ze naar anderen keek en meer probeerde te leren. Verward en gekwetst als ze was welden de tranen op, vulden haar ogen en liepen over haar wangen omlaag.
'Iza!' riep Creb, ongerust. 'Kom hier! Er is iets met Ayla's ogen aan de hand.' De ogen van stamleden traanden alleen als er iets in gekomen was of als ze een verkoudheid of oogziekte hadden opgelopen. Creb had nog nooit ogen zien overstromen met tranen van verdriet. Iza kwam aanrennen.
'Kijk nu eens! Haar ogen lekken. Misschien is er een vonk in terechtgekomen. Je kunt er beter even naar kijken,' drong hij aan.
Ook Iza was ongerust. Ze trok Ayla's oogleden op en tuurde ingespannen in de ogen van het kind. 'Oog pijn?' vroeg ze. De medicijnvrouw kon geen tekenen van infectie ontdekken. Er leek niets met haar ogen aan de hand, ze traanden alleen maar.
'Nee, niet pijn,' snufte Ayla. Ze begreep hun bezorgdheid om haar ogen niet, maar het deed haar wel beseffen dat ze om haar gaven, zelfs al zei Creb dat ze stout was. 'Waarom Creb boos, Iza?' snikte ze.

'Moet leren, Ayla,' legde Iza uit, het meisje ernstig aankijkend. 'Niet beleefd te staren. Niet beleefd naar vuur van iemand anders te kijken om te zien wat andere mensen bij het vuur zeggen. Ayla moet leren, wanneer man spreken, vrouw kijken omlaag, zo', en Iza deed het voor. 'Wanneer man spreken, vrouw doen zo. Niet vragen. Alleen kleine kinderen staren. Zuigelingen. Ayla groot. Maakt mensen boos op Ayla.'

'Creb boos? Niet om mij geven?' vroeg ze, opnieuw in tranen uitbarstend.

Iza stond nog steeds voor een raadsel met betrekking tot de tranende ogen van het kind, maar ze voelde de verwarring van het meisje aan. 'Creb wel om Ayla geven. Iza ook. Creb Ayla leren. Meer leren dan alleen spreken. Moet Stam-manieren leren,' zei de vrouw, en ze nam het meisje in haar armen. Ze hield haar teder vast terwijl Ayla uithuilde, veegde toen de gezwollen oogleden van het meisje af met een zachte dierenhuid en keek er nogmaals in om zich ervan te vergewissen dat ze in orde waren.

'Wat is er met haar ogen?' vroeg Creb. 'Is ze ziek?'

'Ze dacht dat je niet om haar gaf. Ze dacht dat je boos op haar was. Het moet haar een ziekte bezorgd hebben. Misschien zijn lichte ogen zoals die van haar zwak, maar ik kan niets verkeerds vinden en ze zegt dat ze geen pijn heeft. Ik denk dat haar ogen lekken van verdriet, Creb,' legde Iza uit.

'Verdriet? Was ze zo verdrietig bij de gedachte dat ik niet om haar gaf dat het haar ziek maakte? Haar ogen deed lekken?'

De verblufte man kon het nauwelijks geloven en het vervulde hem met gemengde gevoelens. Was ze ziekelijk? Ze leek gezond, maar niemand was ooit ziek geworden bij de gedachte dat Creb niet om hem gaf. Niemand, behalve Iza, had ooit zo voor hem gevoeld. Mensen vreesden hem, hadden ontzag voor hem, respecteerden hem, maar niemand had ooit zo graag gewild dat hij hem of haar aardig vond dat zijn of haar ogen ervan traanden. Misschien heeft Iza gelijk, misschien zijn haar ogen zwak, maar haar gezichtsvermogen is uitstekend. Op de een of andere manier moet ik haar duidelijk maken dat het voor haar eigen bestwil is dat ze zich behoorlijk leert gedragen. Als ze de gewoonten van de Stam niet leert, zal Brun haar wegsturen. Dat kan hij nog steeds. Maar dat houdt niet in dat ik niet om haar geef. Ik geef juist wel om haar, gaf hij zichzelf toe, veel zelfs, hoe vreemd ze ook is.

Ayla kwam schoorvoetend op de manke oude man toe, nerveus naar haar voeten kijkend. Ze bleef voor hem staan, keek toen op met verdrietige ronde oogjes die nog nat waren van de tranen.

'Ik niet meer staren,' gebaarde ze. 'Creb niet boos?'
'Nee,' seinde hij terug, 'ik ben niet boos, Ayla. Maar je hoort nu bij de stam, je hoort bij mij. Je moet de taal leren, maar je moet ook de gewoonten van de Stam leren. Begrijp je?'
'Ik horen bij Creb? Creb om mij geven?' vroeg ze.
'Ja, ik vind jou heel lief, Ayla.'
Het meisje glimlachte stralend, stak haar armpjes uit en omhelsde hem. Daarop kroop ze bij de mismaakte op schoot en nestelde zich tegen hem aan.
Creb had altijd belangstelling voor kinderen gehad. In zijn functie als Mog-ur had hij zelden een totem van een kind geopenbaard dat door de moeder niet onmiddellijk als bij het kind passend werd ervaren. De stam schreef Mog-urs vaardigheid hierin toe aan zijn magische krachten, maar in werkelijkheid wortelde deze in zijn vermogen tot goed observeren en waarnemen. Hij volgde kinderen vanaf de dag dat ze geboren werden en zag dat de mannen hen evengoed knuffelden en troostten als de vrouwen. Maar de kreupele oude man had zelf nooit de vreugde gekend een kind in zijn armen te wiegen.
Het kleine meisje was uitgeput door haar emoties in slaap gevallen. Bij de angstwekkende tovenaar voelde ze zich veilig en geborgen. Hij had in haar hart de plaats ingenomen van een man die ze zich alleen nog maar ergens diep in haar onderbewustzijn herinnerde. Terwijl Creb op het vredige, ontspannen gezichtje van het vreemde meisje in zijn schoot neerkeek, voelde hij een diepe liefde voor haar opkomen. Hij had haar niet meer kunnen liefhebben wanneer ze zijn eigen kind was geweest.
'Iza,' riep de man zachtjes. De vrouw nam het slapende kind van Creb over, maar niet voordat hij haar nog even tegen zich aan gedrukt had.
'Haar ziekte heeft haar vermoeid,' zei hij toen de vrouw haar in bed gelegd had. 'Zorg ervoor dat ze morgen rust, en kijk toch haar ogen morgenochtend nog maar eens na.'
'Ja, Creb,' knikte ze. Iza hield veel van haar kreupele verwant; beter dan wie ook kende zij de gevoelige ziel die onder het grimmig uiterlijk schuilging. Het maakte haar blij dat hij iemand had gevonden om van te houden, iemand die ook van hem hield, en het verinnigde haar gevoelens voor het meisje.
Iza kon zich niet herinneren sinds haar kindertijd ooit zo gelukkig geweest te zijn. Alleen haar knagende angst dat het kind dat ze droeg een jongen zou zijn, overschaduwde haar vreugde. Als ze een zoon kreeg, zou hij door een jager grootgebracht moeten worden. Ze was Bruns bloedverwante; haar moeder was de gezellin van de leider vóór

hem geweest. Als Broud iets overkwam of als de vrouw die hij tot gezellin zou nemen geen mannelijk nageslacht voortbracht, zou het leiderschap over de stam háár zoon toevallen, als ze er een had. Brun zou genoodzaakt zijn haar en de baby aan een van de jagers te geven of haar zelf op te nemen. Elke dag vroeg ze haar totem haar ongeboren kind een meisje te laten zijn, maar ze kon haar angst niet van zich afzetten.

Met het vorderen van de zomer begon Ayla dankzij Crebs enorme geduld en haar eigen gretige ijver niet alleen de taal, maar ook de gewoonten van haar nieuwe volk te begrijpen. Leren haar ogen af te wenden om de stamleden de enige privacy die hun beschoren was te gunnen, was nog maar de eerste van de vele harde lessen. Ze vond het veel moeilijker haar natuurlijke nieuwsgierigheid en onstuimig enthousiasme in te leren tomen en zich aan te passen aan de door oud gebruik voorgeschreven onderdanigheid van de vrouwen.

Ook Creb en Iza leerden veel. Ze ontdekten dat wanneer Ayla een bepaalde grimas maakte, waarbij ze haar lippen optrok en haar tanden ontblootte, wat dikwijls met eigenaardige stotende geluiden gepaard ging, dat betekende dat ze zich blij voelde, en niet dat ze vijandig gestemd was. Ze overwonnen nooit geheel hun bezorgdheid over de vreemde gevoeligheid van haar ogen, waardoor ze gingen tranen als ze verdrietig was. Iza besloot dat die gevoeligheid typisch moest zijn voor lichte ogen en vroeg zich af of die eigenschap normaal was voor de Anderen of dat alleen Ayla's ogen traanden. Voor alle zekerheid waste ze Ayla's ogen uit met de heldere vloeistof uit de blauwwitte plant die diep in de schaduwrijke bossen groeide. De lijkkleurige plant onttrok zijn voedsel aan rottend hout en plantaardig materiaal omdat hij geen bladgroen bevatte en zijn wasachtig oppervlak werd bij aanraking zwart. Maar Iza kende geen betere remedie voor pijnlijke of ontstoken ogen dan het koele vocht dat uit de afgebroken stengel vloeide en paste die behandeling elke keer dat het kind huilde toe.

Ze huilde niet vaak. Hoewel ze met haar tranen prompt ieders aandacht ving, deed Ayla haar best ze binnen te houden. Niet alleen waren ze verontrustend voor de twee mensen van wie ze hield, voor de rest van de stam waren ze ook een blijk van haar anders-zijn en ze wilde in hun wereld passen en opgenomen worden. De stam leerde haar aanwezigheid wel aanvaarden, maar men was nog wat huiverig en nog niet met haar eigenaardigheden vertrouwd.

Ayla begon nu de stamleden te kennen en ook van haar kant te accepteren. Hoewel de mannen wel nieuwsgierig naar haar waren, was het beneden hun waardigheid te veel belangstelling voor een vrouwelijk kind aan den dag te leggen, hoe ongewoon ze ook was, en Ayla negeerde hen al net zoals zij haar negeerden. Alleen Brun toonde meer belangstelling dan de anderen, maar voor hem was ze bang. Hij was streng en niet ontvankelijk voor haar toenadering, zoals Creb. Ze kon niet weten dat Mog-ur bij de rest van de stam veel gereserveerder en onvriendelijker overkwam dan Brun, en dat men hoogst verbaasd was over de vertrouwelijkheid die zich tussen de angstaanjagende tovenaar en het vreemde kleine meisje had ontwikkeld. Degene aan wie ze vooral een hekel had, was de jonge man die Bruns vuurplaats deelde. Broud keek altijd heel gemeen naar haar.

Met de vrouwen raakte ze het eerst vertrouwd. Met hen bracht ze ook de meeste tijd door. Behalve wanneer ze binnen de begrenzing van Crebs vuurplaats verbleef of als de medicijnvrouw haar meenam om de planten te verzamelen die zij alleen voor eigen gebruik nodig had, waren zij en Iza gewoonlijk met de vrouwelijke leden van de stam samen. In het begin liep Ayla alleen maar overal achter Iza aan en keek ze toe terwijl de vrouwen dieren vilden, huiden prepareerden, leren riemen oprekten die ze in een lange spiraal uit één enkele huid gesneden hadden, manden, matten of netten vlochten, kommen sneden uit stukken hout, in het wild groeiend voedsel verzamelden, maaltijden bereidden, vlees en plantaardig voedsel voor de winter conserveerden en gehoor gaven aan de wensen van iedere willekeurige man die hen voor een of ander karweitje riep. Maar toen de vrouwen zagen hoe graag het meisje wilde leren, hielpen ze haar niet alleen met de taal, maar begonnen haar ook al deze nuttige vaardigheden bij te brengen.

Ze was niet zo sterk als de vrouwen of kinderen van de Stam – haar tengere skelet kon de krachtige spieren van de stamleden met hun zware botten niet dragen –, maar ze was verrassend handig en lenig. De zwaardere werkjes vielen haar moeilijk, maar voor een kind leverde ze goede prestaties bij het vlechten van een mandje of het snijden van overal even brede riemen. Ze ontwikkelde snel een warme vriendschap met Ika, die door haar vriendelijke aard toenadering erg gemakkelijk maakte. De vrouw liet Ayla vaak Borg ronddragen toen ze de belangstelling van het meisje voor de baby zag. Hoewel gereserveerd van aard, was Ovra, en ook Oeka, extra vriendelijk voor het meisje. Door hun eigen verdriet over het verlies van de jonge man uit hun gezin bij de grotinstorting, konden zuster en moeder zich goed inleven in Ayla's grote verlies. Maar Ayla had geen speelgenootjes.

De eerst zo blij begonnen vriendschap met Oga was na de ceremonie bekoeld. Oga werd heen en weer getrokken tussen Ayla en Broud. De nieuw aangekomene was, hoewel jonger, iemand met wie ze haar meisjesgedachten had kunnen delen, en ook voelde ze met het weesje mee omdat haar hetzelfde lot had getroffen, maar Brouds gevoelens ten opzichte van het vreemde kind waren duidelijk. Oga besloot met tegenzin Ayla te mijden uit solidariteit met de man die ze tot partner hoopte te krijgen. Behalve wanneer ze samen aan het werk waren, zochten ze elkaar zelden op, en nadat Ayla's pogingen vriendschap te sluiten diverse malen waren afgewimpeld, trok het meisje zich terug en probeerde het niet meer.

Met Vorn speelde Ayla niet graag. Hoewel hij een jaar jonger was, probeerde hij tijdens het spelen vaak al bewust het gedrag van volwassen mannen ten opzichte van volwassen vrouwen na te bootsen door haar bevelen te geven, iets wat Ayla nog steeds moeilijk kon accepteren. Wanneer ze zich verzette, haalde ze zich de woede van zowel mannen als vrouwen op de hals, vooral die van Aga, Vorns moeder. Deze was er trots op dat haar zoon zich al 'net als een man' ging gedragen en ze was zich net als de anderen heel goed van Brouds afkeer jegens Ayla bewust. Eens zou Broud leider zijn en als haar zoon bij hem in de gunst bleef, zou hij misschien tot tweede man verkozen worden. Aga maakte van iedere gelegenheid gebruik om haar zoons positie te verbeteren. Ze ging zelfs zover dat ze op het meisje begon te vitten wanneer ze binnen Brouds gezichtsveld waren. Als ze Ayla en Vorn samen zag en Broud was in de buurt, riep ze haar zoontje vlug bij zich.

Ayla's vermogen tot 'praten' ging snel vooruit, vooral door de omgang met de vrouwen, maar één bepaald symbool leerde ze door eigen observatie. Ze sloeg nog steeds anderen gade – ze had niet kunnen leren haar geest af te sluiten voor de mensen om haar heen – hoewel ze het minder opvallend deed.

Op een middag zag ze Ika met Borg spelen. Ika maakte een gebaar tegen haar zoon dat ze verscheidene malen herhaalde. Toen de toevallige handbewegingen van de baby het gebaar schenen te imiteren, riep ze de andere vrouwen erbij en prees haar zoon. Later zag Ayla Vorn op Aga toe rennen en haar met hetzelfde gebaar begroeten. Zelfs Ovra maakte het teken wanneer ze met Oeka een gesprek begon.

Die avond kwam ze verlegen bij Iza staan en toen de vrouw opkeek, maakte Ayla het handgebaar. Iza zette grote ogen op.

'Creb,' zei ze. 'Wanneer heb je haar geleerd mij moeder te noemen?'

'Dat heb ik haar niet geleerd, Iza,' antwoordde Creb. 'Ze moet het zichzelf geleerd hebben.'

Iza wendde zich weer tot het meisje. 'Heb je dat zelf geleerd?' vroeg ze.
'Ja, moeder,' gebaarde Ayla, opnieuw het teken makend. Ze wist niet zeker wat het handgebaar betekende, maar ze had wel een vermoeden. Ze wist dat kinderen het maakten tegen de vrouw die voor hen zorgde. Hoewel ze de herinnering aan haar eigen moeder buitengesloten had, had haar hart niet vergeten. Iza had de plaats ingenomen van de vrouw die Ayla liefgehad en verloren had.
De vrouw die zo lang kinderloos was geweest, voelde een golf van emotie door zich heen gaan. 'Mijn dochter,' zei Iza met een zeldzaam spontane omhelzing. 'Mijn kind. Ik wist al meteen dat ze mijn dochter was, Creb. Heb ik het je niet gezegd? Ze is mij ten geschenke gegeven; de geesten wilden dat ze van mij zou zijn, ik weet het zeker.'
Creb sprak haar niet tegen. Misschien had ze gelijk.
Na die avond namen de nachtmerries van het kind af, hoewel ze ze nog wel eens had. Twee dromen keerden het vaakst terug. In de ene verborg ze zich in een kleine benauwde holte en probeerde buiten bereik van een enorme scherpe klauw te komen. De tweede was vager en beangstigender. Ze onderging weer het gevoel van een schuddende aarde, een diep resonerend gerommel en een oneindig pijnlijk gevoel van verlies. Ze schreeuwde het uit in haar steeds minder gebruikte, eigenaardige taal, en dan werd ze wakker en drukte zich tegen Iza aan. Toen ze pas bij hen was, verviel ze soms zonder het te beseffen in haar eigen taal, maar toen ze beter de taal van de Stam leerde gebruiken, dook haar oorspronkelijke taal alleen nog maar in haar dromen op, en na een tijdje gebeurde zelfs dat niet meer. Maar nooit werd ze uit de spookachtige nachtmerrie van verkruimelende aarde wakker zonder een gevoel van intense verlatenheid.

De korte, hete zomer verstreek en de lichte ochtendvorst van de herfst gaf de lucht iets prikkelends en overgoot het groene woud met een schitterend kleurengamma van scharlaken en barnsteen. Enkele vroege sneeuwbuien, weer weggespoeld door zware seizoenregens die de takken van hun kleurige tooi ontdeden, gaven een voorproefje van de komende koude. Later, toen nog slechts enkele bladeren zich koppig aan de kale takken van bomen en struiken vastklemden, bracht een kort intermezzo van helder zonnig weer een laatste herinnering aan de zomerse hitte voordat de snijdende wind en bittere koude aan de meeste openluchtactiviteiten een einde zouden maken.
De stam was buiten om van het zonnetje te genieten. Op de brede onbegroeide strook voor de grot waren de vrouwen graan aan het wan-

nen dat ze op de grasrijke steppe beneden geoogst hadden. Een straffe wind woei de dorre bladeren op, daarmee de dwarrelende overblijfselen van de gulle zomer een schijn van leven gevend. De vrouwen profiteerden van de stevige bries, gooiden het graan op grote platte manden omhoog en lieten de wind het kaf meevoeren voor ze de zwaardere graankorrels vingen.

Iza stond van achteren tegen Ayla geleund en hield met haar handen over die van het meisje de mand vast om haar te laten zien hoe ze het graan hoog in de lucht moest zwiepen zonder het tegelijk met het kaf en de losse stukjes stro weg te gooien.

Ayla was zich bewust van Iza's harde puilende buik tegen haar rug en voelde de krachtige wee waardoor de vrouw plotseling haar bezigheid moest onderbreken. Kort daarop verliet Iza de groep en ging de grot binnen, gevolgd door Ebra en Oeka. Het meisje wierp een ongeruste blik op de groep mannen, die hun gesprek hadden onderbroken en de vrouwen met hun ogen volgden, in de verwachting dat ze de vrouwen zouden berispen omdat ze weggingen terwijl er nog werk te doen was. Maar de mannen waren onverklaarbaar tolerant. Ayla besloot hun misnoegen te riskeren en ging de vrouwen achterna.

In de grot lag Iza op haar slaapvacht te rusten en Ebra en Oeka zaten ieder aan een kant van haar. Waarom gaat Iza midden op de dag op bed liggen, dacht Ayla. Is ze ziek? Iza zag de angstige blik van het meisje en maakte een geruststellend gebaar, maar dat nam Ayla's ongerustheid niet weg. Deze nam zelfs nog toe toen ze het gezicht van haar adoptiefmoeder bij de volgende wee zag vertrekken.

Ebra en Oeka praatten met Iza over gewone dingen, het vele voedsel dat ze hadden opgeslagen, de veranderingen in het weer. Maar Ayla had genoeg geleerd om aan de gelaatsuitdrukking en lichaamshouding van de vrouwen hun bezorgdheid af te lezen. Er was iets mis, ze was er zeker van. Ayla besloot dat niets haar ertoe zou kunnen bewegen Iza te verlaten tot ze ontdekt had wat het was en ze ging aan haar voeten zitten wachten.

Tegen de avond kwam Ika met Borg op haar heup aanlopen, daarop kwam Aga met haar dochtertje Ona binnen en de beide vrouwen gingen zitten voor een bezoekje terwijl ze hun baby's voedden, aldus wat morele steun verlenend. Ook Ovra en Oga kwamen zich vol nieuwsgierige bezorgdheid om Iza's bed verdringen. Hoewel Oeka's dochter nog geen metgezel had, was ze al een vrouw en ze wist dat ze nu nieuw leven kon voortbrengen.

Oga zou weldra een vrouw worden en beiden waren intens geïnteresseerd in wat Iza nu doormaakte. Toen Vorn Aba naar haar dochter zag

lopen en naast haar zag gaan zitten, wilde hij weten waarom alle vrouwen bij Mog-urs vuur zaten. Hij ging er ook maar eens heen en kroop bij Aga op schoot, naast zijn zusje, om te zien wat er aan de hand was. Maar Ona was nog aan het drinken, dus nam de oude vrouw het jongetje bij zich op schoot. Hij kon niets interessants ontdekken, alleen maar de medicijnvrouw die lag te rusten, dus slenterde hij weer weg.
Niet lang daarna gingen de vrouwen een voor een weg om het avondmaal klaar te maken. Oeka bleef bij Iza, hoewel ook Ebra en Oga onder het koken telkens even onopvallend keken. Ebra bediende Creb zowel als Brun en bracht daarna eten voor Oeka, Iza en Ayla. Ovra kookte voor haar moeders metgezel, maar zij en Oga kwamen snel terug toen Grod naar Bruns vuurplaats ging om bij de leider en Creb te gaan zitten. Ze wilden niets missen en gingen naast Ayla zitten, die zich niet verroerd had.
Iza dronk alleen maar een paar teugjes thee en ook Ayla had niet veel trek. Ze plukte wat aan haar voedsel, niet in staat te eten door de prop in haar keel. Wat heeft Iza toch? Waarom staat ze niet op om Crebs avondeten te maken? Waarom is Creb niet hier om de geesten te vragen haar beter te maken? Waarom blijft hij met al die andere mannen bij Bruns vuurplaats zitten?
Iza kreeg het nu zwaarder. Om de paar minuten ademde ze snel enkele malen in en perste hard, terwijl de beide vrouwen haar handen vasthielden. De hele stam hield een wake terwijl de avond vorderde. De mannen zaten rond het vuur van de leider geschaard, ogenschijnlijk diep in gesprek, maar de steelse blikken af en toe verrieden waar hun belangstelling werkelijk naar uitging. De vrouwen kwamen met tussenpozen langs om Iza's vorderingen te zien en bleven soms even. Allen wachtten, één in hun gezamenlijke bemoediging en hoop, terwijl hun medicijnvrouw zwoegde in barensnood.
Het was ver na donker. Opeens een golf van nerveuze activiteit. Ebra spreidde haastig een huid uit terwijl Oeka Iza in een hurkende positie hielp. Iza ademde zwaar, perste hard, schreeuwde van pijn. Ayla zat bevend tussen Ovra en Oga in, die uit medeleven met Iza meekreunden en persten. Toen haalde de vrouw diep adem en met een lange, tandenknarsende, spierenrekkende perswee verscheen de ronde kruin van een babyhoofdje in een golf vruchtwater. Met een tweede geweldige inspanning gleed het hoofdje tevoorschijn. De rest ging gemakkelijker, toen Iza het natte spartelende lichaampje van een heel klein kindje naar buiten werkte.
Een laatste wee bracht een bloederige weefselmassa tevoorschijn. Iza ging weer liggen, totaal uitgeput door de bevalling, terwijl Ebra de ba-

by opnam, met haar vinger een slijmprop uit het mondje haalde en de jonggeborene op Iza's buik legde. Toen ze de baby op de voetjes sloeg, ging het mondje van de kleine open en een luid gekrijs markeerde de eerste ademtocht van Iza's eerste kind. Ebra bond een stukje roodgeverfde pees om de navelstreng, beet het gedeelte dat nog aan de placenta vastzat af en tilde toen het kind even op om het aan Iza te laten zien. Daarop stond ze op en ging naar haar eigen haardstede terug om de geslaagde baring en het geslacht van het kind aan haar metgezel te gaan melden. Ze ging voor Brun op de grond zitten, boog haar hoofd en keek op bij de tik op haar schouder.

8

'Het doet mij verdriet te moeten melden,' zei Ebra met het gebaar dat droefheid uitdrukte, 'dat Iza's kleine een meisje is.'

Maar het bericht werd niet met droefenis ontvangen. Brun was opgelucht, hoewel hij dat nooit zou toegeven. De regeling dat de tovenaar in het onderhoud van zijn bloedverwante voorzag, bleek vooral nu Ayla bij de stam was gekomen goed te voldoen en de leider had er niet graag verandering in gebracht. Mog-ur deed goed werk bij het onderrichten van het nieuwe stamlid, veel beter dan hij had verwacht. Ayla leerde communiceren en zich volgens de gewoonten van de Stam te gedragen. Creb was niet alleen opgelucht, hij was opgetogen. Nu, op hoge leeftijd, had hij voor het eerst in zijn leven de vreugden van een warm en liefdevol gezin leren kennen, en de geboorte van een meisje stelde zeker dat het intact zou blijven.

En voor het eerst sinds ze de nieuwe grot betrokken, kon Iza opgelucht adem halen. Ze was blij dat de geboorte zo goed verlopen was, ondanks haar leeftijd. Ze had vele vrouwen geassisteerd die het veel moeilijker hadden gehad dan zij. Verscheidenen kwamen op het randje van de dood, enkelen stierven, en ook onder de baby's overleefden er een paar de bevalling niet. Het leek wel alsof de babyhoofdjes gewoon te groot waren voor het geboortekanaal. Haar ongerustheid over de bevalling zelf was lang niet zo groot geweest als haar bezorgdheid over het geslacht van het kind. Een dergelijke onzekerheid ten aanzien van de toekomst was voor mensen van de Stam bijna ondraaglijk.

Iza liet zich achteroverzakken op haar bontvacht en ontspande zich. Oeka wikkelde de kleine in een windsel van zacht konijnenbont en legde haar in haar moeders armen. Ayla had zich niet verroerd. Ze keek naar Iza met nieuwsgierig verlangen; de vrouw zag het en wenkte haar.

'Kom eens hier, Ayla. Wil je het kindje niet even zien?'

Ayla kwam verlegen naderbij. 'Ja,' knikte ze. Iza trok het dek weg zodat het meisje de zuigeling kon zien.

De kleine kopie van Iza had fijn pluizig bruin dons op het hoofdje en

de benige achterhoofdsknobbel was duidelijk te zien zonder de dikke bos haar die ze binnenkort zou hebben. Het hoofd was iets ronder dan dat van een volwassene, maar nog wel langgerekt, en het voorhoofd liep steil weg vanaf de nog niet volledig ontwikkelde wenkbrauwbogen. Ayla stak haar hand uit en raakte het zachte wangetje van de pasgeborene aan en de baby wendde zich instinctief naar de aanraking toe onder het maken van kleine smakkende geluidjes.
'Ze is prachtig,' gebaarde Ayla, haar ogen vol zachte verrukking over het wonder dat ze gezien had. 'Probeert ze te praten, Iza?' vroeg het meisje, toen de baby kleine gebalde vuistjes door de lucht zwaaide.
'Nog niet, maar dat komt gauw genoeg en dan zul jij moeten helpen het haar te leren,' antwoordde Iza.
'O, maar dat wil ik best. Ik zal haar leren praten net zoals jij en Creb het mij geleerd hebben.'
'Vast en zeker, Ayla,' zei de jonge moeder, en ze dekte haar baby weer toe.
Het meisje bleef beschermend dicht in de buurt terwijl Iza rustte. Ebra had de nageboorte ingepakt in de huid die ze vlak voor de geboorte had neergelegd en in een hoekje weggestopt tot Iza hem buiten kon begraven op een plek die alleen zij weten zou. Als de baby dood geboren was, zou ze haar tegelijkertijd hebben moeten meebegraven en dan zou niemand ooit meer over de geboorte gerept hebben, noch zou de moeder haar verdriet openlijk tonen, maar men zou haar wel zacht en meelevend bejegenen.
Als de baby levend maar mismaakt ter wereld kwam, of als de leider van de stam besliste dat de jonggeborene om de een of andere reden niet acceptabel was, zou de moeder een zwaardere taak beschoren zijn. Dan zou van haar verlangd worden dat ze de baby weg zou brengen en begraven of aan de elementen en verscheurende dieren overlaten. Zelden mocht een mismaakt kind in leven blijven; als het een meisje was zo goed als nooit. Als het een jongetje was, vooral een eerstgeboren zoon, en als de metgezel van de moeder het kind wilde houden, zou de leider goedgunstig toe kunnen staan dat de baby de eerste zeven dagen van zijn leven bij zijn moeder bleef als proeve van zijn vermogen tot overleven. Ieder kind dat na zeven dagen nog in leven was, moest volgens de traditie van de Stam, die evenveel gezag had als een wet, een naam krijgen en in de stam opgenomen worden.
De eerste dagen van Crebs bestaan had zijn leven precies zo aan een zijden draadje gehangen. Zijn moeder had ternauwernood zijn geboorte overleefd. Haar metgezel was tevens de leider van de stam en de beslissing of het pasgeboren jongetje in leven zou mogen blijven,

had alleen bij hem berust. Maar hij had zijn beslissing meer omwille van de vrouw dan omwille van de baby genomen, wiens misvormde hoofd en bewegingloze ledematen al snel duidelijk maakten welk een schade de moeilijke bevalling had veroorzaakt. De moeder was te zwak, ze had te veel bloed verloren, ze balanceerde zelf op het randje van de dood. Haar metgezel kon niet van haar verlangen dat ze het kind wegbracht, ze was er te zwak voor. Als de moeder het niet kon doen, of als ze gestorven was, viel deze taak de medicijnvrouw toe, maar Crebs moeder was ook de medicijnvrouw van de stam. Dus werd hij bij zijn moeder gelaten, hoewel niemand verwachtte dat hij in leven zou blijven.

Zijn moeders melk kwam traag op gang. Terwijl hij zich tegen de verdrukking in aan het leven vastklemde, ontfermde een andere voedende vrouw zich over het kind en gaf het zijn eerste levensterkende voeding. Onder deze ongunstige omstandigheden begon het leven voor Mog-ur, de heiligste onder de heilige mannen, de kundigste en machtigste tovenaar van de gehele Stam.

Nu kwamen de gebrekkige en zijn broer naar Iza en de baby toe. Op een bevelend gebaar van Brun maakte Ayla zich uit de voeten, maar bleef wel op een afstandje uit haar ooghoeken toekijken. Iza ging overeind zitten, wikkelde de baby los en hield haar naar Brun op, zorgvuldig vermijdend een van de beide mannen aan te kijken. Deze bekeken samen de zuigeling, die luidkeels jammerde nu ze van haar moeders warme zijde weggehaald en aan de koude lucht in de grot blootgesteld werd. Ook de mannen vermeden zorgvuldig Iza aan te kijken.

'Het kind is normaal,' verklaarde Brun met een plechtig gebaar. 'Ze mag bij haar moeder blijven. Als ze tot de naamdag in leven blijft, zal ze in de stam opgenomen worden.'

Iza was niet echt bang geweest dat Brun haar kind zou afwijzen, maar toch was ze opgelucht door de formele verklaring van de leider. Nu maakte ze zich nog slechts op één punt wat ongerust. Ze hoopte dat het haar dochter geen ongeluk zou brengen dat haar moeder geen metgezel had. Tenslotte was hij toch in leven geweest toen ze zekerheid over haar zwangerschap kreeg, redeneerde Iza, en Creb was als een metgezel, hij zorgde althans voor hen. Iza zette de gedachte van zich af.

De volgende zeven dagen zou Iza in afzondering binnen de begrenzingen van Crebs vuurplaats doorbrengen, afgezien van de noodzakelijke uitstapjes om zich te ontlasten en de placenta te begraven. Niemand van de stam erkende officieel het bestaan van Iza's baby tijdens die periode van afzondering, behalve degenen die de vuurplaats met haar deelden, maar andere vrouwen brachten hun voedsel zodat Iza kon rusten. Dat verschafte hun een excuus voor een kort bezoekje en een onofficiële eerste blik op de baby. Na de zeven dagen zou ze tot ze ophield met vloeien onder een gematigd taboe staan. Ze mocht dan alleen met vrouwen contact hebben, net als tijdens haar maandelijkse perioden.

Iza bracht haar tijd door met het voeden en verzorgen van haar kind, en toen ze zich uitgerust genoeg voelde met het reorganiseren van de voedsel-, kook-, en slaapzones en de opslagplaats van medicijnen die ze had ingericht binnen de grensstenen die Crebs haardstede afpaalden, zijn territorium binnen de grot, dat hij nu met drie vrouwen deelde. Vanwege Mog-urs speciale positie in de hiërarchie lag zijn vuurplaats op een zeer gunstig punt; dicht genoeg bij de ingang van de grot om van het daglicht en de zomerzon te kunnen profiteren, maar niet zo dicht erbij dat men in de winter erg op de tocht zat. Hij bezat nog een extraatje waar Iza omwille van Creb zeer dankbaar voor was. Uit de zijwand stak een gedeelte naar voren dat extra beschutting gaf tegen de wind. Zelfs met de windvang en een permanent brandend vuur bij de grotopening werden de meer openliggende vuurplaatsen dikwijls door koude winden geteisterd. De reumatiek en jicht van de oude man waren in de winter toch altijd al veel erger door de vochtige kilte van de grot. Iza had erop toegezien dat Crebs slaapvachten, die op een in een ondiepe kuil samengepakte laag stro en gras lagen, zich in de beschutte hoek bevonden.

Een van de weinige dingen die er van de mannen werden verlangd, afgezien van op jacht gaan, was het bouwen van de windvang – een scherm van huiden die met behulp van in de grond geslagen palen voor de ingang werden gespannen. Een tweede was het plaveien van het terrein rond de ingang met gladde keien uit de rivier om te voorkomen dat regen en smeltende sneeuw de ingang in een modderpoel veranderden. De vloer van de afzonderlijke woongebieden bestond uit de kale grond met hier en daar een gevlochten mat om op te zitten of om voedsel op te serveren.

Twee andere ondiepe, met stro gevulde en met een vacht afgedekte kuilen lagen dicht bij die van Creb, en de vacht bovenop werd ook als warme overjas gebruikt door degene die eronder sliep. Afgezien van Crebs berenhuid lag er Iza's saiga-antilopenhuid en een nieuw wit sneeuwluipaardenvel. Het dier had in de buurt van de grot op de loer gelegen, veel lager dan zijn gebruikelijke woongebied hoog in de bergen. Goov kreeg de eer van de jacht en hij gaf de pels aan Creb.

Vele stamleden droegen de huid of bewaarden een stukje horen of een tand van het dier dat hun totem symboliseerde. Creb dacht dat de sneeuwluipaardenvacht wel geschikt zou zijn voor Ayla. Hoewel het niet haar eigenlijke totem was, was het een soortgelijk dier en hij wist dat het onwaarschijnlijk was dat de jagers ooit een holenleeuw zouden besluipen. De enorme kat dwaalde zelden ver van de steppen af en vormde nauwelijks een bedreiging voor de stam in zijn grot op de beboste hellingen. Zonder een goede reden voelden de stamleden er weinig voor de jacht op de geweldige vleeseter te openen. Iza had juist de huid geprepareerd en nieuw schoeisel voor het meisje gemaakt toen de bevalling zich aankondigde. Het kind was er verrukt van en zocht steeds voorwendselen om naar buiten te gaan zodat ze de pels kon dragen.

Iza was bezig ganzenvoetthee te maken om haar melkproductie te bevorderen en de pijnlijke krampen van haar tot zijn normale grootte slinkende baarmoeder te verlichten. Eerder dat jaar had ze vooruitlopend op de geboorte van haar kind de lange smalle bladeren en kleine groenige bloemen verzameld en gedroogd. Ze wierp een blik op de grotingang, wachtend op Ayla. Ze had net de absorberende leren band die ze tijdens haar menstruaties en nu sinds haar bevalling droeg verwisseld en ze wilde naar de bosjes bij de grot om de besmeurde band te begraven. Ze keek naar het meisje uit zodat zij een oogje op de slapende baby kon houden terwijl ze zelf even weg was.
Maar Ayla was niet in de buurt van de grot. Ze zocht kleine ronde steentjes bij de rivier. Iza had een keer gezegd dat ze meer kookstenen moest hebben voor de stroom dichtvroor en daarom wilde Ayla er een aantal voor haar meebrengen. Het meisje lag op haar knieën op de steenachtige strook langs de waterkant en zocht naar steentjes van precies de goede afmetingen. Ze keek op en zag onder een struik een bolletje wit bont. Ze duwde de kale struik opzij en zag een half volgroeid konijn op zijn zij liggen. Zijn pootje was gebroken en met een korst opgedroogd bloed bedekt.
Het gewonde dier, dat lag te hijgen van de dorst, kon zich niet bewegen. Het keek het meisje met nerveuze ogen aan toen ze haar hand uitstak en de zachte warme vacht bevoelde. Een jonge wolvenwelp die nog maar net leerde jagen, had het konijn gevangen, maar het had zich los kunnen rukken. Voor de jonge vleeseter zich weer op zijn prooi had kunnen storten, had zijn moeder een keffend bevel gegeven. De welp, die niet echt honger had, had midden in zijn sprong rechtsomkeert gemaakt om aan de dringende oproep gehoor te geven. Het konijn was het bosje in gedoken en stokstijf blijven zitten, in de

hoop niet gezien te worden. Tegen de tijd dat hij zich veilig genoeg voelde om weg te springen, kon hij het niet meer en sindsdien had hij stervend van dorst naast het stromend water gelegen. Het leven was al bijna uit hem geweken.

Ayla nam het warme pluizige dier op en wiegde het in haar armen. Ze had Iza's nieuwe baby in haar zachte konijnenbonten omslag vastgehouden, en het konijntje voelde net zo aan. Ze zat het op de grond te wiegen toen ze het bloed zag en het in een vreemde hoek geknikte pootje. Arm dier, je pootje is gewond, dacht het kind. Misschien kan Iza het weer beter maken; het mijne heeft ze ook beter gemaakt. Ze vergat haar voornemen om kooksteentjes te gaan verzamelen, stond op en droeg het gewonde dier naar de grot.

Iza lag te dutten toen Ayla binnenkwam, maar bij het geluid van haar stappen werd ze wakker. Het kind stak de medicijnvrouw het konijn toe en liet haar de wonden zien. Iza had zich soms over kleine dieren ontfermd en wat eerste hulp verleend, maar ze had er nooit een naar de grot meegenomen.

'Ayla, dieren horen niet in de grot,' gebaarde Iza.

Ayla's hoopvolle verwachtingen gingen in rook op; ze drukte het konijn tegen zich aan, boog bedroefd het hoofd en wilde weggaan, terwijl haar ogen zich met tranen vulden.

Iza zag de teleurstelling van het kleine meisje. 'Och, nu je het toch binnengebracht hebt, kan ik er net zo goed even naar kijken,' zei ze. Ayla fleurde op en overhandigde Iza het gewonde dier.

'Dit dier heeft dorst, ga wat water halen,' gebaarde Iza. Ayla vulde vlug een kommetje uit een grote waterzak en bracht het tot de rand gevuld terug. Iza was al hout aan het splijten voor een spalk. Pasgesneden reepjes leer lagen op de grond om er de spalk mee vast te binden.

'Neem de waterzak en ga nog wat water halen, Ayla, we zijn er bijna doorheen; dan zullen we een beetje warm water maken. Ik zal de wond moeten schoonmaken,' instrueerde de vrouw haar, terwijl ze het vuur opporde en er wat stenen in legde. Ayla greep de zak en rende naar de vijver. Het water had het kleine dier nieuwe krachten gegeven en toen het kind terugkwam, zat het op zaden en graankorrels te knabbelen die Iza gegeven had.

Creb was verbijsterd toen hij later thuiskwam en Ayla het konijn zag koesteren terwijl Iza haar baby voedde. Hij zag de spalk om het pootje en ving een blik van Iza op die zei: 'Wat kon ik anders doen?' Terwijl het kind in haar levende pop opging, spraken Iza en Creb in geluidloze handbewegingen.

'Waarom heeft ze een konijn in de grot gebracht?' vroeg Creb.

'Het was gewond. Ze heeft het mij gebracht om het te genezen. Ze wist niet dat wij geen dieren onder ons dak brengen. Maar haar gevoelens waren niet verkeerd, Creb, ik denk dat ze de instincten van de medicijnvrouw heeft. Creb,' – Iza pauzeerde even – 'ik wilde toch al met je over haar praten. Het is geen aantrekkelijk kind, weet je.'
Creb keek even in Ayla's richting. 'Ze is vertederend, maar je hebt gelijk, aantrekkelijk is ze niet,' gaf hij toe. 'Maar wat heeft dat met het konijn te maken?'
'Wat voor kans maakt ze ooit een metgezel te krijgen? Een man met een totem die sterk genoeg is voor de hare, zou haar nooit willen hebben. Die kan elke vrouw krijgen die hij wil. Wat zal er met haar gebeuren als ze een vrouw wordt? Als ze geen metgezel krijgt, zal ze geen aanzien hebben.'
'Ik heb daar wel over nagedacht, maar wat kunnen we eraan doen?'
'Als ze een medicijnvrouw was, zou ze een hoge rang van zichzelf hebben,' opperde Iza, 'en ze is voor mij net als een dochter.'
'Maar ze is niet van jouw geslacht, Iza. Ze is niet uit je geboren. Je eigen dochter zal het geslacht voortzetten.'
'Ik weet het, ik héb nu een dochter, maar waarom kan ik Ayla niet óók opleiden? Heb je haar niet haar naam gegeven terwijl ik haar vasthield? Heb je niet op hetzelfde moment haar totem bekendgemaakt? Daardoor wordt ze toch mijn dochter, of niet soms? Ze is geaccepteerd, ze is nu lid van de Stam, waar of niet?' vroeg Iza dringend, maar ze sprak toen haastig verder uit angst dat Creb een ongunstig antwoord zou geven. 'Ik denk dat ze er een aangeboren talent voor heeft, Creb. Ze toont belangstelling en vraagt me altijd van alles als ik met de genezende toverij werk.'
'Ze stelt meer vragen dan wie ook die ik ooit heb ontmoet,' interrumpeerde Creb, 'over alles. Ze moet leren dat het ongepast is zoveel te vragen,' voegde hij eraan toe.
'Maar kijk dan toch eens naar haar, Creb. Ze ziet een gewond dier en wil het genezen. Als dat geen kenmerk van de medicijnvrouw is, weet ik het niet meer.'
Creb zat stil, in gedachten verzonken. 'Opneming in de stam verandert haar afkomst niet, Iza. Ze is bij de Anderen geboren, hoe kan ze al jouw kennis leren? Je weet dat ze de herinneringen niet heeft.'
'Maar ze leert snel. Dat heb je gezien. Kijk hoe snel ze heeft leren praten. Je zou verbaasd staan zoveel als ze al geleerd heeft. En ze heeft er goede handen voor, zacht en zorgzaam. Ze hield het konijn vast terwijl ik de spalk aanbracht. Het scheen haar te vertrouwen.' Iza leunde naar hem over. 'We zijn geen van beiden jong meer, Creb. Wat zal er

van haar worden als wij naar de wereld van de geesten zijn overgegaan? Wil je dat ze van vuur naar vuur doorgeschoven wordt, altijd een last, altijd de laagst geplaatste vrouw?'

Creb had zich over datzelfde probleem ook zorgen gemaakt, maar omdat niet hij in staat was een oplossing te vinden, had hij het probleem van zich afgezet. 'Denk je werkelijk dat je haar kunt opleiden, Iza?' vroeg hij, nog steeds twijfelend.

'Ik kan met dat konijn beginnen. Ik kan haar het laten verzorgen, als ik het voordoe. Ik weet zeker dat ze het kan leren, Creb, zelfs zonder de herinneringen. Ik kan haar onderrichten. Er zijn niet zóveel verschillende ziekten en verwondingen, ze is jong genoeg, ze kan ze leren, ze heeft er geen herinneringen voor nodig.'

'Ik zal erover moeten nadenken, Iza,' zei Creb.

Het kind zat neuriënd het konijn te wiegen. Ze zag Iza en Creb samen praten en herinnerde zich dat ze Creb dikwijls met tekens de geesten had zien oproepen om Iza's genezende magie te ondersteunen. Ze droeg het pluizige diertje naar de tovenaar toe.

'Creb, wil je de geesten vragen het konijn weer beter te maken?' vroeg ze, het dier aan zijn voeten neerleggend.

Mog-ur keek in haar ernstige gezichtje. Hij had de geesten nooit om hulp gevraagd om een dier te genezen en hij voelde zich een beetje belachelijk, maar hij had het hart niet het haar te weigeren. Hij keek even om zich heen en maakte toen enkele vlugge gebaren.

'Nu zal het vast en zeker beter worden,' gebaarde Ayla beslist; toen zag ze dat Iza klaar was met voeden en vroeg: 'Mag ik het kindje even vasthouden, moeder?' Het konijn was wel een warm en lekker zacht surrogaat, maar niet wanneer ze de baby zelf kon vasthouden.

'Goed,' zei Iza. 'Voorzichtig met haar hoor, zoals ik het je heb voorgedaan.'

Ayla wiegde het kleintje en neuriede voor haar zoals ze voor het konijn gedaan had. 'Hoe ga je haar noemen, Creb?' vroeg ze.

Iza was daar ook nieuwsgierig naar, maar ze zou het hem nooit gevraagd hebben. Ze woonden bij Crebs vuur, werden door hem onderhouden en hij had het recht de kinderen die bij zijn vuur geboren werden een naam te geven.

'Daar heb ik nog geen besluit over genomen. En je moet leren niet zoveel vragen te stellen, Ayla,' berispte Creb, maar haar vertrouwen in zijn vermogens als tovenaar, al ging het maar om een konijn, deed hem plezier. Hij wendde zich tot Iza en voegde eraan toe: ' Het lijkt me geen kwaad te kunnen als het konijn hier blijft tot zijn poot genezen is, het is een onschuldig dier.'

Iza maakte een gebaar van aanvaarding en voelde een grote blijdschap. Nu wist ze zeker dat Creb geen bezwaar zou maken als ze Ayla ging onderrichten, ook al zou hij nooit met zoveel woorden toestemming geven. Iza hoefde eigenlijk alleen maar te weten dat hij het haar niet verbieden zou.
'Hoe maakt ze toch dat geluid in haar keel?' vroeg Iza, om van onderwerp te veranderen, naar Ayla's neuriën luisterend. ' Het is niet onplezierig om te horen, maar wel ongewoon.'
'Dat is ook weer zo'n verschil tussen Stam en Anderen,' gebaarde Creb, met een air alsof hij een grote wijsheid verkondigde, 'net als het feit dat ze geen oude herinneringen heeft of de vreemde geluiden die ze vroeger maakte. Dat doet ze niet veel meer sinds ze behoorlijk heeft leren praten.'
Nu arriveerde Ovra bij Crebs vuurplaats met hun avondmaal. Ze was al even verbaasd er een konijn aan te treffen als Creb geweest was. Haar verbazing steeg nog toen Iza de jonge vrouw de baby liet vasthouden en ze Ayla het konijn op zag pakken en wiegen alsof het ook een baby was. Ovra wierp een zijdelingse blik op Creb om te zien hoe hij erop reageerde, maar hij scheen het niet opgemerkt te hebben. Ze kon haast niet wachten om het haar moeder te gaan vertellen. Stel je voor – een dier bemoederen. Misschien was het meisje wel niet goed wijs. Dacht ze soms dat het dier een mens was?
Niet lang daarna kwam Brun aanslenteren en gaf Creb een teken dat hij met hem wilde praten. Creb verwachtte het al. Ze liepen samen naar de ingang van de grot, weg van hun beider vuurplaatsen.
'Mog-ur,' begon de leider aarzelend.
'Ja?'
'Ik heb eens nagedacht, Mog-ur. Het is tijd om een koppelingsceremonie te houden. Ik heb besloten Ovra aan Goov te geven en Droeg heeft erin toegestemd Aga en haar kinderen op te nemen, en ook Aba mag bij hem komen wonen,' zei Brun, niet geheel zeker hoe hij het onderwerp van het konijn bij Crebs vuurplaats ter sprake kon brengen.
'Ik vroeg me al af wanneer je zou besluiten hen te koppelen,' antwoordde Creb, zonder in te gaan op het onderwerp dat Brun naar hij wist eigenlijk wilde bespreken.
'Ik wilde er nog even mee wachten. Ik kon het me niet veroorloven twee jagers in hun bewegingen te beperken zolang de jacht nog zo goed was. Wanneer denk je dat de beste tijd is?' Brun deed erg zijn best niet in Crebs door stenen afgepaalde vuurplaats te kijken en de verwarring van de leider amuseerde Creb nogal.

'Ik zal weldra Iza's kind haar naam geven; we zouden dan tegelijkertijd de koppelingsceremonie kunnen houden,' bood Creb aan.
'Ik zal het hun zeggen,' zei Brun. Hij stond van de ene voet op de andere te wiebelen, keek omhoog naar de gewelfde zoldering en omlaag naar de vloer, naar achteren in de grot en naar buiten, overal heen behalve rechtstreeks naar Ayla die daar met het konijn in haar armen zat. De wellevendheid schreef voor dat hij niet in andermans woongebied keek, maar om van het konijn af te kunnen weten moest hij het gezien hebben. Hij probeerde een aanvaardbare manier te bedenken om het onderwerp aan te snijden. Creb wachtte.
'Waarom is er een konijn bij je vuurplaats?' gebaarde Brun vlug. Hij verkeerde in een zwakke positie en hij wist het. Creb draaide zich opzettelijk nadrukkelijk om en keek naar de mensen binnen zijn domein. Iza wist heel goed wat er aan de hand was. Ze hield zich met de baby bezig, en hoopte dat ze niet in de zaak betrokken zou worden. Ayla, de aanstichtster van het probleem, was zich de hele situatie niet eens bewust.
'Het is een onschuldig dier, Brun,' ontweek Creb.
'Maar waarom is er een dier in de grot?' snauwde de leider.
'Ayla heeft het binnengebracht. Het heeft een gebroken poot en ze wilde dat Iza het beter maakte,' zei Creb, alsof daar niets ongewoons aan was.
'Niemand heeft ooit eerder een dier in de grot gebracht,' zei Brun, geërgerd dat hij geen krachtiger bezwaar kon aanvoeren.
'Maar wat steekt er voor kwaad in? Het zal niet lang blijven, alleen tot de poot genezen is,' antwoordde Creb op een rustige, redelijke toon.
Brun kon geen goede reden bedenken om erop te staan dat Creb het dier wegbracht wanneer hij het zelf wilde laten blijven. Het bevond zich binnen zijn woongebied. Er waren geen gebruiken die de aanwezigheid van dieren in de grot verboden, het was alleen nog nooit eerder voorgekomen. Maar dat was niet de werkelijke oorzaak van zijn onbehagen. Hij besefte dat Ayla het eigenlijke probleem was. Sinds het moment dat Iza het meisje had meegenomen, waren er te veel ongewone dingen gebeurd die met haar te maken hadden. Alles aan haar was zonder precedent, en ze was nog maar een kind. Wat zou hun niet wachten als ze groter was? Brun had geen ervaring met haar soort, geen systeem van regels om haar te hanteren. Maar hij wist ook niet hoe hij Creb van zijn twijfels deelgenoot moest maken. Creb voelde zijn broers verontrusting aan en probeerde hem nog een extra reden te verschaffen om het konijn bij zijn vuurplaats te laten blijven.
'Brun, de stam die als gastheer optreedt bij de Bijeenkomst, houdt

een holenbeerjong in de grot,' bracht de tovenaar Brun in herinnering.
'Maar dat is iets anders, dat is Ursus. Dat is vanwege het Berenfeest. Holenberen woonden al in grotten voor de mensen dat deden, maar konijnen wonen niet in grotten.'
'Maar het jong is toch ook een in de grot gebracht dier?'
Daar had Brun geen weerwoord op. Crebs betoog leek redelijk, maar waarom moest het meisje nou net weer een konijn in de grot brengen? Zonder haar zou het probleem nooit gerezen zijn. Brun voelde de solide basis van zijn bezwaren onder zijn voeten wegzakken als drijfzand en liet de zaak maar rusten.

De dag voor de naamgevingsceremonie was het koud maar zonnig. Er waren al een paar sneeuwbuien geweest en Crebs botten begonnen de laatste tijd weer pijn te doen. Hij wilde nog van de laatste heldere dagen genieten voordat de sneeuw serieus door zou zetten en maakte een wandelingetje over het pad langs de stroom. Ayla liep met hem mee om haar nieuwe schoeisel uit te proberen. Iza had schoenen gemaakt door ruwweg cirkels te snijden uit een oerossenhuid die geprepareerd was met het zachte onderhaar er nog aan, en deze met extra vet in te wrijven om ze waterdicht te maken. Ze had gaten langs de rand geboord zoals bij een buidel en ze rond de enkels van het meisje dichtgebonden met het bont aan de binnenkant, voor de warmte.
Ayla was er blij mee en tilde haar voeten hoog op terwijl ze trots naast de oude man voortstapte. Haar sneeuwluipaardenvacht bedekte haar onderomslag, en een zachte wollige konijnenhuid was met het haar naar binnen over haar hoofd gedrapeerd en onder haar kin vastgebonden met de flapjes huid die ooit de poten van het dier hadden bedekt. Ze dartelde vooruit, kwam dan weer terugrennen en ging naast de oude man lopen, haar uitbundige stap regelend naar zijn schuifelende pas. Ze liepen een tijdje in ongedwongen zwijgen voort, ieder in zijn eigen gedachten verdiept.
Ik vraag me af welke naam ik Iza's baby moet geven, dacht Creb. Hij was zeer op zijn bloedverwante gesteld en wilde een naam kiezen waar ze mee ingenomen zou zijn. Niet een naam uit de familie van haar metgezel, dacht hij. De gedachte aan de man die Iza's metgezel was geweest, gaf hem een onaangename smaak in de mond. De wrede straffen die de man haar toediende, hadden Crebs verontwaardiging gewekt, maar zijn negatieve gevoelens gingen nog veel verder terug. Hij herinnerde zich hoe de man hem beschimpt had toen hij nog een jongen was en hem vrouw had genoemd omdat hij nooit zou kunnen ja-

gen. Creb vermoedde dat hij alleen uit angst voor Mog-urs macht opgehouden was hem te bespotten. Ik ben blij dat Iza een meisje gekregen heeft, dacht hij. Een jongen zou te veel eer voor hem zijn geweest. Nu de man niet langer een nagel aan zijn doodkist was, genoot Creb meer van de vreugden van de huiselijke haard dan hij ooit voor mogelijk had gehouden. Zijn patriarchale leiding over het kleine gezinnetje, de verantwoordelijkheid, het in hun onderhoud voorzien, verschaften hem een gevoel van man-zijn dat hij nooit eerder had ervaren. Hij bespeurde een ander soort achting bij de andere mannen en bemerkte dat hij meer belangstelling voor hun jachtverhalen had nu een deel van elke buit hem toeviel. Daarvóór had hij zich meer op de de jachtceremoniën geconcentreerd; nu had hij andere monden open te houden.

'Ik weet zeker dat Iza ook gelukkiger is,' zei hij bij zichzelf, denkend aan de aandacht en affectie waarmee ze hem overstelpte, voor hem kokend, voor hem zorgend, op al zijn verlangens vooruitlopend. In alle opzichten op één na was ze zijn gezellin; dat was het dichtst dat hij ooit bij het hebben van een partner was gekomen. Ayla was een voortdurende bron van vreugde. De aangeboren verschillen die hij ontdekte, bleven hem boeien; haar onderrichten was een plezierige uitdaging die elke geboren leraar bij een intelligente en gewillige maar ongewone leerling zou ervaren. De nieuwe baby intrigeerde hem eveneens. Na de eerste paar keren had hij zijn nervositeit overwonnen wanneer Iza het kind in zijn schoot legde, en vol verrukte aandacht naar haar ongecoördineerde handbewegingen en ongerichte blik gekeken, in diepe verwondering overpeinzend hoe zoiets kleins en onontwikkelds tot een volwassen vrouw kon uitgroeien.

Zij stelt de voortzetting van Iza's geslacht zeker, dacht hij, en het is een geslacht dat zijn hoge rang waardig is. Hun moeder was een van de meest vermaarde medicijnvrouwen van de Stam geweest. Soms waren er mensen van andere stammen naar haar toe gekomen om haar hun zieken te brengen, of wanneer deze niet te vervoeren waren medicijnen voor hen te halen. Iza was van hetzelfde niveau en haar dochter zou alle mogelijkheden hebben dat ook te bereiken. Ze verdiende een naam in overeenstemming met haar oude en eervolle afstamming.

Creb dacht na over Iza's voorgeslacht en herinnerde zich de vrouw die hun moeders moeder was geweest. Ze was altijd vriendelijk en zacht tegen hem geweest en had, nadat Brun geboren was, vaker voor hem gezorgd dan zijn moeder. Ook zij was beroemd om haar bedrevenheid in de geneeskunst, zij had zelfs die bij de Anderen geboren man genezen, net zoals Iza Ayla had genezen. Jammer dat Iza haar nooit gekend heeft, peinsde Creb. Toen stonden zijn gedachten met een ruk stil. Dat is het! Ik zal de baby háár naam geven, dacht hij, verheugd over deze goede inval.

Nu hij over de naam van het kind een besluit had genomen, gingen zijn gedachten naar de koppelingsceremonie en naar de jonge man die zijn toegewijde helper was. Goov was rustig en serieus, en Creb mocht hem graag. Zijn Oerostotem zou sterk genoeg moeten zijn voor Ovra's Bevertotem. Ovra werkte hard en hoefde slechts zelden gecorrigeerd te worden. Ze zou een goede gezellin voor hem zijn. Er is geen reden waarom ze hem geen kinderen zou baren en Goov is een goed jager, hij zal goed voor haar kunnen zorgen. Wanneer hij Mog-ur wordt, zal zijn aandeel in de buit het gemis compenseren wanneer zijn verplichtingen hem niet toestaan op jacht te gaan.

Zal hij ooit een groot Mog-ur worden, vroeg Creb zich af. Hij schudde het hoofd. Hoe graag hij zijn helper ook mocht, hij besefte dat Goov nooit zo bedreven zou worden als hijzelf. Het verminkte lichaam, waardoor normale bezigheden zoals op jacht gaan en een gezellin zoeken uitgesloten waren, had hem de tijd verschaft al zijn indrukwekkende geestesgaven te concentreren op het ontwikkelen van zijn befaamde vermogens. Daarom was hij dé Mog-ur. Hij was het die bij de Stambijeenkomst de geesten van al de andere Mog-urs leidde tijdens de ceremonie die de heiligste van alle heilige ceremoniën was. Hoewel hij met de mannen van zijn stam wel een goede geestelijke eenwording bereikte, was deze toch niet te vergelijken met de zielsversmelting die met de geoefende geesten der andere magiërs totstandkwam. Hij liep al aan de volgende Stambijeenkomst te denken, ook al lag die nog vele jaren in het verschiet. Stambijeenkomsten werden eens in de zeven jaar gehouden en de laatste had de zomer voor de grotinstorting plaatsgevonden. Als ik de volgende haal, zal het mijn laatste zijn, besefte hij opeens.

Crebs gedachten gingen terug naar de koppelingsceremonie, waarbij ook Droeg en Aga tot een koppel verklaard zouden worden. Droeg was een ervaren jager die zijn kundigheid reeds lang bewezen had. Nog groter was zijn vaardigheid in het maken van gereedschap. Hij was even rustig en ernstig als de zoon van zijn gestorven gezellin, en hij en Goov hadden dezelfde totem. Ook in andere opzichten hadden ze veel gemeen en Creb was er zeker van dat het de geest van Droegs totem was geweest die Goov had voortgebracht. Hoe jammer dat Droegs gezellin naar de volgende wereld werd geroepen, dacht hij. Tussen die twee had een genegenheid bestaan die met Aga waarschijnlijk nooit bereikt zou worden. Maar beiden hadden een nieuwe

partner nodig – Aga was al vruchtbaarder gebleken dan Droegs eerste gezellin. Het was een logische verbintenis. Creb en Ayla werden uit hun gedachten opgeschrikt door een konijn dat over hun pad sprong. Het herinnerde het meisje aan het konijn in de grot, en dat voerde haar gedachten weer terug naar het onderwerp waar ze al die tijd al aan liep te denken: Iza's baby.
'Creb, hoe is de kleine in Iza gekomen?' vroeg het meisje.
'Een vrouw slikt de totem van een man in,' gebaarde Creb afwezig, nog steeds in zijn eigen gedachten verdiept. 'Die vecht met de geest van haar eigen totem. Als die van de man die van de vrouw overwint, laat hij een stukje van zichzelf achter om een nieuw leven te laten beginnen.'
Ayla keek om zich heen, vol ontzag over de alomtegenwoordigheid van geesten. Zij kon er geen zien, maar als Creb zei dat ze er waren, geloofde ze dat.
'Kan de geest van iedere man in de vrouw komen?' vroeg ze weer.
'Ja, maar alleen een sterkere geest kan de hare verslaan. Dikwijls roept de totem van de metgezel van een vrouw een andere geest te hulp. Dan kan soms die andere geest een deel van zichzelf achterlaten. Gewoonlijk spant de geest van de metgezel zich het meeste in; die is haar het meest nabij, maar hij heeft dikwijls hulp nodig. Als een jongen dezelfde totem heeft als zijn moeders metgezel, brengt dat hem geluk,' legde Creb zorgvuldig uit.
'Kunnen alleen vrouwen een kleintje krijgen?' vroeg ze, nu meer in het onderwerp geïnteresseerd rakend.
'Ja,' knikte hij.
'Moet een vrouw een metgezel hebben om een kleintje te krijgen?'
'Nee, soms slikt ze een geest in voordat ze een metgezel heeft. Maar als ze geen verzorger heeft tegen de tijd dat de kleine geboren wordt, kan dat het kind ongeluk brengen.'
'Zou ik een kleintje kunnen krijgen?' was de volgende hoopvolle vraag.
Creb dacht aan haar machtige totem. De kern was te sterk. Zelfs met de hulp van een andere geest was het niet waarschijnlijk dat deze totem ooit overwonnen zou worden. Maar dat zal ze vanzelf wel ontdekken, dacht hij.
'Je bent er nog niet oud genoeg voor,' ontweek hij.
'Wanneer zal ik wél oud genoeg zijn?'
'Als je een vrouw bent.'
'Wanneer zal ik een vrouw zijn?'
Creb begon te denken dat ze nooit door haar vragen heen zou raken.

'De eerste keer dat de geest van je totem met een andere geest strijdt, zul je bloeden. Dat is het teken dat je totem gewond is. Iets van het wezen van de geest die met hem vocht, blijft achter om je lichaam gereed te maken. Je borsten zullen groeien en er zullen nog andere veranderingen zijn. Daarna zal de geest van je totem regelmatig met andere geesten vechten. Wanneer het de tijd is dat het bloed moet vloeien en er komt niets, betekent dat dat de geest die je hebt ingeslikt de jouwe heeft verslagen en dat een nieuw leven is begonnen te groeien.'
'Maar wannéér zal ik een vrouw zijn?'
'Misschien wanneer je de kringloop van alle seizoenen acht- of negenmaal hebt meegemaakt. Dan worden de meeste meisjes vrouw, sommigen al met zeven jaar,' antwoordde hij.
'Maar hoe lang zal dat dan nog duren?' hield ze aan.
De geduldige oude tovenaar slaakte een zucht. 'Kom maar eens hier, ik zal zien of ik het je uit kan leggen,' zei hij; hij raapte een tak op en haalde een vuurstenen mes uit zijn buidel. Hij betwijfelde of ze het zou begrijpen, maar het zou misschien een eind maken aan haar gevraag.
Getallen waren voor de mensen van de Stam een moeilijk te begrijpen iets. De meeste konden niet verder denken dan tot drie: jij, ik en nog een. Het was geen kwestie van intelligentie; Brun bijvoorbeeld wist het onmiddellijk wanneer er iemand van de tweeëntwintig leden van zijn stam ontbrak. Hij hoefde zich alleen ieder individu voor de geest te halen en dat kon hij zeer snel en zonder er erg bij na te hoeven denken. Maar om dat individu om te zetten in een begrip dat 'één' heette, vereiste een inspanning die weinigen aankonden. 'Hoe kan deze persoon één zijn en een andere persoon ook één – het zijn toch verschillende mensen?' was gewoonlijk de eerst gestelde vraag.
Het onvermogen van de Stam tot het onder één noemer brengen en abstraheren kwam ook op andere gebieden van hun bestaan tot uiting. Ze hadden voor alles een aparte naam. Ze kenden eik, wilg, den, maar ze hadden geen algemeen begrip om al deze soorten in onder te brengen: ze hadden geen woord voor boom. Iedere soort aarde, iedere steensoort, zelfs de verschillende soorten sneeuw, hadden een eigen naam. De mensen van de Stam steunden op hun rijke schat aan herinneringen en hun vermogen aan die herinneringen toe te voegen – ze vergaten bijna niets. Hun taal wemelde van kleurrijke omschrijvingen maar bezat praktisch geen abstracties. Het abstracte begrip paste niet bij hun aard, hun gebruiken, de manier waarop ze zich ontwikkeld hadden. Ze steunden op Mog-ur om die enkele dingen die geteld moesten worden bij te houden: de tijd die er tussen de Stambijeen-

komsten verstreek, de leeftijd der stamleden, de duur van de isolatieperiode na een koppelingsceremonie, de eerste zeven dagen van een kinderleven. Dat Mog-ur dat kon, was een van zijn grootste magische vaardigheden.
Creb ging zitten en klemde de stok stevig vast tussen zijn voet en een grote steen. 'Iza zegt dat je vermoedelijk iets ouder bent dan Vorn,' begon hij. 'Vorn heeft nu al het jaar van zijn geboorte, het jaar waarin hij ging lopen, zijn laatste jaar als zuigeling en het jaar waarin hij gespeend werd geleefd,' legde hij uit, een kerf in de stok makend bij het op noemen van ieder jaar. 'Ik zal er voor jou nog één streep bij zetten. Zo oud ben je nu. Als ik mijn hand over de kerfjes leg, bedek ik ze allemaal, zie je wel?'
Ayla keek aandachtig naar de kerven in de stok, terwijl ze de vingers van haar hand uitspreidde, zoals hij. Toen klaarde haar gezichtje op. 'Dan ben ik zóveel jaar!' zei ze, haar hand met de gespreide vingers naar hem omhooghoudend. 'Maar hoe lang duurt het dan nog voor ik een kleintje kan krijgen?' vroeg ze weer, veel meer in kinderen krijgen geïnteresseerd dan in rekenen.
Creb was als door de bliksem getroffen. Hoe had het meisje dat zo snel kunnen vatten? Ze had niet eens gevraagd wat kerfjes in een stok met vingers te maken hadden, of die twee dingen met jaren. Aan Goov had hij het vele malen opnieuw moeten uitleggen voor die het begrepen had. Creb maakte er nog drie kerven bij en legde er drie vingers overheen. Met maar één hand tot zijn beschikking had hij er extra moeite mee gehad tijdens zijn opleiding. Ayla keek naar haar andere hand en hield dadelijk drie vingers omhoog, duim en wijsvinger dubbelgevouwen.
'Als ik zó oud ben?' vroeg ze, weer haar acht vingers opstekend. Creb knikte bevestigend. Haar volgende gebaar deed hem volkomen perplex staan; het was een gedachtesprong waar hijzelf jaren over gedaan had. Ze deed de eerste hand omlaag en hield alleen de drie vingers omhoog. 'Over zóveel jaar zal ik oud genoeg zijn om een kleine te krijgen,' gebaarde ze zelfbewust, zeker van de juistheid van haar aftreksom. De oude tovenaar was volkomen van zijn stuk gebracht. Het was gewoon onvoorstelbaar dat een kind, een vrouwelijk kind nog wel, dat zomaar bedenken kon. Hij was zo verbluft dat hij bijna vergat haar berekening wat bij te sturen.
'Dat is waarschijnlijk op z'n vroegst. Het zou pas met zóveel kunnen zijn, of misschien met zóveel,' zei hij, nog twee kerfjes in de stok snijdend. 'Of misschien wel met nog meer. Het is niet met zekerheid te zeggen.'

Ayla fronste licht haar voorhoofd, strekte ook haar wijsvinger, toen haar duim.
'Hoe kan ik meer jaren weten?' vroeg ze.
Creb keek haar argwanend aan. Ze kwamen nu op een terrein waar zelfs hij moeite mee had. Hij begon spijt te krijgen dat hij het onderwerp had aangesneden. Brun zou het niet prettig vinden als hij wist dat dit meisje tot zulk een vergevorderde magie in staat was, een magie die alleen aan Mog-urs was voorbehouden. Maar tegelijk was zijn nieuwsgierigheid geprikkeld. Zou zij dergelijke gevorderde kennis kunnen bevatten?
'Bedek alle sneden eens, met allebei je handen,' instrueerde hij haar.
Nadat ze zorgvuldig haar vingers over al de kerfjes had gelegd, sneed Creb er nog een bij en legde er zijn pink op. 'Het volgende streepje wordt nu bedekt door de kleine vinger van mijn hand. Na het eerste stel moet je je de eerste vinger van iemand anders voorstellen, dan de volgende vinger van de hand van die ander. Begrijp je?' gebaarde hij, haar nauwlettend aankijkend.
Het kind knipperde nauwelijks met haar ogen. Ze keek naar haar eigen handen, toen naar de zijne en maakte de grimas die naar Creb had leren begrijpen betekende dat ze blij was. Ze knikte heftig, ten teken dat ze het inderdaad begreep. Toen maakte ze weer een gedachtesprong, en één die Crebs bevattingsvermogen bijna te boven ging.
'En daarna weer de hand van iemand anders, en dan wéér van iemand anders, hè?' zei ze.
De schok was te veel voor de oude man. Zijn verstand wankelde. Creb kon maar met moeite tot twintig tellen. Gevallen bóven de twintig losten zich op in een of andere vage oneindigheid die veel heette. Slechts bij enkele zeldzame gelegenheden, na diepe meditatie, had hij een zwakke glimp opgevangen van de abstractie die Ayla met zoveel gemak hanteerde. Hij vergat bijna te knikken. Plotseling zag hij welk een kloof er tussen de verstandelijke vermogens van het meisje en die van hemzelf gaapte, en het schokte hem diep. Hij herstelde zich met moeite.
'Zeg me eens hoe dit heet?' vroeg hij, om op een ander onderwerp over te stappen, en hield de stok omhoog waar hij de kerfjes in gesneden had. Ayla staarde er nadenkend naar, trachtend het zich te herinneren.
'Wilg,' zei ze, 'geloof ik.'
'Dat is goed,' antwoordde Creb. Hij legde zijn hand op haar schouder en keek haar recht in de ogen. 'Ayla, het is het beste dat je hier niemand iets van vertelt,' zei hij, naar de tekens op de stok wijzend.

'Ja Creb,' zei ze, intuïtief aanvoelend hoe belangrijk het voor hem was. Ze had zijn handelingen en gelaatsuitdrukkingen beter leren begrijpen dan die van enig ander, die van Iza uitgezonderd.

'Het is nu tijd om terug te gaan,' zei hij. Hij wilde alleen zijn om na te denken.

'Moet het echt?' vroeg ze smekend.

'Het is nog zo lekker buiten.'

'Ja, het moet echt,' zei hij en hees zich met behulp van zijn stok overeind. 'En het is niet gepast tegen te stribbelen wanneer een man een besluit genomen heeft, Ayla,' wees hij haar zachtmoedig terecht.

'Ja, Creb,' antwoordde ze, gehoorzaam het hoofd buigend zoals ze geleerd had. Zwijgend liep ze naast hem voort, terug naar de grot, maar alras kreeg haar kinderlijke uitbundigheid de overhand en rende ze alweer vooruit. Ze kwam terughollen met stokken en stenen in haar uitgestoken handen om Creb de naam ervan te zeggen of hem ernaar te vragen als ze ze niet meer wist. Hij gaf, afwezig, antwoord; de opschudding in zijn ziel maakte het hem moeilijk zijn aandacht bij haar gevraag te houden.

Het eerste licht van de dageraad verjoeg de dichte duisternis in de grot en de frisse prikkelende lucht rook naar naderende sneeuw. Iza lag op haar legerstede toe te kijken hoe de vertrouwde contouren van de zoldering boven haar hoofd vorm kregen in het geleidelijk toenemende licht.

Dit was de dag waarop haar dochter haar naam zou krijgen en als volwaardig lid van de stam geaccepteerd zou worden, de dag waarop ze erkend zou worden als een levend en levensvatbaar mensje. Iza keek al verlangend uit naar de opheffing van haar verplichte isolatie, hoewel haar contacten met de andere leden van de stam nog tot de vrouwen beperkt moesten blijven tot ze ophield met vloeien.

Bij het begin van de puberteit moesten de meisjes hun eerste menstruele periode weg van de stam doorbrengen. Als deze zich in de winter aankondigde, leefde de jonge vrouw geïsoleerd in een apart achter in de grot afgezet stukje grond, maar moest dan in de lente toch nog één menstruatieperiode alleen doorbrengen. Alleen wonen was zowel beangstigend als gevaarlijk voor een jonge ongewapende vrouw die de bescherming en het gezelschap van de hele stam gewend was. Het was een beproeving die de overgang van meisje tot vrouw markeerde, net als het doden van de eerste prooi bij de jongens, maar háár terugkeer in de groep ging niet van een feestelijke ceremonie vergezeld. En hoewel de jonge vrouw een vuur had om haar tegen wilde dieren te beschermen, kwam het toch wel eens voor dat ze nooit meer terugkwam – waarbij haar overblijfselen gewoonlijk later door een groepje jagers of voedselverzamelaars gevonden werden. De moeder van het meisje mocht haar eens per dag voedsel en vertroosting brengen. Maar als het meisje verdween of omkwam, mocht de moeder daar geen melding van maken tot een minimumaantal dagen verstreken was.

De strijd die geesten in de lichamen der vrouwen leverden in de primaire worsteling om leven voort te brengen, was voor de mannen een ondoorgrondelijk mysterie. Zolang een vrouw vloeide, was de geest van haar totem sterk; zij was aan de winnende hand en bezig een of ander essentieel mannelijk element te verslaan en het bevruchtende bestanddeel uit te werpen. Als een vrouw gedurende die periode een man aankeek, zou zijn geest in de slag van de verliezer meegetrokken kunnen worden. Dat was de reden waarom vrouwentotems zwakker moesten zijn dan mannentotems, want zelfs een zwakke totem won aan kracht door de levenskracht die in vrouwen huisde. Vrouwen putten uit die levenskracht; zij waren degenen die nieuw leven voortbrachten.

Lichamelijk gezien was een man groter, sterker, veel machtiger dan een vrouw, maar in de beangstigende wereld van onzichtbare krachten was de vrouw begiftigd met een mogelijk grotere macht. Mannen geloofden dat de kleinere en zwakkere fysieke gestalte van de vrouw, waardoor zij haar konden domineren, een compensatie was, en dat geen vrouw ooit gelegenheid moest krijgen al haar mogelijkheden te ontplooien, of het evenwicht zou verstoord worden. Ze werd van volledige deelname aan het geestelijk leven van haar stam uitgesloten om haar niet te laten ontdekken hoe sterk de levenskracht haar maakte.

Jonge mannen werden bij hun initiatieceremonie gewaarschuwd voor de afgrijselijke gevolgen die het zou kunnen hebben wanneer een vrouw zelfs maar een glimp van de geheime riten der mannen opving en er werden legenden verteld over de tijd dat de vrouwen degenen waren die de toverkunst van het communiceren met de wereld der geesten beheersten. De mannen hadden hun hun magie afgenomen, maar niet hun sluimerende vermogens. Vele jonge mannen gingen de vrouwen in een nieuw licht zien wanneer ze zich haar mogelijkheden bewust werden. Ze namen hun mannelijke verantwoordelijkheden met grote ernst op zich. Een vrouw moest beschermd, verzorgd en volledig overheerst worden, of het wankel evenwicht van fysieke en geestelijke krachten zou geheel verstoord en het voortbestaan van de Stam ernstig bedreigd worden.

Omdat haar geestelijke krachten tijdens de menstruatie zoveel groter waren, werd een vrouw in die periode geïsoleerd. Ze moest bij de vrouwen blijven, mocht geen voedsel aanraken dat misschien door een man gegeten zou worden en bracht haar tijd door met onbelangrijke taken als hout sprokkelen of het prepareren van huiden die alleen door vrouwen gedragen werden. De mannen erkenden haar bestaan niet eens en negeerden haar volledig, berispten haar zelfs niet. Als het oog van een man toevallig op haar viel, was het alsof ze onzichtbaar was; hij keek dwars door haar heen.
Het leek een wrede straf. Het vrouwentaboe leek op de doodvloek, de zwaarste straf die over leden van de stam kon worden uitgesproken, wanneer ze een ernstig misdrijf hadden gepleegd. Alleen de leider kon de Mog-ur opdragen de boze geesten uit de lucht omlaag te roepen om een doodvloek uit te spreken. De Mog-ur kon niet weigeren, hoewel het zowel voor de tovenaar als voor de stam gevaarlijk was. Eenmaal vervloekt, werd de misdadiger door geen enkel lid van de stam meer toegesproken of aangekeken. Hij werd genegeerd, uitgebannen; hij bestond niet meer, alsof hij dood was. Gezellin en familie treurden over zijn dood, voedsel werd niet meer met hem gedeeld. Enkelen verlieten de stam en werden nooit weergezien. De meesten hielden eenvoudig op met eten en drinken en deden de vloek waarin ook zijzelf geloofden in vervulling gaan.
Een enkele maal kon een beperkte doodvloek worden uitgesproken, waarbij de boosdoener slechts voor enige tijd werd doodverklaard, maar zelfs deze was dikwijls fataal omdat het slachtoffer het tijdens de duur van de vervloeking opgaf. Maar als hij een beperkte doodvloek overleefde, werd hij weer als volwaardig lid in de stam opgenomen, zelfs met behoud van zijn vroegere rang. Hij had zijn schuld aan de gemeenschap betaald en zijn misdrijf was vergeten. Echte misdrijven deden zich echter zelden voor en een dergelijke straf werd dan ook bijna nooit uitgesproken. Hoewel ze door het vrouwentaboe ook ten dele en tijdelijk doodverklaard werden, waren de meeste vrouwen blij periodiek verlost te zijn van de constante stroom eisen en de voortdurende controle van de mannen.
Iza verheugde zich op de verruiming van haar contactmogelijkheden na de naamceremonie. Ze was het gedwongen verblijf binnen de stenen begrenzingen van Crebs vuurplaats beu en keek verlangend naar het vrolijke zonlicht dat de laatste dagen voor de komende winterse sneeuwbuien nog door de ingang van de grot naar binnen viel. Ze wachtte gespannen op Crebs teken dat hij gereed was en de stam zich om hem heen kon verzamelen. Naamceremoniën werden dikwijls

nog voor het ontbijt gehouden, vlak na zonsopgang, wanneer de totems nog in de buurt waren na de stam gedurende de nacht beschermd te hebben.
Toen hij haar wenkte, haastte ze zich naar hem toe en ging voor Mog-ur staan. Vervolgens, de blik steeds neergeslagen houdend, ontblootte ze haar kind.
Ze hield de baby omhoog terwijl de magiër over haar hoofd heen keek en de gebaren maakte waarmee hij de geesten opriep de ceremonie bij te wonen. Toen opende hij deze met een brede armzwaai.
Hij doopte zijn vinger in de kom die Goov in zijn handen hield en trok met de pasta van rode oker een streep vanaf het punt waar de wenkbrauwbogen van het kind elkaar ontmoetten tot het puntje van haar neus.
'Oeba, de naam van het meisje is Oeba,' zei Mog-ur. In de koude wind die over het zonnige terras voor de grot joeg, zette de naakte zuigeling een gezonde keel op en overstemde het goedkeurend gemompel van de stam.
'Oeba,' herhaalde Iza, de rillende baby in haar armen koesterend. Een prachtige naam, dacht ze, en ze wenste dat ze de Oeba naar wie haar dochter was genoemd gekend had. De leden van de stam trokken een voor een langs haar heen; ieder herhaalde de naam om zichzelf en zijn totem met deze nieuwe aanwinst vertrouwd te maken. Iza hield zorgvuldig het hoofd gebogen, zodat ze niet per ongeluk een der mannen zou aankijken die naar voren kwamen om haar dochter te erkennen. Na afloop wikkelde ze het kindje in warme konijnenvellen en stopte haar onder haar omslag, tegen haar huid aan. De kreten van de baby verstomden abrupt toen ze begon te zuigen. Iza stapte achteruit naar haar plaats tussen de vrouwen om ruimte te maken voor de koppelingsrituelen.
Voor deze ceremonie, en alleen voor deze, werd gele oker in de gewijde zalf gebruikt. Goov overhandigde de kom met gele pasta aan Mog-ur, die hem met de stomp van zijn arm stevig tegen zich aan klemde. Bij zijn eigen koppelingsceremonie kon Goov niet als helper optreden. Hij stelde zich voor de heilige man op en wachtte tot Grod de dochter van zijn gezellin naar hen toe leidde. Oeka keek met gemengde gevoelens toe – trots dat haar dochter zo'n goede partij kreeg, maar bedroefd omdat ze de huiselijke haard verliet. Ovra, die een nieuwe omslag omhad, keek zorgvuldig naar haar voeten terwijl ze dicht achter Grod voortliep, maar haar onderworpen omlaagkijkend gezicht straalde met een zachte gloed. Het was duidelijk dat ze niet ontevreden was over de voor haar gemaakte keus. Ze ging met gekruiste benen en neergeslagen blik voor Goov op de grond zitten.

In zwijgende, formele gebarentaal richtte Mog-ur zich opnieuw tot de geesten, toen doopte hij zijn vinger in de bruingele pasta en bracht het teken van Ovra's totem aan over het litteken van Goovs totemteken, aldus de vereniging van hun geesten symboliserend. Opnieuw zijn vinger in het smeersel dopend tekende hij nu Goovs totemteken over het hare heen, waarbij hij de omtrekken van het litteken volgde zodat háár teken onduidelijk werd, om zo Goovs dominantie tot uitdrukking te brengen. 'Geest van de Oeros, Totem van Goov, uw teken heeft de Geest van de Bever, Totem van Ovra, overwonnen,' gesticuleerde Mog-ur. 'Moge Ursus het altijd zo laten zijn. Goov, aanvaard je deze vrouw?'

Ten antwoord tikte Goov Ovra op de schouder en wenkte haar om hem de grot in te volgen, naar de onlangs met kleine keitjes afgegrensde plek die nu Goovs vuurplaats was. Ovra sprong op en volgde haar kersverse gezel. Ze had geen keus, noch werd haar gevraagd of zíj hém accepteerde. Het stel zou twee weken in isolatie binnen de vuurplaats door moeten brengen, tijdens welke periode ze gescheiden zouden slapen. Na afloop van de isolatieperiode zouden de mannen in de kleine grot een ceremonie houden om de verbintenis te bevestigen.

Bij de Stam was de koppeling van twee mensen een zuiver religieuze zaak, ingeleid met een afkondiging aan de hele stam maar pas bevestigd door het geheime ritueel waar alleen de mannen deel aan mochten hebben. In deze primitieve samenleving was geslachtsgemeenschap een even natuurlijk en ongeremd iets als slapen of eten. Kinderen leerden het zoals ze andere vaardigheden en gewoonten leerden, door volwassenen gade te slaan, en ze speelden het na, zoals ze ook andere activiteiten al op jonge leeftijd nabootsten. Dikwijls gebeurde het dat een jongen die de puberteit bereikte, maar nog niet zijn eerste prooi had gedood en in een niemandsland tussen kind en volwassene zweefde, een jong meisje al penetreerde voor ze haar eerste menstruatie had gehad. Het maagdenvlies werd al vroeg verscheurd, hoewel de jongens enigszins angstig werden als er bloed vloeide en het meisje daarna vaak negeerden.

Een man kon op grond van een lange traditie als hij dat wilde iedere willekeurige vrouw nemen, met uitzondering van zijn bloedverwante. Gewoonlijk bleef een paar wanneer het eenmaal gekoppeld was, elkaar min of meer trouw, uit respect voor andermans bezit, maar men vond het erger dat een man zich zou moeten bedwingen dan dat hij de dichtstbijzijnde vrouw nam. En wanneer een man hen aantrok, waren de vrouwen niet afkerig van het maken van subtiele, schuchtere gebaren die als suggestief werden opgevat en avances aanmoedigden. In de ogen van de Stam werd nieuw leven tot stand gebracht door de alom aanwezige totemgeesten, en enig verband tussen seksuele activiteit en de geboorte van een kind ging hun voorstellingsvermogen te boven.

Nu volgde een tweede ceremonie, waarbij Droeg en Aga tot een koppel werden verklaard. Hoewel het paar van de andere leden van de stam geïsoleerd zou zijn, waren de gezinsleden die nu Droegs vuurplaats deelden vrij om te komen en te gaan. Nadat het tweede stel de grot was binnengegaan, dromden de vrouwen rond Iza en haar nieuwe baby samen.

'Iza, ze is gewoon volmaakt,' dweepte Ebra. 'Ik moet bekennen dat ik wel wat ongerust was toen ik hoorde dat je na al die tijd nog zwanger geworden was.'

'De geesten hebben over me gewaakt,' gebaarde Iza. 'Een sterke totem werkt gunstig om een gezond kind voort te brengen wanneer hij zich eenmaal overgeeft.'

'Ik was bang dat de totem van het meisje een slechte invloed zou hebben. Ze ziet er zo anders uit en haar totem is zo sterk; hij had de kleine wel kunnen misvormen,' bracht Aba te berde.

'Ayla heeft juist een gunstige invloed, ze heeft mij geluk gebracht,' weerlegde Iza haastig, en ze keek even of Ayla de opmerking gezien had. Het meisje stond toe te kijken terwijl Oga de baby vasthield, steeds bij de kleine in de buurt blijvend en stralend van trots alsof Oeba haar eigen kind was. Ze had niets gezien, maar Iza zag zulke gedachten niet graag openlijk geventileerd. 'Heeft ze ons niet allemaal geluk gebracht?'

'Maar je hebt toch niet genoeg geluk gehad om een jongen te krijgen,' hield Aba vol.

'Ik wou graag een meisje, Aba,' zei Iza.

'Iza! Hoe kun je nu zoiets zeggen!' De vrouwen waren geschokt. Ze gaven het zelden toe als ze aan een meisje de voorkeur gaven.

'Ik kan Iza geen ongelijk geven,' kwam Oeka Iza te hulp. 'Je krijgt een zoon, verzorgt hem, voedt hem, brengt hem groot, en zodra hij groot is ben je hem kwijt. Als hij niet bij de jacht gedood wordt, komt hij op een andere manier om. De helft komt om terwijl het nog jonge mannen zijn. Ovra zal tenminste misschien nog een paar jaar in leven blijven.'

Ze voelden allemaal mee met de moeder die haar zoon bij de instorting van de grot verloren had. Iedereen wist hoe bedroefd ze was geweest. Ebra veranderde tactvol van onderwerp.

'Ik ben benieuwd hoe de winters in deze nieuwe grot zullen zijn.'

'De jacht is goed geweest en we hebben zoveel verzameld en opgeslagen dat we ruim voldoende voedsel in voorraad hebben. Vandaag gaan de jagers er nog op uit, waarschijnlijk voor de laatste keer. Ik hoop dat er genoeg ruimte in de voorraadkamer is, zodat we het allemaal kunnen bevriezen,' zei Ika. 'En het ziet ernaar uit dat ze nu ongeduldig worden. We kunnen maar beter iets te eten gaan maken.'
De vrouwen verlieten Iza en haar baby met tegenzin om het ontbijt klaar te maken. Ayla ging naast Iza zitten en de vrouw legde haar ene arm om het meisje heen, terwijl ze de baby in de andere hield. Iza voelde zich zo gelukkig – ze was blij buiten te zijn op deze frisse, zonnige vroege winterdag; blij dat haar kind gezond ter wereld gekomen en een meisje was; blij met de grot en met Crebs besluit voor haar te zorgen; en blij met het smalle, blonde, vreemde meisje naast haar. Ze keek naar Oeba en toen naar Ayla. Mijn dochters, dacht de vrouw, en het zíjn allebei mijn dochters. Iedereen weet dat Oeba later een medicijnvrouw zal worden, maar Ayla zal er ook een worden. Daar zal ik voor zorgen. Wie weet, misschien zal ze eens een geweldige medicijnvrouw zijn.

9

'De Geest van de Lichte Droge Sneeuw nam de Geest van de Korrelige Sneeuw tot gezellin en enige tijd later baarde zij ver in het Noorden een Berg van IJs. De Zonnegeest haatte het glinsterende kind dat groeide en zich steeds verder over het land uitstrekte en de zonnewarmte tegenhield zodat er geen gras kon groeien. De Zon besloot Berg van IJs te vernietigen, maar de Geest van de Stormwolk, de bloedverwant van Korrelige Sneeuw, ontdekte dat de Zon haar kind wilde doden. En in de zomer, toen de Zon op z'n krachtigst was, vocht de Geest van de Stormwolk met hem om het leven van Berg van IJs te redden.'

Ayla zat met Oeba op schoot toe te kijken hoe Droeg de vertrouwde legende vertelde. Ze was geboeid, hoewel ze het verhaal uit haar hoofd kende. Het was haar lievelingslegende, ze kreeg er nooit genoeg van. Maar de rusteloze anderhalfjarige peuter in haar armen had veel meer belangstelling voor Ayla's lange blonde haar en greep er met haar mollige handjes in. Ayla peuterde haar haar uit Oeba's dichtgeknepen vuistjes zonder haar ogen van de oude man af te wenden, die dicht bij het vuur in een dramatische pantomime het verhaal stond te vertellen, terwijl de stam gespannen toekeek.

'Op sommige dagen won de Zon de strijd en scheen verzengend neer op het harde koude ijs, veranderde het in water, waardoor hij het leven van Berg van IJs deed wegkwijnen. Maar op vele andere dagen won Stormwolk en bedekte het aangezicht van de Zon zodat zijn hitte de Berg van IJs niet té ver kon doen smelten. Hoewel Berg van IJs in de zomer honger leed en kromp, nam 's winters zijn moeder het voedsel dat haar metgezel haar bracht voor hem mee en verpleegde haar zoon tot hij weer gezond was.

Iedere zomer deed de Zon zijn uiterste best om Berg van IJs te vernietigen, maar Stormwolk zorgde ervoor dat de Zon niet alles weg liet smelten wat de moeder haar kind de afgelopen winter had gevoed. Bij het begin van iedere nieuwe winter was Berg van IJs steeds weer iets groter dan hij de winter daarvoor was geweest; hij groeide steeds meer, strekte zich steeds verder uit, bedekte ieder jaar meer land.

En terwijl hij groeide, ging een grote koude voor hem uit. De winden huilden, de sneeuw dwarrelde omhoog, en Berg van IJs spreidde zich steeds verder uit en kroop steeds dichter naar de plaats waar de Mensen leefden. De Stam huiverde en schaarde zich dichter rond het vuur terwijl de sneeuw op hen neerviel.'

De buiten door de naakte bomen fluitende wind luisterde het verhaal op met enige fraaie klankeffecten en deed een genietende rilling van medeleven over Ayla's ruggengraat lopen.

'De Stam wist niet wat te doen. "Waarom beschermen de geesten van onze totems ons niet meer? Wat hebben we gedaan dat ze boos op ons zijn?" De Mog-ur besloot er alleen op uit te gaan om de geesten op te zoeken en met hen te spreken. Hij bleef lang weg. Velen werden rusteloos van het wachten op de terugkomst van de Mog-ur, vooral de jongeren.

Vooral Durc was ongeduldiger dan wie ook. "De Mog-ur komt nooit meer terug," zei hij. "Onze totems vinden de koude niet prettig, ze zijn weggetrokken. Wij zouden ook moeten wegtrekken."

"Wij kunnen ons thuis niet verlaten," zei de leider. "Hier heeft de Stam altijd gewoond. Dit is het thuis van onze voorouders. Het is het thuis van onze totemgeesten. Ze zijn niet weggetrokken. Ze zijn niet gelukkig bij ons, maar ze zouden nog minder gelukkig zijn zonder een vaste woonplaats, weg van het huis dat ze kennen. We kunnen niet weggaan en hen meenemen, weg van hier. Waar zouden we heen moeten?"

"Onze totems zijn al vertrokken," hield Durc vol. "Als we een beter thuis vinden, komen ze misschien weer terug. We kunnen naar het zuiden gaan, achter de vogels aan die in de herfst voor de koude vluchten, of naar het oosten, naar het land van de Zon. We kunnen daarheen gaan waar Berg van IJs ons niet bereiken kan. Berg van IJs beweegt zich langzaam; wij kunnen rennen als de wind. Hij kan ons nooit inhalen. Als we hier blijven, zullen we bevriezen."

"Nee, we moeten op de Mog-ur wachten. Hij zal terugkomen en ons zeggen wat we moeten doen," sprak de leider bevelend. Durc wilde niet naar zijn verstandige woorden luisteren. Hij betoogde en redeneerde tot enkelen van het Volk begonnen te twijfelen. Ten slotte besloten ze met Durc mee te gaan.

"Blijf toch," smeekten de anderen. "Blijf tot de Mog-ur terugkeert."

Durc wilde niet naar hen luisteren. "De Mog-ur zal de geesten niet vinden. Hij keert nooit meer terug. Wij gaan nu weg. Ga met ons mee om een nieuw thuis te vinden, waar Berg van IJs niet leven kan."

"Nee," antwoordden ze. "We zullen wachten."

Moeders en hun metgezellen treurden om de jonge mannen en vrouwen die weggingen, zij waren stellig gedoemd te sterven. Ze wachtten op de Mog-ur, maar nadat er vele dagen verstreken waren en de Mog-ur nog steeds niet was teruggekeerd, begonnen ze te twijfelen en zich af te vragen of ze niet beter met Durc mee hadden kunnen gaan.
Toen op een dag zag de Stam een vreemd dier naderen, een dier dat niet bang was voor het vuur. Het Volk was beangst en staarde er vol verwondering naar. Nooit eerder hadden zij een dergelijk dier gezien. Maar toen het nader kwam, zagen ze dat het helemaal geen dier was, het was de Mog-ur! Hij ging helemaal schuil onder de vacht van een holenbeer. Eindelijk was hij dan teruggekomen. Hij vertelde de Stam wat Ursus, de Geest van de Grote Holenbeer hem geleerd had.
Ursus leerde de mensen in grotten te wonen, het bont van dieren te dragen, in de zomer te jagen en voedsel te verzamelen en dat voor de winter te bewaren. De Mensen van de Stam onthielden van die tijd af wat Ursus hun geleerd had en hoewel Berg van IJs het wel probeerde, kon hij de Mensen niet uit hun gebied verdrijven. Hoeveel koude en sneeuw Berg van IJs ook voor zich uit zond, de Mensen wilden niet in beweging komen, ze wilden niet voor hem weggaan.
Ten slotte gaf Berg van IJs het op. Hij mokte en wilde niet meer met de Zon strijden. Stormwolk werd boos omdat Berg van IJs niet meer wilde vechten en weigerde hem nog langer te helpen. Berg van IJs verliet het land en ging terug naar het noorden, en de grote koude verdween met hem. De Zon verheugde zich over zijn overwinning en achtervolgde hem de gehele weg naar zijn noordelijk huis. Nergens kon hij zich voor de grote hitte verschuilen en hij werd verslagen. Vele, vele jaren was er geen winter meer, alleen lange zomerdagen.
Maar Korrelige Sneeuw treurde om haar verloren kind en het verdriet verzwakte haar. Lichte Droge Sneeuw wilde dat ze nogmaals een zoon zou krijgen en vroeg Geest van de Stormwolk om hulp. Stormwolk was met zijn bloedverwante begaan en hielp Lichte Droge Sneeuw haar voedsel te brengen om haar weer sterk te maken. Weer bedekte hij het gelaat van de Zon, terwijl Lichte Droge Sneeuw zich in de nabijheid ophield en zijn geest in het rond sprenkelde om Korrelige Sneeuw die te laten inslikken. Ze baarde een tweede Berg van IJs, maar de mensen herinnerden zich wat Ursus hun had geleerd. Berg van IJs zal nooit de Stam van haar huis en haard verdrijven.
En wat geschiedde met Durc en degenen die met hem waren meegegaan? Sommigen zeggen dat zij door wolven en leeuwen verscheurd werden en sommigen dat ze verdronken in de grote wateren. Anderen zeggen weer dat toen ze het land van de Zon bereikten, deze boos

werd omdat Durc en de zijnen zijn land wilden hebben. Hij zond een vuurbal uit de hemel omlaag om hen te verslinden. Ze verdwenen en niemand heeft hen ooit weergezien.'

'Zie je wel, Vorn,' zag Ayla Aga haar zoon voorhouden, zoals ze altijd deed wanneer de legende van Durc verteld was. 'Je moet altijd naar je moeder en Droeg en Brun en Mog-ur luisteren. Je moet nooit ongehoorzaam zijn en de stam verlaten, of je zult misschien ook zomaar verdwijnen.'

'Creb,' zei Ayla tegen de man die naast haar zat, 'zouden Durc en zijn mensen geen nieuwe woonplaats gevonden kunnen hebben? Hij verdween, maar niemand zag hem ooit sterven, niet? Hij kon toch ook in leven gebleven zijn?'

'Niemand heeft hem ook zien verdwijnen, Ayla, maar jagen gaat moeilijk met maar twee of drie man. Misschien zouden ze in de zomer nog wel genoeg kleine dieren hebben kunnen doden, maar het buitmaken van de grote dieren die ze nodig zouden hebben om de winter door te komen, zou veel moeilijker en heel gevaarlijk zijn. En ze moesten veel winters door komen voor ze het land van de Zon bereikten. Totems willen een vaste woonplaats. Ze zouden mensen die zonder een vaste woonplaats rondzwierven waarschijnlijk verlaten. Jij zou niet willen dat je totem je verliet, wel?'

Ayla greep in een onbewust gebaar naar haar amulet. 'Maar mijn totem heeft mij ook niet verlaten toen ik alleen was en geen thuis had.'

'Dat was omdat hij je op de proef stelde. Hij heeft je een thuis gegeven, is het niet? De Holenleeuw is een sterke totem, Ayla. Hij heeft je uitgekozen, hij zal misschien besluiten je altijd te beschermen omdat hij je nu eenmaal uitgekozen heeft, maar een totem is altijd gelukkiger als hij een vast thuis heeft. Als je acht op hem slaat, zal hij je helpen. Hij zal je laten weten wat je het beste kunt doen.'

'Hoe weet ik dat dan, Creb?' vroeg Ayla. 'Ik heb nog nooit een Holenleeuwgeest gezien. Hoe weet je dat je totem je iets vertelt?'

'Je kunt de geest van je totem niet zien omdat hij binnen in je is, een deel van jezelf is. Toch zal hij het je laten weten. Je moet alleen leren hem te verstaan. Als je een besluit moet nemen, zal hij je helpen. Hij zal je een teken geven als je de juiste keuze doet.'

'Wat voor teken?'

'Dat is moeilijk te zeggen. Het is gewoonlijk iets bijzonders of ongebruikelijks. Het kan een steen zijn zoals je er nog nooit een gezien hebt, of een wortel met een speciale vorm die voor jou betekenis heeft. Je moet leren verstaan met je hart en je verstand, niet met je ogen en je oren, dan zul je het weten. Alleen jij kunt je eigen totem verstaan, niemand kan het je leren. Maar wanneer het zover is en je een teken vindt dat je totem voor je heeft achtergelaten, stop het dan in je amulet. Het zal je geluk brengen.'

'Heb jij tekens van je totem in je amulet, Creb?' gebaarde het meisje, haar blik gevestigd op het bobbelige leren zakje dat om de hals van de magiër hing. Ze liet de spartelende kleine van haar schoot glijden en naar Iza dribbelen.

'Ja,' knikte hij. 'Een ervan is een holenbeertand die mij geschonken werd vlak nadat ik tot leerling gekozen was. Hij zat niet in een kaakbeen; hij lag los op wat stenen aan mijn voeten. Ik zag hem eerst niet eens toen ik omlaagkeek. Het is een volmaakte tand, zonder rotte plekken en niet afgesleten. Het was een teken van Ursus dat ik het goede besluit had genomen!'

'Zal mijn totem me ook tekens geven?'

'Dat kan niemand zeggen. Misschien, wanneer je belangrijke beslissingen te nemen hebt. Je zult weten wanneer het ogenblik daar is, zolang je maar je amulet bij je hebt zodat je totem je kan vinden. Pas goed op dat je nooit je amulet verliest, Ayla. Die heb je gekregen toen je totem geopenbaard werd. Hij bevat het gedeelte van je geest dat hij herkent. Zonder je amulet zal de geest van je totem de weg terug niet meer vinden wanneer hij op reis is geweest. Hij zal verdwalen en zijn woonstee in de wereld der geesten opzoeken. Als je je amulet verliest en niet snel terugvindt, zul je sterven.'

Ayla sidderde, bevoelde het kleine zakje dat aan een stevige leren veter om haar hals hing en vroeg zich af wanneer ze een teken van haar totem zou krijgen. 'Denk je dat Durcs totem hem een teken gaf toen hij besloot weg te gaan om het land van de Zon te gaan zoeken?'

'Niemand weet het, Ayla. Het wordt niet in de legende vermeld.'

'Ik vind het dapper van Durc om een nieuw thuis te gaan zoeken.'

'Misschien wel dapper, maar ook dwaas,' antwoordde Creb. 'Hij verliet zijn stam en het huis van zijn voorvaderen en nam een groot risico. En waarvoor? Om iets anders te vinden. Hij had er geen vrede mee om te blijven. Sommige jonge mannen vinden ook dat het dapper van Durc was, maar wanneer ze ouder en wijzer worden, gaan ze er wel anders over denken.'

'Ik denk dat ik hem aardig vind omdat hij anders was,' zei Ayla. 'Het is mijn lievelingslegende.'

Ayla zag de vrouwen overeind komen om aan het avondmaal te gaan beginnen en sprong op om hen te volgen. Creb schudde zijn hoofd over het meisje. Telkens als hij dacht dat Ayla werkelijk de gebruiken van de Stam begon te accepteren en te begrijpen, zei of deed ze iets wat hem weer aan het twijfelen bracht. Het was niet zo dat ze iets verkeerds of slechts deed, ze deed het alleen niet zoals de Stam het deed. De legende werd verondersteld aan te tonen hoe verkeerd het was om te proberen de oude gewoonten te doorbreken, maar Ayla bewonderde juist het roekeloze gedrag van de jonge man die iets nieuws wilde. Zal ze ooit haar on-Stamachtige ideeën kwijtraken, vroeg hij zich af. Ze heeft anders wel veel geleerd in zo'n korte tijd, moest Creb toegeven.

Meisjes van de Stam werden verwacht de vaardigheden der volwassen vrouwen goed te beheersen tegen de tijd dat ze zeven of acht jaar oud waren. Velen werden op die leeftijd volwassen en kregen snel daarna een metgezel. In de bijna twee jaar nadat ze haar gevonden hadden – alleen, bijna verhongerd, niet in staat zelf voedsel te vinden – had ze niet alleen geleerd waar ze voedsel kon vinden, maar ook hoe ze het moest bereiden en conserveren. Ze beheerste ook vele andere vaardigheden en als ze er al niet even bedreven in was als de oudere, meer ervaren vrouwen, was ze toch minstens even handig als sommige der jongere.

Ze kon een dier villen, de huid prepareren en omslagen, mantels en buidels maken die voor diverse doeleinden gebruikt werden. Ze kon in één lange spiraal en uit één enkele huid een overal even brede riem snijden. De koorden die ze van lang dierenhaar, pezen of vezelige schors en wortels maakte waren sterk en zwaar of dun en fijn, al naar gelang hun bestemming. De manden, matten en netten die ze van taaie grassoorten, wortels en bast vlocht, waren van buitengewone kwaliteit. Een ruwe vuistbijl maken uit een brok vuursteen of een stuk met een scherpe rand bijwerken om het als mes of krabber te kunnen gebruiken, ging haar zo goed af dat zelfs Droeg onder de indruk was. Ze kon kommen steken uit stukken hout en ze spiegelglad afwerken. Ze kon vuur maken door een puntig stokje tussen haar handpalmen tegen een ander stuk hout te laten ronddraaien tot dit in een smeulend kooltje veranderde dat droog aanmaakmateriaal deed ontvlammen; iets wat gemakkelijker ging als twee mensen elkaar aflosten bij het langdurige, moeizame karwei om de gepunte stok onder een constante, flinke druk in beweging te houden. Maar wat nog verbazingwekkender was, ze was Iza's traditionele medische kennis aan het overnemen alsof ze er een natuurlijke aanleg voor had. Iza had gelijk, dacht Creb, ze leert het ook zonder de herinneringen.

Ayla was broodvruchten in stukken aan het snijden om ze in een boven een kookvuurtje borrelende leren pot te doen. Wanneer ze de rotte plekken had weggesneden, bleef er van elke vrucht niet veel over. De bewaarplaats achter in de grot was koel en droog, maar zo laat in de winter begon de groente zacht te worden en te rotten. Ze liep zich al op het komend zomerseizoen te verheugen, vooral nu ze enkele dagen tevoren een dun stroompje water had ontdekt in de door ijs afgesloten rivier, een van de eerste tekenen dat het weldra los zou breken. Ze kon haast niet wachten tot de lente zich aandiende met het eerste groen, de nieuwe knoppen en het zoete esdoornsap dat uit in de bast gemaakte kerfjes welde en omlaagdroop. Het werd onder aan de boom verzameld en in grote potten van dierenhuid gekookt tot het een dikke taaie stroop werd of tot suiker kristalliseerde. Daarna werd het in bakjes van berkenschors bewaard. Het sap van de berk was ook zoet, maar niet zo zoet als dat van de esdoorn.

Ze was niet de enige die rusteloos was en genoeg had van de lange winter en het in de grot opgesloten zitten. Eerder die dag was de wind voor enkele uren naar het zuiden gedraaid en had warmere lucht van boven zee aangevoerd. Smeltwater droop langs de lange ijspegels die van boven in de driehoekige grotingang omlaaghingen. Toen de wind opnieuw draaide en weer verkillend uit het oosten blies, bevroor het water weer zodat de glinsterende, puntige staven die de hele winter door waren blijven groeien nog langer en dikker werden. Maar het vleugje warmte had ieders gedachten naar het einde van de winter uit doen gaan.

De vrouwen praatten en werkten tegelijk, onder het bereiden van het voedsel druk hun handen bewegend in snelle conversatiegebaren. Wanneer tegen de lente de voedselvoorraden uitgeput begonnen te raken, voegden ze hun voorraden bijeen en kookten gezamenlijk, hoewel ze nog steeds apart aten, bijzondere gelegenheden daargelaten. Er waren in de winter altijd meer feestmaaltijden – dat hielp de monotonie van hun opsluiting in de grot doorbreken – hoewel die tegen het einde van het seizoen dikwijls nog maar povertjes waren. Maar er was nog genoeg. Vers vlees van klein wild of een enigszins bejaard hert dat de jagers tussen de sneeuwstormen door verschalkten was welkom, maar niet onontbeerlijk. Ze hadden nog steeds voldoende gedroogd voedsel in voorraad. De vrouwen verkeerden nog in de stemming voor verhalen en Aba was een vrouwenverhaal aan het vertellen.

'... maar het kind was misvormd. Zijn moeder bracht hem weg zoals de leider haar bevolen had, maar ze kon het niet over haar hart verkrijgen om hem achter te laten om te sterven. Ze klom met het kind hoog in een boom en bond het vast aan de bovenste takken zodat zelfs de katten hem niet konden bereiken. Hij huilde toen ze hem achterliet en 's nachts had hij zo'n honger dat hij jankte als een wolf. Niemand kon slapen. Hij huilde dag en nacht en de leider was boos op zijn moeder, maar zolang het kind huilde en jankte wist de moeder dat het nog in leven was.

Op de naamdag klom de moeder 's morgens in alle vroegte weer in de boom. Haar zoon was niet alleen nog in leven, zijn mismaaktheid was verdwenen! Hij was normaal en gezond. De leider had haar zoon niet in zijn stam willen hebben, maar daar de kleine nog leefde, moest hij nu wel een naam krijgen en geaccepteerd worden. De jongen werd toen hij was opgegroeid zelf leider en bleef zijn moeder altijd dankbaar dat ze hem ergens had achtergelaten waar niets hem deren kon. Zelfs toen hij al een gezellin genomen had, bracht hij haar na iedere jacht nog een deel van de buit. Hij sloeg haar nooit, berispte haar nooit en bejegende haar altijd met eerbied en respect,' besloot Aba.

'Welke zuigeling zou nu zijn eerste dagen kunnen overleven zonder voeding?' vroeg Oga met een blik op Brac, haar eigen gezonde zoon, die net in slaap was gevallen. 'En hoe kon haar zoon leider worden als zijn moeder niet de gezellin was van de leider of van een man die later leider zou worden?'

Oga was trots op haar zoon en Broud was zelfs nog trotser dat zijn gezellin zo snel na hun verbintenis een zoon had gebaard. Zelfs Brun legde in tegenwoordigheid van de baby wat van zijn stoïcijnse waardigheid af, zijn ogen verzachtten zich wanneer hij de kleine jongen die de voortzetting van het leiderschap van de stam waarborgde, in zijn armen hield.

'Wie zou de volgende leider zijn als jij Brac niet had gekregen, Oga?' vroeg Ovra. 'Als je nu eens geen zonen had, alleen maar dochters? Misschien was de moeder de gezellin van de tweede man en overkwam de leider iets.' Ze was een beetje jaloers op de jongere vrouw. Ovra had nog geen kinderen, hoewel ze eerder vrouw geworden was en aan Goov gekoppeld was voor Oga en Broud.

'Trouwens, hoe kan een baby die mismaakt geboren is, plotseling normaal worden?' kaatste Oga terug.

'Ik denk dat het verhaal verzonnen werd door een vrouw die een mismaakte zoon had en wenste dat hij normaal was,' zei Iza.

'Maar het is al een oude legende, Iza, die wordt al generaties lang verteld. Misschien gebeurden er heel vroeger wel dingen die niet langer mogelijk zijn. Dat weten we nooit zeker, wel?' zei Aba, haar verhaal verdedigend.

'Sommige dingen zijn lang geleden misschien wel anders geweest,

Aba, maar ik denk toch dat Oga gelijk heeft. Een kleintje dat mismaakt geboren is, zal heus niet plotseling normaal worden en het is niet erg waarschijnlijk dat hij zonder gevoed te worden tot zijn naamdag in leven blijft. Maar het is een oud verhaal, wie weet is er wel iets van waar,' gaf Iza toe.

Toen het eten gereed was, nam Iza haar deel mee naar Crebs vuurplaats. Ayla tilde de donkere peuter op en kwam achter haar aan. Iza was magerder en niet meer zo sterk als vroeger en het was meestal Ayla die Oeba droeg. Tussen die twee bestond een speciale band. Oeba volgde het meisje overal en Ayla scheen nooit genoeg van de kleine te krijgen.

Na het eten ging Oeba naar haar moeder toe om wat bij haar te drinken, maar werd algauw onrustig. Iza begon te hoesten, wat het kleintje nog meer van de wijs bracht. Ten slotte duwde Iza de spartelende, huilerige peuter naar Ayla toe.

'Neem dit kind even mee. Probeer of Oga of Aga haar wil voeden,' gebaarde Iza geprikkeld, in een raspende hoestbui uitbarstend.

'Ben je wel in orde, Iza?' gebaarde Ayla met een bezorgde blik.

'Ik ben gewoon een oude vrouw, te oud om zo'n jong kind te hebben. Mijn melk droogt op, dat is alles. Oeba heeft honger; de laatste keer heeft Aga haar gevoed, maar ik geloof dat ze Ona al gezoogd heeft en misschien heeft ze niet veel melk over. Oga zegt dat ze meer dan genoeg melk heeft; breng de kleine vanavond maar bij haar.' Iza bemerkte dat Creb onderzoekend naar haar keek en wendde haar hoofd af terwijl Ayla de peuter naar Oga droeg.

Ayla lette heel goed op waar ze liep, haar hoofd bij het naderen van Brouds vuurplaats op de voorgeschreven wijze gebogen houdend. Ze wist dat de kleinste inbreuk op de regels de toorn van de jonge man op zou wekken. Ze was er zeker van dat hij altijd uitkeek naar een reden om haar terecht te wijzen of te slaan en ze wilde niet dat hij haar met Oeba terug zou sturen vanwege iets dat ze misdaan had. Oga was graag bereid Iza's dochter te voeden, maar omdat Broud toekeek praatten ze niet met elkaar. Toen Oeba verzadigd was, droeg Ayla haar terug en zat haar daarna nog een tijdje zachtjes neuriënd te wiegen, iets wat het kind altijd scheen te kalmeren, tot ze in slaap viel. Ayla was allang de taal vergeten die ze bij haar komst gesproken had, maar ze neuriede nog steeds wanneer ze het kleine meisje wiegde.

'Ik ben maar een oude vrouw die gauw kribbig wordt, Ayla,' zei Iza, toen het meisje Oeba te slapen legde. 'Ik was te oud toen ik haar kreeg, mijn melk droogt al op en Oeba zou eigenlijk nog niet gespeend moeten worden. Ze heeft het jaar van haar eerste stapjes nog

niet eens achter de rug, maar er is niets aan te doen. Morgen zal ik je laten zien hoe je speciaal voedsel voor zuigelingen klaarmaakt. Ik geef Oeba liever niet aan een andere vrouw als ik het voorkomen kan.'
'Oeba aan een andere vrouw geven! Hoe kun je Oeba nu aan iemand anders geven, ze hoort toch bij óns?'
'Ayla, ik wil haar ook niet kwijt, maar ze moet genoeg te eten hebben, en van mij krijgt ze het niet. We kunnen haar niet steeds van de ene vrouw naar de andere brengen om haar te zogen wanneer ik niet voldoende melk heb. Oga's kindje is nog klein, daarom heeft ze zoveel melk over. Maar wanneer Brac groter wordt, zal haar melkgift zich aanpassen aan zijn behoeften. Net als Aga zal ze niet veel meer over hebben, tenzij ze steeds een andere zuigeling aan de borst heeft,' legde Iza uit.
'Ik wou dat ik haar kon voeden.'
'Ayla, je mag dan wel bijna zo groot zijn als een vrouw, je bent er nog geen. En er zijn nog geen tekenen dat je er binnenkort een zult worden. Alleen vrouwen kunnen moeder worden en alleen moeders kunnen melk maken. We zullen beginnen met Oeba gewoon voedsel te geven en kijken hoe dat gaat, maar ik wilde je er alvast op voorbereiden. Voor zuigelingen moet het eten op een speciale manier klaargemaakt worden. Alles moet zacht zijn; haar tandjes kunnen nog niet zo heel goed kauwen. Graankorrels moeten heel fijn gemalen worden alvorens ze te koken, gedroogd vlees moet tot meel gestampt en met wat water tot een papje gekookt worden, vers vlees moet je van de taaie pezen afschrapen en groenten fijnstampen. Zijn er nog eikels over?'
'De laatste keer dat ik keek lag er nog een bergje, maar de muizen en eekhoorns stelen ervan en er zijn veel rotte bij,' zei Ayla.
'Kijk maar wat je kunt vinden. We zullen de bittere smaak eruit wassen en ze fijnmalen voor bij het vlees. Broodvruchten zullen ook goed voor haar zijn. Weet je waar die kleine mosselschelpen gebleven zijn? Die zijn wel klein genoeg voor haar mondje, ze zal ermee moeten leren eten. Ik ben blij dat de winter bijna voorbij is, de lente zal meer verscheidenheid brengen – voor ons allemaal.'
Ze zag de bezorgde, oplettende uitdrukking op het ernstige meisjesgezichtje. Meer dan eens, vooral deze laatste winter, was ze dankbaar geweest voor Ayla's bereidwillige hulp. Ze vroeg zich af of Ayla haar tijdens haar zwangerschap geschonken was opdat ze een tweede moeder zou kunnen zijn voor de baby die ze zo laat in haar leven gekregen had. Niet alleen ouderdom ondermijnde Iza's krachten. Hoewel ze opmerkingen over haar tanende gezondheid luchtig afdeed en nooit sprak over de pijn in haar borst of het bloed dat ze soms na een bij-

zonder hevige hoestbui opgaf, wist ze dat Creb besefte dat ze veel zieker was dan ze liet merken. Hij wordt zelf ook ouder, dacht Iza. Deze winter heeft hem ook aangepakt. Hij zit veel te veel in die kleine grot van hem met alleen een fakkel om warm te blijven.

De ruige haarbos van de oude magiër was doorschoten met zilver, en zijn jicht maakte in combinatie met zijn manke been het lopen tot een smartelijke kwelling. Zijn tanden, extra versleten door jarenlang gebruik om er dingen mee vast te houden, ter vervanging van zijn ontbrekende hand, begonnen pijn te doen. Maar Creb had al lang geleden met lijden en pijn leren leven. Zijn geest was even krachtig en gevoelig als altijd en hij maakte zich zorgen om Iza. Hij sloeg de vrouw en het meisje bij hun gesprek over de bereiding van babyvoedsel gade en merkte op hoe vervallen Iza's eens zo stevige lichaam was. Haar gezicht was hoekig geworden en haar ogen waren diep in hun kassen weggezonken, wat haar overhangende wenkbrauwbogen extra accentueerde. Haar armen waren mager, haar haar begon grijs te worden, maar het was haar voortdurend hoesten dat hem het meest verontrustte. Ik zal blij zijn als deze winter afgelopen is, dacht hij. Ze heeft behoefte aan wat warmte en zon.

Eindelijk verloor de winter zijn ijzeren greep op het land en de steeds warmer wordende lentedagen brachten stortvloeden van regen. IJsschotsen van hoger op de berg kwamen de overstromende rivier af schuiven lang nadat sneeuw en ijs ter hoogte van de grot verdwenen waren. Het smeltwater veranderde de doordrenkte aarde voor de grot in een soppend glibberig moeras van trage modder. Alleen de stenen waarmee de ingang geplaveid was, hielden de grot nog enigszins droog als het grondwater naar binnen sijpelde.

Maar de drassige modderpoel kon de stam niet binnenhouden. Na hun lange opsluiting in de winter stroomden de stamleden naar buiten om de eerste warme zonnestralen en zachtere zeewind te begroeten. Nog voordat de sneeuw geheel gesmolten was, plasten ze al barrevoets door het koude smeltwater of sjokten rond in doorweekte laarzen die zelfs door de extra laag vet niet droog werden gehouden. Iza had het de eerste warmere lentedagen drukker met het behandelen van verkoudheden dan ze het de gehele ijzige winter had gehad.

Toen het seizoen vorderde en de zon het vocht opzoog, kwam het leven van de stam in een stroomversnelling. Het langzame kalme ritme van de winter, doorgebracht met het vertellen van verhalen, het maken van gebruiksvoorwerpen en wapens en met andere zittende activiteiten om de tijd te doden, week voor de drukke energieke bedrijvigheid van de lente.

Vrouwen trokken erop uit om de eerste groene scheuten en knoppen te verzamelen en mannen deden lichaams- en andere oefeningen ter voorbereiding van de eerste grote jacht van het nieuwe seizoen.
Oeba floreerde op haar nieuwe dieet en zoog alleen nog uit gewoonte of om de warmte en de geborgenheid. Iza hoestte minder, hoewel ze zwak was en te weinig energie bezat om ver het veld in te gaan en Creb hervatte zijn schuifelende wandelingetjes langs de rivier met Ayla. Zij hield meer van de lente dan van enig ander seizoen.
Daar Iza meestentijds gedwongen was dicht bij de grot te blijven, nam Ayla de gewoonte over om de heuvelhellingen af te grazen op zoek naar planten om Iza's geneesmiddelenvoorraad aan te vullen. Iza durfde er eigenlijk niet meer in haar eentje op uit te gaan, maar de andere vrouwen waren druk voedsel aan het verzamelen en de geneeskrachtige kruiden groeiden niet altijd op dezelfde plaatsen als de voedselplanten. Af en toe ging Iza wel met Ayla mee, hoofdzakelijk om haar nieuwe planten te laten zien en haar op bekende in een vroeger stadium te wijzen, zodat ze later zou weten waar ze ze vinden kon. Maar hoewel Ayla Oeba droeg, waren Iza's uitstapjes toch te vermoeiend voor haar. Met tegenzin liet ze het meisje steeds vaker alleen gaan.
Ayla bemerkte dat ze de eenzaamheid van het in haar eentje doorkruisen van het gebied prettig vond. Het gaf haar een gevoel van vrijheid om van de eeuwig op haar lettende stam weg te zijn. Ze ging ook dikwijls met de vrouwen mee voedsel zoeken, maar zo vaak ze kon werkte ze haastig de van haar verwachte taken af om tijd over te houden om alleen de bossen af te zoeken. Ze bracht niet alleen planten die ze kende mee naar huis, maar ook onbekende, zodat Iza haar erover kon vertellen.
Brun tekende niet openlijk bezwaar aan; hij begreep dat toch iemand de planten voor Iza moest zoeken zodat zij haar geneeskunst uit kon oefenen. Iza's ziek-zijn was niet aan zijn aandacht ontsnapt, maar Ayla's gretige bereidheid om er alleen op uit te trekken bevreemdde hem. Vrouwen van de Stam waren niet graag alleen. Wanneer Iza op zoek ging naar speciale benodigdheden, was dat altijd met een zekere tegenzin en een lichte angst geweest en wanneer ze alleen ging, kwam ze steeds zo snel mogelijk terug. Ayla onttrok zich nooit aan haar verplichtingen, gedroeg zich altijd zoals het hoorde, en Brun kon dan ook niets op haar gedrag aanmerken. Het was meer een gevoel, een intuïtie: haar houding, haar benadering van dingen, haar ideeën waren niet verkeerd, maar ánders, en daardoor bleef Brun zich enigszins onzeker voelen met betrekking tot haar. Iedere keer dat het meisje was weggegaan kwam ze terug met de plooien van haar omslag en haar

mand vol en zolang haar strooptochten dus noodzakelijk bleken, kon Brun geen protest aantekenen.

Een enkele maal bracht Ayla niet alleen planten mee. Het eigenaardige trekje dat de stam zo verbijsterd had, was een gewoonte geworden. Hoewel ze er wel aan gewend geraakt waren, waren de stamleden nog steeds wat verbaasd wanneer ze met een gewond of ziek dier terugkwam om het te verplegen tot het weer gezond was. Het konijn dat ze kort na Oeba's geboorte gevonden had, was nog maar het eerste van een lange rij. Ze kon goed met dieren omgaan; ze schenen te voelen dat ze hen wilde helpen. En toen het precedent eenmaal geschapen was, voelde Brun er niet veel voor om er weer op terug te komen. De enige keer dat haar de voet dwars werd gezet, was toen ze een wolvenjong meebracht. Vleeseters die de jagers beconcurreerden in de grot toelaten, ging Brun te ver. Meer dan eens hadden de mannen een dier opgespoord, misschien zelfs verwond, en wanneer het dan eindelijk binnen hun bereik gekomen was, was het op het laatste moment door een sneller roofdier voor hun neus weggekaapt. Brun wilde het meisje niet toestaan een dier te helpen dat misschien ooit zijn stam een prooi zou ontstelen.

Eens, toen Ayla op haar knieën een wortel aan het opgraven was, sprong er een konijn met een enigszins scheve achterpoot uit het struikgewas en snuffelde aan haar voeten. Ze bleef heel stil zitten, strekte daarop langzaam en zonder plotselinge bewegingen haar hand uit om het dier te strelen. Ben jij mijn Oeba-konijntje, dacht ze. Je bent een groot, gezond konijnenmannetje geworden. Heeft die ontsnapping-op-het-nippertje van toen je geleerd beter op je hoede te zijn? Voor mensen moet je ook oppassen, weet je. Je zou anders wel eens boven een vuurtje kunnen eindigen, dacht ze bij zichzelf, onderwijl het zachte konijnenvelletje strelend. Iets deed het dier schrikken en het schoot halsoverkop in de ene richting weg, om dan in één sprong rechtsomkeert te maken en weg te stuiven in de richting waaruit hij gekomen was.

'Je beweegt je zo snel, ik begrijp niet hoe iemand je ooit kan vangen. Hoe kun je toch zo vlug omkeren?' gebaarde ze het verdwijnende konijn na en lachte. Plotseling besefte ze dat dat voor het eerst na een lange tijd was dat ze weer eens luidop gelachen had. Ze lachte maar zelden meer als ze bij de stam in de buurt was; het bezorgde haar altijd afkeurende blikken. Die dag moest ze om veel dingen lachen.

'Ayla, deze wilde kersenbast is oud. Ik heb er niets meer aan,' gesticuleerde Iza op een vroege ochtend. Haal wat verse als je wilt, wanneer

je er vandaag op uitgaat. Er staat een groepje kersenbomen bij die open plek aan de westkant, aan de overkant van de rivier. Weet je welke ik bedoel? Neem de onderbast, die is in deze tijd van het jaar het beste.'
'Ja moeder, ik weet waar het is,' antwoordde Ayla.
Het was een prachtige lentemorgen. De laatste krokussen nestelden zich paars en wit naast de lange, gracieus gesteelde eerste, felgele tijlozen. Een dun tapijt van nieuw gras dat net zijn fijne sprietjes door de vochtige aarde priemde, wierp als in een aquarel een waas van groen over de volle bruine aarde van open plekken en heuvelhellingen. Ook de kale takken van struiken en bomen waren groen bestippeld met de eerste knoppen, die zich rekten om opnieuw tot leven te komen, en wilgentakken waren aan hun uiteinden getooid met het namaakbont van katjes. Een weldadig zonnetje scheen bemoedigend op het nieuwe leven op aarde neer.
Eenmaal buiten het gezichtsveld van de stam veranderden Ayla's zorgvuldig beheerste stap en bedeesde houding in een ontspannen, verende gang. Ze danste een flauwe helling af en rende een andere op, onbewust glimlachend van vreugde nu ze weer de gelegenheid had zich wat natuurlijker te bewegen. Ze bekeek de vegetatie die ze voorbijliep met een ogenschijnlijk nonchalante blik, die niet deed vermoeden dat haar geest druk doende was de opschietende planten te determineren en voor toekomstig gebruik in haar geheugen vast te leggen.
Daar komen de nieuwe karmozijnbessen al op, dacht ze toen ze de zompige laagte passeerde waar ze de vorige herfst de paarse bessen had verzameld. Ik zal er op de terugweg wat wortels van opgraven. Iza zegt dat ze ook goed zijn voor Crebs jicht. Ik hoop dat de verse kersenbast zal helpen tegen Iza's hoest. Ze wordt wel wat beter, vind ik, maar ze is zo mager. Oeba wordt zo groot en zwaar, Iza zou haar niet meer op moeten tillen. Misschien moest ik Oeba de volgende keer maar meenemen, als dat kan. Ik ben zo blij dat we haar niet aan Oga hebben hoeven geven. Ze begint nu echt te praten. Het zal leuk zijn als ze wat ouder wordt en we samen uit kunnen gaan. Kijk die wilgenkatjes toch eens. Gek dat ze als echt bont aanvoelen wanneer ze zo klein zijn, maar ze groeien groen uit. Iza noemt het bloemen. De hemel is vandaag zo blauw. Ik kan de zee ruiken in de wind. Ik ben benieuwd wanneer we gaan vissen. Het water zal nu gauw warm genoeg zijn om in te zwemmen. Ik vraag me af waarom niemand anders zwemmen fijn vindt? De zee smaakt wel zoutig, niet zoals de rivier, maar ik voel me er zo licht in. Ik kan haast niet wachten tot we gaan zwemmen. Ik denk dat ik zeevis het allerlekkerst vindt, maar eieren lust ik ook

graag. En ik vind het ook leuk de kliffen te beklimmen om de eieren te halen. Het is zo heerlijk in de wind, zo hoog boven op het klif. Daar gaat een eekhoorn! Kijk hem eens tegen die boom op rennen! Ik wou dat ik zo tegen een boom op kon rennen.

Ayla zwierf tot halverwege de morgen over de beboste hellingen rond. Toen, plotseling beseffend hoe laat het al was, richtte ze haar schreden naar de open plek om de kersenbast te halen die Iza wilde hebben. Bij het naderen van de plek hoorde ze activiteit en soms een stem en ving toen een glimp op van de mannen op de open plek. Ze wilde al weggaan toen ze weer aan de kersenbast dacht en even weifelend bleef staan. De mannen zullen het niet leuk vinden als ze me hier zien, dacht ze. Brun zou wel eens kwaad kunnen worden en me niet meer alleen uit willen laten gaan, maar Iza heeft de kersenbast nodig. Misschien blijven ze niet lang. Wat zouden ze eigenlijk aan het doen zijn? Zachtjes kroop ze naderbij en verstopte zich achter een dikke boom, vanwaar ze door het warrige kale struikgewas heen kon gluren.

De mannen waren zich met hun wapens aan het oefenen voor de jacht. Ze herinnerde zich dat ze had toegekeken toen ze nieuwe speren maakten. Ze hadden slanke, soepele rechte boompjes omgehakt, ze van hun takken ontdaan en het ene uiteinde gescherpt door het in het vuur te laten verkolen en het verbrande gedeelte met een stevige vuurstenen krabber tot een punt af te schrapen. De hitte maakte de punt ook hard, zodat er geen splinters of rafels aan zouden komen. Ze kromp nog ineen bij de herinnering aan de opschudding die ze had veroorzaakt door een van de korte lansen aan te raken.

Vrouwen raakten geen wapens aan, kreeg ze te horen, zelfs niet de werktuigen waarmee wapens gemaakt werden, hoewel Ayla geen verschil kon zien tussen een mes dat bij het maken van een slinger gebruikt werd en een mes waarmee het leer voor een mantel gesneden werd. De pasgemaakte speer die nu door haar aanraking onteerd was, werd verbrand, zeer tot ergernis van de jager die hem gemaakt had, en Creb en Iza hadden haar allebei langdurig in gebarentaal de les gelezen om haar te doordringen van het gruwelijke van haar daad. De vrouwen waren ontzet dat zoiets zelfs maar bij haar opkwam en Bruns woedende blik liet geen twijfel over zijn mening bestaan. Maar het meest van alles had ze het land gehad aan de uitdrukking van boosaardig plezier op Brouds gezicht terwijl de verwijten op haar neerregenden. Hij stond zich gewoon te verkneukelen.

Het meisje staarde slecht op haar gemak vanachter het scherm van struiken naar de mannen op het oefenveldje. Behalve hun speren hadden ze ook hun andere wapens bij zich. Afgezien van Dorv, Grod en

Crug, die aan de andere kant van het veld discussieerden over de verdiensten van speer tegenover knots, waren de meeste mannen met slingers en bola's aan het oefenen. Vorn was ook bij hen. Brun had besloten dat het tijd werd de jongen de eerste beginselen van het jagen met de slinger bij te brengen en Zoug was ze de knaap aan het uitleggen.

De mannen hadden Vorn al vanaf zijn vijfde jaar zo af en toe naar het oefenveld meegenomen, maar meestal oefende hij met zijn miniatuurspeertje, dat hij telkens in de zachte aarde of een rottende boomstronk joeg om gevoel voor het wapen te krijgen. Hij was altijd blij als hij mee mocht, maar dit was de eerste poging om de jongen de moeilijke kunst van het werpen met de slinger te onderwijzen. Een eindje verderop was een paal in de grond geslagen en dicht in de buurt lag een stapeltje ronde stenen die onderweg waren opgeraapt langs de waterkant.

Zoug was Vorn aan het uitleggen hoe hij de twee uiteinden van de reep leer in één hand bijeen moest houden en dan een kiezelsteen in de flauwe uitstulping in het midden van de veelgebruikte slinger moest leggen. Het was een oudje en Zoug was van plan geweest hem weg te gooien toen Brun hem gevraagd had de jongen te gaan opleiden. De oude man dacht dat de slinger nog dienst zou kunnen doen als hij hem korter maakte om hem bij Vorns geringere postuur te laten passen.

Ayla keek toe en raakte geboeid door de les. Ze volgde Zougs uitleg en demonstraties met evenveel aandacht als de knaap. Bij Vorns eerste poging raakte de slinger in de war en viel de steen eruit. Hij kreeg maar moeilijk de juiste beweging te pakken waarmee het wapen moest worden rondgezwaaid om voldoende snelheid en middelpuntvliedende kracht te krijgen om de steen weg te slingeren. De kiezel viel er steeds uit voor hij genoeg vaart had om hem in de uitstulping in het leer te houden.

Broud stond aan de kant toe te kijken. Vorn was zijn beschermeling en daardoor bleef Broud het voorwerp van Vorns aanbidding. Het was Broud geweest die de korte speer had gemaakt die de jongen overal mee naartoe nam, zelfs naar bed, en het was de jonge jager geweest die Vorn had laten zien hoe hij de speer vast moest houden en die het drillen en toestoten met hem besproken had als met een gelijke. Maar nu richtte Vorn zijn bewonderende aandacht op de oudere jager, en Broud voelde zich van zijn plaats gestoten. Hij had de jongen alles willen leren en was boos toen Brun Zoug opdroeg hem in het jagen met de slinger te onderwijzen. Na nog verscheidene mislukte po-

gingen van Vorn bemoeide Broud zich met de les.
'Hier, laat mij het maar eens voordoen, Vorn,' gebaarde hij, de oude man opzijschuivend.
Zoug stapte achteruit en wierp de arrogante jonge man een priemende blik toe. Iedereen hield op met wat hij aan het doen was en staarde Broud aan, en Brun keek woedend. Brouds hooghartige optreden tegen de beste schutter van de stam beviel hem allesbehalve. Hij had Zoug en niet Broud opgedragen de jongen les te geven. Het is best dat hij belangstelling voor de jongen aan de dag legt, dacht Brun, maar hij gaat te ver. Vorn moet steeds van de beste les krijgen en Broud weet dat de slinger niet zijn beste wapen is. Hij moet leren dat een goede leider de vaardigheden van elke man ten nutte moet maken. Zoug is het meest bedreven van ons allen en hij zal met de jongen kunnen oefenen wanneer wij op jacht zijn. Broud wordt aanmatigend; hij is te trots. Hoe kan ik hem een hogere rang geven als hij niet wat meer verstand aan den dag legt? Hij moet leren dat hij niet bijzonder belangrijk is alleen omdat hij eens leider zal zijn, juist omdát hij eens leider zal zijn.
Broud nam de slinger van de jongen over en raapte een steen op. Hij legde hem in de uitstulping en smeet hem naar de paal. De steen kwam vóór de paal neer. Dat was meestal het probleem als de mannen van de stam met de slinger werkten. Ze moesten de handicap van hun armgewrichten die geen volledige cirkelbeweging toestonden leren overwinnen. Broud was kwaad dat hij gemist had en voelde zich lichtelijk belachelijk. Hij raapte een andere steen op en schoot die gehaast weg in zijn verlangen te laten zien dat hij de paal best kon raken. Hij wist dat iedereen naar hem keek. De slinger was korter dan hij gewend was en de steen vloog ver naar links en bereikte de paal evenmin.
'Probeer je Vorn wat te leren of heb je zelf soms een paar lessen nodig, Broud?' gebaarde Zoug spottend. 'Ik kan de paal wel wat dichterbij zetten.'
Broud vocht om zijn drift te beteugelen – hij was niet graag het voorwerp van Zougs hoon en hij was nijdig dat hij steeds miste nadat hij zo'n ophef over zijn vaardigheid had gemaakt.
Hij slingerde nog een derde steen weg, waarbij hij overcompenseerde en hem ver voorbij de paal liet neerkomen.
'Als je even wacht tot ik met de jongen klaar ben, wil ik jou ook nog best een lesje geven,' gebaarde Zoug met zwaar sarcasme in zijn houding. 'Het ziet ernaar uit dat je het wel kunt gebruiken.' De trotse oude man voelde zich in zijn eer hersteld.
'Hoe kan Vorn het nu met zo'n oude rotslinger leren?' voer Broud

verdedigend uit, de reep leer vol walging neersmijtend. 'Niemand zou met dat versleten oude ding een steen weg kunnen krijgen. Vorn, ik zal een nieuwe slinger voor je maken. Ze kunnen toch niet van je verwachten dat je het leert met de afgedankte slinger van een oude man? Hij kan niet eens meer jagen.'

Nu was Zoug echt kwaad. Zich uit de gelederen van de actieve jagers terug moeten trekken was altijd een slag voor de trots van een man en Zoug had zich zeer ingespannen om zijn bedrevenheid met het moeilijke wapen te perfectioneren teneinde iets van zijn gevoel van eigenwaarde te redden. Zoug was ooit tweede man geweest, net als de zoon van zijn gezellin en hij was bijzonder gauw in zijn eer aangetast.

'Het is beter een oude man te zijn dan een jongen die denkt dat hij een man is,' gaf Zoug terug en bukte zich om de slinger aan Brouds voeten op te rapen.

De aanval op zijn mannelijkheid was meer dan Broud kon verdragen, het was de druppel die de emmer deed overlopen. Hij kon zich niet meer beheersen en gaf de oude man een duw. Zoug stond niet erg stevig, werd onverhoeds aangevallen en smakte dan ook zwaar tegen de grond. Hij bleef zitten waar hij neerkwam, zijn benen voor zich uitgestrekt, met verbaasd opengesperde ogen omhoogkijkend. Dit was het laatste wat hij had verwacht.

Jagers van de Stam vielen elkaar nooit fysiek aan; een dergelijke afstraffing was gereserveerd voor de vrouwen, die een subtielere terechtwijzing niet begrepen. De overtollige energie van jonge mannen vond een uitlaatklep in worstelpartijen onder toezicht of in wedstrijden in rennen en stoten met de speer of slinger- en bolatoernooien die ook dienden om de vaardigheid bij de jacht te vergroten. Goed kunnen jagen en zelfbeheersing waren de maatstaven voor mannelijkheid in de Stam, die voor zijn voortbestaan immers van samenwerking afhankelijk was.

Broud was bijna even verbluft als Zoug over zijn eigen onbesuisdheid en toen hij besefte wat hij gedaan had, kreeg hij een kleur van schaamte.

'Broud!' Het woord barstte uit de mond van de leider als een ingehouden woedend brullen. Broud keek op en kromp ineen. Nog nooit had hij Brun zo boos gezien. De leider kwam op hem af, zijn voeten bij iedere stap zwaar neerplantend, zijn gebaren afgebeten en ijzig beheerst. 'Dit kinderachtig vertoon van drift is onvergeeflijk! Als je niet al de laagste in rang onder de jagers was zou ik je daartoe degraderen. Wie heeft je om te beginnen gezegd je met Vorns les te bemoeien? Heb ik, of heeft Zoug, je opgedragen om hem te onderrichten?' Woede spoot uit de ogen van de leider. 'Jij noemt jezelf een jager? Je kunt je nog niet eens een mán noemen! Vorn bezit meer zelfdiscipline dan jij. Een vrouw bezit nog meer zelfdiscipline. Jij bent de toekomstige leider; is dit de manier waarop je je mannen denkt te leiden? Wees maar niet zo zeker van de toekomst, Broud, Zoug zegt het goed. Je bent een kind dat denkt een man te zijn.'

Broud was verpletterd. Nooit was hij zo streng aangepakt en dan nog wel ten overstaan van de jagers en Vorn. Hij wilde wegrennen en zich verstoppen, nooit zou hij zich hiervoor kunnen rehabiliteren. Liever werd hij met een woedende holenleeuw geconfronteerd dan met Bruns toorn – toorn die Brun zo zelden toonde omdat dat niet nodig was. Eén doordringende blik van de leider, die zijn stam leidde met beheerste waardigheid, groot leiderschap en strikte zelfdiscipline, volstond om ieder willekeurig lid ervan, man of vrouw, te doen opspringen om hem te gehoorzamen. Broud liet onderworpen het hoofd hangen.

Brun keek even naar de zon en gaf toen het teken tot vertrek. De andere jagers, die slecht op hun gemak toegekeken hadden bij Bruns vernietigende reprimande, waren opgelucht weg te kunnen. Ze volgden ieder op zijn vaste plaats in de rij de leider, die met stevige pas naar de grot terugliep. Broud sloot de stoet, nog steeds met een rood hoofd.

Ayla zat roerloos neergehurkt, als had ze wortel geschoten, en durfde nauwelijks adem te halen. Ze zat verstijfd van angst dat ze haar zouden ontdekken. Ze wist dat ze getuige was geweest van een voorval dat geen vrouw ooit zou hebben mogen zien. Broud zou nooit zo'n schrobbering hebben gekregen als er een vrouw in de buurt was geweest. In de aanwezigheid van vrouwen handhaafden de mannen een broederlijke solidariteit, ondanks alles. Maar het voorval had het meisje de ogen geopend voor een kant van de mannen waarvan ze nooit het bestaan had vermoed. Ze waren niet de almachtige, aan geen regels gebonden en straffeloos regerende despoten waarvoor ze hen altijd had gehouden. Ook zij hadden aan bevelen te gehoorzamen en ook zij konden terechtgewezen worden. Brun scheen nog de enige die vrij en oppermachtig heerste. Ze begreep niet dat Brun door nog veel strakkere banden gebonden werd dan wie der anderen ook; door de traditie en gewoonten van de Stam, door de ondoorgrondelijke, onberekenbare geesten die de natuurkrachten beheersten en door zijn eigen verantwoordelijkheidsgevoel.

Ayla bleef nog lang nadat de mannen het oefenveldje verlaten hadden in haar schuilplaats zitten, uit angst dat ze terug zouden komen. Ze was nog steeds gespannen toen ze eindelijk vanachter de boom vandaan durfde stappen. Hoewel ze niet helemaal de gevolgen van haar nieuw verworven inzicht in het functioneren der mannen kon overzien, begreep ze wel wat ze gezien had: ze had Broud precies even onderworpen gezien als iedere willekeurige vrouw en dat deed haar veel plezier. Ze had de arrogante jongeman leren haten omdat hij altijd genadeloos op haar aan het hakken was, haar voor de geringste inbreuk op de regels, of ze zich die nu bewust was of niet, de huid volschold en haar met zijn snel oplaaiende drift dikwijls blauwe plekken bezorgde. Ze scheen het hem maar niet naar de zin te kunnen maken, hoezeer ze ook haar best deed.

Ayla liep over de open plek en dacht over het incident na. Toen ze bij de paal kwam, zag ze de slinger nog steeds liggen op de plek waar Broud hem in zijn woede had neergesmeten. Geen van de jagers had er bij hun vertrek nog aan gedacht hem op te rapen. Ze staarde ernaar, bang het ding aan te raken. Het was een wapen en haar angst voor Brun deed haar sidderen bij de gedachte dat ze iets zou doen waardoor hij even boos op haar zou worden als hij op Broud geweest was. Haar gedachten dwaalden nog eens terug naar de reeks voorvallen waar ze zojuist getuige van was geweest en terwijl ze naar de soepele reep leer keek, herinnerde ze zich Zougs instructies aan Vorn en de moeite die Vorn ermee had gehad. Is het werkelijk zo moeilijk? Als Zoug het mij voordeed, zou ík het dan kunnen?

Ze was ontzet over de vermetelheid van haar eigen gedachten, en keek om zich heen om zich ervan te vergewissen dat ze alleen was, bang dat een toeschouwer zou kunnen raden wat er in haar omging. Broud kon het nog niet eens, herinnerde ze zich. Ze dacht weer aan Brouds pogingen de paal te raken en Zougs kleinerende gebaren bij zijn falen, en even gleed er een glimlach over haar gezicht.

Zou hij niet razend zijn als ik het wel zou kunnen en hij niet? Het idee Broud ergens in te overtreffen trok haar erg aan. Ze keek nogmaals om zich heen en daarna gespannen omlaag naar de slinger; toen bukte ze zich en raapte hem op. Ze bevoelde het zachte leer van het versleten wapen en dacht opeens aan de straf die haar zou treffen wanneer iemand haar met een slinger in haar handen zou zien. Ze liet hem bijna weer vallen en keek snel over de plek in de richting waarin de mannen verdwenen waren. Haar blik viel op het bergje stenen.

Zou ik het echt niet kunnen? O, Brun zou woedend op me zijn, hij zou me ik weet niet wat doen. En Creb zou zeggen dat ik heel stout was. Ik ben toch al stout, alleen al omdat ik deze slinger aanraak. Wat kan er nu zo slecht aan zijn een stukje leer aan te raken? Alleen omdat het gebruikt wordt om er stenen mee te gooien. Zou Brun me slaan?

Broud vast en zeker. Hij zou blij zijn dat ik het had aangeraakt, het zou hem een excuus geven me te slaan. Wat zou hij woest zijn als hij wist wat ik gezien heb. Ze zouden toch al kwaad zijn, zouden ze nog kwader kunnen zijn als ik het eens probeerde? Stout is stout, niet? Zou ik die paal kunnen raken?

Het meisje werd heen en weer geslingerd tussen de wens het wapen te proberen en het besef dat dit haar verboden was. Het was verkeerd. Ze wist dat het verkeerd was. Maar ze wilde zo graag eens een poging wagen. Wat maakt het nog uit of ik één of twee verkeerde dingen doe? Niemand zal het trouwens ooit weten, ik ben hier alleen. Ze wierp nogmaals een schuldige blik om zich heen, en liep toen naar de stenen toe.

Ayla raapte er een op en probeerde zich Zougs aanwijzingen te herinneren. Zorgvuldig nam ze de twee uiteinden in één hand bijeen. De leren lus hing slap omlaag. Ze voelde zich onhandig in haar onzekerheid hoe ze de steen in de uitgesleten uitstulping moest leggen. Hij viel er verscheidene malen achtereen uit zodra ze de slinger in beweging bracht. Ze deed haar uiterste best zich Zougs demonstraties voor de geest te halen. Nogmaals deed ze een poging en zwaaide de slinger nu bijna rond, maar hij kwam op een dood punt en de steen viel er weer uit.

De keer daarop slaagde ze erin wat vaart te zetten en wierp het steentje enkele passen weg. Opgetogen pakte ze het volgende op. Na weer enkele mislukte pogingen keilde ze een tweede steen weg. Opnieuw ging het enkele keren mis en toen vloog de derde steen door de lucht, nog steeds ver uit de richting, maar toch al dichter bij de paal. Ze begon de slag te pakken te krijgen.

Toen het bergje stenen op was, ging ze ze weer oprapen en daarna nog eens. Bij de vierde ronde kon ze de meeste stenen wegslingeren zonder ze telkens te laten vallen. Ayla keek omlaag en zag nog drie stenen op de grond liggen. Ze raapte er een op, legde hem in de slinger, zwaaide deze boven haar hoofd rond en schoot het projectiel weg. Ze hoorde een tik toen het de paal vol raakte en terugstuitte en maakte een luchtsprong van opwinding over haar succes.

Het is me gelukt! Ik heb de paal geraakt! Het was zuiver toeval, puur geluk, maar dat maakte haar vreugde er niet minder om. De volgende steen vloog een heel eind weg, maar ver voorbij de paal, en de laatste viel al een paar meter verder weer neer. Maar het was haar een keer gelukt en ze was er zeker van dat het haar opnieuw zou lukken.

Ze begon de stenen weer bijeen te zoeken en merkte toen dat de zon de westelijke horizon al begon te naderen. Plotseling schoot haar te binnen dat ze verondersteld werd wilde kersenbast voor Iza te verzamelen. Hoe kan het nu al zo laat zijn, vroeg ze zich af. Ben ik hier dan al de hele middag? Iza zal ongerust zijn; Creb ook trouwens. Vlug propte ze de slinger in een plooi van haar omslag, rende naar de kersenbomen, sneed de buitenste schors met haar vuurstenen mes weg en schraapte lange dunne vellen van het weefsel daaronder af. Daarop rende ze zo snel ze kon terug naar de grot, haar stap pas vertragend toen ze bij de rivier kwam, teneinde de aan vrouwen voorgeschreven beheerste gang aan te nemen. Ze vreesde over haar lange wegblijven al genoeg narigheid te zullen krijgen; ze wilde niemand nog meer reden tot boosheid geven.

'Ayla! Waar ben je geweest? Ik ben dodelijk ongerust geweest. Ik was er al zeker van dat je door een of ander dier was aangevallen. Ik wou Creb al vragen Brun naar je te laten zoeken,' barstte Iza los zodra ze haar zag.

'Ik heb lopen rondkijken wat er al groeide en ben bij de open plek geweest,' zei Ayla schuldbewust. 'Ik heb er niet aan gedacht dat het al zo laat was.' Het was de waarheid, maar niet de héle waarheid. 'Hier is je kersenbast. De karmozijnbessen komen op waar ze het vorig jaar ook stonden. Zei je niet dat de wortels ook goed voor Crebs reumatiek zijn?'

'Ja, maar je moet de wortel weken en de zieke dan met het vocht wassen om de pijn te verlichten. Van de bessen kun je een thee trekken. Het sap van geplette bessen is ook goed voor gezwellen en knobbels,' begon de medicijnvrouw werktuiglijk haar vraag te beantwoorden, en hield toen op. 'Ayla, je probeert me af te leiden door me vragen over medicijnen te stellen. Je weet dat je niet zo lang had moeten wegblijven en mij zo ongerust maken,' gebaarde Iza. Haar boosheid was verdwenen toen ze ontdekte dat Ayla zonder ernstige reden zo lang was weggebleven, maar ze wilde er zeker van zijn dat het niet weer gebeuren zou. Iza was altijd ongerust wanneer Ayla er alleen op uitging.

'Ik zal het niet meer doen zonder het je vooraf te zeggen, Iza. Het was gewoon laat voor ik het wist.'

Toen ze de grot binnenliepen kreeg Oeba, die de hele dag naar Ayla gezocht had, het meisje in het oog. Ze rende op haar mollige kromme beentjes op haar af en struikelde vlak voor ze haar bereikte. Maar Ayla ving de kleine op voor ze viel en zwaaide haar door de lucht. 'Zou ik Oeba niet eens mee kunnen nemen, Iza? Dan blijf ik niet te lang weg. Ik zou haar al een paar dingen kunnen laten zien.'

'Ze is nog te jong om wat te begrijpen. Ze leert nog maar net praten,' zei Iza, maar ziende hoe graag de twee bij elkaar waren, vervolgde ze:

'Je zou haar wel af en toe voor de gezelligheid mee kunnen nemen, dunkt me, als je niet te ver gaat.'
'O, fijn!' zei Ayla, Iza omhelzend met de kleine nog in haar armen. Ze tilde het kleine meisje hoog in de lucht en lachte luidop, terwijl Oeba haar met glanzende oogjes vol aanbidding aankeek. 'Zal dat niet leuk zijn, Oeba?' zei ze toen ze haar weer had neergezet. 'Moeder zegt dat je met me mee mag.'
Wat is er in dat kind gevaren, dacht Iza. Ik heb haar in lang niet zo uitgelaten gezien. Er moeten vandaag vreemde geesten in de lucht zijn. Eerst komen de mannen vroeg terug en ze gaan dan niet zoals gewoonlijk bij elkaar zitten praten, maar gaan allemaal naar hun eigen vuur en letten nauwelijks op de vrouwen. Ik geloof niet dat ik er één iemand een standje heb zien geven. Zelfs Broud was bijna vriendelijk tegen me. En dan blijft Ayla de hele dag weg en komt vol energie en iedereen omarmend thuis. Ik begrijp er niets van.

10

'Ja? Wat wil je?' gebaarde Zoug ongeduldig. Het was ongewoon warm, zo vroeg in de zomer. Zoug had dorst en last van de warmte; hij zat zwetend in de zon een grote hertenhuid met een botte krabber af te schrapen terwijl deze droogde. Hij was niet in de stemming om gestoord te worden en zeker niet door het lelijke meisje met het platte gezicht dat juist met gebogen hoofd bij hem was gaan zitten en wachtte tot hij haar toestemming zou geven te spreken.

'Wil Zoug misschien wat drinken?' gesticuleerde Ayla, bedeesd opkijkend bij het tikje op haar schouder. 'Dit meisje was bij de bron en zag de jager in de hete zon zitten werken. Dit meisje dacht dat de jager misschien dorst zou hebben, het was niet haar bedoeling hem te storen,' zei ze in de formele spreektrant die haar tegenover een jager betaamde. Ze bood hem een berkenbasten drinknap aan en hield de koele, druipende berggeitenmaag die als waterzak diende omhoog.

Zoug knorde bevestigend, zijn verbazing over de attente gedachte van het meisje verbergend terwijl ze het koude water voor hem in het kommetje schonk. Hij was er niet in geslaagd de aandacht van een vrouw te trekken om haar te zeggen dat hij iets wilde drinken en hij wilde ook niet zelf opstaan. De huid was bijna droog. Het was van het grootste belang dat hij eraan bleef werken om hem zo soepel en gewillig te maken als hij hem wilde hebben. Zijn blik volgde het meisje terwijl ze de waterzak op een beschaduwde plek in de buurt neerzette en vervolgens een bosje taaie grassoorten en met water doordrenkte houtige wortels tevoorschijn haalde om een mand te gaan vlechten.

Hoewel Oeka hem altijd vol eerbied bejegende en zonder aarzelen aan zijn verzoeken gehoor gaf sinds hij bij de zoon van zijn gezellin was gaan wonen, probeerde ze zelden zijn wensen voor te zijn, zoals zijn eigen gezellin tot haar dood had gedaan. Oeka's eerste zorg ging naar Grod uit en Zoug had de speciale kleine attenties van een toegewijde gezellin gemist. Zoug keek af en toe even naar het meisje dat dicht bij hem, zwijgend en aandachtig, zat te werken. Mog-ur heeft haar goed opgevoed, dacht hij. Hij merkte niet dat ze hem vanuit een ooghoek gadesloeg terwijl hij de vochtige huid heen en weer trok en oprekte en afschraapte.

Later die avond zat de oude man alleen voor de grot in de verte te staren. De jagers waren weg. Oeka en twee andere vrouwen waren met hen meegegaan en Zoug had met Ovra aan Goovs vuurplaats gegeten. De aanblik van de jonge vrouw, nu geheel volwassen en gekoppeld, terwijl het nog niet zo lang geleden scheen dat ze nog maar een zuigeling in Oeka's armen was, had Zoug weer doen beseffen hoe snel de tijd voorbijgegleden was, de tijd die hem zijn krachten ontnomen had, zodat hij niet meer met de mannen mee op jacht kon gaan. Hij had de vuurplaats kort na de maaltijd verlaten en was diep in gedachten verzonken toen hij opeens het meisje op zich toe zag komen met een tenen mandje in haar handen.

'Dit meisje heeft meer frambozen geplukt dan wij kunnen eten,' zei ze, nadat hij haar verlof had gegeven te spreken. 'Kan de jager er nog ruimte voor vinden, zodat ze niet verspild zijn?'

Zoug nam het aangeboden mandje aan met een vreugde die hij niet geheel verbergen kon. Ayla wachtte zwijgend op een eerbiedig afstandje terwijl Zoug van de zoete, sappige vruchten genoot. Toen hij klaar was, gaf hij het mandje terug en ze ging dadelijk weg. Ik begrijp niet waarom Broud zegt dat ze niet voldoende eerbied toont, dacht hij, haar nakijkend. Ik kan niet zoveel verkeerds aan haar ontdekken, behalve dat ze lelijk is.

De dag daarop bracht Ayla weer water van de koele bron terwijl Zoug zat te werken en legde het materiaal voor de verzamelmand die ze aan het maken was dicht bij hem in de buurt. Later, toen Zoug de zachte hertenhuid net met vet had ingewreven, kwam Mog-ur op de oude man toe hobbelen.

'Warm werk, een huid in de zon prepareren,' gebaarde hij.

'Ik ben nieuwe slingers voor de mannen aan het maken en ik heb Vorn ook een nieuwe beloofd. Voor slingers moet het leer heel soepel zijn; je moet er steeds mee bezig zijn terwijl het droogt en het vet moet volledig opgenomen worden. Het gaat het beste in de zon.'

'De jagers zullen beslist blij zijn met de slingers,' merkte Mog-ur op. 'Iedereen weet dat jij de deskundige op dat gebied bent. Ik heb je met Vorn zien werken. Hij treft het, met jou als leermeester; het is een moeilijk aan te leren kunst. Het maken van slingers moet ook een kunst zijn.'

Zoug straalde onder de lof van de tovenaar. 'Morgen ga ik ze uitsnijden. Ik weet voor de mannen wel hoe lang ze moeten zijn, maar ik zal bij Vorn de maat moeten nemen. Een slinger moet bij de arm passen, dan heb je de meeste trefzekerheid en kracht.'

'Iza en Ayla zijn het sneeuwhoen aan het klaarmaken dat je laatst als Mog-urs aandeel meebracht. Iza leert het meisje het toe te bereiden zoals ik het graag heb. Zou je vanavond het maal bij Mog-urs vuurplaats willen gebruiken? Ayla wilde graag dat ik het vroeg en ik zou je gezelschap zeer op prijs stellen. Soms wil een man wel eens met een andere man praten en ik heb alleen vrouwen aan mijn vuurplaats.'

'Zoug zal bij Mog-ur eten,' antwoordde de oude man, duidelijk in zijn schik.

Hoewel er veel gemeenschappelijke feestmaaltijden waren en twee gezinnen dikwijls samen aten, vooral wanneer ze familie waren, noodde Mog-ur zelden anderen aan zijn vuurplaats. Een eigen plek hebben was nog steeds iets nieuws voor hem en hij vond het heerlijk zich in het gezelschap van zijn vrouwen te ontspannen. Maar hij kende Zoug al sinds hij een jongen was en had hem altijd graag gemogen en gerespecteerd. De vreugde op het gezicht van de oude man deed Mog-ur bij zichzelf denken dat hij hem eerder had moeten vragen. Hij was blij dat Ayla met het idee gekomen was. Tenslotte had Zoug hem het sneeuwhoen gegeven.

Iza was niet gewend aan bezoek. Ze tobde en piekerde en overtrof zichzelf. Haar kennis van kruiden omvatte zowel kruiderijen voor het eten als medicinale kruiden. Ze wist hier en daar een licht accent toe te voegen en combinaties te maken die de smaak van het voedsel verhoogden. Het maal was verrukkelijk, Ayla was in allerlei kleine dingen extra attent en Mog-ur was over zijn beide vrouwen zeer tevreden. Nadat de mannen zich ongans hadden gegeten, serveerde Ayla hun een milde thee van kamille en kruizemunt waarvan Iza wist dat die goed was voor de spijsvertering. Met twee vrouwen die iedere wens voorkwamen en een mollige, tevreden baby die bij hen beiden op schoot klom en aan hun baarden trok en maakte dat ze zich weer jong voelden, ontspanden de beide oude mannen zich en spraken over voorbije tijden. Zoug zag de gelukkige huiselijke haard die de tovenaar de zijne mocht noemen en benijdde hem er een beetje om, en Mog-ur vond dat hij niets te klagen had.

De volgende dag keek Ayla toe hoe Zoug bij Vorn een reep leer afmat en ze lette goed op toen de oude man uitlegde waarom de uiteinden precies op die manier moesten toelopen, waarom de slinger niet te lang en niet te kort moest zijn, en zag hem een ronde steen die in het water had gelegen in het midden van de lus leggen om het leer uit te rekken en aldus de uitstulping te vormen. Nadat hij nog verscheidene

andere slingers uit het leer gesneden had, was hij de restjes aan het bijeenrapen toen ze hem wat water te drinken bracht.
'Gaat Zoug nog iets anders met de overgebleven stukjes doen? Het leer ziet er zo zacht uit,' gebaarde ze.
Zoug voelde zich grootmoedig gestemd jegens het voorkomende, bewonderend naar het leer kijkende meisje. 'Ik gebruik de restjes niet meer. Wil jij ze hebben?'
'Dit meisje zou dankbaar zijn. Ik denk dat sommige stukjes wel groot genoeg zijn om nog te gebruiken,' gebaarde ze met gebogen hoofd.
Toen Ayla de dag daarop niet meer bij Zoug kwam zitten werken en hem ook geen water bracht, miste hij haar eigenlijk wel een beetje. Maar zijn taak was gedaan, de wapens waren gereed. Hij zag haar het bos in gaan met haar nieuwe mand op de rug en haar graafstok in haar hand. Ze gaat zeker planten voor Iza verzamelen, dacht hij. Ik begrijp Broud absoluut niet. Zoug was niet bijster op de jonge man gesteld; hij was Brouds aanval op hem eerder in het seizoen niet vergeten. Waarom zit hij toch altijd op haar te hakken? Het meisje werkt hard, gedraagt zich eerbiedig, ze strekt Mog-ur tot eer. Hij is een gelukkig man dat hij haar en Iza heeft. Zoug dacht weer aan de genoeglijke avond die hij bij de grote magiër had doorgebracht en hoewel hij er nooit over gerept had, herinnerde hij zich dat het Ayla was geweest die Mog-ur had gevraagd hem uit te nodigen om de maaltijd met hen te komen delen. Hij keek het lange, rechtbenige meisje na. Jammer dat ze zo lelijk is, dacht hij, ze zou later best een goede gezellin voor iemand kunnen zijn.

Toen Ayla een nieuwe slinger had gemaakt uit Zougs afvalstukjes, ter vervanging van de oude die nu ten slotte helemaal doorgesleten was, besloot ze uit te gaan kijken naar een plek waar ze kon oefenen, op flinke afstand van de grot. Ze was nog steeds bang dat iemand haar zou betrappen. Op een dag ging ze stroomopwaarts langs het watertje dicht bij de grot en begon bij een zijriviertje tegen de berg op te klimmen, zich een weg banend door het dichte kreupelhout.
Ze werd tot staan gebracht door een steile rotswand waar de beek in een fijne stuifnevel overheen danste. Scherpe rotspieken waarvan de hoekige contouren werden verzacht door een dik kussen van welig groen mos, verdeelden het van rots op rots springende water in lange smalle stroompjes die in doorzichtige sluiers opspatten en weer verder omlaagvielen. Het water verzamelde zich in een schuimende poel in een stenig bekken onder aan de waterval en vervolgde van daaruit zijn weg bergafwaarts naar de grotere waterloop. De wand vormde een pa-

rallel aan de stroom lopende barrière, maar toen Ayla langs de voet ervan terugliep in de richting van de grot, ging de eerst loodrecht oprijzende wand zoetjesaan over in een steile maar beklimbare helling. Boven was de bodem vlak en toen het meisje doorliep, kwam ze weer bij de bovenloop van de beek, die ze daarna verder stroomopwaarts bleef volgen.

Vochtige, grijsgroene korstmossen hingen in de dennen en sparren die in de hogere regionen de overheersende begroeiing vormden. Eekhoorns schoten langs de hoge stammen omhoog en renden over de dikke bodembedekking die gevormd werd door vele verschillende mossoorten die aarde en stenen en omgevallen boomstammen gelijkelijk met een doorlopend tapijt bekleedden, dat in kleur uiteenliep van lichtgeel tot diepgroen. Voor haar uit kon ze heldere zonneschijn door de altijdgroene boomkruinen heen zien dringen. Naarmate ze bij het volgen van de beek hoger steeg, stonden de bomen steeds minder dicht opeen, met enkele tot kreupelhout teruggebrachte loofbomen ertussendoor, en hielden ten slotte bij een open plek geheel op. Ze stapte het bos uit en een klein veldje op, dat aan de overzijde eindigde bij het grijsbruine rotsgesteente van de berg, die vandaar spaarzaam met rotsplanten begroeid naar grotere hoogten oprees.

De beek, die zich langs één zijde van het weitje voortslingerde, vond zijn oorsprong in een grote bron die uit een rotswand tevoorschijn ruiste, bij een grote groep hazelaars die pal tegen de berg aan groeide. De bergketen was doortrokken van spleten en scheuren die het dooiwater van de gletsjer filterden, zodat het weer in heldere sprankelende bronnetjes aan de oppervlakte kwam.

Ayla liep de hooggelegen bergwei over en dronk lang van het koude water; daarna bleef ze even staan om de nog onrijpe, in hun groene prikkerige omhulsels verpakte dubbele en driedubbele trosjes noten te bekijken. Ze plukte een trosje, schilde de bolster weg en kraakte de zachte huls zodat de glanzend witte, halfvolgroeide noot te zien kwam. Ze vond onrijpe hazelnoten altijd lekkerder dan de geheel rijpe die op de grond vielen. De smaak wekte haar eetlust op en ze begon meer trosjes te plukken en deed ze in haar mand. En opeens zag ze onder het plukken een donkere ruimte achter het dichte loof.

Behoedzaam duwde ze de takken opzij en zag een kleine grot die door de welige hazelstruiken geheel verborgen was geweest. Ze drukte de struiken met kracht weg, keek voorzichtig naar binnen en stapte toen de grot in, waarbij ze de takken achter zich terug liet zwiepen. Het zonlicht wierp op één wand een vlekkenpatroon van licht en schaduw en verlichtte het interieur enigszins. De kleine grot was ongeveer vier meter diep en half zo breed. Als ze zich uitrekte, kon ze de bovenrand van de ingang bijna aanraken. De zoldering liep over ongeveer de helft van de diepte heel geleidelijk omlaag en boog meer naar achteren in een scherpere hoek naar de droge stoffige vloer toe.

Het was maar een klein gat in de bergwand, maar voor een jong meisje groot genoeg om zich gerieflijk in te kunnen bewegen. Ayla zag een voorraadje verrotte noten en wat eekhoornuitwerpselen bij de ingang liggen en wist dat de grot niet door iets groters was bewoond. Ze danste er in een kringetje in rond, opgetogen over haar vondst. De grot leek gewoon voor haar gemaakt te zijn.

Ze ging weer naar buiten en keek uit over de open plek, klom toen de kale rots een eindje op en bewoog zich voetje voor voetje voort over een smalle richel die daar langs een uitstekend gedeelte liep. Ver voor haar uit zag ze tussen twee heuvels door het glinsterende water van de binnenzee. Onder zich kon ze een klein figuurtje onderscheiden bij het smalle zilveren lint van een riviertje. Ze bevond zich bijna recht boven de grot van de stam. Ze klom weer omlaag en liep de open plek rond.

Het is gewoon volmaakt, dacht ze. Ik kan op het veldje oefenen, er is drinkwater in de buurt en als het regent kan ik in de grot schuilen. Ik kan er ook mijn slinger verstoppen. Dan hoef ik niet bang te zijn dat Creb of Iza hem zal vinden. Er zijn zelfs hazelnoten en ik kan er later wat van meenemen voor de winter. De mannen komen bijna nooit zo hoog om te jagen. Dit zal mijn eigen plekje zijn. Ze rende over de wei naar de beek en begon daar gladde ronde stenen te zoeken om haar nieuwe slinger uit te proberen.

Ayla klom zo vaak ze kon naar haar geheime plekje omhoog. Ze vond een kortere zij het steilere route naar het bergweitje en verraste dikwijls wilde schapen, gemzen of schuwe herten bij het grazen. Maar de dieren die de hooggelegen wei bezochten, raakten snel aan haar gewend en verplaatsten zich later alleen nog maar naar de andere kant van het grasrijke veldje als ze arriveerde.

Toen het raken van de paal bij het toenemen van haar vaardigheid met de slinger zijn uitdaging verloor, begon ze steeds moeilijkere doelwitten te bedenken. Ze keek toe wanneer Zoug Vorn aanwijzingen gaf en paste dan zijn advies en de gedemonstreerde technieken toe wanneer ze alleen was. Het was voor haar een spel, een grappige bezigheid, en om het wat interessanter te maken, vergeleek ze haar eigen vorderingen met die van Vorn. De slinger was niet zijn favoriete wapen, hij vond het meer iets voor oude mannen. Hij had meer belangstelling voor de speer, het wapen van de volwaardige jager, en had al enkele slachtoffers gemaakt onder de langzamere dieren, zoals slangen en stekelvarkens. Hij spande zich niet zo in als Ayla en het was voor hem ook moeilijker. Het vervulde haar met trots en gaf haar het gevoel iets bereikt te hebben toen ze wist dat ze beter was dan de jongen, en het bracht een subtiele verandering in haar houding teweeg – een verandering die Broud niet ontging.

Vrouwen en meisjes werden verwacht volgzaam, onderdanig, bescheiden en nederig te zijn. De autoritaire jongeman vatte het als een persoonlijke belediging op dat ze niet een beetje terugdeinsde wanneer hij naderbij kwam. Het raakte hem in zijn mannelijkheid. Hij observeerde haar, in een poging te ontdekken wat er toch anders aan haar was en was vlug met het uitdelen van oorvijgen, alleen om even een flits van angst in haar ogen te zien of haar te doen ineenkrimpen.

Ayla probeerde naar behoren op hem te reageren en deed alles wat hij haar opdroeg zo snel mogelijk. Ze wist niet dat er vrijheid sprak uit haar tred, een onbewust gevolg van het zwerven door bos en veld; trots uit haar houding, omdat ze een moeilijke vaardigheid onder de knie had gekregen en er beter in was dan iemand anders; en een groeiend zelfvertrouwen uit haar oogopslag. Ze wist niet waarom hij meer op haar vitte dan op wie van de anderen ook. Broud wist zelf evenmin waarom ze hem zo ergerde. Het kwam door iets ondefinieerbaars aan haar, en ze had er net zomin iets aan kunnen veranderen als aan de kleur van haar ogen.

Ten dele was het ook zijn herinnering aan de aandacht die ze hem ontstolen had tijdens zijn inwijding tot man, maar het werkelijke probleem was dat ze niet tot de Stam behoorde. Zij bezat niet de gedurende talloze generaties aangekweekte onderdanigheid van de vrouwen. Ze was een der Anderen; een nieuwer, jonger ras, vitaler, dynamischer, niet belemmerd door knellende tradities en een brein dat bijna geheel uit herinneringen bestond.

Háár brein volgde andere paden; haar ronde hoge voorhoofd, dat vooruitdenkende frontale hersenen bevatte, verschafte haar inzicht en begrip vanuit een andere invalshoek. Ze kon het nieuwe accepteren, het vormen naar haar wil, het omsmeden tot ideeën waar de Stam nooit zelfs maar van gedroomd zou hebben, en zoals dat gaat in de natuur, was háár soort voorbestemd het oude, stervende ras te vervangen.

Op een diep, onbewust niveau voelde Broud de tegengestelde bestemming van hen tweeën aan. Ayla was meer dan een bedreiging voor zijn mannelijkheid; ze was een bedreiging voor zijn bestaan. Zijn haat jegens haar was de haat van het oude jegens het nieuwe, van het traditionele jegens het revolutionaire, van het stervende jegens het levende. Brouds ras was te statisch, te weinig vatbaar voor verandering. Deze mensensoort had de top van zijn ontwikkeling bereikt, er was geen ruimte meer voor groei. Ayla maakte deel uit van een nieuw experiment van de natuur, en hoewel ze zich net als de vrouwen van de stam probeerde te gedragen, was haar aanpassing niet meer dan een vernislaagje, een door de cultuur bepaalde façade, aangebracht om te kunnen overleven. Ze was al begonnen vluchtroutes eromheen te vinden, in antwoord op een diepe behoefte die een weg zocht om zich te uiten. En hoewel ze op alle manieren die haar ten dienste stonden probeerde het de jonge man naar de zin te maken, groeide vanbinnen het verzet.

Op een bijzondere zware ochtend ging Ayla naar de plas om wat te drinken. De mannen zaten aan de andere zijde van de grot bijeen en maakten plannen voor hun volgende jacht. Ze was er blij om, want het betekende dat Broud een tijdje uit haar buurt zou zijn. Ze zat met een drinknap in haar handen bij het stille water, geheel in gedachten verzonken. Waarom is hij altijd zo gemeen tegen me? Waarom moet hij altijd mij hebben? Ik werk even hard als alle anderen. Ik doe alles wat hij wil. Wat heeft het eigenlijk voor zin zo je best te doen? Geen van de andere mannen vit zo op mij als hij. Ik wou maar dat hij me met rust liet.

'Au!' riep ze onwillekeurig toen Brouds harde slag haar raakte.

Iedereen bleef staan en keek naar haar, om dan weer vlug weg te kijken. Een meisje dat al zo dicht bij de volwassenheid stond, schreeuwde niet zo alleen omdat een man haar een oorvijg gaf. Ze draaide zich om naar haar kwelgeest, haar gezicht rood van schrik en schaamte.

'Wat zit je daar voor je uit te staren zonder iets uit te voeren, luie meid!' gebaarde Broud. 'Ik wenkte je om ons wat thee te brengen en je deed net of je me niet zag. Waarom moet ik het je twee keer zeggen?'

Woede steeg in haar op en kleurde haar wangen nog dieper. Ze voelde zich vernederd omdat ze het had uitgeschreeuwd, voelde zich voor de hele stam te kijk gezet en was woedend op Broud omdat hij er de schuld van was. Ze kwam overeind, maar zonder zoals gewoonlijk snel op te springen om zijn opdracht uit te gaan voeren. Tergend langzaam stond ze op en wierp Broud een kille blik vol haat toe voor ze zich verwijderde om de thee te gaan maken en ze hoorde een zucht van ontzetting door de toekijkende stam gaan. Hoe durfde ze zich zo onbeschaamd te gedragen!

Broud ontplofte in een aanval van razernij. Hij sprong achter haar aan, draaide haar naar zich toe en smakte zijn vuist in haar gezicht. Ze sloeg aan zijn voeten tegen de grond en hij gaf haar een tweede geweldige slag. Ze kroop in elkaar en probeerde zich met haar armen tegen de op haar neer regenende slagen te beschermen. Ze vocht om het niet uit te schreeuwen, hoewel niet van haar verwacht werd dat ze een dergelijke mishandeling zwijgend onderging. Brouds woede steeg met zijn gewelddadigheid; hij wilde haar horen jammeren en diende haar in zijn onbeheerste drift de ene verpletterende slag na de andere toe. Ze klemde haar tanden opeen in verzet tegen de pijn, koppig weigerend hem de voldoening die hij zocht te gunnen. Na een poosje was ze te versuft om nog te kunnen schreeuwen.

Vaag, als door een rode mist, besefte ze dat het slaan was opgehouden. Ze voelde dat Iza haar overeind hielp en strompelde zwaar op de vrouw leunend en bijna bewusteloos de grot binnen. Hevige pijngolven sloegen door haar heen als de doffe gevoelloosheid een ogenblik week. Ze was zich maar half bewust van de koele, verzachtende verbanden en Iza's arm onder haar hoofd om haar een bittersmakend brouwsel te laten drinken, toen het verdovend middel haar weg deed zinken in de slaap.

Toen ze wakker werd, onthulde het zwakke licht van de naderende dageraad nog maar nauwelijks de contouren van de vertrouwde voorwerpen in de grot, zwakjes bijgestaan door de zachte gloed van nasmeulende kooltjes in de vuurplaats. Ze probeerde overeind te komen, maar iedere spier en ieder bot van haar lichaam kwam in opstand bij de beweging. Een kreun ontsnapte aan haar lippen en dadelijk was Iza bij haar. De welsprekende ogen van de vrouw stonden vol verdriet en bezorgdheid om het meisje. Nog nooit had ze iemand zo'n vreselijke afranseling zien krijgen. Zelfs haar metgezel had in zijn ergste buien Iza niet zo hard geslagen. Ze was er zeker van dat Broud Ayla zou hebben doodgeslagen als hij niet op had moeten houden. Iza had nooit gedacht zoiets mee te zullen maken en ze wilde het ook nooit meer meemaken.

Toen de herinnering aan het gebeurde bij haar terugkeerde, werd Ayla van angst en haat vervuld. Ze wist dat ze niet zo brutaal had moeten zijn, maar ze had geen enkele reden om een dergelijke gewelddadige reactie te verwachten. Waarom bracht ze hem toch altijd tot zulke uitbarstingen van razernij?

Brun was vertoornd, met de stille koude woede die de hele stam op de tenen en in een ruime boog om hem heen deed lopen. Hij had Ayla's onbeschaamdheid afgekeurd, maar Brouds reactie schokte hem diep.

Hij had het recht het meisje te straffen, maar Broud was veel te ver gegaan. Hij had niet eens aan Bruns bevel om op te houden gehoor gegeven, Brun had hem weg moeten sleuren. Nog erger was dat hij zijn zelfbeheersing door een vrouw verloren had. Hij had zich door een meisje tot een onmannelijk vertoon van onbeheerste woede laten verleiden.

Na Brouds driftaanval op het oefenveldje was Brun ervan overtuigd geweest dat de jonge man nooit weer zijn zelfbeheersing zou verliezen, maar nu had hij zich laten gaan op een wijze die nog erger was dan zijn eerder kinderachtig gedrag; erger, omdat Broud het krachtige lichaam van een volwassen man bezat. Voor het eerst begon Brun er ernstig aan te twijfelen of het wel zo verstandig was Broud tot de volgende leider te benoemen en dat deed de onverstoorbare man meer pijn dan hij wilde bekennen. Broud was meer dan het kind van zijn gezellin, meer dan de zoon van zijn hart. Brun was er zeker van dat het zijn eigen geest was geweest die hem geschapen had en hij had hem meer lief dan het leven zelf. Het falen van de jonge man bezorgde hem hevige schuldgevoelens. Het moest zijn schuld zijn. Ergens was hij tekortgeschoten. Hij had hem niet goed opgevoed, niet goed onderricht, hij had hem te zacht aangepakt.

Brun wachtte verscheidene dagen alvorens hij Broud over het gebeurde aansprak. Hij wilde de tijd hebben om alles zorgvuldig te overdenken. Broud bracht die tijd door in een toestand van nerveuze geagiteerdheid en hij verliet nauwelijks zijn territorium. Het was bijna een opluchting toen Brun hem ten slotte wenkte, hoewel zijn hart hem in de keel klopte terwijl hij achter Brun aan liep. Er was nauwelijks iets ter wereld dat hij zozeer vreesde als Bruns toorn, maar juist omdat Brun niet in toorn sprak, maakte wat hij zei diepe indruk.

Met simpele gebaren en rustige klanken maakte hij Broud deelgenoot van al zijn overwegingen. Hij nam zelf de schuld voor Brouds tekortkomingen op zich en de jonge man schaamde zich dieper dan hij ooit tevoren in zijn leven gedaan had. Brun deed hem zijn liefde en droefheid beseffen op een wijze zoals hij niet eerder meegemaakt had. Dit was niet de trotse Brun die hij altijd gerespecteerd en gevreesd had, dit was een man die hem liefhad en diep in hem teleurgesteld was. Broud werd van wroeging vervuld.

Toen zag hij een harde, vastberaden blik in Bruns ogen komen. Wat hij nu moest zeggen brak Brun bijna het hart, maar de belangen van de stam dienden vóór te gaan.

'Nog één zo'n uitbarsting, Broud, nog één keer ook maar het geringste voorval, en je bent niet langer de zoon van mijn gezellin. Je bent voorbestemd mij als leider op te volgen, maar ik zal je nog eerder verstoten en de doodvloek over je laten uitspreken dan de stam toe te vertrouwen aan een man zonder zelfbeheersing.' Het gezicht van de leider bleef onbewogen terwijl hij voortsprak. 'Totdat ik een of ander bewijs van je man-zijn krijg, heb ik niet de minste hoop dat je tot het geven van leiding in staat bent. Ik zal op je letten, maar ik zal ook de andere jagers in het oog houden. Ik zal meer moeten zien dan alleen het uitblijven van verdere driftaanvallen; ik zal er zeker van moeten zijn dat je een man bent, Broud. Als ik iemand anders als leider moet kiezen, zal jouw rang blijvend die van de laagst geplaatste man zijn. Ben ik duidelijk?'

Broud kon het niet geloven. Verstoten? De doodvloek uitspreken? Iemand anders tot leider gekozen? Altijd de laagst geplaatste man? Dat kan hij niet menen. Maar Bruns grimmig opeengeklemde kaken en harde, vastberaden blik lieten er geen twijfel aan bestaan dat hij het meende.

'Ja, Brun,' knikte Broud. Zijn gezicht was asgrauw.

'We zullen hiervan niets tegen de anderen zeggen. Een dergelijke omschakeling zullen ze moeilijk kunnen aanvaarden en ik wil niet onnodig onrust zaaien. Maar wees ervan verzekerd dat ik zal doen wat ik zeg. Een leider moet altijd de belangen van de stam vóór die van hemzelf laten gaan, dat is het eerste wat je moet leren. Daarom is zelfbeheersing zo'n onmisbare eigenschap voor een leider. Het voortbestaan van de stam hangt van hem af. Een leider is nog minder vrij dan een vrouw, Broud. Hij moet veel dingen doen die hij misschien niet wíl doen. Zo nodig moet hij zelfs de zoon van zijn gezellin verstoten. Begrijp je?'

'Ik begrijp het, Brun,' antwoordde Broud. Maar hij was er eigenlijk niet zo zeker van. Hoe kon een leider nog minder vrijheid hebben dan een vrouw? Een leider kon toch doen wat hij wilde, iedereen bevelen, mannen zowel als vrouwen?

'Ga nu, Broud. Ik wil alleen zijn.'

Het duurde verscheidene dagen voor Ayla op kon staan, en nog veel langer voor de paarsige verkleuringen die haar lichaam overdekten tot vaalgeel verbleekten en ten slotte geheel verdwenen. Eerst was ze nog zo gespannen dat ze nauwelijks bij Broud in de buurt durfde komen en opsprong van schrik als ze hem in het oog kreeg. Maar tegen de tijd dat de laatste pijnlijke plekken wegtrokken, begon ze de verandering in hem op te merken. Hij vitte niet meer op haar, treiterde haar niet meer, hij vermeed haar zelfs. Toen ze de pijn eenmaal vergeten was, kreeg ze het gevoel dat het de afranseling bijna waard was. Ze besefte opeens dat Broud haar sinds die dag volledig met rust had gelaten.

Zonder zijn voortdurend gevit was het leven gemakkelijker voor Ayla. Ze had niet beseft onder welke druk ze stond tot deze van haar af genomen werd. Ze voelde zich vrij in vergelijking met vroeger, hoewel haar leven nog even beperkt was als dat van de andere vrouwen. Ze stapte met grote levenslust voort, daarbij soms uitgelaten een stukje rennend of in een vrolijk huppelpasje vervallend, met opgeheven hoofd en los zwaaiende armen, en soms lachte ze zelfs hardop. Haar gevoel van bevrijding sprak uit al haar bewegingen. Iza wist dat ze gelukkig was, maar haar manier van doen was ongewoon en riep afkeurende blikken op. Ze was té uitbundig, het was ongepast.

Ook de stam merkte met verwondering op dat Broud Ayla vermeed en er werd druk over de reden gespeculeerd. Uit toevallig opgevangen flarden conversatie maakte Ayla min of meer op dat Brun Broud met vreselijke straffen had gedreigd als hij haar weer zou slaan en ze raakte daarvan overtuigd toen de jongeman haar zelfs bij opzettelijke provocatie van haar kant bleef negeren. In het begin was ze slechts een beetje nonchalant en liet ze haar natuurlijke neigingen alleen wat meer de vrije loop, maar toen begon ze een weldoordachte campagne van subtiele onbeschaamdheid. Niet de openlijke brutaliteit die aanleiding tot de ranselpartij was geweest, maar kleinigheden, kleine plagerijtjes om hem te ergeren. Ze haatte hem, wilde zich op hem wreken en voelde zich beschermd door Brun.

Het was een kleine stam en hoezeer hij haar ook trachtte te ontlopen, toch gebeurde het wel eens dat Broud haar moest zeggen wat ze doen moest. Ze gehoorzaamde dan opzettelijk langzamer. Wanneer ze dacht dat er niemand keek, sloeg ze haar ogen naar hem op en staarde hem aan met die eigenaardige grimas die alleen zij kon maken, en keek dan toe hoe hij vocht om zich te beheersen. Ze was voorzichtiger wanneer er anderen in de buurt waren, vooral Brun. Ze had er geen behoefte aan zich de toorn van de leider op de hals te halen, maar Brouds woede wekte slechts haar minachting op en ze ging zich meer openlijk tegen hem verzetten naarmate de zomer vorderde.

Pas toen ze eens toevallig een blik vol giftige haat van hem opving, vroeg ze zich af of het wel verstandig was wat ze deed. Zijn vijandige blik was zo intens kwaadaardig dat hij haar bijna trof als een lichamelijke slag. Broud gaf haar volledig de schuld van zijn hachelijke positie. Als zij niet zo onbeschaamd was geweest zou hij niet zo kwaad geworden zijn. Zonder haar zou hem nu geen doodvloek boven het hoofd hangen. Haar opgewekte uitbundigheid ergerde hem, hoezeer hij ook trachtte zich te beheersen. Het was toch volkomen duidelijk dat haar gedrag uiterst onbehoorlijk was. Waarom konden de andere mannen dat nu niet zien? Waarom duldden ze het? Hij haatte haar nog hartgrondiger dan ooit tevoren, maar zorgde ervoor het niet te laten blijken wanneer Brun in de buurt was.

De strijd tussen hen speelde zich nu onder de oppervlakte af, maar die werd heftiger en met grotere intensiteit gestreden en het meisje was niet zo subtiel als ze wel dacht. De hele stam was zich de spanning tussen hen bewust en vroeg zich af waarom Brun er niets aan deed. De mannen volgden het voorbeeld van de leider en bemoeiden zich er niet mee; ze stonden het meisje zelfs meer vrijheid toe dan ze normaliter gedaan zouden hebben, maar het geheel schiep zowel onder de mannen als onder de vrouwen een sfeer van onbehagen.

Brun keurde Ayla's gedrag af; geen van haar vermeend subtiele plagerijtjes was hem ontgaan en ook zag hij met lede ogen aan dat Broud haar er niet voor strafte. Onbeschaamdheid en verzet waren onaanvaardbaar van wie dan ook, en zeker van een vrouw of meisje. Het schokte hem te zien dat het meisje haar wil tegenover die van een man stelde. Geen enkele vrouw van de stam zou het ooit in haar hoofd halen. Zij waren tevreden met hun plaats; deze was hun niet door hun cultuur opgedrongen, het was de plaats die ze van nature innamen. Vanuit een diep instinct wisten ze hoe belangrijk ze voor het voortbestaan van de stam waren. De mannen konden al evenmin de vaardigheden der vrouwen leren als de vrouwen konden leren jagen; ze hadden er de herinneringen niet voor. Waarom zou een vrouw in opstand komen en een strijd aangaan om een natuurlijke situatie te veranderen – zou ze in opstand komen tegen eten of ademhalen? Als Brun niet volkomen zeker had geweten dat ze een meisje was, zou hij op grond van haar gedrag gedacht hebben dat ze een jongen was. En toch had ze de vaardigheden der vrouwen geleerd en legde ze zelfs aanleg voor Iza's toverkunst aan den dag.

Hoezeer de situatie hem ook tegen de borst stuitte, Brun kwam niet tussenbeide omdat hij kon zien hoe Broud streed om zich in te leren houden. Ayla's verzet hielp Broud zijn drift meester te worden, iets wat zo essentieel was voor een toekomstig leider. Ook al had hij serieus overwogen naar een andere opvolger om te zien, toch had Brun een zwak voor de zoon van zijn gezellin. Broud was een onbevreesd jager en Brun was trots op zijn moed. Als hij deze ene duidelijke tekortkoming kon leren overwinnen, meende Brun dat Broud een goed leider zou kunnen zijn.

Ayla was zich de spanningen om haar heen niet geheel bewust. Ze was die zomer gelukkiger dan ze zich kon herinneren ooit geweest te zijn. Ze buitte haar grotere vrijheid uit door er vaker in haar eentje op uit te gaan om kruiden te verzamelen en met haar slinger te oefenen. Ze onttrok zich niet aan de haar toebedeelde taken – daar kreeg ze geen kans voor – maar een van die taken was Iza de planten te brengen die ze nodig had en dat gaf haar een excuus om van de vuurplaats weg te zijn. Iza werd nooit meer helemaal de oude, hoewel haar hoest met de hitte van de zomer wel afnam. Zowel Creb als Iza maakte zich zorgen om Ayla. Iza was ervan overtuigd dat deze situatie niet kon blijven bestaan en besloot het meisje op een foerageertochtje te vergezellen en dan van de gelegenheid gebruik te maken om met haar te praten.

'Oeba, kom, moeder staat al klaar,' zei Ayla. Ze tilde de peuter op en bond haar stevig vast op haar heup. Ze liepen de helling af, staken de rivier in westelijke richting over en gingen verder door het bos, langs een dierenspoor dat doordat het af en toe als pad gebruikt werd enigszins verbreed was. Toen ze op een open weitje kwamen, bleef Iza staan en keek om zich heen. Toen liep ze op een groepje hoge, opvallend gele bloemen af die op asters leken.

'Dit is alantswortel, Ayla,' zei Iza. 'Het groeit gewoonlijk op weitjes en open stukken land. De bladeren zijn donker en ovaal met puntige uiteinden, donkergroen bovenop en donsachtig aan de onderkant, zie je wel?' Iza lag op haar knieën met een blad in haar handen, terwijl ze dit allemaal vertelde. 'De middennerf is dik en vlezig.' Iza brak het blad doormidden om het aan het meisje te laten zien.

'Ja moeder, ik zie het.'

'Je gebruikt de wortel. De plant groeit elk jaar uit dezelfde wortel op, maar je kunt hem het beste in het tweede jaar, laat in de zomer of in de herfst uitgraven, dan is hij glad en stevig. Snijd hem in kleine stukjes, neem daar zoveel van als op de palm van je hand gaat en kook dat dan in het kleine benen bakje in tot het nog iets meer dan halfvol is. Je moet het afgekoeld drinken, ongeveer twee bakjes per dag. Het brengt het slijm omhoog en is vooral goed voor de longziekte waarbij je bloed spuwt. Het helpt ook om je te laten zweten en wateren.' Iza was inmiddels met haar graafstok in de weer geweest om een wortel bloot te leggen en zat nu op de grond met snel bewegende handen uitleg te geven. 'De wortel kan ook gedroogd worden en tot een poeder vermalen.' Ze groef verscheidene wortels op en deed ze in haar mand.

Ze liepen een klein heuveltje over, toen bleef Iza opnieuw staan. Oeba was in slaap gevallen, veilig geborgen in haar behaaglijke holletje tegen Ayla's lichaam.

'Zie je dat plantje met die trechtervormige gelige bloemen, met een beetje paars in het hart?' wees Iza de volgende plant aan.
Ayla raakte een plant van ongeveer dertig centimeter hoogte aan. 'Dit?'
'Ja. Dat is bilzekruid. Heel nuttig voor een medicijnvrouw, maar nooit als voedsel; het kan gevaarlijk giftig zijn als het gegeten wordt.'
'Wat gebruik je ervan? De wortels?'
'Niet alleen. Wortels, bladeren, zaden. De bladeren zijn groter dan de bloemen en ze groeien om en om aan weerszijden van de stengel. Let goed op, Ayla. De bladeren zijn dof lichtgroen met stekelige randen, en zie je die lange haren die er middenop groeien?' Iza raakte de fijne haren aan terwijl Ayla aandachtig toekeek. Vervolgens plukte de medicijnvrouw een blad en kneep het fijn. 'Ruik eens,' zei ze. Ayla snoof; het blad gaf een sterk bedwelmende geur af.
'De geur verdwijnt na het drogen. Later komen er een heleboel kleine bruine zaadjes.' Iza groef in de grond en haalde een dikke, broodvruchtvormige wortel met een bruine gerimpelde buitenkant omhoog. Het witte binnenste was te zien op een plek waar hij beschadigd was. 'De verschillende delen van de plant worden ook voor verschillende doeleinden gebruikt, maar ze zijn allemaal goed tegen pijn. Je kunt er een thee van trekken om te drinken – het is erg sterk, je hebt er niet veel van nodig – of een aftreksel gebruiken dat je op de huid smeert. Het doet stuiptrekkingen bedaren, kalmeert en ontspant en werkt ook als slaapmiddel.'
Iza nam verscheidene planten mee, liep toen naar een groepje felkleurige stokrozen dat daar in de buurt stond en plukte een aantal roze, paarse, witte en gele bloemen van de hoge rechte stengels. 'Stokrozen werken kalmerend bij irritaties van de huid, keelpijn, ontvellingen en schrammen. Van de bloemen maak je een drank die pijn kan verlichten maar wel slaperig maakt. De wortel is goed voor verwondingen. Voor jouw been heb ik ook stokrozen gebruikt, Ayla.'
Het meisje reikte omlaag en voelde aan de vier evenwijdige littekens op haar dij en vroeg zich plotseling af wat er van haar geworden zou zijn als Iza er niet was geweest.
Ze liepen een tijdje samen voort, zwijgend, zich koesterend in de warme zon en genietend van elkaars gezelschap. Maar Iza's blik zocht voortdurend de omgeving af. Het borsthoge gras van het open veld was goudkleurig en reeds in het zaad geschoten. De vrouw keek uit over het veld veelsoortige granen met de gebogen halmen, zwaar van rijpe zaadkorrels, die zachtjes wiegden in de warme bries. Toen zag ze iets en ze liep doelbewust door de hoge halmen naar een gedeelte waar raaigras stond, met paarszwart verkleurde zaden.

'Ayla,' zei ze, op een van de halmen wijzend. 'Zo groeit rogge gewoonlijk niet, het is een ziekte van de zaden, maar het is een tref dat we het vinden. Het heet moederkoren. Ruik eens.'
'Bah, afschuwelijk, net rotte vis!'
'Maar die zieke zaden bevatten iets dat bijzonder nuttig is voor zwangere vrouwen. Als een vrouw lang over haar bevalling doet, kan het de kleine vlugger laten komen. Het wekt de weeën op. Het kan de bevalling ook op gang brengen. En in een vroeg stadium kan het een vrouw van haar kind af helpen, en dat is heel belangrijk, vooral als ze al eerder problemen bij een bevalling heeft gehad of nog een kleintje aan de borst heeft. Een vrouw moet niet te snel achtereen kinderen krijgen, het is een zware belasting voor haar en wie zal het kind dat ze al heeft, voeden als haar melk opdroogt? Er sterven te veel kleintjes bij de geboorte en in hun eerste jaar; de moeder moet zorgen voor het kind dat er al is zodat het een kans maakt op te groeien. Er zijn nog andere planten waardoor ze de kleine vroeg kan verliezen als dat nodig is; moederkoren is er maar een van. Ook na de bevalling is het nuttig. Het helpt het oude bloed naar buiten werken en doet haar organen tot hun normale grootte terugkeren. Het smaakt vies, hoewel niet zo vies als het ruikt, maar het werkt bij verstandig gebruik heel goed. Te veel ervan kan hevige krampen, overgeven en zelfs de dood veroorzaken.'
'Net als bij bilzekruid, het kan schadelijk of nuttig zijn,' merkte Ayla op.
'Dat is vaak zo. Dikwijls kun je van de giftigste planten de beste en sterkst werkende medicijnen maken, als je maar weet hoe ze toe te passen.'
Op de terugtocht naar de stroom bleef Ayla staan en wees naar een kruid met blauwpaarse bloemen, ongeveer dertig centimeter hoog.
'Dat is hysop. De thee ervan is goed tegen de hoest als je kougevat hebt, niet?'
'Ja, en het geeft iedere soort thee een lekker kruidig smaakje. Waarom pluk je er niet wat van?'
Ayla trok enkele planten met wortel en al uit en plukte er onder het voortlopen de bladeren af.
'Ayla,' zei de vrouw, 'uit die wortels groeien elk jaar nieuwe planten op. Als je de wortels uittrekt zullen er hier volgende zomer geen planten meer staan. Je kunt het beste alleen de bladeren plukken als je de wortels niet nodig hebt.'
'Daar heb ik niet aan gedacht,' zei Ayla berouwvol. 'Ik zal het niet meer doen.'

'En zelfs als je de wortels wilt gebruiken, is het het beste ze op één plek niet allemaal op te graven. Laat altijd wat staan, zodat er weer bij kan groeien.'

Ze volgden dezelfde weg terug naar de stroom en toen ze voorbij een drassige plek kwamen, wees Iza Ayla op weer een andere plant. 'Dit is kalmoes. Het lijkt wat op de iris, maar het is niet hetzelfde. Een aftreksel van de gekookte wortel werkt verzachtend bij verbrandingen en kiespijn wordt soms minder als je op de wortel kauwt, maar je moet er voorzichtig mee zijn als je het aan een zwangere vrouw geeft. Sommige vrouwen hebben hun kleine verloren doordat ze het dronken, hoewel ikzelf er nooit veel succes mee heb gehad wanneer ik het een vrouw voor dat doel gaf. Het wil ook wel eens helpen als de ingewanden van streek zijn, vooral bij verstoppingen. Je kunt het verschil met de iris aan deze knobbel hier zien,' wees Iza. 'Dat heet een knol, en de plant geurt ook sterker.'

Ze hielden halt voor een rustpauze en gingen in de schaduw van een breedbladige esdoorn dicht bij de stroom zitten. Ayla pakte een blad, rolde dat op tot een hoorntje, vouwde de punt om en hield die met haar duim en vinger dicht. Ze schepte wat lekker koel water uit de stroom en bracht ook Iza wat in de geïmproviseerde beker te drinken voor ze hem weggooide.

'Ayla,' begon de vrouw, toen ze gedronken had. 'Je moet heus doen wat Broud je opdraagt. Hij is een man, hij heeft het recht je te bevelen.'

'Ik doe alles wat hij me opdraagt,' zei Ayla verdedigend.

Iza schudde haar hoofd. 'Maar je doet het niet zoals je het hoort te doen. Je tart hem; je daagt hem uit. Op een dag heb je er misschien spijt van, Ayla. Broud zal eens de leider zijn. Je moet doen wat de mannen zeggen, wat alle mannen zeggen. Je bent een meisje, je hebt geen keus.'

'Waarom zouden de mannen de vrouwen commanderen? Waarom zouden ze zoveel beter zijn? Ze kunnen niet eens kleintjes krijgen!' gebaarde het meisje bitter, een en al opstandigheid.

'Zo is het nu eenmaal. Zo is het in de Stam altijd geweest. Jij behoort nu ook tot de Stam, Ayla. Je bent mijn dochter. Je moet je gedragen zoals dat een meisje van de Stam betaamt.'

Ayla liet schuldbewust het hoofd hangen. Iza had gelijk, ze tartte Broud inderdaad. Wat zou er van haar geworden zijn als Iza haar niet gevonden had? Als Brun haar niet had laten blijven? Als Creb haar niet tot een lid van de Stam had gemaakt? Ze keek naar de vrouw, de enige moeder die ze zich kon herinneren. Iza was oud geworden. Ze zag er mager en vervallen uit. Het vlees van haar eens zo stevige armen hing los om haar botten en haar bruine haar was bijna grijs. Eerst had Creb het meisje oud geleken, maar hij was nauwelijks veranderd. Nu was het Iza die er oud uitzag, ouder dan Creb. Ayla maakte zich zorgen om Iza, maar telkens wanneer ze iets in die richting zei, wuifde de vrouw het weg.

'Je hebt gelijk, Iza,' zei het kind. 'Ik heb me tegenover Broud niet gedragen zoals het hoorde. Ik zal beter mijn best doen het hem naar de zin te maken.'

De peuter die Ayla op haar heup droeg, begon onrustig heen en weer te schuiven. Ze keek op, plotseling klaarwakker en met heldere oogopslag.

'Oeba honger,' gebaarde ze, en propte een mollig knuistje in haar mond.

Iza keek naar de lucht. ' Het wordt al laat en Oeba heeft honger. We kunnen beter teruggaan,' gesticuleerde ze.

Ik wou dat Iza sterk genoeg was om vaker met me mee te gaan, dacht Ayla bij zichzelf, terwijl ze zich naar de grot terughaastten. Dan konden we meer tijd met elkaar doorbrengen, en ik leer altijd zoveel wanneer ze bij me is.

Hoewel Ayla haar best deed haar voornemen zich beter jegens Broud te gedragen in praktijk te brengen, viel het haar moeilijk. Ze had de gewoonte aangenomen geen acht op hem te slaan, wetend dat hij zich tot een andere vrouw zou wenden of het zelf zou doen als ze niet dadelijk reageerde. Zijn donkere blikken boezemden haar geen angst in, ze voelde zich veilig voor zijn woede. Ze probeerde oprecht hem niet meer opzettelijk te provoceren, maar ook haar brutaliteit was een gewoonte geworden. Te lang had ze hem recht aangekeken in plaats van het hoofd te buigen, had ze hem genegeerd in plaats van gehaast zijn bevelen te gehoorzamen; het was een tweede natuur geworden. Haar onbewuste minachting sneed dieper in zijn ziel dan haar bewuste pogingen hem te ergeren. Hij voelde dat ze geen respect voor hem had. Ze was echter niet zozeer haar eerbied als wel haar angst voor hem kwijtgeraakt.

Weer naderde de tijd dat koude windvlagen en zware sneeuwbuien de stam zouden dwingen in de grot te blijven. Ayla vond het vreselijk de bladeren van tint te zien veranderen, hoewel de schitterende kleurenpracht van de herfst haar altijd weer verrukte en de rijke oogst aan vruchten en noten de vrouwen veel werk verschafte. Ayla had gedurende die laatste drukke periode waarin het in de herfst geoogste moest worden opgeslagen, weinig gelegenheid om naar haar geheime schuilplaats te klimmen, maar de tijd verstreek zo snel dat het haar pas tegen het eind van het seizoen opviel.

Ten slotte nam de drukte wat af en op een dag gordde ze haar mand om, nam haar graafstok, en klom weer naar haar verborgen liggende veldje omhoog, met het plan er hazelnoten te gaan rapen. Zodra ze arriveerde schudde ze de mand van haar rug en ging de grot in om haar slinger te halen. Ze had haar speelhuisje met enkele zelfgemaakte spullen en een oude slaapvacht gemeubileerd. Ze nam een bakje van berkenbast van een plat stuk hout dat op twee grote keien rustte en waarop ook enkele van schelpen gemaakte bordjes, een vuurstenen mes en een paar stenen waarmee ze noten kraakte lagen. Toen pakte ze haar slinger uit de van een deksel voorziene tenen mand waar ze hem in bewaarde. Ze dronk nog wat bij de bron en rende toen het beekje langs op zoek naar steentjes.

Eerst deed ze een paar oefenworpen. Vorn raakt zijn doelen lang niet zo vaak als ik, dacht ze tevreden toen haar steentjes precies daar neerkwamen waar ze ze hebben wilde. Na een tijdje kreeg ze genoeg van het spelletje, borg haar slinger en de laatste stenen weg en begon de overal onder de dichte, kromgegroeide oude struiken verspreid liggende noten op te rapen. Ze bedacht hoe geweldig het leven toch was. Oeba groeide voorspoedig op en Iza scheen veel beter. Crebs steken en pijntjes waren in de warme zomers altijd veel minder en ze vond de langzame schuifelende wandelingetjes die ze met hem langs de stroom maakte altijd heerlijk. Ook het spelen met de slinger deed ze graag en ze was er al heel bedreven in geworden. Het ging haar al bijna té gemakkelijk af om de paal of de rotsblokken en takken die ze als doelwit uitkoos te raken, maar het spelen met het verboden wapen bezat nog steeds iets opwindends. En wat nog het allerfijnste was: Broud viel haar niet meer lastig. Ze dacht niet dat iets haar geluk nog kon verstoren, terwijl ze haar mand met noten vulde.

Bruine dorre bladeren werden door de felle rukwinden in hun val uit de bomen opgevangen, door hun onzichtbare danspartner wild in de rondte gedraaid en zachtjes op de grond neergelaten. Ze dekten de noten toe die nog onder de bomen waaraan ze rijp geworden waren op de grond lagen. Niet voor de winteropslag geplukt fruit hing rijp en zwaar aan van hun bladeren beroofde takken. De steppen in het oosten waren één gouden zee van graan dat zacht golfde in de wind, in navolging van de met schuim bedekte golven grijs water in het zui-

den; en de laatste zoete trossen dikke ronde druiven, bijna barstend van het sap, wenkten uitnodigend om geplukt te worden.
De mannen zaten in hun gebruikelijke kluitje bijeen plannen te maken voor de laatste grote jacht van het seizoen. Ze waren de voorgenomen tocht al sinds de vroege ochtend aan het bespreken en Broud was erop uitgestuurd om een vrouw wat water te laten brengen. Dicht bij de grotingang zag hij Ayla zitten met allemaal stokjes en eindjes koord om zich heen verspreid. Ze was stellages aan het maken waaraan trossen druiven zouden komen te hangen om tot rozijnen in te drogen.
'Ayla! Breng water!' seinde Broud en wilde meteen teruggaan.
Het meisje was juist een kritische hoek aan het omwinden terwijl ze het onvoltooide bouwsel tegen haar lichaam hield. Als ze zich nu bewoog zou alles instorten en zou ze weer helemaal opnieuw moeten beginnen. Ze aarzelde, keek om zich heen of er geen andere vrouw in de buurt was, slaakte een zucht van ergernis en kwam langzaam overeind om een grote waterzak te gaan halen.
De jonge man onderdrukte met moeite de woede die snel in hem opsteeg bij haar duidelijke tegenzin om hem te gehoorzamen en worstelend met zijn drift keek ook hij rond naar een andere vrouw die wel met de gepaste haast aan zijn bevel gehoor zou geven. Plotseling veranderde hij van gedachten. Hij keek weer naar Ayla, die nog steeds bezig was op te staan, en zijn ogen vernauwden zich. Wat geeft haar het recht zo brutaal te zijn? Ben ik geen man? Is het niet haar plicht mij te gehoorzamen? Brun heeft nooit gezegd dat ik zulk onbehoorlijk gedrag moest dulden, dacht hij. Hij kan geen doodvloek over me laten uitspreken alleen omdat ik haar dwing te doen wat ze behoort te doen. Welke leider zou zich door een vrouw laten tarten? Er knapte iets in Broud. Ze heeft zich nu lang genoeg onbeschaamd gedragen! Ik duld het niet langer. Ze zál me gehoorzamen!
De gedachten flitsten door hem heen in de fractie van een seconde waarin hij de drie passen maakte die hen scheidden. Zijn vuistslag verraste haar net toen ze opstond en deed haar tegen de grond slaan. Haar geschrokken blik veranderde snel in een van woede. Ze keek om en zag dat Brun hen gadesloeg, maar er was iets in zijn uitdrukkingsloze gezicht dat haar waarschuwde van hem geen hulp te verwachten. De dolle drift in Brouds ogen deed haar woede in angst omslaan. Hij had de felle boosheid in haar blik gezien en het deed zijn bittere haat jegens haar nog meer oplaaien. Hoe dúrfde ze hem weerstreven!
Ayla scharrelde gehaast buiten het bereik van de volgende slag. Ze rende naar de grot om de waterzak te halen. Broud staarde haar met

gebalde vuisten na, worstelend om zijn woede binnen aanvaardbare grenzen te houden. Hij wierp een blik op de mannen en zag Bruns effen gezicht. Er viel geen aanmoediging van af te lezen, maar ook geen afkeuring. Broud keek toe hoe Ayla zich naar het vijvertje repte om de zak te vullen en daarna de zware blaas op haar rug hees. Haar snelle reactie, noch haar angstige blik toen ze zag dat hij van plan was haar opnieuw te slaan, was hem ontgaan. Het maakte zijn drift iets gemakkelijker te bedwingen. Ik ben te soepel met haar geweest, dacht hij.
Toen Ayla dicht langs Broud liep, gebukt onder het gewicht van de zware zak vol water, gaf hij haar een duw die haar bijna weer onderuit deed gaan. Woede kleurde haar wangen. Ze rechtte haar rug, wierp hem een korte blik vol haat toe en vertraagde haar pas. Weer kwam hij op haar af. Ze dook ineen en ving de slag op haar schouders op. Nu keek de gehele stam toe. Het meisje keek naar de mannen. Bruns onbewogen starende blik spoorde haar tot grotere spoed aan dan Brouds vuisten hadden gedaan. Ze rende de korte afstand naar hen toe, knielde neer en begon met gebogen hoofd water in een kommetje te schenken. Broud volgde haar langzaam, ongerust over Bruns reactie.
'Crug zei zojuist dat hij de kudde naar het noorden had zien trekken, Broud,' gebaarde Brun terloops, toen Broud zich weer bij de groep voegde.
Het was in orde! Brun was niet kwaad op hem! Natuurlijk niet, waarom zou hij ook? Wat ik gedaan heb was juist. Waarom zou hij er iets van zeggen als een man een vrouw terechtwijst als ze het verdient? Brouds zucht van verlichting was bijna hoorbaar.
Toen de mannen allen gedronken hadden, ging Ayla terug naar de grot. De meeste mensen waren naar hun bezigheden teruggekeerd, maar Creb stond nog steeds bij de ingang van de grot naar haar te kijken.
'Creb! Broud heeft me bijna weer een afranseling gegeven!' gebaarde ze, op hem toe rennend. Ze keek op naar de oude man die haar zo lief was, maar de glimlach bestierf op haar gezicht toen ze op het zijne een uitdrukking zag die ze er nooit eerder op had gezien.
'Je hebt niet meer dan je verdiende loon gekregen,' gesticuleerde hij met een grimmige, boze blik. Zijn ene oog stond hard. Hij keerde haar de rug toe en hinkte terug naar zijn vuurplaats. Waarom is Creb nu boos op me, dacht ze.
Later die avond ging Ayla schuw op de oude tovenaar af en probeerde haar armen om zijn hals te leggen, een gebaar dat voordien nooit nagelaten had zijn hart te verzachten. Hij reageerde niet, nam zelfs niet

de moeite haar af te weren. Hij bleef alleen in de verte staren, koud en afstandelijk. Ze deinsde terug.

'Val me niet lastig. Ga iets nuttigs doen, kind. Mog-ur mediteert, hij heeft geen tijd voor onbeschaamde meisjes,' gebaarde hij bruusk en ongeduldig.

Haar ogen vulden zich met tranen. Ze was gekwetst en plotseling een beetje bang voor de oude tovenaar. Hij was niet langer de Creb die ze kende en liefhad. Hij was Mog-ur. Voor het eerst sinds ze bij de stam was, begreep ze waarom alle anderen op een afstand bleven en ontzag en zelfs vrees voor de grote Mog-ur koesterden. Hij had zich van haar afgekeerd. Met een blik en enkele gebaren liet hij haar zijn afkeuring voelen en een zo sterke afwijzing als ze nooit eerder ervaren had. Hij hield niet meer van haar. Ze wilde hem omhelzen, hem vertellen dat ze van hem hield, maar ze durfde niet. Bedrukt schuifelde ze naar Iza toe.

'Waarom is Creb zo boos op me?' gebaarde ze.

'Ik heb het je al eens gezegd, Ayla, je moet doen wat Broud je opdraagt. Hij is een man, hij heeft het recht je te bevelen,' zei Iza zachtmoedig.

'Maar ik dóé ook alles wat hij zegt. Ik ben hem nooit ongehoorzaam geweest.'

'Je verzet je tegen hem, Ayla. Je tart hem. Je wéét dat je brutaal bent. Je gedraagt je niet zoals een welopgevoed meisje zich dient te gedragen. Het heeft zijn weerslag op Creb – en op mij. Creb heeft het gevoel dat hij je niet goed heeft opgevoed, je te veel vrijheid heeft gegeven, je te veel je zin heeft laten doordrijven zodat je bent gaan denken dat je dat bij iedereen kunt doen. Ook Brun is niet erg met je ingenomen, en dat weet Creb. Je rent aldoor. Kinderen rennen, Ayla; meisjes die al zo groot zijn als een volwassen vrouw niet meer. Je maakt van die vreemde geluiden in je keel. Je komt niet dadelijk in beweging wanneer iemand je iets opdraagt. Iedereen keurt je gedrag af, Ayla. Je hebt Creb te schande gemaakt.'

'Ik wist niet dat ik zoveel verkeerd deed, Iza,' gebaarde Ayla. 'Ik wou niet stout zijn, ik heb er gewoon niet bij nagedacht.'

'Maar dat had je juist wél moeten doen. Je bent te groot om je nog als een kind te gedragen.'

'Het komt alleen doordat Broud altijd zo gemeen tegen me geweest is en hij me die ene keer zo geslagen heeft.'

'Het maakt geen verschil of hij gemeen is of niet, Ayla. Hij kan zo gemeen zijn als hij wil; hij heeft er het recht toe, hij is een man. Hij kan je slaan wanneer hij wil en zo hard als hij wil. Eens zal hij de leider zijn, Ayla, je moet hem gehoorzamen, je moet doen wat hij zegt en wannéér hij het zegt. Je hebt geen keus,' legde Iza uit. Ze keek naar het diepongelukkige gezichtje van het kind. Waarom is het toch zo moeilijk voor haar, vroeg ze zich af. Iza voelde verdriet om en medelijden met het meisje dat er zo'n moeite mee had de harde feiten des levens te accepteren. ' Het is laat, Ayla. Ga naar bed.'

Ayla ging naar haar slaapplaats, maar het duurde lang voor ze in slaap viel. Ze lag te woelen en te draaien en sliep slecht toen de slaap haar eindelijk overmande. Ze was vroeg wakker, nam haar mand en graafstok en verliet de grot voor het ontbijt. Ze wilde alleen zijn, om na te denken. Ze klom naar haar geheime weitje en pakte daar haar slinger, maar ze had niet veel zin om ermee te oefenen.

Het is allemaal Brouds schuld, dacht ze. Waarom moet hij altijd mij hebben? Wat heb ik hem ooit gedaan? Hij heeft me nooit gemogen. Wat maakt het uit dat hij een man is, waarom zouden mannen beter zijn? Het kan me niet schelen dat hij de leider wordt, hij is heus niet zo geweldig. Hij is niet eens zo goed als Zoug met de slinger. Ik zou er net zo goed mee kunnen zijn als hij, ik ben al beter dan Vorn. Hij mist heel wat vaker dan ik; Broud waarschijnlijk ook. Toen hij zo tegen Vorn stond op te scheppen, miste hij ook steeds.

Boos begon ze stenen weg te slingeren. Een vloog er een groepje struiken in en joeg een slaperig stekelvarken uit zijn hol. De kleine nachtdieren werden zelden bejaagd. Ze maakten er nogal een drukte over toen Vorn een stekelvarken had gedood, dacht ze. Dat zou ik ook best kunnen als ik wilde. Het dier kroop met opgezette stekels een zandheuveltje bij de beek op. Ayla legde een steen in de uitstulping van haar leren slinger, mikte, en schoot. Het trage stekelvarken was een gemakkelijk doelwit; het stortte neer.

Ayla rende op het dier af, zeer met zichzelf ingenomen. Maar toen ze het aanraakte, zag ze dat het niet dood was, alleen verdoofd. Ze voelde zijn hart kloppen en zag het bloed uit de wond op zijn kop druppelen. Plotseling wilde ze het dier meenemen naar de grot om het te verplegen, zoals ze al met zoveel gewonde dieren had gedaan. Nu was ze niet meer zo vergenoegd; ze voelde zich vreselijk. Waarom heb ik hem pijn gedaan? Ik wou hem geen pijn doen, dacht ze. Ik kan hem niet meenemen naar de grot. Iza zou meteen weten dat hij door een steen geraakt was; ze heeft te veel dieren gezien die met een slinger gedood zijn.

Het kind staarde naar het gewonde dier. Ik zal nooit op jacht kunnen gaan, besefte ze. Zelfs als ik een dier doodde, zou ik het nooit mee kunnen nemen naar de grot. Wat heeft al dat oefenen met de slinger voor zin? Als Creb nu al boos op me is, wat zal hij dan wel niet zijn als hij dit ooit te weten komt? En wat zal Brun wel niet met me doen? Ik hoor niet eens een wapen aan te raken, laat staan het te gebruiken. Zou Brun me wegsturen? Het meisje werd overspoeld door schuld- en angstgevoelens Waar zou ik naartoe moeten? Ik kan toch niet zomaar weg van Iza en Creb en Oeba! Wie zou er voor me zorgen? Ik wil niet weg, dacht ze, in tranen uitbarstend.

Ik ben stout geweest. Ik ben zo stout geweest en Creb is boos op me. Ik houd zoveel van hem, ik wil niet dat hij een hekel aan me krijgt. O, waarom is hij zo boos op me? De tranen stroomden het diepbedroefde kind over het gezicht. Ze wierp zich languit op de grond en snikte haar ellende uit.

Toen ze uitgehuild was, ging ze overeind zitten en veegde haar neus af met de rug van haar hand; haar schouders schokten zo nu en dan nog van het nasnikken. Ik zal niet meer stout zijn, nooit meer. O, ik zal zo lief zijn. Ik zal alles doen wat Broud wil, wat het ook is. En ik raak nooit meer een slinger aan. Om dit besluit kracht bij te zetten gooide ze de slinger onder een struik, ging op een holletje haar mand halen en keerde terug naar de grot. Iza had naar haar uitgekeken en zag haar terugkomen.

'Waar ben je geweest? Je bent de hele morgen weg geweest en je mand is leeg.'

'Ik heb nagedacht, moeder,' gebaarde Ayla, Iza ernstig en oprecht aankijkend. 'Je hebt gelijk, ik ben stout geweest. Ik zal nooit meer stout zijn. Ik zal alles doen wat Broud wil. En ik zal me gedragen zoals het hoort, niet meer rennen en zo. Denk je dat Creb weer van me zal gaan houden, als ik heel, heel lief ben?'

'Vast en zeker, Ayla,' antwoordde Iza, haar een troostend klopje gevend. Ze heeft die ziekte weer gehad, waardoor haar ogen gaan lekken als ze denkt dat Creb niet van haar houdt, dacht de vrouw met een blik op Ayla's door tranen besmeurde gezichtje en rode gezwollen oogleden. Haar hart bloedde voor het meisje. Het is voor haar nu eenmaal moeilijker, haar soort is anders. Maar misschien zal het nu beter gaan.

11

Er voltrok zich een ongelooflijke verandering in Ayla. Ze was gewoonweg een ander. Ze was berouwvol, ze was onderdanig, ze haastte zich aan Brouds wensen te voldoen. De mannen waren ervan overtuigd dat het door zijn strakkere discipline kwam. Ze knikten wijs met hun hoofden. Ze was het levend bewijs van hetgeen ze altijd al gezegd hadden: als mannen te toegeeflijk waren, werden vrouwen lui en brutaal. Vrouwen hadden de ferme leiding van een krachtige hand nodig. Het waren zwakke, eigenzinnige schepsels die niet tot de zelfdiscipline van de mannen in staat waren. Ze hadden mannen nodig om hen te commanderen en een wakend oog op hen te houden, zodat ze productieve stamleden zouden zijn en bijdragen aan het voortbestaan van de stam.

Het deed er niet toe dat Ayla nog maar een meisje was of dat ze in feite niet tot de Stam behoorde. Ze was bijna oud genoeg om een vrouw te worden, al groter dan de meeste, en van het vrouwelijk geslacht. De vrouwen konden het goed merken wanneer de mannen hun zelfbedachte theorieën in praktijk brachten. De mannen van de stam wilden zich niet schuldig maken aan toegeeflijkheid.

Maar Broud leefde de mannelijke filosofie nog eens zo strikt na. Hoewel hij ook Oga harder aanpakte, was dat nog niets vergeleken bij de vervolging die hij op Ayla instelde. Had hij het haar vroeger al moeilijk gemaakt, nu maakte hij haar het leven dubbel zo zwaar. Hij achtervolgde haar voortdurend, joeg haar op, kwelde haar, droeg speciaal háár allerlei onbenullige taken op om haar voor zich te laten rennen, sloeg haar bij het minste of geringste, of om helemaal niets – en genoot. Ze had hem bedreigd in zijn mannelijkheid en nu zou ze ervoor boeten. Te dikwijls had ze zich tegen hem verzet, te dikwijls hem getart; te dikwijls had hij met zichzelf geworsteld om haar niet te slaan. Nu was hij aan zet. Hij had haar voor zijn wil doen buigen en dat wilde hij zo houden.

Ayla deed wat ze maar kon om hem te gerieven. Ze probeerde zelfs zijn wensen te voorkomen, maar dat werkte averechts en maakte dat hij haar aanmatigend gedrag verweet omdat ze meende zijn wensen te kunnen voorzien. Op het moment dat ze zich buiten Crebs vuurplaats begaf, stond hij al met zijn opdrachten klaar, en ze kon niet zonder reden steeds binnen de keten van steen blijven die het privédomein van de tovenaar afgrensde. Het was de laatste drukke periode van het seizoen, waarin de allerlaatste voorbereidingen voor de winter getroffen werden; er waren haast te veel dingen die nog gedaan moesten worden om de stam veilig te stellen voor de snel naderende koude. Iza's geneesmiddelenvoorraad was in principe compleet, dus had Ayla ook maar zelden een excuus om zich buiten de directe omgeving van de grot te begeven. Broud liet haar de hele dag rennen en ze viel 's avonds uitgeput in bed.

Iza was ervan overtuigd dat Ayla's veranderde gedrag minder met Broud te maken had dan hij zich verbeeldde. Het hield meer verband met haar liefde voor Creb dan met haar angst voor Broud. Iza vertelde de oude man dat Ayla weer aan haar wonderlijke ziekte had geleden toen ze dacht dat hij niet meer van haar hield.

'Je weet dat ze te ver ging, Iza. Ik moest iets doen. Als Broud haar niet meer manieren was begonnen bij te brengen, zou Brun het gedaan hebben. Dat had erger kunnen zijn. Broud kan haar alleen het leven zuur maken; Brun kan haar wegsturen,' antwoordde hij, maar het gebeurde deed de tovenaar zich verwonderd afvragen of de macht van de liefde dan groter was dan die van de angst, en het thema hield dagenlang tijdens zijn meditaties zijn gedachten bezig. Creb verzachtte zijn houding bijna onmiddellijk. Het had hem al moeite genoeg gekost zijn onverschillige afstandelijkheid te handhaven.

De eerste lichte sneeuw werd weggespoeld door kille stortbuien die 's avonds met de dalende temperatuur overgingen in natte sneeuw of ijsregens. De nieuwe ochtend vond plassen water met een dunne, broze korst ijs, als voorbode van een heviger koude, die pas smolt wanneer de grillige wind weer eens naar het zuiden draaide, en een onstandvastig zonnetje besloot zich te laten gelden. Gedurende de gehele kwakkelige overgangsperiode van late herfst naar vroege winter week Ayla niet eenmaal af van haar besluit gepaste vrouwelijke gehoorzaamheid te betrachten. Ze plooide zich naar iedere gril van Broud, haastte zich aan al zijn verlangens gehoor te geven, hield onderworpen het hoofd gebogen, lette erop hoe ze liep, lachte nooit, glimlachte zelfs niet eens en bood op geen enkele manier meer weerstand – maar het was niet gemakkelijk. En hoewel ze ertegen vocht, zichzelf trachtte te overtuigen dat ze ongelijk had, zich tot nog grotere onderdanigheid dwong, begon het juk te schuren.

Ze werd magerder, verloor haar eetlust, was zelfs binnen de grenzen van Crebs vuurplaats stil en onderworpen. Zelfs Oeba kon haar niet meer tot een glimlach bewegen, hoewel ze het kind dikwijls opnam zodra ze 's avonds bij de vuurplaats terugkeerde en haar dan in haar armen hield tot ze beiden in slaap vielen. Iza maakte zich zorgen over haar en toen eens een dag van ijskoude regen werd gevolgd door een dag van heldere zonneschijn, besloot ze dat het tijd was Ayla een kleine adempauze te gunnen, vóór de winter hen geheel in zou sluiten.

'Ayla,' zei Iza toen ze de grot uit stapten, luidop en voordat Broud met zijn eerste opdracht aan kon komen, 'ik heb mijn medicijnen nog eens nagekeken en ik heb geen sneeuwbesstengels tegen maagpijn. Het is een gemakkelijk te herkennen struik: vol witte bessen die eraan blijven wanneer de bladeren zijn afgevallen.'

Iza zei er niet bij dat ze nog vele andere middelen tegen maagpijn in voorraad had. Broud fronste geërgerd zijn voorhoofd toen Ayla de grot in rende om haar mand te gaan halen. Maar hij wist dat het verzamelen van Iza's magische planten voorrang had boven water halen voor hém, of thee, of een stuk vlees, of de stukken bont die als beenkappen dienden en die hij opzettelijk vergat, of zijn kap, of een appel, of twee stenen uit de rivier om noten mee te kraken omdat die welke dichter bij de grot lagen hem niet bevielen, of een van de andere onbetekenende taken die hij voor haar bedacht. Hij beende weg toen Ayla met haar mand en graafstok uit de grot opdook.

Ayla holde het bos in, vol dankbaarheid jegens Iza voor deze gelegenheid even alleen te zijn. Ze keek onder het voortlopen wel af en toe om zich heen, maar haar gedachten waren niet bij sneeuwbesstruiken. Ze lette er niet op waar ze heen ging en merkte niet dat haar voeten haar langs een smal beekje naar een door de nevel versluierd, met mos omgroeid watervalletje droegen. Zonder erbij na te denken klom ze de steile helling op en bevond zich op haar hooggelegen bergweitje boven de grot. Ze was er niet terug geweest sinds de dag dat ze er het stekelvarken had verwond.

Ze ging aan de oever van het beekje zitten en begon afwezig steentjes in het water te gooien. Het was koud. De regen van de vorige dag was op dit hoger gelegen punt sneeuw geweest. Een dikke witte deken lag over het open veldje en her en der tussen de met sneeuw bestoven bomen. De roerloze lucht schitterde al even helder als de glinsterende sneeuw waarin miljoenen kristalletjes de zon weerkaatsten, die stond te stralen aan een hemel zo blauw dat het bijna purper leek. Maar Ayla had geen oog voor de serene schoonheid van het vroeg-winterse landschap. Het herinnerde haar er alleen maar aan dat de stam weldra door de kou gedwongen zou worden binnen de grot te blijven, zodat ze tot de lente niet aan Broud zou kunnen ontsnappen. Toen de zon hoger aan de hemel rees, kwamen er onverwachte dotten sneeuw van de takken omlaag en ploften op de grond.

Voor haar geestesoog doemde somber de lange koude winter op, met Broud die haar dag in dag uit met zijn bevelen achtervolgde. Ik kán hem maar niet tevredenstellen, dacht ze. Wat ik ook doe, hoe ik me ook inspan, het helpt niets. Wat kan ik nou nog meer doen? Haar oog viel toevallig op een plekje kale grond en daar zag ze een gedeeltelijk vergane pels en enkele verspreide pennen, al wat er van het stekelvarken was overgebleven. Hij zal wel door een hyena gevonden zijn, dacht ze – of door een veelvraat. Met even een gevoel van schuld dacht ze aan de dag dat ze hem had neergelegd. Ik had mezelf nooit met de slinger moeten leren omgaan, het was verkeerd. Creb zou er boos om zijn, en Broud... Broud zou er niet boos om zijn, hij zou er blij om zijn als hij er ooit achter kwam. Dat zou hem nog eens een goed excuus geven om me te slaan. Wat zou hij het geweldig vinden als hij het wist. Maar hij weet het niet en hij zal het nooit weten ook. Het verschafte haar een zeker genoegen te weten dat ze iets gedaan had waar hij niet vanaf wist en dat hem een reden zou geven om haar ervan te laten lusten. Ze had zin iets te doen, iets als een steen wegslingeren bijvoorbeeld, om haar gefrustreerde opstandigheid af te reageren.

Ze wist nog dat ze haar slinger onder een struik had gegooid en ging hem zoeken. Ze ontdekte het stukje leer inderdaad vlakbij onder een struik en raapte het op. Het was vochtig, maar had nog niet van het slechte weer geleden. Ze liet de zachte, soepele reep hertenleer door haar handen glijden; het voelde zo prettig aan. Ze herinnerde zich de eerste keer dat ze een slinger had opgeraapt en er gleed een glimlach over haar gezicht toen ze eraan dacht hoe Broud ineengekrompen was onder Bruns woede toen hij Zoug omver had geduwd. Ze was niet de enige die ooit Brouds razernij had opgewekt.

Alleen kan hij met mij ongestoord zijn gang gaan, dacht Ayla bitter. Alleen omdat ik een meisje ben. Brun was werkelijk boos toen hij Zoug sloeg, maar mij kan hij slaan wanneer hij maar wil en het interesseert Brun niets. Nee, dat is niet helemaal waar, corrigeerde ze zichzelf. Iza zei dat Brun Broud van me af sleurde om hem op te laten houden, en Broud slaat me niet zo vaak als Brun erbij is. Het zou me zelfs niets kunnen schelen dat hij me slaat, als hij me alleen maar zo af en toe met rust liet.

Ze had steentjes zitten oprapen en in de beek gegooid en bemerkte

dat ze zonder erbij na te denken er een in de slinger had gelegd. Ze glimlachte, zag een laatste verschrompeld blad aan het uiteinde van een takje hangen, mikte, en wierp. Een warme voldoening trok door haar heen toen ze de steen het blad van de boom zag rukken. Ze raapte nog wat steentjes op, stond op en liep naar het midden van het veldje en fronste toen het voorhoofd. Wat heeft het voor nut? Ik heb nog nooit iets bewegends geraakt; dat stekelvarken telt niet, dat stond bijna stil. Ik weet zelfs niet of ik het zou kunnen en als ik werkelijk leerde jagen, echt op jacht gaan, wat zou dat dan nog voor zin hebben? Ik zou niets mee kunnen nemen naar de grot; ik zou het alleen een of andere wolf of hyena of veelvraat gemakkelijk maken en die stelen al genoeg van ons.
De jacht en de daarbij behaalde buit waren zo belangrijk voor de stam, dat ze voortdurend op haar hoede moest zijn voor concurrerende roofdieren. Niet alleen gristen grote katten of een troep wolven of hyena's soms een dier voor de neus van de jagers weg, er waren ook altijd rondsluipende hyena's of gluiperige veelvraten in de buurt wanneer er vlees te drogen lag; ze probeerden zich zelfs toegang te verschaffen tot de opslagplaatsen. Ayla kwam in opstand tegen de gedachte dat ze de mededingers zou helpen in leven te blijven.
Brun vond het zelfs niet goed dat ik het wolvenjong in de grot bracht toen het gewond was, en de jagers doden ze ook heel vaak, zelfs als we hun pelzen niet nodig hebben. We hebben altijd last van de vleeseters.
De gedachte bleef in haar achterhoofd hangen. Toen begon er zich een ander idee uit te ontwikkelen. Vleeseters, dacht ze, vleeseters kun je ook met een slinger doden, alleen de grotere niet. Ik weet nog dat Zoug dat tegen Vorn zei. Hij zei dat je soms beter je slinger kunt gebruiken, omdat je dan niet zo dichtbij hoeft te komen.
Ayla herinnerde zich de dag dat Zoug hoog had opgegeven van het wapen waar hij het vaardigst mee was. Het was waar dat de jager met een slinger niet zo dicht bij de scherpe slagtanden of klauwen hoefde komen; maar hij had er niet bij gezegd dat wanneer de jager miste hij aan de aanval van een wolf of lynx kon worden blootgesteld zonder een ander wapen om op terug te vallen, hoewel hij er wel nadrukkelijk op gewezen had dat het onverstandig zou zijn iets groters met de slinger te proberen te doden.
En als ik nu eens alleen op vleeseters ging jagen? We eten ze nooit, dus het zou geen verspilling zijn, dacht ze, ook al zouden ze voor de aaseters blijven liggen. De jagers doen het ook.
Wat haal ik me toch allemaal in mijn hoofd? Ayla schudde met haar hoofd om haar schandelijke gedachten kwijt te raken. Ik ben een

meisje, ik word niet verondersteld te jagen, ik word niet eens verondersteld een wapen aan te raken. Maar ik kan goed met een slinger omgaan! Ook al hoort het niet, dacht ze opstandig. Het zou de stam best helpen. Als ik een veelvraat of vos of wat dan ook zou doden, zou hij ons vlees niet meer kunnen stelen. En dan die afschuwelijke hyena's. Misschien zou ik er daar wel eens eentje van te pakken kunnen krijgen, denk je eens in wat dat zou schelen. Ayla zag zichzelf de sluwe roofdieren al besluipen.

Ze had de hele zomer met de slinger geoefend en hoewel het voor haar maar spel was, had ze genoeg verstand van en respect voor wapens om te begrijpen dat ze niet voor spelletjes en niet voor oefening maar voor de serieuze jacht bedoeld waren. Ze voelde dat de opwinding van het raken van palen of zelfgemaakte doelwitten op rotsblokken of takken zonder grotere uitdagingen snel zou tanen. En zelfs als de mogelijkheid van het deelnemen aan stamwedstrijden voor haar open zou staan, zou dat haar nog niet tevredenstellen, daar de gedachte van een wedstrijd omwille van de wedstrijd pas ingang vond toen de aarde getemd was door beschavingen die niet langer op jacht hoefden te gaan om te overleven. De binnen de stam gehouden wedstrijden dienden om voor het overleven noodzakelijke vaardigheid te vergroten, vaardigheden die Ayla toch niet zou kunnen gebruiken.

Hoewel ze het zelf niet zo besefte, werd haar neerslachtigheid ten dele veroorzaakt door het moeten opgeven van de vaardigheid die ze ontwikkeld had en nog verder zou kunnen ontwikkelen. Ze had het heerlijk gevonden haar mogelijkheden te verruimen, de oog-handcoördinatie te oefenen, en ze was er trots op zichzelf getraind te hebben. Ze was toe aan een grotere uitdaging, de uitdaging van de jacht, maar ze moest dat voor zichzelf eerst goedpraten.

Al toen het nog maar spel was, had ze zich steeds voorgesteld hoe ze op jacht zou gaan en met het wild dat ze gedood had thuiskomen, en hoe verrast en blij de stam zou kijken. Het stekelvarken deed haar beseffen hoe ireëel een dergelijke dagdroom was. Nooit zou ze met een buit thuis kunnen komen en erkenning van haar bekwaamheid vinden. Ze was een meisje en bij de Stam jaagden de vrouwen niet. De gedachte om de concurrenten van de stam te gaan bejagen, gaf haar vaag het idee dat haar vaardigheid dan tenminste geapprecieerd zou worden, hoewel niet herkend als de hare. En het verschafte haar een excuus om op jacht te gaan.

Hoe langer ze erover nadacht, hoe meer ze zichzelf ervan overtuigde dat het jagen op vleeseters, ook al was het in het geheim, dé oplossing was, hoewel ze haar schuldgevoelens niet helemaal kwijtraakte.

Ze worstelde nog met haar geweten. Creb en Iza hadden haar allebei voorgehouden hoe erg het was als een vrouw een wapen aanraakte. Maar ik heb toch al méér gedaan dan alleen een wapen aanraken, dacht ze. Kan het zoveel erger zijn als ik ermee op jacht ga? Ze keek naar de slinger in haar hand en nam plotseling een besluit, het gevoel dat ze iets verkeerds deed krachtig onderdrukkend.
'Ja, ik doe het! Ik doe het! Ik ga leren jagen! Maar ik zal alleen vleeseters doden.' Ze zei het met veel nadruk en maakte er de gebaren bij die haar beslissing kracht moesten bijzetten. Met rode wangen van opwinding rende ze naar het beekje om nog meer stenen te gaan zoeken.
Terwijl ze naar gladde ronde stenen van precies de goede afmetingen speurde, werd haar oog getroffen door een eigenaardig klein voorwerp. Het zag eruit als een steen, maar ook als de schelp van een weekdier, zoals je die aan de zeekust vond. Ze raapte het op en bekeek het aandachtig. Het was een steen, een steen in de vorm van een schelp.
Wat een vreemde steen, dacht ze. Ik heb er nog nooit zo een gezien. Toen dacht ze aan iets wat Creb haar gezegd had en ze was zo geschokt door wat ze in een plotselinge flits begreep dat ze het bloed uit haar gezicht voelde wegtrekken en er een koude rilling over haar rug liep. Haar benen voelden zo slap aan en ze beefde zo dat ze moest gaan zitten. Ze hield het fossiele afgietsel van het weekdier in de kom van haar handen en staarde er ingespannen naar.
Ze herinnerde zich dat Creb had gezegd dat wanneer je een besluit moest nemen, je totem je zou helpen. Als je het goede besluit genomen had, zou hij je een teken geven. Creb zei toen dat het iets heel bijzonders zou zijn en dat niemand anders je vertellen kon of het een teken was of niet. Je moest leren luisteren met je hart en je verstand en dan zou de geest van je totem binnen in je het je laten weten, dacht ze.
'Grote Holenleeuw, is dit een teken?' Ze gebruikte de formele klankloze taal om haar totem toe te spreken. 'Wilt u me laten weten dat ik het goede besluit genomen heb? En dat het goed is dat ik jaag, ook al ben ik een meisje?'
Stil zat ze naar de schelpvormige steen in haar handen te kijken en probeerde te mediteren zoals ze Creb had zien doen. Ze wist wel dat ze in de stam als een buitenbeentje beschouwd werd omdat ze een Holenleeuwtotem had, maar ze had er nooit zo erg bij stilgestaan. Ze reikte onder haar omslag en voelde aan de vier evenwijdige krassen op haar been. Waarom zou een Holenleeuw eigenlijk míj uitgekozen hebben? Het is een machtige totem, een mannentotem, waarom zou hij een meisje kiezen? Er moet een reden voor zijn. Ze dacht aan de

slinger en hoe ze hem had leren gebruiken. Waarom heb ik die oude slinger die Broud had weggegooid, eigenlijk opgeraapt? Geen van de andere vrouwen zou er een vinger naar hebben uitgestoken. Wat heeft me ertoe bewogen? Wilde mijn totem dat ik het deed? Wil hij dat ik ga jagen? Alleen mannen jagen, maar mijn totem is een mannentotem. Natuurlijk! Dat moet het zijn! Ik heb een sterke totem en hij wil dat ik ga jagen.

'O, Grote Holenleeuw, ik ken de wegen der geesten niet. Ik weet niet waarom u wilt dat ik ga jagen, maar ik ben blij dat u me dit teken gegeven hebt.' Ayla draaide de steen nog eens in haar hand rond, deed haar amulet af, peuterde de knoop die het buideltje dichthield los en stopte het fossiele afgietsel in het leren zakje, bij het stukje rode oker. Ze bond het goed dicht en deed de amulet weer om haar hals, waarbij ze het verschil in gewicht opmerkte. Het scheen ook de goedkeuring van haar totem meer gewicht te verlenen.

Weg waren haar schuldgevoelens. Het was wél de bedoeling dat ze ging jagen, haar totem wilde het. Het gaf niet dat ze een meisje was. Ik ben net als Durc, dacht ze. Hij verliet zijn stam, ook al zei iedereen dat hij er verkeerd aan deed. Ik denk dat hij wel degelijk een betere woonplaats vond. Ik denk dat hij een heel nieuwe stam stichtte. Hij moet ook een sterke totem gehad hebben. Creb zegt dat sterke totems moeilijk zijn om mee te leven. Hij zegt dat ze je op de proef stellen om zich ervan te overtuigen dat je hen waardig bent voordat ze je iets geven. Hij zegt dat ik daarom bijna gestorven ben voordat Iza me vond. Ik vraag me af of Durcs totem hem op de proef stelde. Zou mijn Holenleeuw mij nog eens opnieuw op de proef stellen?

Zo'n beproeving kan best zwaar zijn. En stel dat ik hem niet waardig ben? Hoe zal ik weten of ik op de proef gesteld word? Wat voor moeilijks zal mijn totem me laten doen? Ayla overdacht wat er moeilijk was in haar leven en plotseling ging haar een licht op.

'Broud! Broud is mijn beproeving!' gebaarde ze tegen zichzelf. Wat kon er zwaarder zijn dan het vooruitzicht van een hele winter met Broud? Maar als ik waardig ben, als ik het kan volbrengen, zal mijn totem me laten jagen.

Ayla bewoog zich anders toen ze bij de grot terugkeerde, en Iza merkte het op, hoewel ze niet precies had kunnen zeggen wat het was. Haar gang was niet minder fatsoenlijk, alleen wat losser, niet zo gespannen en er lag een uitdrukking van aanvaarding op het meisjesgezichtje toen ze Broud zag naderen. Geen berusting, alleen aanvaarding. Maar het was Creb die de extra bobbel in haar amulet ontdekte.

Met het invallen van de winter waren ze beiden blij haar weer de oude

Ayla te zien worden, ondanks Brouds veeleisendheid. Hoewel ze vaak vermoeid was, kwam haar glimlach terug wanneer ze met Oeba speelde, zo niet haar lach. Creb vermoedde wel dat ze een of ander besluit genomen en een teken van haar totem gevonden had, en het deed hem goed dat ze haar plaats in de stam makkelijker leek te aanvaarden. Hij was zich haar innerlijke strijd bewust, maar hij wist dat ze niet alleen voor Brouds wil moest buigen, ze moest ophouden zich ertegen te verzetten. Ook zij moest zelfbeheersing leren.

Tijdens de winter die haar achtste levensjaar inluidde, werd Ayla een vrouw. Niet in lichamelijk opzicht; haar lichaam bezat nog steeds de strakke, ongevormde lijnen van dat van een kind, zonder de geringste aanduidingen van de veranderingen die komen zouden. Maar het was gedurende dat lange koude seizoen dat Ayla haar kindertijd achter zich liet.

Soms was haar leven zo ondraaglijk dat ze niet eens wist of ze het wel wilde voortzetten. Wanneer ze op sommige morgens haar ogen opende en het vertrouwde ruwe oppervlak van de kale rots boven zich zag, wenste ze weer in te kunnen slapen en nooit meer wakker te worden. Maar wanneer ze dacht het niet langer vol te kunnen houden, omklemde ze haar amulet en het voelen van de extra steen gaf haar op een of andere manier het geduld zich door weer een dag heen te slepen. En iedere doorgekomen dag bracht haar een dag dichter bij de tijd dat de hoge sneeuw en ijskoude windstoten zouden veranderen in groen gras en warme briesjes uit zee, en ze weer in vrijheid door bos en veld zou kunnen zwerven.

Net als de wolharige rinoceros, wiens geest hij zijn totem noemde, kon Broud even koppig als onvoorspelbaar kwaadaardig zijn. En zoals karakteristiek was voor de mensen van de Stam hield hij wanneer hij eenmaal tot een bepaalde gedragslijn besloten had, deze met niet-aflatende volharding vast. En Broud had zich tot taak gesteld Ayla onder de duim te houden. De kwelling die hij haar dagelijks deed ondergaan in de vorm van klappen en verwensingen en voortdurende treiterijen ontsnapte niet aan de opmerkzaamheid van de stam. Velen vonden dat het meisje wel wat tucht en straf had verdiend, maar weinigen konden er waardering voor opbrengen dat Broud er zover mee ging.

Brun was nog steeds bezorgd dat Broud zich te veel door het meisje uit zijn tent liet lokken, maar sinds de jonge man zijn woede beheerste, zag de leider een duidelijke verbetering. Brun hoopte dat de zoon van zijn gezellin op eigen kracht tot een gematigder aanpak zou komen en besloot de zaak nog maar even aan te zien. Naarmate de winter vorderde, begon hij een zeker onwillig respect voor het meisje te voelen, hetzelfde soort respect dat hij voor zijn bloedverwante gevoeld had toen zij de afranselingen van haar metgezel had moeten verdragen.

Net als Iza indertijd was Ayla een waar voorbeeld van passend vrouwelijk gedrag. Ze droeg haar lot zonder morren, zoals een vrouw betaamde. Wanneer ze even bleef staan om haar amulet te omklemmen, zag Brun, en vele anderen met hem, dat als een blijk van haar verering voor de bovennatuurlijke krachten die zo ontzaglijk belangrijk voor de Stam waren. Het droeg nog tot haar vrouwelijke verdienste bij.

De amulet verschafte haar inderdaad iets om in te geloven; en ze voelde werkelijk verering voor de bovennatuurlijke krachten, zoals zij ze zag. Haar totem stelde haar op de proef. Als ze hem waardig bleek, kon ze leren jagen. Hoe moeilijker Broud het haar maakte, hoe meer het voor haar kwam vast te staan dat ze zichzelf zou leren jagen wanneer de lente gekomen was. Ze zou beter worden dan Broud, zelfs beter dan Zoug. Ze zou de beste schutter van de stam worden, hoewel alleen zij het weten zou. Dat was de gedachte waar ze zich voortdurend aan vastklampte, en die gedachte nam steeds duidelijker vormen aan, net als de lange puntige ijspegels die zich boven in de grotingang vormden, op het punt waar opstijgende warme lucht van de vuren binnen en de vriestemperaturen buiten elkaar ontmoetten, en bleef ook net als de zware doorschijnende gordijnen van ijs de hele winter doorgroeien.

Hoewel niet met opzet, wás ze zichzelf al aan het trainen. Ondanks het feit dat het haar in nauwer contact met Broud bracht, bemerkte ze dat ze geïnteresseerd was en naar de mannen toe getrokken werd wanneer ze hele dagen bij elkaar zaten en nog eens herinneringen aan vroegere jachtpartijen ophaalden of plannen voor toekomstige bespraken. Ze vond altijd wel een excuus om bij hen in de buurt bezig te zijn en genoot vooral wanneer Dorv of Zoug verhalen over het jagen met de slinger vertelde. Ze toonde een hernieuwde belangstelling voor Zoug, was vrouwelijk attent op zijn verlangens en ontwikkelde een oprechte genegenheid voor de oude jager. In bepaalde opzichten leek hij op Creb: ook hij was trots en streng en blij met een beetje aandacht en warmte, al was het maar van een vreemd, lelijk meisje.

Zoug was niet blind voor haar belangstelling wanneer hij van oude triomfen verhaalde, nog uit de tijd dat hij tweede man was, zoals Grod nu. Ze was een aandachtig, zij het zwijgend, gehoor en altijd bescheiden en vol eerbied. Zoug zocht Vorn nu vaak bewust op om hem een opsporingstechniek uiteen te zetten of een oud jachtverhaal te vertellen, in de wetenschap dat als het even kon het meisje een manier zou vinden om in de buurt te komen zitten, hoewel hij voorwendde het niet op te merken. Als ze zijn verhalen zo op prijs stelde, wat voor kwaad kon er dan in steken?

Als ik jonger was, dacht Zoug, en nog zelf voor vlees zorgde, zou ik haar misschien wel tot gezellin nemen wanneer ze een vrouw wordt. Ze zal eens een metgezel moeten hebben, en lelijk als ze is zal het haar niet gemakkelijk vallen er een te vinden. Maar ze is jong en sterk en eerbiedig. Ik heb verwanten in andere stammen. Als ik nog sterk genoeg ben om naar de volgende Stambijeenkomst te gaan, zal ik een goed woordje voor haar doen. Ze zal hier misschien niet willen blijven als Broud leider geworden is, niet dat het ertoe doet wat ze wil, maar ik kan haar geen ongelijk geven. Ik hoop dat ik naar de volgende wereld zal zijn overgegaan wanneer het zover komt. Zoug was Brouds aanval op hem nog lang niet vergeten en mocht de zoon van Bruns gezellin niet. Hij vond dat de toekomstige leider onredelijk hard was tegen het meisje, voor wie hij een zekere genegenheid was gaan voelen. Ze had wel enige terechtwijzing verdiend, maar er waren grenzen en Broud overschreed die. Tegen hém was ze nooit oneerbiedig; een oudere en wijzere man wist beter met vrouwen om te gaan. Ja, ik zal een goed woordje voor haar doen. Als ik niet kan gaan, zal ik een boodschap meegeven. Als ze alleen maar niet zo lelijk was, peinsde hij.

Moeilijk als het leven voor Ayla was, was het niet helemaal zonder lichtpuntjes. Er was minder werk te doen en zelfs Broud kon maar een bepaald aantal taken bedenken voordat er niets meer te doen was. Naarmate de tijd verstreek, raakte hij wat verveeld; ze bood geen tegenstand meer en zijn vervolging verloor aan intensiteit. En dan was er nog een tweede reden dat Ayla de winter draaglijker begon te vinden.

In de eerste plaats om een geldige reden te hebben om haar binnen de grenzen van Crebs vuurplaats te houden, had Iza besloten haar te gaan onderrichten in de bereiding en toepassing van de kruiden en planten die Ayla de hele zomer verzameld had. Ayla vond de geneeskunst bijzonder boeiend. De gretige belangstelling van het meisje noodzaakte Iza weldra een vast programma op te stellen en ze wilde dat ze eerder was begonnen toen ze besefte hoe anders het brein van haar aangenomen dochter functioneerde.

Als Ayla haar eigen dochter was geweest, had Iza haar alleen maar hoeven herinneren aan hetgeen er al in haar brein opgeslagen lag, om haar eraan te wennen er gebruik van te maken. Maar Ayla moest zich moeizaam kennis eigen maken waar Oeba mee geboren was en Ayla's geheugen was niet zo goed als dat van Oeba. Iza moest de stof erin stampen, vele malen hetzelfde onderwerp behandelen en haar voortdurend overhoren om te zien of ze het nog wist.

Iza ontleende haar informatie aan haar herinneringen en aan haar eigen ervaringen en stond er zelf verbaasd over welk een schat aan kennis ze bezat. Ze had er nooit eerder bij stil hoeven staan; de informatie was er eenvoudigweg geweest wanneer ze die nodig had. Soms wanhoopte Iza eraan dat het haar ooit zou lukken Ayla te leren wat zijzelf wist, of zelfs maar genoeg om een redelijke medicijnvrouw van haar te maken. Maar Ayla bleef even geïnteresseerd en Iza was vastbesloten haar een vaste status in de stam te geven. De lessen gingen elke dag door.

'Wat is goed tegen verbrandingen, Ayla?'

'Eens even kijken. Hysopbloemen, vermengd met guldenroedebloemen en kegelbloemen, in gelijke delen gedroogd en tezamen tot poeder gestampt. Maak er met wat water een papje van en bedek dat met een verband. Maak het als het opdroogt weer nat door koud water op het verband te gieten,' ratelde ze haar lesje af, zweeg dan even om na te denken. 'Gedroogde paardemuntbloemen en -blaadjes zijn ook goed bij brandwonden; bevochtig ze in de hand en leg ze op de verbrande plek. Van de gekookte wortels van de kalmoesplant kun je het kookvocht op verbrandingen sprenkelen.'

'Goed, nog iets anders?'

Het meisje zocht haar geheugen af. 'Reuzenhysop is ook goed. Kauw de verse blaadjes en stengels tot een papje, of bevochtig de gedroogde blaadjes. En o ja, gekookte bloesems van de geelstengeldistel. Spoel de wond met het afgekoelde kooknat.'

'Dat helpt ook bij huidbeschadigingen, Ayla. En vergeet niet dat de as van heermoes vermengd met vet een goede brandwondezalf oplevert.'

Ayla begon onder Iza's leiding ook meer te koken. Algauw nam ze het karwei van het bereiden van Crebs maaltijden grotendeels over, alleen was het voor haar geen karwei. Ze beijverde zich om zijn graankorrels extra fijn te malen voor ze gekookt werden, zodat hij ze met zijn versleten tanden gemakkelijker kon kauwen. Ook de noten werden fijngehakt voor ze ze aan de oude man opdiende. Iza leerde haar de pijnstillende dranken en natte verbanden klaar te maken die zijn reumatische pijnen verlichtten en Ayla specialiseerde zich in de verschillende remedies tegen die algemene aandoening onder de oudere leden van de stam, wier klachten tijdens hun gedwongen verblijf in de koude stenen grot onveranderlijk verergerden. Die winter gebeurde het voor het eerst dat Ayla de medicijnvrouw assisteerde en hun eerste patiënt was Creb. Het was midwinter. De zware sneeuwval had een laag sneeuw van wel een meter hoog voor de ingang van de grot neergelegd. De isolerende deken van sneeuw hielp de warmte van de vuren binnen de grote ruimte te houden, maar de wind floot nog steeds door de gapende opening boven de sneeuw naar binnen. Creb was ongewoon humeurig en draaide in een kringetje rond, van zwijgen naar knorrigheid, dan via verontschuldigende boetvaardigheid weer terug naar zwijgen. Zijn gedrag verwarde Ayla, maar Iza raadde er de reden van. Creb had kiespijn, en niet zo weinig.

'Creb, wil je me niet even naar de kies laten kijken, alleen maar kijken?' pleitte Iza.

'Het is niets. Gewoon kiespijn, gewoon een beetje pijn. Denk je soms dat ik niet tegen een beetje pijn kan? Denk je dat ik nooit eerder pijn gehad heb, vrouw? Wat stelt een beetje kiespijn nu voor?' snauwde Creb.

'Ja, Creb,' antwoordde Iza met gebogen hoofd. Hij had dadelijk berouw.

'Iza, ik weet wel dat je me alleen probeert te helpen.'

'Als je me ernaar liet kijken, zou ik je er iets voor kunnen geven. Hoe kan ik weten wat ik je moet geven als je me er niet naar wilt laten kijken?'

'Wat is er nu aan te zien?' hield hij af. 'De ene rotte kies ziet er net zo uit als de andere. Zet nu maar wat wilgenbastthee voor me,' mopperde Creb en ging toen op zijn slaapvacht voor zich uit zitten staren.

Iza schudde haar hoofd en ging de thee zetten.

'Vrouw!' schreeuwde Creb even later alweer. 'Waar is die wilgenbastthee? Waarom doe je er zo lang over? Hoe kan ik nu mediteren? Ik kan me niet concentreren,' gesticuleerde hij ongeduldig.

Iza haastte zich naar hem toe met een benen drinkkommetje, Ayla wenkend om mee te komen. 'Ik kwam het je al brengen, maar ik denk niet dat wilgenbast veel zal helpen, Creb. Laat me er nu maar even naar kijken.'

'Goed dan. Goed dan, Iza. Kijk maar.' Hij deed zijn mond open en wees de boosdoener aan.

'Zie je hoe diep dat zwarte gat doorloopt, Ayla? Het tandvlees zwelt op, hij is doorgerot. Ik ben bang dat hij eruit zal moeten, Creb.'

'Eruit zal moeten! Je zei dat je er alleen maar even naar wilde kijken, zodat je me er iets voor kon geven. Je hebt niets over eruit halen gezegd. Kom, geef me er iets voor, vrouw!'

'Ja Creb,' zei Iza. 'Hier is je wilgenbastthee.' Ayla keek vol verbazing bij deze woordenwisseling toe.
'Ik dacht dat je zei dat wilgenbast niet veel zou helpen?'
'Niets zal veel helpen. Je kunt proberen op een stukje kalmoeswortel te kauwen, daar zul je misschien wat verlichting bij vinden. Maar ik betwijfel het.'
'Wat een medicijnvrouw! Kan niet eens kiespijn genezen,' mopperde Creb.
'Ik zou kunnen proberen de pijn eruit te branden,' gebaarde Iza met een stalen gezicht.
Creb verschoot van kleur. 'Ik neem de wortel wel,' zei hij.
De volgende morgen was Crebs wang dik en opgezet, wat zijn eenogige, met littekens bedekte gezicht nog griezeliger maakte. Zijn oog was rood door slaapgebrek. 'Iza,' kreunde hij. 'Kun je niet iets tegen deze kiespijn doen?'
'Als je me gisteren de kies had laten trekken, zou de pijn nu over zijn,' gebaarde Iza en hervatte het roeren in een schaal ingedikte pap van gemalen graan, waarin ze langzaam de bellen op zag borrelen met een zacht *blubblub, blubblub, blubblub.*
'Vrouw! Heb je geen gevoel? Ik heb de hele nacht niet geslapen.'
'Ik weet het. Mij heb je ook wakker gehouden.'
'Nu, doe dan iets!' barstte hij uit.
'Ja, Creb,' zei Iza. 'Maar ik kan hem er nu pas uit halen wanneer de zwelling geslonken is.'
'Is dat alles wat je kunt bedenken? Hem eruit halen?'
'Ik kan nog één ding proberen, Creb, maar ik denk niet dat ik de kies kan redden,' gebaarde ze medelijdend. 'Ayla, breng me eens dat pakje geblakerde splinters van die boom die vorige zomer door de bliksem getroffen is. We zullen het tandvlees nu toch eerst door moeten prikken om de zwelling eruit te krijgen, voordat we de kies kunnen trekken. Dan kunnen we eigenlijk net zo goed proberen of we de pijn eruit kunnen branden.'
Creb sidderde bij de instructies die de medicijnvrouw het meisje gaf; toen haalde hij zijn schouders op. Het kan niet veel erger zijn dan de pijn van de kies, dacht hij.
Iza zocht in het pakje splinters en haalde er twee uit.
'Ayla, ik wil graag dat je de punt van deze roodgloeiend maakt. Het uiteinde moet gloeien als een kooltje, maar nog sterk genoeg zijn, zodat het niet afbreekt. Haal maar een kooltje uit het vuur en houd de punt ertegenaan tot hij smeult. Maar let eerst even op hoe je het tandvlees doorprikt. Houd zijn lippen eens voor me opzij.'

Ayla deed wat haar gezegd werd en keek in Crebs enorme open mond met de twee rijen grote afgesleten tanden.
'We doorboren het tandvlees met een harde, scherpe splinter onder de kies tot er bloed komt,' gebaarde Iza en voegde de daad bij het woord. Creb balde zijn hand tot een vuist, maar gaf geen kik.
'Maak nu de andere splinter maar heet terwijl dit leegloopt.'
Ayla rende vlug naar het vuur en kwam algauw terug met een smeulende punt aan het uiteinde van de zwartgeblakerde splinter. Iza nam het houtje aan, bekeek het kritisch, knikte en wenkte Ayla om zijn lippen weer opzij te houden. Toen priemde ze de hete punt in de holte. Ayla voelde Crebs lichaam schokken terwijl ze met een zacht gesis een sliertje stoom uit het grote gat in zijn kies zag opstijgen.
'Dat is klaar. Nu moeten we afwachten of de pijn ophoudt. Zo niet, dan zal de kies eruit moeten,' zei Iza, toen ze de wond in Crebs tandvlees met een mengsel van gemalen geranium en narduswortel op haar vingertop had aangestipt.
'Jammer dat ik geen stukje van die zwam heb die zo goed tegen kiespijn helpt. Soms doodt hij de zenuw, dikwijls trekt hij hem eruit. Dan zou ik misschien de kies niet hoeven trekken. Je kunt hem het beste vers gebruiken maar gedroogd werkt hij ook en je moet hem tegen het eind van de zomer verzamelen. Als ik er volgend jaar wat van vind, zal ik ze je laten zien, Ayla.'

'Heb je nog kiespijn?' vroeg Iza de volgende dag.
'Het is wel wat beter, Iza,' antwoordde Creb hoopvol.
'Maar heb je nog pijn? Als de pijn niet helemaal verdwenen is, zal het tandvlees alleen maar opnieuw gaan opzetten, Creb,' hield Iza aan.
'Nou... ja, het doet nog wel pijn,' gaf hij toe, 'maar niet zo erg meer. Waarom zouden we het niet nog een dag of wat aanzien? Ik heb een krachtige bezwering uitgesproken. Ik heb Ursus gevraagd de boze geest die de pijn veroorzaakt te vernietigen.'
'Heb je Ursus niet al vele malen gevraagd je van die pijn af te helpen? Ik denk dat Ursus wil dat je je kies offert voor hij de pijn zal doen ophouden, Mog-ur,' zei Iza.
'Wat weet jij van de Grote Ursus, vrouw?' vroeg Creb kribbig.
'Deze vrouw was aanmatigend. Deze vrouw weet niets van de wegen der geesten,' antwoordde Iza met gebogen hoofd. Daarna, haar bloedverwant recht aanziend: 'Maar een medicijnvrouw heeft wél verstand van kiespijn. De pijn zal niet ophouden voordat de kies getrokken is,' gebaarde ze gedecideerd.

Creb wendde zich om en hinkte weg en ging met zijn ene oog gesloten op zijn slaapvacht zitten.
'Iza?' riep hij na een tijdje.
'Ja, Creb?'
'Je hebt gelijk. Ursus wil dat ik de kies opoffer. Ga je gang. Laten we het maar meteen afhandelen.'
Iza liep naar hem toe. 'Hier Creb, drink dit. Het zal de pijn verminderen. Ayla, er ligt een houten pen bij het pakje splinters en een lang stuk pees. Breng ze me even.'
'Hoe wist je dat je de drank gereed moest hebben?' vroeg Creb.
'Ik ken Mog-ur. Het valt niet mee een kies op te offeren, maar als Ursus het wil, zal Mog-ur het doen. Het is niet het zwaarste offer dat hij Ursus heeft gebracht. Een machtige totem is niet gemakkelijk om mee te leven, maar Ursus zou je niet uitverkoren hebben als je hem niet waardig was.'
Creb knikte en dronk. Het is van dezelfde plant die ik gebruik om de mannen met de herinneringen te helpen, dacht hij. Maar ik geloof dat ik Iza hem zag koken; ze zet er een thee van, geen aftreksel. Het is sterker dan wanneer hij alleen geweekt wordt. De plant heeft vele toepassingsmogelijkheden. De datura moet een geschenk van Ursus zijn. Hij begon de bedwelmende werking te voelen.
Iza zei Ayla de mond van de oude tovenaar nogmaals open te houden terwijl zij voorzichtig de houten pen onder de pijnlijke kies bracht. Creb veerde op maar het deed niet zoveel pijn als hij verwacht had. Vervolgens bond Iza het stuk pees om de losgewrikte kies en liet Ayla het andere eind rond een van de palen bevestigen die stevig in de grond verankerd het staketsel vormden waaraan de kruiden te drogen hingen.
'Trek zijn hoofd nu naar achteren tot het koord strak staat, Ayla,' zei Iza tegen het meisje. Toen gaf ze met een snelle beweging een harde klap op de pees.
'Daar is hij,' zei ze, en ze hield het koord met de zware kies eraan bungelend omhoog. Ze strooide gedroogde geraniumwortel in het bloedende gat en doopte een stukje absorberende konijnenhuid in een antiseptische oplossing van moerasdennenbast en wat gedroogde blaadjes en propte het vochtige lapje tussen zijn tandvlees en zijn wang.
'Daar heb je je kies, Mog-ur,' zei Iza en legde de halfvergane kies in de hand van de nog steeds bedwelmde tovenaar. 'Het is achter de rug.'
Creb sloot zijn vingers om de kies en liet hem weer vallen toen hij ging liggen. 'Moet 'm aan Ursus geven,' mompelde hij suffig.

De stam volgde Crebs herstel nauwlettend nadat Ayla de medicijnvrouw bij haar tandheelkundige operatie had geassisteerd. Toen zijn mond zonder enige complicatie en snel genas, waren ze er wat meer van overtuigd dat de aanwezigheid van het meisje de geesten niet afschrikte. Daarna konden ze gemakkelijker accepteren dat ze assisteerde wanneer Iza hun medische hulp verleende. Met het vorderen van de winter leerde Ayla van alles behandelen: brandwonden, snijwonden, kneuzingen, koutjes, keelpijn, buikpijn, oorpijn en vele kleine kwetsuren en kwaaltjes die zich in het leven van alledag voordeden. Na verloop van tijd gingen de stamleden even gemakkelijk naar Ayla als naar Iza voor de behandeling van kleine ongemakken. Ze wisten dat Ayla kruiden voor Iza verzameld had en zagen de medicijnvrouw haar onderrichten. Ook wisten ze dat Iza oud werd en niet in orde was en Oeba was te jong. De stam was enigszins aan het vreemde meisje in hun midden gewend geraakt en begon de gedachte te accepteren dat een bij de Anderen geboren meisje misschien eens de medicijnvrouw van hun stam zou worden.

Het was in de koudste tijd van het jaar, na de zonnewende en vóór de eerste tekenen van de lente zich aankondigden, dat Ovra barensweeën kreeg.

'Het is te vroeg,' zei Iza tegen Ayla. 'Ze zou pas in de lente moeten bevallen en ze heeft de laatste dagen geen leven gevoeld. Ik ben bang dat de geboorte niet goed zal aflopen. Ik denk dat de kleine wel dood zal zijn.'

'Ovra wilde deze kleine zo dolgraag, Iza. Ze was zo blij toen ze merkte zwanger te zijn. Kun je er niets aan doen?' vroeg Ayla.

'We zullen doen wat we kunnen, maar er zijn dingen die nu eenmaal niet te verhelpen zijn, Ayla,' antwoordde de medicijnvrouw.

De hele stam leefde mee met de vroege baring van Goovs gezellin. De vrouwen trachtten morele steun te geven, terwijl de mannen gespannen in de buurt wachtten. Ze hadden bij de aardbeving verscheidene leden van de stam verloren en verheugden zich op iedere versterking van hun aantal. Nieuwe baby's betekenden meer monden om te voeden voor Bruns jagers en de voedsel verzamelende vrouwen, maar te zijner tijd zouden de baby's opgroeien en voor hén zorgen wanneer ze oud werden. Het voortbestaan van de stam als geheel was van essentieel belang voor het voortbestaan van het individu. Ze hadden elkaar nodig en het stemde hen bedroefd dat Ovra waarschijnlijk geen levend kindje ter wereld zou brengen.

Goov was meer bezorgd om zijn gezellin dan om het kind en wilde dat hij iets kon doen. Hij vond het akelig om Ovra te zien lijden, vooral waar er zo weinig hoop op een gelukkige afloop was. Ze had de kleine zo graag gewild; als enige vrouw in de stam zonder kinderen had ze zich mislukt gevoeld. Zelfs de medicijnvrouw had een kind voortgebracht, oud als ze was. Ovra was opgetogen geweest toen ze eindelijk zwanger bleek, en nu wenste Goov dat hij iets kon bedenken om de pijn van haar verlies te verzachten.

Droeg scheen de jonge man beter te begrijpen dan wie ook. Hij had met betrekking tot Goovs moeder aanleiding tot soortgelijke gevoelens gehad, hoewel hij blij was geweest toen ze Goov baarde, en Droeg moest toegeven dat hij zijn nieuwe gezin wel plezierig vond, nu hij aan hen gewend was. Hij hoopte zelfs al dat Vorn nog eens belangstelling voor het maken van gereedschap zou krijgen en Ona was zonder meer aanbiddelijk nu ze gespeend was en volwassen vrouwen op haar kleinemeisjesmanier begon te imiteren. Droeg had nooit eerder een meisje bij zijn vuurplaats gehad en ze was zo jong toen hij Aga tot gezellin nam dat het net leek alsof Ona bij zijn vuurplaats geboren was.

Ebra en Oeka zaten één en al medeleven naast Ovra, terwijl Iza medicijnen klaarmaakte. Ook Oeka had zich op het kind van haar dochter verheugd en ze hield Ovra's hand vast terwijl deze perste. Oga was een avondmaal voor Brun, Grod en Broud gaan klaarmaken en had ook Goov erbij genood. Ika bood aan te helpen, maar toen Goov voor de uitnodiging bedankte, zei Oga geen hulp nodig te hebben. Goov had niet veel trek en ging met Droeg bij diens vuurplaats zitten, waar Aga hem ten slotte overhaalde een paar hapjes te eten.

Oga was niet met haar gedachten bij haar werk; ze was bezorgd om Ovra en begon te wensen dat ze Ika's aanbod niet had afgeslagen. Ze wist niet hoe het kwam, maar toen ze de mannen kommetjes hete soep aan het serveren was, struikelde ze. Kokendhete soep plensde over Bruns schouder en arm.

'Aaghhh!' schreeuwde Brun, toen de gloeiende vloeistof over hem heen stroomde. Hij danste in het rond, met zijn tanden knarsend van de pijn. Alle hoofden wendden zich naar hem om en iedereen hield de adem in. De stilte werd verbroken door Broud.

'Oga! Jij domme, onhandige vrouw!' gebaarde hij, om zijn verlegenheid te verbergen dat het zíjn gezellin was die zoiets vreselijks gedaan had.

'Ayla, ga hem helpen, ik kan niet weg,' seinde Iza.

Broud kwam al met gebalde vuisten op zijn gezellin af om haar te straffen.

'Nee, Broud,' gebaarde Brun, een hand uitstrekkend om de jonge man tegen te houden. Het hete vet van de soep plakte nog op zijn huid en hij vocht om niet te laten merken hoeveel pijn hij had. 'Ze kon er niets aan doen. Het heeft geen zin haar te straffen.' Oga lag tot een hoopje ineengedoken aan Brouds voeten, sidderend van schaamte en angst.

Ayla was heel nerveus. Ze had de leider van de stam nog nooit behandeld en voelde een buitensporig grote angst voor hem. Ze rende naar Crebs vuurplaats, griste er een houten kom weg en holde daarmee naar de grotingang. Daar schepte ze de kom vol sneeuw en ging toen naar de vuurplaats van de leider, waar ze voor hem op de knieën viel.

'Iza heeft me gestuurd, ze kan Ovra nu niet alleen laten. Wil de leider dit meisje toestaan hem te helpen?' vroeg ze toen Brun haar op de schouder tikte.

Brun knikte. Hij had er wel zijn twijfels over of Ayla ooit de medicijnvrouw van de stam zou kunnen worden, maar onder de omstandigheden had hij geen andere keus dan zich door haar te laten behandelen. Behoedzaam legde ze de verkoelende sneeuw op de felrode brandwond en voelde hoe Bruns strakgespannen spieren zich ontspanden toen de sneeuw de pijn verzachtte. Ze rende terug, pakte de gedroogde paardemunt en goot heet water over de bladeren. Toen ze zacht geworden waren, deed ze wat sneeuw in de schaal om het aftreksel snel te laten afkoelen en keerde terug naar haar patiënt. Met haar hand schepte ze het pijnstillend middel op de wond en voelde onder haar handen de spanning verder uit het keihard gespierde lichaam van de leider trekken. Brun ademde verlicht op. De brandwond schrijnde nog wel, maar het was veel beter te verdragen. Hij knikte goedkeurend en het meisje verloor iets van haar nervositeit.

Ze schijnt Iza's toverkunst inderdaad te leren, dacht Brun. En ze leert zich ook netjes te gedragen, zoals een vrouw past; misschien hoefde ze alleen maar wat volwassener te worden. Als Iza iets overkomt voordat Oeba groot is, zullen we zonder medicijnvrouw zitten. Misschien is het wel verstandig van Iza om haar op te leiden.

Niet lang daarna kwam Ebra haar metgezel melden dat Ovra's zoon doodgeboren was. Brun knikte en wierp een blik in Ovra's richting. Hij schudde het hoofd. En een jongen ook nog, dacht hij. Haar hart moet wel gebroken zijn, iedereen weet hoe graag ze dit kind wilde. Ik hoop dat ze nu gemakkelijker zwanger zal worden. Wie zou ooit gedacht hebben dat een Bevertotem zich zo zou verzetten? Hoewel de leider zeer met de jonge vrouw begaan was, zei hij niets, want het was de gewoonte dat in zo'n geval niemand iets over de tragedie zei. Maar

Ovra begreep waarom Brun enkele dagen later naar Goovs vuurplaats kwam om haar te zeggen dat ze er alle tijd voor mocht nemen om van haar 'ziekte' te herstellen. Ofschoon de mannen zich dikwijls rond Bruns vuur verzamelden, bezocht de leider zelden andermans vuurplaats en richtte zich in zo'n zeldzaam geval ook nog ternauwernood tot de vrouwen. Ovra was dankbaar voor zijn zorg, maar niets kon haar verdriet verzachten.

Iza stond erop dat Ayla Brun bleef behandelen en naarmate de brandwond verder genas, werd het meisje nog meer door de stam geaccepteerd. Ayla voelde zich nadien in de buurt van de leider minder gespannen. Hij was tenslotte ook maar een mens.

12

Toen de lange winter ten einde liep, versnelde het levenstempo van de stam zich om gelijke tred te houden met het in de rijke aarde ontluikende leven. Het koude seizoen bracht de stamleden niet in een echte winterslaap, maar veroorzaakte een verandering in hun stofwisselingssnelheid ten gevolge van hun verminderde activiteit. In de winter waren ze trager, sliepen meer, aten meer, waardoor ze een onderhuidse vetlaag ontwikkelden die hen tegen de kou beschermde. Wanneer de temperatuur steeg, sloeg de algemene stemming om en werd de stam rusteloos en begon naar frisse lucht en wat beweging te verlangen.

Het proces werd nog versneld door Iza's lentetonicum, dat jong en oud gelijkelijk door de medicijnvrouw van de stam kreeg toegediend en dat ze brouwde van speltwortels die ze vroeg in de lente verzamelde in het grove gras dat op rogge leek, gedroogd lievevrouwebedstro en de veel ijzer bevattende krulzuring. Van nieuwe energie vervuld stroomde de stam de grot uit, geheel gereed om het nieuwe seizoen te beginnen.

De derde winter in de grot was hun niet al te zwaar gevallen. Het enige sterfgeval was dat van Ovra's doodgeboren kind geweest, en dat telde niet mee omdat het kind nog geen naam had gekregen en niet in de stam was opgenomen. Iza had de winter goed doorstaan, nu haar krachten niet langer werden ondermijnd door het voeden van een hongerige baby. Creb had niet meer pijn gehad dan anders. Zowel Aga als Ika was weer zwanger en daar beide vrouwen al eerder met succes gebaard hadden, verheugde de stam zich op de komende aanwinsten. De eerste groene groenten, scheuten en knoppen werden verzameld en er werden plannen gemaakt voor een vroege jacht om vers vlees te hebben voor een lentefeestmaal ter ere van de geesten die nieuw leven hadden opgewekt, en om de beschermtotems van de stam dank te brengen omdat ze hen weer een winter hadden doen overleven.

Ayla vond dat ze wel een heel speciale reden had om haar totem dankbaar te zijn. De winter was zowel moeilijk als opwindend geweest. Ze was Broud nog meer gaan haten, maar ze had geleerd hem te verdragen. Hij had haar de ergste dingen doen ondergaan en ze had geleerd ze schouderophalend af te doen. Er was een grens die zelfs Broud niet kon overschrijden. Het onderricht in Iza's genezende toverkunst had haar een steuntje in de rug gegeven; ze had het heerlijk gevonden. Hoe meer ze leerde, hoe meer ze wilde leren. Ze bemerkte dat ze de geneeskrachtige planten nu even graag ging zoeken om hun toepassingen, nu ze daar meer verstand van had, als om de ontsnappingsmogelijkheid die het planten zoeken haar bood. Zolang er een snijdende wind stond en ijzige sneeuwstormen woedden had ze geduldig gewacht. Maar bij de eerste aanduiding van een weersomslag maakte het verlangen naar buiten te gaan haar ongedurig. Ze herinnerde zich niet ooit eerder zo reikhalzend naar de lente te hebben uitgekeken. Het was tijd om te leren jagen.

Zodra het weer het toeliet, trok Ayla de bossen en velden in. Ze verborg haar slinger nu niet meer in de kleine grot bij haar oefenveldje. Ze hield hem bij zich, weggestopt in een plooi van haar omslag of onder een laag bladeren in haar rugmand. Het viel niet mee op eigen kracht te leren jagen. De dieren waren vlug, moeilijk op te sporen en bewegende doelwitten waren veel lastiger te raken dan stilstaande. De vrouwen maakten altijd lawaai wanneer ze planten aan het verzamelen waren, om eventueel verborgen zittende dieren te verjagen en het was een moeilijk af te leren gewoonte. Vele malen zag ze nog juist een dier wegschieten en was ze boos op zichzelf dat ze het haar nadering verraden had. Maar ze was vastbesloten en al doende leerde ze. Met veel vallen en opstaan leerde ze spoorzoeken en begon ze de losse flarden jachtwijsheid die ze van de mannen had opgevangen te begrijpen en in praktijk te brengen. Haar oog was er al op getraind kleine bijzonderheden te onderscheiden waarin de ene plant van de andere verschilde, en ze hoefde dat vermogen alleen bij te sturen om de betekenis van de uitwerpselen van een dier, een lichte afdruk in het zand, een geknakte grashalm of een gebroken takje te leren begrijpen. Ze leerde het spoor van verschillende dieren te onderscheiden en raakte met hun gewoonten en verblijfplaatsen vertrouwd. Hoewel ze de grasetende soorten niet verwaarloosde, concentreerde ze zich op de vleeseters, haar uitverkoren prooi.

Ze lette op in welke richting de mannen verdwenen wanneer ze op jacht gingen. Maar het waren niet Brun en zijn jagers die haar de meeste zorgen baarden. Meestentijds verkozen zij de steppe als hun jachtgebied en zij durfde niet op de open vlakte te jagen, zo geheel zonder dekking. Nee, twee oude mannen waren degenen over wie ze zich het meest ongerust maakte. In het verleden had ze Zoug en Dorv wel eens zien lopen wanneer ze voor Iza foerageerde. Zij waren degenen die ze de meeste kans liep jagend in hetzelfde gebied als zij tegen te komen. Ze moest er voortdurend op bedacht zijn hun uit de weg te blijven. Zelfs als ze de tegenovergestelde kant op ging als zij, was dat geen waarborg dat ze niet op hun schreden terug zouden keren en haar met een slinger in haar handen betrappen.

Maar toen ze leerde zich zonder geluid te bewegen, volgde ze hen soms om hen gade te slaan en van hen te leren. Daarbij was ze extra voorzichtig. Het was voor haar gevaarlijker om de spoorzoekers te volgen dan datgene wat ze opspoorden. Het was echter een goede training. Van het volgen der mannen leerde ze, net als van het opsporen van een dier, om zich geluidloos voort te bewegen en ze kon in de schaduwen oplossen als er toevallig iemand in haar richting keek.

Toen Ayla goed leerde spoorzoeken, zich sluipend leerde verplaatsen, haar ogen oefende in het ontdekken van een vorm in een gecamoufleerde schuilplaats, deden er zich momenten voor waarop ze er zeker van was dat ze een klein dier had kunnen neerleggen. Hoewel ze in verleiding kwam, ging ze er als het geen vleeseter was aan voorbij zonder een poging te wagen. Ze had het besluit genomen om alleen op roofdieren te gaan jagen en haar totem ging alleen met dat besluit akkoord. Lenteknoppen werden bloesems en bladeren, bloesems vielen uit en in hun harten zwollen de vruchtbeginsels en hingen halfvolgroeid en groen van de takken omlaag, en nog had Ayla haar eerste prooi niet gedood.

'Ga je weg! Kssst! Maak dat je wegkomt!'

Ayla haastte zich de grot uit om te zien wat al die drukte te betekenen had. Enkele vrouwen renden met hun armen zwaaiend achter een kort, plomp, ruigharig dier aan. De veelvraat liep op de ingang van de grot af, maar boog met een snauw af toen hij Ayla zag. Hij dook tussen de benen der vrouwen door en ontsnapte met een reep vlees tussen zijn kaken.

'Die lelijke gluiperd! Ik heb net dat vlees te drogen gelegd,' gesticuleerde Oga woedend. 'Ik had me nog maar nauwelijks omgedraaid. Hij hangt hier nu al de hele zomer rond en wordt met de dag brutaler. Ik wou dat Zoug hem te pakken nam! Goed dat je juist naar buiten kwam, Ayla. Hij rende bijna de grot in. Denk je eens in wat een stank hij daar had kunnen veroorzaken als hij er niet meer uit had gekund!'

'Ik denk dat je "hij" een "zij" is, Oga, en vermoedelijk ergens in de buurt een nest heeft. Waarschijnlijk heeft ze een stel hongerige kleintjes, die nu trouwens al wel flink groot zullen zijn.'

'Dat ontbreekt er nog maar aan! Een heel nest van die beesten!' Boze woorden onderstreepten haar gebaren. 'Zoug en Dorv hebben Vorn vanmorgen ook meegenomen. Ik wou dat ze die veelvraat gingen opsporen, in plaats van hamsters en sneeuwhoenderen beneden in het veld. Veelvraten deugen nergens voor!'
'O, toch wel, Oga. Je adem maakt in de winter geen rijp op hun bontvacht. Hun pelzen zijn heel geschikt voor mutsen en kappen.'
'Was dat mormel ook maar een pels!'
Ayla ging naar Crebs vuurplaats terug. Ze had op dat moment eigenlijk niets te doen en Iza had gezegd dat ze wat krap in bepaalde planten kwam te zitten. Ayla besloot het nest van de veelvraat te gaan zoeken. Ze glimlachte in zichzelf en versnelde haar pas. Korte tijd later verliet ze de grot met haar mand op haar rug, en ging niet ver van de plek waar het dier verdwenen was het bos in.
Ze tuurde de grond af en ontdekte de afdruk van een klauw met lange scherpe nagels in het stof; iets verder een geknakte stengel. Ayla begon het spoor van het dier te volgen. Al na korte tijd hoorde ze schuifelende geluiden, verrassend dicht bij de grot. Ze bewoog zich zachtjes voorwaarts, daarbij nauwelijks een blad beroerend, en kreeg de veelvraat in het oog, met vier halfvolwassen jongen die grommend en ruziënd aan de reep gestolen vlees rukten. Behoedzaam trok ze haar slinger uit de plooi in haar omslag en legde een steen in de uitstulping.
Ze stond roerloos, wachtend op een kans op een welgemikt schot. Een toevallige windvlaag uit een andere richting bracht de geslepen veelvraat een onbekende geur. Ze keek op en snuffelde in de lucht, alert op mogelijk gevaar. Dat was het ogenblik waarop Ayla gewacht had. Op hetzelfde moment dat het dier haar beweging zag, smeet ze haar steen weg. De veelvraat viel neer terwijl de vier jongen geschrokken van de stuiterende steen alle kanten op vlogen.
Het meisje stapte uit haar schuilplaats in de bosjes en bukte zich om de aaseter te bekijken. De enigszins op een beer lijkende marterachtige was vanaf haar neus tot het puntje van haar pluimstaart bijna een meter lang en had een grove, lange, bruinzwarte vacht. Veelvraten waren onbevreesde, vechtlustige aaseters, agressief genoeg om roofdieren groter dan zijzelf van hun prooi te verdrijven, brutaal genoeg om drogend vlees of wat ze maar dragen konden te komen stelen, en slim genoeg om in voorraadruimten in te breken. Ze hadden muskusklieren die een stinkdierachtige lucht achterlieten en vormden een nog ergere plaag voor de stam dan de hyena, die evenzeer roofdier als aaseter was en voor zijn overleven niet van de buit van anderen afhankelijk.

De steen uit Ayla's slinger had het dier vlak boven de ogen geraakt, precies waar ze hem gemikt had. Mooi, dat is dan één veelvraat die niet meer van ons zal komen stelen, dacht Ayla, met een diepe voldoening die aan verrukking grensde. Het was haar eerste buit. Ik denk dat ik de pels aan Oga geef, dacht ze, en ze wilde haar mes pakken om het dier te villen. Zal zij even blij zijn als ze weet dat we geen last meer van het beest zullen hebben. Het meisje onderbrak haar eigen gedachten.
Waar denk ik aan? Ik kan Oga deze pels niet geven. Ik kan hem aan niemand geven, ik kan hem niet eens zelf houden. Ik mag helemaal niet jagen. Als iemand ontdekte dat ik deze veelvraat gedood heb, zouden ze me ik weet niet wat doen. Ayla ging naast de dode veelvraat op de grond zitten en liet haar vingers door de lange grove vacht glijden. Haar blijdschap was verdwenen.
Ze had haar eerste prooidier gedood. Het was dan misschien geen met een zware, scherpe speer gespietste grote bizon, maar het was meer dan Vorns stekelvarken. Er zou geen feestviering zijn om haar toetreding tot de gelederen der jagers te markeren, geen feestmaaltijd te harer ere, zelfs niet de lovende blikken en de gelukwensen die Vorn ten deel waren gevallen toen hij trots met zijn bescheiden buit aan was komen zetten. Als zij met de veelvraat bij de grot terug zou keren, zouden afkeurende blikken en strenge straffen het enige zijn wat ze verwachten kon. Het deed er weinig toe dat ze de stam wilde helpen of dat ze kon jagen en beloofde er goed in te zullen worden. Vrouwen gingen niet op jacht, vrouwen doodden geen dieren. Alleen mannen deden dat.
Ze zuchtte diep. Ik wist het toch, ik heb het altijd al geweten, zei ze bij zichzelf. Al voordat ik begon te jagen, voor ik zelfs die slinger opraapte, wist ik dat ik niet verondersteld werd te jagen. De dapperste van de jonge veelvraten kwam uit zijn schuilplaats gekropen en snuffelde voorzichtig aan het dode dier. Die jongen gaan ons net zoveel last bezorgen als hun moeder deed, dacht Ayla. Ze zijn al zo groot dat er wel een paar in leven zullen blijven. Ik kan dit dode beest maar beter wegbrengen. Als ik haar een flink eind weg sleep zullen de jongen haar lucht wel volgen. Ayla stond op en zeulde de dode veelvraat bij de staart dieper het bos in. Daarna ging ze planten zoeken.
De veelvraat was nog maar het eerste van de kleinere roofdieren en aaseters die haar slinger ten offer vielen. Marters, nertsen, fretten, otters, wezels, dassen, hermelijnen, vossen en de kleine, grijs-en-zwart gestreepte wilde katten lieten de een na de ander door haar snelle stenen het leven. Ze besefte het zelf niet, maar Ayla's besluit om op roofdierenjacht te gaan had één belangrijk gevolg. Het versnelde haar leer-

proces en vergrootte haar vaardigheid veel meer dan de jacht op de vriendelijkere, grazende dieren gedaan zou hebben. Vleeseters waren sneller, sluwer, intelligenter en gevaarlijker.

Weldra was ze beter dan Vorn met haar uitverkoren wapen. Dat kwam niet alleen doordat hij de slinger eigenlijk als een oudemannenwapen beschouwde en er niet echt zijn zinnen op had gezet ermee te leren omgaan; het was ook moeilijker voor hem. Hij bezat nu eenmaal niet haar bouw met de onbelemmerd rondgaande armbeweging die het werpen vergemakkelijkte. Deze volledige hefboomwerking en haar geoefende oog-handcoördinatie verleenden haar snelheid, kracht en trefzekerheid. Ze vergeleek zichzelf niet langer met Vorn; nu was het Zoug die ze in vaardigheid probeerde te overtreffen, en het meisje naderde het niveau van de oude jager inderdaad snel. Té snel. Ze werd overmoedig.

De zomer liep ten einde, met alle verzengende hitte en met bliksemschichten doorscheurde onweersbuien van dien. De dag was heet, ondraaglijk heet. Geen zuchtje wind bracht de zware, stille lucht in beweging. De onweersbui van de vorige avond had, met zijn fantastisch schouwspel van kronkelende lichtflitsen die de bergtoppen deden oplichten en met hagelstenen ter grootte van kiezels, de stam haastig de grot binnen doen scharrelen. Het vochtig woud, normaliter koel door de schaduwen der bomen, was klam en verstikkend. Vliegen en muskieten zoemden onophoudelijk boven het slijmerig sijpelende binnenwater van het opdrogend beekje, dat door de lagere waterstand in stilstaande poelen en algenrijke plassen bleef staan.

Ayla was het spoor van een rode vos aan het volgen en bewoog zich geluidloos voort door de bosrand langs een kleine open plek. Ze was warm en bezweet, niet bijzonder op de vos gebrand, en dacht er al aan de jacht op te geven en terug te gaan naar de grot om daar even in de stroom te gaan zwemmen. Ze liep over de zelden zichtbare rotsachtige bedding van de beek en stond stil om wat te drinken waar het water nog vlot tussen twee grote rotsblokken door stroomde, die het slingerende, miezerige waterloopje daar tot het vormen van een enkeldiepe plas dwongen.

Ze richtte zich op, en toen ze haar ogen opsloeg, stokte de adem haar in de keel. Ayla staarde geschrokken naar de karakteristieke kop en bepluimde oren van een lynx, die ineengedoken op de rots recht tegenover haar zat. Hij hield haar scherp in het oog; zijn korte staart zwiepte heen en weer.

Kleiner dan de meeste katachtigen, was de Pardel-lynx met zijn lange lichaam en korte poten evenals zijn noordelijke neef van latere jaren in staat tot sprongen van vijf meter vanuit stilstand. Hij leefde hoofdzakelijk van hazen, konijnen, grote eekhoorns en andere knaagdieren, maar kon ook een klein hert neerhalen als het zo uitkwam; en een meisje van acht jaar was geen partij voor hem. Maar het was heet en mensen behoorden normaal niet tot zijn prooidieren. Hij zou het meisje waarschijnlijk ongemoeid hebben gelaten.

Ayla's eerste hevige schrik ging over in een rilling van opwinding, terwijl ze de haar onbeweeglijk aanstarende kat aankeek. Had Zoug niet tegen Vorn gezegd dat je ook een lynx met de slinger kon doden? Hij zei wel dat je het bij iets grotere niet moest proberen, maar ook dat je een wolf of hyena of lynx met een steen uit je slinger neer kon leggen. Ik weet nog heel goed dat hij lynx zei, dacht ze. Ze had tot dusver de middelgrote roofdieren met rust gelaten, maar ze wilde de beste slingeraar van de stam zijn. Als Zoug een lynx kon doden, kon zij het ook, en daar recht voor haar zat het ideale doelwit. In een opwelling besloot ze dat de tijd rijp was voor groter wild.

Langzaam stak ze haar hand in de plooi van haar korte zomeromslag zonder haar ogen van de kat af te wenden en tastte naar haar grootste steen. Haar handpalmen waren bezweet, maar ze greep de beide uiteinden van de reep leer steviger vast, terwijl ze de steen in de uitstulping legde. Toen mikte ze vóór ze de moed verloor snel op een plek tussen zijn ogen en slingerde de steen weg. Maar de lynx zag haar haar arm opheffen. Hij wendde zijn kop af toen ze schoot. De steen schampte tegen de zijkant van zijn kop en bezorgde hem een korte, felle pijn, maar ook niet meer dan dat.

Voor Ayla op het idee kon komen een tweede steen af te vuren, zag ze hoe de kat zijn spieren onder zich samentrok. Het was puur in een reflex dat ze zich opzij wierp toen de in woede ontstoken lynx op zijn belaagster af sprong. Ze belandde in de modder bij de beek en voelde haar hand neerkomen op een stevige aangespoelde tak, op zijn reis stroomafwaarts van zijn bladeren en twijgjes ontdaan, van water verzadigd en zwaar. Ayla greep de tak beet en rolde weg op hetzelfde moment dat de boze lynx zich met ontblote tanden op haar stortte. Ze zwaaide wild met de tak en diende de kat met al de kracht die haar angst haar verleende een harde klap toe die zijn kop opzij sloeg. De lynx rolde verdoofd om, bleef een moment ineengedoken zitten, schudde enkele keren met zijn kop en verdween toen stil in het bos. Hij had genoeg pijnlijke tikken tegen zijn kop gehad.

Ayla beefde over haar hele lichaam toen ze zwaar ademend overeind kwam. Haar knieën voelden aan als sponzen toen ze haar slinger wilde gaan oprapen en ze moest weer gaan zitten. Zoug had nooit aan de mogelijkheid gedacht dat iemand een gevaarlijk roofdier alleen met een slinger zou proberen te doden, zonder een ander wapen of een andere jager om op terug te vallen. Maar Ayla miste bijna nooit meer; ze was te zeker van zichzelf geworden, ze dacht er niet over na wat er gebeuren kon als ze miste. Ze verkeerde nog in zo'n shocktoestand toen ze naar de grot terugliep dat ze bijna vergat haar mand op te halen waar ze hem verstopt had toen ze besloot achter de vos aan te gaan.

'Ayla! Wat is je overkomen? Je zit onder de modder!' gebaarde Iza toen ze haar zag. Het meisje zag asgrauw. Ze moest ergens van geschrokken zijn.

Ayla gaf geen antwoord; ze schudde alleen haar hoofd en ging de grot binnen. Iza wist dat er iets gebeurd was wat het meisje haar niet wilde vertellen. Ze overwoog aan te dringen, maar zag ervan af in de hoop dat het kind het haar uit zichzelf zou vertellen. En Iza was er ook niet zo zeker van of ze het wilde weten.

De vrouw vond het nooit prettig wanneer Ayla er alleen op uitging, maar íemand moest toch haar geneeskrachtige planten voor haar verzamelen; ze had ze nodig. Zijzelf kon niet gaan, Oeba was te jong en de andere vrouwen wisten niet wat ze moesten zoeken en legden ook geen enkele interesse aan den dag. Ze moest Ayla wel laten gaan, maar als het meisje haar de een of andere angstige gebeurtenis zou vertellen, zou dat haar ongerustheid alleen maar versterken. Ze wilde maar dat Ayla niet altijd zo lang wegbleef.

Ayla was die avond stil en ging vroeg naar bed, maar ze kon de slaap niet vatten. Ze lag klaarwakker over het voorval met de lynx na te denken en in haar fantasie werd het nog beangstigender. Pas vroeg in de morgen sluimerde ze ten slotte in.

Gillend werd ze wakker.

'Ayla! Ayla!' Ze hoorde Iza haar naam noemen, terwijl de vrouw haar zachtjes heen en weer schudde om haar tot de werkelijkheid terug te brengen. 'Wat heb je?'

'Ik droomde dat ik in een kleine grot zat en een holenleeuw probeerde me te grijpen. Het is alweer over, Iza.'

'Je hebt al een hele tijd geen boze dromen meer gehad, Ayla. Waarom heb je er nu opeens weer een? Ben je gisteren ergens van geschrokken?'

Ayla knikte en boog het hoofd, maar gaf geen nadere uitleg. Het duister van de slechts door de zwakke gloed van vurige kooltjes verlichte grot verborg de schuldbewuste uitdrukking op haar gezicht. Ze had geen schuldgevoelens over haar jagen gehad sinds ze het teken van haar totem vond. Nu vroeg ze zich af of het werkelijk een teken was geweest. Misschien dacht ze dat alleen maar. Misschien behoorde ze toch niet te jagen, vooral niet op zulke gevaarlijke dieren. Hoe was ze in vredesnaam op het idee gekomen dat een meisje kon proberen een lynx te doden?

'Ik heb het nooit prettig gevonden dat je zo alleen rondzwerft, Ayla. Je blijft altijd zo lang weg. Ik weet wel dat je het fijn vindt er soms alleen op uit te trekken, maar ík maak me er ongerust over. Het is niet normaal dat een meisje zoveel alleen wil zijn. Het bos kan gevaarlijk zijn, weet je.'

'Je hebt gelijk, Iza. Het bos kan gevaarlijk zijn,' gebaarde Ayla. 'Misschien kan ik de volgende keer Oeba meenemen, of misschien zou Ika het leuk vinden mee te gaan.'

Iza was opgelucht dat Ayla haar raad ter harte scheen te nemen. Ze bleef in de buurt van de grot en wanneer ze toch voor geneeskrachtige kruiden op pad ging, kwam ze steeds gauw terug. Als ze niemand kon vinden om met haar mee te gaan, was ze nerveus. Ze verwachtte ieder ogenblik een voor de sprong ineenhurkend dier te zien. Ze begon te begrijpen waarom de vrouwen van de stam niet graag alleen voedsel gingen zoeken en waarom haar gretige bereidheid er in haar eentje op uit te gaan hen altijd verbaasde. Toen ze kleiner was, was ze zich de gevaren eenvoudig niet voldoende bewust geweest. Maar nu volstond één aanval – en de meeste vrouwen hadden zich wel minstens eenmaal bedreigd gevoeld – om haar met een heilig respect voor de natuur om haar heen te vervullen. Zelfs een niet-roofdier kon gevaarlijk zijn. Evers met scherpe slagtanden, paarden met harde hoeven, hertenbokken met zware geweien, berggeiten en schapen met dodelijke horens – ze konden alle ernstig letsel toebrengen wanneer ze geprikkeld waren. Ayla vroeg zich af hoe ze er ooit zelfs maar over had durven denken om op jacht te gaan. Ze was veel te bang om er weer op uit te trekken.

Er was niemand met wie Ayla erover kon praten, niemand die haar kon zeggen dat een vleugje angst de zintuigen scherpte, vooral bij het besluipen van gevaarlijk wild, niemand om haar aan te moedigen weer op pad te gaan voor haar angst het haar voor altijd onmogelijk zou maken. De mannen begrepen angst. Ze spraken er niet over, maar ieder van hen had vele malen in zijn leven angst ervaren, te beginnen bij de grote jacht die hen tot een man maakte. Kleine dieren waren om op te oefenen, om bedrevenheid met hun wapens op te doen,

maar de status van man werd pas verleend wanneer ze angst hadden gekend en overwonnen.
Voor een vrouw waren de dagen die ze alleen, weg van de veiligheid van de stam doorbracht geen geringere test voor haar moed, zij het een subtielere. In bepaalde opzichten was er meer moed voor nodig om die dagen en nachten in eenzaamheid onder ogen te zien, in de wetenschap dat wat er ook gebeurde, ze geheel op zichzelf aangewezen was. Vanaf het moment van haar geboorte had een meisje altijd andere mensen om zich heen die haar beschermden. Maar ze kon geen wapens meebrengen om zich te verdedigen en ook geen bewapende man om haar gedurende de overgangsrite bescherming te bieden. Net als de jongens werden ook de meisjes pas volwassen verklaard wanneer ze angst hadden bevochten en overwonnen.

De eerstvolgende dagen had Ayla geen zin zich ver van de grot te verwijderen, maar na een tijdje werd ze rusteloos. In de winter had ze geen keus en schikte ze zich erin samen met de anderen in de grot opgesloten te zijn, maar bij warm weer was ze gewend vrij rond te zwerven. Tegenstrijdige impulsen verscheurden haar. Wanneer ze alleen in het woud was, weg van de geborgenheid van de stam, voelde ze zich niet op haar gemak en nerveus; en wanneer ze zich met de stam bij de grot bevond, verlangde ze naar de afzondering en vrijheid van het woud.
Op een eenzame foerageertocht kwam ze in de buurt van haar geheime schuilplaats en klom het laatste stukje naar de hooggelegen wei omhoog. Het plekje had een rustgevend effect op haar. Het was haar privé-domein, haar grot, haar weitje, ze had zelfs bezittersneigingen ten aanzien van de kleine kudde reeën die daar dikwijls graasde. Ze waren zo mak geworden dat ze ze bijna kon aanraken voor ze buiten haar bereik hupten. Het open veld verschafte haar een gevoel van veiligheid dat ze niet had in het gevaarlijke woud, waar zich loerende dieren verborgen hielden. Ze had het plekje dit seizoen helemaal niet bezocht en de herinneringen kwamen in een vloedgolf terug. Hier had ze zichzelf met de slinger leren omgaan, hier had ze het stekelvarken neergelegd en het teken van haar totem gevonden.
Ze had haar slinger bij zich – ze durfde hem niet in de grot te laten, waar Iza hem vinden kon – en na enige tijd raapte ze wat steentjes op en slingerde er een paar weg bij wijze van vingeroefening. Maar dat was nu een veel te tam spelletje geworden om haar nog lang te boeien. Haar gedachten gingen terug naar het voorval met de lynx.
Als ik nou eens een tweede steen in de slinger had gehad, dacht ze. Als

ik hem meteen wéér had kunnen treffen, dadelijk na die eerste gemiste worp, had ik hem kunnen neerleggen voor hij de kans kreeg om te springen. Ze had twee kiezels in haar hand en keek er peinzend naar. Er moest toch een manier zijn om de ene steen onmiddellijk na de andere te werpen. Had Zoug ooit iets in die richting tegen Vorn gezegd? Ze pijnigde haar hersens af om het zich te binnen te brengen. Als hij er al iets over heeft gezegd, moet het zijn geweest toen ik er niet bij was, besloot ze. Ze overwoog het idee. Als ik zonder de beweging te onderbreken een tweede steen in de lus kan krijgen wanneer ik na de eerste worp mijn arm omlaagbreng, zou ik hem bij de zwaai omhoog meteen weer weg kunnen slingeren, peinsde ze. Ik vraag me af of dat zou gaan.

Ze ging het een paar keer proberen en voelde zich even onhandig als de eerste keer dat ze een slinger probeerde te hanteren. Toen begon ze een bepaald ritme te ontwikkelen: de eerste steen wegslingeren; de slinger bij de neerzwaai opvangen met de tweede steen klaar in de hand; de steen nog tijdens de neerzwaai in de uitstulping stoppen; slinger omhoogzwaaien en de tweede steen wegslingeren. De kiezels vielen dikwijls al voor de tweede worp op de grond en zelfs nadat ze ze wist weg te slingeren was haar trefzekerheid bij beide worpen minder groot. Maar nu wist ze dat het kon. Ze kwam daarna elke dag terug om te oefenen. Ze was nog steeds niet geheel met zichzelf in het reine over het wel of niet op jacht gaan, maar de uitdaging van het ontwikkelen van een nieuwe techniek deed haar belangstelling voor het wapen herleven.

Tegen de tijd dat de seizoensverandering de beboste heuvelglooiingen in vuur en vlam zette, was ze met twee stenen even trefzeker als met één. Ze stond midden op het veld stenen weg te slingeren naar een nieuwe paal die ze in de grond geslagen had en voelde een innige voldoening toen een bevredigend *pok, pok* haar vertelde dat beide stenen doel troffen. Niemand had haar gezegd dat het onmogelijk was twee schoten in snelvuur te lossen omdat het nog nooit gedaan was, en daar niemand dat gezegd had, had ze het zichzelf geleerd.

Vroeg op een warme dag laat in de herfst, bijna een jaar na haar besluit te gaan jagen, kwam Ayla op het idee naar het hooggelegen weitje te klimmen om de rijpe, op de grond gevallen hazelnoten te gaan rapen. Bijna bovengekomen hoorde ze het kakelend geblaf en gelach en hijgerig gesnuffel van een hyena en toen ze de kleine wei bereikte, zag ze een van de lelijke beesten, half ingegraven in de bloederige ingewanden van een oude ree.

Het maakte haar woedend. Hoe durfde dat lawaaierige mormel háár wei te ontheiligen, háár reeën aan te vallen? Ze wilde al op de hyena afstormen om hem weg te jagen, maar bedacht zich. Hyena's waren ook roofdieren, met kaken die sterk genoeg waren om de zware dijbeenderen van grazende hoefdieren te kraken en ze waren niet gemakkelijk van hun eigen buit te verjagen. Snel liet ze haar mand van haar rug glijden en pakte haar slinger eruit. Toen sloop ze naar een uitstekend gedeelte van de rotswand, onderwijl de grond afspeurend naar stenen. De oude reebok was al half verslonden, maar haar beweging trok de aandacht van het gevlekte dier dat bijna even groot was als de lynx. De hyena keek op, ving haar geur en wendde zich naar haar toe. Ze was gereed. Vanachter de rots tevoorschijn stappend wierp ze haar projectiel, dat dadelijk daarop door een tweede gevolgd werd. Ze wist niet dat het tweede overbodig was – het eerste had het karwei al geklaard –, maar ze had het zekere voor het onzekere genomen. Ayla had haar lesje geleerd. Ze had een derde steen in haar slinger en een vierde in haar hand, klaar voor een tweede ronde als die noodzakelijk zou blijken. De holenhyena was ter plekke ineengezakt en bewoog zich niet. Het meisje keek om zich heen om zich ervan te vergewissen dat er niet meer in de buurt waren en liep toen behoedzaam op het beest af, haar slinger in gereedheid houdend. En passant raapte ze een dijbeenbot op waar nog stukjes vlees aan hingen en dat nog niet gebroken was. Met een slag die de schedel verbrijzelde, stelde Ayla zeker dat de hyena niet meer op zou staan.

Ze keek naar het dode dier aan haar voeten en liet de knots uit haar hand vallen. De implicaties van hetgeen ze gedaan had, drongen maar langzaam tot haar door. Ik heb een hyena gedood, zei ze bij zichzelf toen ze het eindelijk volledig besefte. Ik heb met mijn slinger een hyena gedood. Niet zomaar een klein dier, maar een hyena, een dier dat mij zou kunnen doden. Betekent dat dat ik nu een jager ben? Een echte jager? Ze voelde geen triomf, ook niet de opwinding van de eerste buit of zelfs maar de voldoening van het overwinnen van een gevaarlijk dier. Wat ze voelde was iets diepers, iets dat tot nederigheid stemde. Het was het besef dat ze zichzelf had overwonnen. En dat was als een geestelijke openbaring, een mystieke beleving; en met een innig gevoelde eerbied sprak ze tot de geest van haar totem in de oeroude formele taal van de Stam.

'Ik ben slechts een meisje, Grote Holenleeuw, en van de wegen der geesten weet ik niets. Maar ik denk dat ik er nu wat meer van ga begrijpen. De lynx was om mij op de proef te stellen, nog meer dan Broud. Creb heeft altijd gezegd dat machtige totems niet gemakkelijk waren om mee te leven, maar hij heeft me nooit verteld dat de grootste geschenken die ze je geven binnen in je gebeuren. Hij heeft me nooit verteld hoe het is als je eindelijk gaat begrijpen. De proef is niet alleen iets moeilijks om te doen, het is weten dat je het doen kunt. Ik ben u dankbaar dat u mij uitverkoren hebt, Grote Holenleeuw. Ik hoop dat ik u altijd waardig zal zijn.'

Toen de veelkleurige herfst zijn schittering verloor en skeletachtige takken verschrompelde bladeren lieten vallen, keerde Ayla terug naar het woud. Ze volgde en bestudeerde de gewoonten van de dieren die ze zich als prooi had gekozen, maar ze trad ze met meer respect tegemoet, als medeschepselen én als gevaarlijke tegenstanders. Vele malen zag ze, hoewel ze een prooidier dicht genoeg genaderd was om een steen te kunnen werpen, daarvan af en bespiedde het alleen maar. Ze werd zich er sterker van bewust dat het een verspilling was om een dier te doden dat de stam niet bedreigde en waarvan ze de vacht niet kon gebruiken. Maar ze was nog steeds vastbesloten om de beste slingeraar van de stam te worden; ze besefte niet dat ze dat al was. De enige manier waarop ze haar vaardigheid kon blijven vergroten was door te jagen. En jagen deed ze.

De resultaten begonnen op te vallen en verontrustten de mannen enigszins.

'Ik heb weer een veelvraat gevonden, of wat ervan over was, niet ver van het oefenveld,' gebaarde Crug.

'En er lagen stukjes vacht als die van een wolf aan de andere kant van de richel halverwege de helling,' voegde Goov eraan toe.

''t Zijn altijd de vleeseters, de sterkere dieren, geen vrouwentotems,' zei Broud. 'Grod zegt dat we Mog-ur moeten raadplegen.'

'Kleine en middelgrote vleeseters, maar niet de grote katten. Herten en paarden, schapen en berggeiten, zelfs evers worden altijd door de grote katten en wolven en hyena's bejaagd, maar wat jaagt er op de kleinere roofdieren? Ik heb nog nooit zoveel kadavers van vleeseters gezien,' merkte Crug op.

'Ja, dat zou ik ook graag willen weten: waardoor komen ze aan hun eind? Niet dat ik wat minder hyena's of wolven in de buurt jammer vind, maar als wij niet de oorzaak zijn... Gaat Grod er met Mog-ur over praten? Denken jullie dat het een geest zou kunnen zijn?' De jonge man onderdrukte een rilling.

'En als het een geest is, is het dan een goede geest die ons te hulp komt of een boze geest die kwaad is op onze totems?' vroeg Goov.

'Echt iets voor jou, Goov, om met zo'n vraag aan te komen. Jij bent

toch Mog-urs helper, wat denk jij er zelf van?' was Crugs tegenvraag.
'Ik denk dat het diepe meditatie en overleg met de geesten zal vereisen om die vraag te kunnen beantwoorden.'
'Je klinkt al helemaal als een echte Mog-ur, Goov. Nooit een rechtstreeks antwoord,' schimpte Broud.
'Nou, wat is dan jouw antwoord, Broud?' kaatste de tovenaarsleerling terug. 'Kun jij een directer antwoord geven? Waardoor wordt dan de dood van al die dieren veroorzaakt?'
'Ik ben geen Mog-ur en ben er ook niet voor in de leer. Mij hoef je het niet te vragen.'
Ayla was vlak bij hen bezig en moest een glimlach onderdrukken. Nu ben ik dus een geest, maar een goede of een kwade, dat kunnen ze niet uitmaken.
Mog-ur was onopgemerkt naderbij gekomen, maar hij had wel de discussie gezien. 'Ik heb er nog geen oplossing voor, Broud,' gebaarde de tovenaar. 'Het zal meditatie vereisen. Maar ik kan je wel zeggen dat het niet de normale werkwijze van geesten is.'
Geesten, zo dacht Mog-ur bij zichzelf, kunnen het te heet of te koud maken, te veel regen of sneeuw doen vallen, kudden verjagen, ziekte brengen, donderslagen of bliksemschichten of aardbevingen veroorzaken, maar gewoonlijk niet de dood van allerlei individuele dieren. Ik zie de hand van een mens in dit mysterie. Ayla stond op en liep naar de grot. De tovenaar volgde haar met zijn blik. Er is iets ongewoons aan haar, ze is veranderd, peinsde hij. Hij zag dat ook Broud haar nakeek en zijn ogen stonden vol gefrustreerde boosaardigheid. Broud heeft het verschil ook opgemerkt. Misschien komt het alleen doordat ze niet echt tot de Stam behoort, en anders loopt; ze groeit al op. Ergens, half onbewust, schuurde ongemakkelijk het gevoel dat het dat niet was.
Ayla was inderdaad veranderd. Naarmate ze een betere jager werd, ontwikkelde ze een zelfvertrouwen en een gespierde gratie die onder vrouwen van de Stam onbekend waren. Ze had de geluidloze gang van de ervaren jager, een strakke beheersing over de spieren van haar jonge lichaam, vertrouwen in haar eigen reflexen en een verre blik in haar ogen die onmerkbaar omfloerst raakte wanneer Broud haar begon te sarren, alsof ze hem niet werkelijk zag. Ze gehoorzaamde nog precies even stipt aan zijn bevelen, maar haar reacties misten dat vleugje angst, hoe hij haar ook sloeg.
Haar innerlijke rust, haar zelfvertrouwen, waren veel minder tastbaar, maar voor Broud niet minder duidelijk waarneembaar dan het nauw verholen verzet van vroeger tijden. Het was alsof ze zich verwaardigde

om hem te gehoorzamen, alsof ze iets wist dat hij niet wist. Hij observeerde haar in een poging de subtiele verandering te plaatsen, iets te vinden waar hij haar voor kon straffen, maar het lukte hem niet. Broud wist niet hoe ze er steeds weer in slaagde, maar telkens als hij zijn superioriteit trachtte te bevestigen, deed ze hem zich de lagergeplaatste, de mindere voelen. Het frustreerde hem, maakte hem razend, maar hoe meer hij haar met zijn eisen en aanmerkingen achtervolgde, hoe minder greep hij op haar had, en hij haatte haar er des te meer om. Maar hij bemerkte dat hij haar van lieverlee minder lastig ging vallen, zelfs uit haar buurt bleef en er alleen af en toe nog aan dacht zijn rechten te doen gelden. Terwijl het seizoen ten einde liep, groeide zijn haat. Eens zou hij haar breken, bezwoer hij zichzelf. Eens zou hij haar laten boeten voor de wonden die ze zijn zelfrespect toebracht. O ja, eens zou het haar berouwen.

13

De winter kwam, en daarmee de teruggang in activiteit die de stam met alle levende wezens die de kringloop der seizoenen volgden gemeen had. Het leven pulseerde nog, maar in een langzamer ritme. Voor het eerst verheugde Ayla zich op het koude seizoen. In de drukke en actieve warme jaargetijden hield Iza weinig tijd over om haar verder te onderrichten, maar met de eerste sneeuwbuien hervatte de medicijnvrouw haar lessen. Het leven van de stam volgde hetzelfde oude patroon, met slechts kleine variaties en wederom verstreek de winter.

De lente was laat en nat. Het smeltwater van hoger op de berg deed samen met de zware regens de rivier zwellen tot een woest voortbruisende stroom, die ten slotte buiten zijn oevers trad en hele bomen en struiken meesleurde in zijn wilde vlucht naar de zee. Een opeenhoping van boomstammen stroomafwaarts dwong hem zijn loop te verleggen zodat het pad dat de stam had gemaakt voor een deel onderliep. Een kort intermezzo van warm weer, net lang genoeg om de vruchtbomen hun eerste bloesems te doen ontvouwen, werd tenietgedaan door late voorjaarshagelbuien die onder de tere bloempjes een ravage aanrichtten en iedere hoop op een rijke oogst de bodem insloegen. En toen, alsof de natuur van gedachten veranderde en het nietnakomen van haar beloften goed wilde maken, leverde de vroege zomer bladgroenten, wortels, pompoenen en peulvruchten in rijke overvloed.

De stam liep zijn vaste lentebezoek aan de zeekust om er zalm te gaan halen mis, en iedereen was in zijn schik toen Brun aankondigde dat ze de tocht alsnog zouden maken, nu om op steur en kabeljauw te gaan vissen. Hoewel leden van de stam dikwijls de vijftien kilometer naar de binnenzee aflegden om er schaaldieren te verzamelen en eieren te rapen bij de massa's vogels die op de kliffen nestelden, was het vangen van de grote vissen een van de weinige stamactiviteiten waarbij mannen en vrouwen zich gezamenlijk inzetten.

Droeg had zijn eigen redenen om te willen gaan. De hevige lenteregens en het smeltwater hadden nieuwe klompen vuursteen van de kalkafzettingen op hoger gelegen terreinen omlaaggespoeld en op het strand gedeponeerd. Hij had de kust al eerder afgezocht en op verscheidene plekken alluviaal gesteente gezien.

De vispartij zou een goede gelegenheid zijn om hun voorraad gereedschappen met enkele nieuwe van eersteklas materiaal aan te vullen. Het was eenvoudiger om het vuursteen ter plekke te bewerken dan de zware brokken naar de grot te dragen. Droeg had al enige tijd geen gereedschap meer voor de stam gemaakt. Ze hadden zich met hun zelfgemaakte grovere werktuigen moeten behelpen wanneer de dunne steen van hun favoriete gereedschap brak. Ze konden allemaal wel bruikbaar gereedschap maken, maar weinig ervan haalde het bij dat van Droeg.

Een opgewekte stemming begeleidde hun voorbereidingen. Het gebeurde niet dikwijls dat de hele stam tegelijkertijd de grot verliet, en het kamperen op het strand was een opwindende nieuwigheid, vooral voor de kinderen. Brun bepaalde dat een of twee man dagelijks even naar de grot terug zouden gaan om zich ervan te vergewissen dat er tijdens hun afwezigheid niets verstoord werd. Zelfs Creb verheugde zich op de verandering van omgeving. Hij ging zelden ver van de grot weg.

De vrouwen werkten aan het net; ze repareerden zwakke plekken en maakten er een nieuw stuk aan, van koorden die ze draaiden van vezelige slingerplanten, draderige bast, taaie grassoorten en lang dierenhaar. Pezen, hoewel sterk en taai, gebruikten ze niet. Net als bij leer maakte water ze hard en stijf en ze namen het soepel makende vet niet goed op.

De enorme steur, dikwijls meer dan vier meter lang en met een gewicht van meer dan een ton, zwom vroeg in de zomer vanuit de zee, waarin hij het grootste deel van het jaar verbleef, zoetwaterstromen en rivieren op om kuit te schieten. De vlezige voelsprieten onder aan de tandeloze bek gaven de oude, haaiachtige vissoort een angstwekkend uiterlijk, maar zijn dieet bestond uit ongewervelde diertjes en kleine visjes die hij op de bodem zocht. De kleinere kabeljauw, die gewoonlijk niet meer dan tien kilo woog maar ook tachtig kilo of meer kon halen, trok in de zomer noordwaarts, naar ondieper water. Hoewel ook hij zijn voedsel voor het grootste deel op de bodem zocht, zwom hij tijdens de trek of wanneer hij een prooi achtervolgde soms dicht aan de oppervlakte en ook wel de monding van zoetwaterstromen binnen.

Gedurende de veertien dagen in de zomer dat de steur kuit schoot, wemelden de mondingen van de stromen en rivieren van de grote vissen. Hoewel de exemplaren die de smallere waterlopen kozen niet de omvang bereikten van de reuzen die zich de grote rivieren op bewogen, zouden de steuren die in het net van de stam terechtkwamen al moeilijk genoeg op het strand te krijgen zijn. Toen de tijd voor de trek naderde, liet Brun iedere dag iemand naar de zeekust gaan. De eerste van de indrukwekkende Beluga-steuren was juist de stroom begonnen op te zwemmen toen hij het sein gaf. Ze zouden de volgende morgen vertrekken.

Ayla werd door haar grote opwinding wakker. Al voor het ontbijt had ze haar slaapvacht in een bundel bijeengebonden, voedsel en kookgerei in haar rugmand gepakt en de grote huid die als tent zou dienen erbovenop gelegd. Iza verliet de grot nooit zonder haar medicijnbuidel en ze was hem nog aan het inpakken toen Ayla de grot uit rende om te zien of de anderen al voor vertrek gereed waren.

'Maak voort, Iza,' spoorde ze Iza aan toen ze weer terug kwam rennen. 'We zijn allemaal al bijna klaar.'

'Kalmeer toch, kind. De zee loopt heus niet weg,' antwoordde Iza terwijl ze het sluitkoord dichttrok.

Ayla hees haar mand op haar rug en tilde Oeba op. Iza volgde, draaide zich toen nog eens om voor een laatste blik, terwijl ze probeerde te bedenken wat ze vergeten kon zijn. Ze had altijd het gevoel dat ze iets vergat wanneer ze de grot verliet. Och, Ayla kan het toch altijd gaan halen als het iets belangrijks is, dacht ze. De meeste stamleden waren al buiten en kort nadat Iza haar vaste plaats in de rij had ingenomen, gaf Brun het teken tot vertrek. Ze waren nog maar nauwelijks onderweg toen Oeba begon te spartelen om neergezet te worden.

'Oeba niet klein! Wil zelf lopen,' gebaarde ze met kinderlijke waardigheid. Met drieënhalf was Oeba begonnen de volwassenen en oudere kinderen na te streven en de vertroeteling die kleine kinderen en zuigelingen ten deel viel af te wijzen. Ze werd al groot. Binnen ongeveer vier jaar zou ze vermoedelijk een vrouw zijn. Ze had in vier korte jaren veel te leren, en in een onbewust voorvoelen van haar snelle rijping begon ze zich voor te bereiden op de grotere verantwoordelijkheid die haar al zo snel toe zou vallen.

'Goed, Oeba,' gebaarde Ayla terwijl ze haar neerzette. 'Maar blijf dicht achter me.'

Ze volgden de stroom bergafwaarts, zijn nieuwe loop volgend over een pad dat alweer dicht langs de dam van boomstammen gevormd was. Het was een ontspannen wandeling – de terugtocht zou meer inspanning vereisen – en reeds voor het middaguur bereikten ze de brede kuststrook. Met behulp van drijfhout en kreupelhout zetten ze op veilige afstand van de vloedlijn geïmproviseerde tenten op. Vuren werden aangelegd en het net nog eens nagezien. Ze zouden de volgende morgen met vissen beginnen. Toen het kamp was opgeslagen, slenterde Ayla naar de zee.

'Ik ga het water in, moeder,' seinde ze.

'Waarom wil je toch altijd het water in, Ayla? Het is gevaarlijk en je gaat altijd zo ver.'

'Het is zo heerlijk, Iza. Ik zal heus voorzichtig zijn.'

Het was altijd hetzelfde als Ayla ging zwemmen, dacht Iza ongerust. Ayla was de enige die graag zwom; ze was ook de enige die het kon. De dikke zware botten van de mensen van de Stam maakten hun het zwemmen erg moeilijk. Ze bleven niet gemakkelijk drijven en hadden een grote angst voor diep water. Ze waadden het water in om vis te vangen, maar gingen er liever niet verder dan tot hun middel in. Anders voelden ze zich niet veilig. Ayla's plezier in zwemmen werd als een van haar eigenaardigheden beschouwd. Het was niet haar enige.

Toen Ayla haar negende jaar had bereikt, was ze langer dan al de vrouwen en even lang als sommige mannen, maar ze vertoonde nog steeds geen tekenen van een naderende volwassenheid. Iza vroeg zich soms af of ze wel ooit met groeien zou ophouden. Haar lengte en kennelijk late bloei leidden bij sommigen al tot de speculatie dat haar sterke mannelijke totem haar misschien geheel zou verhinderen ooit tot bloei te komen. Men vroeg zich af of ze haar hele leven als een soort geslachtsloze vrouw zou slijten, geen man en ook niet helemaal een vrouw.

Creb kwam op Iza toe hinken terwijl ze nog stond te kijken hoe Ayla naar de waterlijn liep. Door haar sterke magere lichaam, strakke pezige spieren en lange veulenachtige benen leek Ayla links en onhandig, maar haar soepele gang weerlegde haar onelegante slungeligheid. Hoewel ze probeerde de onderdanige scharrelgang van de vrouwen van de Stam na te doen, bezat ze niet hun korte kromme benen. Ook al hield ze haar stappen in, door haar langere benen maakte ze lange, bijna mannelijke schreden.

Maar niet alleen haar lange benen maakten haar anders. Ayla straalde een zelfvertrouwen uit dat geen vrouw van de Stam ooit voelde. Ze was een jager. Geen enkele man van de stam was beter dan zij met dat wapen, en nu wist ze het. Ze kon geen onderwerping veinzen aan een mannelijke superioriteit die ze niet als zodanig ervoer. Ze miste hierin de oprechte overtuiging die een van de aantrekkelijke eigenschappen van een vrouw van de Stam vormde. In de ogen der mannen deden haar lange, slungelachtige lichaam zonder enige vrouwelijke attributen en haar onbewust zelfverzekerde houding nog verder afbreuk aan haar toch al twijfelachtige schoonheid. Ayla was niet alleen lelijk, ze was ook onvrouwelijk.

'Creb,' gebaarde Iza. 'Aba en Aga zeggen dat ze nooit een vrouw zal worden. Ze zeggen dat haar totem te sterk is.'

'Natuurlijk zal ze een vrouw worden, Iza. Denk je dat de Anderen geen kinderen krijgen? Het feit dat ze in de stam is opgenomen, verandert haar afkomst niet. Het is voor hun vrouwen waarschijnlijk normaal dat ze pas later tot rijping komen. Zelfs bij de Stam worden sommige meisjes pas in hun tiende jaar een vrouw. Je zou toch denken dat de mensen haar ten minste zo lang zouden kunnen geven voor ze de een of andere afwijking gingen bedenken. Het is belachelijk!' knorde Creb geërgerd.

Iza was gerustgesteld, maar wenste toch dat haar aangenomen dochter eens een teken van vrouwelijke rijping zou gaan vertonen. Ze zag Ayla het water in waden tot het tot haar middel kwam, zich dan afzetten en met lange, strakke slagen naar open zee zwemmen.

Het meisje genoot van de vrijheid en de opwaartse kracht van het zoute water. Ze herinnerde zich totaal niet hoe ze had leren zwemmen; het leek of ze het altijd had gekund. Na nog enkele meters viel de zanderige bodem voor de kust abrupt weg; ze wist wanneer ze dat punt passeerde door de donkerder tint en de lagere temperatuur van het water. Ze draaide zich op haar rug en dreef loom een tijdje voort, gewiegd op de golfslag. Toen er een zilte slok water over haar gezicht klotste, rolde ze proestend om en begaf zich terug naar het strand. Het was eb en ze was in de uitgaande stroming van de rivier terechtgekomen. De kracht van de beide stromingen tezamen maakten de terugtocht niet gemakkelijk. Ze spande zich extra in en kreeg spoedig weer vaste grond onder de voeten. Toen waadde ze naar het strand. Toen ze zich in het zoete water van de rivier afspoelde, kon ze de stroming aan haar benen voelen trekken en de losse zanderige bodem onder haar voeten wegschuiven. Ze plofte neer bij het vuur voor hun tent, moe maar opgefrist.

Toen ze gegeten hadden, zat Ayla dromerig in de verte te staren, zich afvragend wat er achter het water zou liggen. Krijsende en piepende zeevogels suisden omlaag, cirkelden boven hen rond en doken achter de bulderende branding weg. Witte, verweerde oude skeletten van wat ooit levende bomen waren geweest, onderbraken als in kronkelige contouren gebeeldhouwd de eentonigheid van de egale zandvlakte, en het wijde blauwgrijze oppervlak van het water glinsterde in de lange stralen van de ondergaande zon. Het schouwspel had iets doods, iets surrealistisch, onwerkelijks. Het verwrongen drijfhout veranderde in groteske silhouetten en loste toen op in de duisternis van de maanverlichte nacht.

Iza legde Oeba in de tent te slapen en kwam daarna naast Ayla en Creb bij het vuurtje zitten, dat dunne sliertjes rook naar de met sterren bezaaide hemel opzond.

'Wat zijn dat, Creb?' gebaarde Ayla, zwijgend omhoogwijzend.

'Vuren in de hemel. Elk ervan is de vuurplaats van iemands geest in de andere wereld.'

'Zijn er zóveel mensen?'

'Het zijn de vuren van alle mensen die naar de wereld der geesten zijn overgegaan en van alle mensen die nog niet geboren zijn. En ook van totemgeesten, maar de meeste totems hebben er meer dan een. Zie je die daar?' wees Creb. 'Dat is het huis van de Grote Ursus zelf. En zie je die?' Hij wees in een andere richting. 'Dat zijn de vuren van jouw totem, Ayla, van de Holenleeuw.'

'Ik slaap graag buiten, zodat je de vuurtjes in de lucht kunt zien,' zei Ayla.

'Maar het is niet zo leuk wanneer het waait en er sneeuw valt,' merkte Iza op.

'Oeba vindt kleine vuurtjes ook leuk,' gebaarde het kind, uit het duister in de lichtkring van het vuur verschijnend.

'Ik dacht dat je sliep, Oeba,' zei Creb.

'Nee, Oeba kijken naar kleine vuurtjes, net als Ayla en Creb.'

'Het wordt anders tijd dat we allemaal gaan slapen,' gebaarde Iza. 'Het zal morgen een drukke dag worden.'

Vroeg de volgende morgen spanden de stamleden het net dwars door de rivier. Zwemblazen, overgehouden aan vroegere steurvangsten, fungeerden zorgvuldig uitgewassen en aan de lucht tot harde, doorzichtige, mica-achtige ballonnen gedroogd, als drijvers voor het net, en aan de onderkant vastgebonden stenen deden dienst als gewichten. Brun en Droeg trokken het ene uiteinde naar de overkant en daarna gaf de leider een teken. Volwassenen en oudere kinderen begonnen de stroom in te waden. Oeba wilde ook meegaan.

'Nee Oeba,' gesticuleerde Iza, 'jij moet hier blijven, je bent nog niet groot genoeg.'

'Maar Ona helpt ook,' pleitte het kind.

'Ona is ouder dan jij, Oeba. Je kunt straks helpen, wanneer we de vis

binnenhalen. Het is gevaarlijk voor je. Zelfs Creb blijft dicht bij de oever. Je moet heus hier blijven.'
'Ja moeder,' gebaarde Oeba, duidelijk teleurgesteld.
De stamleden bewogen zich langzaam door het water om zo weinig mogelijk deining te veroorzaken, terwijl ze tot een grote halve cirkel uitwaaierden. Daarna wachtten ze tot het door hun bewegingen opgedwarrelde zand weer tot rust was gekomen. Ayla stond met haar voeten ver uiteen, zich schrap zettend tegen de krachtige stroming die om haar benen kolkte, haar blik op Brun gevestigd in afwachting van zijn signaal. Ze stond midden in de stroom, op gelijke afstand van beide oevers en het dichtst bij de zee. Enkele passen van haar af zag ze een grote donkere schim voorbijglijden. De steuren waren in beweging.
Brun hief zijn arm op en iedereen hield de adem in. Toen bracht hij hem omlaag en prompt begon de stam als één man luid te schreeuwen en op het water te slaan, dat schuimend opklotste. De op het oog wanordelijke chaos van lawaai en gespetter bleek weldra een doelbewuste drijfjacht te zijn. De stam dreef de vis naar het net, ondertussen de halve cirkel steeds verder verkleinend. Brun en Droeg naderden in een boog van de tegenovergestelde zijde met het net tussen hen in, terwijl de kolkende verwarring die de stamleden om zich heen veroorzaakten voorkwam dat de vis terugzwom naar zee. Het net werd langzaam dichtgetrokken en dreef de zilveren massa spartelende vissen in een steeds kleiner wordende ruimte bijeen. Enkele van de monsters wierpen zich tegen de knobbelige koorden aan, dreigend erdoorheen te breken. Meer handen reikten naar het net, stuwden het naar de walkant, waar de anderen trokken, terwijl de stam worstelde om de slaande en stuiptrekkende school vissen op het droge te brengen.
Ayla keek op en zag Oeba tot haar knieën in de wriemelende vis staan, in een poging haar vanaf de andere kant van het net te bereiken.
'Oeba! Ga terug!' seinde ze.
'Ayla! Ayla!' schreeuwde het kind, in de richting van de zee wijzend. 'Ona!' gilde ze.
Ayla draaide zich om om te kijken en zag nog juist even een donker hoofdje opduiken voor het onder water verdween. Het kind, dat net een jaar ouder was dan Oeba, was onderuitgegaan en werd naar zee meegesleurd. In de algemene verwarring van het binnenhalen van de vangst had men niet op haar gelet. Alleen Oeba, die haar oudere speelgenootje bewonderend van de kant af had gadegeslagen, had Ona's wanhopige situatie gezien en uit alle macht geprobeerd iemand erop attent te maken.

Ayla dook terug in de modderige, woelige stroom en ploegde door het water naar de zee. Ze zwom sneller dan ze ooit had gedaan. De uitgaande stroming hielp haar voort, maar diezelfde stroming dreef het kleine meisje met gelijke kracht naar het diepe. Ayla zag haar hoofd nogmaals bovenkomen en verdubbelde haar inspanningen. Ze haalde haar in, maar ze vreesde toch niet snel genoeg te zijn. Als Ona het punt waar de bodem steil wegviel bereikte voor Ayla bij haar was, zou ze door de sterke onderstroom naar de diepte worden getrokken. Het water werd al zout, Ayla kon het proeven. Het kleine donkere hoofdje dook enkele meters verderop nog even op en verdween toen uit het gezicht. Ayla voelde het water plotseling veel kouder worden toen ze in een laatste wanhopige poging onder water dook om het verdwijnende hoofdje te grijpen. Ze voelde fladderende slierten en sloot haar vuist om het lange losse haar van het kleine meisje.

Ayla dacht dat haar longen zouden barsten – ze had geen tijd gehad om adem te halen voor ze dook – en een groeiende duizeligheid deed haar al bijna het bewustzijn verliezen, toen ze door het wateroppervlak heen brak, haar kostbare last met zich meevoerend. Ze tilde Ona's hoofd boven water, maar het kind was bewusteloos. Ayla had nog nooit met iemand anders in haar armen gezwommen, maar ze moest Ona zo snel mogelijk aan de kant zien te brengen, en daarbij het hoofd boven water houden. Ze sloeg haar ene arm uit en vond de goede slag, terwijl ze het kind met de andere vasthield.

Toen ze weer grond onder haar voeten voelde, zag ze de hele stam haar tegemoet komen waden. Ayla tilde Ona's slappe lijfje uit het water en gaf haar aan Droeg, toen pas beseffend hoe uitgeput ze was. Creb stond naast haar en ze zag tot haar verrassing Brun aan haar andere zijde staan om haar uit het water te helpen. Droeg ging snel vooruit en tegen de tijd dat Ayla op het strand neerviel, had Iza het kind al op het zand uitgestrekt en was ze bezig het water uit haar longen te pompen.

Het was niet de eerste keer dat een lid van de stam bijna verdronken was; Iza wist wat ze moest doen. Ze hadden ooit wel eens iemand aan de koude diepten moeten afstaan, maar ditmaal was de zee zijn prooi ontfutseld. Ona begon te hoesten en te proesten toen het water uit haar mond liep, en haar oogleden trilden.

'Mijn kleintje! Mijn kleintje!' riep Aga, op haar knieën vallend. De hevig geschrokken moeder sloot het meisje in haar armen en klemde haar tegen zich aan. 'Ik dacht dat ze dood was. Ik wist zeker dat ze dood was. O, mijn kleintje, mijn lief eigen meisje.'

Droeg tilde het kind van haar moeders schoot en droeg haar dicht tegen zich aan terug naar het kamp. Tegen de gewoonte in liep Aga

naast hem, het dochtertje dat ze verloren dacht te hebben strelend en liefkozend.
De mensen staarden Ayla in het voorbijgaan openlijk aan. Het was nog nooit voorgekomen dat iemand was gered wanneer hij eenmaal door het water was meegesleurd. Ona's redding was een wonder. Nooit zou een lid van Bruns stam nog honende gebaren maken wanneer Ayla zich aan die eigenaardige liefhebberij van haar overgaf. Het is haar gelukkig gesternte, zei men. Ze heeft ons altijd al geluk gebracht. Was zij niet degene die de grot vond?
De vissen lagen nog op het strand te stuiptrekken. Enkele hadden hun weg terug naar het water gevonden toen de stam besefte wat er aan de hand was en iedereen Ayla bij haar terugkeer met het halfverdronken meisje tegemoet rende, maar de meeste vissen lagen nog onder het net gevangen. De stam zette zich weer aan de taak hen verder op het droge te halen; daarna sloegen de mannen ze de kop in en begonnen de vrouwen ze schoon te maken.
'Een wijfje!' schreeuwde Ebra, toen ze een grote Beluga-steur de buik opensneed. Allen renden op de grote vis af.
'Kijk eens wat veel!' gebaarde Vorn, en hij stak zijn hand uit om een handvol van de kleine zwarte eitjes te pakken. Verse kaviaar was iets waar ze allemaal verzot op waren. Gewoonlijk greep iedereen handenvol uit de eerste vrouwtjessteur die ze vingen en propte zich vol. Latere vangsten werden gezouten en voor toekomstig gebruik opgeslagen, maar nooit was de kaviaar zo lekker als wanneer die vers uit zee kwam. Ebra hield de jongen tegen en wenkte Ayla.
'Ayla, jij mag eerst,' gebaarde ze.
Ayla keek om zich heen, met haar houding verlegen nu ze in het middelpunt van de belangstelling stond.
'Ja, Ayla mag eerst,' vielen anderen Ebra bij.
Het meisje keek Brun aan. Hij knikte. Ze liep schuw naar voren en nam een handje glanzende zwarte kaviaar, stond op en proefde. Ebra gaf een teken en allen doken in de vis en grabbelden er een portie uit, zich vrolijk rond de vis verdringend. Een tragedie was hun bespaard gebleven en in hun opluchting leek het hun nu wel een feestdag.
Ayla liep langzaam terug naar hun tent. Ze wist dat haar een eer bewezen was. Met kleine hapjes genoot ze van de kostelijke kaviaar, zich koesterend in het warme gevoel door de stam geaccepteerd te zijn. Het was een gevoel dat ze nooit zou vergeten.

Nadat de vis op het droge was gebracht en afgemaakt, stonden de mannen weer in hun eeuwige kringetje bijeen, het schoonmaken en conserveren aan de vrouwen overlatend. Naast de scherpe vuurstenen messen waarmee ze de vis opensneden en de grote exemplaren in moten sneden, hadden ze een speciaal instrument voor het afschrappen van de schubben. Het was een mes dat stomp was aan de bovenzijde, zodat je het goed vast kon houden, en bovendien had het een holte in de scherpe voorkant waar de wijsvinger in geplaatst werd om de druk te regelen, zodat de schubben weggeschrapt konden worden zonder de huid van de vis te beschadigen.

Het net van de stam leverde meer dan alleen steur op. Kabeljauw, zoetwaterkarpers, enkele grote forellen en zelfs een paar schaaldieren behoorden eveneens tot de vangst. Op de vis afkomende vogels verzamelden zich om zich aan de ingewanden tegoed te doen en wat moten te stelen als ze dicht genoeg in de buurt konden komen. Nadat de vissen in de openlucht of boven rokerige vuren te drogen waren gelegd of gehangen, werd het net over hen heen uitgespreid. Zo kon het net drogen, werden scheuren of gaten zichtbaar en werd de vogels belet de stam zijn moeizaam in de wacht gesleepte vangst te ontstelen.

Voor het vissen gedaan was, zouden ze allen de smaak en geur van vis hartgrondig beu zijn, maar de eerste nacht was het een welkome traktatie en smulden ze altijd gezamenlijk. De voor deze feestelijke gelegenheid apart gehouden vissen, voor het merendeel kabeljauwen waarvan het zachte witte vlees in verse toestand bijzonder geliefd was, werden met fris gras en grote groene bladeren omwikkeld en boven hete kooltjes gelegd. Hoewel het niet met zoveel woorden werd gezegd, wist Ayla dat het feestmaal te harer ere was. Ze kreeg vele uitgelezen hapjes door de vrouwen aangeboden en Aga had met speciale zorg een hele moot voor haar klaargemaakt.

De zon was in het westen ondergegaan en de meeste stamleden hadden zich naar hun diverse tenten verspreid. Iza en Aba zaten bij het grote feestvuur, dat nu tot gloeiende sintels was gedoofd te praten, terwijl Ayla en Aga zwijgend naar het spel van Ona en Oeba zaten te kijken. Aga's één jaar oude zoon, Groeb, lag vredig in haar armen te slapen, geheel verzadigd van warme melk.

'Ayla,' begon de vrouw enigszins aarzelend, 'ik wil je graag wat zeggen. Ik ben niet altijd aardig tegen je geweest.'

'Aga, je bent altijd hoffelijk geweest,' onderbrak Ayla haar haastig.

'Dat is niet hetzelfde als aardig,' zei Aga. 'Ik heb met Droeg gesproken. Hij is op mijn dochter gesteld geraakt, ook al is ze bij de vuurplaats van mijn eerste metgezel geboren. Hij heeft nooit eerder een meisje bij zijn vuurplaats gehad. Droeg zegt dat jij altijd een deel van

Ona's geest met je zult meedragen. Ik begrijp niet veel van de wegen der geesten, maar Droeg zegt dat wanneer een jager een andere jager het leven redt, hij een klein deel van diens geest in zich houdt. Ze worden zoiets als bloedverwanten, als broeders. Ik ben blij dat jij Ona's geest met haar deelt, Ayla. Ik ben blij dat ze nog bij ons is om hem met je te delen. Als ik ooit zo gelukkig ben nog een kind te baren, en als het een meisje is, heeft Droeg beloofd het Ayla te noemen.'

Ayla stond perplex. Ze wist niet wat ze moest zeggen.

'Aga, dat is te veel eer. Ayla is geen Stamnaam.'

'Nu wel,' zei Aga.

De vrouw stond op, wenkte Ona en wilde naar haar tent gaan. Ze wendde zich nog even om. 'Ik ga nu,' zei ze.

Het was de dichtste benadering van een afscheidsgroet waar de mensen van de Stam over beschikten. Meestal werd die achterwege gelaten; ze gingen eenvoudig uiteen. De Stam bezat ook geen term voor 'dank je wel'. Ze begrepen dankbaarheid, maar die was anders gekleurd, namelijk door een besef van verplichting, gewoonlijk van de kant van de lager geplaatste. Ze hielpen elkaar omdat dit een onderdeel van hun levensstijl was, hun plicht, een noodzaak om te overleven, en dank werd niet verwacht of uitgesproken. Speciale geschenken of gunsten waren belast met de verplichting er iets van gelijke waarde voor terug te geven; dat sprak vanzelf en bedankjes waren overbodig. Zolang Ona leefde zou ze bij Ayla in het krijt staan, tenzij er zich een gelegenheid voordeed waarbij zij, of voor ze volwassen was haar moeder, de dienst met gelijke munt kon terugbetalen en een stukje van Ayla's geest kon verwerven. Aga's aanbod was geen tegenprestatie om haar schuld te delgen, het was meer, het was haar manier om 'dank je wel' te zeggen.

Aba stond kort na het vertrek van haar dochter op. 'Iza heeft altijd gezegd dat je geluk bracht,' gebaarde de oude vrouw, toen ze langs het meisje liep. 'Nu geloof ik het.'

Ayla liep op Iza toe en ging naast haar zitten toen Aba weg was. 'Iza, Aga zei me dat ik altijd een stukje van Ona's geest zou dragen, maar ik heb haar alleen maar uit het water gehaald, jij bent degene die haar weer liet ademen. Jij hebt net zo goed haar leven gered als ik. Draag jij dan niet ook een deel van haar geest mee?' vroeg het meisje. 'Jij moet van veel geesten stukjes met je meedragen, je hebt vele levens gered.'

'Waarom denk je dat een medicijnvrouw een hoge rang van zichzelf heeft, Ayla? Dat is omdat ze een gedeelte van de geesten van al haar stamgenoten met zich meedraagt, van mannen zowel als van vrouwen. Van de héle Stam trouwens, via haar eigen stam. Zij helpt ze ter wereld brengen en zorgt hun hele leven voor hen. Wanneer een vrouw een medicijnvrouw wordt, krijgt ze van iedereen dat stukje geest, ook van hen wier leven ze nog niet gered heeft, omdat ze nooit weet wanneer dat gebeuren zal.

Wanneer iemand sterft en naar de wereld der geesten gaat,' vervolgde Iza, 'verliest de medicijnvrouw een gedeelte van haar geest. Sommigen geloven dat ze zich om die reden beter zal inspannen, maar de meeste medicijnvrouwen zouden toch net zo hard hun best doen. Niet elke vrouw kan een medicijnvrouw worden, zelfs niet iedere dochter van een medicijnvrouw. Ze moet iets in zich hebben waardoor ze anderen wil helpen. Jij hebt dat, Ayla, daarom ben ik je ook gaan opleiden. Ik zag het al toen je dat konijn wilde genezen, na Oeba's geboorte. En je stond er niet bij stil dat je zelf gevaar liep toen je Ona achternaging, je wilde alleen haar redden. De medicijnvrouwen uit mijn geslacht bezitten de hoogste rang. Wanneer je een medicijnvrouw wordt, Ayla, zul je tot mijn geslacht behoren.'

'Maar ik ben niet echt je dochter, Iza. Je bent de enige moeder die ik me herinner, maar ik ben niet uit je geboren. Hoe kan ik tot je geslacht behoren? Ik heb je herinneringen niet. Ik begrijp niet eens precies wat herinneringen zijn.'

'Mijn geslacht bezit de hoogste rang omdat daaruit altijd de beste medicijnvrouwen zijn voortgekomen. Mijn moeder, en haar moeder, en de hare vóór haar, zo ver terug als ik me kan herinneren, zijn altijd de beste geweest. Ieder van hen gaf door wat ze wist, en geleerd had. Jij behoort tot de Stam, Ayla, je bent mijn dochter en door mij opgeleid. Je zult al de kennis bezitten die ik je geven kan. Het zal misschien niet alles zijn wat ik weet – ik weet zelf niet hoeveel ik weet – maar het zal voldoende zijn omdat er nog iets anders is. Je hebt er een gave voor, Ayla, ik denk dat je zelf uit een geslacht van medicijnvrouwen stamt. Eens zul je heel goed zijn.

Je hebt de herinneringen niet, kind, maar je hebt een bepaalde manier van denken, een manier van aanvoelen waarom iemand pijn heeft. Als je weet waarom iemand pijn heeft, kun je helpen en je weet op de een of andere manier hoe je helpen moet. Ik heb je nooit gezegd sneeuw op Bruns arm te doen toen Oga hem verbrand had. Ik had misschien hetzelfde gedaan, maar ik heb het je niet geleerd. Je gave, je talent, zijn misschien net zo goed als herinneringen, misschien wel beter, ik weet het niet. Maar een goede medicijnvrouw is een goede medicijnvrouw. Dat is het enige wat ertoe doet. Je zult tot mijn geslacht behoren omdat je een goede medicijnvrouw zult worden, Ayla. Je zult de rang waard zijn, je zult een van de besten zijn.'

De stam verviel in een vast patroon. Ze beperkten zich tot één vangst per dag, maar dat was voldoende om de vrouwen tot laat in de middag bezig te houden. Er deden zich geen verdere problemen voor, hoewel Ona de drijvers niet meer hielp de vis op te jagen. Droeg had besloten dat ze nog te jong was, volgend jaar zou vroeg genoeg zijn. Tegen het eind van de steurtrek werden de vangsten kleiner en hadden de vrouwen 's middags tijd zich te ontspannen. Dat was eigenlijk wel zo goed. De vis had een paar dagen nodig om te drogen en de rij droogrekken op het strand werd elke dag langer.
Droeg had de monding van de rivier afgezocht naar de vuursteenbrokken die van de berg waren afgespoeld en er een aantal naar het kamp gezeuld. Verscheidene middagen achtereen kon men hem nieuwe gereedschappen zien kloppen. Op een middag niet lang voor hun voorgenomen vertrek zag Ayla Droeg een bundel van zijn tent naar een aangespoelde boomstam dicht in de buurt dragen, waar hij gewoonlijk zijn werktuigen maakte. Ze keek bijzonder graag toe wanneer hij de vuursteen bewerkte en volgde hem daarom, en ging met gebogen hoofd voor hem op de grond zitten.
'Dit meisje zou graag toekijken als de gereedschapmaker geen bezwaar heeft,' gebaarde ze, toen Droeg haar verlof tot spreken had gegeven.
'Hmmf,' knikte hij, toestemmend. Ze vond een plaatsje op de boomstam vanwaar ze hem rustig kon gadeslaan.
Het meisje had al eerder toegekeken wanneer hij werkte. Droeg wist dat ze oprecht geïnteresseerd was en zijn concentratie niet zou verstoren. Toonde Vorn maar evenveel belangstelling, dacht hij. Geen van de jongere leden van de stam legde enig werkelijk talent voor het vak van gereedschapmaker aan den dag, en als iedere echte vakman wilde hij zijn kennis delen en doorgeven.
Misschien zal Groeb er wel wat voor voelen, dacht hij. Hij was in zijn schik dat zijn nieuwe gezellin een jongen had gebaard, zo snel nadat Ona gespeend was. Droeg had nog nooit zo'n volle vuurplaats gehad, maar hij was blij dat hij indertijd besloten had Aga en haar twee kinderen op te nemen. Zelfs de oude vrouw was nog niet zo kwaad om bij je vuurplaats te hebben – Aba voorzag dikwijls in zijn behoeften wanneer Aga met de kleine bezig was. Aga bezat niet het rustige begrip van Goovs moeder en Droeg had zich in het begin moeten laten gelden om haar haar plaats te wijzen. Maar ze was jong en gezond en had een zoon voortgebracht, een zoon van wie Droeg vurig hoopte dat hij hem tot gereedschapmaker op zou kunnen leiden. Hij had de kunst van het steenkloppen van de metgezel van zijn moeders moeder

geleerd en begreep pas nu de vreugde van de oude man toen hij als jonge jongen liet blijken het vak ook te willen leren.

Maar Ayla had vaak toegekeken sinds ze bij de stam was en hij had de gereedschappen gezien die ze zelf had gemaakt. Ze was handig en paste de verschillende technieken goed toe. Vrouwen mochten ook gereedschappen maken, zolang ze maar geen werktuigen maakten die als wapens moesten dienen, of gereedschap om wapens mee te maken. Het had niet veel zin om een meisje op te leiden en ze zou er nooit echt goed in worden, maar ze bezat enige handvaardigheid, maakte heel bruikbare gereedschappen en een vrouwelijke leerling was beter dan helemaal geen. Hij had haar al eerder het een en ander over zijn ambacht verteld.

De gereedschapmaker vouwde zijn bundel open en spreidde de leren huid uit die de voor zijn vak noodzakelijke gereedschappen bevatte. Hij keek Ayla aan en besloot haar enige nuttige kennis van stenen bij te brengen. Hij raapte een stuk op dat hij de vorige dag terzijde had gelegd. Door lange jaren van ondervinding hadden Droegs voorvaderen geleerd dat vuursteen die combinatie van eigenschappen bezat die voor het maken van het beste gereedschap het gunstigst was.

Ayla keek geboeid toe terwijl hij vertelde. Ten eerste moest een steen hard genoeg zijn om een verscheidenheid aan dierlijke en plantaardige materialen te snijden, af te krabben of te splijten. Veel van de kiezelachtige mineralen van de kwartsfamilie bezaten de noodzakelijke hardheid, maar vuursteen had nog een andere eigenschap die de meeste van die mineralen, en vele stenen van zachter materiaal, misten. Vuursteen was breekbaar; onder druk of als men erop sloeg, knapte het. Ayla week geschrokken achteruit toen Droeg zijn betoog illustreerde door de niet meer bruikbare steen tegen een andere aan te slaan, waardoor hij in tweeën brak en andersoortig materiaal in het hart van de glanzende donkergrijze vuursteen te zien kwam.

Droeg wist niet precies hoe de derde eigenschap te omschrijven, hoewel hij hem instinctief aanvoelde op de manier van iemand die al heel lang met stenen omgaat. De eigenschap die zijn ambacht mogelijk maakte was de wijze waarop de steen brak, en daar was de homogene structuur van vuursteen debet aan.

De meeste mineralen breken op een wijze die aansluit bij de structuur van hun kristallen, wat betekent dat ze alleen in bepaalde richtingen breken, zodat een steenklopper ze niet voor specifieke doeleinden kon vormen. Soms, wanneer hij het kon vinden, gebruikte Droeg obsidiaan, het bij vulkaanuitbarstingen ontstane zwarte glas, zelfs al was het zachter dan vele mineralen. Het had geen duidelijke kristalstructuur en hij kon het door de homogene samenstelling in iedere gewenste richting breken.

Vuursteenkristallen waren, hoewel ze een duidelijke vorm bezaten, zo klein dat het effect hetzelfde was als dat van een homogene massa, en de enige beperking voor het kunnen vormen van de steen school in een geringe vaardigheid van de bewerker, en Droeg was zeer bekwaam. Toch was vuursteen hard genoeg om door dikke huiden of taaie draderige planten heen te snijden en bros genoeg om te breken met een breukrand zo scherp als van een glasscherf. Om het haar te laten zien, raapte Droeg een van de stukken van de ongeschikte steen op en wees op een rand. Ze hoefde hem niet aan te raken om te weten hoe scherp hij was; ze had vaak genoeg zulke scherpe messen gebruikt.

Droeg dacht aan de jarenlange ervaring die de aan hem doorgegeven kennis nog had bijgeslepen, terwijl hij het gebroken stuk steen liet vallen en de leren lap over zijn schoot uitspreidde. De kunde van de goede steenklopper begon bij het selecteren van de steen. Er was een geoefend oog voor nodig om de kleine kleurvariaties in de kalkachtige buitenlaag te kunnen onderscheiden die op vuursteen van hoge kwaliteit met een fijne structuur wezen. Er was tijd voor nodig om te ontdekken dat de brokken op de ene vindplaats beter en gaver waren en minder vaak vreemd materiaal bevatten dan stenen van een andere vindplaats. Misschien zou hij ooit een leerling hebben die ook oog voor zulke fijne details had.

Ayla dacht dat hij haar was vergeten toen hij zijn instrumenten uitstalde, zorgvuldig de stenen bekeek en vervolgens zwijgend met zijn hand om zijn amulet en zijn ogen dicht bleef zitten. Ze schrok ervan toen hij met zwijgende gebaren begon te spreken.

'Het gereedschap dat ik ga maken, is heel belangrijk. Brun heeft besloten dat we op mammoetjacht gaan. We moeten veel geluk hebben, wil de jacht slagen; de geesten moeten er welwillend tegenover staan. De messen die ik ga maken, zullen als wapens gebruikt worden en de andere gereedschappen zullen dienen om speciaal voor deze jacht bedoelde wapens te maken. Mog-ur zal er een krachtige bezwering over uitspreken om ze goed doel te laten treffen, maar eerst moeten de gereedschappen gemaakt worden. Als dat lukt, zal het een gunstig voorteken zijn.'

Ayla wist niet met zekerheid of Droeg tot haar sprak of alleen voor zichzelf de feiten nog eens op een rijtje zette, zodat hij ze goed in zijn hoofd zou hebben wanneer hij begon. Het doordrong haar nog sterker van de noodzaak heel stil te zijn en niets te doen dat Droeg bij zijn werk zou storen. Ze verwachtte half en half dat hij haar weg zou stu-

ren, nu ze wist hoe belangrijk de werktuigen waren die hij ging maken.
Wat ze niet wist, was dat vanaf het ogenblik dat ze Brun de grot had doen ontdekken, Droeg had gedacht dat ze geluk bracht en nu ze Ona had gered, was hij er helemaal van overtuigd. Hij beschouwde het vreemde meisje als een ongebruikelijke steen of tand die men van zijn totem kreeg en als geluksbrenger in zijn amulet droeg. Hij was er niet zeker van of ze zelf veel geluk had, alleen dat ze geluk bracht, en haar verzoek om juist nu te mogen toekijken zag hij als een goed voorteken. Uit een ooghoek zag hij dat ze naar haar amulet reikte terwijl hij de eerste steenklomp oppakte. Hoewel hij het niet precies zo voor zichzelf omschreef, had hij het gevoel dat ze de zegen van haar machtige totem over zijn inspanningen afriep en dat verheugde hem zeer.
Droeg zat op de grond met de lap leer over zijn schoot uitgespreid en een brok vuursteen in zijn linkerhand. Hij pakte een ovale steen en draaide die rond tot hij goed in de hand lag. Hij had lang naar een klopsteen van precies de goede vorm en zwaarte gezocht en had deze al vele jaren. De vele deuken erin bewezen zijn lange staat van dienst. Met de klopsteen brak Droeg de kalkachtige grijze buitenlaag weg, zodat de donkergrijze vuursteen eronder tevoorschijn kwam. Hij hield even op om de vuursteen kritisch te bekijken. De structuur was goed, de kleur was goed, er bevonden zich geen vreemde voorwerpjes in. Toen begon hij globaal de basisvorm van een vuistbijl aan te geven. De dikke schilfers die wegsprongen, hadden scherpe randen; vele ervan zouden als snijwerktuig gebruikt worden, precies zoals ze van de steen gevallen waren. De achterkant van iedere schilfer had op de plek waar de klap gevallen was een dikke ronde rand, die aan het andere eind tot een dunner plaatje toeliep en ieder stuk dat van de steen viel, liet een diep geribbeld litteken op de vuurstenen kern achter.
Droeg legde de klopsteen neer en raapte een stuk bot op. Zorgvuldig mikkend gaf hij de vuursteen een tik vlak bij de scherpe gekartelde rand. De zachtere, veerkrachtiger benen hamer deed langere, dunnere en plattere schilfers met rechtere zijkanten van de vuursteen vallen en verbrijzelde niet de scherpe dunne snijkant, zoals de stenen klopper gedaan zou hebben. Na enkele ogenblikken hield Droeg het voltooide werkstuk omhoog. Het werktuig was ongeveer twaalf centimeter lang, aan één uiteinde puntig toelopend met rechte snijranden, een betrekkelijk dun middengedeelte en een gladde boven- en onderkant met alleen ondiepe deuken waar de schilfers eraf geslagen waren. Men kon het in de hand houden en er hout mee hakken als met een bijl, of

een houten kom uit een stuk hout snijden als met een dissel, of een stuk ivoor van een mammoettand afhakken, of bij het uitbenen de botten van een dier breken, of het voor een van de vele andere toepassingen van een scherp slagwerktuig gebruiken.
Het was een heel oud stuk gereedschap en Droegs voorvaderen hadden al duizenden jaren lang dergelijke vuistbijlen gemaakt. Een eenvoudiger vorm ervan was een van de eerste ooit bedachte gereedschappen en nog steeds bruikbaar. Hij rommelde in de berg schilfers en haalde er een aantal met brede rechte snijranden uit die hij opzij legde om ze dienst te laten doen als hakmessen bij het uitbenen en bij het snijden door taaie huiden. De vuistbijl was maar een vingeroefening om erin te komen. Droeg richtte nu zijn aandacht op een tweede vuursteenklomp, die hij om de bijzonder fijne structuur had uitgezocht. Deze zou hij volgens een nieuwere en moeilijker techniek bewerken.
De gereedschapmaker was nu wat meer ontspannen, niet meer zo nerveus en voor zijn volgende taak gereed. Hij zette het voetbeen van een mammoet bij wijze van aambeeld tussen zijn benen en plaatste de steenklomp op het platformpje, waar hij hem stevig vasthield. Vervolgens pakte hij zijn klopsteen. Deze keer vormde hij tijdens het aftikken van de kalkachtige buitenlaag de steen zorgvuldig zo dat de resterende kern van vuursteen een enigszins afgeplatte eivorm had. Hij legde de steen op zijn kant en sloeg, nu met de benen hamer, schilfers van de punt af, helemaal rondom van de buitenkant naar binnen werkend. Toen hij klaar was, had de eivormige steen een platte ovale bovenkant.
Op dit punt gekomen hield Droeg op, vouwde zijn hand om zijn amulet en sloot zijn ogen. Bij de volgende beslissende stappen had men geluk zowel als vaardigheid nodig. Hij rekte zijn armen, boog en strekte zijn vingers en pakte de benen hamer. Ayla hield haar adem in. Hij wilde een plat werkvlakje maken, een klein stukje wegslaan aan één kant van het ovale bovenvlak, zodat er een inkeping zou ontstaan loodrecht op de schilfer die hij weg wilde tikken. Het maken van de inkeping was noodzakelijk om de schilfer goed glad en met scherpe randen te laten wegvallen. Hij bekeek beide uiteinden van het ovale oppervlak, liet zijn keus op een ervan vallen, mikte zorgvuldig, gaf er een korte scherpe tik op en liet zijn adem in een zucht ontsnappen toen het kleine stukje wegsprong. Droeg drukte de platte vuursteen stevig op het aambeeld en zorgvuldig de afstand en de plaats waar hij moest slaan schattend, sloeg hij met de benen hamer tegen de inkeping die hij gemaakt had. Een perfecte schilfer viel van de voorbe-

werkte plek weg. Hij had een langgerekte ovale vorm, was aan de buitenkant enigszins afgeplat, met een gladde bolle binnenkant, en aan het uiteinde waar de klap gevallen was iets dikker dan aan het taps toelopende andere eind.

Droeg bekeek de vuurstenen kern nogmaals, draaide hem om, tikte er een tweede stukje af om tegenover het uiteinde van het vorige weer een platformpje te maken, en sloeg daarop een tweede voorbewerkte schilfer weg. Binnen enkele ogenblikken had Droeg de vuursteen in zessen gekloofd en het restje weggegooid. De plaatjes steen hadden allemaal een langgerekte ovale vorm en liepen in een dun, puntig uiteinde toe. Hij bekeek de schilfers nauwkeurig en legde ze in een rij klaar voor de laatste bewerking waardoor ze de gereedschappen zouden worden die hij had willen maken. Van een steen van bijna dezelfde grootte als die waar hij één vuistbijl van had gemaakt, had hij volgens de nieuwere techniek zesmaal dezelfde snijrand verkregen, een snijrand die hij voor diverse nuttige werktuigen kon gebruiken.

Met een kleine, enigszins afgeplatte ronde steen tikte Droeg zachtjes de scherpe rand aan één zijde van de eerste schilfer weg om de punt aan te geven, maar wat belangrijker was: om de achterkant bot te maken zodat het in de hand gehouden mes gehanteerd kon worden zonder de gebruiker te snijden, en werkte hem verder bij. Hij onderwierp het mes aan een laatste kritische blik, verwijderde nog wat kleine oneffenheden, legde het toen voldaan neer en pakte een volgende schilfer. Dezelfde procedure volgend maakte hij een tweede mes.

De volgende schilfer die Droeg ter hand nam, was een grotere, van dichter bij het midden van de eivormige vuursteen. Eén rand was bijna recht. Het plaatje steen tegen het aambeeld houdend oefende Droeg er met een klein bot druk op uit en maakte een klein stukje uit de rand los, en daarna nog een aantal, zodat zich een rij V-vormige inkepingen vormde. Hij maakte de achterkant van het getande werktuig stomp, bekeek nog eens de fijngetande zaag die hij gemaakt had, knikte en legde hem neer.

Met hetzelfde stukje bot werkte de gereedschapmaker het gehele snijvlak van een kleinere, rondere schilfer bij tot een sterk bollende vorm, aldus een stoer, enigszins bot werktuig makend dat niet gemakkelijk zou breken onder de druk bij het afkrabben van hout of dierenhuiden, en de huiden niet zou beschadigen. Op weer een andere schilfer maakte hij één diepe V-vormige inkeping op het snijvlak, wat speciaal handig was voor het scherpen van de punten van houten speren, en op het laatste plaatje – dat aan het dunne uiteinde in een scherpe punt toeliep maar tamelijk onregelmatige snijkanten had – maakte hij beide snijkanten bot, zodat alleen de punt overbleef. Dit stuk gereedschap kon gebruikt worden als priem, om gaten in leer te prikken, of als boor, voor het maken van gaten in hout of been. Al Droegs werktuigen waren bedoeld om in de hand gehouden te worden.

Droeg bekeek nogmaals het stel gereedschappen dat hij had gemaakt en wenkte daarna Ayla, die een en al aandacht en haast zonder adem te durven halen had zitten toekijken. Hij overhandigde haar de krabber en een van de brede scherpe schilfers die hij bij het maken van de vuistbijl weggetikt had.

'Deze mag jij hebben. Je zult er misschien plezier van hebben als je met ons mee op mammoetjacht gaat,' gebaarde hij.

Ayla's ogen straalden. Ze pakte de gereedschappen zo voorzichtig aan alsof het uiterst kostbare geschenken waren. Voor haar waren ze dat ook. Zou ik heus uitgekozen worden om met de jagers mee op de mammoetjacht te gaan? vroeg ze zich af. Ayla was nog geen vrouw, en normaliter gingen alleen vrouwen en de kleine kinderen die ze toevallig aan de borst hadden met de jagers mee. Maar ze was even groot als een vrouw, en ze was die zomer al op een paar korte jachtpartijen meegeweest. Misschien zullen ze me toch wel kiezen. Ik hoop het, o, ik hoop het zo, dacht ze.

'Dit meisje zal de gereedschappen bewaren tot de mammoetjacht. Als zij uitgekozen wordt om de jagers te vergezellen, zal zij ze voor het eerst gebruiken op de mammoet die de jagers zullen doden,' antwoordde ze.

Droeg knorde; toen schudde hij de leren lap die over zijn schoot gelegen had uit om de kleine flinters en splinters steen te verwijderen, zette de als aambeeld fungerende mammoetpoot, de klopsteen, de benen hamer en de benen en stenen kleinere gereedschappen er middenop, vouwde de lap toe en bond hem met een koordje stevig dicht. Vervolgens raapte hij de nieuwe werktuigen bijeen en liep naar de tent die hij met de andere leden van zijn vuurplaats deelde. Voor die dag was hij klaar, hoewel het nog pas middag was. Hij had in bijzonder korte tijd een aantal heel goede gereedschappen gemaakt en wilde zijn geluk niet al te zeer op de proef stellen.

'Iza! Iza! Kijk eens! Deze heb ik van Droeg gekregen. Hij liet me zelfs toekijken terwijl hij ze maakte,' gebaarde Ayla met Crebs eenhandige bewegingen, de werktuigen stevig in de andere hand houdend terwijl ze op de medicijnvrouw toe rende. 'Hij zei dat de jagers in de herfst op mammoetjacht gaan en dat hij voor de mannen gereedschappen maakte om nieuwe wapens mee te maken, speciaal voor die jacht. Hij

zei dat ik van deze plezier zou kunnen hebben als ik met hen meeging. Denk je dat er een kansje is dat ik meega?'
'Misschien, Ayla. Maar ik weet niet waarom je er zo opgewonden over bent. Het zal hard werken zijn. Al het vet moet worden uitgesmolten en het meeste vlees gedroogd, en je hebt gewoon geen idee hoeveel vlees en vet er aan een mammoet zit. Je zult ver moeten reizen en het allemaal weer naar huis moeten dragen.'
'O, het kan me niet schelen of het hard werken is. Ik heb nog nooit een mammoet gezien, behalve eens heel in de verte vanaf de richel. Ik wil zo graag mee. O, Iza, ik hoop zo dat ik mee kan.'
'Mammoeten trekken niet dikwijls zo ver naar het zuiden. Ze houden van kou en de zomers zijn hier te heet. En in de winter ligt er te veel sneeuw, dan kunnen ze niet grazen. Maar ik heb in lange tijd geen mammoetvlees geproefd. Er bestaat niets lekkerders dan heerlijk, mals mammoetvlees en mammoeten hebben veel vet dat je voor zoveel dingen kunt gebruiken.'
'Denk je dat ze me mee zullen nemen, moeder?' gebaarde Ayla opgewonden.
'Brun vertelt me zijn plannen niet, Ayla. Ik wist niet eens dat ze gingen; jij weet er meer van dan ik,' zei Iza. 'Maar ik denk niet dat Droeg er iets van gezegd zou hebben als er niet een kansje was. Ik denk dat hij dankbaar was dat je Ona van de verdrinkingsdood hebt gered en de gereedschappen en het nieuws over de jacht is zijn manier om je dat te laten weten. Droeg is een goede man, Ayla. Je boft dat hij je zijn geschenken waardig acht.'
'Ik ga ze bewaren tot de mammoetjacht. Ik heb hem gezegd dat ik ze dan voor het eerst zou gebruiken, als ik mee mag.'
'Dat is een goed idee, Ayla, en ook een heel goed antwoord.'

14

De mammoetjacht die in de vroege herfst zou plaatsvinden, als de enorme beesten naar het zuiden trokken, was op z'n best een hachelijke onderneming en de hele stam was erdoor in rep en roer. Iedere gezonde volwassene zou deelnemen aan de expeditie naar de noordpunt van het schiereiland, dicht bij de verbinding met het vasteland. Gedurende de tijd die de reis, het uitbenen, het conserveren van het vlees, het smelten van het vet en de terugreis in beslag zouden nemen, zouden alle andere jachtactiviteiten komen te vervallen. En ze hadden geen enkele zekerheid dat ze mammoeten zouden vinden als ze eenmaal ter plekke waren, of dat als ze ze vonden de jagers succes zouden hebben. Alleen het feit dat áls ze succes hadden één zo'n gigantisch dier genoeg vlees zou opleveren om de stam vele maanden in leven te houden, benevens een grote hoeveelheid vet, dat in hun bestaan zo'n belangrijke rol speelde, maakte het de moeite waard een dergelijke jacht zelfs maar te overwegen.

De jagers hielden in het vroege zomerseizoen veel meer dan het gebruikelijke aantal gewone jachtpartijen, om genoeg vlees op te slaan om hen de winter door te helpen als ze er zorgvuldig mee omgingen. Ze konden het zich niet veroorloven op een mammoetjacht te gokken zonder enige voorzieningen voor het komende koude seizoen te treffen. Maar over twee jaar zou de volgende Stambijeenkomst gehouden worden en dan zou er nauwelijks gejaagd worden. Het gehele seizoen zou in beslag genomen worden door de reis naar de grot van de stam die bij het belangrijke gebeuren gastheer was, het deelnemen aan het grote festival en de terugreis. De lange geschiedenis van dergelijke bijeenkomsten had Brun geleerd dat de stam ruim van tevoren voedsel en materialen moest beginnen op te slaan om hen de winter na de Bijeenkomst door te laten komen. Dat was de reden waarom hij tot de mammoetjacht besloten had. Voldoende voorraden voor de komende winter plus een geslaagde mammoetjacht zouden alvast een goed begin betekenen. Gedroogd vlees, groenten, fruit en granen zouden, mits behoorlijk opgeslagen, gemakkelijk twee jaar goed blijven.

De komende jacht was niet alleen met een sfeer van opwinding omgeven, er viel ook een ondertoon van bijgeloof in die opwinding te bespeuren. Het welslagen van de jacht was zo sterk van geluk afhankelijk, dat men in de meest onbetekenende gebeurtenissen voortekens ging zien. Iedereen was voorzichtig bij alles wat hij deed en vooral met alles wat ook maar enigszins met geesten in verband stond. Niemand wilde er de oorzaak van zijn dat een geest in woede zou ontsteken en hun ongeluk zou brengen. De vrouwen betrachtten nog meer zorgvuldigheid bij het koken; een verbrande maaltijd zou een slecht voorteken kunnen zijn.

De mannen hielden ceremoniën bij iedere fase van het plannenmaken, vurige smeekbeden opzendend om de onzichtbare krachten om hen heen gunstig te stemmen, en Mog-ur had het druk met het uitspreken van gelukbrengende bezweringen en het maken van krachtige talismans, die hij gewoonlijk van de beenderen in de kleine grot sneed. Alles wat lukte werd als een gunstig teken beschouwd en iedere tegenslag was reden tot ongerustheid. De hele stam was nerveus en Brun had nauwelijks nog een nacht goed geslapen sinds hij tot de mammoetjacht besloten had en wenste soms dat hij nooit op het idee gekomen was.

Brun riep de mannen bijeen om te bespreken wie er mee zou gaan en wie zou achterblijven. De bescherming van de thuisgrot was een belangrijk punt.

'Ik heb overwogen om een van de jagers achter te laten,' begon de leider. 'We zullen op z'n minst een hele maan wegblijven, misschien zelfs wel twee. Dat is een lange tijd om de grot onbeschermd achter te laten.'

De jagers vermeden het Brun aan te zien. Geen van hen wilde van de jacht worden uitgesloten. Ieder was bang dat als de leider zijn blik zou vangen, hij degene zou zijn die aangewezen werd om thuis te blijven.

'Brun, je zult al je jagers nodig hebben,' gebaarde Zoug. 'Mijn benen zijn misschien niet snel genoeg meer om op mammoetjacht te gaan, maar mijn arm is nog sterk genoeg om een speer te drillen. De slinger is niet het enige wapen dat ik nog gebruiken kan. Dorvs gezichtsvermogen gaat achteruit, maar zijn spieren zijn niet verslapt en hij is nog niet blind. Hij kan nog steeds een knots of speer hanteren, althans goed genoeg om de grot te beschermen. Zolang we het vuur brandend houden, zal geen dier te dichtbij komen. Je hoeft je geen zorgen over de grot te maken, wij kunnen hem beschermen. Je zult al genoeg zorgen over de mammoetjacht hebben. De beslissing ligt niet bij mij natuurlijk, maar ik vind dat je alle jagers mee moet nemen.'

'Dat vind ik ook, Brun,' viel Dorv hem bij, met enigszins toegeknepen ogen naar voren leunend. 'Zoug en ik kunnen de grot beschermen wanneer jullie weg zijn.'
Brun keek van Zoug naar Dorv en van Dorv naar Zoug. Hij wilde ook eigenlijk liever geen van zijn jagers achterlaten. Hij wilde überhaupt niets doen dat zijn kansen op succes zou kunnen verkleinen.
'Je hebt gelijk, Zoug,' gebaarde Brun ten slotte. 'Dat jij en Dorv niet op mammoetjacht kunnen, wil nog niet zeggen dat jullie niet sterk genoeg zijn om de grot te beschermen. De stam kan zich gelukkig prijzen dat jullie beiden nog steeds zo vitaal zijn, en ik prijs mijzelf gelukkig dat de tweede man van de leider vóór mij nog bij ons is om ons van zijn wijsheid te laten profiteren, Zoug.' Het kon nooit kwaad de oude man te laten weten dat hij gewaardeerd werd.
De andere jagers herademden. Geen van hen hoefde te worden achtergelaten. Het speet hun voor de beide oude mannen dat ze de grote jacht niet mee konden maken, maar ze waren blij dat zij degenen waren die thuis zouden blijven om de grot te bewaken. Stilzwijgend werd aangenomen dat ook Mog-ur de tocht niet mee zou maken; hij was geen jager. Maar Brun had bij gelegenheid de gebrekkige oude man zijn stevige wandelstaf met enige kracht zien hanteren en telde in gedachten ook de tovenaar bij de grotbewaarders. Gedrieën konden ze die zeker even goed verdedigen als één enkele jager.
'Goed, wie van de vrouwen zullen we meenemen?' vroeg Brun. 'Ebra gaat mee.'
'Oeka ook,' zei Grod. 'Ze is sterk en ervaren en heeft geen kleine kinderen.'
'Ja, Oeka is een goede keus,' zei Brun goedkeurend, 'en Ovra,' vervolgde hij, Goov aankijkend. De tovenaarsleerling knikte bevestigend.
'En Oga?' vroeg Broud. 'Brac loopt al en zal binnenkort gespeend kunnen worden; hij vraagt niet meer zoveel van haar tijd.'
Brun dacht een ogenblik na. 'Ik zie niet in waarom niet. De andere vrouwen kunnen helpen op hem te letten en Oga is een harde werkster. We kunnen haar goed gebruiken.'
Broud keek vergenoegd. Hij vond het prettig te horen dat de leider een goede indruk had van zijn gezellin; het was ook een compliment voor hem, hij had haar tenslotte zo getraind.
'Er moeten een paar vrouwen achterblijven om op de kinderen te passen,' gebaarde Brun. 'Wat vinden jullie van Aga en Ika; Groeb en Igra zijn nog te klein om zo ver te reizen.'
'Aba en Iza zouden voor hen kunnen zorgen,' waagde Crug. 'Igra

geeft Ika niet zoveel last.' De meeste mannen hadden graag hun eigen gezellin mee op zo'n langdurige jacht; dan hoefden ze geen beroep te doen op de gezellin van iemand anders.
'Ik weet niet wat Ika ervan vindt,' merkte Droeg op, 'maar ik denk dat Aga liever thuis wil blijven deze keer. Drie van de kinderen zijn van haar, en ook als ze Groeb meenam, zou Ona haar nog missen. Vorn zou wel graag met ons meegaan.'
'Ik vind dat zowel Aga als Ika thuis moet blijven,' besloot Brun, 'en Vorn ook. Er zal niets voor hem te doen zijn, hij is nog niet groot genoeg om aan de jacht mee te doen en hij zou er toch ook niet veel voor voelen om de vrouwen te helpen, vooral zonder zijn moeder om hem voortdurend aan te sporen. Er zullen nog wel andere mammoetjachten voor hem komen.'
Mog-ur had tot dan toe nog geen opmerkingen gemaakt, maar achtte nu het ogenblik gekomen. 'Iza is te zwak om te gaan en ze moet ook wel achterblijven om voor Oeba te zorgen, maar er is geen reden waarom Ayla niet mee zou kunnen.'
'Die is nog niet eens een vrouw,' wierp Broud tegen, 'en bovendien, de geesten zouden het wel eens niet prettig kunnen vinden als we de vreemdelinge bij ons hadden.'
'Ze is groter dan een vrouw en even sterk,' sprak Droeg hem tegen, 'een harde werkster, vlug met haar handen en de geesten begunstigen haar. Denk eens aan de grot. En aan Ona. Ik denk dat ze ons geluk zal brengen.'
'Droeg heeft gelijk. Ze werkt snel en ze is net zo sterk als een vrouw. Ze heeft geen kinderen om zich om te bekommeren en ze heeft wat onderricht in de genezende toverij gehad. Dat zou van pas kunnen komen, hoewel ik als Iza sterker was liever háár mee zou nemen. Ayla gaat met ons mee,' gebaarde Brun beslist.

Ayla was zo opgewonden toen ze hoorde dat ze met de mammoetjacht mee zou gaan dat ze eenvoudig niet stil kon zitten. Ze overstelpte Iza met vragen over wat ze mee moest nemen en pakte de laatste dagen voor het vertrek haar mand diverse malen in en uit.
'Je moet niet te veel meenemen, Ayla. Je last zal op de terugweg veel zwaarder zijn, als de jacht geslaagd is. Maar ik heb iets voor je dat je mijns inziens wél mee moet nemen. Ik heb het net af.'
Tranen van blijdschap sprongen Ayla in de ogen toen ze de buidel zag die Iza haar toestak. Hij was gemaakt van een hele otterhuid, die zodanig was geprepareerd dat het bont, de kop, de staart en de poten geheel intact waren gebleven. Iza had Zoug gevraagd een otter voor haar

mee te brengen en ze had hem bij Droegs vuurplaats verborgen gehouden, zodat ook Aga en Aba van haar verrassing op de hoogte waren.

'Iza! Mijn eigen medicijnbuidel!' riep Ayla uit, en ze viel de vrouw om de hals. Ze ging dadelijk op de grond zitten, haalde al de kleine zakjes en pakjes uit de buidel en legde ze in rijtjes neer, zoals ze Iza zo dikwijls had zien doen. Ze opende elk ervan en rook aan de inhoud; toen bond ze ze allemaal weer dicht met precies dezelfde knoop waarmee ze oorspronkelijk dichtgebonden waren geweest.

De vele gedroogde kruiden en wortels waren moeilijk alleen door hun geur van elkaar te onderscheiden, hoewel de extra gevaarlijke dikwijls met een onschuldig maar sterk geurend kruid vermengd werden om toevallige vergissingen uit te sluiten. Maar het eigenlijke identificatiesysteem berustte op het soort koord of veter waarmee de zakjes waren dichtgebonden en een ingewikkelde combinatie van knopen. Van bepaalde soorten geneeskrachtige kruiden werd het zakje dichtgebonden met een koord van paardenhaar, dat van andere met bizonhaar of met het haar van een ander dier, dat een duidelijk te herkennen kleur en samenstelling bezat; weer andere bundeltjes waren dichtgesnoerd met een pees of met van draderige bastsoorten of ranken gemaakte koordjes, en sommige met leren veters. Hoe een bepaalde plant moest worden gebruikt, werd ten dele afgeleid uit het soort koord en het systeem van knopen dat gebruikt werd om het buideltje of pakje waarin het verpakt zat af te sluiten.

Ayla deed de zakjes in haar medicijnbuidel terug en bond deze vervolgens, een en al bewondering, aan het koord rond haar middel. Toen deed ze hem weer af en legde hem bij haar rugmand, samen met de grote zakken voor het mammoetvlees dat ze hoopten mee terug te brengen. Alles was klaar. Het enige waar Ayla nog mee zat, was de vraag wat ze met haar slinger moest doen. Ze zou hem niet kunnen gebruiken, maar ze was ook bang hem in de grot achter te laten, waar Iza of Creb hem zou kunnen vinden. Ze overwoog hem in het bos te verbergen, maar bedacht dat het een of andere dier hem op zou kunnen graven of de blootstelling aan weer en wind hem zou kunnen aantasten. Ten slotte besloot ze hem mee te nemen, maar hem goed in een plooi van haar omslag verborgen te houden.

Het was nog donker toen de stam op de dag van vertrek opstond, en de veelkleurige bladeren begonnen juist hun pracht tegen de lichter wordende hemel tentoon te spreiden toen de groep op weg ging. Maar toen ze de richel ten oosten van de grot passeerden, gleden de eerste schitterende stralen van de opkomende zon over de einder en deden de wijde vlakte van tot hooi gedroogd gras onder hen oplichten met een warme gouden gloed. Ze daalden in een rij de beboste flanken van de heuvels onder aan de berg af en bereikten de steppen toen de zon nog maar laag aan de hemel stond. Brun hield een flink tempo aan, dat bijna net zo hoog lag als wanneer de mannen alleen op jacht gingen. De vrouwen waren niet zwaar beladen, maar daar ze niet aan het straffe ritme van een snelle mars gewend waren, moesten ze zich inspannen om de mannen bij te houden.

Ze reisden van zonsopgang tot zonsondergang, waarbij ze in één dag een veel grotere afstand aflegden dan toen ze met de gehele stam naar een nieuwe grot op zoek waren. Er werden geen maaltijden bereid; er werd alleen wat water heet gemaakt voor thee, en de vrouwen hoefden niet veel te doen. Er werd onderweg ook niet gejaagd; iedereen at het reisvoedsel dat de mannen gewoonlijk meenamen als ze op jacht gingen: tot een grof meel vermalen gedroogd vlees, dat met gezuiverd vet en gedroogd fruit vermengd en vervolgens tot kleine koekjes gevormd was. De zeer geconcentreerde reiskost dekte hun behoefte aan voedsel meer dan voldoende.

Het was koud op de open, winderige steppe en het werd snel nog kouder naarmate ze verder noordwaarts trokken. Desalniettemin legden ze kort nadat ze 's morgens op weg waren gegaan alweer meerdere lagen kleding af. Het stevige tempo verwarmde hen snel en alleen als ze voor een korte rustpauze halt hielden, viel hun de ijzige koude op. De spierpijn die zich de eerste paar dagen vooral onder de vrouwen manifesteerde, verdween al spoedig nadat ze een bepaald ritme ontwikkeld hadden en getrainde benen kregen.

Op het noordelijk gedeelte van het schiereiland was het terrein minder goed begaanbaar. Brede, vlakke plateaus hielden plotseling op bij steile ravijnen of loodrecht oprijzende kliffen – het gevolg van het in vroeger tijden met veel geweld omhoogkomen van de heftig bewegende aardkorst, bij zijn pogingen zich van zijn kalkstenen boeien te ontdoen. Smalle, diepe kloven werden aan weerszijden door steile rotswanden ommuurd en liepen dood waar de wanden bijeenkwamen of lagen vol met het puin van scherpkantige, van de omringende hoogten neergestorte keien. Andere vormden soms de bedding voor een stroom, die uiteen kon lopen van een klein, seizoengebonden beekje tot een woest voortbruisende rivier. Alleen in de buurt van een waterloop doorbraken enkele door de wind scheefgegroeide sparren, lariksen, dennen en zich dicht tegen hen aan dringende, tot weinig meer dan kreupelhout uitgegroeide berken en wilgen de eentonigheid van de grasbegroeide steppen. In heel enkele gevallen, wanneer een ravijn uitliep op een bevloeide vallei, zodat deze beschut lag tegen de onophoudelijk in één richting waaiende wind en voldoende vocht kreeg aangevoerd, benaderden de pijnbomen en kleinbladige loofbomen meer hun normale hoogte.

Het was een kalme reis. Ze waren tien dagen in hetzelfde gestage tempo voortgetrokken toen Brun er mannen op uit begon te sturen om het gebied om hen heen te verkennen, wat hen de eerstvolgende dagen minder snel deed vorderen. Ze bevonden zich nu dicht bij de brede hals van het schiereiland. Als ze al mammoeten zouden aantreffen, moest dat binnenkort gaan gebeuren.

Het jachtgezelschap was bij een kleine rivier tot staan gekomen. Brun had Broud en Goov er vroeger in de middag op uitgezonden en hij stond op korte afstand van de anderen in de richting te kijken waarin ze vertrokken waren. Hij zou weldra moeten besluiten of ze bij deze rivier zouden kamperen of nog verdergaan alvorens halt te houden voor de nacht. De schaduwen van de late namiddag verlengden zich al tot die van de avond en als de twee jonge mannen niet snel terugkwamen, zou hem de beslissing uit handen genomen worden. Hij kneep zijn ogen toe terwijl hij recht tegen de scherpe oostenwind in keek die zijn lange bontomslag rond zijn benen wikkelde en zijn ruige baard tegen zijn gezicht drukte.

Ver weg dacht hij beweging te zien en terwijl hij wachtte, werden de rennende figuren van twee mannen zichtbaar. Hij voelde een plotselinge opwinding. Misschien was het intuïtie of misschien zag hij iets in de manier waarop ze zich bewogen. Ze zagen de apart staande gestalte en versnelden nog eens hun pas, daarbij wild met hun armen zwaaiend. Brun wist wat ze riepen lang voor hij hun stemmen kon horen.

'Mammoeten! Mammoeten!' schreeuwden de mannen, terwijl ze buiten adem op de groep toe renden. Allen verdrongen zich rond de opgetogen jagers.

'Een grote kudde, in het oosten,' gebaarde Broud opgewonden.

'Hoe ver?' vroeg Brun.

Goov wees recht omhoog en bewoog toen zijn arm in een korte boog omlaag.

'Enkele uren,' zei het gebaar.

'Ga maar voor,' wenkte Brun en hij gaf de anderen het teken hem te volgen. Ze hadden nog genoeg uren daglicht over om dichter bij de kudde te komen.

De zon stond al laag boven de horizon toen het jachtgezelschap in de verte de donkere bewegende massa zag. Het is een grote kudde, dacht Brun terwijl hij de groep halt liet houden. Ze zouden zich moeten behelpen met het water dat ze van de vorige rustplaats hadden meegenomen; het was te donker om een riviertje te zoeken. Ze konden de volgende morgen wel naar een betere kampplaats uitkijken. Waar het om ging was dat ze mammoeten gevonden hadden. Nu was het woord aan de jagers.

Nadat de groep de volgende morgen naar een nieuwe kampplaats was verhuisd, bij een slingerend beekje dat door een dubbele rij onordelijke kreupelbosjes langs iedere oever werd aangegeven, nam Brun zijn jagers mee om de mogelijkheden te gaan bekijken. Een mammoet kon men niet vangen door hem uit te putten, zoals een bizon, of met bola's neerhalen. Om zo'n langharige dikhuid buit te maken, moest een nieuwe tactiek uitgedacht worden. Brun en zijn mannen verkenden de kloven en ravijnen in de buurt. De leider zocht een bepaalde formatie, een doodlopende smalle kloof die zich tot een pas vernauwde, met rotsblokken boven op de zijwanden en bij het gesloten uiteinde, en niet te ver van de zich langzaam verplaatsende kudde.

Vroeg in de morgen van de tweede dag ging Oga nerveus, met gebogen hoofd, voor Brun op de grond zitten, terwijl Ovra en Ayla op een afstandje gespannen wachtten.

'Wat wil je, Oga?' gebaarde Brun na haar een tikje op de schouder te hebben gegeven.

'Deze vrouw zou een verzoek willen doen,' begon ze aarzelend.

'Ja?'

'Deze vrouw heeft nog nooit een mammoet gezien. Ovra en Ayla ook niet. Zou de leider ons willen toestaan de kudde dichter te naderen, zodat we ze beter kunnen bekijken?'

'En Ebra en Oeka dan, willen die geen mammoeten zien?'

'Ze zeggen dat ze nog meer dan genoeg mammoeten zullen zien voordat we klaar zijn. Zij hebben geen verlangen mee te gaan,' antwoordde Oga.

'Dat is verstandig van hen; maar zij hebben al eens mammoeten gezien. De wind staat naar ons toe; het zal de kudde waarschijnlijk niet verontrusten, zolang jullie er maar niet te dichtbij komen en er niet omheen proberen te lopen.'

'We zullen er niet te dichtbij komen,' beloofde Oga.

'Nee, ik denk ook niet dat jullie te dichtbij zullen willen komen wanneer je ze ziet. Ja, jullie mogen wel gaan,' besloot Brun.

Het kan geen kwaad om de jonge vrouwen een klein uitstapje te gunnen, dacht hij. Ze hebben nu weinig te doen en ze zullen het later druk genoeg hebben – als de geesten ons welgezind zijn.
De drie waren opgewonden over hun voorgenomen avontuur. Het was Ayla geweest die Oga ten slotte had overgehaald om er toestemming voor te vragen, hoewel ze er alle drie over gepraat hadden. De jachtreis had hen in nauwer contact met elkaar gebracht dan ze gewoonlijk in de grot hadden en had hun de gelegenheid verschaft elkaar beter te leren kennen. Ovra, die van nature stil en gereserveerd was, had Ayla altijd als een van de kinderen beschouwd en had haar gezelschap niet gezocht. Oga had te veel sociaal contact niet aangemoedigd, wetend hoe Broud tegenover Ayla stond en geen van beide jonge vrouwen had het gevoel gehad veel met het meisje gemeen te hebben. Ze hadden al een metgezel, waren volwassen en meesteres van de vuurplaats van hun metgezel; Ayla was nog maar een kind dat nog niet dezelfde verantwoordelijkheden had.
Pas sinds die zomer, waarin Ayla een halfvolwassen status had gekregen en was begonnen op jachtexpedities mee te gaan, waren de vrouwen haar als meer dan een kind gaan zien, en vooral nu, gedurende deze reis naar de mammoeten. Ayla was langer dan al de vrouwen, wat haar een schijn van volwassenheid verleende, en de jagers behandelden haar in de meeste opzichten ook alsof ze een vrouw was. Vooral Crug en Droeg deden vaak een beroep op haar. Hun gezellinnen waren thuis, in de grot, en Ayla had geen metgezel. Ze hoefden hun verzoeken nu niet via een andere man of met zijn toestemming te doen, hoe informeel deze ook gevraagd of gegeven werd. Met de jacht als hun gezamenlijk doel ontwikkelde zich een vriendschappelijke relatie tussen de drie jongere vrouwen. Ayla had voordien meestal het gezelschap van Iza, Creb en Oeba gezocht en ze genoot van de warmte van de nieuwgewonnen vriendschap met de beide vrouwen.
Kort nadat de mannen 's morgens waren vertrokken, liet Oga Brac bij Ebra en Oeka achter en gingen de drie jonge vrouwen op weg. Het was een plezierige wandeling. Ze raakten al spoedig in een geanimeerd gesprek gewikkeld, met snelbewegende handen en nadrukkelijk uitgesproken woorden. Naarmate ze de dieren dichter naderden, begon het gesprek te kwijnen en viel weldra geheel stil. Ze bleven staan en vergaapten zich aan de enorme wezens.
De toendramammoeten waren goed aan het ruwe, periglaciale klimaat van hun koude omgeving aangepast. Hun dikke huid was bedekt met een ondervacht van dicht, zacht haar en ruig, lang, roodbruin bovenhaar, dat soms wel vijftig centimeter lang was. Verder be-

zaten ze nog een isolerende onderhuidse vetlaag van acht centimeter dik. De koude was ook de aanleiding tot aanpassingen in hun lichaamsbouw. Ze waren vrij gedrongen voor hun soort, met een gemiddelde schofthoogte van ongeveer drie meter. De zware kop, groot in verhouding tot hun totale hoogte en meer dan half zo lang als de romp, verhief zich als een puntige koepel hoog boven hun schouders. Ze hadden kleine oren, een korte staart, en een relatief korte slurf met twee grijplippen aan het uiteinde, een boven en een onder. Van opzij gezien bevond zich bij de overgang naar de nek een diepe kuil tussen de koepelvormig oprijzende kop en de hoge vetbult op de schoften. De rug liep steil af naar het bekken en de wat kortere achterpoten. Maar het meest indrukwekkend waren hun lange, sterk gebogen slagtanden.

'Kijk die eens!' gebaarde Oga, en wees naar een oude stier. Zijn ivoren slagtanden ontsprongen dicht bij elkaar, bogen scherp omlaag, krulden dan sterk naar buiten, naar boven, naar binnen, kruisten elkaar voor de kop en liepen dan nog door, met een totale lengte van wel vijf meter.

De mammoet trok pollen gras, kruiden en zegge met zijn slurf uit de grond en propte het taaie, droge voer in zijn bek om het met zijn doeltreffende raspachtige maalkiezen fijn te kauwen. Een jonger dier waarvan de slagtanden niet zo lang en nog te gebruiken waren, ontwortelde een lariks en begon hem van zijn twijgen en bast te ontdoen.

'Wat zijn ze toch groot!' zei Ovra huiverend. 'Ik had nooit gedacht dat er zulke grote dieren konden bestaan. Hoe zullen de mannen er ooit een kunnen doden? Ze kunnen er met een speer niet eens bij komen.'

'Ik weet het niet,' zei Oga, al even gespannen.

'Ik wou haast dat we niet waren gegaan,' zei Ovra. 'Het zal een gevaarlijke jacht worden. Er kan best iemand bij gewond raken. Wat moet ik doen als Goov iets overkomt?'

'Brun heeft vast wel een plan,' zei Ayla. 'Ik denk niet dat hij zelfs maar zou proberen een mammoet te vangen als hij niet dacht dat de mannen het aankonden. Ik wou dat ik kon kijken,' voegde ze er verlangend aan toe.

'Ik niet,' zei Oga. 'Ik wil helemaal niet in de buurt zijn. Ik zal alleen blij zijn als het achter de rug is.' Oga wist nog dat de metgezel van haar moeder bij een ongeluk tijdens de jacht omgekomen was, vlak voor de aardbeving die haar moeder het leven had gekost. Ze was zich er scherp van bewust hoe gevaarlijk de onderneming ondanks de beste plannen bleef.

'Ik denk dat we nu terug moeten gaan,' zei Ovra. 'Brun wilde niet dat we te dichtbij zouden komen. Dit is al dichterbij dan ik leuk vind.'
De drie vrouwen wendden zich om om terug te gaan. Ayla keek nog enkele malen achterom terwijl ze zich weghaastten. Op de terugweg waren ze minder spraakzaam, ieder in haar eigen gedachten verdiept en niet in de stemming om veel te praten.
Toen de mannen terugkeerden, gaf Brun de vrouwen orders om de volgende morgen na het vertrek van de jagers het kamp op te breken en te verplaatsen. Hij had een gunstige plek gevonden; morgen zou de jacht plaatsvinden en hij wilde de vrouwen een flink eind uit de buurt hebben. Hij had de kloof vroeg de vorige dag gevonden. Het was een ideale plek, maar te ver van de mammoeten verwijderd. Hij beschouwde het als een bijzonder goed voorteken dat de kudde, die zich langzaam in zuidwestelijke richting verplaatste, het ravijn tegen het einde van de tweede dag voldoende genaderd zou zijn om er gebruik van te kunnen maken.

Een door windvlagen uit het oosten opgejaagde lichte, droge poedersneeuw begroette de leden van het jachtgezelschap toen ze zich uit hun warme slaapvachten rolden en hun neuzen buiten de lage tenten staken. De sombere grijze hemel waarachter de gloeiende zon schuilging die de aarde daglicht gaf, kon geen domper op hun verwachtingsvolle opwinding zetten. Vandaag zouden ze op mammoetjacht gaan. De vrouwen fladderden gehaast rond om thee te zetten; om hun atletische lichamen niet uit balans te brengen, zouden de jagers niets anders tot zich nemen. Ze stampten in het rond en maakten met hun speren oefenstoten in de lucht om hun stijve spieren op te rekken en los te maken. De spanning die er van hen uitging vervulde de atmosfeer met opwinding.
Grod nam een gloeiend kooltje uit het vuur en stopte het in de oeroshoren aan zijn zij. Ook Goov nam er een. Ze omwonden zichzelf stevig met bontvachten, niet de gewone buitenomslagen, maar lichtere kledingstukken die hen niet in hun bewegingen zouden belemmeren. Niemand voelde de koude; ze waren té gespannen. Brun nam voor het laatst nog eens hun plan met hen door.
Iedere man sloot zijn ogen en omklemde zijn amulet, nam een onaangestoken toorts op – die hadden ze de avond tevoren gemaakt – en ging op pad. Ayla sloeg hun vertrek gade en wenste dat ze hen durfde te volgen. Toen voegde ze zich bij de vrouwen, die gedroogd gras, mest, sprokkelhout en takken voor vuren begonnen te verzamelen alvorens het kamp op te breken.

De mannen bereikten de kudde in korte tijd. De mammoeten waren alweer in beweging na de nacht rustend te hebben doorgebracht. De jagers hurkten in het lange gras terwijl Brun de langskomende dieren taxerend bekeek. Hij zag de oude stier met de enorme gekrulde slagtanden. Wat een trofee zou dat zijn, dacht hij, maar hij zag van deze buit af. Ze moesten een lange weg terug naar de grot afleggen en de geweldige slagtanden zouden een onnodige extra last zijn. Die van een jonger dier zouden gemakkelijker te vervoeren zijn, en het vlees was bovendien malser. Dat was belangrijker dan met reusachtige slagtanden te kunnen pronken.
Jongere stieren waren echter gevaarlijker. Hun kortere slagtanden waren niet alleen praktisch voor het ontwortelen van bomen, het waren ook zeer doeltreffende wapens. Brun wachtte geduldig. Hij had niet al die voorbereidingen getroffen en die lange tocht gemaakt om nu overhaast te werk te gaan. Hij wist op welke combinatie van omstandigheden hij wachtte en kwam liever de volgende dag terug dan hun kans op succes in de waagschaal te stellen. Ook de andere jagers wachtten, maar niet allemaal even geduldig.
De zon had de grauwe, betrokken hemel verwarmd en de wolken verspreid. Het hield op met sneeuwen en heldere zonnestralen braken door de open plekken in de bewolking heen.
'Wanneer geeft hij nu toch het teken?' gebaarde Broud zwijgend naar Goov. 'Kijk eens hoe hoog de zon al staat. Waarom vertrekken we zo vroeg als we hier alleen maar in het gras blijven zitten? Waar wacht hij toch op?'
Grod ving Brouds gebaren op. 'Brun wacht op het juiste ogenblik. Wat heb je liever: met lege handen terugkeren of een poosje wachten? Heb geduld, Broud, en probeer hiervan te leren. Eens zul jij degene zijn die moet besluiten wanneer het juiste ogenblik gekomen is. Brun is een goed leider, een goed jager. Je kunt je gelukkig prijzen dat je van hem kunt leren. Er is meer dan flinkdoenerij voor nodig om leider te zijn.'
Broud was niet erg met Grods lesje ingenomen. Die zal niet *mijn* tweede man zijn wanneer ik leider word, dacht hij. Hij wordt bovendien toch al te oud. De jonge man veranderde van houding, rilde even in een hevige windvlaag en wachtte gelaten.
De zon stond hoog aan de hemel toen Brun eindelijk het teken 'allen paraat' gaf. Iedere jager voelde een schok van opwinding door zich heen gaan. Een koe, zwaar drachtig, liep aan de buitenkant van de kudde en maakte zich er steeds verder van los. Ze was tamelijk jong, maar aan de lengte van haar slagtanden te zien was het vermoedelijk

niet haar eerste dracht. Deze was al zo ver gevorderd dat ze haar bewegingen vertraagde. Ze zou niet zo snel wendbaar zijn en het vlees van de foetus zou een sappig extraatje betekenen.

De mammoet ontdekte een plekje gras dat de anderen nog niet gezien hadden en bewoog zich ernaartoe. Een ogenblik lang stond ze alleen, een enkeling, weg van de bescherming van de kudde. Dat was het moment waar Brun op had gewacht. Hij gaf het teken.

Grod had het hete kooltje en de toorts al klaar in de hand. Op hetzelfde ogenblik dat Brun het teken gaf, hield hij het gloeiende stukje houtskool bij de toorts en blies tot deze vlamvatte. Droeg stak twee andere aan de eerste aan en gaf er een aan Brun. De drie jongere jagers waren dadelijk toen ze het teken zagen naar het ravijn weggerend. Hun aandeel kwam later. Zodra de toortsen ontstoken waren, renden Brun en Grod achter de mammoet langs en hielden de fel brandende fakkels bij het droge gras van de steppe.

Volwassen mammoeten hadden afgezien van de mens geen natuurlijke vijanden; alleen de zeer jonge en zeer oude vielen wel eens aan een roofdier ten prooi. Maar vuur vreesden ze zeer. Door natuurlijke oorzaken ontstane steppebranden woedden soms dagen achtereen ongebreideld voort, alles op hun pad verwoestend. Een door de mens aangestoken brand was niet minder rampzalig. Zodra ze gevaar bemerkten, drong de kudde instinctief dichter bijeen. Het gras moest snel vlamvatten om te voorkomen dat de koe zich weer bij de andere dieren zou voegen, en Brun en Grod bevonden zich tussen het vrouwtje en de kudde. Ze konden van beide kanten aangevallen of bij een stormloop van de kolossen verpletterd worden.

De geur van rook veranderde de vredig grazende kudde in een dolgeworden massa trompetterende opschudding. Het vrouwtje wendde zich naar de anderen om, maar te laat. Een muur van vlammen scheidde haar van de kudde. Ze trompetterde om hulp, maar de door de straffe oostenwind aangewakkerde vlammen waren de wild dooreenlopende dieren al te dicht genaderd. Ze begonnen zich in westelijke richting uit de voeten te maken, in een poging de zich snel verbreidende vuurgloed te ontlopen. De steppebrand was niet meer in te dammen, maar dat deerde de mannen niet. De wind zou het vernietigend vuur wegvoeren van de plek waar zij heen wilden.

De vrouwtjesmammoet wendde zich loeiend van angst naar het oosten. Droeg wachtte tot hij de vlammen op zag laaien en stormde toen weg. Toen hij de mammoet zich in beweging zag zetten, rende hij schreeuwend en met zijn toorts zwaaiend op het verwarde en beangste dier af, waardoor het naar het zuidoosten afboog.

Crug, Broud en Goov, de jongsten en snelsten van de jagers, stoven op topsnelheid voor haar uit. Ze vreesden dat de uitzinnige mammoet hen zelfs met de voorsprong die ze hadden nog in zou halen. Brun, Grod, en Droeg renden achter haar aan, trachtend haar bij te houden en hopend dat ze niet van koers zou veranderen. Maar nu ze op gang was, denderde de kolos blindelings voort.

De drie jagers bereikten de doodlopende kloof het eerst, en Crug rende hem in. Broud en Goov bleven bij de zuidwand staan. Nerveus en buiten adem reikte Goov naar de oeroshoren, een onuitgesproken bede naar zijn totem opzendend dat het kooltje niet gedoofd zou zijn. Het brandde nog, maar geen van de beide jonge mannen had veel adem tot zijn beschikking om de toorts aan te blazen. De felle wind kwam hen te hulp. Ze ontstaken beiden twee toortsen, namen er een in iedere hand en bewogen zich van de rotswand vandaan, trachtend te voorzien uit welke richting de mammoet zou naderen. Ze hoefden niet lang te wachten. Met een stille bede naar hun totems toen het angstige trompetterende, gigantische dier op hen af daverde, renden de dappere jonge mannen recht op de aanstormende mammoet af, ondertussen hun rokerige toortsen voor zich uit zwaaiend. Hun was de moeilijke en gevaarlijke taak toebedeeld het uitzinnige dier het ravijn in te manoeuvreren.

De volledig in paniek verkerende dikhuid, die al in wilde angst voor het vuur achter haar wegrende en nu ook nog met de geur van rook vóór zich geconfronteerd werd, zocht een ontsnappingsmogelijkheid. Ze boog af en denderde de kloof in – op haar hielen gevolgd door Broud en Goov. De kolos stampte loeiend door het ravijn voort, bereikte het vernauwde uiteinde en zag de doorgang versperd. Niet in staat verder te rennen of zich in de enge ruimte om te draaien, brulde ze haar frustratie uit.

Broud en Goov kwamen buiten adem aangehold. Broud had een mes in zijn hand, dat Droeg zorgvuldig uit steen gevormd had en dat door Mog-ur van een bezwering was voorzien. In een snelle, drieste stormloop schoot Broud op de linkerachterpoot van de mammoet af en haalde met het scherpe lemmet haar pezen door. Haar doordringende kreet van pijn sneed door de lucht. Ze kon niet vooruit, ze kon niet omkeren en nu kon ze ook niet achteruit. Goov volgde Brouds voorbeeld en haalde de pezen van haar rechterachterpoot door. Het grote dier zakte op haar knieën.

Toen sprong Crug op vanachter het rotsblok vóór de verzwakte, wild van pijn trompetterende mammoet en stootte zijn lange puntige speer recht in haar geopende bek. Instinctief trachtte ze hem aan te vallen en bloed spoot over de ongewapende man heen. Maar hij bleef niet lang ongewapend. Er stonden al andere speren achter de rotsblokken gereed. Terwijl Crug naar een tweede speer tastte, bereikten Brun, Grod en Droeg het smalle ravijn, renden naar het doodlopende einde toe, en sprongen op de rotsen aan weerzijden van de enorme drachtige mammoet. Ze wierpen hun speren bijna gelijktijdig in het gewonde dier. Die van Brun drong een klein oog binnen en besproeide hem met warm scharlaken. Het dier gleed opzij. Met haar laatste levenskrachten gaf de mammoet nog één trompetstoot vol verzet en zakte ineen.

Langzaam drong het besef van hun overwinning tot de uitgeputte mannen door. In de plotselinge stilte keken de jagers elkaar aan. Hun harten sloegen sneller in een nieuwe opwinding. Diep in hen vormde zich een naamloze, primaire impuls, die opsteeg en naar buiten brak in een schreeuw van overwinning. Het was gelukt! Ze hadden de machtige mammoet gedood!

Zes mannen, relatief deerniswekkend zwak, hadden door hun handigheid, intelligentie, samenwerking en moed het enorme schepsel dat geen ander roofdier belagen kon gedood. Geen andere, vierpotige jager, hoe snel, hoe sterk of hoe sluw ook, kon hun prestatie evenaren. Broud sprong naast Brun op het rotsblok en vandaar op het gesneuvelde dier. Het volgend ogenblik stond Brun naast hem en sloeg hem hartelijk op de schouder, trok toen zijn speer uit het oog van de mammoet en hield hem omhoog. De vier anderen voegden zich dadelijk bij hen en op het ritme van hun eigen hartslag sprongen en dansten de mannen uitgelaten op de rug van het geweldige dier rond.

Toen sprong Brun omlaag en liep om de mammoet heen, die bijna de gehele nauwe ruimte vulde. Niet één man gewond, dacht hij. Niet één heeft ook maar een schrammetje. Dit was een zeer fortuinlijke jacht. Onze totems moeten ons zeer welgezind zijn.

'We moeten de geesten laten weten dat we dankbaar zijn,' verklaarde hij. 'Wanneer we terug zijn, zal Mog-ur een zeer speciale ceremonie houden. We zullen er nu de lever uit halen; ieder krijgt zijn deel en we zullen een stuk mee naar huis nemen voor Zoug en Dorv en Mog-ur. De rest zullen we aan de Geest van de Mammoet geven; dat heeft Mog-ur me opgedragen. We zullen het hier begraven waar ze gevallen is, en de lever van de jonge mammoet binnen in haar ook. En Mog-ur zei ook dat we niet aan de hersenen mochten komen, die moeten voor de Geest bewaard blijven waar ze zijn. Wie heeft haar de eerste wond toegebracht, Broud of Goov?'

'Broud,' antwoordde Goov.

'Dan krijgt Broud het eerste stuk lever, maar allen krijgen de eer van de jacht.'

Broud en Goov werden weggestuurd om de vrouwen te gaan halen. In één enkele uitbarsting van energie was de taak der mannen afgelopen. Nu waren de vrouwen aan de beurt. Hun viel de zware taak van het uitbenen en conserveren toe. De achterblijvende mannen ontdeden in afwachting van hun komst de enorme mammoet van de ingewanden en haalden er de bijna voldragen foetus uit. Toen de vrouwen gearriveerd waren, hielpen de mannen hen het dier te villen. Het was zo groot dat iedereen moest meehelpen. Bepaalde favoriete delen werden weggesneden en in van stenen gemaakte bewaarplaatsen opgeslagen om te bevriezen. Om de rest van het kadaver heen werden vuren aangelegd, ten dele om te verhinderen dat het vlees bevroor en ten dele om de onvermijdelijke aaseters weg te houden die op de geur van bloed en rauw vlees afkwamen.
Vermoeid maar voldaan kroop het jachtgezelschap 's avonds in hun bed van warme bontvachten na hun eerste maaltijd van vers vlees sinds ze de grot verlaten hadden. De volgende morgen gingen de vrouwen aan het werk, terwijl de mannen bijeenzaten om de opwindende jacht nog eens door te nemen en elkaars dapperheid te bewonderen. Er was wel een riviertje in de buurt, maar toch nog zo ver van de kloof verwijderd dat het onhandig werken was. Toen ze het karkas in grote bouten hadden verdeeld, brachten ze deze over naar een plek dichter bij de stroom, waarbij ze het grootste deel van de beenderen, met stukjes vlees er nog aan, voor de rondsluipende en rondvliegende aaseters achterlieten, maar dat was ook alles.
De stam maakte bijna alles van het dier ten nutte. Van de taaie mammoethuid kon schoeisel gemaakt worden dat steviger en duurzamer was dan dat van de huid van andere dieren; verder windschermen voor bij de grotingang, kookpotten, sterke riemen om dingen mee vast te sjorren, en tentjes. Het zachte, donzige onderhaar kon tot een viltachtig materiaal omgevormd worden, dat gebruikt werd om er kussens of zakken om op te slapen mee te vullen, of zelfs als absorberend materiaal in de windsels van zuigelingen. Het lange bovenhaar werd tot stevige koorden gedraaid, de pezen tot strengen gevlochten; blaas, maag en darmen konden gebruikt worden als waterzakken, soeppotten, voedselverpakking, zelfs als waterdichte regenkleding. Weinig werd verspild.
Niet alleen het vlees en andere delen werden gebruikt; ook het vet was zeer belangrijk. Het verschafte hun de noodzakelijke calorieën om

voldoende energie in voorraad te hebben, zowel voor het ontwikkelen van metabolische warmte in de winter als voor het ontplooien van grote activiteit gedurende warmere seizoenen; het werd gebruikt om huiden bij het prepareren mee in te vetten, daar vele van de dieren die de stam buitmaakte – herten, paarden, de op het open veld grazende oerossen en bizons, konijnen en vogels – meestal weinig vet bezaten; het diende als brandstof voor de stenen lampen die naast licht ook enige warmte afgaven; het werd gebruikt om van alles waterdicht te maken en als grondstof voor zalven, smeersels en verzachtende middelen; het kon worden aangewend om nat hout vlam te doen vatten, om toortsen extra lang te laten branden, zelfs als enige brandstof om op te koken. Vet had zoveel toepassingsmogelijkheden.

Elke dag keken de vrouwen onder het werken bezorgd naar de lucht. Bij helder weer zou het vlees, met behulp van de voortdurend waaiende wind, in ongeveer zeven dagen drogen. Ze hoefden dit keer geen rokerige vuren aan te leggen – het was te koud, er waren geen vleesvliegen die het vlees konden bederven – en dat was wel zo plezierig. Er was veel minder brandstof op de steppen dan op de begroeide heuvelhellingen of zelfs op de warmere steppen in het zuiden, waar meer bomen groeiden. Met een wisselende bewolking, betrokken hemel of neerslag kon het wel driemaal zo lang duren voor de smalle repen vlees gedroogd waren. De door de felle rukwinden opgejaagde poedersneeuw was geen groot probleem; alleen wanneer het ongewoon warm of vochtig weer werd, zou het werk vertraging ondervinden. Ze hoopten op droog, helder, koud weer. De bergen vlees waren alleen naar de grot te vervoeren wanneer alles vóór hun vertrek gedroogd was.

De zware, ruigbehaarde huid met de dikke vetlaag en het net van adertjes, zenuwen en kliertjes werd schoongekrabd. Dikke plakken van het in de koude hard geworden vet werden in een grote leren pot op het vuur gezet en het uitgesmolten vet in stukken schoongemaakte darm gegoten en tot grote dikke worsten dichtgebonden. De huid werd met het haar er nog op in hanteerbare lappen gesneden en strak opgerold; daarop liet men ze bevriezen om ze mee te kunnen nemen. Later in de winter zouden ze thuis in de grot onthaard en geprepareerd worden. De slagtanden werden afgebroken en triomfantelijk bij de kampplaats opgesteld. Ook deze zouden mee naar huis worden genomen.

In de dagen dat de vrouwen werkten, joegen de mannen op kleiner wild of hielden zo'n beetje de wacht. Het naar de rivier verplaatsen van de activiteiten had één probleem uit de weg geruimd, maar er was

nog een ander, dat moeilijker op te lossen was. De op de vangst afgekomen aaseters waren het jachtgezelschap naar hun nieuwe kampplaats gevolgd. De over drooglijnen van koorden en leren riemen gehangen repen vlees moesten voortdurend bewaakt worden. Eén grote gevlekte hyena was uiterst hardnekkig. Hij was al vele malen verjaagd, maar bleef aan de rand van het kamp rondhangen, de halfslachtige uitvallen van de mannen ontwijkend. Het woest uitziende dier was wel zo listig dat hij er verscheidene malen per dag in slaagde een bek vol drogend mammoetvlees weg te grissen. Hij was uiterst hinderlijk.
Ebra en Oga waren gehaast bezig de laatste grote brokken vlees aan dunne repen te snijden zodat deze konden drogen. Oeka en Ovra goten vet in een stuk darm en Ayla was bij de rivier een ander stuk aan het uitspoelen. Bij de oevers had zich een dunne ijskorst gevormd, maar het water stroomde nog. De mannen stonden zich bij de slagtanden te beraden of ze al dan niet met de slinger op woestijnspringmuizen zouden gaan jagen.
Brac had bij zijn moeder en Ebra met kiezels zitten spelen. Hij kreeg genoeg van de steentjes en stond op om iets interessanters te gaan doen. De vrouwen waren op hun werk geconcentreerd en merkten niet dat hij naar het open veld afdwaalde, maar een ander paar ogen volgde zijn bewegingen nauwlettend.
Ieder hoofd in het kamp wendde zich om bij zijn hoge schelle angstkreet.
'Mijn kind!' schreeuwde Oga. 'De hyena heeft mijn kind!'
De afstotelijke aaseter, die ook roofdier was en altijd gereed was het nietsvermoedende jonge of het zwakke oude dier aan te vallen, had Brac met zijn machtige kaken bij de arm gegrepen en maakte zich snel uit de voeten, het jongetje met zich meesleurend.
'Brac! Brac!' schreeuwde Broud en hij rende het beest achterna, met de andere mannen in zijn kielzog.
Hij rukt zijn slinger tevoorschijn – de afstand was te groot voor een speer – en bukte zich om een steen op te rapen, in zenuwachtige haast, vóór het dier buiten zijn bereik zou zijn.
'Nee! O, nééé!' riep hij in opperste wanhoop toen de steen achter het dier neerkwam en de hyena voort bleef lopen. 'Brac! Braaac!'
Plotseling kwam er vanuit een andere richting het *pok, pok* van twee stenen die snel achtereen afgevuurd werden. Ze troffen het dier vol tegen de kop en de hyena viel neer waar hij liep.
Broud bleef met open mond staan in een verbazing die tot verbijstering aangroeide toen hij Ayla op het jammerende kind toe zag rennen met een slinger in de ene hand en twee stenen klaar in de andere. Zij

had de hyena gedood. Ze had deze dieren bestudeerd, kende hun gewoonten en hun zwakke plekken en had zichzelf getraind tot het jagen op dergelijk wild een tweede natuur was geworden. Toen ze Brac hoorde schreeuwen, had ze niet verder nagedacht. Ze had eenvoudigweg haar slinger uit haar omslag getrokken, snel twee stenen gegrepen en ze weggesmeten. Haar enige gedachte was de hyena die Brac wegsleepte tot staan te brengen.

Pas toen ze het kind bereikt had en uit de kaken van de dode hyena had losgemaakt, en ze zich omdraaide en de verbluft starende blikken van de anderen ontmoette, drong plotseling tot haar door wat er gebeurd was. Haar geheim was geopenbaard. Ze had zich verraden. Nu wisten ze dat ze kon jagen. Kille angst trok door haar heen. Wat zullen ze wel niet met me doen, dacht ze.

Ayla wiegde de kleine troostend in haar armen en liep de ongelovige blikken ontwijkend naar het kamp terug. Oga herstelde zich het eerst van de schok. Ze rende hen met uitgestrekte armen tegemoet en nam vol dankbaarheid haar kleine jongen over van het meisje dat hem het leven had gered. Zodra ze in het kamp waren, begon Ayla het kind te onderzoeken, al evenzeer om niemand aan te hoeven kijken als om de aard van zijn kwetsuren vast te stellen. Bracs arm en schouder waren gehavend en zijn bovenarm was gebroken, maar het leek een mooie, eenvoudige breuk.

Ze had nog nooit een arm gezet, maar had wel eens gezien hoe Iza het deed, en de medicijnvrouw had haar instructies gegeven voor wat ze in noodgevallen moest doen. Iza's bezorgdheid had de jagers gegolden; het was niet in haar opgekomen dat er iets met de kleine zou kunnen gebeuren. Ayla porde in het vuur, zette water op en haalde haar medicijnbuidel.

De mannen zwegen, nog steeds verward en niet in staat of bereid te geloven wat ze zojuist hadden gezien. Voor het eerst in zijn leven voelde Broud dankbaarheid jegens Ayla. Zijn gedachten gingen niet veel verder dan opluchting dat de zoon van zijn gezellin van een wisse en afschuwelijke dood was gered. Maar Bruns gedachten gingen wél verder.

De leider had dadelijk de diepere gevolgen overzien en zag zich plotseling voor een onmogelijke beslissing geplaatst. Volgens de traditie van de Stam, die gelijkstond aan de wet van de Stam, was de straf voor een vrouw die een wapen gebruikt had niet minder dan de dood. Dat was heel duidelijk bepaald. Er bestonden geen voorzieningen voor bijzondere omstandigheden. De bepaling was al zo oud en zo vanzelfsprekend dat de straf al talloze generaties niet meer had hoeven wor-

den toegepast. De legenden eromheen waren nauw verweven met de legenden uit de tijd dat de vrouwen het contact met de wereld der geesten onderhielden, voordat de mannen dat van hen overnamen.
De oude zede was een van de krachten die het grote onderscheid tussen de mannen en de vrouwen van de Stam veroorzaakt hadden, daar geen enkele vrouw met een onvrouwelijk verlangen om op jacht te gaan in leven had mogen blijven. Door vele eeuwen heen waren zodoende alleen diegenen met de juiste vrouwelijke instelling en gedragingen overgebleven. Als gevolg hiervan werd het aanpassingsvermogen van het ras – juist die eigenschap waar de overleving op berust – verkleind. Maar het was nu eenmaal Stamzede, Stamwet, zelfs al waren er allang geen afwijkende vrouwen meer. Maar Ayla was niet in de Stam geboren.
Brun had de zoon van Brouds gezellin innig lief. Alleen bij Brac smolt de onbewogen gereserveerdheid van de leider weg. De kleine kon alles met hem doen: aan zijn baard trekken, een nieuwsgierig vingertje in zijn ogen priemen, over hem heen spugen. Het gaf allemaal niets. Nooit was Brun zo zachtmoedig, zo plooibaar als wanneer de kleine jongen met het vredig vertrouwen van het geborgen-zijn in de armen van de trotse en formele leider in slaap viel. Hij twijfelde er niet aan of Brac zou niet meer in leven zijn als Ayla de hyena niet gedood had. Hoe kon hij het meisje dat Brac het leven gered had ter dood veroordelen? Ze had hem gered met het wapen voor het hanteren waarvan ze sterven moest.
Hoe had ze het trouwens gedaan, vroeg hij zich af. Het dier was ver buiten hun bereik en zij was er nog verder vandaan geweest dan de mannen. Brun liep naar de plek waar de gedode hyena nog steeds lag en raakte het opdrogende bloed aan dat uit de fatale wonden sijpelde. Wonden? Twéé wonden? Zijn ogen hadden hem niet bedrogen. Hij had al gemeend twee stenen te zien. Hoe had het meisje zo goed met een slinger leren omgaan? Zelfs Zoug, of wie dan ook, kon bij zijn weten niet zo snel en zo trefzeker twee stenen achter elkaar wegslingeren. En met genoeg kracht om een hyena op die afstand te doden.
Trouwens, niemand gebruikte ooit een slinger om een hyena te doden. Hij was er al dadelijk van overtuigd geweest dat Brouds poging een zinloos gebaar zou zijn. Zoug had altijd gezegd dat het wel degelijk mogelijk was, maar in zijn hart was Brun er niet zo zeker van geweest. Hij had de oude man nooit tegengesproken; Zoug was nog steeds een te waardevol lid van de stam, het had geen enkel nut hem te kleineren. Wel, Zoug bleek gelijk gehad te hebben. Zou men met een slinger ook een wolf of een lynx kunnen doden, zoals Zoug zo

hardnekkig volhield? peinsde Brun. Plotseling sperden zijn ogen zich wijd open, knepen zich dan weer toe. Een wolf of een lynx? Of een veelvraat, of een wilde kat, of een das, of een fret, of een hyena! Zijn gedachten tuimelden over elkaar heen. Of al de andere roofdieren waarvan we de laatste tijd de kadavers gevonden hebben?

'Natuurlijk!' Bruns gebaar onderstreepte zijn gedachten. Die heeft zíj gedood! Ayla jaagt al heel lang! Hoe had ze anders zo bedreven kunnen zijn? Maar ze is een meisje, ze heeft de vaardigheden der vrouwen vlot aangeleerd, hoe heeft ze kunnen leren jagen? En waarom jaagt ze op roofdieren? En waarom op zulke gevaarlijke? En waarom jáágt ze? Als ze een man was, zou iedere jager haar om haar vaardigheid benijden. Maar ze is geen man. Ayla is een meisje en ze heeft een wapen gebruikt, en daar moet ze voor sterven of de geesten zullen zeer vertoornd zijn. Vertoornd? Ze jaagt al een hele tijd, waarom zijn ze niet vertoornd? Ze zijn allesbehalve vertoornd. We hebben zojuist een mammoet gedood bij een zo voorspoedige jacht dat er zelfs niet één man letsel bij heeft opgelopen. De geesten zijn ons goedgezind, ze zijn helemaal niet vertoornd.

De leider schudde in verwarring zijn hoofd. Geesten! Ik begrijp niets van geesten. Ik wou dat Mog-ur hier was. Droeg zegt dat ze geluk brengt, ik denk half en half dat hij gelijk heeft. Nog nooit is alles zo goed gegaan als sinds we haar vonden. Als de geesten haar zo goed gezind zijn, zou het hen dan niet ontstemmen als ze met de dood gevloekt werd? Maar het is Stamzede, piekerde hij wanhopig. Waarom moest ze toch door míjn stam gevonden worden? Ze mag dan misschien geluk brengen, maar ze heeft mij meer hoofdpijn bezorgd dan ik ooit voor mogelijk zou hebben gehouden. Ik kan geen besluit nemen zonder eerst Mog-ur geraadpleegd te hebben. Ik zal het moeten laten rusten tot we in de grot terug zijn.

Brun beende terug naar het kamp. Ayla had de kleine jongen iets pijnstillends gegeven om hem in slaap te laten vallen, en daarna zijn wonden met een antiseptische oplossing schoongemaakt, de arm gezet en met een huls van vochtige berkenbast omwikkeld. Deze zou bij het drogen stijf en hard worden en de botten op hun plaats houden. Ze zou wel een oogje in het zeil moeten houden voor het geval dat de arm te sterk opzwol. Ze zag Brun terugkomen van zijn onderzoek van de hyena en beefde bij zijn nadering. Maar hij liep zonder iets te zeggen langs haar heen, haar volledig negerend, en ze besefte dat ze pas na hun thuiskomst haar lot zou vernemen.

15

Toen het jachtgezelschap op weg ging, terug naar het zuiden, volgden de seizoenen elkaar in omgekeerde volgorde op – de winter ging over in herfst. Een dreigend uitziend wolkendek en de geur van sneeuw hadden hun vertrek verhaast; ze hadden weinig zin om door de eerste echte sneeuwstorm van de winter in het noorden van het schiereiland verrast te worden.

Het warmere weer van de zuidpunt gaf hun een vals gevoel van naderende lente, waarbij een verwarrende verwisseling optrad. In plaats van nieuwe jonge halmen en ontluikende wilde bloemen deinde hoog gras in gouden golven op de steppen, en de bomen op de beschutte zuidpunt bloeiden in een bonte lappendeken van karmijn en barnsteen, afgewisseld met het eeuwig groen van naaldbomen. Maar van een afstand gezien was het effect misleidend. De meeste loofbomen hadden hun bladeren laten vallen en weldra zou de winter over het land komen.

De terugreis duurde langer dan de tocht naar het gebied der mammoeten toe. De snelle, afstandverslindende marspas was met hun zware bepakking een onmogelijkheid. Maar Ayla ging niet alleen gebukt onder het gewicht van het mammoetvlees. Schuldgevoelens, angstige gespannenheid en neerslachtigheid drukten haar zwaarder terneer. Niemand zei iets over het incident, maar het was niet vergeten. Dikwijls ving ze als ze argeloos opkeek iemands starende blik voordat deze snel werd afgewend, en slechts enkelen richtten zich tot haar wanneer dat niet absoluut noodzakelijk was. Ze voelde zich geïsoleerd, eenzaam en erg angstig. Zelfs uit de weinige gesprekken die ze had gevoerd was al voldoende duidelijk geworden waaruit de straf voor haar vergrijp bestond.

De bij de grot achtergeblevenen hadden naar de terugkeer van de jagers uitgekeken. Vanaf de dag waarop ze op z'n vroegst werden terugverwacht werd er iemand, meestal een van de kinderen, op de uitkijk gezet bij de richel, van waaraf men een goed uitzicht over de steppen had.

Toen Vorn vroeg op de dag als eerste de wacht betrok, keek hij aanvankelijk een tijdje gewetensvol over het uitgestrekte panorama uit, maar dat begon hem alras te vervelen. Hij was niet graag alleen weg van de grot, met zelfs niet eens Borg om mee te spelen. Hij begon allerlei jachtscènes te fantaseren en joeg zijn nog niet geheel op mannenmaat gesneden speer zo dikwijls in de grond dat de punt ondanks het feit dat hij gehard was, begon te rafelen. Het was zuiver toeval dat hij juist even naar beneden keek toen het jachtgezelschap in het gezicht kwam.

'Slagtanden! Slagtanden!' schreeuwde Vorn, naar de grot terugrennend.

'Slagtanden?' vroeg Aga. 'Wat bedoel je, "slagtanden"?'

'Ze zijn terug!' gesticuleerde Vorn opgewonden. 'Brun en Droeg en de anderen, en ik zag dat ze slagtanden bij zich hadden!'

Iedereen rende tot halverwege de steppe de heuvel af om de zegevierende jagers te begroeten. Maar toen ze hen bereikten, was het duidelijk dat er iets aan de hand was. De jacht was geslaagd, de jagers zouden uitgelaten hebben moeten zijn. In plaats daarvan was hun tred zwaar en hun manier van doen bedrukt. Brun keek grimmig en Iza had aan één blik op Ayla voldoende om te weten dat er iets vreselijks was gebeurd, iets waar haar dochter bij betrokken was.

Terwijl het jachtgezelschap een gedeelte van zijn last aan de thuisblijvers overdroeg, werd de reden voor de sombere stemming uiteengezet. Ayla sjokte met gebogen hoofd de heuvel op, zonder acht te slaan op de steelse blikken die er in haar richting werden geworpen. Iza was met stomheid geslagen. Als ze zich al eerder over het onorthodoxe gedrag van haar dochter zorgen had gemaakt, was dat niets vergeleken bij de ijskoude angst die haar nu om harentwil besprong.

Bij de grot gekomen, brachten Oga en Ebra het gekwetste kind bij Iza. Ze sneed de berkenbasten spalk weg en onderzocht het jongetje.

'Zijn arm hoort binnenkort weer zo goed als nieuw te zijn,' was haar oordeel. 'Hij zal wel wat littekens overhouden, maar de wonden sluiten zich al en de arm is goed gezet. Maar ik kan er toch maar beter weer een spalk omheen doen.'

De vrouwen ademden verlicht op. Ze wisten dat Ayla weinig ervaring had, en hoewel er niet veel anders op had gezeten dan Brac door het meisje te laten behandelen, waren ze er niet gerust op geweest. Een jager had twee gezonde sterke armen nodig. Als Brac de macht over één arm verloor zou hij nooit leider kunnen worden, wat zijn eigenlijke bestemming was. Als hij niet op jacht zou kunnen, zou hij zelfs nooit een man worden, maar zijn leven slijten in het niemandsland waarin

de oudere jongens verkeerden die de fysieke volwassenheid bereikt, maar nog niet hun eerste grote prooi gedood hadden.
Ook Brun en Broud waren opgelucht. Maar Brun hoorde het goede nieuws met gemengde gevoelens aan. Het maakte het hem nog moeilijker tot een beslissing te komen. Ayla had Brac niet alleen het leven gered, ze had er ook voor gezorgd dat hij een volwaardig leven zou kunnen leiden. Hij had het probleem lang genoeg voor zich uit geschoven. Hij wenkte Mog-ur en de beide mannen wandelden samen weg.
Het verhaal dat Brun hem deed, schokte Creb tot in het diepst van zijn ziel. Hij was verantwoordelijk voor Ayla's opvoeding en onderricht, en hij had kennelijk gefaald. Maar er was iets anders dat hem nog meer hinderde. Al toen hij voor het eerst hoorde van de dieren die de mannen telkens vonden, had hij het gevoel gehad dat geesten daar niets mee van doen hadden. Hij had zich zelfs afgevraagd of Zoug of een van de andere mannen de anderen een ingewikkelde poets aan het bakken was. Het leek onwaarschijnlijk, maar zijn intuïtie zei hem dat de dode dieren door mensenhand gevallen waren. Hij had ook veranderingen in Ayla opgemerkt, veranderingen die hem nu hij erover nadacht iets hadden moeten zeggen. Vrouwen liepen niet met de geluidloze sluipgang van de jager, ze maakten lawaai, en dat was maar goed ook. Meer dan eens had Ayla hem laten schrikken door zo zachtjes te naderen dat hij haar niet hoorde. Er waren ook andere dingen, kleinigheden die zijn achterdocht hadden moeten wekken.
Maar hij was verblind geweest door zijn liefde voor haar. Hij had het zichzelf niet toegestaan te denken dat ze misschien jaagde, hij wist veel te goed wat de consequenties waren. Het deed de oude tovenaar twijfelen aan zijn eigen integriteit, aan zijn geschiktheid voor zijn functie. Hij had zijn gevoelens voor het meisje voor laten gaan boven de geestelijke veiligheid van de stamleden. Verdiende hij hun vertrouwen nog? Was hij Ursus nog waardig? Was hij nog gerechtigd als Mog-ur te blijven functioneren?
Creb gaf zichzelf de schuld van hetgeen Ayla had gedaan. Hij had haar aan de tand moeten voelen; hij had haar niet zo vrij rond moeten laten zwerven; hij had haar een strengere tucht moeten opleggen. Maar al zijn zelfverwijt over wat hij had moeten doen, veranderde niets aan hetgeen hij nog zou moeten doen. Het vonnis berustte bij Brun, maar in zijn functie van Mog-ur moest hij het voltrekken, was het zijn plicht het kind dat hij liefhad ter dood te brengen.
'Het is nog maar een vermoeden dat zij degene is die die dieren heeft

gedood,' zei Brun. 'We moeten haar daar nog over ondervragen, maar ze heeft de hyena gedood en ze had een slinger. Ze moet ergens op geoefend hebben, anders had ze nooit zo bedreven kunnen zijn. Ze is beter dan Zoug met dat wapen, Mog-ur, en het is nog wel een meisje! Hoe heeft ze het in vredesnaam kunnen leren? Ik heb me al eerder afgevraagd of er niet iets mannelijks in haar steekt, en ik ben niet de enige. Ze is net zo lang als een man en is nog steeds geen vrouw. Denk je dat er enige waarheid kan schuilen in de gedachte dat ze misschien nooit een vrouw zal worden?'

'Ayla is een meisje, Brun, en eens zal ze een vrouw worden, net als ieder ander meisje, of dat zou ze geworden zijn. Ze is een meisje dat een wapen heeft gebruikt.' De tovenaar klemde zijn kaken opeen; hij wilde zich niet aan illusies vastklampen.

'Nu, ik wil toch wel eens weten hoe lang ze al jaagt. Maar het kan nog wel tot morgenochtend wachten. We zijn nu allemaal vermoeid; het is een lange reis geweest. Zeg Ayla maar dat we haar morgen zullen ondervragen.'

Creb hinkte terug naar de grot, maar bleef maar heel even bij zijn vuurplaats staan, net lang genoeg om Iza te beduiden dat ze het meisje moest zeggen dat ze 's morgens ondervraagd zou worden, en begaf zich toen naar de kleine zijgrot. Hij keerde de hele nacht niet bij zijn vuurplaats terug.

De vrouwen staarden de mannen zwijgend na toen ze met Ayla als laatste in de rij het bos in liepen. Ze begrepen niets van wat er gebeurde en waren van tegenstrijdige gevoelens vervuld. Ayla zelf begreep er ook niets van. Ze had altijd geweten dat ze er verkeerd aan deed op jacht te gaan, al wist ze niet hoe ernstig het vergrijp was. Zou het iets hebben uitgemaakt als ik het wél geweten had? vroeg ze zich af. Nee. Ik wilde jagen. Ik zou hoe dan ook zijn gaan jagen. Maar ik wil niet dat de bozen me de hele weg naar de wereld der geesten achtervolgen. Ze sidderde bij de gedachte.

Het meisje vreesde de onzichtbare, kwaadaardige machten al evenzeer als ze geloofde in de macht van beschermtotems. Zelfs de geest van de Holenleeuw had haar immers niet tegen hen kunnen beschermen? Ik moet me vergist hebben, dacht ze. Mijn totem zou me geen teken gegeven hebben dat ik op jacht kon gaan als hij wist dat ik ervoor zou moeten sterven. Hij heeft me waarschijnlijk de eerste keer dat ik een slinger opraapte al verlaten. Ze dacht er niet graag over na.

De mannen bereikten een open plek en zetten zich om Brun heen op omgevallen boomstammen en rotsblokken, terwijl Ayla aan zijn voe-

ten neerzonk. Brun tikte haar op de schouder ten teken dat ze hem aan mocht zien en begon haar zonder enige inleiding te ondervragen. 'Was jij degene die de vleeseters doodde die de jagers telkens vonden, Ayla?'
'Ja,' knikte ze. Het had geen zin nu nog iets te verbergen. Haar geheim was ontdekt en ze zouden het gemerkt hebben als ze probeerde een ontwijkend antwoord te geven. Ze was al evenmin tot liegen in staat als enig ander lid van de stam.
'Hoe heb je met een slinger leren omgaan?'
'Dat heb ik van Zoug geleerd,' antwoordde ze.
'Van Zoug!' herhaalde Brun. Alle hoofden wendden zich beschuldigend naar de oude man.
'Ik heb het meisje nooit met een slinger leren omgaan,' gebaarde hij verdedigend.
'Zoug wist niet dat ik van hem leerde,' gebaarde Ayla vlug, de oude man te hulp schietend. 'Ik keek toe wanneer hij Vorn aanwijzingen gaf.'
'Hoe lang jaag je al?' was Bruns volgende vraag.
'Nu twee zomers. En de zomer daarvoor heb ik alleen geoefend, niet gejaagd.'
'Dat is net zo lang als Vorn aan het oefenen is,' merkte Zoug op.
'Dat weet ik,' zei Ayla. 'Ik ben op dezelfde dag begonnen als hij.'
'Hoe weet je zo precies wanneer Vorn begonnen is, Ayla?' vroeg Brun, nieuwsgierig hoe ze dat met zo'n stelligheid kon zeggen.
'Ik was erbij, ik keek toe.'
'Hoe bedoel je, je was erbij? Waar dan?'
'Bij het oefenveldje. Iza had me erop uitgestuurd om wat bast van de wilde kers te halen, maar toen ik er aankwam waren jullie er ook allemaal,' legde ze uit. 'Iza had de kersenbast nodig en ik wist niet hoe lang jullie zouden blijven, dus bleef ik wachten en keek toe. Zoug gaf Vorn toen juist zijn eerste les.'
'Zag je Zoug Vorn zijn eerste les geven?' kwam Broud tussenbeide. 'Weet je zeker dat het zijn eerste was?' Broud herinnerde zich die dag maar al te goed. De herinnering joeg hem nog steeds het bloed naar de kaken.
'Ja Broud, ik weet het zeker,' antwoordde ze.
'Wat heb je nog meer gezien?' Brouds ogen hadden zich tot spleetjes vernauwd en zijn gebaren waren hoekig en kortaf. Ook Brun herinnerde zich plotseling wat er op de dag dat Zoug met Vorns lessen begon op het oefenveld was gebeurd, en was niet erg ingenomen met de gedachte dat een meisje van het voorval getuige was geweest.

Ayla aarzelde. 'Ik zag de andere mannen ook oefenen,' antwoordde ze, in een poging het kritieke punt te omzeilen, maar toen zag ze de strenge uitdrukking die in Bruns ogen verscheen. 'En ik zag Broud Zoug omverduwen, en toen werd je heel kwaad op hem, Brun.'

'Dat heb je ook gezien? Je hebt dat allemaal gezien?' vroeg Broud ontzet. Hij trilde van woede en schaamte. Waarom moest van alle mensen, van alle mensen van de stam, uitgerekend zíj dat gezien hebben? Hoe meer hij erover nadacht, hoe erger de vernedering brandde en hoe razender hij werd. Ze was getuige geweest van de ergste uitbrander die hij ooit in het openbaar van Brun had gekregen. Broud herinnerde zich zelfs weer hoe jammerlijk hij toen bij alle worpen gemist had en het schoot hem plotseling te binnen dat hij ook de hyena gemist had. De hyena die zij had gedood. Een meisje, dát meisje, had hem een figuur laten slaan.

Iedere vriendelijke gedachte, ieder sprankje dankbaarheid dat hij ooit jegens haar had gevoeld, verdween als sneeuw voor de zon. Ik zal dolblij zijn als ze dood is, dacht hij. Ze verdient het. Hij kon de gedachte niet verdragen dat ze door zou blijven leven met die herinnering aan het akeligste en meest beschamende moment in zijn leven.

Brun sloeg de zoon van zijn gezellin gade en kon zijn gedachten bijna aflezen aan de uitdrukkingen op zijn gezicht. Spijtig, dacht hij, juist nu er een kansje was dat er een einde aan de vijandschap tussen hen zou komen. Niet dat het er nog toe doet. Hij zette de ondervraging voort.

'Je zei dat je op dezelfde dag als Vorn begon te oefenen, vertel daar eens wat over.'

'Toen jullie weg waren, stak ik het veldje over en zag de slinger die Broud had weggegooid op de grond liggen. Niemand had er meer aan gedacht nadat jij zo kwaad op Broud was geworden. Ik weet niet waarom, maar ik was gewoon nieuwsgierig of ik het ook zou kunnen. Ik herinnerde me wat Zoug allemaal had gezegd en probeerde het. Het was niet gemakkelijk, maar ik bleef het de hele middag proberen. Ik vergat hoe laat het al werd. Ik raakte de paal één keer, het zal wel toeval zijn geweest, maar het gaf me het idee dat ik het best wéér zou kunnen als ik goed oefende, dus hield ik de slinger.'

'Ik neem aan dat je van Zoug ook leerde hoe je er een moest maken.'

'Ja.'

'En die zomer heb je geoefend?'

'Ja.'

'Toen besloot je ermee te gaan jagen, maar waarom jaagde je op vleeseters? Dat is moeilijker, en ook gevaarlijker. We hebben dode wolven

en zelfs dode lynxen gevonden. Zoug heeft altijd gezegd dat die met de slinger gedood konden worden en jij hebt bewezen dat hij gelijk had, maar waarom vleeseters?'
'Ik wist dat ik nooit iets voor de stam mee zou kunnen nemen, ik wist dat ik niet eens een wapen aan mocht raken, maar ik wilde jagen, het in ieder geval proberen. De vleeseters stelen altijd eten van ons; ik dacht dat ik de stam zou helpen als ik ze doodde. En het zou niet zo'n verspilling zijn, want we eten ze niet. Dus besloot ik op hén te gaan jagen.'
Het bevredigde zijn nieuwsgierigheid naar haar beweegredenen om op roofdieren te gaan jagen, maar vertelde hem niet waarom ze nu eigenlijk wilde jagen. Ze was een meisje; geen enkel vrouwelijk lid van de stam wilde ooit op jacht gaan.
'Je weet dat het gevaarlijk was om de hyena op zo'n afstand proberen neer te leggen; je had Brac wel kunnen raken,' ging Brun verder. Hij had op het punt gestaan zijn bola te gebruiken, hoewel de kans dat hij de jongen met een van de grote stenen zou doden vrij groot was. Maar een ogenblikkelijke dood door een verbrijzelde schedel was te verkiezen boven die welke het kind te wachten stond, en dan zouden ze tenminste het lichaam van de jongen gehad hebben om te begraven, zodat ze hem met alle bijbehorende rituelen zijn reis naar de wereld der geesten konden laten beginnen. Ze zouden van geluk hebben mogen spreken wanneer ze nog wat verspreide botten hadden gevonden als de hyena zijn gang had kunnen gaan.
'Ik wist dat ik hem kon raken,' antwoordde Ayla eenvoudig.
'Hoe kon je dat zo zeker weten? De hyena was buiten bereik.'
'Hij was niet buiten míjn bereik. Ik heb wel eerder dieren op die afstand neergelegd. Ik mis niet vaak.'
'Ik dacht de wonden van twee stenen te zien,' gebaarde Brun.
'Ik heb ook twee stenen gegooid,' bevestigde Ayla. 'Dat heb ik mezelf geleerd nadat die lynx me aangevallen had.'
'Je bent door een lynx aangevallen?' vroeg Brun.
'Ja,' knikte Ayla, en ze vertelde van haar hachelijke ontmoeting met de grote kat.
'Wat is je bereik?' vroeg Brun. 'Nee, zeg het maar niet, laat het ons maar eens zien. Heb je je slinger bij je?'
Ayla knikte en stond op. Allen liepen naar de overzijde van de open plek, waar een smal beekje over een rotsige bedding murmelde. Ze zocht enkele kiezelstenen van de goede grootte en vorm bijeen. Ronde waren het best om ver en trefzeker mee te gooien, maar met puntige, scherpkantige brokstukken ging het ook wel.

'Die kleine witte steen naast de grote kei aan de overkant,' gebaarde ze.
Brun knikte. Het was ruim anderhalf maal zo ver als een van hen een steen kon slingeren. Ze mikte zorgvuldig, legde een steen in haar slinger, wierp, en had er dadelijk daarop een tweede in en onderweg. Zoug draafde erheen om haar trefzekerheid te controleren.
'Er zijn twee schilfers van de witte steen geslagen. Ze heeft beide keren doel getroffen,' kondigde hij bij zijn terugkeer aan, met een lichte verwondering en even iets van trots in zijn ogen.
Ze was een meisje. Ze had de slinger nooit zelfs maar mogen aanraken – de Stamtraditie was op dat punt heel duidelijk – maar ze kon er wél mee omgaan. Ze deed hem als instructeur eer aan, zelfs al had hij haar lesgegeven zonder het te weten. Dat kunstje met die twee stenen, dacht hij, dat is een techniek die ik ook wel wil leren. Zougs trots was de trots van de echte leraar op een uitstekende leerling; een leerling die goed oplette, goed leerde en dan de meester overtrof. En ze had zijn gelijk bewezen.
Bruns blik ving een beweging op in het open veld.
'Ayla!' riep hij. 'Dat konijn! Leg het neer!'
Ze keek even in de richting waarin hij wees, zag het diertje over het veld springen en deed het ter plekke neervallen. Het was nu niet nodig haar trefzekerheid te controleren. Brun wierp een waarderende blik op het meisje. Ze is vlug, dacht hij. Het idee dat een vrouw op jacht ging, botste met zijn gevoel voor betamelijkheid, maar bij Brun gingen de belangen van de stam altijd voor; de veiligheid, het zeker bestaan, het welzijn van de stamleden kwamen op de eerste plaats. Ergens in zijn achterhoofd wist hij wat een aanwinst ze voor de stam zou kunnen zijn. Nee, het kan niet, zei hij tegen zichzelf. Het druist tegen de tradities in, het is geen Stamzede.
Creb kon niet dezelfde waardering voor haar vaardigheid opbrengen. Als hij nog getwijfeld had, was hij nu door haar demonstraties wel overtuigd. Ayla jaagde al lange tijd.
'Waarom heb je eigenlijk ooit een slinger opgeraapt?' gebaarde Mogur met donkere, onheilspellende blik.
'Ik weet het niet.' Ze schudde haar hoofd en keek naar de grond. De gedachte dat ze het misnoegen van de tovenaar had opgewekt, was voor haar erger dan wat ook.
'Je hebt hem niet alleen aangeraakt. Je hebt ermee gejaagd, ermee gedood, terwijl je wist dat je er verkeerd aan deed.'
'Mijn totem gaf me een teken, Creb. Ik dacht tenminste dat het een teken was.' Ze maakte de knopen van haar amulet los. 'Toen ik beslo-

ten had te gaan jagen, vond ik dit.' Ze overhandigde Mog-ur het fossiel.

Een teken? Haar totem gaf haar een teken? Opschudding onder de mannen. Ayla's openbaring wierp een nieuw licht op de zaak; maar waaróm had ze besloten te gaan jagen?

De tovenaar bekeek het fossiel aandachtig. Het was een heel bijzondere steen, in de vorm van een zeedier, maar beslist een steen. Het zóú een teken kunnen zijn. Maar dat bewees niets. Tekens waren iets tussen de ontvanger en zijn totem; niemand kon de tekens van iemand anders begrijpen. Mog-ur gaf de steen aan het meisje terug.

'Creb,' zei ze smekend, 'ik dacht dat mijn totem me op de proef stelde. Ik dacht dat de manier waarop Broud me behandelde de proef was. Ik dacht dat als ik dat kon leren verdragen mijn totem me zou toestaan te gaan jagen.' De mannen wierpen ironische blikken in de richting van de jonge man om zijn reactie te zien. Had ze werkelijk gedacht dat haar totem Broud gebruikte om haar op de proef te stellen? Broud keek gegeneerd. 'Ik dacht dat het ook een proef was toen de lynx me aanviel. Ik ben daarna bijna met jagen opgehouden, ik was te bang. Toen kwam ik op het idee het met twee stenen te proberen, zodat ik nog eens zou kunnen gooien als ik de eerste keer miste. Ik dacht zelfs dat mijn totem me het idee ingaf.'

'Juist,' zei de heilige man. 'Ik zou graag wat tijd hebben om hierover te mediteren, Brun.'

'Misschien moesten we er allemaal maar een tijdje over nadenken. Morgenochtend zullen we weer bijeenkomen,' kondigde de leider aan, 'zonder het meisje.'

'Wat valt er na te denken?' wierp Broud tegen. 'We weten toch allemaal welke straf ze verdient.'

'Haar straf kan gevaarlijk zijn voor de hele stam, Broud. Ik moet absoluut zeker zijn dat we niets over het hoofd hebben gezien voor ik het vonnis vel. We zullen morgen weer bijeenkomen.'

Terwijl de mannen naar de grot terugliepen praatten ze onder elkaar nog wat na.

'Ik heb nog nooit gehoord van een vrouw die wilde jagen,' zei Droeg.

'Zou het met haar totem te maken hebben? Het is een mannentotem.'

'Ik wilde Mog-urs uitspraak toen niet in twijfel trekken,' zei Zoug, 'maar ik ben nooit helemaal van die Holenleeuw van haar overtuigd geweest, zelfs niet met die tekens op haar been. Nu twijfel ik niet meer. Hij had gelijk, zoals altijd.'

'Zou ze niet gedeeltelijk een man kunnen zijn?' opperde Crug. 'Het is wel eens meer gezegd.'

'Dat zou haar onvrouwelijk gedrag kunnen verklaren,' voegde Dorv eraan toe.
'O nee, het is een meisje hoor,' zei Broud. 'Geen twijfel aan. Ze moet ter dood gebracht, dat weet iedereen.'
'Waarschijnlijk heb je gelijk, Broud,' zei Crug.
'Ook al zou ze gedeeltelijk een man zijn, het idee dat een vrouw op jacht gaat staat me niet aan,' merkte Dorv grimmig op. 'Ik vind het niet eens prettig haar in de stam te hebben. Ze is te anders.'
'Je weet dat ik dat ook altijd gevonden heb, Dorv,' viel Broud hem bij. 'Ik weet niet waarom Brun er nog eens over wil praten. Als ik leider was zou ik haar gewoon veroordelen en daarmee uit.'
'Het is geen beslissing die men lichtvaardig neemt, Broud,' zei Grod. 'Waarom zo'n haast? Eén dag meer doet er toch niet toe.'
Broud liep door zonder de moeite te nemen hem te antwoorden. Die oude man moet me altijd beleren, dacht hij, hij neemt het altijd voor Brun op. Waarom kan Brun geen besluit nemen? Ik heb het mijne allang genomen. Waar dient al dat gepraat voor? Misschien wordt hij oud, te oud om nog langer leider te zijn.

Ayla strompelde achter de mannen aan terug naar de grot. Ze liep rechtstreeks naar Crebs vuurplaats en naar haar slaapvacht, waar ze voor zich uit ging zitten staren. Iza probeerde haar over te halen wat te eten, maar ze schudde alleen het hoofd. Oeba begreep niet erg wat er aan de hand was, maar ze wist wel dat het lange, zo door haar bewonderde en geliefde meisje, ergens verdriet over had. Ze ging naar Ayla toe en kroop bij haar op schoot. Ayla wiegde het kleine meisje zwijgend in haar armen. Op een of andere manier wist Oeba dat ze haar troost verschafte. Ze stribbelde niet tegen, maar liet zich door Ayla wiegen en viel na een tijdje in slaap. Iza nam het kind uit Ayla's armen en legde haar in bed, kroop toen ook in haar slaapvacht, maar slapen kon ze niet. Haar hart was te zwaar van droefheid om het vreemde meisje dat ze haar dochter noemde en dat daar maar stil in de gloeiende kooltjes van het stervend vuur zat te staren.
De ochtend kwam helder en koud. Er vormde zich al ijs aan de oevers van de stroom en 's morgens was de stille door de bron gevoede vijver bij de ingang van de grot bedekt met een dun vliesje gestold water, dat gewoonlijk gesmolten was tegen de tijd dat de zon hoog aan de hemel stond. Over niet al te lange tijd zou de stam zich weer voor de winter in de grot moeten opsluiten.
Iza wist niet of Ayla had geslapen; toen ze ontwaakte, zag ze het meisje nog steeds op haar bontvacht zitten. Ze sprak niet, ze bevond zich

in een eigen wereld, zich nauwelijks van haar gedachten bewust. Ze wachtte slechts. Creb was ook deze tweede nacht niet bij zijn vuurplaats teruggekeerd. Iza had hem de donkere spleet zien binnenschuifelen die toegang verleende tot het binnenste heiligdom. Hij kwam pas 's morgens weer naar buiten. Na het vertrek van de mannen bracht Iza het meisje wat thee, maar Ayla reageerde niet op de zachte vragen van de medicijnvrouw. Toen deze later terugkwam, stond de thee nog steeds naast haar, koud en onaangeroerd. Het is alsof ze al dood is, dacht Iza. Haar adem stokte haar in de keel toen de ijzige klauw van haar smart zich om haar hart sloot. Het was bijna meer dan Iza kon verdragen.

Brun leidde de mannen naar een plek in de luwte van een groot rotsblok dat hen tegen de felle wind beschutte en liet een vuur aanleggen voor hij de vergadering opende. Het ongerief van het zitten in de kou zou de mannen tot overhaaste uitspraken kunnen verleiden en hij wilde al hun gevoelens en overwegingen vernemen. Toen hij begon, was het in de volkomen klankloze symbolen waarmee de stamleden zich tot de geesten richtten en daarmee deelde hij de mannen mee dat dit geen informele bijeenkomst was, maar een officiële vergadering.

'Het meisje Ayla heeft een slinger gebruikt om de hyena te doden die Brac had aangevallen. Zij hanteert het wapen al drie jaar. Ayla is van het vrouwelijk geslacht; volgens de traditie van de Stam moet een meisje of vrouw die een wapen gebruikt sterven. Heeft iemand iets naar voren te brengen?'

'Droeg zou willen spreken, Brun.'

'Droeg mag spreken.'

'Toen de medicijnvrouw het meisje vond, zochten wij naar een nieuwe grot. De geesten waren vertoornd en hadden een aardbeving gezonden om ons thuis te vernietigen. Misschien waren ze niet eens zo vertoornd, misschien wilden ze alleen een beter onderkomen en misschien ook wilden ze ons het meisje laten vinden. Ze is vreemd, ongewoon, zoals een teken van je totem. We hebben sinds we haar vonden steeds geluk gehad. Ik denk dat zij geluk brengt en ik denk dat het door haar totem komt.

Dat zij door de Grote Holenleeuw is uitverkoren, is slechts een onderdeel van haar vreemd-zijn. Wij vonden haar eigenaardig omdat ze zich graag in het water van de zee begaf, maar als ze niet zo eigenaardig was geweest zou Ona nu in de wereld der geesten vertoeven. Ona is maar een meisje en is niet eens bij mijn vuurplaats geboren, maar ik ben zeer op haar gesteld geraakt. Ik zou haar gemist hebben; ik ben dankbaar dat ze niet verdronken is.

Wij vinden haar vreemd, maar wij weten weinig over de Anderen. Ze behoort nu tot de Stam, maar ze is niet bij de Stam geboren. Ik weet niet waarom ze ooit op jacht heeft willen gaan; voor vrouwen van de Stam is jagen verkeerd, maar hun vrouwen doen het misschien wel. Het doet er niet toe, ze deed er nog steeds verkeerd aan, maar als ze zichzelf niet met de slinger had leren omgaan zou ook Brac nu dood zijn. De gedachte aan de dood die hij gestorven zou zijn is geen prettige. Dat een jager door een vleeseter gedood wordt, gebeurt nu eenmaal wel eens, maar Brac is een klein kind.
Zijn dood zou een verlies voor de hele stam betekend hebben, Brun, niet alleen voor Broud en jou. Als hij gestorven was, zouden we hier niet bijeenzitten om te proberen te besluiten wat we met het meisje dat zijn leven redde moesten doen; we zouden rouwen om de jongen die eens leider had zullen zijn. Ik vind wel dat het meisje gestraft moet worden, maar hoe kunnen we haar ter dood veroordelen? Ik heb gezegd.'
'Zoug zou willen spreken, Brun.'
'Zoug mag spreken.'
'Wat Droeg zegt, is juist; hoe kun je het meisje veroordelen nadat ze Brac het leven heeft gered? Ze is anders, ze is niet in de Stam geboren en misschien denkt ze niet helemaal zoals een vrouw betaamt, maar afgezien van de kwestie met de slinger gedraagt ze zich als een goede vrouw uit de Stam. Ze is altijd een modelmeisje geweest, gehoorzaam, eerbiedig...'
'Dat is niet waar! Ze is opstandig, onbeschaamd,' viel Broud hem in de rede.
'Ik ben aan het woord, Broud,' gebaarde Zoug scherp. Brun wierp Broud een afkeurende blik toe en hij deed er verder het zwijgen toe.
'Het is waar,' ging Zoug voort, 'dat het meisje toen ze jonger was zich onbeschaamd tegen je gedragen heeft, Broud. Maar je was er zelf schuld aan, jij bent degene die er zo'n drukte over maakt. Als jij je als een kind gedraagt, is het dan zo vreemd dat het meisje je niet als een man behandelt? Ze is tegen mij nooit anders dan gehoorzaam geweest en vol plichtsbesef. Ook heeft ze zich nooit jegens welke andere man ook brutaal gedragen.'
Broud gluurde de oude jager woedend aan, maar hield zich in.
'Zelfs al was dat niet het geval,' sprak Zoug verder, 'ik heb nog nooit iemand gezien die zo goed met de slinger was als zij. Ze zegt dat ze het van mij heeft geleerd. Ik heb het nooit geweten, maar ik wil hierbij openlijk zeggen dat ik wilde dat ik zo'n getalenteerde leerling had en ik moet toegeven dat ik nu van háár zou kunnen leren. Ze wilde voor

de stam gaan jagen en toen dat niet kon, zocht ze een andere manier om de stam te helpen. Ze mag dan bij de Anderen geboren zijn, in haar hart behoort ze tot de Stam. Ze heeft altijd de belangen van de stam boven die van zichzelf gesteld. Ze heeft niet aan het gevaar voor zichzelf gedacht toen ze Ona achternaging. Ze kan zich dan wel goed door het water bewegen, maar ik zag hoe uitgeput ze was toen ze Ona aan de kant bracht. De zee had ook haar kunnen meesleuren. Ze wist dat het verkeerd was dat ze op jacht ging, hield haar geheim drie jaar verborgen, maar ze aarzelde niet toen Bracs leven in gevaar was.
Ze is zeer bekwaam met dat wapen, beter dan wie ook die ik ken. Het zou jammer zijn die vaardigheid te verspillen. Ik zeg, laat haar zich nuttig maken voor de stam, laat haar jagen...'
'Nee! Nee! Nee!' Broud sprong woedend overeind. 'Het is een meisje. We kunnen niet toestaan dat vrouwen op jacht gaan.'
'Broud,' zei de trotse oude jager. 'Ik ben nog niet uitgesproken. Je mag het woord vragen wanneer ik klaar ben.'
'Laat Zoug uitspreken, Broud!' waarschuwde de leider. 'Als je niet weet hoe je je bij een officiële vergadering hoort te gedragen, kun je gaan.'
Broud ging weer zitten, worstelend met zijn drift.
'De slinger is geen belangrijk wapen. Ik begon mijn vaardigheid ermee pas te vergroten toen ik te oud werd om met een speer te jagen. De andere wapens zijn de echte mannenwapens. Ik zeg: laat haar jagen, maar alleen met de slinger. Laat de slinger het wapen zijn van oude mannen en van vrouwen, of althans van deze vrouw. Nu ben ik uitgesproken.'
'Zoug, je weet evengoed als ik dat een slinger moeilijker te hanteren is dan een speer en vele malen heb jij voor vlees gezorgd wanneer de jacht mislukt was. Verklein je eigen verdienste niet ter wille van het meisje. Met een speer heb je alleen een sterke arm nodig,' zei Brun.
'En sterke benen en een sterk hart, en goede longen en een heleboel moed,' antwoordde Zoug.
'Ik vraag me af hoeveel moed ervoor nodig was om een tweede lynx tegemoet te treden na er door een aangevallen te zijn, alléén, met niets anders dan een slinger in je hand?' merkte Droeg op. 'Ik zou geen bezwaar tegen Zougs voorstel hebben als ze alleen met een slinger jaagt. De geesten schijnen geen bezwaar te hebben; ze brengt ons nog steeds geluk. Kijk maar naar de mammoetjacht.'
'Ik weet niet of we zo'n beslissing kunnen nemen,' zei Brun. 'Ik zie geen mogelijkheid haar in leven te laten, laat staan haar te laten jagen. Je kent de tradities, Zoug. Het is nog nooit gedaan; zouden de geesten

zich ermee kunnen verenigen? Hoe ben je eigenlijk op het idee gekomen? Vrouwen van de Stam jagen niet.'
'Nee, vrouwen van de Stam jagen niet, maar deze heeft het wél gedaan. Ik zou waarschijnlijk niet op het idee gekomen zijn als ik niet wist dat ze het kón, als ik het niet met eigen ogen had gezien. Al wat ik zeg is: laat haar blijven doen wat ze al gedaan heeft.'
'Wat vind jij ervan, Mog-ur?' vroeg Brun.
'Wat verwacht je dat hij zal zeggen? Ze woont bij zijn vuurplaats!' merkte Broud bitter op.
'Broud!' voer Brun uit. 'Beschuldig jij Mog-ur ervan dat hij zijn eigen gevoelens, zijn eigen belangen, vóór die van de stam laat gaan? Is hij niet Mog-ur? Dé Mog-ur? Denk je dat hij niet zal zeggen wat juist, wat rechtvaardig is?'
'Nee, Brun. Brouds opmerking is terecht. Mijn gevoelens voor Ayla zijn bekend; het is niet gemakkelijk te vergeten dat ik haar liefheb. Ik vind dat jullie dat geen van allen moeten vergeten, al heb ik geprobeerd mijn gevoelens opzij te zetten. Maar ik kan er niet zeker van zijn dat mij dat gelukt is. Sinds jullie thuiskomst heb ik gevast en gemediteerd, Brun. Vannacht vond ik de weg terug naar herinneringen die ik nog niet eerder heb ontdekt, misschien omdat ik er nooit naar heb gezocht. Lang geleden, lang voordat wij ons tot een Stam verenigd hadden, hielpen vrouwen mannen bij de jacht.'
Overal geluiden van ongeloof.
'Ja, werkelijk. We zullen een ceremonie houden en dan zal ik jullie erheen geleiden. Toen we nog maar pas geleerd hadden werktuigen en wapens te maken en we geboren werden met een kennis die als de herinneringen was, maar anders, doodden zowel vrouwen als mannen dieren voor voedsel. Net als een berin jaagde een vrouw voor zichzelf en haar kinderen.
Pas later begonnen mannen voor een vrouw en haar kroost te jagen, en nog weer later bleven vrouwen met kinderen thuis. Toen mannen voor de kinderen begonnen te zorgen, toen ze voedsel thuis begonnen te brengen, was dat het begin van de Stam en daardoor kon de Stam ook groeien. Als de moeder van een kleintje stierf terwijl ze op zoek was naar voedsel, kwam ook de kleine om. Maar pas toen de mensen ophielden elkaar te bevechten en leerden samen te werken, samen op jacht te gaan, ontstond de Stam in zijn tegenwoordige vorm. En ook toen nog jaagden sommige vrouwen wel, toen zij nog degenen waren die met de geesten spraken.
Brun, je zei zojuist dat het nooit eerder is gedaan. Je vergist je; de vrouwen van de Stam hebben vroeger gejaagd. De geesten keurden

dat toen goed, maar het waren andere geesten, oeroude geesten, niet de geesten van totems. Het waren machtige geesten, maar zij zijn reeds lang ter ruste gegaan. Ik weet niet zeker of ze wel met recht Stamgeesten genoemd kunnen worden. Het was niet zo dat ze vereerd of aanbeden werden, ze werden meer gevreesd; maar ze waren niet boosaardig, alleen machtig.'

De mannen waren perplex. Hij sprak van tijden die zo oud en zo zelden herinnerd waren dat ze bijna vergeten, bijna nieuw waren. En toch deed alleen al zijn vermelding van die tijden een herinnering aan de angsten bovenkomen en meer dan één van hen huiverde.

'Ik betwijfel of in de Stam geboren vrouwen nu nog ooit zouden willen jagen,' ging Mog-ur voort. 'Ik ben er niet zeker van dat ze het zouden kunnen. Het is te lang geleden, de vrouwen zijn sindsdien veranderd, evenals de mannen. Maar Ayla is anders, de Anderen zijn anders, ze verschillen sterker van ons dan we beseffen. Ik denk dat als we haar toestonden te blijven jagen dat wat de andere vrouwen betreft geen verschil zou maken. Haar jagen, haar verlangen om op jacht te gaan verbaast hun evenzeer als ons. Meer heb ik niet te zeggen.'

'Heeft er nog iemand anders iets te zeggen?' vroeg Brun. Hij was er echter niet zeker van dat hij nog meer wilde horen. Er waren naar zijn smaak al te veel nieuwe ideeën geopperd.

'Goov zou willen spreken, Brun.'

'Goov mag spreken.'

'Ik ben nog maar een leerling, ik weet niet zoveel als Mog-ur, maar ik denk dat hij iets vergeet. Misschien komt het doordat hij zo zijn best heeft gedaan zijn gevoelens voor Ayla erbuiten te houden. Hij heeft zich geconcentreerd op de herinneringen, niet op het meisje zelf. Misschien uit angst dat dan zijn liefde zou spreken en niet zijn verstand. Hij heeft niet aan haar totem gedacht.

Heeft iemand er wel eens over nagedacht hoe een machtige mannentotem een meisje gekozen kan hebben?' Hij gaf zelf het antwoord op zijn retorische vraag. 'Na Ursus is de Holenleeuw de machtigste totem. De holenleeuw is machtiger dan de mammoet; hij bejaagt hem, weliswaar alleen de jonge en de oude, maar in elk geval jaagt hij soms op mammoeten. De holenleeuw jaagt niet op mammoeten.'

'Je bent niet logisch, Goov. Eerst zeg je dat de holenleeuw op mammoeten jaagt, dan zeg je dat hij níét op ze jaagt,' gebaarde Brun.

'Híj niet, zíj. We zien dat over het hoofd wanneer we over beschermtotems spreken; zelfs bij holenleeuwen is het mannetje de beschermer. Maar wie is de jager? De grootste vleeseter van alle, de sterkste jager is de leeuwin! Het vrouwtje! Is zij niet degene die de buit naar het mannetje brengt? Hij kan wel doden, maar zijn taak is bescherming te geven terwijl zij jaagt. Vreemd dat een Holenleeuw een meisje kiest, nietwaar? Heeft iemand er ooit aan gedacht dat haar beschermer misschien niet de Holenleeuw, maar de Holenleeuwin kan zijn? Het vrouwtje? De jager? Zou dat niet kunnen verklaren waarom het meisje wílde jagen? Waarom ze een teken kreeg? Misschien was het de Leeuwin die haar het teken gaf, misschien is dat de reden dat ze op haar linkerbeen getekend werd. Is het werkelijk zoveel vreemder dat ze jaagt dan dat ze een dergelijke totem heeft? Ik weet niet of ik dit juist zie, maar jullie moeten toegeven dat het een mogelijkheid is. Of haar totem nu de Holenleeuw of de Holenleeuwin is, als het de bedoeling is dat ze jaagt, mogen wij het haar dan beletten? Mogen wij haar machtige totem weerstreven? En durven wij het dan op ons nemen haar te veroordelen omdat ze doet wat haar totem wenst dat ze doet?' besloot Goov. 'Ik heb gezegd.'

Bruns hoofd tolde. De ideeën kwamen te snel op hem af. Hij had tijd nodig om na te denken, om het uit te puzzelen. Natuurlijk is het de leeuwin die jaagt, maar wie heeft er ooit van een vrouwelijke totem gehoord? De geest, het wezen van een beschermgeest, is toch altijd mannelijk? Alleen iemand die zich dagenlang in de wegen der geesten verdiepte, zou tot de conclusie kunnen komen dat de totem van het meisje dat gejaagd had de jager was van de soort die haar totem belichaamde. Maar Brun wilde dat Goov niet de gedachte had geopperd dat zij wel eens tegen de wensen van een zo machtige totem in zouden kunnen gaan.

Het hele idee van een jagende vrouw was zoiets bijzonders, riep zoveel gedachten op, dat verscheidene mannen huns ondanks de kleine extra stap hadden moeten zetten die de grenzen van hun behaaglijke, veilige, duidelijk geordende wereld verschoof. Iedere man sprak vanuit zijn eigen opvattingen, vanuit zijn eigen belangen of belangstelling, en ieder had de grens alleen op dat ene punt verschoven; maar Brun moest hen allen volgen en dat was bijna te veel voor hem. Hij voelde het als zijn plicht ieder aspect in overweging te nemen voordat hij een vonnis velde en hij wenste dat hij tijd had ze allemaal zorgvuldig te overdenken. Maar de beslissing kon niet veel langer worden uitgesteld.

'Heeft iemand anders nog een bepaalde mening?'

'Broud zou willen spreken, Brun.'

'Broud mag spreken.'

'Al deze ideeën zijn belangwekkend en kunnen ons misschien stof verschaffen om op koude winterdagen over na te denken, maar de tradi-

ties van de Stam zijn duidelijk. Bij de Anderen geboren of niet, het meisje behoort tot de Stam. Vrouwen van de Stam mogen niet jagen. Ze mogen nog niet eens een wapen aanraken of een werktuig dat gebruikt wordt om er een wapen mee te maken. We kennen allen de straf. Ze moet sterven. Het maakt geen verschil of de vrouwen lang geleden wél op jacht gingen. Dat een berin jaagt, of een leeuwin, wil nog niet zeggen dat een vrouw het mag. Wij zijn beren noch leeuwen. Het maakt geen verschil of ze een machtige totem heeft of de stam geluk brengt. Het maakt geen verschil of ze goed met een slinger kan omgaan of zelfs dat ze de zoon van mijn gezellin het leven heeft gered. Ik ben haar daar natuurlijk dankbaar voor – iedereen zal opgemerkt hebben dat ik dat op de terugweg meermalen heb gezegd – maar het maakt geen verschil. De tradities van de Stam laten geen afwijkingen toe. Een vrouw die een wapen gebruikt, moet sterven. We kunnen dat niet veranderen. Het is Stamzede.
Deze hele bijeenkomst is tijdverspilling. Er is geen ander besluit dat je nemen kunt, Brun. Ik heb gezegd.'
'Broud heeft gelijk,' zei Dorv. 'Het is niet aan ons om de tradities van de Stam te veranderen. De ene uitzondering leidt tot de andere. Er zou algauw niets meer zijn waar we op konden bouwen. De straf voor haar vergrijp is de dood; het meisje moet sterven.'
Hier en daar werd instemmend geknikt. Brun reageerde niet onmiddellijk. Broud heeft gelijk, dacht hij. Welk ander besluit zou ik kunnen nemen? Ze heeft Brac het leven gered, maar daarbij heeft ze een wapen gebruikt. Brun was niet dichter bij een oplossing gekomen dan op de dag dat Ayla haar slinger tevoorschijn trok en de hyena doodde.
'Ik zal al jullie gedachten in overweging nemen voor ik tot een beslissing kom. Maar nu wil ik ieder van jullie vragen mij een definitief antwoord te geven,' zei de leider ten slotte. De mannen zaten in een kring rond het vuur. Ieder balde een hand tot een vuist en hield deze voor zijn borst. Een op- en neergaande beweging zou een bevestigend antwoord betekenen, een heen en weer gaande beweging een ontkennend.
'Grod,' begon Brun bij zijn tweede man, 'vind jij dat het meisje Ayla sterven moet?'
Grod aarzelde. Hij voelde met de leider mee in diens dilemma. Grod was al vele jaren Bruns tweede man, hij kon zijn gedachten bijna lezen en zijn respect voor hem was mettertijd toegenomen. Maar hij kon geen andere mogelijkheid ontdekken. Hij bewoog zijn vuist omhoog, toen omlaag.
'Wat voor keus hebben we, Brun?' voegde hij eraan toe.

'Grod zegt ja. Droeg?' vroeg Brun, zich tot de gereedschapmaker wendend.
Droeg aarzelde niet. Hij bewoog zijn vuist voor zijn borstkas heen en weer.
'Droeg zegt nee. En jij, Crug?'
Crug keek naar Brun, toen naar Mog-ur, ten slotte naar Broud. Hij bewoog zijn vuist omhoog.
'Crug zegt ja, het meisje moet sterven,' bevestigde Brun. 'Goov?'
De jonge leerling reageerde onmiddellijk door zijn vuist zijdelings over zijn borst te bewegen.
'Goov vindt van niet. Broud?'
Broud bewoog zijn vuist al omhoog voor Brun zijn naam kon noemen, en Brun ging even snel door naar de volgende. Hij kende Brouds antwoord al.
'Ja. Zoug?'
De oude meester-slingeraar ging trots rechtop zitten en bewoog zijn vuist voor zijn borstkas heen en weer met een nadrukkelijkheid die geen ruimte voor twijfel liet.
'Zoug vindt dat het meisje niet moet sterven, wat vind jij, Dorv?'
De hand van de andere oude man ging omhoog en voor hij hem omlaag kon brengen, richtten aller ogen zich al op Mog-ur.
'Dorv zegt ja. Mog-ur, wat is jouw mening?' vroeg Brun. Hij had wel vermoed wat de anderen zouden zeggen, maar van de oude tovenaar was de leider niet zo zeker.
Creb werd door tweestrijd verscheurd. Hij kende de tradities van de Stam. Hij gaf zichzelf de schuld van Ayla's vergrijp, omdat hij haar te veel vrijheid had gegeven. Hij voelde zich schuldig over zijn liefde voor haar, vreesde dat deze zijn redelijk denken zou beïnvloeden, dat hij aan zichzelf zou denken in plaats van aan de stam en hij begon zijn vuist opwaarts te bewegen. Zich aan de wetten van de logica vastklampend, besloot hij dat ze moest sterven. Maar vóór hij de beweging kon voltooien schoot zijn vuist opzij, alsof iemand anders hem vastgegrepen had en hem voor Creb bewoog. Hij kón zich er niet toe brengen haar te veroordelen, hoewel hij zou doen wat hij moest doen wanneer de beslissing eenmaal was gevallen. Hij had geen keus. De keus was aan Brun en alleen aan Brun.
'De meningen zijn gelijk verdeeld,' verklaarde de leider. 'De beslissing heeft trouwens toch al steeds bij mij gelegen, ik wilde alleen weten wat jullie ervan vonden. Mog-ur zegt dat we vanavond een ceremonie zullen houden. Dat is een goede gedachte. Ik zal de hulp van de geesten nodig hebben en wij zullen allen misschien hun bescherming no-

dig hebben. Jullie zullen mijn besluit morgenochtend horen. Zij zal het dan ook horen. Ga nu en maak je gereed voor de ceremonie.'

Nadat de mannen waren heengegaan, bleef Brun alleen bij het vuur achter. Langs het uitspansel joegen wolken, voortgejaagd door de felle wind, die onder het passeren ijzige regenbuien lieten vallen, maar Brun bemerkte al evenmin iets van de regen als van het sputteren van de laatste stervende sintels in het vuur. Het was bijna donker toen hij ten slotte moeizaam overeind kwam en langzaam naar de grot terugsjokte. Hij zag Ayla nog steeds zitten waar ze gezeten had toen ze die morgen de grot verlieten. Ze verwacht het ergste, zei hij bij zichzelf. Wat kan ze anders verwachten?

16

Vroeg in de morgen verzamelde de stam zich buiten de grot. Er stond een kille oostenwind, voorbode van ijziger winterstormen, maar de lucht was helder en de ochtendzon verscheen juist stralend boven de richel, in schril contrast met de sombere stemming van de stamleden. Ze vermeden het elkaar aan te zien; hun armen hingen slap omlaag nu er niet gesproken werd, terwijl ze naar hun vaste plaatsen schuifelden om het lot te vernemen van het vreemde meisje dat voor hen geen vreemde was.

Oeba kon haar moeder voelen beven en haar hand omklemde de hare zo hard dat het pijn deed. Het kind wist dat niet alleen de wind haar moeder zo deed sidderen. Creb stond bij de ingang van de grot. Nooit had de grote tovenaar er strenger uitgezien; zijn mismaakt gezicht was als uit graniet gehouwen, zijn ene oog doods als steen. Op een teken van Brun hinkte hij de grot in, langzaam en vermoeid, als drukte een loodzware last hem neer. Hij betrad zijn vuurplaats, keek naar het meisje dat daar op haar bontvacht zat en dwong zichzelf met een bovenmenselijke wilsinspanning naar haar toe te gaan.

'Ayla. Ayla,' zei hij zacht. Het meisje keek op. 'Het is tijd. Je moet meekomen. Haar ogen bleven leeg, niet-begrijpend. 'Je moet nu meekomen, Ayla. Brun is gereed,' herhaalde Creb.

Ayla knikte en hees zich overeind. Haar benen waren stijf van het lange zitten. Ze bemerkte het nauwelijks. Stom volgde ze de oude man, omlaagstarend naar het stof voor haar voeten, dat vol sporen was van degenen die de weg vóór haar waren gegaan – een afdruk van een hiel, van tenen, de vage vorm van een voet in een los leren omhulsel, het ronde gat van Crebs staf en de lange voor van zijn slepende kreupele been. Ze bleef staan toen ze Bruns voeten in hun stoffige voetbedekking zag en wierp zich ervoor neer. Bij een licht tikje op haar schouder dwong ze zich naar het gezicht van de leider op te kijken.

Wat ze daarop las, bracht haar met een schok tot de werkelijkheid terug en deed een naamloze angst ontwaken. Het gezicht was haar vertrouwd – laag, wijkend voorhoofd, zware wenkbrauwen, grote snavel-

achtige neus, grijs doorspikkelde baard – maar de trotse, strenge, harde blik in de ogen van de leider was verdwenen en was vervangen door een uitdrukking van oprechte begaanheid en brandend verdriet.
'Ayla,' zei hij hardop. Toen sprak hij verder in de formele gebaren die voor serieuze aangelegenheden waren gereserveerd: 'Meisje van de Stam, onze gebruiken zijn zeer oud. Wij hebben ze generaties lang in ere gehouden, bijna net zo lang als de Stam bestaat. Je bent niet bij ons geboren, maar je bent een van ons en je moet volgens diezelfde gebruiken leven of sterven. Toen we op onze mammoetjacht in het noorden waren, heeft men je een slinger zien gebruiken en je hebt ook al eerder met een slinger gejaagd. Vrouwen van de Stam mogen geen wapens gebruiken, dat is een van onze tradities. Ook de straf ervoor maakt deel uit van de traditie. Het is Stamzede, en die kan niet veranderd worden.' Brun boog zich voorover en keek het meisje in de angstige blauwe ogen.
'Ik weet waarom je de slinger gebruikte, Ayla, hoewel ik nog steeds niet begrijp waarom je er ooit mee bent begonnen. Zonder jou zou Brac nu niet meer in leven zijn.' Hij rechtte zijn rug en met de meest formele gebaren, zo duidelijk gemaakt dat iedereen ze kon zien, voegde hij eraan toe: 'De leider van deze stam is het meisje dankbaar dat ze de zoon van de gezellin van de zoon van zijn gezellin het leven heeft gered.'
De toekijkende stam wisselde onderling blikken. Het was een zeldzaam gebeuren dat een man in het openbaar een dergelijke verklaring aflegde, en een nog veel zeldzamer dat een leider zijn dankbaarheid uitsprak jegens een onbelangrijk vrouwelijk stamlid.
'Maar de tradities staan geen afwijkingen toe,' ging Brun voort. Hij gaf Mog-ur een teken en de tovenaar ging de grot binnen. 'Ik heb geen keus, Ayla. Mog-ur legt nu de beenderen neer en noemt hardop de namen van de onnoembaren, namen die alleen Mog-ur bekend zijn. Wanneer hij gereed is, zul je sterven. Ayla, meisje van de Stam, je bent Gevloekt, Gevloekt met de Dood.'
Ayla voelde het bloed uit haar gezicht wegtrekken. Iza gilde, een gil die overging in een langgerekte, schelle weeklacht om haar verloren kind. Het geluid hield abrupt op toen Brun zijn hand hief.
'Ik ben nog niet uitgesproken,' gebaarde hij. In de plotselinge stilte vlogen gespannen-nieuwsgierige blikken onder de stamleden heen en weer. Wat kon Brun nog meer te zeggen hebben?
'De tradities van de Stam zijn duidelijk en als leider moet ik mij aan de gebruiken houden. Een vrouw die een wapen gebruikt, moet met de dood gevloekt worden, maar er zijn geen gebruiken die voorschrij-

ven voor hoelang dat moet zijn. Ayla, je wordt met de Dood Gevloekt voor de duur van één hele maan. Als je bij de gratie van de geesten uit de andere wereld kunt terugkeren nadat de maan eenmaal zijn kringloop heeft voltooid, mag je weer bij ons wonen.'

Grote beroering onder de groep; dit was onverwacht.

'Dat is waar,' gebaarde Zoug. 'Niets schrijft voor dat de vloek voor altijd moet zijn.'

'Maar wat maakt het voor verschil? Hoe kan iemand zo lang dood zijn en weer tot leven komen? Enkele dagen misschien, maar een hele maan?' vroeg Droeg.

'Als de vloek maar voor een paar dagen was, ben ik er niet zeker van of het wel een echte straf zou zijn,' zei Goov. 'Sommige Mog-urs geloven dat de geest helemaal niet naar de andere wereld gaat als de vloek maar voor kort is. Hij blijft dan in de buurt wachten tot de tijd voorbij is en hij weer terug kan komen, als hij daartoe in staat is. Als de geest in de buurt blijft, zullen de bozen dat ook doen. Het is een beperkte doodvloek, maar voor zo'n lange duur dat het evengoed voor altijd zou kunnen zijn. Daarmee is aan de eisen van de tradities voldaan.'

'Waarom heeft hij haar dan niet zonder meer gevloekt?' gebaarde Broud kwaad. 'Er wordt in de tradities niets gezegd over tijdelijke doodvloeken voor haar misdrijf. Ze wordt verondersteld ervoor te sterven, de doodvloek wordt verondersteld tot haar einde te leiden.'

'Denk je dan dat dat niet het geval zal zijn, Broud? Denk je werkelijk dat ze terug zal kunnen komen?'

'Ik denk niets. Ik wil alleen maar weten waarom Brun haar niet gewoon gevloekt heeft. Kan hij geen eenvoudig besluit meer nemen?'

Broud schrok zelf van zijn scherpe vraag. Ze verwoordde openlijk wat iedereen zich heimelijk had afgevraagd. Zou Brun een tijdelijke doodvloek opleggen als hij niet dacht dat er een kans was, hoe klein ook, dat ze van de doden terug zou keren?

Brun had de gehele nacht met zijn dilemma geworsteld. Ayla had de kleine het leven gered; het was niet juist dat ze ervoor zou moeten sterven. Hij had het kind lief en was het meisje oprecht dankbaar, maar er stak nog meer achter dan zijn persoonlijke gevoelens. Volgens het oude gebruik moest ze met de dood gevloekt worden, maar er waren ook andere gebruiken: het gebruik van de verplichting, gebruiken die berustten op het principe 'een leven voor een leven'. Ze droeg een deel van Bracs geest in zich; ze verdiende iets van gelijke waarde – haar leven – hij stond bij haar in het krijt.

Pas bij het eerste zwakke ochtendgloren had hij een uitweg gevonden.

Sommige taaie zielen waren na een tijdelijke doodvloek teruggekeerd. Het was een kleine kans, bijna uitgesloten, maar die bood toch een straaltje hoop. In ruil voor het leven van het kind gaf hij haar het enige magere kansje dat hij haar geven kon. Het was niet genoeg, maar meer kon hij haar niet bieden en het was beter dan helemaal niets.

Plotseling viel er een doodse stilte. Mog-ur stond bij de ingang van de grot en hij zag eruit als de Dood in eigen persoon, ontzaglijk oud en uitgeblust. Een teken hoefde hij niet te geven. Het was gebeurd. Mog-ur had zijn plicht gedaan. Ayla was dood.

Iza's jammerkreet sneed door de lucht. Daarop vielen Oga en Ebra haar bij, en toen stemden alle vrouwen met haar klaagzang in. Ayla zag de vrouw die ze liefhad overmand door smart en rende op haar af om haar te troosten. Maar toen ze op het punt stond haar armen om de enige moeder die ze zich kon herinneren heen te slaan, wendde Iza zich af en verwijderde zich om de omarming te ontwijken. Het was alsof ze haar niet zag. Het meisje bleef staan, in verwarring gebracht. Ze keek Ebra vragend aan; Ebra keek dwars door haar heen. Ze liep naar Aga, toen naar Ovra. Niemand zag haar. Zodra ze hen naderde, wendden ze zich af of stapten opzij, niet als om haar te laten passeren, maar alsof ze zich al wilden verwijderen voor ze op hen toe kwam. Ze rende naar Oga toe.

'Ik ben het. Ayla. Ik sta hier, vóór je. Zie je me niet?' gebaarde ze.

Oga kreeg een starende blik in haar ogen. Ze draaide zich om en liep weg zonder te reageren, zonder teken van herkenning, alsof Ayla onzichtbaar was.

Ayla zag Creb op Iza toe lopen en rende op hem af.

'Creb! Ik ben het, Ayla. Ik ben hier,' gesticuleerde ze wanhopig. De oude magiër liep door, ternauwernood van zijn route afwijkend om het meisje te ontwijken dat zich aan zijn voeten op de grond wierp, zoals hij met een zielloze kei op zijn pad zou hebben gedaan.

'Creb,' jammerde ze. 'Waarom kun je me niet zien?' Ze stond op en rende terug naar Iza.

'Moeder! Moederrr! Kijk me aan! KIJK ME AAN!' gebaarde ze vlak voor de ogen van de vrouw. Iza barstte opnieuw in een schrille weeklacht uit. Ze zwaaide wild met haar armen en sloeg zich op de borst.

'Mijn kind. Mijn Ayla. Mijn dochter is dood. Ze is dood. Mijn arme, arme Ayla. Ze leeft niet meer.'

Ayla kreeg Oeba in het oog, die angstig en niet-begrijpend haar moeders been omklemd hield. Ze knielde voor het kleine meisje neer.

'Jij ziet me toch wel, is het niet, Oeba? Ik ben hier, vlak voor je.' Ayla zag herkenning dagen in de ogen van het kind, maar het volgende moment had Ebra zich gebukt en het kleine meisje weggedragen.

'Ik wil naar Ayla,' gebaarde Oeba, spartelend om neergezet te worden. 'Ayla is dood, Oeba. Ze is weg. Dat is Ayla niet, het is alleen haar geest. Hij moet zijn weg naar de volgende wereld nog vinden. Als je met hem probeert te praten, als je hem ziet, zal de geest proberen je met zich mee te nemen. Het zal je ongeluk brengen als je hem ziet. Niet naar kijken. Je wilt toch niet steeds ongeluk hebben, is het wel, Oeba?' Ayla zeeg op de grond neer. Ze had niet precies geweten wat een doodvloek inhield en had zich allerlei vreselijke dingen voorgesteld, maar de werkelijkheid was nog veel erger.

Voor de stam had Ayla opgehouden te bestaan. Het was geen komedie, geen toneelspel om haar angst aan te jagen; ze bestond werkelijk niet meer. Ze was een geest die toevallig zichtbaar was, die nog steeds haar lichaam een schijn van leven verleende, maar Ayla zelf was dood. De dood was voor de mensen van de Stam een andere toestand, een reis naar een andere dimensie van het bestaan. De levenbrengende kracht was een onzichtbare geest, dat lag voor de hand. Iemand kon het ene ogenblik nog in leven zijn en het volgende dood, zonder enige duidelijke verandering, behalve dat datgene wat beweging en ademhaling en leven veroorzaakte verdwenen was. Het wezenlijke deel, de echte Ayla, behoorde niet langer tot hun wereld; ze was gedwongen zich naar de volgende te begeven. Het deed er in het geheel niet toe of het achterblijvende fysieke deel koud en bewegingloos of warm en bezield was.

Men hoefde maar één stap verder te gaan om te geloven dat de essentie van het leven verdreven kon worden. Als haar fysieke lichaam het nog niet wist, zou het het gauw genoeg te weten komen. Niemand geloofde werkelijk dat ze ooit terug zou keren, zelfs Brun niet. Haar lichaam, de lege huls, kon nooit zo lang in leven blijven tot haar geest er weer in terug mocht keren. Zonder de levensgeest kon het lichaam niet eten, niet drinken en zou het snel te gronde gaan. En als men werkelijk in een dergelijke gedachte geloofde en als zijn dierbaren iemands bestaan niet langer erkenden, bestond men ook niet en had men ook geen reden meer om nog te eten of te drinken of in leven te blijven.

Maar zolang de geest in de buurt van de grot bleef en het lichaam bezielde, hoewel het er geen deel meer van uitmaakte, bleven ook de krachten die hem uitgedreven hadden in de buurt. Ze zouden de nog levenden kwaad kunnen berokkenen, zouden kunnen proberen nog een ander leven mee te sleuren. Het was geen onbekend verschijnsel dat de gezellin of een andere dierbare nabestaande van de gevloekte korte tijd later eveneens stierf. Het kon de stam niet schelen of de

geest het lichaam meenam of het roerloos omhulsel achterliet, maar ze wilden dat de geest van Ayla wegging, en snel.
Ayla keek naar de vertrouwde mensen om haar heen. Ze gingen uiteen, zetten zich aan routinekarweitjes, maar de sfeer bleef gespannen. Creb en Iza gingen de grot binnen. Ayla stond op en volgde hen. Niemand probeerde haar tegen te houden, hoewel ze Oeba van haar weghielden. Kinderen werden wel verondersteld extra bescherming te genieten, maar niemand wilde risico's nemen. Iza verzamelde al Ayla's eigendommen, met inbegrip van haar slaapvachten en de vulling van gedroogd gras van de in de grond uitgegraven kuil en droeg ze naar buiten. Creb ging met haar mee en nam in het voorbijgaan een brandende tak uit het grotvuur. De vrouw wierp alles op de grond bij een onaangestoken brandstapel die Ayla niet eerder had opgemerkt en haastte zich terug de grot in, terwijl Creb het vuur aanstak. Hij maakte zwijgende gebaren over de voorwerpen en het vuur, gebaren die het meisje merendeels onbekend waren.
Met groeiende ontsteltenis zag Ayla Creb al haar bezittingen een voor een aan de gulzige vlammen prijsgeven. Er zou voor haar geen begrafenisritueel zijn; dat was onderdeel van de straf. Maar elk spoor van haar diende uitgewist, er mocht niets achterblijven dat haar zou kunnen vasthouden. Ze zag haar graafstok vlamvatten, toen haar verzamelmand, de vulling van gedroogd gras, haar kleding, alles verdween in het vuur. Ze zag Crebs hand beven toen hij naar haar bontomslag reikte. Hij klemde hem een ogenblik tegen zijn borst, wierp hem toen op de brandstapel. Ayla's ogen stroomden over van tranen.
'Creb, ik hou van je,' gebaarde ze. Hij scheen haar niet te zien. Met een weemakend gevoel van ontzetting zag ze hem haar medicijnbuidel oprapen, die Iza vlak voor die rampzalige mammoetjacht voor haar had gemaakt, en hem in de rokerige vlammen leggen.
'Nee, Creb, nee! Niet mijn medicijnbuidel,' smeekte ze. Het was te laat, hij brandde al.
Ayla kon het niet langer meer aanzien. Ze stormde blindelings de glooiing af en het woud in, heftig snikkend van ellende en verlatenheid. Ze zag niet waar ze heen ging en het kon haar niet schelen ook. Takken strekten zich naar haar uit om haar de doorgang te belemmeren, maar ze ploegde erdoorheen, diepe schrammen in haar armen en benen trekkend. Ze rende spetterend door ijskoud water, maar voelde niet hoe kletsnat haar voeten waren en hoe stijf ze werden, tot ze over een stuk hout viel en languit tegen de grond sloeg. Ze bleef op de koude vochtige aarde liggen en wenste dat de dood voort zou maken en haar uit haar lijden zou verlossen. Ze had niets meer. Geen familie,

geen stam, geen reden om te leven. Ze was dood, ze hadden gezegd dat ze dood was.
De wens van het meisje zou wel eens gauw vervuld kunnen worden. Geheel in haar eigen wereld vol ellende en angst verzonken, had ze sinds haar terugkeer, nu meer dan twee dagen geleden, niets gegeten of gedronken. Ze was onvoldoende gekleed, haar voeten deden pijn van de kou. Ze was zwak en uitgedroogd, een gemakkelijke prooi voor een snelle dood door onderkoeling. Maar ze had iets in zich dat sterker was dan haar doodswens en dat haar al eerder op de been had gehouden, toen een allesverwoestende aardbeving het vijfjarige meisje van ouderliefde en familie en geborgenheid had beroofd. Een onverzettelijke wil tot leven, een koppig instinct, wilde haar niet laten opgeven zolang ze nog ademhaalde, nog genoeg leven bezat om verder te gaan.
De korte rust had haar goed gedaan. Bloedend uit haar schrammen en rillend van de koude ging ze overeind zitten. Ze was met haar gezicht op natte bladeren terechtgekomen en ze likte haar lippen af, met haar tong naar het vocht reikend. Ze had dorst. Ze kon zich niet herinneren ooit eerder in haar leven zo'n dorst te hebben gehad. Het kabbelen van water vlakbij deed haar opstaan. Na lang en gulzig van het koude water te hebben gedronken ging ze verder. Ze beefde zo erg dat haar tanden klapperden en het lopen op haar koude, pijnlijke voeten was een kwelling. Ze was licht in het hoofd en een beetje verward. Het lopen verwarmde haar wel enigszins, maar de verlaging van haar lichaamstemperatuur bleef niet zonder gevolgen.
Ze wist niet precies waar ze was, ze had geen doel voor ogen, maar haar voeten volgden een route die ze vele malen tevoren had afgelegd en die daardoor in haar brein geëtst stond. Tijd was een leeg begrip voor haar, ze wist niet hoe lang ze al liep. Ze klom langs een steile wand achter een nevelige waterval omhoog en werd zich van iets bekends in de omgeving bewust. Ze liep een schraal bos van pijnbomen en onvolgroeide berken en wilgen uit en bevond zich op haar hooggelegen, stille weitje.
Ze vroeg zich af hoe lang het wel geleden was dat ze daar was geweest. Nadat ze met jagen was begonnen, was ze er zelden meer heen gegaan, afgezien van die keer dat ze zichzelf de tweestenentechniek had geleerd. Het was altijd een oefenterrein, geen jachtgebied geweest. Was ze er die zomer eigenlijk nog geweest? Ze kon het zich niet herinneren. Ayla duwde de dicht dooreengegroeide takken opzij die zelfs zonder loof de opening erachter verborgen hielden en ging haar kleine grot binnen.

Hij leek kleiner dan ze zich herinnerde. Daar ligt die oude slaapvacht nog, zei ze tegen zichzelf, terugdenkend aan die keer, zo lang geleden, dat ze hem hierheen had gebracht. Een paar grondeekhoorns hadden er een nest in gemaakt, maar toen ze de vacht naar buiten droeg en hem uitschudde, zag ze dat hij niet al te erg beschadigd was – een beetje stijf van ouderdom, maar in de droge grot was hij in goede conditie gebleven. Ze sloeg hem om zich heen, dankbaar voor de warmte ervan en ging de grot weer binnen.
Er lag ook een grote lap leer, een oude mantel die ze naar de grot gebracht had om met gras opgestopt als zitkussen te dienen. Ik ben benieuwd of dat mes er nog is? dacht ze. De plank is omlaaggekomen, maar het zou ergens in de buurt moeten liggen. Ja, daar is het! Ayla raapte het vuurstenen lemmet uit het zand op, veegde het af en begon de oude leren mantel in stukken te snijden. Ze deed haar natte voetbedekking af en reeg de veters door gaten langs de rand van de cirkels die ze uitgesneden had, en stak toen haar voeten in het droge schoeisel, dat ze volpropte met isolerende zegge vanonder de mantel.

Ze spreidde de natte voetomhulsels uit om te drogen en begon de inventaris op te maken.
Ik moet een vuur hebben, dacht ze. Het droge gras is goed aanmaakmateriaal. Ze veegde het bijeen en tastte het op tegen de muur. De plank is droog, daar kan ik krullen afschaven, en ik kan hem ook gebruiken om het vuur op aan te maken. Dan moet ik een stokje hebben om erop rond te draaien. Daar staat mijn berkenbasten drinkbakje. Dat zou ik ook voor het vuur kunnen gebruiken. Nee, ik zal het bewaren voor water. Deze mand is helemaal opgekauwd, dacht ze, in de mand kijkend. Wat hebben we hier? Mijn oude slinger! Ik wist niet dat ik die hier had laten liggen. Ik zal wel een andere gemaakt hebben. Ze hield de slinger omhoog. Hij is te klein, en de muizen hebben eraan gezeten; ik zal een nieuwe nodig hebben. Ze onderbrak haar gedachten en staarde naar de reep leer in haar handen.
Ik ben gevloekt. Om dit ding ben ik gevloekt. Ik ben dood. Hoe kan ik aan vuren en slingers denken? Ik ben dood. Maar ik voel me niet dood – ik heb het alleen koud en ik heb honger. Kan een dode kou voelen en honger hebben? Hoe voelt dood aan? Is mijn geest in de volgende wereld? Ik weet niet eens wat mijn geest is. Ik heb nog nooit een geest gezien. Creb zegt dat niemand geesten kan zien, maar hij kan wel met ze praten. Waarom kon Creb mij niet zien? Waarom kon niemand me zien? Ik moet wel dood zijn. Waarom sta ik dan over slingers en vuren na te denken? Omdat ik honger heb!

Zou ik wel een slinger gebruiken om iets te eten te krijgen? Waarom niet? Ik bén al gevloekt, wat kunnen ze me nog meer aandoen? Maar deze deugt niet; wat kan ik gebruiken om een nieuwe te maken? De mantel? Nee, die is te stijf, die heeft hier te lang gelegen. Ik heb zacht, soepel leer nodig. Ze keek de grot rond. Ik kan zelfs niets doden om er een slinger van te maken als ik geen slinger heb. Waar kan ik zacht leer vinden? Ze pijnigde haar hersens, liet zich toen in wanhoop op de grond vallen.

Ze keek neer op haar handen die in haar schoot lagen, zag toen plotseling waar ze op rustten. Mijn omslag! Mijn omslag is zacht en soepel. Ik kan er een stukje vanaf snijden. Ze fleurde op en neusde met hernieuwd enthousiasme verder rond. Kijk, een oude graafstok, ik wist niet eens meer dat ik er hier een had achtergelaten. En wat eetschaaltjes. Dat klopt, ik heb eens wat schelpen meegebracht. Ik heb honger, ik wou dat er hier in de buurt wat te eten was. Wacht eens! Dat is er ook! Ik heb dit jaar geen noten verzameld, er zouden er buiten een heleboel op de grond moeten liggen.

Ze besefte het zelf nog niet, maar Ayla was weer begonnen te leven. Ze verzamelde de noten, nam ze mee de grot in en at er zoveel van als haar door voedselgebrek gekrompen maag kon bevatten. Vervolgens legde ze de oude vacht en haar omslag af en sneed een stuk van de omslag af voor een slinger. De leren reep miste de uitstulping voor de steen, maar ze dacht dat het zo ook wel ging.

Ze had nog nooit op dieren gejaagd om ze op te eten en het konijn was vlug, maar niet vlug genoeg. Ze meende zich te herinneren dat ze langs een beverdam was gekomen. Ze kreeg de waterbewoner te pakken op het moment dat hij het water in wilde duiken. Op de terugweg zag ze een kleine, grijze, kalkachtige kei bij de beek liggen. Dat is vuursteen! Ik weet zeker dat het vuursteen is. Ze raapte de steenklomp op en sjouwde ook die mee naar de grot. Daar legde ze het konijn en de bever neer en ging weer naar buiten om hout te sprokkelen en een klopsteen te zoeken.

Ik moet een vuurstokje hebben, dacht ze. Het moet goed droog zijn; dit hout is een beetje vochtig. Toen zag ze haar oude graafstok. Daar zou het mee moeten lukken, zei ze bij zichzelf. Het was wat moeizaam in haar eentje vuur aan te maken; ze was gewend de onder neerwaartse druk uitgevoerde, heen en weer draaiende beweging met een andere vrouw samen uit te voeren om hem niet te hoeven onderbreken. Na lang en geconcentreerd draaien schoof er een smeulend brokje van het aanmaakplatform op het bed van droog brandbaar materiaal. Ze blies zorgvuldig en zag haar inspanningen beloond met enkele kleine, lekkende vlammetjes. Ze legde er een voor een de droge houtjes op, toen grotere stukken van de oude plank. Toen alles goed brandde, voegde ze de grotere brokken hout die ze gesprokkeld had toe en een vrolijk vuurtje verwarmde de kleine grot.

Ik zal een kookpot moeten maken, dacht ze, terwijl ze het gevilde konijn aan een spit reeg en de staart van de bever erbovenop legde om het vet ervan over het magere vlees te laten druipen. Ik zal een nieuwe graafstok nodig hebben, en een verzamelmand. Creb heeft mijn mand verbrand. Hij heeft alles verbrand, zelfs mijn medicijnbuidel. Waarom moest hij mijn medicijnbuidel verbranden? Tranen welden op en liepen haar weldra over de wangen. Iza zei dat ik dood was. Ik smeekte haar me aan te kijken, maar ze zei alleen dat ik dood was. Waarom kon ze me toch niet zien? Ik stond vlak vóór haar! Het meisje schreide een tijdje, ging toen rechtop zitten en veegde haar tranen af. Als ik een nieuwe graafstok wil maken, zal ik een vuistbijl nodig hebben, zei ze flink tegen zichzelf.

Terwijl het konijn boven het vuur hing, klopte ze een vuistbijl op de manier waarop ze het Droeg had zien doen en hakte daarmee een groene tak af om er een graafstok van te maken. Daarna ging ze nog meer hout verzamelen, dat ze in de grot opstapelde. Ze kon nauwelijks wachten tot het vlees gaar was – de geur deed haar het water in de mond lopen en haar maag rommelen. Ze was ervan overtuigd nog nooit zoiets heerlijks geproefd te hebben toen ze haar eerste hap nam.

Het was donker toen ze haar maaltijd beëindigde en Ayla was blij dat ze een vuur had. Ze maakte er een walletje omheen om zich ervan te verzekeren dat het niet voor de morgen uit zou doven en strekte zich in de oude slaapvacht uit. Maar de slaap wilde niet komen. Ze lag in de vlammen te staren, terwijl de vreselijke gebeurtenissen van de dag in een droevige processie door haar brein trokken, en bemerkte het niet eens toen de tranen begonnen te vloeien. Ze was bang, maar meer nog: ze was eenzaam. Sinds Iza haar vond had ze nooit meer een nacht alleen doorgebracht. Uitputting deed ten slotte haar ogen toevallen, maar haar slaap werd door boze dromen verstoord. Ze riep om Iza en ze riep om een andere vrouw in een zo goed als vergeten taal. Maar er was niemand om het wanhopige, smartelijk eenzame meisje te troosten.

Ayla's dagen waren druk bezet, vol bezigheden om haar overleven zeker te stellen. Ze was niet langer het onervaren, onwetende kind dat ze op haar vijfde jaar was geweest. In de jaren die ze bij de stam had doorgebracht had ze hard moeten werken, maar ook veel geleerd. Ze vlocht strakgeweven, waterdichte manden om water in te vervoeren en in te koken, en maakte een nieuwe verzamelmand. Ze prepareerde de huiden van de dieren die ze doodde en maakte van konijnenbont voeringen voor haar voetomhulsels, beenkappen die ze met koorden omwikkelde en vastbond en handomhulsels die op dezelfde manier als de voetbedekking gemaakt werden – ronde, bij de pols tot een buidel bijeengebonden stukken leer, maar met een snede in de zijkant voor de duim. Ze maakte werktuigen van vuursteen en verzamelde gras om haar bed zachter te maken.

De grassoorten op de wei verschaften haar ook voedsel. De aren waren zwaar van zaden en graankorrels. In de directe omgeving vond ze noten, hoge veenbesstruiken, beredruiven, harde kleine appels, zetmeelrijke aardappelachtige wortels en eetbare varens. Ze was blij hokjespeul te vinden, de niet-giftige variëteit van de plant waarvan de groene peulen rijen kleine ronde vruchten bevatten, en ze verzamelde zelfs de piepkleine harde zaden van gedroogde rode ganzenvoet om ze toe te voegen aan de granen, die ze tot een moes inkookte. Haar omgeving voorzag haar van alles wat ze nodig had.

Kort na haar aankomst besloot ze dat ze een nieuwe bontomslag moest hebben. De winter was nog niet in volle hevigheid losgebarsten, maar het was koud en ze wist dat het niet lang meer zou duren voor de sneeuwbuien kwamen. Eerst dacht ze aan de vacht van een lynx; de lynx had voor haar een speciale betekenis. Maar zijn vlees zou oneetbaar zijn, was dat althans voor haar, en voedsel was nu even belangrijk als bont. Zolang ze kon jagen, kostte het haar weinig moeite om in haar directe behoeften te voorzien, maar ze moest een voorraad opslaan voor de tijd die voor haar lag, wanneer ze door de sneeuw gedwongen zou worden in de grot te blijven. Nu was voedsel haar motief om op jacht te gaan.

Ze vond het een akelig idee om een van de zachtmoedige schuwe dieren te doden die zo lang haar geheime schuilplaats met haar hadden gedeeld en ze wist ook niet zeker of het mogelijk was een hert met een slinger te doden. Ze was verrast dat de herten de hooggelegen wei nog steeds bezochten toen ze de kleine kudde zag, maar besloot dat ze van de gelegenheid gebruik moest maken voor ze zich naar lagere plateaus verplaatsten. Een van korte afstand gesmeten steen velde een hinde, en een flinke klap met een houten knots voltooide het karwei.

De vacht was dik en zacht – de natuur had het dier al voor de koude winter toegerust – en het gestoofde hertenvlees vormde een welkom avondmaal. Toen de lucht van vers vlees een slechtgehumeurde veelvraat aantrok, legde een snelle steen hem neer. Hij herinnerde haar eraan dat het eerste dier dat ze ooit gedood had een van de stam stelende veelvraat was geweest. Veelvraten waren toch wel ergens goed voor, had ze tegen Oga gezegd. Je adem vormde geen rijp op het bont van een veelvraat; van hun pelzen werden de beste kappen gemaakt. Deze keer zal ik een kap van zijn pels maken, dacht ze, de verslagen gauwdief naar de grot slepend.

Ze legde een kring van vuren om haar lijnen met drogend vlees heen om andere vleeseters op afstand te houden en het droogproces te versnellen, en vond de smaak die de rook aan het vlees gaf zeer goed te genieten. Achter in haar grot groef ze een gat in de grot, ondiep, aangezien de laag aarde achter in die kleine opening in de berg niet erg dik was, en bekleedde het met stenen uit de stroom. Toen ze haar vlees erin had opgeslagen, dekte ze haar bewaarplaats met zware stenen af.

Haar nieuwe bontvacht, die ze geprepareerd had terwijl het vlees hing te drogen, geurde ook enigszins naar rook, maar hij was warm en zorgde samen met de oude voor een heerlijk comfortabel bed. Het hert verschafte haar ook een waterzak, in de vorm van de goed uitgewassen waterdichte maag, pezen om koorden van te maken en vet van de bult boven haar staart waar het dier haar reserves voor de winter had opgeslagen. Iedere dag dat het vlees te drogen hing, was het meisje bang geweest dat het zou gaan sneeuwen en had ze buiten geslapen in haar kring van vuren, om ze tijdens de nacht brandend te houden. Ze voelde zich opgelucht en veel rustiger toen het vlees eenmaal veilig opgeborgen lag.

Toen een zware bewolking de maan verborg, ging ze zich zorgen maken over het verstrijken van de tijd. Ze herinnerde zich precies wat Brun had gezegd: 'Als je bij de gratie van de geesten uit de andere wereld kunt terugkeren nadat de maan eenmaal zijn kringloop heeft voltooid en in dezelfde fase is als nu, mag je weer bij ons wonen.' Ze wist niet of ze in 'de andere wereld' was, maar meer dan iets anders wilde ze terugkeren. Ze was er niet helemaal zeker van dat ze dat inderdaad zou kunnen, wist niet of ze haar zouden *zíén* als ze terugkwam, maar Brun had gezegd dat ze terug kon komen en daar klemde ze zich aan vast. Maar hoe kon ze weten wanneer het tijd was om terug te gaan wanneer de wolken de maan verborgen hielden?

Ze herinnerde zich hoe eens, lang geleden, Creb haar had laten zien hoe je kerfjes in een stok kon maken. Ze had toen vermoed dat hij op de verzameling ingekeepte stokken die hij in een hoekje van zijn vuurplaats bewaarde – verboden terrein voor de andere leden van zijn huishouding – het tijdsverloop tussen belangrijke gebeurtenissen bijhield. Eens besloot ze uit nieuwsgierigheid ook iets bij te gaan houden, net als hij, en daar de maan steeds dezelfde cyclus doorliep, leek het haar wel aardig eens na te gaan hoeveel kerfjes er voor de hele cyclus nodig waren. Toen Creb het ontdekte, berispte hij haar streng. De reprimande diende als waarschuwing om het niet weer te doen en grifte tevens de herinnering aan het voorval in haar geheugen. Ze had er een hele dag over gepiekerd hoe ze ooit zou kunnen weten wanneer ze naar de grot terug kon keren tot ze zich die geschiedenis herinnerde, en besloot toen elke avond een kerf in een stok te maken. Hoe ze ook haar best deed zich te beheersen, iedere keer dat ze een kerfje maakte sprongen de tranen haar in de ogen.

De tranen sprongen haar dikwijls in de ogen. Kleine dingen riepen herinneringen op aan momenten vol liefde en warmte. Een geschrokken konijn dat over haar pad sprong, herinnerde haar aan de lange schuifelende wandelingen met Creb. Ze hield zo van zijn stroeve, eenogige, met littekens overdekte oude gezicht.

De gedachte eraan deed haar ogen volschieten. Bij het zien van een plant die ze voor Iza verzameld had, barstte Ayla in snikken uit, doordat ze zich weer herinnerde hoe de vrouw haar zijn toepassingen had uitgelegd, en een stortvloed van nieuwe tranen kwam wanneer ze er vervolgens weer aan dacht hoe Creb haar medicijnbuidel verbrand had. De nachten waren het ergst.

Door haar jaren van vrij rondzwerven door de natuur, op zoek naar planten of jagend, was ze er wel aan gewend geraakt overdag alleen te zijn, maar ze had nog nooit de nacht zonder anderen om haar heen doorgebracht. Alleen in haar kleine grot zat ze in het vuur en naar het dansende lichtschijnsel ervan op de wand te staren en schreide van verlangen naar het gezelschap van degenen die ze liefhad. Eigenlijk miste ze Oeba nog het meest van allemaal. Dikwijls klemde ze haar bontvacht tegen zich aan en wiegde die zachtjes neuriënd heen en weer, zoals ze zo dikwijls met Oeba had gedaan. Haar omgeving voorzag wel in haar fysieke behoeften, maar niet in haar emotionele.

De eerste sneeuw dwarrelde stilletjes neer in de nacht. Ayla slaakte een uitroep van verrukking toen ze 's morgens haar grot uit stapte. Een maagdelijke blankheid verzachtte de contouren van het vertrouwde landschap en herschiep het in een magisch droomland vol fantastische vormen en mythische planten. Struiken droegen hoge mutsen van zachte sneeuw, coniferen gingen gekleed in nieuwe gewaden van witte pracht en kale naakte takken waren met een glinsterend laagje omgeven zo dat ieder twijgje duidelijk omlijnd afstak tegen de diepblauwe lucht. Ayla keek naar haar voetafdrukken die de volmaakte effen laag van stralend wit verstoorden en rende kriskras over de deken van sneeuw heen, waarbij ze haar eigen spoor kruiste en opnieuw kruiste en een ingewikkeld patroon deed ontstaan waarvan de oorspronkelijke opzet tijdens de uitvoering verloren ging. Ze begon het spoor van een klein dier te volgen, veranderde toen in een impuls van gedachten en klom op de smalle richel om de uitstekende rotswand heen, die door de wind van sneeuw was ontdaan.

De hele bergketen die in een serie majestueuze toppen achter haar oprees was bedekt met wit, dat blauw was in de schaduwen. Hij sprankelde in de zon als een reusachtig schitterend juweel. Het zich onder het meisje ontvouwende panorama liet zien tot waar de sneeuw gevallen was. De blauwgroene zee, tot een schuimende golvenmassa opgezweept, was tussen met sneeuw bedekte heuvels door te zien, maar op de steppen in het oosten lag geen sneeuw. Ayla zag kleine figuurtjes zich over de witte uitgestrektheid recht onder haar reppen. Bij de grot van de stam had het ook gesneeuwd. Een van de figuurtjes leek langzaam trekkebenend voort te schuifelen. Het besneeuwde landschap verloor plots zijn betovering en ze klom weer naar beneden.

De tweede sneeuwbui bezat niets betoverends meer. De temperatuur daalde sterk. Telkens wanneer ze de grot verliet, prikten felle windvlagen als scherpe naalden in haar onbedekte gezicht tot het rood en pijnlijk was. De sneeuwstorm hield vier dagen aan en hoopte de sneeuw zo hoog tegen de bergwand op dat de toegang tot haar grot bijna werd versperd. Ze groef zich een doorgang naar buiten met behulp van haar handen en een plat heupbeen van het hert dat ze gedood had en bracht de hele dag door met hout sprokkelen. Het drogen van het vlees had de voorraad afgevallen takken in de buurt uitgeput en het voortploeteren door de diepe sneeuw was erg vermoeiend. Ze wist dat ze genoeg voedsel in voorraad had, maar met het opslaan van hout was ze niet zo zorgvuldig geweest. Ze was er niet zeker van of ze wel genoeg had en als er nog veel meer sneeuw viel, zou haar grot zo diep ondersneeuwen dat ze er niet uit zou kunnen.

Voor het eerst tijdens haar verblijf in de kleine grot vreesde ze voor haar leven. Haar weitje lag te hoog. Als ze in haar grot opgesloten raakte, zou ze nooit de winter overleven. Ze had niet voldoende tijd gehad zich op het gehele koude seizoen voor te bereiden. Ayla ging 's middags naar haar grot terug en beloofde zichzelf de volgende dag meer hout te zullen halen.

Tegen de ochtend huilde er een tweede sneeuwstorm op volle sterkte om de bergen en was de toegang tot haar grot volledig geblokkeerd. Ze voelde zich opgesloten, een gevangene, en was bang bovendien. Ze vroeg zich af hoe diep ze wel onder de sneeuw begraven zat. In de grot lag een lange tak; ze prikte hem tussen de takken van de hazelaar omhoog, waarbij er sneeuw in haar grot naar binnen viel. Ze voelde een koude luchtstroom en zag toen ze omhoogkeek dat de sneeuw horizontaal door de jagende wind werd voortgeblazen. Ze liet de tak in het gat zitten en ging terug naar het vuur.

Het was een gelukkig besluit van haar om de hoogte van de sneeuwlaag te meten. De door de stok opengehouden opening bracht frisse lucht in de kleine ruimte die ze bewoonde. Het vuur had zuurstof nodig en zijzelf eveneens. Zonder het luchtgat had ze gemakkelijk in kunnen dommelen om nooit meer wakker te worden. Ze had in groter gevaar verkeerd dan ze wel wist.

Ze bemerkte dat ze geen groot vuur nodig had om de grot warm te houden. De sneeuw zorgde voor een goede isolatie, omdat die tussen zijn bevroren kristallen minuscule luchtzakjes opgesloten hield. Ayla had met haar lichaamswarmte alleen de kleine ruimte al bijna warm kunnen houden. Maar ze had water nodig. Het vuur was nu belangrijker voor het smelten van sneeuw dan om de warmte die het afgaf.

In haar eentje in de alleen door het kleine vuurtje verlichte grot, kon ze uitsluitend aan het vage licht dat overdag door het luchtgat naar binnen viel zien of het dag of nacht was. Ze lette er goed op dat ze elke avond wanneer het licht verdween een kerf in haar stok maakte.

Met niet veel anders te doen dan nadenken, zat ze lang achtereen in het vuur te staren. Het was warm en het bewoog en in haar tombeachtige omgeving begon het een eigen leven te leiden. Ze keek toe hoe het tak na tak verzwolg, tot er alleen wat as van overbleef. Heeft vuur ook een geest, vroeg ze zich af. Waar gaat de vuurgeest heen als het vuur sterft? Creb zegt dat wanneer iemand doodgaat zijn geest naar de volgende wereld overgaat. Ben ik in de volgende wereld? Het voelt niet anders aan; alleen eenzamer. Misschien is mijn geest ergens anders? Hoe kan ik dat weten? Ik voel me er niet naar. Nou ja, misschien wel. Ik denk dat mijn geest bij Creb en Iza en Oeba is. Maar ik ben gevloekt, ik moet wel dood zijn.

Waarom zou mijn totem me een teken geven terwijl hij wist dat ik gevloekt zou worden? Waarom zou ik denken dat hij me een teken gaf als dat niet zo was? Ik dacht dat hij me op de proef stelde. Misschien is dit weer zo'n proef. Of heeft hij me verlaten? Maar waarom zou hij mij uitkiezen en me dan verlaten? Misschien heeft hij me niet verlaten. Misschien is hij voor mij naar de wereld der geesten gegaan. Misschien is hij degene die met de boze geesten vecht; dat zou hij beter kunnen dan ik. Misschien heeft hij me hierheen gestuurd om hier te wachten. Zou het kunnen zijn dat hij me nog steeds beschermt? Maar als ik niet dood ben, wat ben ik dan? Ik ben eenzaam, dát ben ik. Ik wou dat ik niet zo alleen was.

Het vuur heeft honger, het wil iets te eten hebben. Ik denk dat ik ook maar iets ga eten. Ayla nam weer een stuk hout van haar steeds kleiner wordende voorraad, voedde het vuur ermee en ging toen opnieuw bij haar luchtgat kijken. Het wordt al donker, dacht ze, ik kan maar beter weer een kerfje op mijn stok maken. Blijft die storm de hele winter woeden? Ze pakte haar ingekeepte stok en sneed er weer een stukje uit, legde toen haar vingers over de kerfjes, eerst de ene hand, toen de andere, toen weer de eerste enzovoort, tot ze al de kerfjes bedekt had. Gisteren was mijn laatste dag. Ik kan nu teruggaan, maar hoe kan ik in deze sneeuwstorm wegkomen? Nogmaals keek ze door het luchtgat. In het groeiend duister kon ze nog net de sneeuw nog steeds horizontaal voorbij zien jagen. Ze schudde haar hoofd en ging terug naar haar vuur.

Toen ze de volgende dag wakker werd, was het eerste wat ze deed door haar luchtgat kijken, maar de storm woedde nog steeds voort. Zal hij dan nooit gaan liggen? Het kan toch niet altijd maar zo door blijven sneeuwen? Stel dat ik helemaal niet meer terug kan, ook al hield de storm op? Als ik nu al niet dood ben, zou ik vast en zeker dán wel doodgaan. Ik heb gewoon niet genoeg tijd gehad. Ik had nauwelijks tijd om voldoende bijeen te krijgen om het een maan uit te houden; ik zou nooit de hele winter doorkomen. Ik vraag me af waarom Brun er een beperkte doodvloek van heeft gemaakt. Ik had het niet verwacht. Zou ik heus terug hebben kunnen komen als ík naar de geestenwereld was gegaan, in plaats van mijn totem? Hoe weet ik dat mijn geest niet gegaan is? Misschien heeft mijn totem mijn lichaam hier beschermd terwijl mijn geest weg is. Ik weet het niet. Ik weet het gewoon niet. Ik weet alleen dat als Brun de vloek niet tijdelijk gemaakt had ik geen enkele kans gehad zou hebben. Een kans? Was het dan Bruns bedoeling me een kans te geven? In een flits van helderheid vielen de stukjes van de puzzel op hun plaats; ze begreep, met een nieuw diep inzicht dat bewees dat ze rijper werd. Ik denk dat Brun het echt meende toen hij zei dat hij me dankbaar was omdat ik Bracs leven had gered. Hij moest me vervloeken, het is Stamzede, zelfs al wilde hij het niet, maar hij wilde me een kans geven. Ik weet niet of ik dood ben. Eten of slapen of ademen mensen wanneer ze dood zijn? Ze huiverde, en niet vanwege de koude. Ik denk dat de meeste mensen het niet wíllen. En ik weet ook waarom.

Wat deed me dan besluiten te blijven leven? Ik had zo gemakkelijk kunnen sterven, als ik maar gewoon was blijven liggen waar ik viel toen ik uit de grot wegrende. Als Brun niet gezegd had dat ik terug kon komen, zou ik dan nog moeite hebben gedaan? Brun zei: 'bij de gratie der geesten...' Welke geesten? De mijne? Die van mijn totem? Doet het ertoe? Iets maakte dat ik wilde blijven leven. Misschien was het mijn totem die me beschermde en misschien was het omdat ik wist dat ik een kansje had. Misschien kwam het door die twee dingen samen. Ja, dat denk ik. Het moeten die twee dingen samen zijn geweest.

Het duurde even voor Ayla besefte dat ze wakker was en toen moest ze haar ogen aanraken om te weten dat ze open waren. Ze onderdrukte een gil in de dichte, verstikkende duisternis van de grot. Ik ben dood! Brun heeft me vervloekt en nu ben ik dood! Ik zal hier nooit uit komen, ik zal nooit bij de grot terugkeren. Het is te laat. De boze geesten hebben me beetgenomen. Ze lieten me denken dat ik nog leefde en veilig in mijn grot zat, maar ik ben dood. Ze waren kwaad dat ik niet met ze mee wilde gaan, toen bij de rivier, en daarom hebben ze me gestraft. Ze maakten dat ik dacht dat ik nog leefde terwijl ik al die tijd al dood was. Het meisje beefde van angst en kroop diep onder haar bontvacht weg, bang zich te verroeren.

Ze had niet goed geslapen. Ze was telkens wakker geworden en had zich dan griezelige, angstige dromen herinnerd vol afschuwelijke boze geesten en aardbevingen en lynxen die haar aanvielen en in holenleeuwen veranderden, en sneeuw, eindeloos neervallende sneeuw. Er hing een eigenaardige, bedompte lucht in de grot, maar die lucht deed haar het eerst beseffen dat haar andere zintuigen goed functioneerden, al deed haar gezichtsvermogen dat niet. Dit werd bevestigd toen ze, opeens in paniek, overeind schoot en haar hoofd tegen de stenen wand stootte.

'Waar is mijn stok?' gebaarde ze in het donker. 'Het is nacht en ik moet er nog een kerf in maken.' Ze scharrelde in het duister rond op zoek naar haar stok, alsof dat het allerbelangrijkste in haar leven was. Ik hoor er 's avonds een kerf in te maken; hoe kan ik er een kerf in maken als ik hem niet kan vinden? Of heb ik er al een in gemaakt? Hoe moet ik weten of ik naar huis kan gaan als ik mijn stok niet kan vinden? Nee, dat klopt niet. Ze schudde haar hoofd, in een poging het helder te krijgen. Ik kan al naar huis, de tijd is al voorbij. Maar ik ben dood. En de storm wil maar niet ophouden. Het blijft maar sneeuwen en sneeuwen en sneeuwen. De stok. De andere stok. Ik moet naar de sneeuw kijken. Hoe kan ik de sneeuw in het donker zien?

Ze kroop op de tast in de grot rond, overal tegenaan stotend, maar toen ze bij de ingang kwam, zag ze hoog boven zich een zwakke vage lichtplek. Mijn stok, hij moet daar boven zijn. Ze klom in de struik die halverwege de grot in groeide, voelde het uiteinde van de lange tak en duwde ertegen. Er viel sneeuw op haar neer toen de stok weggleed en het luchtgat opende. Ze werd begroet door een golf frisse lucht en een helderblauw stukje hemel. De storm was eindelijk uitgewoed en toen de wind ging liggen had de laatste neerdwarrelende sneeuw het gat verstopt.

De frisse koude lucht maakte haar hoofd weer helder.Het is voorbij! Het is opgehouden met sneeuwen! Ik kan naar huis! Maar hoe kom ik hieruit? Ze porde en wrikte met de stok in een poging het gat ruimer te maken. Een grote portie sneeuw raakte los, viel door de opening en plofte de grot in, het meisje half onder de koude, vochtige materie bedelvend. Ik zal mezelf nog begraven als ik niet oppas. Ik kan hier beter even over nadenken. Ze klauterde omlaag en glimlachte tegen het door de vergrote opening binnenvallende licht. Ze was opgewonden, verlangend te vertrekken, maar ze dwong zichzelf tot kalmte om alles goed te overdenken.

Ik wou dat het vuur niet was uitgegaan, ik zou wel wat thee willen. Maar ik denk dat er nog wat water in de waterzak zit. Ja, fijn, dacht ze en dronk wat. Ik zal geen eten kunnen klaarmaken, maar het zal me geen kwaad doen als ik een maaltijd oversla. Trouwens, ik kan toch ook wat gedroogd hertenvlees eten. Het hóéft niet gekookt te worden. Ze rende weer terug naar de grotingang om te kijken of de lucht nog steeds blauw was. Goed, wat zal ik meenemen? Over eten hoef ik me niet druk te maken, er is meer dan genoeg in voorraad, vooral sinds de mammoetjacht. Plotseling kwam alles weer als in een stortvloed terug – de mammoetjacht, het doden van de hyena, de doodvloek. Zullen ze me werkelijk terugnemen? Zullen ze me werkelijk weer zien? En zo niet, wat dan? Waar zal ik dan heen kunnen? Maar Brun zei dat ik terug kon komen, hij hééft het gezegd. Aan die gedachte klampte Ayla zich vast.

Nu, mijn slinger neem ik niet mee, dat is duidelijk. En mijn verzamelmand? Creb heeft de andere verbrand. Nee, ik zal hem de volgende zomer pas nodig hebben; dan kan ik wel een nieuwe maken. Mijn kleren, ik neem al mijn kleren mee, ik zal ze allemaal aantrekken en misschien neem ik ook een paar gereedschappen mee. Ayla legde alles wat mee moest bij elkaar en begon zich daarna aan te kleden. Ze deed de voering van konijnenvel en beide paren voetomhulsels aan, omwikkelde haar benen met de beenkappen van konijnenbont, stopte haar werktuigen in haar omslag en bond toen haar bontvacht stevig om zich heen. Ze zette haar van de veelvraat gemaakte kap op en deed haar met bont gevoerde handomhulsels aan en liep naar het gat. Toen draaide ze zich om en keek naar de grot die de afgelopen maan haar thuis was geweest, deed haar handomhulsels weer af en liep terug.

Ze wist niet waarom het belangrijk voor haar was de kleine grot opgeruimd achter te laten, maar het gaf haar een gevoel van voltooiing, alsof ze hem na gebruik netjes opborg. Ayla had een aangeboren neiging tot ordelijkheid, die nog aangemoedigd werd door Iza, wier voorraad medicijnen altijd systematisch moest zijn opgesteld. Snel ordende ze alles, deed haar handomhulsels weer aan, draaide zich toen doelbewust om naar de door sneeuw versperde uitgang. Ze ging eruit; hoe wist ze nog niet, maar ze ging terug naar de grot van de stam.

Ik kan er beter door het gat uit klimmen, dacht ze, ik zal me nooit door al die sneeuw heen kunnen graven. Ze begon door de hazelstruik omhoog te klauteren en gebruikte de stok die het gat open had gehouden om het te vergroten. Op de hoogste takken staande, die onder haar gewicht maar weinig doorzakten in de diepe sneeuw, stak ze haar hoofd uit het gat en hield haar adem in. Haar bergweitje was onherkenbaar. Vanaf haar hoge uitkijkpost liep de sneeuw in een zacht glooiende helling omlaag. Ze zag geen enkel herkenningspunt, alles was met sneeuw bedekt. Hoe kom ik hier ooit doorheen? Het is zo diep! Het meisje werd bijna door wanhoop overmand.

Al rondkijkend begon ze zich te oriënteren. Dat berkenbosje vlak naast die hoge spar, dat is niet veel hoger dan ik. De sneeuw kan daar niet erg hoog liggen. Maar hoe kom ik daar? Ze worstelde om uit het gat te komen, al zwoegend de sneeuw tot een vastere ondergrond aanstampend. Ze kroop over de rand en strekte zich languit op de sneeuw uit. Het feit dat haar gewicht nu verdeeld was, verhinderde dat ze door de sneeuw zakte.

Voorzichtig richtte ze zich op haar knieën op en ging daarna staan, waarbij ze maar ongeveer dertig centimeter lager stond dan de sneeuw om haar heen. Ze zette enkele korte stappen, daarbij steeds eerst de sneeuw aanstampend. Haar voetomhulsels waren ruimzittende cirkels van leer die bij de enkel bijeengenomen waren en door de twee paren over elkaar liep ze wat onhandig, omdat het tweede paar nog losser om het eerste heen zat, wat een ballonachtig effect opleverde. Maar hoewel het geen echte sneeuwschoenen waren, droegen ze er wel toe bij dat haar gewicht over een groter oppervlak werd verdeeld en daardoor zakte ze minder gemakkelijk in de lichte stuifsneeuw weg.

Het bleef echter moeilijk vooruit te komen. Al voortgaand stampte ze steeds de sneeuw aan, nam kleine stappen, zonk af en toe tot haar heupen weg, en baande zich zo een weg naar de plek waar het beekje was geweest. De wind had een geweldige sneeuwhoop opgetast tegen de bergwand waar zich haar grot in bevond, maar op andere plekken had hij bijna alle sneeuw weggeblazen. Daar bleef ze staan en probeerde te besluiten of ze de bevroren beek tot aan de stroom zou volgen en vandaar zou proberen naar de grot te komen, wat een lange omweg was, of de steilere, directere route omlaag naar de grot zou nemen. Ze popelde zo van verlangen, ze kon nauwelijks wachten tot ze thuis zou zijn, dat ze besloot tot de kortere weg. Ze wist niet hoe ontzaglijk veel gevaarlijker die was.

Ayla ging voorzichtig weer op pad, maar ze kon haar weg omlaag maar langzaam en moeilijk vinden. Tegen de tijd dat de zon hoog aan de hemel stond, was ze nog maar halverwege de afstand die ze in de zomer tussen vroege schemer en donker af kon leggen. Het was koud, maar de heldere stralen van de middagzon warmden de sneeuw en ze werd moe en een beetje nonchalant.

Ze klom over een kale door de wind omfloten richel die naar een steile, egale, met sneeuw bedekte helling leidde en gleed op een plekje met losse steentjes uit. Hierdoor raakten enkele grotere stenen los, die op hun beurt weer andere van hun plaats deden rollen. De stenen ploften in een bergje sneeuw en rukten dat van zijn onvaste basis los, op hetzelfde moment dat Ayla geheel onderuitging. Een ogenblik later gleed en rolde ze de heuvel af, zwemmend in een neertuimelende waterval van sneeuw, te midden van het donderend geraas van een lawine.

Creb was al wakker toen Iza zwijgend met een kom hete thee verscheen.

'Ik wist dat je wakker was, Creb. Ik dacht dat je misschien wel iets warms zou lusten voor je opstond. De storm is vannacht gaan liggen.'

'Ik weet het, ik kan om de wand heen de blauwe lucht zien.'

Ze zaten samen van hun thee te nippen. De laatste tijd zaten ze vaak stil bij elkaar. De vuurplaats voelde zo leeg aan zonder Ayla. Het was haast niet te geloven dat één meisje zo'n grote leegte achter kon laten. Creb en Iza probeerden die te vullen door veel elkaars gezelschap te zoeken, troost te putten uit elkaars nabijheid, maar het was een schrale troost. Oeba mokte en jengelde. Niemand kon het kind ervan overtuigen dat Ayla dood was; ze bleef naar haar vragen. Ze speelde maar wat met haar eten, het voor de helft verspillend door ermee te morsen of het te laten vallen. Dan werd ze nukkig en vroeg om meer en dreef

Iza tot wanhoop, tot deze uit haar slof schoot en het kind afsnauwde, waar ze dadelijk weer spijt van had. Haar hoest was weer teruggekomen en hield haar de halve nacht uit de slaap.
Creb was veel ouder geworden dan in zo'n korte tijd mogelijk scheen. Hij was niet meer in de buurt van de kleine grot geweest sinds de dag dat hij de witte beenderen van de holenbeer in twee evenwijdige rijen had neergelegd, zodanig dat het laatste bot van de linkerrij door het gat onder in een berenschedel naar binnen en door de linkeroogkas weer naar buiten stak, en hardop de namen van de boze geesten in korte, grommende lettergrepen had uitgesproken, waardoor ze identiteit en macht kregen. Hij zag er te erg tegen op die beenderen weer te moeten zien en had geen zin de mooie, vloeiende bewegingen te maken waarmee hij met vriendelijker geesten communiceerde. Hij overwoog serieus zich uit zijn functie terug te trekken en deze aan Goov over te dragen. Brun had getracht hem ertoe te bewegen er nog eens over na te denken toen de oude tovenaar het onderwerp ter sprake had gebracht.
'Wat wil je dan gaan doen, Mog-ur?'
'Wat doet een man wanneer hij zijn functie heeft neergelegd? Ik word te oud om lang achtereen in die koude grot te zitten. Mijn reumatiek wordt steeds erger.'
'Neem geen overhaaste beslissingen, Creb,' gebaarde de leider zachtmoedig. 'Denk er nog maar eens over na.'
Creb dacht erover na en had juist ongeveer besloten zijn aftreden die dag bekend te maken.
'Ik denk dat ik Goov maar de Mog-ur laat worden, Iza,' gebaarde hij tegen de naast hem zittende vrouw.
'Dat kun je alleen zelf beslissen, Creb,' antwoordde ze. Ze probeerde niet hem ervan af te brengen. Ze wist dat zijn hart er niet meer bij was, sinds de dag dat hij de doodvloek over Ayla had uitgesproken, hoewel het Mog-ur zijn zijn hele leven voor hem had uitgemaakt.
'De tijd is om, is het niet, Creb?'
'Ja, de tijd is om, Iza.'
'Hoe zou ze kunnen weten dat de tijd om is? Niemand kan met die storm de maan zien.'
Creb dacht terug aan die keer dat hij een klein meisje had laten zien hoe ze de jaren kon tellen tot ze een kleintje zou kunnen krijgen en aan die keer dat het oudere meisje zelf de dagen van de maancyclus telde. 'Als ze nog leefde zou ze het weten, Iza.'
'Maar de storm is zo hevig geweest. Niemand had erin uit kunnen gaan.'
'Denk er nu maar niet meer aan. Ayla is dood.'

'Ik weet het, Creb,' zei Iza met hopeloze gebaren. Creb keek naar zijn bloedverwante, dacht aan haar verdriet en wilde haar iets geven, een gebaar van begrip.
'Ik zou dit niet moeten vertellen, Iza, maar de tijd is om; haar geest heeft deze wereld verlaten en de bozen eveneens. Het kan geen kwaad meer. Haar geest sprak nog tegen me voor ze wegging, Iza. Ze zei dat ze van me hield. Ze was zo echt, ik bezweek er bijna voor. Maar de geest van een gevloekte is de allergevaarlijkste. Hij probeert je er altijd van te overtuigen dat hij echt is, zodat hij je mee kan nemen. Ik wilde bijna dat ik meegegaan was.'
'Ik weet het, Creb. Toen haar geest me moeder noemde, wou ik... wou ik...' Iza hief haar handen in onmacht, ze kon niet verdergaan.
'Haar geest smeekte me de medicijnbuidel niet te verbranden, Iza. Er stond water in haar ogen, net als toen ze nog leefde. Dat was het ergste. Ik denk dat als ik de buidel niet al in het vuur had gegooid, ik hem wel aan haar gegeven zou hebben. Maar dat was de laatste list. Daarna ging de geest ten slotte weg.'
Creb stond op, sloeg zijn bontvacht om zich heen en pakte zijn staf. Iza keek toe; het gebeurde maar zelden meer dat hij de vuurplaats nog verliet. Hij liep naar de grotingang en stond er een lange tijd uit te staren over de glinsterende sneeuw. Hij kwam pas terug toen Oeba hem voor het eten kwam roepen. Kort na de maaltijd keerde hij weer op zijn post terug. Later kwam Iza bij hem staan.
'Het is hier koud, Creb. Je zou niet zo in de wind moeten staan,' gebaarde ze.
'Het is voor het eerst sinds dagen dat de hemel helder is. Het is een opluchting eens iets anders dan een gierende sneeuwstorm te zien.'
'Ja, maar kom je dan zo af en toe even bij het vuur warmen.'
Creb hobbelde verscheidene malen tussen zijn vuurplaats en de ingang heen en weer en stond lange periodes achtereen over het winterse landschap uit te kijken. Maar met het verstrijken van de dag ging hij steeds minder naar de grotingang. Bij het avondmaal, toen de schemer zich tot duisternis verdiepte, gebaarde hij tegen Iza: 'Ik ga na het eten naar Bruns vuurplaats. Ik ga hem zeggen dat Goov van nu af aan de Mog-ur zal zijn.'
'Ja, Creb,' zei ze met gebogen hoofd. Het was hopeloos. Nu wist ze dat het hopeloos was.
Creb stond op toen Iza het eten wegzette. Plotseling klonk er van Bruns vuurplaats een kreet van schrik. Iza keek op. In de ingang van de grot stond een vreemde verschijning, geheel bedekt met sneeuw en met de voeten stampend.

'Creb!' riep Iza uit. 'Wat is dat?'
Creb stond even ingespannen te turen, op zijn hoede voor vreemde geesten. Dan sperde zijn oog zich wijd open.
'Het is Ayla!' schreeuwde hij en hobbelde op haar af; en zijn staf, zijn waardigheid en alle gebruiken omtrent het tonen van emoties buiten je eigen vuurplaats vergetend, sloeg hij zijn arm om het meisje heen en drukte haar aan zijn hart.

17

'Ayla? Is het echt Ayla, Creb? Is het niet haar geest?' gebaarde Iza, terwijl de oude man het met sneeuw overdekte meisje naar zijn vuurplaats leidde. Ze was bang het te geloven, bang dat het er zeer reëel uitziende meisje een fantoom zou blijken te zijn.
'Het is Ayla,' wenkte Creb. 'De tijd is om. Ze heeft de boze geesten overwonnen; ze is bij ons teruggekeerd.'
'Ayla!' Iza vloog met wijdopen armen op haar af en omknelde het meisje met natte sneeuw en al in een heftige, liefdevolle omhelzing. Niet alleen van de sneeuw werden ze nat. Ayla vergoot genoeg vreugdetranen voor hen allemaal. Oeba stond aan het meisje te trekken terwijl Iza's armen haar nog omklemd hielden.
'Ayla. Ayla teruggekomen. Oeba weet wel Ayla niet dood!' zei het kind gedecideerd, met de overtuiging van iemand die weet dat hij al die tijd gelijk heeft gehad. Ayla tilde haar op en drukte haar zo stijf tegen zich aan dat Oeba spartelde om los te komen en lucht te krijgen.
'Jij nat!' gebaarde Oeba, toen ze haar armpjes vrij had.
'Ayla, doe die natte kleren uit!' zei Iza en ze scharrelde bedrijvig rond, extra hout op het vuur gooiend en zoekend naar iets wat het meisje aan kon doen, zich al evenzeer druk makend om haar hevige emoties te maskeren als uit moederlijke bezorgdheid. 'Je gaat nog dood aan een longontsteking.'
Iza wierp het meisje een gegeneerde blik toe, plotseling beseffend wat ze had gezegd. Ayla glimlachte.
'Je hebt gelijk, moeder. Ik bén erg nat,' gebaarde ze en ze deed haar omslag en kap af. Ze ging zitten en begon moeizaam de natte, gezwollen veters van haar voetomhulsels los te maken.
'Ik ben uitgehongerd. Is er iets te eten? Ik heb de hele dag nog niet gegeten,' zei ze, na een van Iza's oude omslagen omgedaan te hebben. Hij was aan de kleine kant en te kort, maar hij was droog. 'Ik zou eerder teruggekomen zijn, maar ik kwam bij het afdalen van de berg in een lawine terecht. Ik bofte nog dat ik niet onder te veel sneeuw bedolven raakte, maar het duurde lang eer ik me uitgegraven had.'

Iza's verbazing duurde maar kort. Ayla had kunnen zeggen dat ze door vuur gelopen was en dan zou Iza het nog geloofd hebben. Haar terugkeer was op zich al een bewijs van haar onoverwinnelijkheid. Wat kon een klein lawinetje haar nog maken? De vrouw pakte Ayla's vacht om die te drogen te hangen, maar trok opeens haar hand terug, de onbekende hertenhuid achterdochtig bekijkend.
'Waar heb je die omslag vandaan, Ayla?' vroeg ze.
'Die heb ik gemaakt.'
'Is hij... is hij van deze wereld?' vroeg de vrouw gespannen. Weer glimlachte Ayla.
'Nou en of. Weet je het niet meer? Ik kan jagen.'
'Zeg dat niet, Ayla!' zei Iza nerveus. Ze draaide haar rug naar de stam die naar ze wist toekeek, en gebaarde onopvallend: 'Je hebt toch geen slinger bij je?'
'Nee, die heb ik achtergelaten. Maar dat verandert er niets aan. Iedereen weet het toch, Iza. Ik moest toch iets doen nadat Creb alles verbrand had. De enige manier om een omslag te krijgen is op jacht te gaan. Bont groeit niet aan wilgen en ook niet aan sparren.'
Creb had zwijgend zitten toekijken; hij durfde nauwelijks te geloven dat ze echt terug was. Er gingen wel eens verhalen over mensen die na een doodvloek terugkwamen, maar hij geloofde nog steeds niet dat het mogelijk was. Ik zie een verschil in haar; ze is veranderd. Ze is zelfbewuster, volwassener. Geen wonder, na wat ze heeft doorgemaakt. Ze herinnert zich ook allerlei dingen. Ze wist nog dat ik haar spullen verbrandde. Ik vraag me af wat ze zich nog meer herinnert. Hoe is het in de wereld der geesten?
'Geesten!' gebaarde hij, toen hem plotseling iets te binnen schoot. De beenderen staan nog steeds opgesteld! Ik moet de vervloeking verbreken.
Creb repte zich weg om het patroon van de beenderen die nog steeds voor een doodvloek stonden opgesteld te gaan verbreken. Hij greep de toorts die naast de scheur in de rotswand brandde en ging naar binnen, en zijn mond viel open van verbazing toen hij de kleine ruimte aan het einde van het gangetje betrad. De schedel van de holenbeer had zich verplaatst, het lange bot stak niet langer door de oogkas naar buiten, het patroon was al verbroken.
De stam deelde de grot met vele kleine knaagdieren die werden aangetrokken door de voedselvoorraden en de warmte. Een ervan was waarschijnlijk tegen de schedel aan gelopen of erbovenop gesprongen en had hem aldus om doen vallen. Creb huiverde even, maakte een teken om zich te beschermen en legde daarop de beenderen terug op

de stapel achterin. Toen hij naar buiten kwam, stond Brun op hem te wachten.

'Brun,' gebaarde Mog-ur toen hij de man zag. 'Ik kan het gewoon niet geloven. Je weet dat ik hier niet meer binnen ben geweest sinds ik er de vloek heb uitgesproken. Niemand is er meer geweest. Ik ging nu net naar binnen om de vervloeking op te heffen, maar het was al gebeurd.' Op zijn gezicht stonden diepe verwondering en ontzag te lezen.

'Wat denk je dat er is gebeurd?'

'Haar totem moet het gedaan hebben. De tijd is om; misschien heeft hij de vervloeking verbroken zodat ze terug kon komen,' antwoordde de tovenaar.

'Dat moet het wel zijn, ja.' De leider begon een nieuw gebaar te maken en aarzelde toen.

'Wilde je me spreken, Brun?'

'Ik wil je even onder vier ogen spreken.' Weer aarzelde hij. 'Neem me mijn onbescheidenheid niet kwalijk. Ik heb in je vuurplaats gekeken. De terugkeer van het meisje was een verrassing.'

Ieder lid van de stam had de goede zede om de ogen van andermans vuurplaats afgewend te houden geschonden. Ze konden het niet helpen. Ze hadden nog nooit iemand uit de dood zien terugkeren.

'Dat is begrijpelijk, onder de omstandigheden. Je hoeft je er geen zorgen over te maken,' antwoordde Mog-ur en hij wilde doorlopen.

'Dat is eigenlijk niet waar ik je over wilde spreken,' zei Brun, een hand uitstekend om de oude tovenaar tegen te houden. 'Ik wil je wat over een ceremonie vragen.' Mog-ur wachtte af en zag hoe Brun naar woorden zocht. 'Een ceremonie nu ze terug is.'

'Er zijn geen ceremoniën nodig, het gevaar is voorbij. De bozen zijn weg, we hebben geen bescherming nodig.'

'Dat soort ceremonie bedoel ik niet.'

'Wat voor ceremonie bedoel je dan?'

Brun aarzelde weer, probeerde het toen op een andere manier. 'Ik zag haar tegen jou en Iza praten. Is je geen verandering in haar opgevallen, Mog-ur?'

'Wat bedoel je, een verandering?' gebaarde Creb op zijn hoede, onzeker waar Brun heen wilde.

'Ze heeft een sterke totem. Droeg heeft altijd gezegd dat ze geluk bracht. Hij denkt dat haar totem ons ook geluk brengt. Hij zou best gelijk kunnen hebben. Ze zou nooit zijn teruggekomen zonder geluk en een krachtige bescherming. Ik denk dat ze dat nu weet. Dat bedoel ik met die verandering.'

'Ja, ik geloof wel dat ik een dergelijke verandering heb opgemerkt. Maar ik begrijp nog steeds niet wat het met ceremoniën te maken heeft.'

'Herinner je je de vergadering die we na de mammoetjacht hielden?'

'Je bedoelt die waarbij je haar ondervroeg?'

'Nee, die andere, zonder haar. Ik heb sinds ze wegging steeds over die vergadering nagedacht. Ik geloofde niet dat ze terug zou komen, maar ik wist dat als ze wél terugkwam dat zou betekenen dat haar totem heel sterk is, zelfs nog machtiger dan we dachten. Ik heb erover nagedacht wat we zouden moeten doen als ze terugkwam.'

'Wat we zouden moeten doen? We hoeven niets te doen. De boze geesten zijn weg, Brun. Ze is terug, maar ze is niet anders dan ze altijd is geweest. Ze is nog steeds gewoon een meisje, er is niets veranderd.'

'Maar als ík nu eens iets wil veranderen? Bestaat daar een ceremonie voor?'

Mog-ur tastte in het duister. 'Een ceremonie waarvoor? Je hebt geen ceremonie nodig om anders tegen haar op te treden. Wat wil je dan veranderen? Ik kan je niets over ceremoniën vertellen als ik niet weet waarvoor ze zijn.'

'Haar totem is ook een stamtotem, nietwaar? Moeten we niet proberen alle totems tevreden te houden? Ik wil dat je een ceremonie houdt, Mog-ur, maar jij moet me vertellen of er zo'n ceremonie bestaat.'

'Brun, ik kan niet wijs worden uit wat je zegt.'

Brun wierp zijn handen in de lucht en gaf zijn pogingen op. Toen Ayla weg was, had hij tijd gehad de vele nieuwe ideeën die sommige mannen naar voren hadden gebracht te overpeinzen. Maar het verontrustend resultaat van zijn overpeinzingen lag hem zwaar op de maag.

'De hele zaak is niet om uit wijs te worden, hoe kan ík er dan wijs uit worden? Wie had ook ooit gedacht dat ze terug zou komen? Ik begrijp niets van geesten, heb ook nooit iets van ze begrepen. Ik weet niet wat ze willen; daar ben jij voor, om dat te weten. Maar aan jou heb ik ook niet veel. Het hele idee is toch al belachelijk. Ik kan er beter nog even over nadenken.'

Brun draaide zich op zijn hielen om en stapte weg, een verblufte Mog-ur achterlatend. Na enkele passen draaide hij zich weer om.

'Zeg het meisje dat ik haar wil spreken,' seinde hij en hij liep door naar zijn vuurplaats.

Creb schudde zijn hoofd terwijl hij naar zijn eigen vuurplaats terugliep. 'Brun wil Ayla spreken,' kondigde hij bij zijn terugkeer aan.

'Zei hij dat hij haar meteen wilde spreken?' vroeg Iza, terwijl ze nog wat voedsel voor het meisje neerzette. 'Hij zal het toch niet erg vinden als ze eerst afeet?'
'Ik ben klaar, moeder. Ik kan geen hap meer eten. Ik ga nu wel.'
Ayla liep naar de naburige vuurplaats en ging met gebogen hoofd aan de voeten van de leider zitten. Hij droeg nog hetzelfde schoeisel, dat op dezelfde plekken versleten en gekreukt was. De laatste keer dat ze naar die voeten gekeken had, was ze doodsbang geweest. Nu was ze niet bang meer. Tot haar verbazing vreesde ze Brun nu in het geheel niet, maar respecteerde hem des te meer. Ze wachtte. Het scheen buitengewoon lang te duren voor hij op haar reageerde. Eindelijk voelde ze een tikje op haar schouder en keek op.
'Ik zie dat je terug bent, Ayla,' begon hij zwakjes. Hij wist niet precies wat hij zeggen moest.
'Ja, Brun.'
'Ik ben verrast je te zien. Ik verwachtte je niet.'
'Dit meisje verwachtte ook niet terug te zullen keren.'
Brun wist niet hoe verder te gaan. Hij wilde met haar praten, maar wist niet wat hij zeggen moest en evenmin hoe hij de audiëntie waartoe hijzelf het initiatief had genomen, moest beëindigen. Ayla wachtte en maakte toen een verzoekend gebaar.
'Dit meisje zou willen spreken, Brun.'
'Je mag spreken.'
Ze aarzelde, zocht naar de goede woorden voor wat ze wilde zeggen.
'Dit meisje is blij terug te zijn, Brun. Meer dan eens was ik bang, meer dan eens was ik er zeker van nooit terug te zullen keren.'
Brun knikte. Dat wil ik graag geloven, dacht hij.
'Het was moeilijk, maar ik denk dat mijn totem me beschermde. Eerst was er zoveel werk te doen dat ik niet veel tijd had om na te denken. Maar toen ik ingesloten raakte, had ik niet veel anders te doen.'
Werk? Ingesloten? Wat voor wereld ís die geestenwereld? Brun vroeg het haar bijna, maar veranderde toen van gedachten. Eigenlijk wilde hij het niet weten.
'Ik denk dat ik toen iets begon te begrijpen.'
Ayla wachtte even, nog steeds naar haar woorden zoekend. Ze wilde uitdrukking geven aan een gevoel dat verwant was aan dankbaarheid, maar anders dan de dankbaarheid die met een gevoel van verplichting beladen was, of de dankbaarheid die een vrouw gewoonlijk tegen een man uitsprak. Ze wilde iets als persoon tegen hem zeggen, ze wilde hem zeggen dat ze hem begreep. Ze wilde 'dank je' zeggen, dank je dat je mij een kans gegeven hebt, maar wist niet precies hoe het te zeggen.

'Brun, dit meisje is je dankbaar. Jij hebt dat ook tegen mij gezegd. Je zei dat je me dankbaar was voor Bracs leven. Ik ben jou dankbaar voor het mijne.'

Brun leunde achterover en bekeek het meisje – groot, plat van gezicht, blauwogig. Het laatste wat hij van haar verwachtte was dankbaarheid. Hij had haar gevloekt. Maar ze zei niet dat ze dankbaar was voor de doodvloek, ze zei dat ze dankbaar was voor haar leven. Had ze begrepen dat hij geen keuze had gehad? Had ze begrepen dat hij haar de enige kans had gegeven die hij haar kon geven? Begreep dit vreemde meisje dat beter dan zijn jagers, zelfs beter dan Mog-ur? Ja, besloot hij, ze begrijpt het inderdaad. Een ogenblik lang had Brun een gevoel jegens Ayla dat hij nooit tevoren jegens een vrouw had gehad. In dat ogenblik wenste hij dat ze een man was. Hij hoefde er niet meer over na te denken wat hij Mog-ur eigenlijk wilde vragen. Hij wist het.

'Ik weet niet wat ze aan het bekokstoven zijn, ik geloof zelfs niet dat de andere jagers het weten,' zei Ebra. 'Ik weet alleen dat ik Brun nog nooit zo nerveus heb gezien.'

De vrouwen zaten gezamenlijk voedsel voor een feestmaaltijd klaar te maken. Ze kenden de reden ervoor niet – Brun had hun alleen gezegd die avond voor een feestmaaltijd te zorgen – en ze bestookten Iza en Ebra met vragen in een poging althans een aanwijzing te krijgen.

'Mog-ur heeft de hele dag en de halve nacht in de grot der geesten gezeten. Het moet een ceremonie zijn. Toen Ayla er niet was, wou hij er zelfs niet in de buurt komen; nu komt hij er haast niet meer uit,' merkte Iza op. 'En wanneer hij eruit komt, is hij zo afwezig dat hij vergeet te eten. Soms vergeet hij onder het eten te eten.'

'Maar als ze een ceremonie willen houden, waarom is Brun dan een halve dag bezig geweest de ruimte achter in de grot leeg te maken? Toen ik aanbood het te doen, joeg hij me weg. Ze hebben toch al een plek om ceremoniën te houden; waarom zou hij werken als een vrouw om het achtergedeelte te ontruimen?'

'Wat zou het anders kunnen zijn?' vroeg Iza. 'Het lijkt wel of iedere keer dat ik naar ze kijk Brun en Mog-ur hun hoofden bij elkaar hebben. En als ze me zien, houden ze op met praten, met een schuldige uitdrukking op hun gezicht. Wat zouden die twee anders aan het uitbroeden kunnen zijn? En waarom hebben we vanavond een feestmaaltijd? Mog-ur is ook achterin geweest, op die plek die Brun de hele dag aan het schoonmaken is geweest. Soms gaat hij de plaats der geesten binnen, maar hij komt er meteen weer uit. Het lijkt dan wel of hij iets draagt, maar het is daar achterin zo donker dat ik er niet zeker van ben.'

Ayla zat stil van de gezelligheid te genieten. Na vijf dagen kon ze nog steeds moeilijk geloven dat ze echt terug was in de grot van de stam en met de vrouwen voedsel zat te bereiden, net alsof ze nooit was weg geweest. Dat laatste was echter niet helemaal waar. De vrouwen waren in haar nabijheid niet helemaal op hun gemak. Ze dachten dat ze dood was geweest; haar terugkeer naar het leven was niet minder dan een wonder. Ze wisten niet wat ze moesten zeggen tegen iemand die naar de wereld der geesten was geweest en was teruggekeerd. Ayla vond het niet erg, ze was alleen maar blij weer terug te zijn. Ze zag Brac op zijn moeder toe scharrelen om wat bij haar te drinken.

'Hoe gaat het met Bracs arm, Oga?' vroeg ze de jonge moeder, die naast haar zat.

'Kijk zelf maar, Ayla.' Ze sloeg zijn omslag terug en liet Ayla zijn arm en schouder zien. 'Iza heeft de spalk er de dag voor je terugkwam afgehaald. Zijn arm is helemaal in orde, behalve dat hij wat magerder is dan de andere. Iza zegt dat hij wel sterker zal worden wanneer hij hem weer gaat gebruiken.'

Ayla bekeek de geheel genezen wonden en bevoelde voorzichtig het bot, terwijl het jongetje haar rustig met zijn grote ogen stond aan te kijken. De vrouwen hadden zorgvuldig alle onderwerpen van gesprek vermeden die ook maar in de verste verte aan Ayla's vervloeking raakten. Dikwijls begon iemand een conversatie en liet dan midden in een zin haar handen vallen wanneer ze zag waarheen deze voerde. Het werkte remmend op de warme communicatie die zich gewoonlijk ontwikkelde wanneer de vrouwen bijeen gingen zitten om te werken.

'De littekens zijn nog rood, maar ze verdwijnen vanzelf,' zei Ayla, en keek het kind aan. 'Ben je sterk, Brac?' Hij knikte.

'Laat me maar eens zien hóé sterk. Kun je mijn arm omlaagtrekken?' Ze strekte haar onderarm uit. 'Nee, niet met dat handje, met het andere,' verbeterde ze hem, toen hij met de onbeschadigde arm omhoogreikte. Brac stak zijn andere hand omhoog en trok aan haar arm. Ayla bood juist genoeg weerstand om de kracht waarmee hij trok te voelen en liet hem toen haar arm omlaagbrengen. 'Je bent een sterke jongen, Brac. Eens zul je een dappere jager zijn, net als Broud.'

Ze spreidde haar armen uit om te zien of hij bij haar op schoot zou willen komen. Eerst wendde hij zich af, maar bedacht zich toen en liet zich door Ayla optillen. Ze zwaaide hem hoog in de lucht en installeerde hem vervolgens bij zich op schoot. 'Brac is al een grote jongen. Zo stevig, zo flink.' Hij bleef enkele ogenblikken rustig zitten, maar

toen hij ontdekte dat ze geen attributen bezat om hem te voeden wurmde hij zich los, ging naar zijn moeder, reikte naar haar borst en begon te drinken, ondertussen Ayla met grote ronde ogen aanstarend.
'Je bent een gelukkig mens, Oga. Het is een prachtkind.'
'Ik zou niet zo gelukkig zijn geweest als jij er niet was geweest, Ayla.' Oga had eindelijk het tere punt aangeroerd dat zij allen zo zorgvuldig hadden vermeden. 'Ik heb je nooit gezegd hoe dankbaar ik ben. Eerst was ik te ongerust over hem en wist ik niet wat te zeggen. Jij scheen ook niet veel te willen praten, en toen was je weg. Ik weet nog steeds niet wat ik moet zeggen. Ik had nooit gedacht je weer te zullen zien; het is moeilijk te geloven dat je terug bent. Het was verkeerd van je een wapen aan te raken en ik kan niet begrijpen waarom je op jacht wilde gaan, maar ik ben blij dat je het gedaan hebt. Ik kan je niet zeggen hoe blij. Ik voelde me zo vreselijk toen je... toen je weg moest gaan, maar ik ben blij dat je terug bent.'
'Ik ook,' viel Ebra haar bij. De andere vrouwen knikten instemmend. Ayla was door hun onvoorwaardelijke acceptatie aangedaan en vocht tegen haar tranen, die altijd veel te gemakkelijk kwamen. Ze was bang dat het de vrouwen onaangenaam zou treffen als er water uit haar ogen liep.
'Ik ben ook blij terug te zijn,' gebaarde ze, en toen ontglipten de tranen haar toch. Iza wist nu dat haar ogen water lekten wanneer iets haar diep getroffen had, niet omdat ze ziek was. Ook de andere vrouwen waren aan die eigenaardigheid van haar gewend geraakt. Ze knikten alleen begrijpend.
'Hoe was het, Ayla?' vroeg Oga, haar ogen vol verdrietig medeleven. Ayla dacht even na.
'Eenzaam,' antwoordde ze toen. 'Erg eenzaam. Ik miste iedereen zo vreselijk.' In de ogen der vrouwen las ze zoveel medelijden dat ze iets moest zeggen om de spanning te breken. 'Ik heb zelfs Broud gemist,' voegde ze eraan toe.
'Hmmf,' zei Aga. 'Dan moet je wel heel eenzaam zijn geweest.' Ze wierp een vlugge blik op Oga, een beetje gegeneerd.
'Ik weet dat hij moeilijk kan zijn,' gaf Oga toe. 'Maar Broud is mijn metgezel en tegen mij is hij zo kwaad nog niet.'
'Nee, verontschuldig je niet voor hem, Oga,' zei Ayla vriendelijk. 'Iedereen weet dat Broud om je geeft. Je kunt er trots op zijn zijn gezellin te zijn. Hij gaat de leider worden en hij is een dapper jager. Hij was zelfs de eerste die de mammoet verwondde. Jij kunt het niet helpen dat hij mij niet mag. Het is gedeeltelijk ook mijn schuld; ik heb me tegenover hem niet altijd gedragen zoals het hoorde. Ik weet niet hoe

het begonnen is en ik weet niet hoe ik er een eind aan kan maken; als ik het kon zou ik het doen, maar het is niet iets waar jij je zorgen over hoeft te maken.'

'Hij is altijd al driftig geweest,' merkte Ebra op. 'Hij is niet zoals Brun. Ik wist dat Mog-ur het bij het rechte eind had toen hij zei dat Brouds totem de wolharige neushoorn was. Ik denk dat jij hem in zekere zin hebt geholpen zijn drift te leren beheersen, Ayla. Het zal een beter leider van hem maken.'

'Ik weet het niet,' Ayla schudde haar hoofd. 'Ik denk niet dat hij zo vaak driftig zou zijn als ik er niet was. Ik geloof dat ik gewoon het slechtste in hem oproep.'

Een gedwongen stilte volgde. Vrouwen bespraken gewoonlijk de ernstiger tekortkomingen van hun mannen niet zo openlijk, maar het gesprek had de gespannen sfeer rond het meisje doorbroken. Iza besloot wijselijk dat het tijd was van onderwerp te veranderen.

'Weet iemand waar de broodvruchten liggen?' gebaarde ze.

'Ik dacht dat ze op de plek lagen die Brun heeft ontruimd,' antwoordde Ebra. 'We vinden ze misschien volgende zomer pas.'

Broud zag Ayla bij de vrouwen zitten en fronste de wenkbrauwen toen hij haar Brac zag onderzoeken en op schoot nemen. Het bracht hem weer in herinnering dat zij de jongen het leven had gered, en dat herinnerde hem eraan dat ze getuige was geweest van zijn vernedering. Broud was al even verbluft geweest als de anderen over haar terugkeer. De eerste dag had hij haar met enig ontzag en gespannenheid bezien. Maar de verandering die Creb als toenemende volwassenheid en Brun als een besef van haar eigen gelukkig gesternte interpreteerden, vatte Broud op als flagrante onbeschaamdheid. Haar beproeving in de sneeuw had Ayla niet alleen het zekere besef gegeven dat ze in staat was te overleven, maar ook een serene aanvaarding van de lawaaierige trivialiteiten van het leven. Na die zware periode met de vele erop-of-erondersituaties kon zoiets onbetekenends als een reprimande, die doordat er te kwistig mee omgegaan werd alle effect verloren had, haar kalme bedaardheid niet meer verstoren.

Ayla had Broud werkelijk gemist. In haar volledige isolement zouden zelfs zijn treiterijen te verkiezen zijn geweest boven de absolute leegte van het volkomen onzichtbaar-zijn voor de mensen die van haar hielden. De eerste dagen genoot ze eenvoudig van zijn overdadige, zij het negatieve en kritische aandacht. Niet alleen zág hij haar, hij zag ook elke beweging die ze maakte.

Tegen de derde dag na haar terugkeer was alles weer bij het oude, maar er was één verschil. Ayla hoefde zichzelf niet te dwingen voor zijn wil te buigen. Haar reactie had niet eens meer de ondertoon van subtiele neerbuigendheid. Ze was oprecht ongeïnteresseerd. Hij kon haar op geen enkele manier uit haar evenwicht brengen. Hij kon haar slaan en uitvloeken en zich tot het randje van explosieve gewelddadigheid opwerken. Het had niet het minste effect. Ze schikte zich geduldig naar zijn onredelijkste eisen. Hoewel onopzettelijk, gaf Ayla Broud een proefje van de doodverklaring waar zij zo ruim haar deel van had gehad. Ze onthield hem een reactie. Zijn hevigste woede, alleen met de uiterste inspanning in toom gehouden, riep geen sterkere reactie op dan een vlooienbeet; minder, want een vlooienbeet krabt men tenminste. Het was het ergste wat ze hem aan kon doen; ze dreef hem tot razernij.

Broud snakte naar aandacht, hij leefde erop. Voor hem was het een levensbehoefte. Niets kon hem tot zo'n uitzinnige frustratie brengen als iemand die niet op hem reageerde. In het diepst van zijn wezen deed het hem niet zoveel of de reactie positief of negatief was, zolang er maar een reactie wás. Hij was ervan overtuigd dat haar onverschilligheid ontsproot aan het feit dat ze hem gekleineerd had gezien, van zijn schande getuige was geweest en dus geen respect voor zijn gezag had. Ten dele had hij daarin gelijk. Ze kende de uiterste grenzen van zijn gezag over haar, had de kwaliteit van zijn innerlijke kracht getoetst en ze beide onvoldoende bevonden om haar respect te verwerven. Maar niet alleen respecteerde ze hem niet en reageerde ze niet op hem, ze snoepte hem ook de aandacht af die hij zo hevig begeerde.

Alleen al door haar verschijning trok ze de aandacht en álles aan haar trok de aandacht: haar machtige totem; het feit dat ze bij de grote tovenaar woonde en zijn oogappel was; het feit dat ze voor medicijnvrouw werd opgeleid; het feit dat ze Ona het leven had gered; haar vaardigheid met de slinger; het feit dat ze de hyena gedood had die Brac naar het leven stond; en nu haar terugkeer uit de wereld der geesten. Iedere keer dat Broud grote moed aan den dag had gelegd en recht had op de bewondering, het respect en de aandacht van de stam, moest zíj hem overtroeven.

Broud wierp van een afstand boze blikken naar het meisje. Waarom moest ze nu weer terugkomen? Iedereen heeft het over haar; ze hebben het altijd over haar. Toen ik de bizon doodde en een man werd, had iedereen het over haar stomme totem. Trad zíj soms een aanvallende mammoet tegemoet? Liet zíj zich bijna vertrappen om die pezen door te snijden? Niks hoor. Het enige wat ze deed was een paar stenen slingeren, en prompt konden ze alleen nog maar aan háár denken. Brun met z'n vergaderingen, alles om háár. En toen kon hij de zaak niet afdoende oplossen en nu is ze weer terug en hebben ze het allemaal wéér over haar. Waarom moet ze altijd alles bederven?

'Creb, waarom ben je toch zo onrustig? Ik kan me niet herinneren je ooit zo nerveus te hebben gezien. Je gedraagt je als een jongeman die op het punt staat zijn eerste vrouw te nemen. Zal ik een kommetje thee zetten om je te kalmeren?' vroeg Iza, toen de tovenaar voor de derde keer opsprong, de vuurplaats wilde verlaten, zich bedacht, terugliep en weer ging zitten.

'Hoe kom je erbij dat ik nerveus ben? Ik probeer me alleen alles te herinneren en een beetje te mediteren,' zei Creb schaapachtig.

'Wat hoef jij je nu nog te herinneren? Je bent al jaren Mog-ur, Creb. Er bestaat beslist niet één ceremonie die je niet slapend zou kunnen leiden. En ik heb je ook nog nooit op en neer springend zien mediteren. Waarom laat je me niet wat thee voor je zetten?'

'Nee. Nee. Ik hoef geen thee. Waar is Ayla?'

'Daar, net achter de laatste vuurplaats, broodvruchten aan het zoeken. Waarom?'

'Ik wou het alleen weten,' antwoordde Creb, terwijl hij zich weer installeerde. Niet lang daarna kwam Brun voorbij en wenkte Mog-ur. De tovenaar stond weer op en de beide mannen wandelden naar het achterste gedeelte van de grot. Wat kan er toch met die twee aan de hand zijn? Iza schudde verbijsterd het hoofd.

'Is het niet al bijna tijd?' vroeg de leider, toen ze bij de door hem ontruimde plek kwamen. 'Is alles klaar?'

'Alle voorbereidingen zijn getroffen, maar de zon moet nog wat lager staan geloof ik.'

'Je gelooft! Wéét je het dan niet? Ik dacht dat je zei dat je wist wat je moest doen. Ik dacht dat je zei dat je gemediteerd had en de ceremonie had gevonden. Alles moet precies goed zijn. Hoe kun je zeggen dat je "gelooft"?' voer Brun uit.

'Ik héb ook gemediteerd,' antwoordde Mog-ur verdedigend. 'Maar het was lang geleden, ergens anders. Er was geen sneeuw. Ik denk dat er zelfs in de winter geen sneeuw was. Het is niet gemakkelijk de tijd precies goed te krijgen. Ik weet alleen dat de zon laag stond.'

'Dat heb je me allemaal niet verteld! Hoe kun je er nu zeker van zijn dat het de goede ceremonie is? Misschien kunnen we het maar beter vergeten. Het is toch eigenlijk een belachelijk idee.'

'Ik heb al met de geesten gesproken; de stenen liggen op hun plaats. Ze verwachten ons.'

'Ik vind dat idee om de stenen te verplaatsen ook niet zo geweldig.

Misschien hadden we toch moeten besluiten het op de plek van de geesten te doen. Weet je zeker dat ze niet boos zullen zijn dat we ze uit de kleine grot gehaald hebben, Mog-ur?'
'Dat hebben we toch al besproken, Brun? We besloten dat we beter de stenen konden verplaatsen dan de Ouden naar de Totemplek van de geesten te brengen. De oude geesten zouden misschien niet meer weg willen gaan als ze hem zagen.'
'Hoe weet je dat ze weer ter ruste zullen gaan als we ze eenmaal hebben gewekt? Het is te gevaarlijk, Mog-ur. We kunnen er maar beter van afzien.'
'Ze blijven misschien wel een tijdje,' gaf Mog-ur toe. 'Maar wanneer alles is teruggezet en ze zien dat er geen plaats voor hen is, zullen ze weggaan. De totems zullen hun zeggen heen te gaan. Maar de beslissing ligt bij jou. Als je van gedachten wilt veranderen, zal ik proberen de geesten ermee te verzoenen. Dat ze een ceremonie verwachten wil niet zeggen dat we er een móéten hebben.'
'Nee. Je hebt gelijk. We kunnen het nu maar beter doorzetten. Ze verwachten nu iets. De mannen zullen er misschien alleen niet zo blij mee zijn.'
'Wie is de leider, Brun? Bovendien, ze zullen er wel aan wennen wanneer ze eenmaal begrijpen dat het heus wel in orde is.'
'Is het dat echt, Mog-ur? Is het werkelijk in orde? Het is al zo lang geleden. Ik denk nu niet aan de mannen. Zullen onze totems ermee akkoord gaan? We hebben zo'n geluk gehad, bijna te veel. Ik wil liever niets doen dat hen boos kan maken. Ik wil alleen datgene doen wat hun aangenaam is. Ik wil ze tevreden houden.'
'Dat proberen we ook, Brun,' zei Mog-ur zachtmoedig, 'te doen wat hun aangenaam is. Hun allen.'
'Maar denk je dat de anderen het zullen begrijpen? Als we er één een genoegen doen, zullen de anderen zich dan niet gepasseerd voelen?'
'Tja, Brun, daar ben ik niet zeker van.' De tovenaar kon de ongerustheid en de nervositeit van de leider voelen. Hij wist hoe moeilijk het voor hem was. 'Niemand kan dat zeker weten. We zijn slechts mensen. Zelfs een Mog-ur is maar een mens. We kunnen alleen ons best doen. Maar je zei het zelf al: we hebben geluk gehad. Dat betekent dat de geesten van alle totems tevreden zijn. Als ze elkaar aan het bevechten waren, dacht je dat we dan zo'n geluk gehad zouden hebben? Hoe dikwijls doodt een stam een mammoet zonder dat er iemand gewond raakt? Er had van alles verkeerd kunnen gaan. Je had dat hele eind gereisd kunnen hebben zonder een kudde te vinden en dan zou de beste tijd voor de jacht voor een deel verspild zijn geweest. Je

nam een risico, maar het liep uitstekend af. Zelfs Brac leeft nog, Brun.'

De leider zag de tovenaar in het ernstige gelaat. Toen rechtte hij zijn rug en ferme besluitvaardigheid verjoeg de weifelende uitdrukking uit Bruns ogen.

'Ik ga de mannen halen,' gebaarde hij.

De vrouwen hadden de opdracht gekregen uit het achtergedeelte van de grot weg te blijven, zelfs niet in die richting te kijken. Iza zag Brun de mannen verzamelen, maar negeerde het. Wat ze ook aan het doen waren, het was hun zaak. Ze wist niet waarom ze juist opkeek toen twee mannen, hun gezichten met oker rood gemaakt, op Ayla toeschoten. Iza bemerkte dat ze trilde over haar hele lichaam. Wat konden ze in vredesnaam met Ayla willen?

Het meisje had de mannen niet eens met Brun mee zien gaan. Ze was tussen manden en harde bakjes van ongelooid leer aan het rommelen die op een slordige hoop achter de het verst van de ingang verwijderde vuurplaats opgestapeld lagen, op zoek naar broodvruchten. Toen ze het roodgeverfde gezicht van de leider plotseling voor zich op zag duiken, hapte ze naar adem van schrik.

'Verzet je niet. Maak geen geluid,' seinde Brun.

Ze werd wat bang toen ze de blinddoek voelde, maar ze verstijfde van angst toen ze haar bij het wegleiden bijna van de grond tilden.

De mannen raakten enigszins gespannen toen ze Brun en Goov het meisje mee zagen brengen. Ze wisten niets méér dan de vrouwen van de reden voor de ceremonie die Brun en Mog-ur wilden houden, maar in tegenstelling tot de vrouwen wisten de mannen dat hun nieuwsgierigheid te zijner tijd bevredigd zou worden. Mog-ur had hen alleen gewaarschuwd geen enkel gebaar of geluid te maken wanneer ze eenmaal in een cirkel achter de uit de kleine grot gehaalde stenen waren gaan zitten, maar de waarschuwing won aan kracht toen hij iedere man twee lange holenbeerbeenderen uitreikte die deze in de vorm van een x voor zijn borst gekruist moest houden. Het gevaar moest wel groot zijn als ze een dergelijke extreem krachtige bescherming nodig hadden. Ze begonnen iets van het gevaar te bevroeden toen ze Ayla zagen.

Brun duwde het meisje neer in de open ruimte binnen de cirkel, recht vóór Mog-ur, en ging zelf achter haar zitten. Op het teken van de tovenaar trok Brun haar blinddoek weg. Ayla knipperde met haar ogen om beter te kunnen zien. In het licht van de toortsen zag ze Mog-ur zitten achter een holenbeerschedel en de mannen die de gekruiste beenderen vasthielden, en ze kroop ineen van vrees, trachtend in de grond weg te zinken.

Wat heb ik gedaan? Ik heb geen slinger aangeraakt, dacht ze, in een poging zich te herinneren of ze een of ander vreselijk misdrijf had begaan, dat de reden voor haar aanwezigheid daar zou kunnen vormen. Ze kon niets bedenken.

'Beweeg je niet. Maak geen geluid,' waarschuwde Mog-ur haar nogmaals. Ze dacht niet eens dat ze het zou kunnen, al zou ze willen. Met wijd opengesperde ogen keek ze toe hoe de tovenaar zich ophees, zijn staf neerlegde en de formele bewegingen begon te maken waarmee hij Ursus en de totemgeesten aanriep om over hen te waken. Vele van de gebaren waren haar onbekend, maar ze keek gefascineerd toe, niet zozeer vanwege de betekenis van de symbolen die Mog-ur maakte als wel om de grote tovenaar zelf.

Ze kende Creb, kende hem goed, een mismaakte oude man die zich zwaar op zijn staf leunend onhandig voortbewoog. Hij was een scheve karikatuur van een man; één zijde van zijn lichaam niet volgroeid, de spieren door gebrek aan oefening verschrompeld, de andere zijde overontwikkeld als tegenwicht voor de verlamming die hem dwong er zo sterk op terug te vallen. In het verleden had ze zijn sierlijke bewegingen gezien wanneer hij de bij openbare ceremoniën gebruikte, formele taal bezigde – afgekort, vanwege het ontbreken van één arm, maar toch op de een of andere ondefinieerbare wijze met verfijningen en ingewikkeldheden doorweven, en rijker genuanceerd. Maar de bewegingen van de man die daar achter de schedel stond, toonden haar een kant van de tovenaar waarvan ze het bestaan nimmer had vermoed.

Verdwenen was ieder spoor van onhandigheid. In plaats daarvan hypnotiserend-golvende ritmen van zoetvloeiende beweging, die de ogen tot toekijken dwongen. De handbewegingen en de subtiele veranderingen van lichaamshouding maakten geen deel uit van een gracieuze dans, hoezeer het geheel er ook op lijken mocht; Mog-ur was een redenaar die sprak met een overtuigingskracht zoals Ayla het nog nooit had gezien, en nooit was de grote heilige man zo expressief als wanneer hij zich tot het onzichtbare gehoor richtte dat voor hem soms reëler was dan de voor hem zittende mensen van vlees en bloed. De Mog-ur van de Stam van de Holenbeer spande zich zelfs nog meer in toen hij de ongelooflijk eerbiedwaardige geesten begon toe te spreken die hij voor deze unieke ceremonie wilde oproepen.

'Alleroudste Geesten, Geesten die wij niet hebben opgeroepen sinds de vroegste nevelen van ons begin, hoort ons thans aan. Wij roepen u op, wij willen u hulde brengen en uw hulp en bescherming inroepen.

Grote Geesten, zo eerbiedwaardig dat uw namen slechts een gefluisterde herinnering zijn, ontwaakt uit uw diepe slaap en laat ons u eer bewijzen. Wij hebben u iets aan te bieden, een offer om uw oude harten gunstig te stemmen; wij hebben uw toestemming nodig. Hoort ons aan nu wij uw namen noemen.'

'Geest van de wind. Oeeha!' Ayla voelde een rilling over haar rug lopen toen Mog-ur de naam luidop uitsprak. 'Geest van de Regen. Zheena! Geest der Nevels. Eesha! Hoort ons aan! Ziet welwillend op ons neer. Wij hebben één uwer in ons midden, iemand die in uw schaduwen heeft gewandeld en is teruggekeerd, is teruggekomen op de wens van de Grote Holenleeuw.'

Hij heeft het over mij, besefte Ayla plotseling. Dit is een ceremonie. Wat doe ik bij een ceremonie? Wie zijn die geesten? Ik heb ze nooit eerder horen noemen. Het zijn vrouwennamen; ik dacht dat alle beschermgeesten mannelijk waren. Ayla sidderde van angst en was toch geïntrigeerd. De mannen die daar even roerloos als de stenen vóór hen zaten, hadden evenmin ooit van de oude geesten gehoord tot Mog-ur hun namen zei, en toch klonken ze niet onbekend. Het horen noemen van de oude namen riep een even oude herinnering wakker, die in een ver hoekje van hun brein was weggestopt.

'Meest Vereerde Ouden, de wegen der geesten zijn ons een mysterie, wij zijn slechts mensen, wij weten niet waarom dit meisje door een zo machtige geest uitverkoren werd, wij weten niet waarom hij haar langs uw oude paden geleid heeft, maar wij mogen hem niet weerstreven. Hij streed voor haar in het land der schaduwen, versloeg de bozen en deed haar bij ons terugkeren om zijn wensen kenbaar te maken, om ons te laten weten dat wij hem niet mogen dwarsbomen. O Machtige Geesten van Oude Tijden, uw wegen zijn niet langer de wegen van de Stam, maar eens zijn zij dat geweest en thans moeten zij dat opnieuw zijn ter wille van deze ene die hier bij ons zit. Wij smeken u, Oude Geesten, heilig haar volgens uw wegen. Aanvaard haar. Bescherm haar en geef uw bescherming aan haar stam.' Mog-ur wendde zich naar Ayla. 'Breng het meisje naar voren,' beval hij.

Ayla voelde zich door Bruns sterke armen compleet van de grond getild en tot voor de oude magiër gedragen. Ze snakte naar adem toen Brun haar lange blonde haar vastgreep en haar hoofd achterovertrok. Ze zag nog net Mog-ur een scherp mes uit zijn buidel halen en het hoog boven zijn hoofd heffen. Dodelijk beangst zag ze het gezicht van de eenogige nader komen, het mes geheven, en viel bijna flauw toen ze hem het scherpe lemmet in een flitsende beweging naar haar onbeschermde keel omlaag zag brengen.

Ze voelde een scherpe pijn, maar was te bang om te schreeuwen. Maar Mog-ur maakte alleen een klein sneetje in het kuiltje onder aan haar hals. Het tevoorschijn druppende warme bloed werd snel op een klein vierkantje van zachte konijnenhuid opgevangen. Hij wachtte tot het vierkantje met haar bloed doordrenkt was en depte toen de snee met een prikkende vloeistof uit een door Goov opgehouden bakje. Toen liet Brun haar los.
Gefascineerd keek ze toe hoe Mog-ur het met bloed verzadigde vierkantje in een ondiepe stenen schaal legde die gedeeltelijk met olie was gevuld. De magiër kreeg van zijn helper een kleine toorts aangereikt, stak daarmee de olie in de schaal aan en keek zwijgend toe hoe het stukje huid met een scherpe, onaangename geur tot een verkoold korstje verbrandde. Toen het uitgebrand was, sloeg Brun haar omslag terug en ontblootte haar linkerdij. Mog-ur doopte zijn vinger in de as in de stenen kom en trok een zwarte streep over elk van de vier lijnen die haar been tekenden. Ze keek verwonderd toe. Het zag er precies zo uit als een tijdens zijn inwijdingsceremonie bij een jongen ingekerfd en zwart gekleurd totemteken. Toen werd ze achteruitgetrokken en zag ze Mog-ur zich weer tot de geesten richten.
'Aanvaard dit bloedoffer, Meest Eerbiedwaardige Geesten, en weet dat het haar totem is, de Geest van de Holenleeuw, die haar uitverkoos om uw oude wegen te volgen. Weet dat wij u eer hebben bewezen, weet dat wij u hulde hebben gebracht. Ziet goedgunstig op ons neer en keert terug tot uw diepe rust, in de wetenschap dat uw wegen niet vergeten zijn.'
'Het is voorbij, dacht Ayla met een zucht van verlichting toen Mog-ur weer ging zitten. Ze wist nog steeds niet waarom ze aan de ongebruikelijke ceremonie had moeten deelnemen. Maar ze waren nog niet met haar klaar. Brun kwam voor haar staan en wenkte haar omhoog. Ze krabbelde haastig overeind. Hij tastte in een plooi van zijn omslag en haalde er een klein, roodbevlekt ivoren ovaal uit dat dicht bij de punt van een mammoetslagtand was afgezaagd.
'Ayla, deze ene keer, nu wij onder de bescherming van de Alleroudste Geesten staan, sta je hier als gelijke onder de mannen.' Ze was er niet zeker van dat ze de leider goed had verstaan. 'Wanneer je deze plek weer verlaten hebt, moet je jezelf nooit meer als zodanig beschouwen. Je bent een meisje, een vrouw, en dat zul je altijd zijn.'
Ayla knikte instemmend. Natuurlijk, ze wist dat ze een meisje was, maar ze begreep niet waar hij naartoe wilde.
'Dit ivoor is van de slagtand van de mammoet die wij gedood hebben. Het was een zeer fortuinlijke jacht; er is niemand bij gewond en toch

hebben we het grote beest neergehaald. Dit stukje is door Ursus geheiligd, heeft van Mog-ur de gewijde rode kleur gekregen en is een krachtige jachttalisman. Iedere jager van de stam draagt een dergelijke talisman in zijn amulet en iedere jager moet er ook een hebben.
Ayla, een jongen wordt pas volwassen wanneer hij zijn eerste grote prooi gedood heeft, maar wanneer hij dat eenmaal gedaan heeft, kan hij geen kind meer zijn. Lang geleden, in de tijd van de Geesten die nog rond ons zijn, jaagden vrouwen van de Stam. We weten niet waarom jouw totem je dat oude pad heeft doen inslaan, maar we kunnen de Geest van de Holenleeuw niet weerstreven; wij moeten het toestaan. Ayla, je hebt je eerste grote prooi gedood; je moet nu de verantwoordelijkheden van een volwassene aanvaarden. Maar je bent een vrouw, geen man, en je zult altijd een vrouw zijn, in alle opzichten op één na. Je mag alleen een slinger gebruiken, Ayla, maar je bent nu de Vrouw Die Jaagt.'

Ayla voelde het bloed naar haar wangen stijgen. Kon dit echt waar zijn? Had ze Brun werkelijk goed verstaan? Als straf voor het gebruiken van een slinger had ze net een beproeving ondergaan die ze niet gedacht had te zullen overleven; en nu zou ze hem opeens wél mogen gebruiken? Mogen jagen? Openlijk? Ze kon het bijna niet geloven.

'Deze talisman is voor jou. Doe hem in je amulet.' Ayla deed het buideltje af en peuterde de knopen los. Ze nam het roodbevlekte ivoren ovaaltje van Brun aan en stopte het naast het brokje rode oker en het fossiel in haar amulet, trok het leren zakje dicht en hing het weer om haar hals.

'Vertel dit nog aan niemand; ik zal het vóór de feestmaaltijd vanavond bekendmaken. Die is ter ere van jou, Ayla, ter ere van je eerste grote prooi,' zei Brun. Met een twinkeling van humor voegde hij eraan toe: 'Ik hoop dat je volgende beter eetbaar zal zijn dan een hyena. Draai je nu om.'

Ze deed wat haar gezegd werd en voelde hoe de blinddoek over haar ogen gleed en de twee mannen haar terugleidden en daarop de blinddoek verwijderden. Ze keek Brun en Goov na toen ze naar de kring van mannen terugliepen. Heb ik gedroomd? Ze voelde aan haar hals en aan het prikkende wondje waar Mog-ur in haar vlees gesneden had, bracht toen haar hand omlaag en bevoelde de drie voorwerpen in haar amulet. Ze deed haar omslag opzij en staarde naar de enigszins uitgelopen zwarte lijnen die haar littekens bedekten. Een jager! Ik ben een jager! Een jager voor de stam. Ze zeiden dat mijn totem het zo wilde en dat ze hem niet konden weerstreven. Ze omklemde haar amulet, sloot haar ogen en begon de formele gebaren te maken.

'Grote Holenleeuw, hoe heb ik ooit aan u kunnen twijfelen? De doodvloek was een zware proef; de zwaarste tot nu toe, maar dat moest het ook wel zijn voor zo'n groot geschenk. Ik ben zo dankbaar dat u me waardig bevonden hebt. Ik weet dat Creb gelijk had – mijn leven zal nooit gemakkelijk zijn met u als mijn totem, maar het zal altijd de moeite waard zijn.'

De ceremonie was indrukwekkend genoeg geweest om de mannen ervan te overtuigen dat Ayla inderdaad moest kunnen jagen – alle mannen behalve één. Broud was razend. Als hij niet zo bang was geweest vanwege Mog-urs waarschuwing, zou hij van de plechtigheid zijn weggelopen. Hij wilde geen deel hebben aan iets dat dat meisje speciale privileges verschafte. Hij wierp woedende blikken in Mog-urs richting, maar hij was vooral bitter gestemd jegens Brun en hij kon zijn woede niet verkroppen.

Het is zijn schuld, dacht Broud. Hij heeft haar altijd de hand boven het hoofd gehouden, haar altijd gunsten bewezen. Mij heeft hij met de doodvloek gedreigd, alleen omdat ik haar strafte voor haar brutaliteit. Mij, de zoon van zijn gezellin; en ze had het verdiend. Hij had haar onvoorwaardelijk moeten vervloeken, het had voor altijd moeten zijn. Nu laat hij haar jagen, jágen, net als een man. Hoe heeft hij het kunnen doen? Nou ja, Brun wordt al oud. Hij zal niet altijd de leider zijn. Eens zal ik leider zijn en dan zullen we nog eens zien. Dan heeft ze hém niet meer om haar te beschermen. We zullen nog eens zien wat voor privileges ze dan krijgt; laat ze dan maar eens proberen zich straffeloos onbeschaamd te gedragen.

18

De Vrouw Die Jaagt werd haar titel volledig waardig in de winter die haar tiende jaar inluidde. Iza voelde een stille voldoening en iets van opluchting toen ze de veranderingen in het meisje opmerkte die de nadering van de puberteit aankondigden. Ayla's uitdijende heupen en de twee welvingen die op haar borstkas verrezen, aldus de contouren van haar ongevormde kinderlichaam wijzigend, stelden de vrouw gerust dat haar ongewone dochter ten slotte toch niet tot eeuwig kindzijn gedoemd was. Zwellende tepels en wat licht donzig lichaamshaar werden gevolgd door Ayla's eerste menstruele vloeiing, de eerste maal dat de geest van haar totem met een andere streed.

Ayla begreep nu dat het onwaarschijnlijk was dat ze ooit een kind zou baren; haar totem was te sterk. Ze wilde graag een kleintje – al sinds Oeba's geboorte had ze een kindje van zichzelf willen hebben om vast te houden en te verzorgen – maar ze accepteerde de beproevingen en beperkingen die de machtige Holenleeuw haar oplegde. Ze zorgde altijd graag voor de zuigelingen en kinderen van de groeiende stam wanneer hun moeders het druk hadden en ze voelde telkens weer een lichte spijt als ze naar iemand anders gingen om te worden gezoogd. Maar ze was nu tenminste een vrouw en niet langer een kind dat groter was dan een vrouw.

Ayla voelde een zekere verbondenheid met Ovra, die nog verscheidene malen een miskraam had gehad, hoewel vroeger in de zwangerschap en niet met zoveel narigheid als de eerste keer. Ook Ovra's Bevertotem was wat te agressief. Ze scheen voorbestemd kinderloos te blijven. Sinds de mammoetjacht en vooral nadat Ayla de lichamelijke volwassenheid had bereikt, waren de beide jonge vrouwen dikwijls in elkaars gezelschap. Ovra sprak niet veel – ze was van nature terughoudend, de tegenpool van Ika's open, spontane aard – maar tussen Ayla en Ovra ontwikkelde zich een wederzijds begrip dat langzaam rijpte tot een nauwe vriendschap waarin ook Goov werd opgenomen. De genegenheid tussen de jonge leerling en zijn gezellin was voor eenieder duidelijk waarneembaar. Men ging Ovra er nog meer om bekla-

gen. De stamleden wisten dat het feit dat haar metgezel zo begrijpend en zachtmoedig was ten aanzien van haar onvermogen hem een kind te geven haar nog meer naar een kind deed verlangen.
Oga was opnieuw in verwachting, tot Brouds grote genoegen. Ze was kort nadat ze de driejarige Brac had gespeend weer zwanger geworden. Het zag ernaar uit dat ze even vruchtbaar zou zijn als Aga en Ika. Droeg was ervan overtuigd dat Aga's tweejarige zoon de gereedschapmaker zou worden die hij zocht toen hij het jongetje eens twee stenen tegen elkaar zag slaan. Hij vond een klopsteen die in Groebs dikke handje paste en liet hem wanneer hij werkte bij zich spelen en in navolging van de steenklopper op afgebroken stukjes steen timmeren. Ika's twee jaar oude dochtertje Igra beloofde al even vriendelijk te worden als haar moeder; een vrolijk, mollig, gezellig klein meisje, dat iedereen vertederde. Bruns stam floreerde.
Ayla verbleef de paar dagen in het vroege voorjaar die ze weg van de stam moest doorbrengen, de verplichte vrouwenvloek, in de kleine grot van haar hooggelegen geheime plekje. Na de veel schokkender doodvloek was het bijna een vakantie. Ze gebruikte haar tijd om haar slingertechniek na de lange winter weer op peil te brengen en verder te verbeteren, hoewel ze zichzelf er voortdurend aan moest herinneren dat ze er niet meer heimelijk over hoefde te doen. Ofschoon ze zonder veel moeite zelf voor haar voedsel kon zorgen, keek ze uit naar haar dagelijkse bezoeken aan Iza op een afgesproken plek niet ver van de grot. Iza bracht haar meer te eten dan ze ooit kon hopen op te krijgen, maar wat belangrijker was, ze bracht haar gezelschap. Het alleen slapen viel haar nog steeds moeilijk, hoewel de wetenschap dat haar verbanning beperkt en van korte duur was de eenzaamheid gemakkelijker te dragen maakte. Ze bleven dikwijls tot het donker bij elkaar en Ayla moest dan een toorts gebruiken om haar weg terug te vinden. Iza had nooit haar nervositeit overwonnen ten aanzien van de hertenhuid die Ayla voor zichzelf had gemaakt toen ze 'dood' was, dus besloot de jonge vrouw hem in de kleine grot te laten. Ayla leerde de dingen die een vrouw moest weten van haar moeder, net als alle jonge vrouwen. Iza gaf haar de repen zacht absorberend leer die aan een gordel om de taille gedragen werden en vertelde haar welke symbolen ze moest maken wanneer ze de besmeurde bandages diep in de grond begroef. Ze kreeg te horen welke houdingen ze moest aannemen wanneer een man besloot zich met haar te verlichten, welke bewegingen ze moest maken en hoe ze zich na afloop moest reinigen. Ayla was nu een vrouw; er kon van haar verlangd worden dat ze alle functies van een volwassen vrouwelijk stamlid vervulde. Ze bespraken vele dingen die voor vrouwen in-

teressant zijn, hoewel sommige haar door haar medische opleiding al bekend waren. Ze bespraken bevalling, borstvoeding en medicijnen om krampen te verlichten. Iza legde uit welke houdingen en bewegingen als verleidelijk werden beschouwd door mannen van de stam, op welke manieren een vrouw een man kon aanmoedigen zich met haar te willen verlichten. Ze bespraken de verantwoordelijkheden van een gekoppelde vrouw. Iza vertelde Ayla al de dingen die háár moeder haar verteld had, maar ze vroeg zich bij zichzelf af of het onaantrekkelijke meisje ooit veel nut van al die informatie zou hebben.
Er was één onderwerp dat Iza nooit aanroerde. De meeste jonge vrouwen hadden tegen de tijd dat ze vrouw werden al wel een oogje op een bepaalde jongeman. Hoewel een meisje noch haar moeder enige directe zeggenschap in de kwestie had, kon een moeder als ze een goede verstandhouding met haar metgezel had, hem van haar dochters wensen op de hoogte brengen. De metgezel kon als hij dat verkoos deze aan de leider te kennen geven, bij wie de beslissing berustte. Als er geen andere overwegingen waren, en vooral als de jongeman in kwestie belangstelling voor het meisje had getoond, kon de leider de wensen van het meisje de doorslag laten geven.
Dat deed hij niet altijd, zeker niet in Iza's geval, maar het onderwerp 'metgezel' kwam tussen Iza en Ayla nooit ter sprake, hoewel het door een huwbare jonge vrouw en haar moeder gewoonlijk zeer interessant werd gevonden. Er waren geen jonge ongekoppelde mannen in de stam en Iza wist zeker dat als ze er wél waren geweest ze Ayla al net zomin zouden willen hebben als de mannen van de stam haar als tweede vrouw wilden. En Ayla zelf had voor geen van hen enige interesse. Ze had zelfs niet over een metgezel nagedacht voor Iza het onderwerp van de verantwoordelijkheden van een gekoppelde vrouw had aangeroerd. Maar later dacht ze er wel over na.

Op een zonnige lentemorgen, niet lang na haar terugkeer, ging Ayla een waterzak vullen bij de door de bron gevoede vijver bij de grot. Er was verder nog niemand buiten. Ze knielde neer en boog zich over het water om de zak erin onder te dompelen, toen ze zich plotseling inhield. De schuin over het water vallende stralen van de ochtendzon verleenden het een spiegelend oppervlak. Ayla staarde naar het vreemde gezicht dat haar vanuit de poel aankeek; ze had nog nooit een spiegelbeeld van zichzelf gezien. Het meeste water in de buurt van de grot bestond uit snel stromende riviertjes of beekjes en ze keek gewoonlijk pas in de plas nadat ze datgene wat ze wilde vullen erin gedoopt en het stille wateroppervlak verstoord had.

De jonge vrouw bekeek haar gezicht. Het was enigszins vierkant, met een duidelijk aangegeven kaaklijn, die verzacht werd door nog jeugdig-ronde wangen, hoge jukbeenderen en een lange, gladde hals. Haar kin bezat iets van een kloofje, haar lippen waren vol en haar neus recht en fijn gemodelleerd. Heldere blauwgrijze ogen werden omlijst door dicht ingeplante lange wimpers die enkele nuances donkerder waren dan het goudkleurig haar, dat in dikke zachte golven ruim over haar schouders viel en met lichtplekjes opglansde in de zon. Wenkbrauwen in dezelfde tint als haar wimpers welfden zich boven haar ogen op een glad, recht, hoog voorhoofd zonder de geringste aanduiding van vooruitstekende wenkbrauwbogen. Ayla deinsde verstijfd terug van de poel en rende de grot in.

'Ayla, wat is er aan de hand?' gebaarde Iza. Het was duidelijk dat haar dochter ergens door van streek was.

'Moeder! Ik heb zonet in de vijver gekeken. Ik ben zo lelijk! O moeder, waarom ben ik zo lelijk?' riep het meisje hartstochtelijk uit. Ze wierp zich in de armen van de vrouw en barstte in tranen uit. Zolang ze zich kon herinneren, had Ayla nooit andere mensen dan de stamleden gezien. Ze had geen vergelijkingsmateriaal. Zij waren aan haar gewend geraakt, maar zijzelf zag zich als anders dan allen om haar heen, abnormaal anders.

'Ayla, Ayla,' suste Iza, de snikkende jonge vrouw in haar armen houdend.

'Ik wist niet dat ik zo lelijk was, moeder. Ik wist het echt niet. Welke man zal me ooit willen hebben? Ik zal nooit een metgezel hebben. En ik zal nooit een kleine hebben. Ik zal nooit iemand hebben. O, waarom moet ik zo lelijk zijn?'

'Ik weet niet of je echt zo lelijk bent, Ayla. Je bent anders.'

'Ik ben lelijk! Ik ben lelijk!' Ayla schudde haar hoofd en weigerde zich te laten troosten. 'Kijk toch eens hoe ik eruitzie! Ik ben te groot, ik ben langer dan Broud en Goov. Ik ben bijna even lang als Brun. En ik ben lelijk. Ik ben groot en lelijk en ik zal nooit een metgezel hebben,' gebaarde ze, in nieuwe snikken uitbarstend.

'Ayla! Hou op!' beval Iza, haar bij de schouders heen en weer schuddend. 'Je kunt er niets aan doen hoe je eruitziet. Je bent niet in de Stam geboren, Ayla, je bent bij de Anderen geboren, je ziet eruit als zij. Je kunt dat niet veranderen, je moet je erbij neerleggen. Het is waar dat je misschien nooit een metgezel zult hebben. Daar is niets aan te doen; ook dat zul je moeten aanvaarden. Maar het staat niet vast, de situatie is niet hopeloos. Binnenkort zul je een medicijnvrouw zijn, een medicijnvrouw uit mijn geslacht. Zelfs zonder metgezel zul je geen vrouw zonder waarde, zonder enig aanzien zijn. De volgende zomer is de Stambijeenkomst. Er zullen vele stammen zijn, dit is niet de enige stam, weet je. Je zult misschien in een van de andere stammen een metgezel vinden. Misschien geen jonge man of een man van hoge rang, maar een metgezel. Zoug heeft een heel hoge dunk van je; je boft dat hij zo goed over je denkt. Hij heeft Creb al een boodschap meegegeven. Zoug heeft verwanten in andere stammen; hij heeft Creb gezegd hun van zijn waardering voor je te vertellen. Hij denkt dat je een goede gezellin voor de een of andere man zult zijn en wil dat ze je in overweging nemen. Hij heeft zelfs gezegd dat hij je zelf zou nemen als hij jonger was. Vergeet niet, dit is niet de enige stam, dit zijn niet de enige mannen op de wereld.'

'Heeft Zoug dat echt gezegd? Zelfs al ben ik zo lelijk?' gebaarde Ayla, met een hoopvolle blik in de ogen.

'Ja, dat heeft Zoug gezegd. Met zijn aanbeveling en de hoge rang van mijn geslacht, denk ik zeker wel dat iemand je zal willen hebben, ook al zie je er anders uit.'

Ayla's beverige glimlachje verdween. 'Maar zal dat niet betekenen dat ik hier weg zal moeten? Ergens anders moet gaan wonen? Ik wil niet weg van jou en Creb en Oeba!'

'Ayla, ik ben al oud. Creb is ook geen jonge man meer en over enkele jaren zal Oeba een vrouw zijn en een metgezel hebben. Wat moet je dan?' gesticuleerde Iza. 'Eens zal Brun het leiderschap aan Broud overdragen. Het lijkt me niet dat je bij de stam moet blijven wanneer Broud leider is geworden. Ik denk dat het beter voor je zou zijn als je ergens anders heen ging, en de Stambijeenkomst zou daar precies de goede gelegenheid voor kunnen zijn.'

'Je zult wel gelijk hebben, moeder. Ik denk ook niet dat ik hier wil wonen wanneer Broud de leider is, maar ik vind het een afschuwelijk idee van je weg te moeten,' zei ze fronsend; toen klaarde haar gezicht weer op. 'Maar volgende zomer is nog een heel jaar weg. Ik hoef me er tegen die tijd pas druk over te maken.'

Een heel jaar, dacht Iza. Mijn Ayla, mijn kind. Misschien moet je zo oud zijn als ik om te weten hoe snel een jaar voorbijgaat. Jij wilt niet van mij weg? Je weet niet half hoe ík je zal missen. Als er maar een man in deze stam was die je wilde nemen. Als Broud alleen maar geen leider zou worden.

Maar de vrouw liet haar gedachten niet blijken toen Ayla haar ogen afveegde en terugging om water te halen. Deze keer vermeed ze het in de roerloze vijver te kijken.

Later die middag stond Ayla aan de bosrand door het kreupelhout in de richting van de grot te turen. Er waren verscheidene mensen buiten aan het werk of een babbeltje aan het maken. Ze verschoof de twee konijnen die ze over haar schouder droeg, keek omlaag naar de slinger aan de gordel om haar middel, stopte hem in een plooi van haar omslag, haalde hem er weer uit en hing hem weer in het volle gezicht aan haar gordel. Opnieuw keek ze naar de grot, nerveus met haar voeten schuifelend.

Brun zei dat het mocht, dacht ze. Ze hebben een ceremonie gehouden zodat het mocht. Ik ben een jager, ik ben de Vrouw Die Jaagt. Ayla hief haar kin op en stapte vanachter het verhullende scherm van gebladerte vandaan.

Eén lang bevroren moment onderbrak iedereen buiten de grot zijn bezigheden en staarde naar de jonge vrouw die met twee konijnen over haar schouder op hen toe liep. Zodra de stamleden zich van de schok herstelden en aan hun manieren dachten, keken ze weg. Ayla's gezicht gloeide, maar ze liep met koppige volharding door, de steelse blikken negerend. Ze was opgelucht toen ze na het spitsroeden lopen langs gechoqueerde gezichten de grot bereikte en blij dat het binnen zo koel en donker was. Binnen kon ze de blikken der anderen gemakkelijker ontwijken.

Ook Iza sperde haar ogen wijd open toen Ayla bij Crebs vuurplaats arriveerde, maar ze herstelde zich snel en keek weg zonder iets van de konijnen te zeggen. Ze wist niet wat ze zou moeten zeggen. Creb zat op zijn berenhuid, ogenschijnlijk mediterend, en scheen Ayla niet op te merken. Hij had haar de grot zien binnenkomen en had zijn gezicht weer in de plooi kunnen brengen tegen de tijd dat ze zijn vuurplaats bereikte. Niemand zei iets toen ze de dieren bij het vuur legde. Even later kwam Oeba binnenrennen; zij had totaal geen moeite met haar reactie.

'Heb je die echt zelf gedood, Ayla?'

'Ja.'

'Ze zien er lekker dik uit. Gaan we ze vanavond eten, moeder?'

'Wel, ja, ik denk van wel,' antwoordde Iza, nog steeds schutterig en onzeker.

'Ik zal ze villen,' zei Ayla snel en ze haalde haar mes tevoorschijn. Iza keek even toe, liep toen op haar af en nam het mes over.

'Nee, Ayla. Jij hebt ze gedood, ik zal ze villen,' zei ze. Ayla stapte terug terwijl Iza de konijnen vilde en schoonmaakte, ze vlug aan het spit reeg en boven het vuur hing. Ze was al even gespannen als Iza.

'Dat was een goed maal, Iza,' zei Creb later, nog steeds een rechtstreeks commentaar op Ayla's jachtprestatie vermijdend. Maar Oeba had geen last van zulke scrupules.

'Dat waren lekkere konijnen, Ayla, maar waarom breng je de volgende keer niet wat sneeuwhoenderen mee?' zei ze. Oeba deelde Crebs voorliefde voor de dikke vogels met hun bevederde poten.
De tweede keer dat Ayla haar buit naar de grot meebracht, was de schok al minder en het duurde niet lang of het feit dat ze jaagde was bijna gewoon. Nu hij een jager bij zijn vuurplaats had, nam Creb een kleiner deel van de buit der anderen, behalve wanneer dat een groter dier was waarop alleen de mannen jaagden.
Het was een drukke lente voor Ayla. Haar aandeel in het werk der vrouwen werd niet verminderd omdat ze jaagde, en dan waren er nog steeds Iza's planten te verzamelen. Maar Ayla vond het heerlijk, ze was gelukkiger dan ooit. Ze was blij dat ze zonder heimelijkheid op jacht kon gaan, blij dat ze bij de stam terug was, blij dat ze eindelijk een vrouw was en blij met de nauwere betrekkingen die ze met de andere vrouwen had gekregen.
Ebra en Oeka accepteerden haar, hoewel de oudere vrouwen nooit helemaal konden vergeten dat ze anders was; Ika was altijd aardig tegen haar geweest; en Aga en haar moeder waren als een blad aan een boom omgeslagen sinds ze Ona van de verdrinkingsdood had gered. Ovra was een intieme vertrouwelinge geworden en Oga begon haar ondanks Broud hartelijker te bejegenen. De vurige genegenheid die Oga als opgroeiend meisje voor de jonge man had gevoeld, was tot onverschilligheid bekoeld doordat ze jarenlang met zijn onvoorspelbare uitbarstingen had moeten leven. Maar Brouds wraakzuchtige haat jegens Ayla nam na haar inwijding tot jager nog toe. Hij bleef manieren bedenken om haar op een of andere manier dwars te zitten, bleef proberen haar een reactie te ontlokken. Zijn treiterijen waren een onderdeel van haar bestaan geworden waar ze mee had leren leven; en ze bleef er onbewogen onder. Ze was al gaan denken dat hij haar nooit meer uit haar evenwicht zou kunnen brengen.

Het was volop lente toen ze op een dag besloot op sneeuwhoenders te gaan jagen, om Crebs lievelingsschotel te kunnen bereiden. Ze dacht dat ze dan wel tegelijkertijd de nieuwe plantengroei kon gaan bekijken en een begin kon maken met het aanvullen van Iza's geneesmiddelenvoorraad. De ochtend bracht ze al zwervend door het landschap in de directe omgeving van de grot door en daarna liep ze op een grote wei dicht bij de steppe af. Daar joeg ze een koppel van de laagvliegende vogels op, die ze dadelijk met een nog snellere steen neerhaalde. Toen ging ze in het hoge gras op zoek naar hun nest, in de hoop eieren te vinden. Creb had de vogels graag gevuld met hun eigen eieren

in een bed van groenten en kruiden. Het meisje slaakte een kreet van vreugde toen ze het nest ontdekte en verpakte de eieren voorzichtig in zacht mos, waarna ze ze in een diepe plooi van haar omslag verstopte. Ze was zeer tevreden over zichzelf. Uit pure uitgelatenheid rende ze in een lange sprint dwars over de wei en kwam buiten adem tot staan boven op een met fris jong gras begroeid heuveltje.
Ze plofte neer, controleerde of haar eieren niet beschadigd waren en haalde een stuk gedroogd vlees tevoorschijn dat als middageten diende. Boven zich zag ze een veldleeuwerik met een heldergele borst fier trilleren vanaf zijn hoge zitplaats, dan op de wieken gaan en al kwinkelerend wegvliegen. Een mussenpaartje met gouden kruintjes fladderde, hun droefgeestig neergaand wijsje kwelend, door de braamstruiken aan de rand van het open veld. En een koppeltje zwartkoppige, grijsgejaste mezen maakte zich druk bij hun nestgat in een den bij een beekje dat zich door de dichte vegetatie onder aan de heuvel slingerde. Kleine, levendige bruine winterkoninkjes kwetterden verontwaardigd tegen andere vogels terwijl ze twijgjes en droog mos naar een nestholte in een oude knoestige appelboom droegen, die zijn jeugdige vruchtbaarheid met een overdaad aan roze bloesems bewees.
Ayla genoot van deze momenten alleen. Zich koesterend in de zon, ontspannen en tevreden, dacht ze aan niets in het bijzonder, behalve aan hoe prachtig de dag en hoe gelukkig zijzelf was. Ze was zich er absoluut niet van bewust dat er iemand anders in de buurt was, tot er vlak voor haar een schaduw op de grond viel. Geschrokken keek ze op, recht in Brouds gemelijke gezicht.
Er waren voor die dag geen jachtplannen gemaakt en Broud had besloten alleen op jacht te gaan. Hij had zich niet erg ingespannen; zijn jacht was meer een excuus om op de warme lentedag wat rond te zwerven dan bedoeld om vlees op te leveren dat hij niet speciaal nodig had. Hij had Ayla uit de verte op het heuveltje uit zien rusten en kon de gelegenheid niet laten voorbijgaan om haar van luiheid te betichten nu hij haar op stilzitten had betrapt.
Ayla sprong op toen ze hem zag, maar dat ergerde hem. Ze was langer dan hij en hij keek niet graag tegen een vrouw op. Hij wenkte haar neer en maakte zich op haar eens flink de les te lezen. Maar toen ze weer ging zitten, irriteerde de uitdrukkingsloze blik die in haar ogen verscheen hem nog meer. Hij wenste dat hij een manier kon bedenken om haar tot een reactie te dwingen. Bij de grot kon hij haar tenminste iets voor hem laten halen, om haar op zijn bevel op te zien springen.
Hij keek om zich heen en blikte vervolgens neer op de vrouw die aan

zijn voeten zat en met rustige bedaardheid wachtte tot hij zijn zegje zou zeggen en doorlopen. Ze is erger dan ooit sinds ze een vrouw geworden is, dacht hij. De Vrouw Die Jaagt – hoe heeft Brun het kunnen doen? Hij zag de sneeuwhoenderen en dacht aan zijn eigen lege handen. Zelfs de uitdrukking op haar lelijke gezicht is onbeschaamd, ze verkneutert zich omdat ze die vogels te pakken heeft gekregen en ik niets. Wat kan ik haar laten doen? Er is hier niets dat ik haar kan laten halen. Wacht eens, ze is nu een vrouw, is het niet? Dan is er wél iets dat ik haar kan laten doen.

Broud gaf haar een teken en Ayla's ogen sperden zich wijd open. Dit was onverwacht. Iza had haar verteld dat mannen dat alleen wilden van vrouwen die ze als aantrekkelijk beschouwden; en ze wist dat Broud haar lelijk vond. Ayla's geschokte verbazing ontging Broud niet, haar reactie moedigde hem aan. Opnieuw gaf hij haar gebiedend het teken om de houding aan te nemen die hem in staat zou stellen zich te verlichten, de houding voor geslachtsverkeer.

Ayla wist wat er van haar verwacht werd. Niet alleen had Iza haar er alles over verteld, ze had ook dikwijls volwassen leden van de stam deze activiteit zien bedrijven – zoals alle kinderen; er bestonden bij de stam geen kunstmatige remmingen op dat gebied. Kinderen leerden volwassen gedrag door de ouderen te imiteren en het seksuele gedrag was slechts een van de vele activiteiten die ze nabootsten. Het had Ayla altijd wat verbaasd, ze vroeg zich af waarom ze het deden, maar het hinderde haar niet een jongetje onschuldig op een klein meisje af te zien springen in bewuste nabootsing van de volwassenen.

Soms was het geen nabootsing. Vele jonge meisjes van de Stam werden ontmaagd door halfwasjongens die zich nog in het niemandsland tussen jongen en man bevonden omdat ze hun eerste prooi nog niet gedood hadden; en een enkele maal amuseerde een man, door een jonge coquette bekoord, zich met een nog niet geheel volwassen meisje. De meeste jongemannen beschouwden het echter als beneden hun waardigheid met vroegere speelkameraadjes malligheid uit te halen.

Maar Ayla had geen mannelijke speelkameraadjes van ongeveer dezelfde leeftijd, behalve Vorn, en sinds die eerdere periode waarin Aga hun samen spelen actief had tegengewerkt, had zich nooit enig nauw contact tussen hen ontwikkeld. Ayla was niet bijster op Vorn gesteld, die Brouds gedrag jegens haar imiteerde. Ondanks het voorval op het oefenveldje zag de jongen Broud nog steeds als zijn grote held en Vorn dacht er niet over 'mannetje en vrouwtje' met Ayla te spelen. Er was niemand anders die in de termen viel, dus was ze zelfs nooit bij een imitatieparing betrokken geweest. In een gemeenschap die zich

op even natuurlijke wijze met seks bezighield als met ademhalen, was Ayla nog maagd.
De jonge vrouw wist zich geen houding te geven; ze wist dat ze zich moest schikken, maar ze was geagiteerd en Broud genoot ervan. Hij was blij dat hij op het idee gekomen was; eindelijk had hij haar verdediging doorbroken. Het prikkelde hem aangenaam haar zo verward en verbijsterd te zien en het wond hem seksueel op. Hij kwam naderbij toen ze eerst overeind kwam en zich vervolgens op de knieën begon te laten zakken. Ayla was niet aan een dergelijke lichamelijke nabijheid van de mannen van de stam gewend; Brouds zware ademhaling joeg haar angst aan. Ze aarzelde.
Broud werd ongeduldig. Hij duwde haar neer, schoof zijn omslag opzij en ontblootte zijn lid, dat dik was en klopte. Waar wacht ze op? Ze is zo lelijk; ze zou zich vereerd moeten voelen; geen enkele andere man zou haar willen hebben, dacht hij boos, naar haar omslag grijpend om deze opzij te trekken, terwijl zijn begeerte groeide.
Maar toen Broud zich tegen haar aan drong, knapte er iets in het meisje. Ze kon het niet! Ze kon het gewoon niet. Haar rede verliet haar. Het deed er niet toe dat ze verondersteld werd hem te gehoorzamen. Ze krabbelde overeind en begon te rennen. Broud was vlugger dan zij. Hij greep haar beet, duwde haar neer en gaf haar een vuistslag in het gezicht die haar lip openhaalde. Hij begon dit eigenlijk wel leuk te vinden. Te vaak had hij zich ingehouden wanneer hij haar wilde slaan, maar hier was niemand om hem tegen te houden. En hij stond in zijn recht – ze was hem ongehoorzaam, actief ongehoorzaam.
Ayla was buiten zichzelf. Ze probeerde overeind te komen en hij sloeg haar opnieuw. Ze reageerde nu heel heftig op hem; dat had hij nooit verwacht en het verhoogde zijn opwinding. Hij zou deze onbeschaamde vrouw wel eens mores leren. Hij sloeg haar opnieuw, en wéér; het gaf hem een diepe voldoening haar ineen te zien krimpen toen hij uithaalde als voor de volgende slag.
Haar hoofd gonsde, bloed sijpelde uit haar neus en mondhoek. Ze probeerde op te staan, maar hij hield haar neer. Ze worstelde, verzette zich, trommelde met haar vuisten tegen zijn borst. Op zijn harde, gespierde lichaam sorteerden ze niet het minste effect, maar haar verzet joeg zijn opwinding naar nieuwe hoogten. Nooit was hij zo sterk gestimuleerd geweest – zijn gewelddadigheid verhoogde zijn passie en zijn opwinding gaf zijn slagen extra kracht. Hij verlustigde zich in haar verzet en ranselde er opnieuw op los.
Ze was bijna bewusteloos toen hij haar op haar gezicht gooide,

koortsachtig haar omslag opzij rukte en haar benen spreidde. Met één harde stoot drong hij diep naar binnen. Het meisje schreeuwde van pijn. Het verhoogde zijn genot. Opnieuw stootte hij toe, haar een tweede kreet vol pijn ontwringend, toen nog eens en nog eens. De intensiteit van zijn opwinding dwong hem verder en steeg snel tot ondraaglijke hoogten. Met een laatste harde stoot, die het meisje opnieuw een smartelijke schreeuw ontlokte, kwam hij tot ejaculatie.

Voor een kort moment zakte Broud boven op haar ineen, zijn energie geheel uitgeput. Toen, nog steeds zwaar ademend, trok hij zich terug. Ayla snikte onbeheerst. Het zout van haar tranen prikte in de open wonden op haar met bloed besmeurde gezicht. Eén oog was dik gezwollen en begon al donker te verkleuren. Haar dijen vertoonden bloedsporen en vanbinnen deed alles pijn. Broud stond op en keek op haar neer. Hij voelde zich geweldig; nooit eerder had hij zo van de geslachtsdaad genoten. Hij raapte zijn wapens bijeen en ging weg, terug naar de grot.

Ayla bleef lang nadat haar snikken was opgehouden met haar gezicht in het stof liggen. Ten slotte richtte ze zich op. Ze raakte haar mond aan, voelde aan de zwelling en keek naar het bloed op haar vingers. Haar hele lichaam deed pijn, vanbinnen en vanbuiten. Ze zag bloed tussen haar dijen en de vlekken op het gras. Strijdt mijn totem weer, vroeg ze zich af. Nee, ik denk het niet, het is er de tijd niet voor. Broud moet me verwond hebben. Ik wist niet dat hij me ook vanbinnen pijn kon doen. Maar de andere vrouwen hebben er geen pijn van; waarom zou Brouds orgaan mij wel verwonden? Is er iets verkeerd met me?

Langzaam stond ze op en liep naar de beek, pijn voelend bij iedere stap. Ze waste zich, maar dat hielp niet veel voor de kloppende, stekende pijn of de beroering in haar ziel. Waarom wilde Broud dat van me? Iza zegt dat mannen zich graag met aantrekkelijke vrouwen verlichten. Ik ben lelijk. Waarom zou een man een vrouw die hij aardig vindt pijn willen doen? Maar de vrouwen vinden het ook prettig; waarom zouden ze anders de gebaren maken die mannen moeten aanmoedigen? Hoe kan het dat ze het prettig vinden? Oga vindt het nooit erg als Broud het bij haar doet, en hij doet het elke dag, soms wel meer dan eens.

Plotseling werd Ayla van ontzetting vervuld. O, néé! Stel dat Broud me er weer toe dwingt? Ik ga niet terug naar de grot. Ik kan niet teruggaan. Waar kan ik naartoe? Mijn kleine grot? Nee, dat is te dichtbij en ik kan er in de winter niet blijven. Ik moet wel teruggaan, ik kan niet alleen leven, waar zou ik anders heen kunnen? En ik kan toch niet weg van Iza en Creb en Oeba? Wat moet ik doen? Als Broud het wil, kan ik niet weigeren. Geen van de andere vrouwen zou het zelfs proberen. Wat mankeert mij dan? Hij wilde het nooit toen ik nog een meisje was. Waarom moest ik toch vrouw worden? Ik was er zo blij mee, nu zou het me niet kunnen schelen als ik mijn hele leven een meisje bleef. Ik zal toch nooit een kleintje hebben. Wat heb je eraan een vrouw te zijn als je geen kleintje kunt krijgen? Vooral als een man je tot zoiets kan dwingen? Wat héb je er eigenlijk aan? Wat heeft het voor zin?

De zon stond laag aan de hemel toen ze het heuveltje op ploeterde om haar sneeuwhoenderen te gaan halen. De zo zorgvuldig ingepakte eieren waren verpletterd en hadden de voorkant van haar omslag bevuild. Ze keek om naar de beek en herinnerde zich hoe gelukkig ze daar naar de vogels had zitten kijken. Het leek eeuwen geleden, een andere tijd, een andere plek. Ze sleepte zich terug naar de grot, opziend tegen iedere stap.

Naarmate Iza de zon verder achter de bomen in het westen zag zakken, werd ze ongeruster. Ze liep de paden van het bos in de buurt allemaal een eindje in en ging daarna naar de heuvel om de helling naar de steppen af te turen. Een vrouw zou niet alleen op pad moeten zijn; ik vind het nooit prettig als Ayla op jacht gaat, dacht Iza. Stel dat ze door een of ander dier is aangevallen? Misschien is ze wel gewond? Ook Creb was bezorgd, hoewel hij probeerde het niet te laten merken. Zelfs Brun werd ongerust toen het donker werd. Iza was de eerste die Ayla in de richel naar de grot zag lopen. Ze wilde haar al een standje geven omdat ze haar zo in angst had laten zitten, maar kwam niet verder dan haar eerste gebaar.

'Ayla! Je bent gewond! Wat is er gebeurd?'

'Broud heeft me geslagen,' gebaarde ze, met een doffe blik in de ogen.

'Maar waarom?'

'Ik was ongehoorzaam,' antwoordde de jonge vrouw, terwijl ze de grot in liep en zich regelrecht naar de vuurplaats begaf.

Wat kon er gebeurd zijn? vroeg Iza zich af. Ayla is Broud al jaren niet meer ongehoorzaam geweest. Waarom zou ze nu tegen hem in opstand zijn gekomen? En waarom heeft hij me niet gezegd dat hij haar gezien heeft? Hij wist dat ik me zorgen maakte. Hij is al sinds het middaguur terug, waarom is Ayla zo laat? Iza wierp een korte blik in de richting van Brouds vuurplaats en zag hem over de grensstenen heen naar Ayla staren, alle wellevendheid vergetend en met een voldane uitdrukking op zijn gezicht.

Creb had het hele toneeltje aanschouwd; Ayla's gekneusde en gezwollen gezicht en diepverloren blik en Broud die vanaf het moment van haar terugkeer met arrogant leedvermaak in zijn ogen naar haar had gekeken. Hij wist dat Brouds haat door de jaren heen was toegenomen – haar serene gehoorzaamheid scheen hem nog erger te treffen dan haar meisjesachtige opstandigheid – maar er was iets gebeurd dat Broud een gevoel van macht over haar verschafte. Hoe opmerkzaam Creb ook was, hij had nooit hebben kunnen bevroeden wat het was.

Ayla was de volgende dag bang de vuurplaats te verlaten en treuzelde zo lang mogelijk met haar ontbijt. Broud stond haar al op te wachten. De herinnering aan zijn intense opwinding van de vorige dag had hem gestimuleerd en hij was gereed voor een herhaling. Toen hij haar het teken gaf, sloeg ze bijna weer op de vlucht, maar ze dwong zichzelf de vereiste houding aan te nemen. Ze trachtte haar kreten te onderdrukken, maar de pijn wrong ze van haar lippen, zodat de toevallig in de buurt zijnde stamleden nieuwsgierige blikken naar hen wierpen. Ze konden haar kreten van pijn al net zomin begrijpen als Brouds plotselinge belangstelling voor haar.

Broud genoot van zijn nieuwverworven macht over Ayla en gebruikte haar dikwijls, hoewel velen zich afvroegen waarom hij de lelijke vrouw boven zijn eigen knappe gezellin verkoos. Na enige tijd deed het geen pijn meer, maar Ayla walgde ervan. En het was haar haat waar Broud zo van genoot. Hij had haar op haar plaats, had weer overwicht over haar verkregen, en had eindelijk een manier gevonden om haar een reactie te ontlokken. Het deed er niet toe dat het een negatieve reactie was, die had hij zelfs liever. Hij wilde haar zien terugdeinzen, haar angst zien, haar zichzelf tot onderwerping zien dwingen. Alleen de gedachte eraan wond hem al op. Hij had altijd al een grote behoefte gehad, nu was hij seksueel actiever dan ooit. Elke morgen dat hij niet op jacht was, wachtte hij haar op en forceerde haar gewoonlijk 's avonds opnieuw en soms midden op de dag ook nog. Hij werd zelfs 's nachts wel eens opgewonden wakker en gebruikte dan zijn gezellin om zich te verlichten. Hij was jong en gezond, op het toppunt van zijn seksuele potentie en hoe heviger Ayla hem haatte, hoe groter het genot dat hij aan de geslachtsdaad ontleende.

Ayla verloor haar levendige opgewektheid. Ze was lusteloos, terneergeslagen, voor niets ontvankelijk. De enige emotie die ze voelde was een allesverterende haat en afkeer jegens Broud en zijn dagelijkse seksuele eisen. Als een enorme gletsjer die alle vocht uit het omringende

land opzuigt, slokten haar walging en bittere frustratie alle andere gevoelens op.
Ze had zichzelf altijd goed schoongehouden en haar haar in de stroom gewassen om het vrij van luizen te houden, in de winter had ze zelfs grote kommen sneeuw mee naar binnen genomen om het naast het constant brandende vuur tot vers water te laten smelten. Nu hing haar haar slap in vettige slierten langs haar gezicht en ze droeg dezelfde omslag dag in dag uit, zonder de moeite te nemen hem te ontvlekken of te luchten. Ze treuzelde met haar werk tot zelfs mannen die nooit tevoren aanmerkingen hadden gemaakt haar berispten. Ze verloor alle belangstelling voor Iza's medicijnen, sprak alleen als haar rechtstreeks iets gevraagd werd, ging zelden op jacht en kwam dan nog vaak met lege handen terug. Haar neerslachtigheid wierp een schaduw over alle anderen bij Crebs vuurplaats.
Iza was buiten zichzelf van ongerustheid; ze kon deze drastische verandering in Ayla niet begrijpen. Ze wist wel dat het door Brouds onverklaarbare belangstelling voor haar kwam, maar waarom deze zo'n uitwerking moest hebben, ging haar begrip te boven. Ze bleef steeds bij Ayla in de buurt, hield haar voortdurend in het oog en toen de jonge vrouw 's morgens begon over te geven, vreesde ze dat wat voor geest het ook mocht zijn die in haar gevaren was haar nu nog zieker begon te maken.
Maar Iza was een ervaren medicijnvrouw. Ze was de eerste die opmerkte dat Ayla zich niet aan de minimale vorm van isolatie hield die de plicht der vrouwen was wanneer hun totems strijd voerden en ze ging nog zorgvuldiger op haar aangenomen dochter letten. Ze kon nauwelijks geloven wat ze vermoedde. Maar toen er weer een maan verstreken was en de zomer zijn hoogtepunt naderde, was Iza zeker van haar zaak. Vroeg op een avond dat Creb van de vuurplaats weg was, wenkte ze Ayla bij zich.
'Ik wil eens met je praten.'
'Ja, Iza,' antwoordde Ayla, en ze hees zich van haar vacht op om naast de vrouw op de grond neer te ploffen.
'Wanneer heeft je totem voor het laatst strijd geleverd, Ayla?'
'Ik weet het niet.'
'Ayla, ik wil graag dat je er even goed over nadenkt. Hebben de geesten nog in je gestreden sinds de bloesems vielen?'
De jonge vrouw probeerde het zich te herinneren. 'Ik weet het niet zeker, misschien één keer.'
'Dat dacht ik al,' zei Iza. 'Je bent 's morgens misselijk, niet?'
'Ja,' knikte ze. Ayla dacht dat ze overgaf omdat Broud iedere morgen dat hij niet op jacht ging op haar stond te wachten en ze zo'n afkeer

van hem had dat ze haar ontbijt weer moest offeren en soms ook haar avondeten.
'Doen je borsten de laatste tijd soms zeer?'
'Een beetje.'
'En ze zijn ook wat groter geworden, niet?'
'Ik geloof het wel. Waarom vraag je dat? Waarom al deze vragen?'
De vrouw keek haar ernstig aan. 'Ayla, ik weet niet hoe het heeft kunnen gebeuren, ik kan het nauwelijks geloven, maar ik ben er zeker van dat het zo is.'
'Dat wát zo is?'
'Je totem is verslagen; je gaat een kleine krijgen.'
'Een kleine? Ik? Ik kan geen kleine krijgen,' protesteerde Ayla. 'Mijn totem is te sterk.'
'Ik weet het, Ayla. Ik begrijp het ook niet; maar je gaat een kleintje krijgen,' herhaalde Iza.
Een ongelovig-verrukte blik verscheen langzaam in Ayla's eerst zo doffe ogen. 'Kan dat waar zijn? Kan het echt waar zijn? Ik een kleintje krijgen? O moeder, wat geweldig!'
'Ayla, je bent niet gekoppeld. Ik geloof niet dat er een man in de stam is die je zal willen hebben, zelfs niet als tweede vrouw. Je kunt geen kleine krijgen zonder metgezel, het zou het kind ongeluk brengen,' gebaarde Iza ernstig. 'Het zou het beste zijn als je iets nam om het kwijt te raken. Ik denk dat maretak het beste is. Je weet wel, de plant met die kleine witte besjes die boven in de eik groeit. Het is zeer doeltreffend en als je het goed toepast niet al te gevaarlijk. Ik zal een thee van de bladeren met niet meer dan een paar besjes maken. Het zal je totem helpen het nieuwe leven uit te drijven. Je zult een beetje ziek worden, maar...'
'Nee! Nee!' Ayla schudde heftig het hoofd. 'Iza, nee. Ik wil geen maretak. Ik wil niets nemen om het kwijt te raken. Ik wil een kleine, moeder. Al sinds Oeba's geboorte heb ik een kleine willen hebben. Ik had nooit gedacht dat het mogelijk zou zijn.'
'Maar Ayla, als de kleine nu ongeluk aantrekt? Hij zou zelfs mismaakt kunnen zijn.'
'Hij zal geen ongeluk aantrekken, daar zal ik wel voor zorgen. Ik zal ook goed voor mezelf zorgen, zodat hij gezond zal zijn. Heb je niet zelf gezegd dat een sterke totem meehelpt om een gezond kleintje te krijgen wanneer hij zich eenmaal gewonnen heeft gegeven? En ik zal ook goed voor hem zorgen als hij er is, ik zal zorgen dat er niets misgaat. Iza, ik moet deze kleine hebben. Begrijp je het niet? Mijn totem zal misschien geen tweede keer verslagen worden. Dit is misschien mijn enige kans.'

Iza keek in de smekende ogen van de jonge vrouw. Het was voor het eerst dat ze er weer een sprankje leven in zag sinds de dag dat Broud haar geslagen had toen ze op jacht was. Ze wist dat ze erop aan zou moeten dringen dat Ayla de medicijn nam; het was niet juist dat een ongekoppelde vrouw een kind ter wereld bracht, als het voorkomen kon worden. Maar Ayla wilde haar kindje zo wanhopig graag, ze zou nog depressiever kunnen worden als ze gedwongen werd er afstand van te doen. En misschien had ze wel gelijk – het kon best haar enige kans zijn.

'Goed Ayla,' gaf ze toe. 'Als je het dan zo graag wilt. Je kunt er maar het beste nog tegen niemand iets over zeggen; ze zullen het gauw genoeg weten.'

'O, Iza,' zei de jonge vrouw en ze omhelsde haar pleegmoeder. Er danste een glimlachje over haar gezicht terwijl het wonder van haar onmogelijke zwangerschap haar vervulde. Ze sprong op, plotseling een en al energie. Ze kon niet blijven zitten, ze moest eenvoudig iets doen.

'Moeder, wat maak je voor vanavond klaar? Laat me je helpen.'

'Oeros,' antwoordde de vrouw, verbluft over de plotselinge ommezwaai in de jonge vrouw. 'Je kunt het vlees kleinsnijden als je wilt.'

Terwijl de twee vrouwen aan het eten werkten, besefte Iza dat ze bijna vergeten was hoe gezellig Ayla kon zijn. Hun handen vlogen al werkend en pratend door de lucht en Ayla's interesse voor de geneeskunde keerde plotsklaps terug.

'Ik wist dat niet, van de maretak, moeder,' merkte Ayla op. 'Wel van moederkoren en kalmoes, maar ik wist niet dat een vrouw ook door maretak haar kind kon verliezen.'

'Er zullen altijd nog wel dingen zijn die ik je niet verteld heb, Ayla, maar je weet genoeg. En je weet hoe je een plant uit moet proberen; je zult altijd kunnen blijven leren. Met boerenwormkruid gaat het ook, maar dat kan gevaarlijker zijn dan maretak. Je gebruikt de hele plant – bloemen, bladeren en wortels – en kookt hem. Als je er zóveel water bij doet,' en Iza wees op een merktekentje op een van haar medicijnkommen, 'en het inkookt tot zoveel als in zo'n kommetje gaat,' ze hield een benen kommetje omhoog, 'moet het ongeveer goed zijn. Eén kommetje is meestal genoeg. Met margrietebloemen gaat het soms ook. Ze zijn niet zo gevaarlijk als maretak of boerenwormkruid, maar ook niet altijd zo doeltreffend.'

'Dan zou je die beter kunnen gebruiken voor vrouwen die gemakkelijk miskramen hebben. Het is altijd beter iets milders te gebruiken als dat ook werkt – minder riskant.'

'Dat is zo. En, Ayla, er is nog iets anders dat je weten moet.' Iza keek om zich heen om zich ervan te vergewissen dat Creb nog niet terug was. 'Dit mag geen enkele man ooit te weten komen; het is een geheim dat alleen aan medicijnvrouwen bekend is en niet eens aan alle. Je kunt het zelfs ook beter niet vertellen aan de vrouw die het krijgt. Als haar metgezel haar ernaar vroeg, zou ze het hem moeten zeggen. Niemand ondervraagt een medicijnvrouw. Als een man er ooit achter kwam, zou hij het verbieden. Begrijp je?'

'Ja, moeder,' knikte Ayla, verbaasd over Iza's geheimzinnigheid en enorm nieuwsgierig.

'Ik denk niet dat je deze wetenschap ooit voor jezelf nodig zult hebben, maar als medicijnvrouw moet je het in ieder geval weten. Soms, als een vrouw een heel zware bevalling achter de rug heeft, is het beter dat ze nooit meer kinderen krijgt. Een medicijnvrouw kan haar de medicijn geven zonder haar te zeggen waar het voor is. Er zijn nog andere redenen waarom een vrouw geen kind kan willen. Sommige planten bevatten een speciale kracht, Ayla. Ze maken de totem van een vrouw heel sterk, sterk genoeg om te verhinderen dat er ooit een nieuw leven begint.'

'Ken jij toverij om zwangerschap tegen te gaan, Iza? Kan een zwakke vrouwentotem zo sterk worden? Elke totem? Zelfs als een Mog-ur een tovermiddel maakt om de totem van een man extra kracht te geven?'

'Ja, Ayla. Daarom mag geen man het ooit te weten komen. Ik heb het zelf gebruikt toen ik gekoppeld was. Ik mocht mijn metgezel niet; ik wilde dat hij me aan een andere man zou geven. Ik dacht dat als ik geen kinderen kreeg, hij me niet zou willen houden,' bekende Iza.

'Maar je hebt wél een kind gekregen. Je hebt Oeba toch gekregen?'

'Misschien verliest de toverij na lange tijd aan kracht. Misschien wilde mijn totem niet meer strijden, misschien wilde hij dat ik een kind kreeg. Niets werkt altijd. Er zijn krachten die sterker zijn dan welke toverij ook, maar deze toverij heeft vele jaren gewerkt. Niemand weet alles van de geesten af, zelfs Mog-ur niet. Wie zou gedacht hebben dat jouw totem verslagen zou kunnen worden, Ayla?' De medicijnvrouw wierp een snelle blik om zich heen. 'Nu, voor Creb terugkomt; je kent die kleine gele slingerplant met die kleine blaadjes en bloemen?'

'Warkruid?'

'Ja, die bedoel ik. Laat de hele plant drogen. Verkruimel ongeveer zóveel in de palm van je hand. Kook het in zoveel water dat het benen kommetje vol is, tot het afkooksel de kleur van rijp hooi heeft. Drink er elke dag dat de geest van je totem niet strijdt twee slokken van.'

'Is dat niet ook goed voor een nat verband voor steken en bijtwonden?'

'Inderdaad, en dat verschaft je een goed excuus om het in voorraad te hebben, maar het verband wordt op de huid, aan de buitenkant van het lichaam gebruikt. Als je je totem kracht wilt geven, drink je het. Er is nog iets anders, maar dat moet je nemen wanneer je totem strijdt. De wortel van antilopenkruid, gedroogd of vers. Kook hem en drink het kooknat, één kom per dag van je isolatieperiode,' ging Iza verder.

'Is dat niet die plant met die ingekerfde bladeren die zo goed is voor Crebs jicht?'

'Ja, dat is hem. Ik weet er nog een, maar die heb ik nooit gebruikt. Dat is de toverij van een andere medicijnvrouw; we hebben toen wat kennis uitgewisseld. Er bestaat een bepaalde broodvrucht; hij groeit niet hier in de buurt, maar ik zal je laten zien in welke opzichten hij verschilt van die hier wél groeien. Snijd de vrucht in stukken, kook die in en prak ze tot een dikke brij, laat die dan drogen en stamp hem tot een poeder. Je hebt er veel van nodig: een halve kom van het poeder weer met water tot een brij aangelengd, elke dag dat je niet geïsoleerd bent, wanneer de geesten niet strijden.'

Creb kwam de grot binnen en zag de twee vrouwen druk in gesprek. Hij merkte dadelijk het verschil in Ayla op. Ze was geanimeerd, oplettend, attent en glimlachte. Ze moet zich van haar inzinking hersteld hebben, dacht hij terwijl hij op zijn vuurplaats toe hinkte.

'Iza!' riep hij luid, om hun aandacht te trekken. 'Moet een man hier verhongeren?'

De vrouw sprong met een enigszins schuldige uitdrukking op haar gezicht overeind, maar Creb lette niet op haar. Hij was zo verheugd Ayla druk aan het werk en aan het babbelen te zien dat hij Iza niet eens zag.

'Het is zó klaar, Creb,' gebaarde Ayla en ze rende glimlachend op hem toe om hem te omhelzen. Creb voelde zich hierdoor beter dan hij in lange tijd had gedaan. Terwijl hij zich op zijn mat neerliet, kwam Oeba de grot binnenhollen.

'Ik heb honger!' gebaarde het kleine meisje.

'Jij hebt altijd honger, Oeba!' lachte Ayla, terwijl ze het kind optilde en haar door de lucht zwierde. Oeba was verrukt. Het was die hele zomer de eerste keer dat Ayla met haar wilde spelen.

Later, toen ze gegeten hadden, kroop Oeba bij Creb op schoot. Ayla neuriede gedempt terwijl ze Iza hielp met opruimen. Creb zuchtte tevreden; het was nu weer veel gezelliger. Jongens zijn erg belangrijk, dacht hij, maar ik geloof dat ik meisjes liever heb. Ze hoeven niet steeds groot en dapper te zijn en hebben er niets op tegen op je schoot te kruipen en er in slaap te vallen. Ik wilde haast dat Ayla nog een klein meisje was.

Ayla werd de volgende morgen in een warme gloed van vreugdevolle verwachting wakker. Ik ga een kleintje krijgen, dacht ze. Ze omhelsde zichzelf van vreugde onder haar bontvacht. Plotseling had ze zin om op te staan. Ik zal vanmorgen maar eens naar de rivier gaan, mijn haar moet nodig worden gewassen. Ze sprong uit bed, maar een golf van misselijkheid sloeg door haar heen. Misschien kan ik beter eerst iets vasts eten en kijken of het erin blijft. Ik moet eten als ik wil dat mijn kleintje gezond wordt. Ze kon het eten niet binnenhouden, maar toen ze een tijdje op was, at ze weer wat en voelde zich toen beter. Ze dacht nog steeds aan het wonder van haar zwangerschap toen ze de grot verliet om naar de stroom te gaan.

'Ayla!' grijnsde Broud, op haar toe stappend en het teken makend.

Ayla schrok op. Ze was Broud helemaal vergeten. Ze had belangrijker dingen aan haar hoofd, zoals warme knuffelige aan je borst drinkende kleintjes, haar eigen warme knuffelige aan haar borst drinkende kleintje. Nu, gauw dan maar, dacht ze en nam geduldig de houding aan zodat Broud zich kon bevredigen. Ik hoop dat hij voortmaakt, ik wil naar de rivier om mijn haar te wassen.

Broud had een gevoel van anticlimax. Er ontbrak iets. Ze reageerde helemaal niet. Hij miste de opwinding die ontstond doordat hij haar tegen haar wil nam. Haar ziedende haat en bittere frustratie, die ze daarvoor nooit helemaal had kunnen verbergen, waren verdwenen. Ze verzette zich niet meer. Ze gedroeg zich alsof hij er niet eens was, alsof ze helemaal niets voelde. Dat was ook zo. Haar geest vertoefde elders, ze merkte zijn binnendringen al evenmin op als zijn scheldkanonnades of zijn vinnige klappen. Haar rustige, serene kalmte was teruggekeerd.

Broud putte zijn bevrediging uit zijn macht over haar, niet uit de seksuele ervaring. Hij merkte dat hij niet meer opgewonden raakte, het kostte hem moeite zijn erectie instand te houden. Nadat hij daarna enkele keren niet eens een climax had kunnen bereiken, viel hij haar minder vaak lastig en ten slotte helemaal niet meer. Het was té vernederend. Ze had qua reactie evengoed van steen kunnen zijn, dacht hij. Ze is trouwens toch lelijk, ik heb genoeg tijd aan haar verdaan. Ze begrijpt niet eens dat het een eer is dat de toekomstige leider belangstelling voor haar heeft.

Oga ontving hem met open armen terug, opgelucht dat hij over zijn onbegrijpelijke bevlieging voor Ayla heen scheen te zijn. Ze was niet jaloers geweest, het was niet iets om jaloers op te zijn. Broud was háár metgezel en hij had geen blijk gegeven haar kwijt te willen. Iedere man kon zich verlichten met iedere vrouw die hij maar wilde, daar was niets ongewoons aan. Ze kon alleen niet begrijpen waarom hij zoveel aandacht aan Ayla besteedde terwijl die het om een of andere vreemde reden zo duidelijk niet prettig vond.

Hoewel hij probeerde het weg te redeneren, had Broud zeer het land over Ayla's plotselinge onverschilligheid. Hij had gedacht nu eindelijk een manier gevonden te hebben om haar geheel te onderwerpen, om de muur van koele gereserveerdheid om haar heen te slechten, en hij had ontdekt hoeveel genoegen hem dat verschafte. Het sterkte hem in zijn voornemen een andere manier te vinden om haar te treffen.

19

De hele stam stond perplex over Ayla's zwangerschap. Het leek gewoon onmogelijk dat een vrouw met zo'n sterke totem als de hare leven kon ontvangen. Er werd druk gespeculeerd over de vraag wiens totemgeest de Holenleeuw had kunnen overmeesteren en elke man van de stam had graag de eer voor zichzelf opgeëist, om zodoende in aanzien te stijgen. Sommigen geloofden dat het een combinatie van meerdere totemgeesten moest zijn geweest, misschien wel van alle totemgeesten van het mannelijk deel van de stam tezamen, maar de meningen waren hoofdzakelijk in twee kampen verdeeld, die van de jongere en die van de oudere generatie.

In de nabijheid van de vrouw verkeerd hebben was dé bepalende factor, en daarom geloofden de meeste mannen dat de kinderen van hun gezellinnen het product van hun eigen totemgeest waren. Een vrouw bracht onvermijdelijk meer tijd door met de man wiens vuurplaats ze deelde en had dus meer gelegenheid zijn totemgeest in te slikken. En hoewel de totemgeest van een man de hulp van die van een andere man bij de daaropvolgende strijd kon inroepen, of die van elke geest die er maar in de buurt was, kon de levensessentie van de eerste de meeste aanspraken op het kind maken. Een assisterende geest kon het privilege gegund worden het nieuwe leven te doen beginnen, maar de beslissing daarover was aan de totem die om hulp had gevraagd. De twee mannen die het meest in Ayla's nabijheid hadden vertoefd sinds ze een vrouw geworden was, waren Mog-ur en Broud.

'Ik zeg dat het Mog-ur is,' verklaarde Zoug. 'Hij is de enige met een totem die sterker is dan de Holenleeuw. En deelt ze niet zijn vuurplaats?'

'Ursus staat nooit toe dat een vrouw zijn geest inslikt,' wierp Crug tegen. 'De Holenbeer kiest alleen diegenen die hij wil beschermen, zoals Mog-ur. Denk je nu echt dat een Ree een Holenleeuw heeft kunnen verslaan?'

'Met de hulp van de Holenbeer. Mog-ur heeft twee totems. De Ree zou niet ver hoeven zoeken om hulp te krijgen. Niemand zegt dat de

Holenbeer zijn geest heeft achtergelaten, ik zeg alleen dat hij geholpen heeft,' weerlegde Zoug verhit.
'Waarom is ze dan de vorige winter niet zwanger geworden? Toen woonde ze ook al bij zijn vuurplaats. Ze is pas zwanger geworden nadat Broud zich steeds zo tot haar aangetrokken voelde, hoewel je me niet moet vragen wat hij in haar zag. Het nieuwe leven begon pas nadat hij zoveel tijd aan haar had besteed. Een Wolharige Neushoorn is ook heel sterk. Met wat hulp zou hij ook de Holenleeuw overwonnen kunnen hebben,' betoogde Crug.
'Ik denk dat het de totems van alle mannen tezamen moeten zijn geweest,' mengde Dorv zich in het gesprek. 'De vraag is: wie wil haar tot gezellin nemen? Iedereen wil de eer, maar wie wil de vrouw? Brun heeft gevraagd of iemand ervoor zou voelen. Als ze geen metgezel heeft, zal het kind ongeluk aantrekken. Ik ben te oud, hoewel ik niet kan zeggen dat het me spijt.'
'Ach, als ik nog een eigen vuurplaats had, zou ik haar wel nemen,' gebaarde Zoug. 'Ze is lelijk, maar ijverig en eerbiedig. Ze weet hoe ze voor een man moet zorgen. Dat is op de lange duur belangrijker dan een knap gezichtje.'
'Ik niet,' schudde Crug. 'Ik wil de Vrouw Die Jaagt niet bij mijn vuurplaats. Voor Mog-ur geeft het niet, hij kan toch niet jagen en het kan hem niet schelen. Maar stel je voor dat je met lege handen van de jacht terugkomt en het vlees moet eten waar je gezellin voor gezorgd heeft. Bovendien is mijn vuurplaats al vol genoeg met Ika en Borg en de kleine, Igra. Ik ben al blij dat Dorv nog een aandeel in de vleesvoorziening kan leveren. En Ika is nog jong genoeg om nog meer kinderen te krijgen – wie zal het zeggen?'
'Ik heb er wel over nagedacht,' zei Droeg, 'maar mijn vuurplaats is gewoon al te vol. Aga en Aba, Vorn en Ona en Groob. Wat moet ik met nog een vrouw en een kind erbij? Kan ze niet bij jou, Grod?'
'Nee. Alleen als Brun het me beveelt,' antwoordde Grod kortaf. De tweede man had nooit een zeker onbehagen ten aanzien van de vrouw die niet in de Stam geboren was kunnen overwinnen. Ze werkte op zijn zenuwen.
'En Brun zelf dan?' informeerde Crug. 'Hij is tenslotte degene die haar in de Stam heeft opgenomen.'
'Soms is het verstandig om aan de eerste vrouw te denken voor een man een tweede neemt,' merkte Goov op. 'Je kent Ebra's gevoelens met betrekking tot de rang van de medicijnvrouw. Iza heeft Ayla onderricht. Als zij een medicijnvrouw uit Iza's geslacht wordt, denk je dan dat Ebra het prettig zou vinden de vuurplaats te delen met een

jongere vrouw, een tweede gezellin, met een hogere rang dan zij? Ik zou Ayla wel op willen nemen. Wanneer ik Mog-ur word, zal ik toch niet veel jagen. Het zou me niet kunnen schelen als ze een hamster of een konijn meenam naar de vuurplaats. Het zijn toch maar kleine dieren. Ik denk zelfs niet dat Ovra bezwaar zou hebben tegen een tweede vrouw met een hogere rang, ze kunnen goed met elkaar overweg. Maar Ovra wil zo graag een kleine van zichzelf. Het zou haar moeilijk vallen een vuurplaats te delen met een vrouw met een nieuw kleintje, vooral waar niemand ooit had gedacht dat Ayla er een zou krijgen. Ik denk dat Brouds totemgeest het heeft laten beginnen; het is heel jammer dat hij zo vijandig tegenover haar staat, hij is degene die haar zou moeten opnemen.'

'Ik ben er niet zo zeker van dat het Brouds totemgeest is geweest,' zei Droeg. 'En jij dan, Mog-ur? Jij zou haar ook tot gezellin kunnen nemen.'

De oude tovenaar had zwijgend naar de discussie der mannen gekeken, zoals hij zo dikwijls deed. 'Ik heb erover nagedacht. Ik denk niet dat Ursus of de Ree Ayla's kleine hebben doen beginnen. Ik ben er ook niet zeker van dat het Brouds totemgeest is geweest. Haar totem is altijd een raadsel geweest; wie zal ooit weten wat er gebeurd is. Maar ze moet een metgezel hebben. Het gaat er niet alleen om dat de kleine ongeluk zou kunnen aantrekken, er moet ook een man verantwoordelijk voor zijn en voor zorgen. Ik ben te oud en als het een jongen zou zijn, zou ik hem niet kunnen leren jagen. En zij kan het niet, ze jaagt alleen met de slinger. Ik zou haar in ieder geval toch niet tot gezellin kunnen nemen; dat zou zoiets zijn alsof Grod Ovra tot gezellin zou nemen, vooral terwijl Oeka nog zijn eerste gezellin is. Voor mij is zij zoiets als de dochter van je gezellin, een kind van je vuurplaats, geen vrouw die je tot gezellin neemt.'

'Het is toch wel eens voorgekomen,' zei Dorv. 'De enige vrouw die een man niet tot gezellin kan nemen, is zijn bloedverwante.'

'Het is niet verboden, maar het wordt ook niet aangemoedigd. En de meeste mannen willen het ook niet. Bovendien heb ik nooit een gezellin gehad, ik ben te oud om er nu nog aan te beginnen. Iza zorgt voor me, dat is genoeg voor me. Ik heb het goed bij haar. Men verwacht dat mannen zich regelmatig met hun gezellin verlichten. Ik heb die behoefte al lange tijd niet meer; ik heb die lang geleden leren beheersen. Ik zou niet zo'n geweldige metgezel zijn voor een jonge vrouw. Maar misschien zal ze er niet eens een nodig hebben – Iza zegt dat haar zwangerschap moeilijk verloopt; ze heeft nu al problemen, ze zal haar zwangerschap misschien niet uitdragen. Ik weet dat Ayla de kleine graag wil, maar het zou voor iedereen beter zijn als ze het kind verloor.'

Zoals Mog-ur de mannen had verteld, verliep Ayla's zwangerschap niet voorspoedig. De medicijnvrouw vreesde dat er iets met de baby niet in orde was. Veel miskramen werden veroorzaakt doordat de foetus mismaakt was en volgens Iza was het voor de moeder beter het kind te verliezen dan het levend ter wereld te brengen en zich dan van een mismaakt kind te moeten ontdoen. Ayla bleef nog lang na de eerste drie maanden 's morgens misselijk en zelfs toen in de late herfst haar uitdijende middel tot een dikke bult was gezwollen, had ze nog moeite haar voedsel binnen te houden. Toen ze druppels en klonters bloed begon te verliezen, vroeg Iza Brun toestemming om Ayla van haar normale verplichtingen te ontslaan en beval ze de jonge vrouw in bed te blijven.
Iza's ongerustheid ten aanzien van Ayla's baby nam toe naarmate de zwangerschap moeilijker werd. Ze had sterk het gevoel dat Ayla van het kind zou moeten afzien. Ze was er zeker van dat er niet veel voor nodig zou zijn om het te laten loskomen, hoezeer de omvang van haar buik ook het bewijs leverde voor het groeien van de baby. Haar bezorgdheid ging meer naar Ayla uit. De zwangerschap eiste te veel van haar krachten. Haar armen en benen werden magerder, in tegenstelling tot haar zwellende middel. Ze had geen trek en dwong zichzelf de speciale gerechten die Iza voor haar klaarmaakte te eten. Er verschenen donkere kringen onder haar ogen en haar eens zo dikke en weelderige haar hing slap en futloos langs haar gezicht omlaag. Ze had het altijd koud; ze bezat eenvoudigweg niet voldoende lichamelijke reserves om warm te blijven en bracht het grootste deel van de tijd dicht bij het vuur gehurkt en in bontvachten gewikkeld door. Maar toen Iza Ayla voorstelde de medicijn te nemen die haar zwangerschap zou beëindigen, weigerde ze.
'Iza, ik wil mijn kleine houden. Help me,' smeekte Ayla. 'Je kunt me helpen. Ik weet dat je het kunt. Ik zal alles doen wat je zegt, als je me maar helpt mijn kind te houden.'
Iza kon niet weigeren. Al geruime tijd liet ze Ayla de planten halen die ze nodig had en ze was bijna nooit meer zelf uitgegaan. Iedere lichamelijke inspanning bezorgde haar hevige hoestbuien. Iza had zichzelf zwaar onder de medicijnen gehouden om de longziekte die iedere winter verergerde te verbergen. Maar voor Ayla zou ze uitgaan om een wortel te zoeken die miskramen hielp voorkomen.
De medicijnvrouw verliet vroeg in de morgen de grot om in de bos-

sen en op vochtige kale gronden hoger in de bergen naar die speciale wortel te gaan zoeken. De zon stond aan een heldere hemel te stralen toen ze op weg ging. Iza dacht dat het een van die warme dagen laat in de herfst zou worden en wilde geen extra kleding meesjouwen. Bovendien wilde ze terug zijn voor de zon hoog aan de hemel zou staan. Ze volgde een pad dat dicht bij de grot het bos in leidde, sloeg toen af bij een beekje en begon de steile berghelling te beklimmen. Ze was zwakker dan ze dacht, en kortademig; ze moest dikwijls rusten of wachten tot een hoestaanval over was. Halverwege de morgen sloeg het weer om. Op een kille wind uit het oosten kwamen wolken aangedreven die bij het bereiken van de heuvels hun zware last lieten vallen in de vorm van voortjagende natte sneeuw. Binnen enkele ogenblikken was Iza doorweekt.

De bui was in hevigheid afgenomen tegen de tijd dat ze het soort naaldbomenbos en vegetatie gevonden had dat ze zocht. Rillend in de koude motregen groef ze de wortels uit de modderige bodem op. Op de terugweg hoestte ze veel erger; om de paar minuten schokte haar hele lichaam ervan en kwam er bloederig schuim op haar mond. Ze was met het terrein rond deze grot niet zo vertrouwd als met de omgeving van het vorige thuis van de stam. Ze raakte gedesoriënteerd, volgde de verkeerde beek de helling af en moest teruglopen voor ze de goede vond. Het liep al tegen donker toen de doornatte en verkleumde medicijnvrouw bij de grot terugkeerde.

'Moeder, waar ben je toch geweest?' gebaarde Ayla. 'Je bent kletsnat, en kijk toch eens hoe je beeft. Kom gauw bij het vuur, dan geef ik je wat droge kleren.'

'Ik heb wat slangebloemwortel voor je gevonden, Ayla. Was hem en kauw...' Iza moest ophouden toen de zoveelste hoestbui haar overviel. Haar ogen glansden koortsig, op haar wangen brandden blosjes: '... kauw hem rauw. Hij zal je helpen de kleine te houden.'

'Je bent toch niet in die regen uitgegaan, alleen om een wortel voor me te zoeken? Weet je dan niet dat ik liever de kleine zou verliezen dan jou? Je bent te ziek om zo'n tocht te maken, dat weet je toch?'

Ayla wist wel dat Iza al jaren niet in orde was, maar ze had niet eerder beseft hoe ziek de vrouw eigenlijk wel was. De jonge vrouw vergat haar zwangerschap, sloeg er geen acht op wanneer ze af en toe vloeide, vergat de helft van de tijd te eten en weigerde van Iza's zijde te wijken. Wanneer ze sliep was het op een bontvacht naast het bed van de vrouw. Ook Oeba waakte voortdurend bij haar moeder.

Het was voor het jonge meisje de eerste keer dat ze meemaakte dat iemand die ze liefhad ernstig ziek was, en ze trok het zich enorm aan. Ze keek toe bij alles wat Ayla deed, hielp haar en kreeg al doende enig besef van haar eigen erfgoed en bestemming. Oeba was niet de enige die Ayla's verrichtingen nauwlettend volgde. De hele stam was bezorgd over het welzijn van de medicijnvrouw en was niet helemaal van Ayla's bekwaamheid overtuigd. De jonge vrouw was zich hun gespannen aandacht niet bewust; al de hare was gericht op de vrouw die ze haar moeder noemde.

Ayla zocht haar geheugen af naar elke remedie die Iza haar ooit geleerd had; ze ondervroeg Oeba om de informatie te achterhalen die naar ze wist in het geheugen van het kind opgeslagen lag en paste enig logisch denken van zichzelf toe. De speciale gave die Iza had opgemerkt, een vermogen om de ware kwaal te ontdekken en te behandelen, was Ayla's sterke punt. Ze was een diagnosticus. Uit kleine aanwijzingen kon ze zich een beeld vormen als uit de stukjes van een puzzel, en de lege plekken vulde ze door middel van verstandelijk redeneren en intuïtie op. Het was iets waarvoor onder allen die de grot deelden alleen zij het geschikte brein bezat. De crisis van Iza's ziekte was de prikkel die haar talent scherpte.

Ayla paste remedies toe die ze van de medicijnvrouw had geleerd en probeerde daarna nieuwe technieken die zich vanuit soms volslagen andere toepassingen aanboden. Of het nu door de medicijnen kwam of door de liefdevolle verzorging of door de sterke wil tot leven van de medicijnvrouw zelf – waarschijnlijk door alle drie te zamen –, toen de winter hoge heuvels van sneeuw tegen de windvang bij de grotingang begon op te hopen, was Iza voldoende hersteld om zich weer met Ayla's zwangerschap te gaan bezighouden. Het was niets te vroeg.

De inspanningen van het verplegen van Iza eisten hun tol. Ayla vloeide de rest van de winter onophoudelijk en had voortdurend rugpijn. Ze werd midden in de nacht met kramp in haar benen wakker en gaf nog steeds veel over. Iza verwachtte niet anders of ze kon de kleine elk ogenblik verliezen. Ze begreep niet hoe Ayla het kind in haar lichaam vasthield, noch hoe het zich kon blijven ontwikkelen terwijl Ayla zo zwak was. Maar groeien deed het. De buik van de jonge vrouw zwol op tot ongeloofwaardige proporties en de baby trappelde zo krachtig en veelvuldig dat ze er nauwelijks van kon slapen. Nooit had Iza een vrouw zo'n zware zwangerschap zien doormaken.

Ayla klaagde nooit. Ze was bang dat Iza dan zou denken dat ze de kleine misschien wel op zou willen geven, hoewel de zwangerschap veel te ver gevorderd was om een abortus ook maar te overwegen. En

Ayla dacht er ook niet over. Haar lijden sterkte haar alleen maar in de overtuiging dat als ze deze baby verloor ze nooit meer een andere zou hebben.
Vanuit haar bed zag Ayla hoe de lenteregens de sneeuw wegspoelden en de eerste krokus die ze zag, was die welke Oeba haar bracht. Iza wilde haar de grot niet uit laten gaan. De wilgenkatjes waren uitgebloeid en emerald gekleurd en de eerste knoppen vormden al een belofte van groen welig lover op de zoele lentedag vroeg in haar elfde jaar dat Ayla's bevalling zich aankondigde.
De eerste weeën waren heel goed te verdragen. Ayla nipte wilgenbastthee en babbelde druk met Iza en Oeba, opgewonden dat haar tijd eindelijk gekomen was. De volgende dag zou ze vast en zeker haar eigen kleintje in haar armen houden. Iza had haar bedenkingen, maar probeerde ze niet te laten blijken. Het gesprek kwam, zoals zo vaak de laatste tijd tussen Iza en haar beide dochters, op medicijnen.
'Moeder, wat was dat voor wortel die je voor me meebracht, die dag dat je uitging en zo ziek werd?' gebaarde Ayla.
'Dat was slangebloemwortel. Hij wordt niet dikwijls gebruikt omdat je hem vers moet kauwen en hij in de late herfst uitgegraven moet worden. Hij is erg goed om miskramen te voorkomen, maar hoeveel vrouwen dreigen alleen in de late herfst een miskraam te krijgen? Gedroogd werkt hij niet meer.'
'Hoe ziet hij eruit?' vroeg Oeba. Iza's ziekte had Oeba's belangstelling voor de kruiden die ze eens zou uitdelen doen toenemen en zowel Iza als Ayla was haar aan het onderrichten. Maar Oeba onderrichten was iets anders dan Ayla onderrichten. Oeba hoefde, om haar brein ten volle te kunnen benutten, alleen maar herinnerd te worden aan hetgeen ze al wist, en het toegepast te zien.
'Het zijn eigenlijk twee planten, een mannelijke en een vrouwelijke. Ze bestaan beide uit een lange stengel die uit een groepje laag bij de grond groeiende bladeren omhoogsteekt, en kleine bloempjes dicht bij de top, een stukje lager op de stengel. De mannelijke bloemen zijn wit. De wortel is van de vrouwelijke plant afkomstig; daarvan zijn de bloemen kleiner en groen.'
'Zei je niet dat hij in naaldbossen groeit?' gebaarde Ayla.
'Alleen in vochtige. Hij houdt van vocht, moerassen, natte plekken in grasland, dikwijls ook in hooggelegen bos.'
'Je had helemaal niet uit moeten gaan die dag, Iza. Ik was zo ongerust – o wacht, daar komt er weer een!'
De medicijnvrouw sloeg Ayla gade. Ze probeerde het tijdsverloop tussen de weeën te schatten. Het zou nog een hele tijd duren, besloot ze.

'Het regende niet toen ik wegging,' zei Iza. 'Ik dacht dat het een warme dag zou worden, maar ik had het verkeerd. Herfstweer is altijd onvoorspelbaar. Ik had je nog iets willen vragen, Ayla. Ik was een deel van de tijd wel in de war door de koorts, maar ik dacht dat je toen een borstkompres had gemaakt van kruiden die we gebruiken om Crebs reumatiek te verlichten.'

'Dat is ook zo.'

'Dat heb je niet van mij geleerd.'

'Nee, maar je hoestte zo erg en spuwde zoveel bloed dat ik je iets wilde geven om de krampen te kalmeren. Maar ik vond dat je ook het slijm wat makkelijker op moest kunnen hoesten. De medicijn voor Crebs reumatiek heeft een diep doorwerkende warmte en stimuleert de bloedsomloop. Ik dacht dat het misschien het slijm los zou maken, zodat je niet zo hard zou hoeven hoesten en dan kon ik je toch nog het brouwsel geven om de krampen te verlichten. Het scheen te werken.'

'Ja, dat geloof ik ook.' Toen Ayla het had uitgelegd leek het heel logisch, maar Iza vroeg zich af of zij op de gedachte gekomen zou zijn. Ik heb het goed gezien, dacht Iza. Ze is een goede medicijnvrouw, en ze zal nog beter worden. Ze verdient de hoge rang van mijn geslacht. Ik moet eens met Creb praten. Het zal misschien niet meer zo heel lang duren voor ik deze wereld verlaat. Ayla is nu een vrouw, ze zou officieel medicijnvrouw moeten worden – als ze deze geboorte overleeft.

Na het ochtendmaal kwam Oga aanwandelen met Grev, haar tweede zoon, en ging naast Ayla haar kind zitten voeden. Kort daarop voegde ook Ovra zich bij hen. De drie jonge vrouwen zaten tussen Ayla's weeën door gemoedelijk te babbelen, hoewel er niets over haar aanstaande bevalling gezegd werd. Die hele morgen dat Ayla in de eerste fase van haar bevalling verkeerde, bezochten de vrouwen van de stam Crebs vuurplaats. Sommigen kwamen alleen even wat morele steun verschaffen, anderen bleven praktisch onafgebroken bij haar zitten. Er zaten wel steeds een paar vrouwen aan haar bed, maar Creb bleef uit de buurt. Hij liep nerveus de grot in en uit, bleef af en toe staan om enkele gebaren te wisselen met de mannen die bij Bruns vuurplaats bijeenzaten, maar kon niet lang op één plek blijven. De voor die dag afgesproken jacht werd uitgesteld. Bruns excuus was dat het nog te nat was, maar iedereen wist wat de werkelijke reden was.

Laat in de middag werden Ayla's weeën heviger. Iza gaf haar het kooknat van de wortel van een bepaalde broodboom, die de bijzondere eigenschap had dat hij de pijnen van de baring verlichtte. Toen de dag aarzelend in de avond overging, werden de weeën steeds sterker en volgden ze elkaar sneller op. Ayla lag badend in haar zweet op bed en hield Iza's hand omklemd. Ze probeerde haar kreten binnen te houden, maar toen de zon achter de horizon zakte, kronkelde Ayla van de pijn en schreeuwde ze het uit bij iedere wee die haar lichaam verscheurde. De meeste vrouwen konden het niet langer aanzien; behalve Ebra gingen ze allen naar hun eigen vuurplaats terug. Ze vonden iets te doen en keken alleen even op wanneer Ayla de zoveelste smartelijke kreet slaakte. Ook rond Bruns vuur was de conversatie stilgevallen. De mannen zaten lusteloos naar de grond te staren. Iedere poging tot een gesprek over koetjes en kalfjes werd door Ayla's jammerkreten afgesneden.

'Haar heupen zijn te smal, Ebra,' gebaarde Iza. 'Haar geboortekanaal kan zich niet genoeg verwijden.'

'Zou het helpen als we de vliezen braken? Soms gaat het dan beter,' opperde Ebra.

'Daar heb ik ook al aan gedacht. Ik wilde het niet te snel doen; een droge bevalling zou ze niet kunnen hebben. Ik hoopte dat ze vanzelf zouden breken, maar ze wordt zwakker en het schiet niet erg op. Misschien kan ik het nu maar beter doen. Wil je me die rode iepentak even aangeven? Er komt net een wee aan, ik zal het doen als hij voorbij is.'

Ayla kromde haar rug en greep de twee vrouwen ieder bij een hand, terwijl ze het uitschreeuwde in een gefolterd crescendo.

'Ayla, ik ga proberen je te helpen,' gebaarde Iza toen de wee voorbij was. 'Begrijp je me?'

Ayla knikte stom.

'Ik ga de vliezen breken en dan wil ik dat je in hurkhouding overeindkomt. Het helpt als de kleine omlaaggeduwd wordt. Kun je het?'

'Ik zal het proberen,' wenkte Ayla zwakjes.

Iza bracht de tak in en Ayla's vruchtwater stroomde weg, wat meteen de volgende wee op gang bracht.

'Sta nu op, Ayla,' gebaarde de medicijnvrouw. Zij en Ebra trokken de verzwakte jonge vrouw van haar bed overeind en ondersteunden haar toen ze neerhurkte op de gelooide dierenhuid die onder alle vrouwen werd neergelegd wanneer ze hun kind baarden.

'Nu persen, Ayla. Hard persen.' Ze spande zich in bij de volgende pijnkramp.

'Ze is te zwak,' seinde Ebra. 'Ze kan niet hard genoeg persen.'

'Ayla, je móét harder persen,' beval Iza.

'Ik kan niet,' gebaarde Ayla.

'Je móét, Ayla. Je móét, anders sterft je kleine.' Ze zei er niet bij dat

ook Ayla zou sterven. Iza kon haar spieren zich zien samentrekken voor de volgende wee.
'Nu, Ayla! Pers! Pers zo hard je kunt,' vuurde Iza haar aan.
Ik kan mijn kleine niet laten doodgaan, dacht Ayla. Dat mag niet. Ik zal nooit meer een kleintje krijgen als deze sterft. Vanuit een onbekende reserve haalde Ayla de kracht voor een laatste inspanning. Terwijl de pijn toenam, haalde ze diep adem en greep Iza's hand voor steun. Ze perste het kind uit alle macht omlaag, zodat het zweet op haar voorhoofd parelde. Haar hoofd tolde. Ze had het gevoel alsof haar beenderen kraakten, alsof ze probeerde haar ingewanden naar buiten te duwen.
'Goed zo, Ayla, goed zo,' zei Iza bemoedigend. 'Het hoofdje is al te zien, nog één keer zo eentje.'
Ayla ademde opnieuw diep in en perste wederom. Ze voelde huid en spieren scheuren, en nog perste ze. In een vloedgolf van dik rood bloed werd het babyhoofdje door het nauwe geboortekanaal uitgedreven. Iza pakte het beet en trok, maar het ergste was al achter de rug.
'Nog eventjes, Ayla, alleen nog voor de nageboorte.' Ayla perste nog eenmaal, en zag alles om zich heen draaien. Toen werd het haar zwart voor de ogen en zakte ze ineen, bewusteloos.

Iza bond de navelstreng van de baby af met een roodgeverfd stukje pees en beet de rest af. Ze sloeg hem op de voetjes tot een zwak mekkergeluidje overging in een luid gekrijs. De kleine leeft, dacht Iza opgelucht terwijl ze het kind begon schoon te maken. Toen maakte zich een diepe teleurstelling van haar meester. Waarom dit, na al haar lijden, na alles wat ze heeft doorgemaakt? Ze wilde de kleine zo graag.
Iza wikkelde de baby in de zachte konijnenhuid die Ayla had geprepareerd, maakte vervolgens een nat verband van gekauwde wortels voor Ayla, dat met een absorberende reep leer op zijn plaats gehouden werd. Ayla kreunde en sloeg haar ogen op.
'Mijn kleintje, Iza. Is het een jongen of een meisje?'
'Het is een jongen, Ayla,' zei de vrouw; toen sprak ze haastig verder om haar niet te vroeg blij te maken: 'Maar hij is mismaakt.'
Ayla's eerste begin van een glimlach maakte plaats voor een blik vol ontzetting. 'Nee! Dat kan niet! Laat me hem zien!'
Iza bracht haar het kind. 'Ik was er al bang voor. Het is vaak zo wanneer een vrouw een moeilijke zwangerschap heeft. Het spijt me heel erg voor je, Ayla.'
De jonge vrouw sloeg het dek terug en bekeek haar zoon. Zijn armen en benen waren dunner dan die van Oeba bij haar geboorte geweest

waren, en langer, maar hij had het juiste aantal vingers en tenen op de juiste plaats. Zijn kleine penis en testikels vormden het stille bewijs van zijn geslacht, maar zijn hoofd zag er erg onnatuurlijk uit. Het was abnormaal groot, wat de oorzaak van Ayla's zware bevalling was geweest, en het was een beetje vervormd door zijn moeizame intrede in deze wereld, maar dat was op zich geen reden tot ongerustheid. Iza wist dat dat alleen door de tijdens de geboorte erop uitgeoefende druk kwam en dat het weldra weer in orde zou komen. Maar het was de bouw van het hoofd, de grondvorm die nooit veranderen zou, die afwijkend was, evenals de dunne, iele hals die het grote babyhoofd niet dragen kon.

Ayla's baby had zware wenkbrauwbogen, zoals de mensen van de Stam; zijn voorhoofd echter week niet terug maar verhief zich hoog en recht boven de wenkbrauwen en ging over in een in Iza's ogen hoge kruin, voor de schedel vandaar naar achteren wegliep in een langgerekte, ronde vorm. Maar zijn achterhoofd was niet helemaal zo lang als het had moeten zijn. Het zag eruit alsof de schedel van de baby naar voren was geduwd tot het bollende voorhoofd en de ronde kruin, waardoor het achterhoofd korter en ronder was geworden. Hij had maar een kleine achterhoofdsknobbel en zijn gelaatstrekken waren op een vreemde manier gewijzigd. Hij had grote ronde ogen, maar zijn neus was veel kleiner dan normaal. Zijn mond was groot, zijn kaken niet helemaal zo zwaar als die van mensen van de Stam; maar onder zijn mond bevond zich een benige knobbel die zijn gezicht misvormde, een goed ontwikkelde, enigszins wijkende kin, die bij mensen van de Stam geheel ontbrak. Het hoofdje van de baby viel achterover toen Iza hem voor het eerst opnam, en ze legde er onwillekeurig haar hand achter ter ondersteuning, ondertussen haar eigen hoofd schuddend op haar korte, stevige nek. Ze betwijfelde of de jongen ooit in staat zou zijn zijn hoofd rechtop te houden.

De baby wreef zijn gezichtje tegen het warme lichaam van zijn moeder toen hij in Ayla's armen lag en probeerde al te zuigen, alsof hij vóór zijn geboorte niet genoeg had gehad. Ze hielp hem aan haar borst.

'Dat kun je eigenlijk beter niet doen, Ayla,' zei Iza zachtmoedig. 'Je zou hem geen extra levenskrachten moeten geven wanneer hem het leven zo snel ontnomen wordt. Het zal het alleen moeilijker voor je maken afstand van hem te doen.'

'Afstand van hem te doen?' Ayla keek geschokt. 'Hoe kan ik ooit afstand van hem doen? Hij is mijn kleine, mijn zoon.'

'Je hebt geen keus, Ayla. Dat moet nu eenmaal. Een moeder moet haar kind altijd afstaan wanneer het mismaakt blijkt te zijn. Hij kan het beste zo snel mogelijk weggebracht worden, voor Brun het beveelt.'

'Maar Creb was ook mismaakt. En hij mocht wél in leven blijven,' protesteerde Ayla.

'De metgezel van zijn moeder was de leider van de stam; hij heeft het toen toegestaan. Jij hebt geen metgezel, Ayla, die voor je zoon kan pleiten. Ik heb je in het begin al gezegd dat je kind ongeluk zou kunnen aantrekken als het geboren werd voor je gekoppeld was. Is zijn mismaaktheid er niet het bewijs van, Ayla? Waarom een kind in leven laten blijven dat zijn hele leven alleen maar ongeluk zal hebben? Het is heus beter er maar meteen een eind aan te maken,' betoogde Iza.

Aarzelend maakte Ayla haar zoon van haar borst los terwijl de tranen haar over de wangen stroomden. 'O, Iza,' huilde ze, 'ik wilde zo graag ook een kleintje van mezelf, net zoals de andere vrouwen. Ik had nooit gedacht er een te zullen krijgen. Ik was er al zo blij mee. Het kon me niets schelen dat ik steeds misselijk was, ik wilde gewoon zo graag een kleintje van mezelf. En het ging zo moeilijk, ik dacht dat hij er nooit uit zou komen, maar toen je zei dat hij zou sterven, moest ik wel persen. Als hij toch moest sterven, waarom was zijn geboorte dan zo moeilijk? Moeder, ik wil mijn kleine houden, dwing me niet hem af te staan.'

'Ik weet dat het niet gemakkelijk is, Ayla, maar het moet.' Iza's hart bloedde voor haar. De baby zocht naar de borst waar hij zo abrupt van was losgemaakt, verlangend naar de geborgenheid en de mogelijkheid zijn behoefte tot zuigen te bevredigen. Ayla had nog geen melk voor hem, dat zou nog een dag of twee duren; hij kreeg nu alleen nog de dikke, melkachtige vloeistof waarmee ze hem haar eigen immuniteit voor bepaalde ziekten voor de eerste paar maanden van zijn leven kon doorgeven. Hij begon te jengelen en barstte weldra los in een hevig geschrei, driftig met zijn armpjes zwaaiend en zijn dek wegtrappelend. Zijn kreten vulden de grot met de dwingende eistoon van een woedende, rood aangelopen baby. Ayla kon het niet verdragen. Ze legde hem weer aan.

'Ik kán het eenvoudig niet,' gebaarde ze. 'Ik wil niet! Mijn zoon leeft. Hij ademt. Hij is misschien mismaakt, maar hij is sterk. Heb je gehoord hoe hij tekeerging? Heb je ooit een kleintje zo hard horen huilen? Heb je gezien hoe hij trappelde? Kijk toch eens hoe hij zuigt! Ik wil hem houden, Iza, ik wil hem houden, en ik gá hem houden. Ik ga liever weg dan dat ik hem laat doodgaan. Ik kan jagen. Ik kan voedsel vinden. Ik zal zelf voor hem zorgen.'

Iza verbleekte. 'Ayla, dat kun je niet menen. Waar zou je naartoe kunnen? Je bent te zwak, je hebt te veel bloed verloren.'
'Ik weet het niet, moeder. Ergens heen. Het geeft niet waarheen. Maar ik sta hem niet af.' Ayla was niet te bepraten, vastbesloten. Iza twijfelde er niet aan of de jonge moeder meende wat ze zei. Maar ze was te zwak om waar dan ook heen te gaan; ze zou zelf sterven als ze probeerde de baby te redden. Iza werd van afschuw vervuld bij de gedachte dat Ayla de gewoonten van de Stam zou schenden, maar ze was er zeker van dat ze het zou doen.
'Ayla, zeg zulke dingen toch niet,' smeekte Iza. 'Geef hem mij nu maar. Als jij het niet kunt, zal ik het wel voor je doen. Ik zal Brun zeggen dat je te zwak bent, dat is voldoende reden.' De vrouw stak haar armen naar het kind uit. 'Laat me hem nu meenemen. Als hij eenmaal weg is, zul je hem gemakkelijker kunnen vergeten.'
'Nee! Nee, Iza.' Ayla schudde heftig het hoofd en klemde het bundeltje in haar armen steviger tegen zich aan. Ze boog zich eroverheen als om het met haar lichaam te beschermen, onderwijl met één hand in Crebs afgekorte gebaren sprekend. 'Ik ga hem houden. Hoe dan ook, langs welke weg ook, al moet ik met hem weggaan, ik ga mijn kleine houden.'
Oeba sloeg de beide vrouwen gade, door beiden genegeerd. Ze had Ayla's moeilijke bevalling gezien, zoals ze ook andere vrouwen had zien baren. Geen enkel aspect van leven of dood werd voor kinderen geheimgehouden; net als de ouderen deelden ze mee in het wel en wee van de stam. Oeba had de goudharige jonge vrouw die haar speelkameraad en vriendin, haar moeder en haar zuster was, innig lief. De zware, pijnlijke bevalling had het meisje angst aangejaagd, maar Ayla's opmerkingen over weggaan deden dat nog meer. Ze herinnerden haar aan de vorige keer dat ze was weggegaan, toen iedereen zei dat ze nooit meer terug zou komen. Oeba wist zeker dat als Ayla nu wegging ze haar nooit terug zou zien.
'Ga niet weg, Ayla,' gebaarde het meisje, in paniek op haar toe rennend. 'Moeder, je mag Ayla niet weg laten gaan. Ga niet weer weg.'
'Ik wil ook niet weg, Oeba, maar ik kan mijn kleine toch niet laten doodgaan?' zei Ayla.
'Kun je hem niet hoog in een boom leggen, zoals de moeder uit Aba's verhaal? Als hij dan zeven dagen in leven blijft, moet Brun je hem laten houden,' pleitte Oeba.
'Aba's verhaal is maar een legende, Oeba,' legde Iza uit. 'Geen enkele kleine kan buiten in de kou en zonder voedsel in leven blijven.' Ayla keek niet naar Iza's uitleg; Oeba's kinderlijke voorstel had haar op een idee gebracht.

'Moeder, een deel van die legende is wel waar.'
'Hoezo?'
'Als mijn kleine na zeven dagen nog in leven is, moet Brun hem accepteren, nietwaar?' vroeg Ayla ernstig.
'Waar denk je aan, Ayla? Je kunt hem niet buiten neerleggen en dan maar hopen dat hij na zeven dagen nog leeft. Je weet dat dat onmogelijk is.'
'Niet buiten neerleggen, meenemen. Ik weet een plek waar ik me kan verstoppen, Iza. Daar kan ik hem mee naartoe nemen en dan op zijn naamdag terugkomen. Dan zal Brun me wel moeten toestaan hem te houden. Er is een kleine grot...'
'Nee! Ayla, zeg zulke dingen niet tegen me. Dat zou verkeerd zijn. Het zou ongehoorzaam van je zijn. Ik kan dat niet goedkeuren; dat is bij de Stam niet gebruikelijk. Brun zou heel boos zijn. Hij zou je gaan zoeken, hij zou je vinden en je naar de grot terugbrengen. Het zou niet juist zijn, Ayla,' vermaande Iza. Ze stond op en liep naar het vuur, maar kwam na enkele stappen terug. 'En als je wegging, zou hij me vragen waar je heen gegaan was.'
Iza had nooit in haar leven iets gedaan dat tegen de gewoonten van de Stam of tegen Bruns wensen indruiste. Het idee alleen vervulde haar al met afgrijzen. Zelfs de geheime anticonceptiemedicijn was door de goedkeuring van voorbije generaties medicijnvrouwen gewettigd en maakte deel uit van haar erfgoed. Het bewaren van het geheim was geen ongehoorzaamheid – er bestond geen traditie of zede die het gebruik van de medicijn verbood – ze sprak er alleen niet over. Ayla's plan was regelrechte rebellie, een rebellie waar Iza nooit ofte nimmer zelfs maar van gedroomd zou hebben; ze kon het niet goedkeuren.
Maar ze wist hoe graag Ayla het kind wilde hebben; haar hart kromp ineen bij de herinnering aan haar lijden, die hele moeilijke zwangerschap lang, en hoe alleen de angst dat het kind zou sterven haar de kracht had gegeven die ook haar eigen leven had gered.
Ayla heeft gelijk, dacht Iza, terwijl ze naar de pasgeborene keek. Hij is mismaakt, maar verder sterk en blakend van gezondheid. Creb was ook mismaakt en nu is hij Mog-ur. Dit is ook haar eerstgeboren zoon. Als ze een metgezel had, zou hij misschien wel toestaan dat de kleine in leven bleef. Nee, dat zou hij niet, dacht ze dan weer. Ze kon tegen zichzelf al evenmin liegen als tegen iemand anders. Maar ze kon zwijgen.
Ze dacht eraan Creb of Brun erover te vertellen en ze wist dat ze dat ook hoorde te doen, maar ze kon zich er niet toe brengen. Iza kon Ayla's plan niet goedkeuren, maar ze kon het verzwijgen. Het was het

ergste opzettelijk verkeerde dat ze ooit in haar leven had gedaan.
Ze legde wat hete stenen in een kom water om een moederkorenthee voor Ayla te maken. De jonge vrouw lag met de baby in haar armen te slapen toen Iza haar de medicijn kwam brengen. Ze schudde haar zachtjes wakker.
'Drink dit, Ayla,' zei ze. 'Ik heb de nageboorte ingepakt en in die hoek gelegd. Vannacht kun je nog rusten, maar morgen moet je hem begraven. Brun weet er al van, Ebra heeft het hem verteld. Hij wil liever niet verplicht worden de kleine te bekijken en een officieel bevel te geven. Hij verwacht dat je de zaak in orde maakt wanneer je het blijk van de geboorte gaat verbergen.' Zo liet Iza haar dochter weten hoe lang ze had om haar plannen te maken.
Ayla bleef nog lang wakker liggen nadat Iza was weggegaan, bedenkend wat ze mee moest nemen. Ik zal mijn slaapvacht nodig hebben, konijnenhuiden voor de kleine en dons; en wat extra dekens om ze te kunnen verwisselen. Verband voor mezelf, mijn slinger en messen. O, en eten, ik moest ook maar wat eten meenemen en een waterzak. Als ik wacht tot de zon hoog staat voor ik ga, kan ik 's morgens alles klaarleggen.

De volgende morgen kookte Iza veel meer dan nodig was voor een ochtendmaal voor vier personen. Creb was laat bij zijn vuurplaats teruggekeerd om te gaan slapen; hij wilde liever ieder contact met Ayla vermijden. Hij wist niet wat hij tegen haar moest zeggen. Haar totem was gewoon te sterk, dacht hij. Hij is nooit geheel verslagen; daarom bleef ze tijdens haar zwangerschap ook zoveel vloeien. Daarom is de kleine ook mismaakt. Heel jammer, ze wilde hem zo graag.
'Iza, dat is genoeg voedsel voor een hele stam,' merkte Creb op. 'Hoe krijgen we ooit zoveel op?'
'Het is voor Ayla,' zei Iza, en ze boog vlug het hoofd.
Iza had veel meer kinderen moeten hebben, dacht de oude man, ze is zo dol op die ze heeft. Maar Ayla moet inderdaad aansterken. Het zal lang duren voor ze hieroverheen is. Ik vraag me af of ze ooit een normaal kind zal hebben.
Alles draaide om Ayla heen toen ze opstond en ze voelde hoe ze een golf warm bloed verloor. Een paar stappen lopen bezorgde haar al veel pijn en bukken was een marteling. Ze was zwakker dan ze beseft had en werd bijna door paniek bevangen. Hoe moet ik die hele klim naar de grot maken? Maar het moet. Als ik het niet haal zal Iza me mijn kleintje afnemen en zich ergens van hem ontdoen. Wat moet ik beginnen als ik mijn kleintje verlies?

Ik ga hem niet verliezen, dacht ze gedecideerd, de paniek uit haar hart verdrijvend. Op de een of andere manier kom ik boven, al moet ik de hele weg kruipen.

Het motregende toen Ayla de grot verliet. Ze pakte enkele dingen onder in haar verzamelmand en bedekte ze met het riekende pakje geboorteresten. De andere voorwerpen verborg ze onder haar buitenomslag van bont. De baby droeg ze in een draagmantel stevig tegen haar borst gebonden. De eerste duizeligheid trok weg toen ze het bos in liep, maar ze bleef misselijk. Ze verliet het pad en baande zich een weg diep het bos in voor ze bleef staan. Ze begroef het pakje diep in de grond zoals Iza haar had opgedragen en maakte de gepaste symbolen. Toen keek ze naar haar zoon, die rustig sliep, warm en geborgen. Niemand gaat jou in zo'n gat stoppen, zei ze bij zichzelf. Daarop begon ze de steile helling te beklimmen, zich er niet van bewust dat iemand haar gadesloeg.

Kort nadat Ayla de grot had verlaten, was Oeba achter haar aan naar buiten geglipt. Door het onderricht dat ze die winter na haar moeders ziekte had ontvangen, besefte het meisje veel beter in welk een gevaarlijke situatie Ayla zich bevond. Ze wist hoe zwak de jonge vrouw was en vreesde dat ze zou bezwijken en een gemakkelijke prooi zou worden voor een ronddolend roofdier dat op de geur van bloed om haar heen zou kunnen afkomen. Oeba was bijna naar de grot teruggerend om Iza te gaan waarschuwen, maar ze wilde Ayla niet alleen laten, dus begon ze haar te volgen. Het meisje verloor haar uit het oog toen ze van het pad af ging, maar zag haar later weer een open stuk helling opklimmen.

Ayla leunde onder het voortgaan zwaar op haar graafstok, die ze nu als wandelstok gebruikte. Ze bleef dikwijls staan, heftig slikkend tegen haar misselijkheid en de duizeligheid die steeds in duisternis over wilde gaan. Ze voelde bloed langs haar benen sijpelen, maar nam niet de tijd om de absorberende reep te vervangen. Ooit, zo herinnerde ze zich, kon ze de steile helling op rennen zonder zelfs buiten adem te raken. Nu kon ze gewoon niet geloven dat het zo ver was naar het hooggelegen bergweitje. De afstand tussen de bekende oriëntatiepunten was onmogelijk groot. Ayla dreef zichzelf voort tot ze op het punt stond neer te vallen en moest vervolgens vechten om bij bewustzijn te blijven tot ze genoeg uitgerust was om verder te gaan.

Toen de baby laat in de middag begon te huilen, hoorde ze hem maar vaag, als door een dichte mist. Maar ze bleef niet staan om aan zijn wensen gehoor te geven, ze dwong zichzelf door te klimmen. Ze klemde zich maar aan één gedachte vast: ik moet de wei bereiken, ik

moet bij de grot komen. Ze wist niet eens meer precies waarom.
Oeba was ver achtergebleven, daar ze niet wilde dat Ayla haar zou zien. Ze wist niet dat Ayla nauwelijks verder dan haar volgende stap kon kijken. De jonge moeder zag alles slechts vaag, als door een rood waas. Nog een klein eindje, zei ze tegen zichzelf, een klein eindje maar. Ze ploeterde het veldje over en had nauwelijks nog genoeg kracht om de takken opzij te duwen toen ze de kleine grot binnenstrompelde die al zo dikwijls haar toevluchtsoord was geweest. Zonder erop te letten dat haar bontomslag nat was, zakte ze ineen op de hertenhuid en was zich niet eens meer bewust dat ze haar schreiende zoon aan haar borst legde voor ze zich eindelijk aan haar uitputting overgaf.
Het trof gelukkig dat Oeba net de wei bereikte toen Ayla in de grot verdween, of ze zou gedacht hebben dat de vrouw in het niets was opgelost. De dichte oude hazelaars met hun dooreengegroeide takkenmassa camoufleerden het gat in de bergwand zelfs zonder gebladerte volledig. Oeba rende terug naar de grot van de stam. Ze was langer weggebleven dan ze verwacht had; Ayla had er veel langer over gedaan de kleine grot te bereiken dan het meisje had voorzien. Ze was bang dat Iza zich ongerust had gemaakt en haar zou berispen. Maar Iza negeerde Oeba's late terugkeer. Ze had haar dochter na Ayla naar buiten zien sluipen en geraden wat ze van plan was, maar ze wilde het niet zeker weten.

20

'Zou ze nog niet terug moeten zijn, Iza?' vroeg Creb. Hij had de hele middag onrustig de grot in en uit gelopen. Iza knikte nerveus en keek niet op van de koude gekookte wildbout die ze in stukken sneed.
'Au!' riep ze plotseling, toen het scherpe lemmet dat ze gebruikte een diepe snee in haar vingers maakte. Creb keek op, al even verbaasd over het feit dat ze zich sneed als over haar spontane uitroep. Iza was zo handig met het stenen mes, hij kon zich niet herinneren wanneer ze zich voor het laatst had gesneden.
Arme Iza, dacht Creb. Ik ben zelf zo ongerust dat ik er niet aan gedacht heb hoe zij zich wel moet voelen, berispte hij zichzelf. Geen wonder dat ze nerveus is, zij maakt zich ook zorgen.
'Ik heb zo-even met Brun gepraat, Iza,' gebaarde Creb. 'Hij voelt er nu nog niet voor al naar haar te gaan zoeken. Niemand hoort te weten waar een vrouw haar... waar een vrouw een opdracht als deze uitvoert. Je weet hoeveel ongeluk het zou brengen als een man haar zag. Maar ze is zo zwak, ze zou wel ergens in de regen kunnen liggen. Jij zou haar wél kunnen gaan zoeken, Iza, jij bent een medicijnvrouw. Ze kan niet erg ver weggegaan zijn. Maak je geen zorgen over het eten, ik kan wel wachten. Waarom ga je niet gauw even, dadelijk is het donker.'
'Ik kan niet,' gebaarde Iza en ze stopte haar gekwetste vinger in haar mond terug.
'Wat bedoel je, je kunt niet?' Creb stond voor raadselen.
'Ik kan haar niet vinden.'
'Hoe weet je nu dat je haar niet kunt vinden als je haar niet gaat zoeken?' De oude man was geheel in verwarring gebracht. Waarom wil Iza haar niet gaan zoeken? Nu ik erover nadenk, waarom is ze haar niet allang aan het zoeken? Ik had verwacht dat ze het bos al aan het uitkammen zou zijn om Ayla te vinden. Ze is zo nerveus, er is iets mis.
'Iza, waarom wil je Ayla niet zoeken?' vroeg hij.
''Het zou niets uitrichten, ik zou haar toch niet vinden.'

'Waarom niet?' hield hij aan.
Uit de ogen van de vrouw sprak grote gespannenheid. 'Ze heeft zich ergens verborgen,' bekende Iza.
'Verborgen! Waar verbergt ze zich dan voor?'
'Voor iedereen. Voor Brun, voor jou, voor mij, voor de hele stam,' antwoordde ze.
Creb tastte volledig in het duister en Iza's raadselachtige antwoorden maakten de zaak alleen maar nog onbegrijpelijker. 'Iza, leg het me nu maar liever uit. Waarom verbergt Ayla zich voor de stam, of voor mij, of voor jou? Vooral, waarom voor jou? Ze heeft je nu toch nodig.'
'Ze wil de kleine houden, Creb,' gebaarde Iza. Toen sprak ze vlug verder terwijl haar ogen hem smeekten het te begrijpen. 'Ik zei haar dat het de plicht van de moeder was zich van een mismaakt kleintje te ontdoen, maar ze weigerde. Je weet hoe ze ernaar heeft verlangd. Ze zei dat ze hem mee zou nemen en hem verstoppen tot het zijn naamdag was, zodat Brun hem dan wel zou moeten accepteren.' Creb staarde de vrouw aan, dadelijk de gevolgen van Ayla's eigenzinnige gedrag overziend.
'Ja, Brun zal gedwongen zijn haar zoon te accepteren, Iza, en dan zal hij haar vervloeken wegens opzettelijke ongehoorzaamheid – en nu voor altijd. Weet je niet dat als een vrouw een man tegen zijn wil tot iets dwingt, hij zijn gezicht verliest? Brun kan zich dat niet veroorloven, de mannen zouden geen respect meer voor hem hebben. Zelfs als hij haar vloekt, zal hij nog zijn gezicht verliezen, en deze zomer is de Stambijeenkomst. Denk je dat hij dan de mannen van de andere stammen onder ogen kan komen? De hele stam zal zijn gezicht verliezen,' gebaarde de magiër vertoornd. 'Hoe is ze in vredesnaam op het idee gekomen?'
'Het kwam door een van Aba's verhalen, over de moeder die haar mismaakte baby boven in een boom legde,' antwoordde Iza. De vrouw was buiten zichzelf van schrik. Waarom had ze niet beter nagedacht?
'Oudevrouwenpraat,' gebaarde Creb vol ergernis. 'Aba zou toch beter moeten weten dan een jonge vrouw het hoofd op hol te brengen met zulke onzin.'
'Het kwam niet alleen door Aba, Creb. Het kwam ook door jou.'
'Door mij! Wanneer heb ik haar ooit zulke verhaaltjes verteld?'
'Je hoefde haar geen verhaaltjes te vertellen. Je bent mismaakt geboren, maar je mocht in leven blijven. Nu ben je Mog-ur.'
Iza's uitspraak schokte de scheefgegroeide, eenarmige tovenaar tot in zijn botten. Hij kende de reeks gelukkige toevalligheden die tot zijn opname in de stam geleid hadden. De hoogstgeplaatste heilige man

van de Stam was uitsluitend en alleen door geluk in leven gebleven. Zijn moeders moeder had hem eens gezegd dat het wel een wonder mocht heten. Probeerde Ayla vanwege hém voor haar zoon ook een wonder te bewerkstelligen? Dat zou nooit lukken. Ze zou Brun nooit kunnen dwingen haar zoon te accepteren. Dat moest geheel en al Bruns wens, Bruns beslissing zijn.

'En jij dan, Iza? Heb jij haar niet gezegd dat ze er verkeerd aan deed?'

'Ik heb haar gesmeekt niet te gaan. Ik heb gezegd dat ik de kleine wel weg zou brengen als zij het niet kon. Maar ze wilde me er daarna niet meer bij laten komen. O Creb, ze heeft zoveel doorstaan om hem te krijgen!'

'Dus liet je haar gaan, in de hoop dat haar plan zou lukken. Waarom heb je mij er niet van verteld, of Brun?'

Iza schudde alleen het hoofd. Creb heeft gelijk, dacht ze, ik had het hem moeten vertellen. Nu zal ook Ayla sterven, niet alleen haar kleine.

'Waar is ze naartoe, Iza?' Crebs oog stond zo hard als steen.

'Ik weet het heus niet. Ze zei iets over een kleine grot,' antwoordde de vrouw terwijl alle hoop haar verliet. De tovenaar wendde zich bruusk af en hinkte naar de vuurplaats van de leider.

Het huilen van de baby deed Ayla ten slotte uit haar uitgeputte slaap ontwaken. Het was donker en de kleine grot was vochtig en kil zonder een vuur. Ze ging naar het achtergedeelte om te wateren en vertrok haar gezicht pijnlijk toen het warme ammoniakhoudende vocht langs haar rauwe, ingescheurde vlees stroomde. Ze rommelde in het donker in haar verzamelmand, op zoek naar een schone lap en een nieuw windsel voor de natte en vuile baby, en ze dronk wat water; toen, haar bontvacht om hen tweeën instoppend, ging ze weer liggen om haar zoon te voeden. Toen ze opnieuw wakker werd, was de wand van de grot bespikkeld met door de verwarde hazelaartakken voor de ingang binnenstromend zonlicht. Ze at haar voedsel koud terwijl de baby dronk.

Het voedsel en de lange rust hadden haar nieuwe kracht gegeven en ze zat met de baby in haar armen dromerig wat te peinzen. Ik zal wat hout moeten halen, dacht ze, en mijn eten zal ook niet al te lang meegaan, ik zal meer moeten zien te krijgen. De luzerne zal zo langzamerhand wel uitlopen; die is ook goed voor mijn bloed. En er zijn ook al nieuwe klaver en wikkescheuten en bollen. De bomen zitten vol vers sap; de onderbast is nu zoet, vooral van de ahorn. O nee, zo hoog groeien er geen ahornen, maar er staan berken en dennen. Laat eens zien, verse klis en klein hoefblad en jonge paardebloemblaadjes, en varens, daarvan zullen de meeste nog wel opgerold zijn. Ik heb eraan gedacht mijn slinger mee te nemen – er zijn hier massa's grondeekhoorns, en bevers, en konijnen.

Ayla zat idyllisch te dagdromen over de genoegens van het warmer wordende seizoen, maar toen ze opstond, voelde ze een golf bloed wegstromen en werd ze door een nieuwe duizeling bevangen. Haar benen waren overdekt met aangekoekt gedroogd bloed, dat ook haar voetomhulsels en haar omslagen bevlekt had; de aanblik bracht haar tot de werkelijkheid terug en tot het besef van haar wanhopige situatie.

Toen de duizeligheid over was, besloot ze zich eerst te gaan wassen en dan wat hout te halen, maar ze wist niet wat ze met de baby moest doen. Ze aarzelde tussen hem meenemen of hem laten slapen waar hij lag. Vrouwen van de Stam lieten baby's nooit zonder toezicht achter, ze bevonden zich altijd onder het wakend oog van een of andere vrouw. Maar ze moest zich gaan reinigen en meer water halen en zonder het kind kon ze meer hout dragen.

Ze gluurde door de kale takken van de struiken om zich ervan te overtuigen dat er niemand in de buurt was, duwde toen de twijgen opzij en verliet de grot. De grond was drassig en dicht bij de beek was het één glibberige modderpoel. In beschaduwde hoekjes lagen nog plekjes sneeuw. Rillend in de frisse wind die uit het oosten woei en nog meer regenwolken voor zich uit dreef, kleedde Ayla zich uit, stapte in de koude beek om zich af te spoelen, en sponsde daarna haar omslagen af. Het klamme vochtige leer bood haar niet veel warmte toen ze ze weer omdeed.

Ze liep naar het bos aan de rand van de bergwei en trok aan enkele verdroogde takken onder aan een dennenboom. Een hevige duizeling beving haar, haar knieën knikten en ze moest zich aan een boom vastgrijpen om niet te vallen. Haar hoofd bonsde en ze slikte heftig om niet over te geven toen haar zwakte haar overspoelde. Ze liet alle gedachten aan jagen of voedsel verzamelen varen. De uitputtende zwangerschap, de zware bevalling en de gruwelijke klimtocht hadden alle hun tol geëist – ze was aan het einde van haar krachten.

De baby huilde toen ze bij de grot terugkwam. Het was er koel en vochtig en hij miste haar warme nabijheid. Ze nam hem op en hield hem tegen zich aan, maar herinnerde zich vervolgens dat ze de waterzak bij de beek had laten liggen. Ze moest water hebben. Ze legde haar zoon neer en sleepte zich weer de grot uit. Het begon juist te regenen. Toen ze terugkwam, zonk ze uitgeput op haar bed neer en trok de vochtige zware bontvacht over hen beiden heen. Ze was te moe om zich de in haar onderbewustzijn priemende angst geheel bewust te worden voor ze door de slaap werd overmand.

'Heb ik jullie niet gezegd dat ze brutaal is, en eigenzinnig?' gebaarde Broud zelfvoldaan. 'Geloofde iemand me? Nee. Iedereen koos haar partij, voerde verontschuldigingen aan, gaf haar haar zin, stond haar zelfs toe te jagen. Het kan me niet schelen hoe sterk haar totem is, vrouwen gaan nu eenmaal niet op jacht. Het had niks met de Holenleeuw te maken, het was gewoon eigenzinnigheid. Zie je nu wat er gebeurt als je te soepel bent? Nu denkt ze dat ze haar mismaakte zoon de stam in kan manoeuvreren. Deze keer kan niemand verontschuldigingen voor haar gedrag aanvoeren. Ze is met opzet ongehoorzaam geweest aan de gebruiken van de Stam. Daarvoor bestaat geen pardon.'

Eindelijk had Broud het gelijk aan zijn kant en hij genoot ervan dat hij nu kon zeggen: 'Heb ik het jullie niet gezegd?' Hij draafde er zo innig vergenoegd over door dat het de leider onaangenaam aandeed. Brun verloor niet graag zijn gezicht en de zoon van zijn gezellin maakte het er niet gemakkelijker op.

'Je bent nu wel duidelijk genoeg geweest, Broud,' wenkte hij. 'Het is niet nodig er zo over door te blijven zeuren. Ik zal heus wel met haar afrekenen wanneer ze terugkomt. Geen enkele vrouw heeft ooit ongestraft geprobeerd me ergens toe te dwingen en dat zal nu ook niet lukken.'

'Als we morgenochtend weer op pad gaan,' zei Brun, terugkerend tot de reden waarom hij de vergadering bijeengeroepen had, 'denk ik dat we moeten zoeken op plaatsen waar we zelden komen. Iza zei dat Ayla een kleine grot wist. Heeft iemand ooit ergens in de omgeving een kleine grot gezien? Het kan niet te ver weg zijn, ze was te zwak om erg ver te komen. We kunnen de steppen en het bos wel vergeten en moeten daar zoeken waar we een kans hebben grotten te vinden. Met deze regen zal haar spoor wel weggespoeld zijn, maar er zou nog ergens een voetafdruk kunnen staan. Hoeveel moeite het ook kost, ik wil dat ze gevonden wordt.'

Iza wachtte nerveus tot Bruns bijeenkomst was afgelopen. Ze had voldoende moed bijeen proberen te rapen om hem te benaderen en besloot dat het ogenblik nu was gekomen. Toen ze de mannen uiteen zag gaan, liep ze met gebogen hoofd naar zijn vuurplaats en ging voor hem op de grond zitten.

'Wat wil je, Iza?' vroeg Brun, nadat hij haar op de schouder getikt had.

'Deze onwaardige vrouw zou tot de leider willen spreken,' begon Iza.
'Je mag spreken.'
'Deze vrouw heeft er verkeerd aan gedaan niet naar de leider toe te gaan toen zij vernam wat de jonge vrouw van plan was.' Iza vergat de formele spreektrant te handhaven toen haar emoties haar de baas werden: 'Maar Brun, ze wilde zo graag een kleine. Niemand had gedacht dat ze ooit leven zou ontvangen, zijzelf wel het minst. Hoe kon de Geest van de Holenleeuw ook overwonnen worden? Ze was zo gelukkig. En hoewel ze erg heeft geleden, heeft ze nooit geklaagd. Ze is bijna gestorven bij de bevalling, Brun. Alleen de gedachte dat haar kind zou sterven, heeft haar op het laatst nog genoeg kracht gegeven. En daarna kon ze het niet opbrengen hem af te staan, al was hij mismaakt. Ze was er zeker van dat het de enige kleine was die ze ooit zou krijgen. Ze was buiten zichzelf van de schok en de pijn, ze kon niet goed nadenken. Ik weet dat ik niet het recht heb dit te vragen, Brun, maar ik smeek je haar te laten leven.'
'Waarom ben je toch niet eerder naar me toe gekomen, Iza? Als je denkt dat smeken om haar leven nu nut zou kunnen hebben, waarom ben je dan tóén niet naar me toe gekomen? Ben ik zo hard tegen haar geweest? Ik ben niet blind voor haar lijden geweest. Een man kan zijn ogen afwenden om niet in andermans vuurplaats te kijken, maar zijn oren kan hij niet sluiten. Er is niemand in deze hele stam die niet weet hoeveel pijn Ayla heeft doorstaan om haar zoon te baren. Denk je dat ik zo hardvochtig ben, Iza? Als je naar me toe was gekomen, me verteld had van haar gevoelens, van haar plannen, denk je dan dat ik niet overwogen zou hebben de kleine in leven te laten? Dan had ik haar dreigement om weg te lopen en zich te verbergen als de waanideeën van een buiten zichzelf verkerende vrouw kunnen zien. Ik zou het kind bekeken hebben. Zelfs zonder de tussenkomst van een metgezel zou ik, als de misvorming niet te erg was, hebben kunnen toestaan dat het bleef leven. Maar je hebt me geen kans gegeven. Je ging ervan uit dat je wist wat ik zou doen. Dat is niets voor jou, Iza.
Ik heb nog nooit meegemaakt dat je tekortschoot in plichtsbetrachting. Je bent altijd een voorbeeld voor de andere vrouwen geweest. Ik kan je gedrag alleen op rekening van je ziekte schuiven. Ik weet hoe ziek je bent, hoewel je probeert het te verbergen. Ik heb je wensen gerespecteerd en er niet over gesproken, maar vorige herfst was ik er zeker van dat je gereed was de wereld der geesten binnen te gaan. Ik wist ook heel goed dat Ayla dacht dat dit haar enige kans was om een kleine te krijgen. Ik denk ook wel dat ze daar gelijk in heeft. Toch zag ik

haar elke gedachte aan zichzelf opzij schuiven toen jij ziek was, Iza, en ze heeft je erdoorheen gesleept. Ik weet niet hoe het haar gelukt is. Misschien kwam het ook doordat Mog-ur de geesten die wilden dat je je bij hen zou voegen ompraatte en hen overhaalde om je nog wat te laten blijven, maar het kwam zeker niet alleen door Mog-ur.
Ik was ook al bereid zijn verzoek in te willigen en haar toe te staan officieel medicijnvrouw te worden. Ik was evenveel respect voor haar gaan voelen als ik eens voor jou voelde. Ze is een bewonderenswaardige vrouw geweest, een model van plichtsgetrouwe gehoorzaamheid, ondanks de zoon van mijn gezellin. Ja, Iza, ik ben mij er zeer goed van bewust geweest hoe hard Broud tegen haar optrad. Zelfs die ene misstap van haar, aan het begin van de vorige zomer, was op de een of andere manier door hem uitgelokt, al begrijp ik niet helemaal hoe. Het is onwaardig van hem zich zo vijandig tegen een vrouw op te stellen: Broud is een zeer dappere en sterke jager en heeft geen enkele reden zich door een vrouw in zijn mannelijkheid bedreigd te voelen. Maar misschien heeft hij inderdaad iets gezien dat mij is ontgaan. Misschien heeft hij gelijk en ben ik blind geweest voor haar gebreken. Iza, als je eerder naar me was gekomen, zou ik je verzoek misschien hebben overwogen en had ik haar zoon misschien in leven kunnen houden. Nu is het te laat. Wanneer ze op de naamdag van haar kind terugkeert, zal zowel Ayla als haar zoon sterven.'

De volgende dag probeerde Ayla een vuur aan te leggen. Er waren nog enkele droge takjes over van haar vorig verblijf. Ze draaide er een tussen haar handpalmen tegen een ander stuk hout, maar ze had niet genoeg kracht om de langdurige inspanning op te brengen die ervoor nodig was om het aan het smeulen te krijgen, en dat was maar gelukkig ook. Droeg en Crug vonden hun weg naar de bergwei terwijl zij en de baby sliepen. Ze zouden een vuur of de restanten ervan geroken hebben. Ze liepen toch al zo dicht langs de grot dat als de baby in zijn slaap een kreetje had geslaakt, ze hem gehoord zouden hebben. Maar de toegang tot het kleine gat in de rotswand werd door het dichte oude hazelbosje zo goed gecamoufleerd dat ze het niet opmerkten.
Maar het fortuin was haar ook daarna goed gezind. De lenteregens die gestaag uit een loodkleurige hemel omlaagvielen en de oevers van het beekje in een modderpoel en de wei in een zompig moeras hadden veranderd en haar een sombere stemming bezorgden, hadden ook al haar sporen weggespoeld. De jagers waren zo geoefend in het spoorzoeken dat ze de voetafdrukken van elk lid van de stam kenden, en hun scherpe ogen zouden onmiddellijk afgebroken scheuten of

omgewoelde aarde van opgegraven bollen of wortels hebben gezien als ze voedsel verzameld had. Het feit dat ze zo zwak was, behoedde haar nu juist voor ontdekking.

Toen Ayla later uitging en de voetsporen van de mannen in de modder bij de beek zag, waar ze even waren blijven staan om wat te drinken, stond haar hart bijna stil. Het maakte haar bang om nog naar buiten te gaan. Ze schrok op bij iedere windstoot die de struiken voor haar grot deed bewegen en spande zich in om geluiden op te vangen die ze zich maar verbeeldde gehoord te hebben.

Het eten dat ze meegebracht had, was bijna op. Ze doorzocht de manden voor voedselopslag die ze had gemaakt tijdens haar lange, eenzame verblijf daar toen ze tijdelijk met de dood was gevloekt. Ze vond alleen wat geheel verrotte, gedroogde noten en de uitwerpselen van kleine knaagdieren, wat bewees dat haar voorraad allang gevonden en opgegeten was. En ze vond de bedorven en verdroogde restanten van het voedsel dat Iza haar gebracht had toen ze de grot tijdens haar vrouwenvloek als onderkomen had gebruikt – volkomen oneetbaar.

Toen herinnerde ze zich de stenen bewaarplaats met gedroogd hertenvlees achterin de grot, van het hert dat ze voor een warme omslag gedood had. Ayla vond het bergje stenen en haalde het weg. Het vlees in de opslagplaats was onaangeroerd, maar haar opluchting duurde niet lang. De takken voor de ingang van de grot bewogen, en Ayla's hart sloeg over.

'Oeba!' gebaarde ze in geschokte verbazing, toen het meisje de grot binnentrad. 'Hoe heb je me kunnen vinden?'

'Ik heb je de dag dat je wegging gevolgd. Ik was zo bang dat je iets zou overkomen. Ik heb wat eten voor je meegebracht en wat thee om je melk op gang te brengen. Moeder heeft het klaargemaakt.'

'Weet Iza waar ik ben?'

'Nee, maar ze weet dat ik het weet. Ik denk dat ze het niet wil weten omdat ze het dan tegen Brun zou moeten zeggen. O, Ayla, Brun is zó kwaad op je. De mannen hebben elke dag naar je gezocht.'

'Ik heb hun voetafdrukken bij de bron gezien, maar ze hebben de grot niet ontdekt.'

'Broud loopt op te scheppen dat hij altijd al geweten heeft hoe slecht je was. Ik heb Creb nauwelijks meer gezien sinds je wegging. Hij zit de hele dag op de plek van de geesten, en moeder is zó van streek. Ze wil dat ik je zeg dat je niet terug moet komen,' zei Oeba, haar ogen groot van angst om de jonge vrouw.

'Als ze niet met je over mij gesproken heeft, hoe kon Iza je dan een boodschap voor me meegeven?' vroeg Ayla.

'Gisteravond en vanmorgen ook heeft ze extra gekookt. Niet té veel – ik denk dat ze bang was dat Creb zou raden dat het voor jou was – maar ze heeft haar eigen portie niet opgegeten. Later zette ze de thee, en toen begon ze te jammeren en in zichzelf te praten alsof ze om jou treurde – ze treurt al de hele tijd sinds je wegging om je – maar ze keek steeds strak naar mij. Ze bleef maar zeggen: "Als iemand Ayla toch maar kon zeggen dat ze niet terug moet komen. Mijn arm kind, mijn arme dochter, ze heeft geen eten, ze is zwak. Ze moet melk maken voor haar kleintje", en dat soort dingen. Toen ging ze van de vuurplaats weg. Deze waterzak stond vlak naast de thee en het eten was helemaal ingepakt.

Ze moet gezien hebben dat ik achter je aanging,' vervolgde Oeba. 'Ik vroeg me al af waarom ze me geen standje gaf dat ik zo lang was weggebleven. Brun en Creb zijn allebei boos op haar omdat ze hun niet verteld heeft dat je je ging verstoppen. Als ze wisten dat ze vermoedde hoe ze je zouden kunnen vinden en het toch niet zei, zouden ze haar ik weet niet wat doen. Maar niemand heeft míj wat gevraagd. Niemand let toch ooit erg op kinderen, en vooral niet op meisjes. Ayla, ik weet dat ik Creb zou moeten vertellen waar je bent, maar ik wil niet dat Brun je vervloekt, ik wil niet dat je doodgaat.'

Ayla kon haar hart in haar oren voelen bonzen. Wat heb ik gedaan? Ze had niet beseft hoe zwak ze was en hoe moeilijk het zou zijn in haar eentje en met een kleine baby te overleven toen ze dreigde dat ze de stam zou verlaten. Ze had erop gerekend op de naamdag van haar zoon terug te kunnen gaan. Wat moet ik nu doen? Ze nam haar baby op en klemde hem dicht tegen zich aan. Maar ik kon jou toch niet laten doodgaan?

Oeba keek vol medelijden naar de jonge moeder die haar aanwezigheid leek te zijn vergeten. 'Ayla,' zei ze voorzichtig, 'mag ik hem misschien zien? Ik heb helemaal geen kans gekregen je kleine te bekijken.'

'O, Oeba, natuurlijk mag je hem zien,' gebaarde Ayla, beschaamd dat ze het meisje genegeerd had nadat ze dat hele eind was komen lopen om Iza's boodschap over te brengen. Zij zou er ook moeilijkheden door kunnen krijgen. Als iemand ooit ontdekte dat Oeba wist waar Ayla was en het aan niemand had verteld, zou ze zwaar gestraft worden. Het zou haar leven kunnen ruïneren.

'Wil je hem soms even vasthouden?'

'O, mag dat?'

Ayla legde de baby in haar schoot. Oeba begon zijn windsels los te maken, en keek toen vragend even naar Ayla. De jonge moeder knikte.

'Hij ziet er niet zo erg mismaakt uit, Ayla. Hij is niet mank, zoals Creb. Hij is wat mager, maar het is eigenlijk vooral zijn hoofd dat er wat anders uitziet. Maar niet zo anders dan jij. Jij lijkt op niemand in de stam.'

'Dat komt omdat ik niet bij de Stam geboren ben. Iza heeft me gevonden toen ik nog een klein meisje was. Ze zegt dat ik bij de Anderen ben geboren. Maar nu hoor ik tot de Stam,' zei Ayla trots; toen gleed er een droevige trek over haar gezicht. 'Maar niet lang meer.'

'Mis je je moeder nooit?' vroeg het meisje. 'Je echte moeder bedoel ik, niet Iza?'

'Ik herinner me geen andere moeder dan Iza. Ik herinner me niets van vóór ik bij de stam kwam.' Plotseling verbleekte ze. 'Oeba, waar moet ik heen als ik niet terug kan? Bij wie moet ik wonen? Ik zal Iza nooit weerzien en Creb ook niet. Dit is de laatste keer dat ik jou nog zie. Maar ik wist niet wat ik anders moest doen. Ik kon mijn kleintje toch niet laten sterven?'

'Ik weet het niet, Ayla. Moeder zegt dat Brun zijn gezicht zal verliezen als je hem dwingt je zoon te accepteren, daarom is hij zo kwaad. Ze zegt dat als een vrouw een man ergens toe dwingt, de andere mannen geen respect meer voor hem zullen hebben. Zelfs al vervloekt hij je daarna, dan zal hij nog zijn gezicht verliezen, alleen omdat je hem gedwongen hebt iets tegen zijn wil te doen. Ik wil niet dat je weggaat, Ayla, maar als je terugkomt zul je sterven.'

De jonge vrouw keek naar het terneergeslagen gezichtje van het meisje, niet beseffend dat op haar eigen door tranen besmeurde gezicht eenzelfde uitdrukking lag. Ze strekten tegelijk hun armen naar elkaar uit.

'Je kunt nu maar beter gaan, Oeba, voor je moeilijkheden krijgt,' zei Ayla. Het meisje gaf de baby aan zijn moeder terug en stond op om weg te gaan. 'Oeba,' riep Ayla, toen het meisje de takken opzij begon te duwen. 'Ik ben blij dat je me bent komen opzoeken, zodat ik nog even met je heb kunnen praten. En zeg Iza, zeg mijn moeder dat ik van haar houd.' Weer stroomden de tranen. 'En zeg dat ook tegen Creb.'

'Ja, goed Ayla.' Het meisje talmde nog even. 'Ik ga nu,' zei ze toen en ze verliet snel de grot.

Na Oeba's vertrek pakte Ayla het voedsel dat ze had meegebracht uit. Het was niet veel, maar met het gedroogde hertenvlees zou ze er een paar dagen mee kunnen doen; maar wat dán? Ze kon niet denken; haar gedachten tuimelden dooreen in een verwarde maalstroom die haar naar een diep gat van zwarte wanhoop zoog. Haar plan had averechts gewerkt. Niet alleen het leven van haar baby maar ook dat van haarzelf was nu in gevaar. Ze at zonder te proeven en dronk wat thee, strekte zich toen weer met haar kleine uit en gleed weg in de vergetelheid van de slaap. Haar lichaam stelde zijn eigen eisen, het moest rust hebben.

Het was nacht toen ze weer wakker werd en de rest van de koude thee opdronk. Ze besloot nog wat noten te gaan halen terwijl het nog donker was en ze geen kans liep door zoekende mannen te worden gezien. Ze tastte in het duister naar de waterzak en verloor in een ogenblik van paniek haar gevoel voor richting in de volslagen duisternis in de grot. De takken voor de uitgang, die luguber afstaken tegen een iets minder diep duister buiten, wezen haar weer de goede richting en ze kroop snel naar buiten.

Een halve maan die met de voortjagende wolken krijgertje speelde, straalde maar weinig licht uit, maar haar ogen, de pupillen maximaal vergroot door het duister in de grot, konden in het zwakke schijnsel vaag spookachtige bomen onderscheiden. Het fluisterend water van de bron dat in een miniatuurwatervalletje over de stenen kabbelde, weerkaatste het glanzend zilver. Ayla was nog steeds zwak, maar ze werd niet meer duizelig als ze opstond, en het lopen ging gemakkelijker.

Het waren geen mannen van de stam die haar zagen toen ze zich onder de allesverbergende mantel van de duisternis over de bron boog, maar andere ogen, beter aan het zien bij maanlicht gewend, sloegen haar gade. 's Nachts rondsluipende roofdieren en hun bij nacht voedsel zoekende prooi dronken beiden bij dezelfde bron als zij. Zo kwetsbaar als nu, was Ayla niet meer geweest sinds ze als een naakt vijfjarig kind alleen had rondgezworven – niet zozeer omdat ze zo zwak was, maar omdat ze niet in termen van overleven dacht. Ze was niet op haar hoede; haar gedachten waren volledig naar binnen gericht. Ze zou een gemakkelijke prooi zijn geweest voor ieder roofdier dat door de zware geuren om haar heen was aangetrokken. Maar Ayla had haar aanwezigheid vroeger al duidelijk kenbaar gemaakt. Snelle stenen hadden hun niet altijd dodelijke, maar wel pijnlijke sporen achtergelaten. Vleeseters tot wiens territorium de grot behoorde, meden de plek over het algemeen. Het verschafte haar wat ruimte, een bepaalde veiligheidsmarge; een reserve aan geborgenheid, waar ze nu zwaar uit putte.

'Er moet toch érgens een spoor van haar zijn,' gebaarde Brun boos. 'Als ze voedsel heeft meegenomen, kan ze daar niet eeuwig mee toe; ze móét binnenkort uit haar schuilplaats komen. Ik wil dat elk terrein dat jullie uitgekamd hebben, opnieuw wordt doorzocht. Als ze dood is, wil ik dat weten. Dan zou een of andere aaseter haar gevonden hebben en daar zouden sporen van moeten zijn. Ik wil dat ze vóór de naamdag gevonden wordt. Ik ga niet naar welke Stambijeenkomst dan ook voor we haar gevonden hebben.'

'Nu gaat ze ons ook nog beletten naar de Stambijeenkomst te gaan,' sneerde Broud. 'Waarom is ze om te beginnen eigenlijk ooit in de stam opgenomen? Ze behoort niet eens tot de Stam. Als ik leider was geweest, zou ik Iza niet hebben toegestaan haar te houden; ik zou Iza niet eens hebben toegestaan haar op te rapen. Waarom heeft niemand anders haar kunnen zien zoals ze was? Dit is niet de eerste keer dat ze ongehoorzaam is, weet je. Ze heeft altijd de gebruiken van de Stam getart en is er altijd goed afgekomen. Heeft iemand haar ooit belet er steeds alleen op uit te gaan, wat geen rechtgeaarde vrouw van de Stam ooit in haar hoofd zou halen? Geen wonder dat ze ons bespiedde toen we aan het oefenen waren. En wat gebeurde er toen ze op het gebruik van een slinger werd betrapt? Ze werd tijdelijk gevloekt, en toen ze terugkwam, mocht ze op jacht gaan. Stel je voor, een vrouw van de Stam die op jacht gaat. Weten jullie wel wat de andere stammen daarvan zouden denken? Het verbaast me niets dat we niet naar de Stambijeenkomst gaan. Is het zo verwonderlijk dat ze denkt ons haar zoon te kunnen opdringen?'

'Broud, dat hebben we allemaal al eens eerder gehoord,' gebaarde Brun vermoeid. 'Haar ongehoorzaamheid zal niet ongestraft blijven, dat beloof ik je.'

Brouds voortdurende gehamer op hetzelfde onderwerp was niet alleen een beproeving voor Bruns zenuwen, het bleef ook niet zonder effect. De leider begon aan zijn eigen oordeel te twijfelen, een oordeel dat had moeten berusten op trouw aan lange tradities en gebruiken die weinig ruimte voor afwijkingen lieten. Toch had Ayla, zoals Broud niet ophield hem onder de neus te wrijven, ongestraft een reeks langzaam steeds ernstiger wordende overtredingen kunnen begaan die inderdaad tot deze onvergeeflijke en opzettelijke daad van ongehoorzaamheid scheen te voeren. Hij was te grootmoedig geweest voor de vreemdelinge, die niet geboren was met het natuurlijk gevoel van de stamleden voor wat volgens hun zeden juist was, hij was te toegeeflijk geweest. Ze had er misbruik van gemaakt. Broud had gelijk, hij had strenger moeten zijn, hij had haar moeten dwingen zich aan te passen, misschien had hij de medicijnvrouw inderdaad nooit moeten toestaan haar op te rapen, maar moest de zoon van zijn gezellin er steeds over blijven doordraven?

Brouds voortdurend doorzeuren over het onderwerp had ook op de andere jagers een zeker effect. De meesten van hen waren er al bijna van overtuigd dat Ayla hen op een of andere manier met een rookgordijn van misleidende braafheid had verblind en dat alleen Broud haar had doorzien. Wanneer Brun er niet bij was, uitte de jonge man verdachtmakingen jegens de leider en liet doorschemeren dat hij te oud was om de stam nog goed te kunnen leiden. Bruns gezichtsverlies was een zeer zware slag voor zijn zelfvertrouwen; hij voelde het respect van de mannen slinken en hij kon het niet opbrengen onder zulke omstandigheden een Stambijeenkomst onder ogen te komen.

Ayla bleef in de grot en ging alleen naar buiten om water te halen. Dik in bontvachten ingepakt, had ze het zelfs zonder een vuur warm genoeg. Het voedsel dat Oeba haar had gebracht en de vergeten voorraad hertenvlees, die droog als leer en moeilijk te kauwen was, maar door de honger best smaakte, maakten voedsel verzamelen of jagen overbodig. En dat gaf haar de rust die ze zo nodig had. Niet langer verzwakt door de eisen van een groeiende en niet geheel normale foetus begon haar gezonde jonge lichaam, dat door de jaren van zware lichamelijke inspanning gehard was, zich te herstellen. Ze hoefde niet meer zoveel te slapen, maar dat was in bepaalde opzichten nauwelijks een vooruitgang. Zorgelijke gedachten drukten zwaar op haar. Als ze sliep, was ze tenminste van haar spanningen bevrijd.
Ayla zat bij de ingang van de grot met haar slapende zoontje in haar armen. Een uit zijn mondhoek sijpelende, witte waterige vloeistof, die ook uit haar andere door zijn drinken gestimuleerde borst drupte, bewees dat haar melk op gang was gekomen. De nu en dan achter snel voorbijjagende wolken schuilgaande middagzon verwarmde het plekje bij de ingang met zijn spikkels van licht.
Ze keek naar haar zoon, zag hoe zijn regelmatige ademhaling af en toe onderbroken werd door vlugge oogbewegingen en kleine stuiptrekkingen die hem even zuigbewegingen met zijn mondje deden maken voor hij zich weer ontspande. Ze bekeek hem wat nauwkeuriger en draaide zijn hoofdje opzij om zijn profiel te zien.
Oeba zei dat je er niet zo erg mismaakt uitziet, dacht Ayla en dat vind ik eigenlijk ook. Alleen een beetje anders. Dat zei Oeba ook. Je ziet er anders uit, maar niet zo anders als ik. Ayla herinnerde zich plotseling haar spiegelbeeld in de stille vijver. Niet zo anders als ik!
Opnieuw bekeek ze haar zoon, terwijl ze probeerde zich haar spiegelbeeld helder voor de geest te halen. Mijn voorhoofd bolt ook zo, dacht ze, terwijl ze er met haar hand aan voelde. En dat bot onder zijn

mond, dat heb ik ook. Maar hij heeft dikke wenkbrauwbogen en die heb ik niet. Mensen van de Stam hebben zware wenkbrauwbogen. Als ik anders ben, waarom zou mijn kind dan niet anders zijn? Hij zou toch op mij moeten lijken, niet? Dat doet hij ook wel, maar hij lijkt ook een beetje op de kleintjes van de Stam. Hij lijkt op allebei. Ik ben niet bij de Stam geboren, maar mijn kleine wel; hij lijkt alleen zowel op mij als op de mensen van de Stam, alsof we door elkaar gemengd zijn.

Ik denk dat je helemaal niet mismaakt bent, mijn zoon. Als je uit mij én bij de Stam geboren bent, moet je ook wel op allebei lijken. Als de geesten gemengd zijn, zou jij er dan ook niet gemengd moeten uitzien? En zo zie je er uit, zo moet je er ook uitzien. Maar wiens totem heeft je doen beginnen? Welke het ook is geweest, hij moet hulp gehad hebben. Geen van de mannen heeft een sterkere totem dan ik, behalve Creb. Heeft de Holenbeer jou doen beginnen, m'n kleintje? Ik woon bij Crebs vuur. Nee, dat zou niet kunnen. Creb zegt dat Ursus nooit toestaat dat een vrouw zijn geest inslikt, Ursus kiest altijd zelf. Wel, als het Creb niet is geweest, met wie ben ik dan in nauw contact geweest?

Plotseling kreeg Ayla een visioen van Broud die op haar afkwam. Nee! Ze schudde het hoofd, de gedachte heftig afwijzend. Niet Broud. Díé heeft mijn kleine niet doen beginnen. Ze rilde van afkeer bij de gedachte aan de toekomstige leider en de manier waarop hij haar gedwongen had zich aan zijn wensen te onderwerpen. Ik haat hem! Ik walgde van hem iedere keer dat hij me benaderde. Ik ben zo blij dat hij me niet meer lastigvalt. Ik hoop dat hij zich nooit, nooit meer met mij wil verlichten. Hoe kan Oga het toch verdragen? Hoe kan welke vrouw dan ook het verdragen? Waarom hebben mannen zulke behoeften? Waarom zou een man zijn orgaan in de plek willen doen waar kleintjes vandaan komen? Die plek zou alleen voor kleintjes moeten zijn, niet voor mannenorganen, waar hij helemaal plakkerig van wordt. Mannenorganen hebben niks met kleintjes te maken, dacht ze verontwaardigd.

Het ongerijmde van de zinloze activiteit bleef in haar achterhoofd hangen, maar toen bood zich een vreemde gedachte aan. Of wel? Zou het orgaan van een man wél iets met kleintjes te maken kunnen hebben? Alleen vrouwen krijgen kleintjes, maar ze kunnen zowel jongens als meisjes krijgen, peinsde ze. Ik vraag me af: als een man zijn orgaan in de plek doet waar kleintjes vandaan komen, zou hij dan een kleintje kunnen laten beginnen? Als het nu eens niet de geest van zijn totem is, maar zijn orgaan dat de kleine laat beginnen? Zou dat niet betekenen dat de kleine ook van hem is? Misschien hebben mannen daarom die behoefte, omdat ze een kleine willen laten beginnen. Misschien vinden vrouwen het daarom ook prettig. Ik heb nog nooit een vrouw een geest in zien slikken, maar ik heb dikwijls een man zijn orgaan in een vrouw zien doen. Niemand had ooit gedacht dat ik een kleine zou krijgen, mijn totem is te sterk, maar ik heb toch een kleintje gekregen en hij begon ongeveer in dezelfde tijd dat Broud zich met mij verlichtte.

Nee! Dat kan niet! Dat zou betekenen dat mijn kleine ook Brouds kleine is, dacht Ayla vol afschuw. Creb heeft gelijk. Hij heeft altijd gelijk. Ik heb een geest ingeslikt die met mijn totem gevochten heeft en heb hem verslagen, misschien wel meer dan één, misschien wel allemaal. Ze drukte haar kind heftig tegen zich aan, als om hem voor haarzelf te behouden. Je bent míjn kleine, niet die van Broud. Het was zelfs niet Brouds totemgeest. Het kind schrok van haar plotselinge beweging en begon te huilen. Ze wiegde hem zachtjes tot hij kalmeerde.

Misschien wist mijn totem hoe graag ik een kleine wilde en liet hij zich door de andere verslaan. Maar waarom zou mijn totem me een kleine laten krijgen als hij wist dat hij zou moeten sterven? Een kleintje dat voor een deel van mij en voor een deel van de Stam is, zal er altijd anders uitzien; ze zullen altijd zeggen dat mijn kleintjes mismaakt zijn. Zelfs als ik een metgezel had, zouden mijn kleintjes er niet helemaal juist uitzien. Ik zal er nooit een kunnen houden; ze zullen allemaal moeten sterven. Wat maakt het uit, ik ga toch sterven. We gaan beiden sterven, mijn zoon.

Ayla hield haar baby dicht tegen zich aan en wiegde hem, zachtjes zingend terwijl de tranen haar ongemerkt over de wangen liepen. Wat moet ik toch doen, mijn kleintje? Wat moet ik toch doen? Als ik op je naamdag terugga, zal Brun me vervloeken. Iza zei dat ik niet terug moest komen, maar waar kan ik heen? Ik ben nog niet sterk genoeg om op jacht te gaan en zelfs als ik dat wel was, wat zou ik dan met jou aan moeten? Ik zou je niet mee kunnen nemen; ik zou niet met een kind bij me kunnen jagen. Je zou kunnen huilen en de dieren verjagen, maar ik zou je ook niet alleen achter kunnen laten. Misschien zou ik niet hoeven jagen, ik zou ook voedsel kunnen verzamelen. Maar we hebben ook andere dingen nodig – omslagen en bontvellen en mantels en voetomhulsels.

En waar zou ik een grot vinden om in te wonen? Hier kan ik niet blijven; in de winter is er te veel sneeuw en het is te dicht bij de grot; vroeg of laat zouden ze me vinden. Ik zou weg kunnen gaan, maar misschien zou ik geen grot vinden en dan zouden de mannen me opsporen en me terugbrengen. Zelfs als ik ontkwam en een grot vond en genoeg voedsel opsloeg om me door de volgende winter heen te helpen en zelfs een beetje kon jagen, zouden we nog steeds alleen met z'n tweeën zijn. Je hebt meer mensen nodig dan alleen mij. Met wie zou je moeten spelen? Wie zou je leren jagen? En als mij eens iets overkwam? Wie zou er dan voor je zorgen? Je zou helemaal alleen zijn, net als ik voor Iza me vond.

Ik wil niet dat je alleen blijft; en ik wil ook niet alleen zijn. Ik wil naar huis, snikte Ayla met haar hoofd in de windsels van haar kindje. Ik wil Oeba terugzien, en Creb. Ik wil naar mijn moeder. Maar ik kan niet naar huis. Brun is woedend op me. Ik heb hem zijn gezicht laten verliezen en hij gaat me vervloeken. Ik wist niet dat hij er zijn gezicht door zou verliezen, ik wilde jou alleen niet laten doodgaan. Brun is niet zo kwaad; ik mocht van hem jagen. Als ik nu eens niet meer probeerde hem te dwingen jou te accepteren? Als ik hem nu eens alleen smeekte je in leven te laten? Als ik nu terugging, zou hij geen gezichtsverlies lijden; er is nog tijd over, er zijn nog twee vingers over voor het je naamdag is. Misschien zou hij dan niet zo boos zijn.

En als hij dat nu eens wél is? Als hij nu eens nee zegt? Als ze me jou nu eens afnemen? Ik zou niet meer willen leven als ze je wegbrachten. Als jij moet doodgaan, wil ik ook dood. Als ik terugga en Brun zegt dat je moet sterven, zal ik hem smeken mij te vervloeken. Dan zal ik ook sterven. Ik laat je niet alleen naar de wereld der geesten teruggaan, mijn kleintje; ik beloof je dat als je erheen moet ik met je mee zal gaan. Ik ga nu meteen terug en dan zal ik Brun smeken me jou te laten houden. Wat moet ik anders?

Ayla begon allerlei dingen in haar verzamelmand te gooien. Ze wikkelde de baby in de draagmantel en hen beiden in haar bontomslag, en duwde de takken uit elkaar die de kleine grot verborgen. Toen ze naar buiten kroop, viel haar blik op iets dat in de zon lag te schitteren. Voor haar voeten lag een glanzende grijze steen. Ze raapte hem op. Het was niet zomaar één steen, maar drie kleine brokjes pyriet die aan elkaar vastzaten. Ze draaide hem in haar hand rond en zag het klatergoud glinsteren. Hoe dikwijls ze in al die jaren de kleine grot ook in en uit was gegaan, ze had de ongewone steen nooit eerder gezien.

Ayla klemde hem stevig in haar hand en sloot haar ogen. Kan dit een teken zijn? Een teken van mijn totem?

'Grote Holenleeuw,' gebaarde ze. 'Heb ik de juiste beslissing genomen? Probeert u me te vertellen dat ik nu terug moet keren? O Holenleeuw, laat dit een teken zijn. Laat dit een teken zijn dat u me waardig bevonden hebt, dat het allemaal weer een proef is geweest. Laat dit een teken zijn dat mijn kleine in leven zal blijven.'

Haar vingers trilden toen ze de knopen van het leren zakje dat ze om haar hals droeg losmaakte. Ze deed de vreemd gevormde glinsterende steen bij het roodbevlekte ovaaltje uit de mammoetslagtand, het fossiel en het brokje rode oker. Met een van angst bonzend hart, zich vastklemmend aan haar laatste sprankje hoop, begon Ayla aan de afdaling naar de grot van de stam.

21

Wild gebarend kwam Oeba de grot binnenrennen.
'Moeder! Moeder! Ayla is terug!'
Iza verbleekte. 'Nee! Dat kan niet waar zijn! Heeft ze de kleine bij zich? Oeba, heb je haar opgezocht? Heb je het haar gezegd?'
'Ja, moeder, ik heb haar opgezocht. Ik heb haar verteld hoe kwaad Brun is, ik heb haar gezegd niet terug te komen,' gebaarde het meisje.
Iza haastte zich naar de ingang en zag Ayla langzaam op Brun toe lopen. Aan zijn voeten zonk ze neer, zich beschermend over haar kind heen buigend.
'Ze is te vroeg, ze moet zich in de tijd vergist hebben,' gebaarde Brun tegen de tovenaar, die gehaast de grot uit kwam schuifelen.
'Ze heeft zich niet vergist, Brun. Ze weet dat het te vroeg is, ze is met opzet eerder teruggekomen,' seinde Mog-ur.
De leider keek de oude man onderzoekend aan en vroeg zich af hoe die daar zo zeker van kon zijn. Toen keek hij op de jonge vrouw aan zijn voeten neer en enigszins verontrust weer terug naar Mog-ur.
'Weet je zeker dat de talismans die je voor onze bescherming gemaakt hebt zullen werken? Ze hoort nog in afzondering te zijn, haar vrouwenvloek kan nog niet afgelopen zijn. Het duurt altijd veel langer na een baring.'
'De talismans zijn krachtig, Brun, ze zijn gemaakt van Ursus' beenderen. Je bent beschermd, je kunt met haar spreken,' antwoordde de tovenaar.
Brun wendde zich weer naar de jonge vrouw die daar over haar kind heen gebogen en sidderend van angst voor hem op de grond geknield lag. Ik zou haar nu meteen moeten vervloeken, dacht hij toornig. Maar het is de naamdag van het kind nog niet. Als Mog-ur gelijk heeft, waarom is ze dan eerder teruggekomen? En mét het kind? Het moet nog in leven zijn, anders zou ze het niet bij zich hebben. Haar ongehoorzaamheid is onvergeeflijk, maar waarom is ze eerder teruggekomen? Zijn nieuwsgierigheid werd hem te machtig; hij tikte haar op de schouder.

'Deze onwaardige vrouw is ongehoorzaam geweest,' begon Ayla in de klankloze formele gebaren zonder hem rechtstreeks aan te kijken, en onzeker hoe hij zou reageren. Ze wist dat ze eigenlijk nog niet het woord tot een man mocht richten; ze hoorde nog in afzondering te zijn, maar hij had haar op de schouder getikt. 'Deze vrouw zou tot de leider willen spreken, als hij haar dat zou willen toestaan.'
'Je verdient het niet te mogen spreken, vrouw, maar Mog-ur heeft voor dit geval bescherming ingeroepen. Als ik je wil laten spreken, zullen de geesten het toestaan. Je zegt het goed, je bent zeer ongehoorzaam geweest, wat heb je daarover te zeggen?'
'Deze vrouw is dankbaar. Deze vrouw kent de gebruiken van de Stam; zij had zich van het kind moeten ontdoen zoals de medicijnvrouw haar opdroeg, maar ze liep weg. Ze was van plan op de naamdag van haar zoon terug te keren zodat de leider hem in de stam zou moeten opnemen.'
'Je bent te vroeg teruggekeerd,' gebaarde Brun triomfantelijk. 'Het is zijn naamdag nog niet. Ik kan de medicijnvrouw nu bevelen hem van je af te nemen.' De spanning die Bruns rugspieren sinds Ayla's weglopen samengetrokken had gehouden, trok langzaam weg, terwijl hij de gebaren maakte en de betekenis van wat hij zei volledig tot hem doordrong. Alleen als het kind zeven dagen in leven bleef, zou hij op grond van de tradities gedwongen zijn het te accepteren. Die tijd was nog niet geheel verstreken; hij hoefde het niet te accepteren, hij had zijn gezicht niet verloren, hij had de touwtjes weer vast in handen.
Ayla's armen klemden zich onwillekeurig steviger om de baby die ze in de draagmantel tegen haar borst droeg. Toen sprak ze verder: 'Deze vrouw weet dat het nog niet de naamdag is. Deze vrouw besefte dat het verkeerd van haar was om te proberen de leider te dwingen haar zoon te accepteren. Het is niet aan een vrouw om te bepalen of haar kind in leven moet blijven of sterven. Alleen de leider kan daarover beslissen. Daarom is deze vrouw teruggekeerd.'
Brun keek Ayla in het ernstige gezicht. Ze is tenminste op tijd tot bezinning gekomen, dacht hij. 'Als je de gebruiken van de Stam kent, waarom ben je dan teruggekomen met een mismaakt kind? Iza zei me dat je niet in staat was je plicht als moeder te vervullen; ben je nu bereid hem weg te brengen? Wil je dat de medicijnvrouw het voor je doet?'
Ayla aarzelde, haar zoon beschermend omklemmend. 'Deze vrouw zal hem afstaan als de leider het beveelt.' Ze maakte de tekens traag, vol pijn, zichzelf ertoe dwingend en met een gevoel alsof er een mes langzaam in haar hart werd omgedraaid. 'Maar deze vrouw heeft haar

zoon beloofd hem niet alleen naar de wereld der geesten te zullen laten gaan. Als de leider besluit dat de kleine niet in leven mag blijven, verzoekt ze hem haar te vervloeken.' Ze vergat de formele taal te gebruiken en pleitte hartstochtelijk: 'Ik smeek je, Brun, ik smeek je mijn zoon in leven te laten. Als hij moet sterven, wil ik ook niet meer leven.'

Ayla's bede verraste de leider. Sommige vrouwen, zo wist hij, wilden hun kleine houden ondanks misvormingen en afwijkingen, maar de meeste waren blij als ze hem zo snel en geruisloos mogelijk konden lozen. Een mismaakt kind was een teken van onvermogen, een blijk dat ze geen perfecte baby voort kon brengen. Het maakte de moeder minder begeerlijk. Zelfs als de misvorming zo klein was dat hij geen onoverkomelijke handicap vormde, waren er nog overwegingen met betrekking tot de toekomstige metgezel. De moeder kon moeilijke jaren krijgen later wanneer haar kinderen of de gezellen van haar kinderen niet voor haar konden zorgen. Hoewel ze nooit van honger om zou komen, zou ze een ellendig leven hebben. Ayla's verzoek was zonder precedent. Moederliefde was sterk, maar sterk genoeg om haar kind naar de volgende wereld te volgen?

'Je wilt met een mismaakt kleintje sterven? Waarom?' vroeg Brun.

'Mijn zoon is niet mismaakt,' gebaarde Ayla, met even iets van verontwaardiging. 'Hij is alleen anders. Ik zie er niet uit zoals mensen van de Stam. Mijn zoon ook niet. Elke kleine die ik ooit zal hebben zal eruitzien als hij, als mijn totem ooit weer verslagen zou worden. Ik zal nooit een kleine hebben die in leven mag blijven. Ik wil ook niet blijven leven als al mijn kleintjes moeten sterven.'

Brun keek naar Mog-ur. 'Als een vrouw de totemgeest van een man inslikt, zou de kleine er dan niet moeten uitzien als hij?'

'Ja. Maar vergeet niet dat ze ook een mannentotem heeft. Misschien heeft hij daarom zo heftig tegenstand geboden. De Holenleeuw wilde misschien ook een aandeel in het nieuwe leven hebben. Er zou wel iets waars kunnen schuilen in wat ze zegt. Ik zou erover moeten mediteren.'

'Maar het kind is mismaakt?'

'Dat gebeurt dikwijls wanneer de totem van de vrouw zich niet volledig gewonnen wil geven. Het veroorzaakt een moeilijke zwangerschap en misvormt de kleine,' antwoordde Mog-ur. 'Het verbaast mij meer dat het een mannelijk kind is. Als de totem van de vrouw zich hevig verzet, wordt het gewoonlijk een vrouwelijk kind. Maar we hebben het nog niet gezien, Brun. Misschien zouden we het even moeten bekijken.'

Zou hij de moeite nemen? vroeg Brun zich af. Waarom zou hij haar niet gewoon vervloeken en de kleine weg laten brengen? Ayla's vroege terugkeer en boetvaardige nederigheid waren balsem voor Bruns gekwetste trots, maar dat wilde nog niet zeggen dat alles nu weer goed was. Hij was door haar toedoen té dicht bij gezichtsverlies gekomen, en het was niet de eerste keer dat ze hem problemen had bezorgd. Ze was nu teruggekeerd, maar wat zou ze een volgende keer uithalen? En dan was er de Stambijeenkomst, zoals Broud hem telkens weer had voorgehouden. Het was één ding om Iza een vreemd kind te laten oprapen en het in de stam op te nemen. Maar Brun had de laatste tijd vaak nagedacht over de indruk die het op de andere stammen zou maken als hij op de Bijeenkomst kwam met een vrouw die bij de Anderen was geboren. Hij vroeg zich af, als hij terugkeek, hoe hij zoveel ongewone besluiten had kunnen nemen. Elk ervan had op het moment zelf niet onredelijk geleken. Zelfs de vrouw op jacht laten gaan was toentertijd een logische beslissing. Maar alles bijeengenomen en met de ogen van een buitenstaander gezien was het effect dat van een verbijsterende inbreuk op de tradities. Ayla was ongehoorzaam geweest, ze verdiende het gestraft te worden en als hij haar vervloekte zou dat aan al zijn zorgen een einde maken.

Maar een doodvloek bracht ernstig gevaar voor de stam met zich mee en hij had de stamleden al eens om haar aan boze geesten blootgesteld. Haar vrijwillige terugkeer had zijn schande voorkomen – Iza had waarschijnlijk gelijk: ze was tijdelijk haar verstand kwijt geweest door de schok en de pijn. Hij hád tegen Iza gezegd dat hij een verzoek om de kleine in leven te laten in overweging genomen zou hebben, als hem dat gedaan was. Welnu, nu deed ze dat verzoek. Ze was teruggekomen in het volle besef van haar vergrijp en bereid de gevolgen onder ogen te zien en ze smeekte hem om het leven van haar kind. Het minste wat hij kon doen, was de kleine bekijken. Brun nam niet graag overhaaste besluiten. Hij gaf Ayla een bruusk signaal in de richting van Crebs vuurplaats en beende weg.

Ayla rende in Iza's wachtende armen. Wat er verder ook mocht gebeuren, ze zou tenminste de vrouw die de enige moeder was die ze kende nog één laatste maal zien.

'Jullie hebben allemaal gelegenheid gehad hem te bekijken,' zei Brun. 'Onder normale omstandigheden zou ik jullie niet lastigvallen; dan zou het een eenvoudige beslissing zijn. Maar ik wil jullie mening horen; een doodvloek zal misschien onvermijdelijk zijn en ik stel de stam niet graag opnieuw aan boze geesten bloot. Als jullie de jongen acceptabel vinden, kan ik moeilijk de moeder vervloeken. Zonder haar zou een andere vrouw hem moeten nemen, dan zou hij bij een van jullie moeten komen, bij iemand wiens gezellin een kind aan de borst heeft. Als de kleine in leven mag blijven, moet Ayla's straf minder streng zijn. Morgen is het de naamdag; ik moet nu snel een beslissing nemen en Mog-ur zal wat tijd nodig hebben om de vloek voor te bereiden als dat haar straf moet zijn. Die moet morgen vóór zonsopgang uitgesproken zijn.'

'Het is niet alleen zijn hoofd, Brun,' begon Crug. Ika had haar jongste nog aan de borst en Crug had er geen behoefte aan Ayla's baby bij zijn vuurplaats te krijgen, hoe klein de kans ook was. 'Dat hoofd is op zich al erg, maar hij kan het niet eens overeind houden. Je moet het ondersteunen. Hoe zal hij eruitzien als hij een man is? Hoe zal hij kunnen jagen? Hij zal nooit voor zichzelf kunnen zorgen; hij zou een belasting voor de hele stam zijn.'

'Denk je dat er een mogelijkheid bestaat dat zijn nek sterker wordt?' vroeg Droeg. 'Als Ayla sterft, zal ze een gedeelte van Ona's geest meenemen. Aga zou haar zoon wel opnemen – ze vindt dat ze Ayla dat verschuldigd is – hoewel ik niet denk dat ze het zo leuk vindt een mismaakt kind op te nemen. Als zij ertoe bereid is, wil ik ook wel, maar niet als hij later een last voor de hele stam zal zijn.'

'Zijn nek is zo lang en dun, en zijn hoofd zo groot, ik denk niet dat zijn hals ooit sterk genoeg zal zijn,' merkte Crug op.

'Ik wil hem onder geen beding bij mijn vuurplaats; ik ga Oga niet eens vragen wat zij ervan vindt. Hij is het niet waardig een bloedverwant van haar zoons te worden; hij zou dan een broeder van Brac en Grev zijn en dat wil ik niet hebben. Brac zal het heus wel overleven al neemt ze een klein stukje van zijn geest mee. Ik weet niet waarom je er nog over na moet denken, Brun. Je was al vastbesloten haar te vervloeken. Alleen omdat ze een beetje te vroeg is komen terughollen, ben je plotseling weer bereid haar terug te nemen en heb je het er zelfs ook nog over haar gebrekkige zoon te accepteren,' gebaarde Broud bitter.

'Ze heeft je getart door weg te lopen; haar terugkomst doet niets af aan haar ongehoorzaamheid. Wat valt er nog te bespreken? Het kind is mismaakt en zij behoort gevloekt te worden. Klaar. Waarom verspil je altijd onze tijd aan deze vergaderingen over haar? Als ik leider was, zou ze allang gevloekt zijn. Ze is ongehoorzaam, ze is brutaal en ze heeft een slechte invloed op de andere vrouwen. Hoe kun je Iza's wangedrag anders verklaren?' Broud was bezig zich tot een driftaanval op te werken, zijn gebaren werden steeds opgewondener. 'Ze verdient

het gevloekt te worden, Brun, hoe kun je iets anders zelfs maar overwegen? Waarom kun je dat niet zien? Ben je soms blind? Ze heeft nooit gedeugd. Als ik de leider was, zou ze om te beginnen al nooit in de stam zijn opgenomen. Als ik leider was...'
'Maar je bent nog geen leider, Broud,' antwoordde Brun kil, 'en het is ook niet waarschijnlijk dat je dat ooit zult worden als je je niet beter kunt beheersen. Ze is maar een vrouw, Broud, waarom voel je je zo door haar bedreigd? Wat kan ze je in vredesnaam doen? Ze moet je gehoorzamen, ze heeft geen keus. "Als ik leider was, als ik leider was," is dat alles wat je kunt zeggen? Wat is dat voor een leider die er zo op gebrand is een vrouw te doden dat hij bereid is de hele stam ervoor in gevaar te brengen?' Brun stond zelf op het punt zijn zelfbeheersing te verliezen. Hij had nu wel genoeg van de zoon van zijn gezellin verdragen.
De mannen waren geschokt en verontrust. Een openlijke twist tussen de huidige leider en de toekomstige was beangstigend. Broud was zonder twijfel te ver gegaan, maar ze waren zijn uitbarstingen gewend. Brun was degene om wie ze zich zorgen maakten; ze hadden de leider nooit zo op het randje van een driftaanval gezien. En hij had ook nooit eerder openlijk de geschiktheid van de zoon van zijn gezellin om hem als leider op te volgen in twijfel getrokken.
Eén gespannen moment lang staarden de beide mannen elkaar in een felle wilsstrijd strak in de ogen. Broud sloeg de zijne het eerst neer. Nu hij niet langer door gezichtsverlies werd bedreigd, had Brun het roer weer stevig in handen. Hij was de leider en hij was niet bereid afstand te doen. Het maakte de jonge man voorzichtiger; hij had niet zulke vaste grond onder de voeten als hij had gedacht. Broud duwde uit alle macht het gevoel van machteloosheid en de bittere frustratie die in hem opwelden weg. Hij beschermt haar nog steeds, dacht hij. Hoe kán hij? Ik ben de zoon van zijn gezellin, zij is maar een lelijke vrouw. Broud worstelde om kalm te blijven en slikte de bitterheid in die zijn ziel verschroeide.
'Deze man betreurt het dat hij zich niet duidelijk heeft uitgedrukt, waardoor de leider hem verkeerd begrepen heeft,' gebaarde Broud formeel. 'De bezorgdheid van deze man betreft de jagers die hij eens zal moeten leiden, wanneer de huidige leider meent dat deze man in staat is jagers te leiden. Hoe kan een man jagen als zijn hoofd wiebelt?'
Brun staarde de jonge man doordringend en boos aan. Hij voelde een zekere tegenstrijdigheid tussen de betekenis van de formele gebaren en de onbewuste signalen die gelaatsuitdrukking en houding uitzonden. Brouds overdreven beleefde antwoord deed sarcasme vermoe-

den, en dat irriteerde de leider veel meer dan rechtstreekse tegenspraak. Broud probeerde zijn ware emoties te verbergen en Brun wist het. Maar Brun voelde zich beschaamd over zijn eigen uitbarsting. Hij wist dat die veroorzaakt was door Brouds steeds laatdunkender wordende opmerkingen die twijfel zaaiden. Ze hadden hem pijnlijk in zijn trots gekrenkt. Maar dat was geen excuus om zozeer zijn zelfbeheersing te verliezen dat hij de zoon van zijn gezellin openlijk kleineerde.

'Je bent duidelijk genoeg geweest, Broud,' gebaarde Brun stijfjes. 'Ik weet wel dat de kleine meer de leider die na mij komt, en die na hém, tot last zal zijn, maar ik ben nog steeds degene die nu de beslissing neemt. Ik zal doen wat mij het beste lijkt. Ik heb niet gezegd dat de kleine geaccepteerd zal worden, Broud, of dat de vrouw niet gevloekt zal worden. Mijn voornaamste zorg geldt de stam, niet haar of haar kind. Een doodvloek kan iedereéén in gevaar brengen; talmende kwade geesten kunnen ongeluk brengen, vooral omdat ze al eens eerder zijn opgeroepen. Ik denk dat het kind te mismaakt is om in leven te mogen blijven, maar Ayla is blind voor de misvorming van haar kleine. Ze kan het niet zien. Het is mogelijk dat haar hevige verlangen naar een kind haar verstand heeft aangetast. Toen ze terugkeerde, smeekte ze mij haar te vloeken als haar zoon niet geaccepteerd kon worden. Ik vroeg jullie naar je mening omdat ik wilde weten of iemand anders iets aan het kind heeft gezien dat ik niet heb gezien. Een doodvloek om haar te straffen of om haar verzoek in te willigen, het is nog steeds geen besluit dat men lichtvaardig neemt.'

Brouds frustratie zakte wat. Misschien trekt Brun haar toch niet voor, dacht hij. 'Je hebt gelijk, Brun,' zei hij berouwvol, 'een leider moet denken aan het gevaar voor zijn stam. Deze jonge man is dankbaar dat hij van zo'n wijze leider kan leren.'

Brun voelde de spanning wijken. Hij had niet echt overwogen Broud te vervangen, nooit. Broud was nog steeds de zoon van zijn gezellin, het kind van zijn hart. Zelfbeheersing is niet altijd gemakkelijk, dacht Brun, zich zijn eigen geïrriteerdheid herinnerend. Broud heeft er gewoon een beetje meer moeite mee dan de meesten, maar hij gaat vooruit.

'Ik ben blij dat je dat inziet, Broud. Als je leider bent, zul je verantwoordelijk zijn voor de veiligheid en het welzijn van de stam.' Bruns antwoord liet niet alleen Broud weten dat hij nog steeds de troonopvolger was, het luchtte ook de andere jagers op. Ze hadden behoefte aan de zekerheid dat de traditionele stamhiërarchie en hun eigen plaats daarin gehandhaafd zouden blijven. Niets bracht hen zozeer uit hun evenwicht als onzekerheid ten aanzien van de toekomst.

'Ik dácht ook aan het welzijn van de stam,' gebaarde Broud. 'Ik wil geen man in mijn stam die niet kan jagen. Wat zal Ayla's zoon ooit kunnen? Haar ongehoorzaamheid dient streng te worden gestraft, en als ze zelf gevloekt wil worden, zal het ook haar genoegen doen. We zouden beter af zijn zonder hen. Ayla heeft de Stamtradities opzettelijk getart. Ze verdient het niet in leven te blijven. Haar zoon is mismaakt, hij verdient het ook niet.'

Er waren diverse bijvalsbetuigingen. Brun bespeurde een zekere onoprechtheid in Brouds redenering, maar hij liet het er maar bij. De vijandigheid tussen hen was weggeëbd en hij wilde die niet weer doen oplaaien. Openlijke twist met de zoon van zijn gezellin was voor Brun al even onthutsend als voor de anderen.

De leider voelde dat ook hij van zijn instemming blijk zou moeten geven, maar iets deed hem nog aarzelen. Het is heus de enige oplossing, dacht hij, ze is van het begin af aan een probleem geweest. Iza zal natuurlijk wel van streek zijn, maar ik heb niet beloofd een van hen of alle twee te sparen, ik heb alleen gezegd dat ik het zou overwegen. Ik heb niet eens gezegd dat ik de kleine zou bekijken als ze terugkwam; wie zou ook ooit verwacht hebben dat ze terug zou komen? Dat is nu juist de moeilijkheid, ik weet met haar nooit wat ik verwachten kan. Als Iza onder haar verdriet bezwijkt, nou ja, dan hebben we Oeba nog. Tenslotte is zij degene die uit het geslacht geboren is en ze kan van de medicijnvrouwen op de Stambijeenkomst meer onderricht krijgen.

Als het deel van Bracs geest dat ze bij zich draagt samen met Ayla sterft, zou hij er dan werkelijk zoveel bij verliezen? Broud maakt zich er geen zorgen over, waarom zou ik me dan zorgen maken? Hij heeft gelijk, ze verdient de strengste straf, waar of niet? Zo'n grote liefde voor een kind is niet eens normaal. Wat bewijzen de praatjes van oude vrouwen? Ze kan niet eens zien dat haar zoon mismaakt is, ze moet haar verstand kwijt zijn. Kan een kind baren zóveel pijn doen? Mannen hebben toch wel ergere dingen doorstaan? Sommigen zijn helemaal terug komen lopen na een pijnlijke verwonding tijdens de jacht. Natuurlijk is ze maar een vrouw, men kan niet van haar verwachten dat ze zoveel pijn verdragen kan. Ik vraag me af hoe ver ze is weggegaan. De grot waar ze het over had, kan toch niet zo ver weg zijn, wel? Ze is bijna gestorven bij de bevalling, ze was te zwak om heel ver te komen, maar waarom konden wij hem dan niet vinden?

Bovendien, als ze mag blijven leven, zal ik haar mee moeten nemen naar de Stambijeenkomst. Wat zouden de andere stammen wel niet denken? Het zou nog erger zijn als ik haar mismaakte zoon in leven liet. Het is de enige juiste oplossing, dat vindt iedereen. Misschien zouden we dan niet zoveel moeilijkheden met Broud hebben, misschien zou hij zich beter kunnen beheersen als zij niet in de buurt was. Hij is een onbevreesd jager, hij zou een goede leider zijn als hij maar wat meer verantwoordelijkheidsgevoel had, alleen een klein beetje meer zelfbeheersing. Misschien zou ik het ter wille van Broud moeten doen. Voor de zoon van mijn gezellin zou het misschien beter zijn als ze weg was. Het is de enige oplossing, absoluut; dat is het toch, waar of niet?

'Ik heb mijn besluit genomen,' gebaarde Brun. 'Morgen is het de naamdag. Bij het eerste licht, nog voor de zon opkomt...'

'Brun!' onderbrak Mog-ur. Hij had zich buiten de discussie gehouden; geen van hen had sinds de geboorte van Ayla's kind veel contact met hem gehad. Hij had het grootste deel van de tijd in zijn kleine zijgrot gezeten, zijn ziel en hersens pijnigend om een verklaring voor Ayla's gedrag te vinden. Hij wist hoe hard ze met zichzelf geworsteld had om zich naar de gewoonten van de Stam te schikken, en hij had gedacht dat het haar gelukt was. Hij was ervan overtuigd dat er nog iets anders was, iets dat hem ontgaan was, dat haar tot een dergelijke wanhoopsdaad gedreven had.

'Vóór je een bindende uitspraak doet, zou Mog-ur willen spreken.'

Brun staarde de tovenaar aan. Diens gezicht stond ondoorgrondelijk, zoals gewoonlijk. Brun had nog nooit iets van Mog-urs gezicht af kunnen lezen. Wat kan hij nog te zeggen hebben dat ik niet overwogen heb. Ik heb besloten haar te vervloeken, en hij weet het.

'Mog-ur mag spreken,' gebaarde hij.

'Ayla heeft geen metgezel, maar ik heb altijd voor haar gezorgd, ik ben voor haar verantwoordelijk. Als je het goedvindt, zou ik graag als haar metgezel spreken.'

'Spreek als je wilt, Mog-ur, maar wat kun je er nog aan toe te voegen hebben? Ik heb haar grote liefde voor het kind en de pijn en het lijden dat ze doorstaan heeft om het te krijgen in overweging genomen. Ik begrijp hoe moeilijk het misschien voor Iza zal zijn; ik weet dat het haar gezondheid misschien te veel zal aantasten. Ik heb iedere mogelijke reden om Ayla's gedrag te verontschuldigen overwogen. Maar de feiten blijven. Ze heeft de gebruiken van de stam geschonden. De mannen vinden haar kleine niet aanvaardbaar. Broud heeft duidelijk gemaakt dat geen van beiden het verdient in leven te blijven.'

Mog-ur hees zich op en wierp zijn staf terzijde. In zijn zware berenhuid was de tovenaar een indrukwekkende figuur. Alleen de oudere mannen en Brun hadden hem ooit anders dan als Mog-ur gekend. Dé

Mog-ur, de heiligste van alle mannen die optraden als tussenpersoon in het contact met de wereld der geesten, de machtigste onder de tovenaars van de Stam. Wanneer hij tijdens een ceremonie tot welsprekende vervoering kwam, was hij een bezielende en ontzagwekkende beschermer. Hij was het die de onzichtbare krachten tegemoet trad die oneindig veel beangstigender waren dan welk woedend dier ook, krachten die de dapperste jager in een sidderende lafaard konden veranderen. Er was onder de aanwezigen niemand die het niet als een rustgevende gedachte ervoer dat híj de tovenaar van hun stam was, niemand die niet op een of ander moment in zijn leven van angst voor zijn macht en magie vervuld was geweest, en er was er maar één, Goov, die eraan durfde denken met hem van plaats te wisselen.

Als een eenzame enkeling stond Mog-ur tussen de mannen van de stam en het afschrikwekkende onbekende, en ging door zijn omgang ermee bij dat laatste horen. Het gaf hem een uitstraling die hem ook in zijn wereldlijk leven niet verliet. Zelfs wanneer hij binnen de grenzen van zijn vuurplaats zat, omgeven door zijn vrouwen, zagen de stamleden hem nog niet helemaal als een man als alle anderen. Hij was meer, hij was anders – hij was Mog-ur.

Toen de gevreesde heilige man de jagers een voor een met een onheilspellende blik aankeek, was er niet één, met inbegrip van Broud, die niet in het diepst van zijn ziel ineenkromp in het plotseling besef dat de vrouw die zij veroordeeld hadden te sterven bij zijn vuurplaats woonde. Mog-ur deed zelden de kracht van zijn aanwezigheid buiten de sfeer van zijn functie gevoelen, maar nu deed hij het. Als laatste wendde hij zich tot Brun.

'De metgezel van een vrouw heeft het recht voor het leven van een mismaakt kind te pleiten. Ik verzoek je het leven van Ayla's zoon te sparen en om zijnentwil vraag ik je ook haar het leven te sparen.'

Alle argumenten die Brun zo kortgeleden nog had beschouwd als redenen om Ayla in leven te laten, leken opeens veel meer gewicht te hebben, en alle argumenten voor haar vervloeking leken onbetekenend. Alleen door de kracht van Mog-urs persoonlijkheid stemde hij al bijna toe en het pleitte voor zijn eigen karakter dat hij het toch niet deed. Hij was de leider. Hij kon niet zomaar voor de ogen van zijn mannen overstag gaan, en ondanks een sterk verlangen om voor de geestkracht van de machtige tovenaar te capituleren, hield hij stand.

Toen Mog-ur het korte moment van besluiteloosheid in zijn ogen vervangen zag worden door een blik van ferme vastbeslotenheid, scheen de magiër voor Bruns ogen te veranderen. Al het bovenaardse verliet hem. Hij schrompelde ineen tot een kreupele oude man in een berenhuid, die zo rechtop stond als zijn goede been hem zonder een staf om op te leunen wilde veroorloven. Toen hij sprak, was het met de gewone gebaren, onderstreept door de schorre woordklanken van het alledaags spraakgebruik. Op zijn gezicht lag een vastberaden en toch vreemd kwetsbare uitdrukking.

'Brun, sinds het moment dat Ayla gevonden werd, heeft ze bij mijn vuurplaats gewoond. Ik denk wel dat iedereen het ermee eens zal zijn als ik zeg dat vrouwen en kinderen de man aan hun vuur beschouwen als degene die model staat voor de mannen van de stam. Hij is hun voorbeeld van hoe een man hoort te zijn. Ik ben Ayla's voorbeeld geweest, ik heb in haar ogen de norm bepaald.

Ik ben mismaakt, Brun. Is het zo vreemd dat een vrouw die met een mismaakte man als model opgroeide er moeite mee heeft een misvorming in haar kind te onderkennen? Ik mis een oog en een arm, de ene helft van mijn lichaam is verschrompeld en uitgeteerd. Ik ben maar een halve man en toch heeft Ayla me vanaf het begin als heel gezien. Het lichaam van haar zoon is gezond. Hij heeft twee ogen, twee goede armen, twee goede benen. Hoe kan men nu van haar verwachten dat ze enige mismaaktheid in hem ziet?

Ik ben verantwoordelijk voor haar opvoeding. Ik moet de schuld voor haar tekortschieten op mij nemen. Ik was degene die kleine afwijkingen van de gewoonten van de Stam door de vingers zag. Ik heb zelfs jou ertoe gebracht ze te accepteren, Brun. Ik ben Mog-ur. Je vertrouwt op mij om de wensen van de geesten uit te leggen en je bent ook in andere opzichten op mijn oordeel gaan vertrouwen. Ik had niet gedacht dat we het zo mis konden hebben. Soms was het moeilijk voor haar, maar ik dacht dat ze een goede vrouw van de Stam geworden was. Ik denk nu dat ik te soepel met haar ben geweest. Ik heb haar niet duidelijk op haar verantwoordelijkheden gewezen. Ik heb haar zelden berispt en haar nooit geslagen, ik heb haar dikwijls haar eigen weg laten volgen. Nu moet ze boeten voor mijn nalatigheid. Maar Brun, ik kon niet strenger voor haar zijn.

Ik heb nooit een gezellin genomen. Ik had er een kunnen kiezen en dan had ze bij mij moeten wonen, maar ik heb het niet gedaan. Weet je waarom niet, Brun? Weet je hoe vrouwen naar me kijken? Weet je hoe vrouwen me ontwijken? Ik had dezelfde behoefte mij te verlichten als elke andere man toen ik jong was, maar ik leerde die te onderdrukken toen vrouwen me hun rug toewendden om me niet het teken te zien maken. Ik wilde mij, mijn gebrekkige, mismaakte lichaam, niet opdringen aan een vrouw die voor me terugdeinsde, die zich met afkeer afwendde als ze me zag.

Maar Ayla heeft zich nooit van me afgewend. Vanaf het begin heeft ze haar hand naar me uitgestrekt. Zij voelde geen angst voor me, geen afkeer. Ze gaf me spontaan haar genegenheid, ze omhelsde me. Brun, hoe kon ik haar ooit streng bejegenen? Ik heb sinds mijn geboorte bij deze stam gewoond, maar ik heb nooit leren jagen. Hoe kan een eenarmige gebrekkige op jacht gaan? Ik was een last, ik werd gehoond, ik werd "vrouw" genoemd. Nu ben ik Mog-ur en niemand spot meer, maar voor mij is nooit een inwijdingsceremonie gehouden. Brun, ik ben geen halve man, ik ben helemaal geen man. Alleen Ayla respecteerde mij, had mij lief – niet als tovenaar, maar als man, een héle man. En ik heb haar lief als het kind van de gezellin die ik nooit heb gehad.'

Creb liet de mantel die hij ter bedekking van zijn scheve, misvormde lichaam droeg van zich af vallen en stak de armstomp die hij altijd verborgen hield naar voren.

'Brun, dit is de man die Ayla als héél zag. Dit is de man die haar normen bepaalde. Dit is de man die ze liefheeft en met haar zoon vergelijkt.

Bekijk mij, mijn broeder! Verdiende ik het in leven te blijven? Verdient Ayla's zoon het minder om in leven te blijven?'

In de vage schemering voor de dageraad begon de stam zich voor de grot te verzamelen. Een fijne, nevelige motregen legde een zachte glans over stenen en bomen en verzamelde zich in kleine druppeltjes in het haar en de baarden van de mensen. Dunne mistsliertjes, die van de in nevelen gehulde bergen omlaag kwamen zetten, dreven over de grond en dichtere massa's van het vluchtig waas verhulden alleen de dichtstbijzijnde voorwerpen niet. De richel in het oosten rees vaag omlijnd in het vluchtend duister op uit een zee van mist, balancerend op de rand van de zichtbaarheid.

Ayla lag in de verduisterde grot op haar bontvacht en keek naar Iza en Oeba, die zich stil binnen de vuurplaats bewogen om de kooltjes in het vuur tot nieuw leven te porren en water aan de kook te brengen voor de ochtendthee. Haar baby lag naast haar en maakte smakkende geluidjes in zijn slaap. Ze had de hele nacht niet geslapen. Haar aanvankelijke vreugde over het weerzien met Iza was snel weggeëbd en was door wanhoop en een angstige nervositeit vervangen. Elke poging tot conversatie liep snel dood en de drie vrouwen aan Crebs vuurplaats brachten de lieve lange dag na Ayla's terugkeer door binnen de grenzen ervan, elkaar via gefolterde blikken hun wanhoop meedelend.

Creb had geen voet in zijn domein gezet, maar Ayla ving eenmaal zijn blik op toen hij de kleine zijgrot verliet om zich naar de door Brun belegde vergadering te begeven. Hij keek snel van haar stomme smeekbede weg, maar niet nadat ze de uitdrukking van liefde en medelijden in zijn zachte, glanzende oog had gezien. Zij en Iza wisselden een schuwe, betekenisvolle blik toen ze zagen hoe Creb zich na een met behoedzame gebaren gevoerd gesprek met Brun in een verre hoek van de grot naar de plek der geesten haastte. Brun had zijn besluit genomen en Creb ging zijn aandeel in de uitvoering ervan voorbereiden. Ze zagen de magiër niet weer tevoorschijn komen.

Iza bracht de jonge vrouw haar thee in het vertrouwde benen kommetje dat ze al verscheidene jaren had en ging stil naast haar zitten terwijl ze van de thee nipte. Oeba kwam bij hen zitten, maar ook zij kon geen andere troost bieden dan die van haar aanwezigheid.

'Bijna iedereen is al buiten. We kunnen maar beter gaan,' gebaarde Iza, de jonge vrouw het kommetje uit de hand nemend.

Ayla knikte. Ze stond op en wikkelde haar zoon in de draagmantel, nam haar bontomslag van het bed en sloeg deze om haar schouders. Met haar ogen, glinsterend van vocht dat dreigde te gaan stromen, keek Ayla naar Iza, dan naar Oeba, en strekte toen haar armen met een kreet vol pijn naar hen uit. Ze omhelsden elkaar gedrieën in een knellende omarming. Vervolgens, met een zwaar hart en slepende voeten, liep Ayla de grot uit.

Onder het voortlopen met haar blik naar de grond, zag Ayla af en toe de afdruk van een hiel, van tenen, de vage omtrek van een voet in een ruim zittend leren omhulsel, en ze had het griezelige gevoel dat het twee jaar terug was en ze Creb naar buiten volgde om haar doodvloek tegemoet te gaan. Hij had me toen voor altijd moeten vloeken, dacht ze. Ik moet ervoor geboren zijn om gevloekt te worden; waarom moet ik dat anders allemaal nog eens doormaken? Deze keer zal ik naar de wereld der geesten gaan. Ik weet een plant die ons beiden zal laten inslapen om nooit meer wakker te worden, althans niet in deze wereld. Ik zal het vlug afwerken en dan zullen we samen in de volgende wereld wandelen.

Ze bereikte Brun, viel voor hem neer en staarde naar de bekende voeten in hun modderige omhulsels. Het werd al lichter, de zon zou weldra opkomen. Brun zou moeten voortmaken, dacht ze en ze voelde een tikje op haar schouder. Langzaam keek ze op naar Bruns bebaarde gezicht. Hij stak zonder omhaal van wal.

'Vrouw, je hebt opzettelijk de gewoonten van de Stam geschonden en je moet gestraft worden,' gebaarde hij streng. Ayla knikte. Het was waar. 'Ayla, vrouw van de Stam, je bent gevloekt. Niemand zal je zien, niemand zal je horen. Je zult de volledige afzondering van de vrouwenvloek moeten doorstaan. Je mag niet buiten de grenzen van de vuurplaats van je verzorger komen tot de volgende maan in dezelfde fase is als nu.'

Ayla staarde de leider vol verbijsterd ongeloof in het strenge gezicht. De vrouwenvloek! Niet de doodvloek! Geen volledige en volstrekte doodverklaring, maar de minimale periode van isolatie binnen Crebs vuurplaats. Wat deed het ertoe dat niemand anders van de stam haar bestaan een hele maan lang zou erkennen? Ze zou Iza hebben en Oeba en Creb. En daarna kon ze zich weer bij de stam voegen, net als iedere andere vrouw. Maar Brun was nog niet klaar.

'Als tweede straf wordt je verboden op jacht te gaan, of het er zelfs maar over te hebben, tot de stam terugkeert van de Stambijeenkomst. Tot de bladeren van de bomen zijn gevallen mag je nergens heen waar je niet absoluut hoeft te zijn. Wanneer je de planten voor de genezende magie gaat zoeken, zul je me vertellen waar je heen gaat en je zult dadelijk terugkeren. Je zult altijd mijn toestemming moeten vragen voor je het gebied rond de grot verlaat. En je zult mij laten zien waar de grot ligt waar je je verborgen hebt gehouden.'

'Ja, ja, natuurlijk, wat je maar wilt,' knikte Ayla ijverig. Ze zweefde op een warme wolk van geluk, maar de volgende woorden van de leider doorpriemden haar blijde stemming als een ijzig koude bliksemschicht, en verdronken haar overgrote vreugde in een zondvloed van wanhoop.

'Dan is er nog het probleem van je mismaakte zoon die de aanleiding tot je ongehoorzaamheid is geweest. Je moet nooit meer proberen een man tot iets te dwingen, laat staan de leider. Geen enkele vrouw mag ooit proberen een man te dwingen,' zei Brun, en toen gaf hij een teken. Ayla klemde haar kind vertwijfeld tegen zich aan en volgde Bruns blik. Ze kon zich haar kind niet laten afnemen, ze kon het niet. Ze zag Mog-ur de grot uit komen hinken. Toen ze hem zijn berenhuid opzij zag slaan en een roodbevlekte tenen kom zag onthullen die hij stevig tussen de stomp van zijn arm en zijn middel geklemd hield, steeg het bloed haar in ongelovige vreugde naar de wangen. Ze wendde zich aarzelend weer naar Brun, onzeker of dat wat ze dacht werkelijk waar kon zijn.

'Maar een vrouw mag wél vragen,' maakte Brun zijn toespraak af. 'Mog-ur wacht, Ayla. Je zoon moet een naam hebben als hij een lid van de stam wordt.'

Ayla krabbelde haastig overeind en rende op de magiër toe. Op haar knieën voor hem neervallend haalde ze haar baby uit de mantel en hield het naakte kind naar hem omhoog. Zijn kreet van protest toen hij van zijn moeders warme borst weggerukt en aan de vochtige koele lucht werd blootgesteld, viel samen met de eerste zonnestralen die over de bovenrand van de richel gleden en zich een weg door de nevels brandden.

Een naam! Ze had niet eens over een naam nagedacht, ze had zich niet eens afgevraagd wat voor naam Creb voor haar zoon zou kiezen. In de formele gebarentaal riep Creb de totemgeesten van de stam bijeen, reikte vervolgens in de kom en schepte er een beetje rode pasta uit.

'Durc,' zei hij boven het luide gekrijs van de rillende en boze baby uit. 'De naam van de jongen is Durc.' Toen trok hij een rode streep vanaf het midden van de wenkbrauwboog van de baby naar het puntje van zijn wat klein uitgevallen neus.

'Durc,' herhaalde Ayla, haar zoon dicht tegen zich aan drukkend om hem te warmen. Durc, dacht ze, net als de Durc uit de legende. Creb weet dat dat altijd mijn lievelingsverhaal is geweest. Het was geen gebruikelijke naam in de Stam en velen waren verbaasd. Maar misschien paste een dergelijke naam, opgediept uit een duister verleden en gehuld in een sfeer vol twijfels, goed bij een jongen wiens leven onder zulke onzekere omstandigheden was begonnen.

'Durc,' zei Brun. Hij was de eerste die langs kwam lopen. Ayla dacht een vleugje warmte in de ogen van de strenge, trotse leider te zien toen ze hem vol dankbaarheid aankeek. De meeste gezichten waren vage vlekken, gezien door ogen die vol tranen stonden. Hoe ze haar best ook deed, het lukte haar niet ze binnen te houden, en ze hield het hoofd gebogen om haar vochtige ogen te verbergen. Ik kan het niet geloven, ik kan het gewoon niet geloven, dacht ze. Is het werkelijk waar? Je hebt een naam, mijn kleine? Brun heeft je geaccepteerd, mijn zoon? Ik droom niet? Ze herinnerde zich de glinsterende brokjes pyriet die ze gevonden had en in haar amulet gedaan had. Het wás een teken geweest. Grote Holenleeuw, het was dus werkelijk een teken. Van al de bijzondere voorwerpjes in haar amulet was dat haar het dierbaarst.

'Durc,' hoorde ze Iza zeggen en ze keek op. De vreugde op het gezicht van de vrouw was niet minder groot dan die van Ayla, al waren haar ogen droog.

'Durc,' zei Oeba, en ze voegde er met een vlug gebaar aan toe: 'Ik ben zo blij.'

'Durc.' Vol boosaardigheid werd het gezegd. Ayla keek nog net op tijd op om te zien dat Broud zich afwendde. Ze herinnerde zich plotseling haar vreemde gedachten tijdens haar verblijf in de kleine grot over de manier waarop mannen baby's lieten beginnen en rilde bij de gedachte dat Broud op een of andere wijze voor de geboorte van haar zoon verantwoordelijk zou zijn. Ze was te veel met zichzelf bezig geweest om de wilsstrijd tussen Brun en Broud op te merken. De jonge man was van plan geweest te weigeren het nieuwe stamlid te erkennen en alleen een rechtstreeks bevel van de leider had de knoop ten slotte doorgehakt. Ayla zag dat hij zich met gebalde vuisten en stijve schouders van de groep verwijderde.

Hoe kón hij? Broud liep het bos in om van het voor hem zo irritante toneeltje weg te zijn. Hoe kón hij? Hij schopte tegen een stuk hout zodat het de helling af stuiterde, in een vergeefse poging zijn boosheid lucht te geven. Hoe kón hij? Hij raapte een stevige tak op en smeet die krakend een boom in. Hoe kón hij? Hoe kón hij? De gedachte bleef Broud door het hoofd malen, terwijl hij zijn vuist telkens en telkens weer in een met mos bedekte oeverrand smakte. Hoe kón hij haar in leven laten en haar kind accepteren bovendien? Hoe kón hij?

22

'Iza! Iza! Kom vlug! Kijk eens naar Durc!' Ayla greep de medicijnvrouw bij de arm en trok haar mee naar de ingang van de grot.
'Wat is er dan?' vroeg de vrouw, haastig meekomend. 'Heeft hij zich weer verslikt? Heeft hij zich bezeerd?'
'Nee, hij heeft zich niet bezeerd. Kijk!' wees Ayla trots toen ze bij Crebs vuurplaats aankwamen. 'Hij tilt zijn hoofd op!'
Het kind lag op zijn buik en keek naar de twee vrouwen op met grote ernstige ogen die al bezig waren de donkere, onbepaalde kleur van pasgeborenen voor de diepbruine tint van de mensen van de Stam te verruilen. Zijn hoofdje knikte op en neer van de inspanning en viel toen weer op de bontvacht terug. Hij propte zijn vuistje in zijn mond en begon er luidruchtig op te zuigen, zich niet bewust van de opwinding die zijn pogingen teweeggebracht hadden.
'Als hij dat nu al kan, zal hij het toch zeker rechtop kunnen houden als hij groot is, denk je niet?' vroeg Ayla hoopvol.
'Reken er nog maar niet te vast op,' antwoordde Iza, 'maar het is een goed teken.'
Creb kwam de grot binnenschuifelen met de ongerichte, verre blik die zo karakteristiek voor hem was als hij diep in gedachten was verzonken.
'Creb!' riep Ayla, op hem toe rennend. Met een schok tot de werkelijkheid terugkerend keek hij op. 'Durc hield zonet zijn hoofd omhoog, niet, Iza?' De medicijnvrouw knikte bevestigend.
'Hmmf,' knorde hij. 'Als hij al zo sterk wordt, denk ik dat het wel kan.'
'Dat wat kan?'
'Ik heb eens lopen denken en geloof dat ik al wel een totemceremonie voor hem kan houden. Hij is nog wat jong, maar ik heb al enkele sterke indrukken gehad. Zijn totem heeft zich diverse malen aan me bekendgemaakt. Er is geen reden om er nog mee te wachten. Straks is iedereen druk met de voorbereidingen voor ons vertrek en ik moet het vóór de Stambijeenkomst doen. Het zou hem ongeluk kunnen

brengen als hij op reis ging zonder dat zijn totem een vast thuis had.' De aanblik van de medicijnvrouw herinnerde hem aan iets anders. 'Iza, heb je genoeg wortels voor de ceremonie? Ik weet niet hoeveel stammen er zullen zijn. De vorige keer overwoog een van de stammen die naar een grot verder naar het oosten was verhuisd deze maal naar een Stambijeenkomst ten noorden van de bergen te gaan. Het zou wat verder weg voor hen zijn, maar een gemakkelijker reis. Hun oude Mog-ur was ertegen, maar zijn leerling wilde het wél. Zorg er maar voor dat je ruim voldoende bij je hebt.'

'Ik ga niet naar de Stambijeenkomst, Creb.' Haar bedroefdheid was duidelijk te zien. 'Ik kan niet zo ver reizen, ik zal thuis moeten blijven.'

Natuurlijk, wat mankeert me, dacht hij, naar de magere, bijna witharige medicijnvrouw kijkend. Iza kan niet gaan. Waarom heb ik dat niet eerder beseft? Ze is te ziek. Ik dacht de vorige herfst al dat ze ons zou verlaten; ik weet niet hoe Ayla haar erdoor gesleept heeft. Maar hoe moet het dan met de ceremonie? Alleen de vrouwen van Iza's geslacht kennen het geheim van de speciale drank. Oeba is te jong; het moet een vrouw zijn. Ayla! Zou Ayla hem niet kunnen maken? Iza zou het haar kunnen leren voor we weggaan. Het is trouwens toch tijd dat ze officieel medicijnvrouw wordt.

Creb keek naar de jonge vrouw die zich bukte om haar zoon op te nemen en bezag haar plotseling met kritischer ogen dan hij in jaren had gedaan.

Maar zullen ze haar accepteren? Hij probeerde haar te zien zoals de mensen van de andere stammen haar zouden zien. Haar gouden haar hing los langs haar platte gezicht, in het midden op goed geluk gescheiden en achter haar oren weggestreken, zodat haar bolle voorhoofd onbedekt bleef. Haar lichaam was duidelijk dat van een vrouw, maar slank afgezien van een enigszins verslapte buikwand. Haar benen waren lang en recht en toen ze overeind kwam, stak ze hoog boven hem uit.

Ze ziet er niet uit als een vrouw van de Stam, dacht hij. Ze zal veel opzien baren, en merendeels niet in positieve zin, vrees ik. We zouden wel eens genoodzaakt kunnen zijn die ceremonie maar te vergeten.

Het is best mogelijk dat de andere Mog-urs de drank niet accepteren als Ayla hem maakt. Maar het kan geen kwaad een poging te wagen. Was Oeba maar wat ouder. Misschien zou Iza het hun allebei kunnen leren, hoewel ik denk dat ze een meisje al evenmin zullen accepteren als een vrouw die bij de Anderen geboren is. Ik denk dat ik maar eens met Brun ga praten. Als ik de geesten bijeenroep voor Durcs totemce-

remonie, kunnen we net zo goed tegelijkertijd Ayla tot medicijnvrouw benoemen.
'Ik moet Brun even spreken,' gebaarde Creb abrupt en hij wilde al naar de vuurplaats van de leider gaan. Toen draaide hij zich nog even om naar Iza. 'Ik geloof dat je zowel Ayla als Oeba maar moest leren de drank te maken, maar ik weet niet zeker of het ergens toe zal dienen.'

'Iza, ik kan de kom niet vinden die je me voor de medicijnvrouw van de gastheerstam hebt gegeven,' gebaarde Ayla wanhopig, nadat ze bergen reisvoedsel, bontvachten en diverse benodigdheden die bij haar slaapplaats op de grond bijeen lagen doorzocht had. 'Ik heb overal gekeken.'
'Die heb je al ingepakt, Ayla. Kalmeer toch, kind. Er is nog tijd genoeg. Brun zal heus niet willen vertrekken voor hij klaar is met eten. Je moest zelf ook nog maar even gaan zitten en wat eten, je brij wordt koud. Jij ook, Oeba.' Iza schudde haar hoofd. 'Ik heb nog nooit zoveel onnodige drukte gezien. We hebben gisteravond alles al gecontroleerd, alles is klaar.'
Creb zat op een matje met Durc op schoot en keek geamuseerd naar de opschudding van het laatste moment. 'Jij bent anders geen haar beter, Iza. Waarom ga je zelf niet even zitten om wat te eten?'
'Daar zal ik alle tijd voor hebben als jullie weg zijn,' antwoordde ze. Creb hield de baby rechtop tegen zijn schouder. Durc keek vanaf die hoge plaats in het rond. 'Kijk toch eens hoe sterk de hals van dat kind al is,' merkte Iza op. 'Hij heeft er geen enkele moeite meer mee zijn hoofd rechtop te houden. Het is nauwelijks te geloven. Sinds zijn totemceremonie is hij steeds sterker geworden. Laat mij hem nog even vasthouden, daar zal ik de hele zomer geen kans meer voor krijgen.'
'Misschien wilde de Grijze Wolf daarom dat ik de ceremonie zo vroeg hield,' gebaarde Creb. 'Hij wilde de jongen zeker helpen.'
Creb leunde achterover en bezag het gezinnetje waarvan hij de patriarch was. Hoewel hij er nooit over had gesproken, had hij er dikwijls naar verlangd een gezin te hebben net als de andere mannen. En nu, laat in zijn leven, had hij twee liefhebbende vrouwen om zich heen die al het mogelijke deden om het hem naar de zin te maken, een klein meisje dat hen daarin volgde en een gezonde kleine jongen die hij kon knuffelen zoals hij dat de beide meisjes had gedaan. Hij had met Brun het toekomstig onderricht van de jongen besproken. De leider kon een mannelijk lid van zijn stam niet zonder training in de noodzakelijke vaardigheden laten opgroeien. Brun had een kind geaccepteerd waarvan hij wist dat het bij Crebs vuurplaats zou op-

groeien en voelde zich er verantwoordelijk voor. Ayla was dankbaar toen Brun bij Durcs totemceremonie aankondigde dat hij persoonlijk het onderricht van de kleine op zich zou nemen, als hij sterk genoeg werd om op jacht te gaan. Ze kon zich geen betere trainer voor haar zoon voorstellen.

De Grijze Wolf is een goede totem voor de jongen, peinsde Creb, maar ik vraag me wel iets af. Sommige wolven jagen in een roedel en andere jagen alleen. Tot welke soort behoort Durcs totem?

Toen alles gepakt, in bundels bijeengebonden en bij de jonge vrouw en het meisje op de rug geladen was, liep het hele gezelschap gezamenlijk de grot uit. Iza knuffelde voor het laatst de baby, die zijn gezichtje in haar hals verborg, hielp Ayla hem in de draagmantel te installeren en haalde toen iets uit een plooi in haar omslag.

'Dit moet jij nu dragen, Ayla. Jij bent nu de medicijnvrouw van de stam,' zei Iza en ze gaf Ayla de roodgeverfde buidel met de speciale wortels. 'Weet je alle handelingen nog? Je mag niets weglaten. Ik wou dat ik het je had kunnen voordoen, maar de toverij kan niet zomaar alleen voor oefening worden gedaan. De drank is te heilig om weg te gooien en kan niet voor iedere willekeurige ceremonie gebruikt worden, alleen voor heel bijzondere. Denk erom dat niet alleen de wortels belangrijk zijn voor de toverij; jullie moeten jezelf even zorgvuldig voorbereiden als de drank die je klaarmaakt.'

Oeba en Ayla knikten allebei terwijl de jonge vrouw de kostbare reliek aannam en in haar medicijnbuidel deed. Iza had haar de buidel van otterhuid gegeven op de dag dat ze tot medicijnvrouw werd benoemd en hij herinnerde haar nog steeds aan die welke Creb verbrand had. Ayla pakte haar amulet en voelde aan het vijfde voorwerpje dat ze er nu in droeg; een stukje zwarte mangaandioxide had zich bij de drie aaneengegroeide klompjes pyriet, het roodbevlekte ovaaltje mammoetivoor, het fossiele gesteente en het brokje rode oker in het zakje gevoegd.

Ayla's lichaam was, toen ze de draagster werd van een stukje van de geest van ieder stamlid en via Ursus van de gehele Stam, beschilderd met de zwarte zalf die ontstond na het fijnstampen en verhitten en ten slotte met vet vermengen van de zwarte steen. Alleen bij de meest verheven en heilige rituelen werd het lichaam van een medicijnvrouw met zwarte tekens beschilderd en alleen medicijnvrouwen mochten de zwarte steen in hun amulet dragen.

Ayla wilde maar dat Iza met hen mee kon gaan en ze vond het akelig haar achter te laten. De tengere vrouw werd dikwijls door zware hoestkrampen geteisterd.

'Iza, weet je zeker dat je het zult redden?' gebaarde Ayla, na de vrouw omhelsd te hebben. 'Je hoest is erger.'
'Die is 's winters altijd erger. Je weet dat het in de zomer beter gaat. Bovendien hebben jij en Oeba zoveel alantswortels verzameld dat ik vermoed dat er geen plant meer in de buurt staat, en we zullen dit seizoen waarschijnlijk ook niet veel frambozen hebben, gezien al die wortels die jullie hebben opgegraven voor in mijn kruidenthee. Het zal best gaan, maak je over mij nu maar geen zorgen,' verzekerde Iza haar. Maar Ayla had opgemerkt dat planten de medicijnvrouw op hun best slechts tijdelijk verlichting gaven. De oude vrouw had zichzelf al jaren met de planten behandeld; haar ziekte was te ver gevorderd om haar er nog veel baat bij te doen vinden.
'Denk erom dat je alleen op zonnige dagen naar buiten gaat en dat je veel rust,' drukte Ayla haar op het hart. 'Er zal niet veel te doen zijn; er is meer dan genoeg voedsel en hout. Zoug en Dorv kunnen het vuur brandend houden om dieren en boze geesten af te schrikken en Aba kan voor het eten zorgen.'
'Ja, ja,' stemde Iza toe. 'Ga nu maar, Brun staat al klaar om te vertrekken.'
Ayla stelde zich op haar gebruikelijke plaats achter aan de rij op, terwijl iedereen naar haar keek en wachtte.
'Ayla,' gebaarde Iza, 'niemand kan vertrekken als je niet op de goede plaats staat.'
Ayla liep schaapachtig naar de voorste plaats in de vrouwenrij. Ze was haar nieuwe status vergeten. Haar wangen kleurden rood van schaamte toen ze vóór Ebra ging staan. Ze voelde zich opgelaten; het leek gewoon niet juist dat ze vooropliep. Ze wuifde verontschuldigend naar de gezellin van de leider, maar Ebra was aan haar tweede positie gewend. Toch was het wel even vreemd Ayla voor zich te zien in plaats van Iza; het bracht haar op de vraag of ze zelf nog naar de volgende Stambijeenkomst zou gaan.
Iza en de drie stamleden die te oud waren om de reis te maken, vergezelden de anderen tot aan de richel en bleven hen daar nakijken tot ze kleine puntjes op de steppen onder hen waren. Toen keerden ze naar de lege grot terug. Aba en Dorv hadden ook de vorige Stambijeenkomst gemist en waren bijna verbaasd dat ze nog lang genoeg in leven waren gebleven om er nog een te missen, maar voor Zoug en Iza was het de eerste keer. Hoewel Zoug er nog steeds af en toe met zijn slinger op uitging, kwam hij nu vaker met lege handen terug en Dorv kon niet goed genoeg meer zien om überhaupt nog uit te gaan.
Ze kropen gevieren dicht bij het vuur voor de grotingang, hoewel het

een warme dag was, maar deden geen poging om te praten. Plotseling werd Iza overvallen door een hoestbui, waarna ze een grote bloederige klonter slijm opgaf. Ze ging naar haar vuurplaats om wat te rusten en weldra sloften ook de anderen de grot in en gingen op hun respectievelijke vuurplaatsen wat voor zich uit zitten kijken. Zij waren onberoerd gebleven door de opwinding over de aanstaande lange reis of het vooruitzicht hun vrienden en verwanten uit andere stammen weer te zien. Ze wisten dat hun zomer ondraaglijk eenzaam zou zijn.

De frisheid van de vroege zomer in de gematigde zone waar de grot in lag, veranderde van karakter op het open terrein van de continentale steppen in het oosten. Verdwenen waren het rijke lover aan kreupelhout en loofbomen en de iets lichtere naalden aan de uiteinden van de takken en toppen van pijnbomen als blijk van een nieuw seizoen. In plaats daarvan strekten zich tot de horizon enorme velden tot borsthoogte opgeschoten, snel wortelende en uitlopende kruiden en grassen uit, waarvan het jonge groen verloren ging in de saaie, onbepaalde tint tussen groen en goud. De dicht ineengegroeide vegetatie van het vorig seizoen voelde als een kussen onder hun voeten, terwijl de stamleden zich een weg zochten over de eindeloze grasvlakte, een kortstondig spoor van beweging achter zich latend dat aangaf welke route ze gevolgd hadden. Zelden verstoorden wolken het oneindige blauw van het uitspansel boven hen, afgezien van een enkele onweersbui, die zich meestal in de verte ontlaadde. Oppervlaktewater was schaars. Ze hielden bij elke stroom halt om hun waterzakken te vullen, nooit wetend of ze er een dicht in de buurt zouden aantreffen wanneer ze hun tenten opsloegen voor de nacht.

Brun koos een tempo dat de langzamer vooruitkomende leden van de stam niet te zwaar belastte, maar hen wel dwong flink door te stappen. Ze hadden een lange weg af te leggen naar de grot van de gastheerstam in de hoge bergen van het vasteland in het oosten. Vooral Creb viel het voortgaan niet gemakkelijk, maar het plezierige vooruitzicht van de grote bijeenkomst en de plechtige ceremoniën die hij zou leiden, hield de moed erin. Hoewel zijn lichaam mismaakt en door reumatiek nog verder aangetast was, was dat niet van invloed op de geestkracht van de grote tovenaar. De warme zon en Ayla's pijnstillende planten smeerden zijn pijnlijke gewrichten, en na enige tijd versterkte de lichaamsbeweging zelfs de spieren in het been dat hij slechts in beperkte mate kon gebruiken.

De reizigers vervielen in een monotoon ritme waarbij de ene dag met saaie regelmaat in de andere overging. Het vorderend seizoen veranderde zo geleidelijk van karakter dat het hun nauwelijks opviel dat de warme zon langzaam een verzengende vuurbol werd die de steppen verschroeide en de uitgestrekte vlakte veranderde in een egaal gelig palet van vaalbruine aarde, geelbruin gras en beige rotsen onder een met stof doortrokken, grauwgele lucht. Drie dagen lang liepen ze met pijnlijke ogen voort vanwege de rook en asdeeltjes die door de heersende winden van een ergens voortrazende steppebrand werden aangevoerd. Ze kwamen langs enorme kudden bizons, langs reuzenherten met geweldige handvormige geweien, paarden, onagers en ezels en, minder vaak, saiga-antilopen met horens die recht boven op hun kop groeiden en aan de uiteinden enigszins gebogen waren; vele tienduizenden grazende dieren die hun voedsel op het onmetelijke grasland vonden.

Lang voor ze de moerassige landengte bereikten die het schiereiland met het grote vasteland verbond en tegelijkertijd als afwatering voor de ondiepe zoutige zee in het noordoosten diende, kwam de reusachtige bergketen, de op een na grootste op aarde, in zicht. Zelfs de laagste toppen waren nog tot halverwege hun flanken met gletsjers bedekt in een kil negeren van de verzengende hitte op de vlakten. Toen het egale grasland overging in zachtglooiende heuvels vol polletjes zwenkgras en pluimgras en rood van het rijkelijk aanwezige ijzererts – zodat ze door de rode oker tot geheiligde grond werden – wist Brun dat het zoute moeras niet ver meer was. Het was niet de belangrijkste verbinding van het schiereiland met het continent. Dat was de noordelijke doorgang, die deel uitmaakte van de westelijke begrenzing van de kleinere binnenzee.

Twee dagen lang worstelden ze voort door stinkende en van muskieten vergeven, af en toe door waterstromen doorsneden moerassen met brak water, voor ze het vasteland bereikten. Dwergeiken en haagbeuken vormden een korte inleiding tot het koele, welkome lommer van eikenwouden in een heuvelachtig landschap. Ze kwamen door een bijna uitsluitend uit beuken bestaand bos met slechts enkele kastanjes, en daarna door een gemengd bos waarin voornamelijk eiken stonden maar ook buksbomen en taxussen, rijkelijk met klimop en clematis begroeid. De ranken werden geleidelijk aan minder talrijk maar hingen toch hier en daar nog aan een boom toen ze een gordel van dennen en sparren, gelardeerd met beuken, esdoorns en haagbeuken bereikten. Het westelijk gedeelte was het vochtigste deel van de hele bergketen en bezat een dichte vegetatie en de laagste sneeuwgrens.

Af en toe vingen ze een glimp op van bosbizons en van de rode herten, reeën en elanden van de beboste streken; ze zagen everzwijnen, vossen, dassen, wolven, lynxen, luipaarden, wilde katten en vele kleinere dieren, maar niet één enkele eekhoorn. Ayla miste al iets in de fauna van deze bergen voor ze besefte dat het dat vertrouwde diertje was. Het gemis werd echter meer dan vergoed door hun eerste ontmoeting met een holenbeer.

Brun stak zijn hand op om hen halt te laten houden en wees recht vooruit naar de monstrueuze ruige beer die zijn rug tegen een boom stond te schurken. Zelfs de kinderen voelden met welk een ontzag de stam de geweldige vegetariër gadesloeg. Alleen zijn lichamelijke aanwezigheid was al uiterst indrukwekkend. De bruine beren van hun eigen bergen en ook van deze haalden gemiddeld ongeveer honderdvijftig kilo; het gewicht van een mannelijke holenbeer benaderde in de zomer, wanneer hij tamelijk mager was, eerder de vierhonderdvijftig. Laat in de herfst, wanneer hij vet had opgeslagen voor de winter, lag zijn gewicht veel hoger. Hij torende tot bijna driemaal hun hoogte boven de mannen uit en leek met zijn enorme kop en dikke vacht zelfs nog groter. Hij schuurde zijn rug tegen de ruwe bast van de oude boomstronk en leek de mensen die daar zo dicht bij hem roerloos waren blijven staan niet te hebben opgemerkt. Maar hij had van welk schepsel dan ook weinig te vrezen en negeerde hen eenvoudigweg. De kleinere bruine beren die in het gebied rond hun eigen grot huisden hadden wel eens met één slag van de krachtige voorpoot een hertenbok de nek gebroken; wat zou deze geweldige beer dan wel niet kunnen doen? Alleen een ander bronstig mannetje of een vrouwtje van de soort, dat haar welpen beschermde, zou zich met hem durven meten. Het vrouwtje zou onveranderlijk het pleit winnen.

Maar niet alleen de ontzaglijke afmetingen van het dier hielden de aandacht van de stam gevangen. Dit was Ursus, de verpersoonlijking van de Stam zelf. Hij was hun verwant, en meer dan dat: hij belichaamde de kern van hun wezen. Zijn beenderen alleen al waren zo heilig dat ze elk kwaad op een afstand konden houden.

De verwantschap die ze met hem voelden was geestelijk. Door zijn Geest werden alle stammen tot één verenigd en kreeg de Bijeenkomst waarvoor zij van zo ver waren gekomen betekenis en zin. Zijn Wezen maakte hen tot leden van de Stam, de Stam van de Holenbeer.

De beer kreeg genoeg van zijn bezigheid – of zijn jeuk was over – en strekte zich in zijn volle lengte uit, liep enkele passen op zijn achterpoten en liet zich toen op alle vier zakken. Met zijn snuit dicht boven de grond verwijderde hij zich in een zware, logge galop. Ondanks zijn grootte was de holenbeer in feite een vreedzaam dier en viel hij zelden aan, tenzij hij geprikkeld was.

'Was dat Ursus?' vroeg Oeba, haar ogen groot van ontzag.
'Dat was Ursus,' bevestigde Creb. 'En je zult nog een holenbeer te zien krijgen wanneer we aankomen.'
'Houdt de gastheerstam echt een levende holenbeer in de grot?' vroeg Ayla. 'Hij is zo groot.' Ze wist dat het de gewoonte was dat de stam die bij de Stambijeenkomst als gastheer optrad een holenbeerjong ving en in de grot grootbracht.
'Hij zal nu wel in een kooi buiten de grot zitten, maar toen hij klein was, woonde hij bij de mensen in de grot en werd hij grootgebracht als een kind; hij kreeg bij iedere vuurplaats te eten wanneer hij maar wilde. De meeste stammen beweren dat hun holenberen zelfs een beetje leren spreken, maar ik was nog klein toen wij de gastheerstam waren en ik herinner me er niet veel van, dus ik kan niet zeggen of dat waar is. Wanneer de beer ongeveer halfvolgroeid is, wordt hij in een kooi gestopt zodat hij niemand kan bezeren, maar iedereen geeft hem in het voorbijgaan lekkere hapjes en haalt hem aan, zodat hij weet dat de stam van hem houdt. Hij zal bij de Beerceremonie geëerd worden en onze boodschappen voor ons overbrengen in de wereld der geesten,' legde Creb uit.
Het was hun al eens eerder verteld, maar nu ze een holenbeer hadden gezien, kreeg het verhaal een nieuwe betekenis voor degenen die te jong waren om het zich te herinneren of die nog nooit naar een Stambijeenkomst waren geweest.
'Wanneer zijn wij weer gastheer en kunnen we een holenbeer vangen om bij ons te laten wonen?' vroeg Oeba.
'Als wij aan de beurt zijn, tenzij de stam wiens beurt het eigenlijk is niet kan. Dan kunnen wij het aanbieden. Maar stammen laten zelden de gelegenheid om de Bijeenkomst te huisvesten voorbijgaan, hoewel de jagers vaak ver moeten reizen om een holenbeerjong te vinden en de moederbeer zeer gevaarlijk kan zijn. De stam die deze keer gastheer is, treft het. Er leven nog holenberen in de buurt van hun grot. Ze hebben wel eens andere stammen geholpen een holenbeer te vangen, maar nu zijn ze zelf aan de beurt. Bij onze grot zijn er geen meer, maar ze moeten er wel geweest zijn, aangezien er beenderen van Ursus in onze grot lagen toen we die vonden,' antwoordde Creb.
'Wat gebeurt er als de stam die de Stambijeenkomst gastvrijheid moet verlenen iets overkomt? Onze stam woont niet eens meer in dezelfde grot als eerst,' vroeg Ayla. 'Als het onze beurt was, hoe zou iemand dan weten waar ze ons moeten vinden?'
'We zouden boodschappers naar de dichtstbijzijnde stam sturen om het nieuws te verspreiden, hetzij om de stammen te laten weten waar

de nieuwe grot was, hetzij om een andere stam de kans te geven als gastheer op te treden.'
Brun gaf een teken en de stam ging weer op weg. Toen ze langs de boom liepen die de holenbeer als krabpaal had gebruikt, bekeek Creb hem nauwkeurig en haalde er een paar plukjes haar af die aan de ruwe schors waren blijven hangen. Hij verpakte ze zorgvuldig in een blad, dat hij met zijn tanden vasthield, en stopte het pakje weg in een plooi van zijn omslag. Het haar van een levende, wilde holenbeer zou een krachtige talisman vormen.
De reuzenconiferen van de lage heuvels aan de voet van de bergen werden opgevolgd door minder hoge en gedrongener hooglandvariëteiten toen ze hoger kwamen. Tussen de bomen door hadden ze af en toe een adembenemend uitzicht op de glinsterende bergtoppen die ze bij het oversteken van de vlakte uit de verte hadden gezien. Er verschenen berkenboompjes, laag groeiende jeneverbessen en rozerode azalea's waarvan de dichte bloemtrossen net in bloei kwamen en het harde groen van de omgeving met hun felle kleur bespikkelden. Een menigte wilde bloemen voegde nog andere tinten aan het palet van gloeiende kleuren toe: gevlekte oranje tijgerlelies, lila en roze akeleien, blauwe en paarse wikke, licht lavendelkleurige irissen, blauwe gentianen, gele viooltjes, sleutelbloemen en witte bloemen in allerlei soorten. De zuidelijke bergketen was net als die aan de lagere punt van het schiereiland, die bij dezelfde aardverschuivingen omhoog was gewerkt een toevluchtsoord voor de flora en fauna van het continent uit de ijstijd.
Een enkele keer signaleerden ze gemzen en moeflons met hun zware horens. Ze waren bijna in de bergtaiga van armetierige dwergbomen, tegen de hooggelegen weiden met kort blijvende zegge en andere grassoorten aan, toen ze op een veel belopen pad stootten dat tegen een steile helling op liep. De mannen van de gastheerstam moesten veel verder lopen om de open vlakten ten noorden van de bergen te bereiken als ze op jacht gingen, maar de nabijheid van holenberen maakte de plek zo gunstig dat ze bereid waren dat nadeel te accepteren. Ze waren daardoor ook bedrevener in de jacht op de schuwe bosdieren.

De mensen die de nieuw aangekomen stam tegemoet kwamen rennen toen ze Brun en Grod rond een bocht in het pad zagen verschijnen, bleven bij de aanblik van Ayla stokstijf staan. Zelfs een levenslange training kon niet voorkomen dat ze haar geschokt aanstaarden. Haar positie aan het hoofd van de vrouwenrij toen de stamleden vermoeid na de lange reis zwijgend achter elkaar aan naar de open ruimte voor de grot liepen, veroorzaakte een golf van opgewonden speculatie. Creb had haar gewaarschuwd, maar toch was Ayla niet voorbereid op de opschudding die ze verwekte, noch op de dichte mensenmenigte. Meer dan tweehonderd verbijsterde individuen verdrongen zich om de vreemde vrouw te zien. Zoveel mensen had Ayla haar hele leven nog niet gezien, laat staan allemaal op één plaats.

De stam hield halt voor een enorme kooi van dikke palen die diep in de grond geslagen en stevig samengebonden waren. Daarin bevond zich net zo'n geweldige beer als die ze onderweg hadden gezien, deze was zelfs nog groter. Drie jaar lang zo overvloedig met de hand gevoerd dat hij er vreedzaam en mak door bleef, hing de gigantische holenbeer lui en gezapig in de omheinde ruimte, bijna te dik om op zijn achterpoten te staan. Het was voor de kleine stam een werk van veel toewijding en vroomheid geweest om de reusachtige beer zo lang te voeden, en zelfs de vele geschenken in de vorm van voedsel, werktuigen en pelzen die de bezoekende stammen voor hen meebrachten, konden de inspanning niet vergoeden. Maar toch was er niemand die de leden van de gastheerstam niet benijdde en elke stam wachtte vol verlangen op zijn beurt om dezelfde taak op zich te nemen en naast het geestelijk profijt ook de grote eer ervan in de wacht te slepen.

De holenbeer waggelde naar de omheining om te zien wat al die drukte betekende, in de hoop weer wat toegestopt te krijgen, en Oeba kroop dichter tegen Ayla aan, al evenzeer overweldigd door het opdringende volk als door de aanblik van de beer. De leider en de tovenaar van de gastheerstam kwamen op hen toe lopen en maakten groetende gebaren, die dadelijk door een boze vraag werden gevolgd.

'Waarom heb je een van de Anderen naar onze Stambijeenkomst meegenomen, Brun?' gebaarde de leider van de gastheerstam.

'Ze is een vrouw van de Stam, Norg, en een medicijnvrouw uit Iza's geslacht,' antwoordde Brun, kalmer dan hij zich voelde. Uit de toekijkende menigte rees een gemompel op en handen fladderden in opgewonden signalen.

'Dat is onmogelijk!' gesticuleerde de magiër. 'Hoe kan ze een vrouw van de Stam zijn? Ze is bij de Anderen geboren.'

'Ze is een vrouw van de Stam,' herhaalde dé Mog-ur, even onbuigzaam als Brun. Hij staarde de leider van de gastheerstam met een onheilspellend strenge blik aan. 'Trek je *mijn* woord ook in twijfel, Norg?'

Norg keek nerveus naar zijn eigen Mog-ur, maar had weinig steun aan de verbijsterde uitdrukking op het gezicht van de tovenaar.

'Norg, we hebben lang gereisd en we zijn vermoeid,' zei Brun. 'Dit is nauwelijks het moment om dit onderwerp te bespreken. Ontzeg je ons de gastvrijheid van je grot?'
Het was een gespannen ogenblik. Als Norg weigerde hen toe te laten, bleef hun geen andere keus over dan de lange terugreis naar hun grot te aanvaarden. Het zou een ernstige inbreuk op de wellevendheid zijn, maar Ayla toelaten zou hetzelfde betekenen als haar als een vrouw van de Stam accepteren; het zou op z'n minst Brun meer armslag geven. Norg keek weer naar zijn Mog-ur, toen naar de indrukwekkende persoonlijkheid die dé Mog-ur was en toen weer naar de man die de leider was van de Stam die boven aan in de hiërarchie van alle stammen stond. Als dé Mog-ur het zei, wat kon hij er dan nog tegen inbrengen?
Norg gaf zijn gezellin het teken om Bruns Stam de voor hen gereserveerde ruimte te wijzen, maar hij marcheerde naast Brun en dé Mog-ur mee naar binnen. Als ze zich geïnstalleerd hadden, zou hij direct uitzoeken hoe een vrouw die duidelijk bij de Anderen geboren was een vrouw van de Stam kon zijn geworden.
De ingang van de grot van de gastheerstam was kleiner dan die van de grot van Bruns stam, en de grot zelf leek ook kleiner toen ze naar binnen liepen. Maar in plaats van uit één grote ruimte met een kleine zijgrot voor ceremoniën, bestond deze grot uit een hele serie ruimten en tunnels die zich tot ver in de berg vertakten en waarvan de meeste zelfs nog nooit waren verkend. Er was meer dan genoeg ruimte om al de bezoekende stammen te herbergen, al konden ze misschien niet allemaal van het licht van de ingang profiteren. Bruns stam werd naar de tweede ruimte vanaf de ingang geleid en kreeg daar een hele wand. Het was een gunstige plaats, die hun als belangrijkste stam toekwam. Hoewel er verder achterin al verscheidene stammen waren ondergebracht, zou die plek voor hen gereserveerd zijn gebleven tot het begin van het eigenlijke Beerfestival. Pas dan, wanneer zeker was dat ze niet zouden komen, zou de plek aan de volgende in rang gegeven worden. De Stam als geheel had geen leider, maar er bestond een hiërachie van stammen, net als de hiërarchie onder de leden van een stam, en de leider van de hoogstgeplaatste stam was in feite ook de leider van de gehele Stam, eenvoudig omdat hij het hoogstgeplaatste lid was. Maar dat hield beslist geen absoluut gezag in. Daar waren de stammen te autonoom voor. Ze werden alle geleid door onafhankelijke, dictatoriaal regerende mannen die gewend waren hun eigen wetten te bepalen en die slechts eens per zeven jaar bijeenkwamen. Ze bogen niet licht voor een hoger gezag, wel voor de tradities en de wereld der geesten.

De plaats die iedere stam in de hiërarchie innam en welke ene man derhalve als leider van de gehele Stam werd erkend, werd bij iedere Stambijeenkomst opnieuw vastgesteld.
Vele factoren droegen tot de rangbepaling van een stam bij; ceremoniën waren niet de enige activiteit, wedstrijden waren van even groot, zo niet van groter belang. De noodzaak tot samenwerken binnen de stammen teneinde te overleven, die ieder de beperking van zelfbeheersing oplegde, vond een acceptabele uitlaatklep in wedstrijden met andere stammen. En in een ander opzicht waren die wedstrijden even noodzakelijk voor het overleven. Gekanaliseerde wedijver weerhield hen ervan elkaar naar de keel te vliegen. Bijna alles werd een wedstrijd wanneer de stammen elkaar ontmoetten. De mannen maten hun kracht met worstelen, slingeren, bolawerpen, knotsgevechten, hardlopen, ingewikkelder wedstrijden rennen en stoten met de speer, gereedschappen maken, dansen, verhalen vertellen, en de combinatie van deze twee laatste in dramatische uitbeeldingen van jachtgeschiedenissen.
Hoewel aan hun wedstrijden niet zoveel gewicht werd toegekend als aan die van de mannen, leverden ook de vrouwen hun aandeel. De grote feestmaaltijd bood hun de gelegenheid hun kookkunst te tonen. De voor de gastheerstam meegebrachte geschenken werden eerst open en bloot uitgestald, zodat iedereen ze kon bekijken en de andere vrouwen ze gezamenlijk kritisch konden keuren en beoordelen. Het meegebrachte handwerk omvatte zachte soepele huiden, weelderige bontvachten, stijf gevlochten manden, luchtig gevlochten draagmanden, matten van verfijnd materiaal en dessin, bakjes van stijf ongelooid leer of boombast, sterke koorden van pezen, vezelige planten of dierenhaar, lange riemen die overal even breed en even sterk waren, volmaakt glad afgewerkte houten kommen, dienschalen van been of van nog dunnere boomstamschijven, kommetjes, schalen en dienlepels, kappen, mutsen, voetomhulsels, handomhulsels en andere buidels; zelfs de baby's werden vergeleken. Onder de vrouwen werd de erepalm niet zo openlijk toegekend. Zij beschikten over een subtieler spel van kleine verschillen in uitdrukking, gebaar of houding dat haarfijn en niet minder eerlijk onderscheid maakte tussen middelmatig en goed werk en waardering uitdrukte voor datgene wat echt voortreffelijk was.
De positie van de medicijnvrouw en de Mog-ur van iedere stam ten opzichte van de andere stammen was ook een factor bij het bepalen van de rang van die stam. Iza en Creb hadden beiden een bijdrage geleverd aan de eerste plaats van Bruns stam, evenals het feit dat de stam

al verscheidene generaties vóór hen eerste was, wat Brun echter toch maar een kleine voorsprong had verschaft toen hij leider werd. Hoe belangrijk alle andere factoren ook waren, het waren de kwaliteiten van de leider van de stam die de doorslag gaven. En was de wedijver onder de vrouwen subtiel, de vaststelling welke leider de meest competente was, was dat nog veel meer.

Ten dele berustte deze op de prestaties van iedere stam bij de wedstrijden, waaruit immers bleek hoe goed de leider zijn stamleden had getraind en gemotiveerd; ten dele op de werkprestaties van de vrouwen en hun gedrag, waaruit de ferme hand van de leider sprak, en ten slotte ook op de mate waarin de Stamtradities werden gehandhaafd, maar vóór alles was de positie van een leider en dientengevolge ook van zijn stam toch gebaseerd op de kracht van zijn karakter. Brun wist dat hij zich deze keer tot het uiterste zou moeten inzetten; hij had al terrein verloren door Ayla mee te brengen.

Stambijeenkomsten waren ook dé gelegenheid om oude vriendschapsbanden aan te halen, verwanten uit andere stammen terug te zien en roddeltjes en verhalen uit te wisselen die de eerstvolgende jaren menige koude winteravond zouden verlevendigen. Jonge mensen die in hun eigen stam geen partner konden vinden, wierven om elkaars aandacht, hoewel koppelingen alleen plaats konden vinden als de vrouw aanvaardbaar was voor de leider van de stam van de jonge man. Het werd voor een jonge vrouw als een eer beschouwd om uitgekozen te worden, vooral door een stam met een hogere rang, hoewel de overgang naar een andere stam zowel voor haar als voor degenen die ze achterliet een schokkende ervaring was. Ondanks Zougs aanbeveling en het hoge aanzien van Iza's geslacht was Iza zich altijd blijven afvragen of Ayla ooit een metgezel zou vinden. Het hebben van een kind had kunnen helpen als haar zoon normaal was geweest, maar haar mismaakte baby sloot alle hoop voor haar uit.

Ayla's gedachten hielden zich in de verste verte niet met het vinden van een metgezel bezig. Ze had al moeite genoeg om voldoende moed bijeen te rapen om de verzameling nieuwsgierige, achterdochtige mensen buiten de grot onder ogen te komen. Zij en Oeba hadden hun spullen uitgepakt en de vuurplaats ingericht die voor de duur van hun verblijf hun thuis zou zijn. Norgs gezellin had erop toegezien dat er handig dichtbij stenen voor het vuur en voor het afbakenen van hun territorium lagen opgestapeld en dat er huiden met water voor de bezoekende stammen beschikbaar waren. Ayla had met grote zorgvuldigheid haar geschenken voor de gastheerstam op de door Iza aangegeven manier uitgestald en de kwaliteit van haar werk had al de aandacht getrokken. Ze waste het stof van de reis van zich af, deed een schone omslag om en ging daarna haar zoon voeden terwijl Oeba ongeduldig wachtte. Het meisje popelde van verlangen om het terrein rond de grot te gaan verkennen en al de mensen te bekijken, maar voelde er niet veel voor hen alleen tegemoet te treden.

'Schiet op, Ayla,' gebaarde ze. 'Alle anderen zijn al buiten. Kun je Durc niet later voeden? Ik zou liever buiten in de zon zitten dan in deze donkere saaie grot, jij niet?'

'Ik wil niet dat hij al meteen gaat huilen. Je weet hoe hard hij huilt. De mensen zouden misschien denken dat ik geen goede moeder ben,' zei Ayla. 'Ik wil niet het risico lopen dat ze nog slechter van me gaan denken dan ze al doen. Creb had me wel gezegd dat de mensen verbaasd zouden zijn als ze me zagen, maar ik had niet gedacht dat ze ons zelfs de toegang zouden kunnen weigeren. En ik had ook niet gedacht dat ze me zo zouden aanstaren.'

'Nou ja, ze hebben ons toegelaten en als Creb en Brun met ze gepraat hebben, zullen ze weten dat je inderdaad een vrouw van de Stam bent. Kom nu mee, Ayla. Je kunt niet eeuwig in de grot blijven, je moet ze vroeg of laat toch onder ogen komen. Ze zullen na een tijdje wel aan je gewend raken, net als wij. Het valt mij nauwelijks op dat je er anders uitziet; ik moet er echt bij nadenken.'

'Ik was er al voor je geboren werd, Oeba. Zij hebben me nog nooit gezien. O, goed dan, dan zijn we er maar meteen vanaf. Laten we maar gaan. Vergeet niet om iets te eten voor de holenbeer mee te nemen.'

Ayla stond op, legde Durc tegen haar schouder en klopte hem op de rug terwijl ze naar buiten liepen. Ze maakten een gebaar van respect naar Norgs gezellin toen ze haar vuurplaats passeerden. De vrouw maakte een groetend gebaar terug en zette zich dadelijk weer aan haar werk, plotseling beseffend dat ze hen aan had staan staren. Ayla haalde diep adem toen ze de ingang naderden en hief haar hoofd iets hoger. Ze was vastbesloten de algemene nieuwsgierigheid te negeren; ze was een vrouw van de Stam en ze had evenveel recht om hier te zijn als ieder ander.

Haar vastberadenheid werd tot het uiterste op de proef gesteld toen ze in het helle zonlicht naar buiten trad. Elk lid van elke stam had wel een of andere reden gevonden om bij de grot in de buurt te blijven om de vreemde vrouw van de Stam naar buiten te zien komen. Velen probeerden hun nieuwsgierigheid te camoufleren, maar nog veel meer vergaten, of negeerden, de gebruikelijke hoffelijkheid en stonden Ayla met open mond aan te gapen. Ayla voelde het bloed naar haar wangen stijgen. Ze liet Durc van positie veranderen om naar hem te kunnen kijken in plaats van naar de in haar richting gewende zee van gezichten.

Het was maar goed dat ze naar haar zoon keek. Haar handeling trok alle aandacht naar Durc, die men door de aanvankelijke schok van haar verschijnen over het hoofd had gezien. Uit gelaatsuitdrukkingen en gebaren, sommige niet zo discreet, bleek duidelijk wat de mensen van haar zoon dachten. Hij had er beter niet als een van hun baby's kunnen uitzien; als hij op haar had geleken, hadden ze hem makkelijker geaccepteerd. Wat Brun en de Mog-ur ook zeiden, Ayla was een van de Anderen; haar baby had dat ook kunnen zijn. Maar Durc had wel zoveel Stamkenmerken dat zijn modificaties afwijkingen leken. Hij was duidelijk een mismaakte baby die niet in leven had mogen blijven. Niet alleen Ayla daalde in aanzien, ook Brun verloor meer terrein.

Ayla wendde de argwanende blikken en openhangende monden de rug toe en ging met Oeba de holenbeer in zijn kooi bekijken.

Toen hij hen zag naderen, schommelde de enorme beer naar hen toe, ging op zijn achterste zitten en stak een poot tussen de palen van de kooi door in afwachting van een lekkernij. Ze weken beiden snel achteruit bij de aanblik van die monstrueuze klauw met de dikke, tamelijk stompe nagels, die meer geschikt waren om de wortels en knollen op te graven die het grootste deel van zijn dieet uitmaakten dan om zijn zware lichaam in een boom te hijsen. Anders dan bij de bruine beer waren alleen de welpen van de holenbeer handig en klein genoeg om in bomen te klimmen. Ayal en Oeba legden hun appels op de grond, vlak voor de stevige palen die ooit redelijk volgroeide bomen waren geweest.

Het dier, dat als een teerbemind kind was grootgebracht en nooit ook maar een seconde honger had hoeven lijden, was volkomen tam en op zijn gemak in menselijk gezelschap. Het intelligente beest had geleerd dat bepaalde handelingen van zijn kant zonder mankeren extra lekkere hapjes opleverden. Hij ging opzitten en bedelde. Ayla zou om het grappige gebaar geglimlacht hebben als ze er niet bijtijds aan gedacht had dat niet te doen.

'Nu weet ik waarom de stammen zeggen dat hun beren kunnen praten,' gebaarde Ayla naar Oeba. 'Hij vraagt om meer; heb je nog een appel?'

Oeba gaf haar een van de kleine, harde, ronde vruchten en deze keer ging Ayla naar de kooi toe en reikte hem de beer aan. Hij stopte de appel in zijn bek, kwam toen dicht bij de palen van de kooi staan en wreef zijn grote ruige kop tegen een uitsteeksel aan een van de stammen.

'Ik denk dat je gekrauwd wilt worden, ouwe honingsnoeper,' gebaarde Ayla. Ze was gewaarschuwd nooit het gebaar voor 'beer' of 'holenbeer' of 'Ursus' in zijn aanwezigheid te maken. Als hij bij zijn werkelijke naam genoemd werd, zou hij zich herinneren wie hij was en weten dat hij niet gewoon een kind was van de stam die hem had grootgebracht. Dan zou hij weer tot de staat van wilde beer terugkeren, wat de Beerceremonie alle zin zou ontnemen en de hele reden voor het festival zou wegvagen. Ze krabde hem achter het oor.

'Dat vind je wel fijn, hè, winterslaper,' gebaarde Ayla en strekte haar hand uit om hem achter het andere oor te krabben, dat hij naar haar toe gewend had. 'Je zou best zelf je oor kunnen krabben als je dat wilde – je bent er alleen te lui voor, of wil je graag wat aandacht? Groot pluizig knuffelbeest.'

Ayla streelde en liefkoosde de grote kop, maar toen Durc een plukje ruig haar probeerde te pakken, deinsde ze achteruit. Ze had de kleine gewonde dieren die ze naar hun eigen grot had meegebracht vaak genoeg aangehaald en gekrauwd om aan te voelen dat dit alleen maar een grotere, tammere variatie op hetzelfde thema was. Door de bescherming van de zware kooi had ze snel haar angst voor de beer verloren, maar haar baby was iets anders. Toen Durc zijn handjes uitstak om een handvol haar beet te grijpen, zagen de enorme bek en lange klauwen er plotseling gevaarlijk uit.

'Hoe durfde je zo dicht bij hem te komen?' gebaarde Oeba vol ontzag. 'Ik zou het nooit gewaagd hebben.' 'Och, het is eigenlijk net een groot kind, maar ik had niet aan Durc gedacht. Het dier zou hem met een vriendelijk bedoelde aai met zijn poot vreselijk kunnen bezeren. Hij kan dan wel als een kind om eten of aandacht bedelen, maar ik moet er niet aan denken wat hij zou kunnen aanrichten als hij ooit kwaad werd,' zei Ayla terwijl ze van de kooi wegwandelden.

Oeba was niet de enige die verbaasd was over Ayla's onbevreesdheid, de hele Stam had toegekeken. De meeste bezoekers bleven uit de buurt van de kooi, vooral in het begin. Opgeschoten jongens maakten er een spelletje van om op de kooi af te schieten, een arm naar binnen te steken en de beer aan te raken om te laten zien hoe dapper ze wel waren, en mannen waren te trots om angst te tonen, of ze die voelden of niet. Maar slechts weinig andere vrouwen dan die van de gastheerstam begaven zich dicht bij de kooi, en om hem al bij de eerste confrontatie tussen de palen door te krauwen was voor een vrouw onverwacht. Het veranderde hun mening over Ayla niet direct, maar het intrigeerde hen wel.

Nu ze Ayla allemaal goed hadden kunnen bekijken, begonnen de mensen zich te verspreiden, maar ze was zich nog steeds van steelse blikken bewust. Het onverholen staren van kleine kinderen hinderde haar lang niet zo erg. Dat was de natuurlijke nieuwsgierigheid van kinderen naar het ongewone en was niet beladen met achterdocht of afkeuring.

Ayla en Oeba togen in de richting van een beschaduwde plek onder een overhangende rots aan de buitenrand van het grote van begroeiing ontdane terrein voor de grot. Op die discrete afstand konden ze zonder onwellevend te zijn de activiteiten gadeslaan.

Er had altijd een speciale band tussen Ayla en Oeba bestaan.

Ayla was zuster, moeder en speelkameraad van het jongere meisje geweest, maar sinds Oeba serieus onderricht kreeg en vooral nadat ze Ayla naar de kleine grot was gevolgd, waren ze gelijkwaardiger vriendinnen geworden. Ze stonden elkaar zeer na. Oeba was bijna zes en had een leeftijd bereikt waarop ze belangstelling voor de andere sekse begon te krijgen.

Ze gingen in de koele schaduw zitten, Durc op zijn buik op de draagmantel tussen hen in, met zijn beentjes trappelend, met zijn armpjes zwaaiend en zijn hoofd optillend om om zich heen te kijken. Tijdens de reis was hij begonnen te babbelen en te kirren, iets wat geen enkele baby van de Stam ooit deed. Het verontrustte Ayla, maar deed haar op een of andere onverklaarbare wijze ook genoegen. Oeba gaf commentaar op de oudere jongens en de jonge mannen en Ayla plaagde haar er goedmoedig mee. Volgens een stilzwijgende overeenkomst werd er niet over mogelijke metgezellen voor Ayla gesproken, hoewel zij er qua leeftijd meer voor in aanmerking kwam. Ze waren alle twee blij dat de lange reis achter de rug was en bespraken hoe de Beerceremonie wel zou zijn, daar geen van hen beiden ooit eerder naar een Stambijeenkomst was geweest. Terwijl ze zo zaten te praten, kwam er een jonge vrouw naar hen toe die in de formele, klankloze en universeel begrepen taal vroeg of ze bij hen mocht komen zitten.

Dat bevestigden ze vriendelijk; het was het eerste gebaar van toenadering dat ze tot dusver ontvangen hadden. Ze konden zien dat ze een baby in haar draagmantel had, maar het kind sliep en de vrouw maakte geen aanstalten het wakker te maken.

'Deze vrouw heet Oda,' gebaarde ze formeel toen ze was gaan zitten en maakte het teken waarmee ze naar hun namen vroeg.

Ayla gaf antwoord. 'Dit meisje heet Oeba en de vrouw is Ayla.'

'Aay... Aayghha? Naamwoord niet kennen.' Oda's eigen dialect en haar gebaren waren een beetje anders dan die van hen, maar ze begrepen haar commentaar.

'Het is geen naam van de Stam,' zei de blonde vrouw. Ze begreep hoe moeilijk het voor de anderen was haar naam uit te spreken; zelfs enkele leden van haar eigen stam konden hem niet helemaal correct zeggen.
Oda knikte, hief haar handen alsof ze iets wilde gaan zeggen, maar bedacht zich toen. Ze scheen onrustig en nerveus. Ten slotte maakte ze een beweging naar Durc.
'Deze vrouw kan zien dat u een kleine hebt,' zei ze enigszins aarzelend. 'Is de kleine een jongen of een meisje?'
'De kleine is een jongen. De naam van de jongen is Durc, zoals de Durc van de legende. Is de vrouw met de legende bekend?'
In Oda's ogen verscheen een blik van opluchting. 'Deze vrouw kent de legende. De naam is bij de stam van deze vrouw niet gebruikelijk.'
'De naam is ook bij de stam van deze vrouw niet gebruikelijk. Maar de kleine is ook niet gewoon. Durc is bijzonder; de naam past bij hem,' gebaarde Ayla, met iets trots-uitdagends.
'Deze vrouw heeft ook een kleine. De kleine is een meisje. De naam is Oera,' zei Oda. Ze scheen nog steeds nerveus en sprak aarzelend. Er volgde een gedwongen stilte.
'Slaapt de kleine? Deze vrouw zou Oera graag willen zien als de moeder het toestaat,' vroeg Ayla ten slotte, niet wetend wat ze anders moest zeggen tegen een vrouw die zo schoorvoetend toenadering zocht.
Oda scheen het verzoek enige tijd te overwegen, toen, alsof ze een besluit had genomen, haalde ze de baby uit de mantel en legde haar in Ayla's armen. Ayla sperde in stomme verbazing haar ogen wijd open. Oera was nog heel jong – ze kon niet veel langer dan een maan geleden geboren zijn – maar dat was niet wat de lange vrouw zo verbaasde. Oera leek op Durc! Ze leek genoeg op Durc om zijn bloedverwante te kunnen zijn. Oda's baby had ook de hare kunnen zijn!
De schok deed Ayla duizelen. Hoe kon een vrouw van de Stam een kleintje hebben dat precies op het hare leek? Ze had gedacht dat Durc er anders uitzag omdat hij voor een deel van de Stam en voor een deel van haar was, maar Creb en Brun moesten al die tijd toch gelijk hebben gehad. Durc was niet anders, hij was mismaakt, zoals ook Oda's baby mismaakt was. Ayla begreep er niets van; ze was zo in de war dat ze niets wist te zeggen. Oeba verbrak ten slotte de lange stilte.
'Je kleine lijkt op Durc, Oda.' Oeba vergat de formele taal te gebruiken, maar Oda begreep haar.
'Ja,' knikte de vrouw. 'Deze vrouw was verbaasd toen ze Aayghha's kleine zag. Daarom wilde ik... wilde deze vrouw met u spreken. Ik

wist niet of uw kleintje een jongen of een meisje was, maar ik hoopte dat het een jongen zou zijn.'

'Waarom?' vroeg Oeba.

Oda keek naar de baby in Ayla's schoot. 'Mijn dochter is mismaakt,' gebaarde ze zonder Ayla recht aan te kijken. 'Ik was bang dat ze nooit een metgezel zou vinden wanneer ze opgroeide. Welke man zou zo'n mismaakte vrouw willen?' Oda's ogen smeekten toen ze Ayla aankeek. 'Toen ik... Toen deze vrouw uw kleine zag, hoopte ik dat het een jongen zou zijn omdat... Het zal voor uw zoon ook niet gemakkelijk zijn een gezellin te vinden, weet u.'

Ayla had nog niet over een gezellin voor Durc nagedacht. Oda had gelijk, het zou hem wel eens moeilijk kunnen vallen er een te vinden. Nu begreep ze waarom Oda naar hen toe gekomen was.

'Is uw dochter gezond?' vroeg ze. 'Sterk?'

Oda keek omlaag naar haar handen voor ze antwoord gaf. 'De kleine is wat mager, maar de gezondheid is goed. Het kind heeft een zwakke nek,' gebaarde ze, 'maar die wordt sterker,' voegde ze er haastig aan toe.

Ayla bekeek het kleine meisje nauwkeuriger, met een blik toestemming vragend voor ze haar windsels opzij deed. Het kindje was wat gedrongener dan Durc; haar bouw benaderde meer die van de baby's van de Stam, maar haar beenderen waren fijner. Ze had hetzelfde hoge voorhoofd en ongeveer dezelfde vorm van hoofd, alleen waren de wenkbrauwbogen veel minder uitgesproken. Haar neus was bijna klein, maar het was al duidelijk dat ze de terugwijkende, kinloze onderkaak van de Stam zou hebben. De hals van het kleine meisje was korter dan die van Durc, maar beslist langer dan voor baby's van de Stam normaal was. Ayla tilde de kleine op, als vanzelf haar hoofd ondersteunend en zag de bekende eerste pogingen van de baby om haar hoofdje rechtop te houden.

'Haar hals zal sterker worden, Oda. Die van Durc was bij zijn geboorte nog zwakker en kijk hem nu eens.'

'Denk je werkelijk?' vroeg Oda gretig. 'Deze vrouw zou de medicijnvrouw van de eerste stam willen verzoeken dit meisje als gezellin voor haar zoon in overweging te nemen,' vervolgde ze formeel.

'Ik denk dat Oera een heel goede gezellin voor Durc zou zijn, Oda.'

'Wilt u uw metgezel vragen of hij ermee instemt?'

'Ik heb geen metgezel,' antwoordde Ayla.

'O. Dan zal uw zoon ongeluk aantrekken,' gebaarde Oda teleurgesteld. 'Wie zal hem onderrichten als u geen metgezel hebt?'

'Durc trekt geen ongeluk aan,' zei Ayla gedecideerd. 'Niet alle kleinen die uit ongekoppelde vrouwen worden geboren, zijn rampspoedig. Ik woon bij de vuurplaats van dé Mog-ur; hij jaagt niet, maar Brun zelf heeft beloofd mijn zoon op te zullen leiden. Hij zal een goed jager en een goed verzorger worden. Hij heeft ook een jager als totem. Dé Mog-ur heeft gezegd dat de Grijze Wolf zijn totem is.'

'Het doet er ook niet toe, een rampspoedige metgezel is beter dan helemaal geen metgezel,' gebaarde Oda berustend. 'Ik hoop dat u gelijk hebt. Onze Mog-ur heeft Oera's totem nog niet geopenbaard, maar een Grijze Wolf is sterk genoeg voor welke vrouwentotem dan ook.'

'Behalve voor die van Ayla,' kwam Oeba tussenbeide. 'Haar totem is de Holenleeuw. Zij werd uitverkoren.'

'Hoe heb je ooit een kleine kunnen krijgen?' vroeg Oda verbluft. 'Mijn totem is de Hamster, maar hij heeft zich deze keer werkelijk hevig verzet. Met mijn eerste dochter had ik niet zoveel problemen.'

'Mijn zwangerschap was ook moeilijk. Heb je nog een dochter? Is zij wél normaal?'

'Dat was ze. Ze wandelt nu in de volgende wereld,' gebaarde Oda droevig.

'Mocht Oera daarom in leven blijven? Het verbaast me dat je haar mocht houden.'

'Ik wilde haar niet houden, maar mijn metgezel heeft me ertoe gedwongen. Het is mijn straf,' biechtte Oda op.

'Je straf?'

'Ja,' knikte Oda. 'Ik wilde graag een meisje terwijl mijn metgezel liever een jongen had. Het kwam alleen doordat ik zo van mijn eerste kleintje hield. Toen ze omkwam, wilde ik weer een meisje zoals zij. Mijn metgezel zegt dat Oera mismaakt is omdat ik de verkeerde gedachten had toen ik zwanger was. Hij zegt dat als ik een jongen had willen hebben mijn kleine normaal zou zijn geweest. Hij dwong me haar te houden, zodat iedereen zou weten dat ik geen goede vrouw ben. Maar hij heeft me niet weggegeven, misschien omdat niemand me wilde hebben.'

'Ik vind niet dat je zo'n slechte vrouw bent, Oda,' gebaarde Ayla met een medelijdende blik. 'Iza wilde ook graag een meisje toen ze zwanger was van Oeba. Ze vertelde me dat ze haar totem elke dag om een meisje vroeg. Hoe is je eerste dochter gestorven?'

'Een man heeft haar gedood.' Oda bloosde van verlegenheid. 'Een man die eruitzag zoals jij, Aayghha, een man van de Anderen.'

Een man van de Anderen? dacht Ayla. Een man die eruitzag zoals ik? Ze voelde een rilling over haar rug lopen en haar hoofdhuid prikte. Toen merkte ze Oda's verlegenheid op.

'Iza zegt dat ik bij de Anderen geboren ben, Oda, maar ik kan me niets van hen herinneren. Ik behoor nu tot de Stam,' zei ze bemoedigend. 'Hoe is het gebeurd?'

'We waren mee op een jachtreis, twee andere vrouwen en ik, afgezien van de mannen. Onze stam woont ten noorden van hier, maar die keer gingen we verder noordwaarts dan we ooit eerder hadden gedaan. De mannen hadden het kamp vroeg verlaten en wij bleven achter om hout en droog gras te verzamelen. Er waren veel vleesvliegen en we wisten dat we een vuur moesten maken om het vlees gedroogd te krijgen. Plotseling renden die mannen ons kamp binnen. Ze wilden zich met ons verlichten, maar ze maakten het teken niet. Als ze het teken hadden gemaakt, zou ik de houding hebben aangenomen, maar ze gaven me geen kans. Ze grepen ons gewoon beet en wierpen ons neer. Ze waren zo ruw. Ze lieten me niet eens eerst mijn kleine neerleggen. Degene die mij gegrepen had, rukte me mijn mantel en omslag af. Mijn kleine viel op de grond, maar hij merkte het niet.

Toen hij klaar was,' sprak Oda verder, 'wilde een andere man me nemen, maar een van de anderen zag mijn kleine op de grond liggen. Hij raapte haar op en gaf haar aan mij, maar ze was dood. Ze was met haar hoofdje op een steen gevallen. Toen maakte de man die haar gevonden had veel luide woorden en ze gingen allemaal weg. Toen de jagers terugkwamen, vertelden we hun wat er gebeurd was en ze brachten ons meteen terug naar de grot. Mijn metgezel was toen vriendelijk voor mij; hij was ook bedroefd om mijn dochter. Ik was zo blij toen ik ontdekte dat mijn totem zo snel nadat ik haar verloren had weer verslagen was. Ik had nog niet eens de vrouwenvloek gehad; ik dacht dat mijn totem ook bedroefd was dat ik mijn kleine verloren had en besloten had me als vergoeding een andere te geven. Daarom dacht ik dat ik misschien weer een meisje zou krijgen, maar ik had geen meisje mogen wensen.'

'Ik vind het heel erg voor je,' zei Ayla. 'Ik weet niet wat ik zou doen als ik Durc verloor; dat is me al bijna gebeurd. Ik zal dé Mog-ur van Oera vertellen, en ik weet zeker dat hij er met Brun over zal spreken, hij is zeer op mijn zoon gesteld. Ik denk dat Brun er ook wel mee in zal kunnen stemmen. Het zou gemakkelijker zijn dan te proberen in onze eigen stam een vrouw als gezellin voor een mismaakte man te vinden.'

'Deze vrouw zou de medicijnvrouw dankbaar zijn en ik beloof haar goed te zullen onderrichten, Aayghha. Ze zal een goede vrouw worden, niet zoals haar moeder. Bruns stam bezit de hoogste rang; ik denk dat mijn metgezel het er wel mee eens zal zijn. Als hij weet dat er

in Bruns stam een plaats voor Oera is, zal hij misschien niet meer zo kwaad op mij zijn. Hij houdt mij voortdurend voor dat mijn dochter niets dan een last zal zijn en nooit enig aanzien zal hebben. En wanneer Oera groter wordt, kan ik haar vertellen dat ze zich geen zorgen hoeft te maken over het vinden van een metgezel. Het kan moeilijk voor een vrouw zijn als geen enkele man haar wil,' zei Oda.
'Ik weet het,' antwoordde de lange blonde vrouw. 'Ik zal er zo gauw ik kan met dé Mog-ur over spreken.'
Na Oda's vertrek was Ayla nadenkend gestemd. Het verhaal van de andere vrouw speelde nog door haar hoofd. Oeba voelde dat ze met rust gelaten wilde worden en stoorde haar niet. Arme Oda, ze was gelukkig, had een metgezel en een normaal kleintje. Toen waren die mannen gekomen en hadden alles bedorven. Waarom hadden ze nu niet gewoon het teken gemaakt? Hadden ze niet kunnen zien dat Oda een kleintje bij zich had? Die mannen van de Anderen, ze zijn net zo erg als Broud. Erger. Broud zou haar tenminste eerst haar kleine hebben laten neerleggen. Mannen en hun behoeften! Mannen van de Stam, mannen van de Anderen, ze zijn allemaal hetzelfde.
Terwijl ze zo zat te peinzen, keerden haar gedachten telkens terug naar de Anderen. Mannen van de Anderen, mannen die er net zo uitzien als ik, wie zijn de Anderen? Iza zei dat ik bij hen geboren was, maar waarom herinner ik me niets van de Anderen? Ik weet niet eens meer hoe ze eruitzien. Waar wonen ze? Ik vraag me af hoe een man van de Anderen eruitziet. Ayla herinnerde zich haar spiegelbeeld in de stille poel bij de grot en probeerde zich een man met haar gezicht voor te stellen. Maar toen ze aan een man dacht, doemde het beeld van Broud voor haar geestesoog op en plotseling begon in een flits van inzicht de verward dooreenwervelende veelheid van ideeën in haar hoofd een patroon te vormen.
Mannen van de Anderen! Natuurlijk! Oda zei dat een van hen zich met haar verlichtte en dat ze daarna niet eens meer eenmaal de vrouwenvloek had gehad. Toen baarde ze Oera, net zoals Durc werd geboren nadat Broud zich met mij had verlicht. Die man was van de Anderen en ik ben ook bij hen geboren, maar Oda en Broud zijn beiden van de Stam. Oera is net zomin mismaakt als Durc. Hij is voor een deel als ik en voor een deel als de mensen van de Stam, en Oera ook. Of liever, ze is voor een deel zoals Oda en voor een deel zoals die man die haar kleine doodde. Dus heeft Broud inderdaad Durc laten beginnen – met zijn orgaan, niet met zijn totemgeest.
Maar de andere vrouwen die bij Oda waren, hebben geen mismaakte kleine gekregen. En als je bedenkt hoe vaak mannen en vrouwen het

doen, zouden er als er elke keer een kleine begonnen werd niets anders dan kleintjes moeten zijn. Misschien heeft Creb ook wel gelijk. De totem van een vrouw moet wel verslagen worden, maar ze slikt de geest van de totem van de man niet in; de man deponeert die in haar met zijn orgaan. En dan vermengt hij zich met de geest van de totem van de vrouw. Niet alleen de man levert een aandeel in het kind, de vrouw ook.

Waarom moest het nu net Broud zijn? Ik wilde zo graag een kleine, mijn Holenleeuw wist hoe graag ik een kleine wilde, maar Broud haat me. Hij haat Durc ook. Maar wie zou het anders gedaan hebben? Geen van de andere mannen heeft belangstelling voor me, ik ben te lelijk. Broud deed het alleen omdat hij wist hoe afschuwelijk ik het vond. Wist mijn Holenleeuw dat Brouds totem uiteindelijk zou winnen? Zijn totemgeest moet sterk zijn; Oga heeft al twee zoons. Brac en Grev moeten ook door Brouds orgaan begonnen zijn, net als Durc. Betekent dat dat ze bloedverwanten zijn? Broeders? Net zoals Brun en Creb? Brun moet Broud ook in Ebra hebben laten beginnen. Tenzij het een andere man was; het had iedere man kunnen zijn. Maar dat zal waarschijnlijk niet. Mannen maken het teken gewoonlijk niet tegen de gezellin van de leider, dat is onwellevend. En Broud deelt Oga niet graag. Op de mammoetjacht gebruikte Crug altijd Ovra. Iedereen kon zien hoe groot zijn behoefte was en Goov was begrijpender. Zelfs Droeg deed het een paar keer.

Als Brun Broud begon, en Broud Durc, betekent dat dan dat Durc ook voor een gedeelte van Brun is? En Brac en Grev? Brun en Creb zijn bloedverwanten; ze zijn uit dezelfde moeder geboren en waarschijnlijk door dezelfde man begonnen. Dat was ook een leider. Betekent dat dat Durc ook een deel van Creb in zich heeft? En Iza? Zij is ook een bloedverwante. Ayla schudde haar hoofd. Het is te verwarrend allemaal, dacht ze.

Maar Broud heeft Durc inderdaad laten beginnen. Ik vraag me af of mijn totem ervoor heeft gezorgd dat Broud me die eerste keer het teken gaf? Het was vreselijk, maar het zou weer een proef geweest kunnen zijn, en misschien was er geen andere manier. Mijn totem moet het geweten hebben, moet het bedacht hebben. Hij wist hoe ik naar een kleine verlangde en hij heeft me ook een teken gegeven dat Durc zou blijven leven. Zou Broud niet razend zijn als hij het wist? Hij heeft zo vreselijk het land aan me en toch heeft hij me datgene gegeven wat ik het liefste wilde hebben.

'Ayla,' zei Oeba, haar gepeins onderbrekend, 'ik zag zojuist Creb en Brun de grot binnengaan. Het wordt laat, we moesten maar iets te

eten gaan klaarmaken, Creb zal wel honger hebben.'
Durc was in slaap gevallen. Hij werd wakker toen Ayla hem opnam, maar kwam snel weer tot rust, veilig in de mantel tegen zijn moeders borst weggestopt. Ik weet zeker dat Brun zal toestaan dat Oera later als Durcs gezellin bij ons komt wonen, dacht ze terwijl ze naar de grot van de gastheerstam terugliepen. Ze passen beter bij elkaar dan Oda beseft. Maar ik? Zal ik ooit een metgezel vinden die bij mij past?

23

Toen de laatste twee stammen arriveerden, maakte Ayla op een kleinere schaal eenzelfde soort beproeving door als die welke háár aankomst begeleidde. De lange blonde vrouw was een curiositeit onder de bijna tweehonderdvijftig stamleden van de tien daar verzamelde stammen. Ze werd opgemerkt waarheen ze ook ging, en alles wat ze deed werd kritisch gevolgd. Hoe afwijkend ze er ook uitzag, aan haar gedrag kon niemand iets ongewoons ontdekken. Ayla paste ook bijzonder goed op dat dat niet zou gebeuren.

Ze vertoonde geen van de eigenaardige trekjes die in de meer ontspannen sfeer van hun eigen grot nog wel eens aan haar controle ontsnapten. Ze lachte niet, ze glimlachte niet eens. Geen tranen bevochtigden haar ogen. Geen lange passen of losjes zwaaiende armen verrieden haar onvrouwelijke neigingen. Ze was een toonbeeld van Stamdeugden, een voorbeeldige jonge moeder – en niemand merkte het op. Niemand buiten haar stam had ooit een vrouw gekend die zich anders gedroeg. Maar het maakte dat men haar aanwezigheid aanvaardde, en zoals Oeba had voorspeld, raakten ze aan haar gewend. Men had het ook te druk met andere activiteiten om lang geboeid te blijven door een vreemde vrouw.

Het was geen kleinigheid om een dergelijke grote menigte langere tijd binnen de enge begrenzingen van de omgeving van de grot te huisvesten. Het vereiste samenwerking, coördinatie en een grote dosis wellevendheid. De leiders van de tien stammen hadden het veel drukker dan wanneer ze zich alleen om de leden van hun eigen stam hoefden te bekommeren; de bij elkaar gevoegde aantallen mensen vermenigvuldigden de problemen.

Om de horde van voedsel te voorzien moesten er jachtexpedities georganiseerd worden. Terwijl binnen elke stam de vaste patronen en rangen de taakverdeling onder de jagers vergemakkelijkten, rezen er problemen wanneer twee of meer stammen samen op jacht gingen. De rang van de stam bepaalde wie de leider van de gecombineerde groep was, maar welke derde man was vaardiger? Ze probeerden eerst ver-

schillende regelingen uit, waarbij ze ervoor zorgden steeds van positie te wisselen zodat er niemand beledigd zou zijn. Wanneer de wedstrijden eenmaal begonnen waren, zou het gemakkelijker worden, maar er ging geen jachtgezelschap op weg zonder dat eerst de onderlinge verhoudingen waren vastgesteld.
De strooptochten van de vrouwen leverden eveneens problemen op. Bij hen was de moeilijkheid dat te veel vrouwen de beste hapjes probeerden te bemachtigen. Een bepaald gebied kon snel leeggeplukt zijn zonder dat er iemand werkelijk voldoende had. Meegebracht voedsel vulde het dieet van elke stam aan, maar vers voedsel was altijd verkieslijker. De gastheerstam foerageerde vóór een Bijeenkomst altijd ver van hun grot, maar zelfs die hoffelijke voorzorg kon niet voorkomen dat er niet voor allen genoeg was. Hoewel niet door een lange reis in hun mogelijkheden en tijd om voedsel voor de winter op te slaan beknot, moest de stam die de Bijeenkomst huisvestte toch ook voor extra reserves zorgen. Tegen de tijd dat de Bijeenkomst was afgelopen, zouden de eetbare planten in hun gebied verdwenen zijn.
Er was voldoende water door het door de gletsjer gevoede riviertje dicht bij de grot, maar aan stookhout was moeilijker te komen. Er werd in de openlucht gekookt, tenzij het regende, en de stammen bereidden hun voedsel gezamenlijk in plaats van aan afzonderlijke vuurplaatsen. Maar toch werd het grootste deel van de dode afgevallen takken en vele levende bomen die zich pas na een seizoen of twee zouden herstellen, opgebruikt. De omgeving van de grot zou na de Stambijeenkomst nooit meer dezelfde zijn.
De aanvoer van materiaal en voedsel was niet het enige probleem; het wegwerken van het afval was een even belangrijk punt. Menselijke uitwerpselen en ander vuil moesten ergens worden gedeponeerd. En er moest genoeg ruimte zijn. Niet alleen woonruimte binnen de beschutting van de grot, maar ook ruimte om te koken, ruimte om te vergaderen, ruimte voor wedstrijden en dansen en voor de feestmaaltijd, en ruimte om rond te lopen. Het organiseren van de activiteiten was op zich al een hele prestatie. Alle onderdelen vereisten eindeloze discussies en veel compromissen, en dat in een sfeer die geladen was met wedijver. De gebruiken en tradities speelden een grote rol bij het gladstrijken van veel plooitjes, maar ook Bruns organisatorische talenten kwamen op dit terrein tot hun recht.
Creb was niet de enige wiens grootste bron van genoegen bij de Stambijeenkomst uit de ontmoeting met zijn gelijken bestond. Brun genoot van de uitdaging zijn krachten te meten met mannen die evenveel gezag hadden als hijzelf. Dat was zijn wedstrijd; het streven naar overheersing

over de andere leiders. Het interpreteren van de oude gebruiken vergde soms minutieuze haarkloverij, het vermogen tot een besluit te komen en de standvastigheid daarbij te blijven, maar ook het vermogen te weten wanneer je toe moest geven. Brun was niet voor niets de eerste leider. Hij wist wanneer hij krachtig moest optreden en wanneer verzoenend, wanneer hij naar overeenstemming moest streven en wanneer hij in zijn eentje voet bij stuk moest houden. Telkens wanneer de stammen bijeenkwamen, kwam er gewoonlijk één sterke man naar voren die de autoritair heersende leiders tot een samenhangende, hanteerbare eenheid kon smeden, althans voor de duur van de vergadering. Brun was die man. Dat was hij al sinds hij leider van zijn eigen stam werd.
Had hij gezichtsverlies geleden, dan zou zijn twijfel aan zichzelf hem zijn voorsprong hebben gekost. Zonder de basis van vertrouwen in zijn eigen oordeel zou zijn onzekerheid zijn beslissingen in een twijfelachtig licht hebben gesteld. Onder die omstandigheden had hij niet de Bijeenkomst of andere leiders tegemoet kunnen treden. Maar het was juist die achtergrond van kracht en compromis binnen het starre kader van stamtradities die hem in staat had gesteld concessies te doen ten aanzien van Ayla. En toen zijn positie niet meer bedreigd werd, begon hij haar met andere ogen te zien.
Ayla had weliswaar geprobeerd hem tot een bepaald besluit te dwingen, maar dat had ze gedaan binnen de structuur van de Stamgebruiken zoals zij die opvatte, en niet voor een geheel onwaardige zaak. Zeker, ze was een vrouw en moest haar plaats kennen, maar ze was tot bezinning gekomen en had op tijd haar dwaling ingezien. Toen ze hem liet zien waar haar kleine grot lag, had hij heimelijk verbaasd gestaan dat ze die in haar zwakke toestand had bereikt. Hij vroeg zich af of het een man gelukt zou zijn, en iemands mannelijkheid werd aan zijn onbewogen volharding afgemeten. Brun had bewondering voor moed, vastberadenheid en doorzettingsvermogen; ze wezen op een sterk karakter. Ondanks het feit dat Ayla een vrouw was, bewonderde Brun haar taaiheid.

'Als Zoug hier was geweest, hadden wij de slingerwedstrijd gewonnen,' gebaarde Crug. 'Hem had niemand kunnen verslaan.'
'Behalve Ayla,' merkte Goov met bedekte gebaren op. 'Jammer dat zij niet mee kon doen.'
'We hebben geen vrouw nodig om te winnen,' wenkte Broud af.
'De slingerwedstrijd telt toch niet zo erg mee. Brun zal het bolawerpen winnen, dat heeft hij altijd gedaan. En dan is er nog de wedstrijd rennen met de speer.'

'Maar Voord heeft de hardloopwedstrijd al gewonnen; hij maakt een goede kans bij het rennen en met de speer stoten ook te winnen,' zei Droeg. 'En Gorn was heel goed met de knots.'
'Wacht maar tot we hun onze mammoetjacht laten zien. Dan zal onze stam zeker winnen,' antwoordde Broud. Opvoeringen van jachtverhalen maakten deel uit van veel ceremoniën; een enkele maal kwamen ze spontaan totstand na een bijzonder opwindende jacht. Broud vond het heerlijk zich daarin uit te leven. Hij wist dat hij er goed in was de opwinding en de dramatische sfeer van de jacht op te roepen en genoot er geweldig van in het centrum van de belangstelling te staan. Maar jachtopvoeringen dienden ook een beter doel dan het tentoonspreiden van bravoure. Ze waren leerzaam. Door middel van expressieve pantomime en enkele hulpmiddelen werden er jachttechnieken en -tactieken in gedemonstreerd ten bate van opgroeiende jongens en andere stammen. Het was een manier om vaardigheden te ontwikkelen en aan anderen over te brengen. Allen zouden het er, als ze ernaar werd gevraagd, over eens zijn geweest dat de prijs voor de stam die in het ingewikkeld systeem van westrijden als de beste naar voren kwam uit eer en aanzien bestond; uit het als de eerste onder zijn gelijken erkend worden. Maar er was nog een voordeel aan verbonden, al werd dat niet onderkend. De wedstrijden scherpten de vermogens die voor overleving noodzakelijk waren.
'Als jij de jachtdans leidt, zullen we winnen, Broud,' zei Vorn. De tienjarige, snel de volwassenheid naderende jongen koesterde nog steeds een grote verering voor de toekomstige leider. Broud hield zijn adoratie in stand door hem zo vaak hij kon bij de discussies van de mannen toe te laten.
'Heel jammer dat jouw wedstrijd niet meetelt, Vorn. Ik heb ook gekeken; het was niet eens meer spannend, zo ver was je de anderen vooruit. Maar het is een goede oefening voor de volgende keer,' zei Broud. Vorn straalde onder zijn lof.
'We maken nog steeds een goede kans,' gebaarde Droeg. 'Maar het kan ook verkeerd gaan. Gorn is sterk, hij heeft zich bij de worstelwedstrijd goed tegen je geweerd, Broud. Ik was er nog niet zo zeker van of je hem aan zou kunnen. Norgs tweede man moet trots zijn op de zoon van zijn gezellin; hij is gegroeid sinds de vorige Bijeenkomst. Ik denk dat hij wel de grootste man is hier.'
'En of hij sterk is,' zei Goov. 'Dat kon je wel zien toen hij won met de knots, maar Broud is vlugger, en bijna even sterk. Gorn was een heel goede tweede.'
'En Nouz is goed met die slinger. Ik denk dat hij Zoug de vorige keer

bezig heeft gezien en besloten heeft extra te oefenen; hij wilde zich niet weer door een oudere man laten verslaan,' merkte Crug op. 'Als hij net zoveel met de bola heeft geoefend, kan hij het Brun nog wel eens moeilijk maken. Voord is heel snel, maar ik dacht dat je hem nog voorbij zou komen, Broud. Het was op het nippertje, je lag maar één pas achter.'

'Droeg maakt de beste gereedschappen,' gebaarde Grod. De flegmatieke tweede man leverde zelden commentaar.

'De beste uitzoeken en hier mee naartoe nemen is één ding, Grod, maar ik zal geluk moeten hebben om ze goed te maken wanneer iedereen toekijkt. Die jonge man uit Norgs stam is bekwaam,' antwoordde Droeg.

'Ja, maar dit is nu eens een wedstrijd waarbij je juist in het voordeel bent omdat hij jonger is, Droeg. Hij zal nerveuzer zijn en jij hebt meer wedstrijdervaring. Je zult je beter kunnen concentreren,' zei Goov bemoedigend.

'Maar ik zal toch geluk moeten hebben.'

'Dat moet je overal bij hebben,' zei Crug. 'Ik vind nog steeds dat ouwe Dorv beter een verhaal vertelt dan wie ook.'

'Je bent gewoon aan hem gewend, Crug,' gebaarde Goov. 'Het is een moeilijke wedstrijd om te beoordelen. Zelfs een paar van de vrouwen kunnen goed vertellen.'

'Maar die verhalen zijn niet zo opwindend als de jachtdansen. Ik geloof dat ik Norgs stam over een neushoornjacht zag praten. Maar ze hielden op toen ze me zagen,' zei Crug. 'Misschien gaan ze die vanavond vertonen.'

Oga naderde de mannen bedeesd en beduidde dat hun avondmaal gereed was. Ze wuifden haar weg. Ze hoopte dat het niet te lang zou duren voor ze besloten te komen eten. Hoe langer ze ermee wachtten, hoe langer het zou duren voor zij zich bij de andere vrouwen konden voegen die al voor het verhalen vertellen samendromden, en ze wilde er liever niets van missen. Gewoonlijk werden de legenden en geschiedenissen van de Stam door oudere vrouwen in dramatische pantomime ten tonele gevoerd. Dikwijls waren de verhalen bedoeld om de jongere vrouwen te instrueren, maar ze waren altijd onderhoudend: droevige, hartverscheurende verhalen, goed aflopende verhalen die vreugde en nieuwe inspiratie brachten, en grappige verhalen die hun eigen momenten van verlegenheid minder belachelijk deden lijken.

Oga ging naar de vuurplaats bij de grot. 'Ik geloof dat ze nog geen honger hebben,' gebaarde ze.

'Het lijkt er anders toch op dat ze eraan komen,' zei Ovra. 'Ik hoop dat ze niet te lang treuzelen met eten.'

‘Brun komt er ook aan. Dan moet de vergadering van de leiders afgelopen zijn, maar ik weet niet waar Mog-ur is,’ merkte Ebra op.

‘Hij is al eerder met de andere Mog-urs de grot binnengegaan. Ze zullen wel op de plek der geesten van deze stam zijn. Wie weet wanneer ze naar buiten komen. Moeten we op hem wachten?’ vroeg Oeka.

‘Ik zet wel iets voor hem weg,’ zei Ayla. ‘Hij vergeet altijd te eten wanneer hij zich op een ceremonie voorbereidt. Hij is er zo aan gewend zijn maaltijd koud te eten dat ik wel eens denk dat hij het zo lekkerder vindt. Hij zal het wel niet erg vinden als we niet op hem wachten.’

‘Kijk nou, ze beginnen al. We zullen de eerste verhalen missen,’ gebaarde Ona vol teleurstelling.

‘Niets aan te doen, Ona,’ zei Aga. ‘We kunnen pas gaan als de mannen klaar zijn.’

‘We zullen heus niet zoveel missen, Ona,’ troostte Ika. ‘Het verhalenvertellen gaat de hele avond door. En morgen zullen de mannen hun beste jachten opvoeren en dan mogen wij ook kijken. Zal dat niet spannend zijn?’

‘Ik wil liever de vrouwenverhalen zien,’ zei Ona.

‘Broud zegt dat onze stam de mammoetjacht gaat doen. Hij denkt dat we zeker zullen winnen; Brun wil hem de dans laten leiden,’ gebaarde Oga, haar ogen schitterend van trots.

‘Dat zal dan echt heel spannend worden, Ona. Ik weet het nog van toen Broud een man werd en de jachtdans leidde. Ik kon toen nog niet eens praten of iemand verstaan, maar toch was het heel opwindend,’ zei Ayla.

Nadat ze het maal hadden opgediend, wachtten de vrouwen vol ongeduld, terwijl ze verlangende blikken wierpen in de richting van de verzamelde menigte vrouwen aan het andere einde van de open plek.

‘Ebra, ga maar naar je verhalen kijken, we moeten toch van alles bespreken,’ gebaarde Brun.

De vrouwen namen dadelijk hun baby’s op en dreven de kleine kinderen voor zich uit naar de groep rond een oude vrouw die juist een nieuw verhaal was begonnen.

‘... en de moeder van Grote Berg van IJs...’

‘Vlug!’ seinde Ayla. ‘Ze vertelt de legende van Durc. Ik wil er niets van missen, het is mijn lievelingsverhaal.’

‘Dat weten we allemaal, Ayla,’ zei Ebra.

De vrouwen van Bruns stam vonden een plaatsje en waren spoedig in het verhaal verdiept.

‘Ze vertelt het een beetje anders,’ gebaarde Ayla na een tijdje.

‘Iedere stam heeft een andere versie, en elke verhalenverteller heeft zijn eigen manier om het te vertellen, maar het is hetzelfde verhaal. Je bent alleen aan Dorv gewend. Hij is een man, hij heeft meer verstand van de voor mannen interessante gedeelten. Een vrouw vertelt meer over de moeders, niet alleen over de moeder van Grote Berg van IJs, maar ook over hoe bedroefd de moeders van Durc en de andere jonge mensen waren toen ze de stam verlieten,' antwoordde Oeka.

Ayla herinnerde zich dat Oeka haar zoon bij de aardbeving verloren had. De vrouw kon de droefenis van een moeder bij het verlies van haar zoon goed begrijpen. De licht gewijzigde versie verleende de legende ook een nieuwe betekenis voor Ayla. Een ogenblik lang rimpelde haar voorhoofd zich bezorgd. Mijn zoon heet ook Durc; ik hoop niet dat ik hém eens zal verliezen. Ayla drukte haar baby tegen zich aan. Nee, dat zal toch niet. Ik heb hem al eens bijna verloren, het gevaar is nu toch geweken, of niet?

Een toevallige windvlaag streek door enkele losse lokken van zijn haar en verkoelde voor een ogenblik zijn bezwete voorhoofd toen Brun zorgvuldig de afstand naar de boomstronk aan de rand van de leeggekapte ruimte voor de grot schatte. De rest van de boom maakte, van zijn takken ontdaan, deel uit van de palissade die de holenbeer omringde. Het zuchtje wind flirtte alleen maar. Het bracht geen verlichting van de verzengende hitte van de middagzon die op het stoffige veld neerbrandde. Maar de ijle luchtstroom was toch nog beweeglijker dan de gespannen toekijkende menigte langs het terrein.

Brun stond even roerloos als zij, met zijn voeten uit elkaar, de rechterarm neerhangend langs zijn zij, met het handvat van zijn bola in de hand. De drie zware stenen bollen in hun tot precies passend gekrompen leren omhulsels, lagen aan de gevlochten riemen van ongelijke lengte op de grond. Brun wilde deze wedstrijd winnen, niet alleen vanwege de competitie – al was die ook belangrijk – maar vooral omdat hij de andere leiders moest laten zien dat hij zijn strijdlust niet verloren had.

Dat hij Ayla naar de Stambijeenkomst had meegebracht, had zijn positie verzwakt. Hij besefte nu dat hij en zijn stam te veel aan haar gewend waren geraakt. Ze was een té vreemde eend in de bijt om door de anderen in zo'n korte tijd geaccepteerd te worden. Zelfs de Mog-ur moest alle zeilen bijzetten om zijn positie te handhaven en hij had de andere Mog-urs er niet van kunnen overtuigen dat Ayla een medicijnvrouw uit Iza's geslacht was. Ze wilden liever afzien van de speciale drank die van de wortels gemaakt werd dan hem door haar te laten bereiden. Dat nu ook Iza in aanzien daalde, betekende dat er een

tweede pijler onder Bruns afbrokkelend gezag wegviel.
Als zijn stam niet als eerste uit de competitie tevoorschijn kwam, zou hij zeker in aanzien dalen en hoewel ze een kans maakten, was de einduitslag nog lang niet zeker. Maar zelfs het winnen van de competitie zou nog geen waarborg zijn dat zijn stam de hoogstgeplaatste zou blijven; het zou hem alleen een gelijke kans geven. Er waren te veel andere onzekere factoren. De stam die de Bijeenkomst gastvrijheid verleende, was altijd in het voordeel en het was juist Norgs stam die hem de meeste concurrentie aandeed. Als die een goede tweede werd, zou dat Norg voldoende morele ruggensteun kunnen geven om de eerste plaats voor zichzelf op te eisen. Norg was zich daarvan bewust en was zijn meest genadeloze tegenstander. Brun hield uitsluitend en alleen door wilskracht stand.
Brun kneep zijn ogen toe en keek nog eens naar de stam. De nauwelijks zichtbare beweging was voldoende om de helft van de toeschouwers de adem te doen inhouden. Het volgende ogenblik werd de roerloze figuur één werveling van beweging en vlogen de drie bollen om hun middelpunt draaiend op de stronk toe. Op het moment dat de bola zijn hand verliet, wist Brun al dat de worp ernaast was. De stenen raakten het doel en kaatsten vervolgens weg zonder zich eromheen te winden. Brun liep erheen om zijn bola op te rapen terwijl Norg zijn plaats innam. Als Norg het doel geheel en al miste, zou Brun winnen. Als hij de boomstam raakte, zouden ze ieder een tweede kans krijgen. Maar als Norg zijn bola eromheen wond, was hij de winnaar van de wedstrijd.
Brun ging met een effen gezicht aan de kant staan, verzette zich tegen de aandrang zijn amulet te omklemmen en zond alleen in gedachten een smeekbede naar zijn totem op. Norg had zulke scrupules niet. Hij reikte naar het leren zakje rond zijn hals, sloot even zijn ogen en mikte daarna op de boomstronk. In een plotselinge snelle beweging vloog de bola weg. Alleen lange jaren van strenge zelfbeheersing voorkwamen dat Brun zijn teleurstelling liet blijken toen de bola zich om de stronk wikkelde en eromheen bleef hangen. Norg had gewonnen en Brun voelde zijn positie nog verder verzwakken.
Brun bleef waar hij was terwijl er drie huiden op het veld werden gebracht. De ene werd vastgebonden rond de halvergane stronk van een oude boom, waarvan de puntig afgebroken top tot iets boven de hoofden van de mannen reikte. Een tweede werd over een met mos begroeid omgevallen stuk boomstam van aanzienlijke afmetingen bij de bosrand neergelegd en met stenen op zijn plaats gehouden en de derde werd op de grond uitgespreid en eveneens met stenen ver-

zwaard. De drie huiden vormden een min of meer gelijkzijdige driehoek. Elke stam koos één man uit om in deze wedstrijd mee te doen en de deelnemers stelden zich volgens volgorde van stamrang bij de op de grond uitgespreide huid op. Andere mannen begaven zich met vers gescherpte, meest van taxushout gemaakte speren – hoewel berk, esp, en wilg ook wel werden gebruikt – naar de andere doelwitten. Twee jonge mannen uit de lager geplaatste stammen kwamen als eersten samen naar voren. Ieder met een speer in de hand wachtten ze gespannen, zij aan zij, de ogen strak op Norg gevestigd. Op zijn teken stoven ze naar de rechtopstaande boomstronk en wierpen hun speren er door het leer heen in, waarbij ze mikten op de plek waar het hart van het dier zich zou bevinden als de huid nog om hem heen had gezeten, toen grepen ze een tweede speer uit de handen van hun naast het doelwit wachtende stamgenoten. Ze renden naar de liggende boomstam en stootten de tweede speer erin. Toen ze naar de derde speer graaiden, lag een van de twee duidelijk voor. Hij stormde terug naar de op de grond liggende huid, joeg de speer er zo dicht mogelijk bij het midden doorheen en stak triomfantelijk zijn armen in de lucht.

Na de eerste ronde bleven er vijf man over. Drie van hen, deze keer uit de hoogst geplaatste stammen, stelden zich voor de tweede race op. Degene die het laatst binnenkwam, kreeg nog een tweede kans tegen de overblijvende twee. Daarna werden de twee mannen die als tweede binnenkwamen tegen elkaar opgesteld, waardoor er een veld van drie voor de slotrace overbleef – de twee eersteplaatswinnaars en de winnaar van de vorige wedren. De finalisten waren Broud, Voord, en de man van Norgs stam, Gorn.

Van deze drie had Gorn vier races gelopen om zijn plaats in de finale te verdienen, terwijl de andere twee nog tamelijk fris waren na slechts twee wedlopen. Gorn had de eerste ronde met twee man gewonnen, maar kwam als derde binnen toen de drie hoogst geplaatste stammen liepen. Hij nam het nogmaals op tegen de laatste twee mannen en kwam als tweede binnen, en liep daarop nog een keer tegen de man die bij de race waarbij hijzelf derde was geworden als tweede was geëindigd, en versloeg hem ditmaal. Uitsluitend door moed en volharding had Gorn de finale gehaald en zich de bewondering van alle aanwezigen verworven.

Toen de drie mannen zich voor de laatste race opstelden, stapte Brun het veld op.

'Norg,' zei hij, 'ik denk dat het eerlijker is als we de laatste wedloop even uitstellen, om Gorn gelegenheid te geven wat te rusten. Mij dunkt dat de zoon van de gezellin van je tweede man het verdient.'

Overal werd instemmend geknikt en Brun steeg weer enigszins in aanzien, hoewel Broud zuur keek. Het voorstel bracht zijn eigen stam in een iets minder gunstige positie en ontnam Broud het voordeel dat hij in een race tegen een reeds vermoeide tegenstander zou hebben, maar het bewees Bruns rechtvaardigheidszin en Norg kon moeilijk weigeren. Brun had snel de mogelijkheden overwogen. Als Broud verloor, zou zijn stam waarschijnlijk zijn rang van eerste verliezen; maar als Broud won, zou Bruns gebleken gevoel voor eerlijk spel zijn prestige doen stijgen en zijn suggestie wekte de indruk van een zelfvertrouwen dat hij niet helemaal voelde. Brouds superioriteit zou dan buiten kijf staan – er kon dan niet gezegd worden dat Gorn had kunnen winnen als hij niet zo vermoeid was geweest – vooropgesteld dat Broud won. En het wás ook eerlijker.

Het was laat in de middag toen allen zich weer rond het veld verzamelden. De tijdelijk opgeschorte spanning herleefde, en meer dan dat. De drie jonge mannen, nu alle drie uitgerust, sprongen in het rond, hun spieren rekkend en hun speren drillend om de goede balans te vinden. Goov begaf zich met twee mannen van de andere stammen naar de staande boomstronk en Crug ging met twee anderen naar de liggende. Broud, Gorn en Voord stelden zich met z'n drieën naast elkaar op, richtten hun blik op Norg en wachtten op zijn teken. De leider van de gastheerstam hief zijn arm. Hij zwaaide hem met een ruk omlaag en weg waren ze.

Voord nam de leiding, met Broud op zijn hielen en Gorn achter hen aan stampend. Voord pakte al zijn tweede speer toen Broud de zijne in de rotte boomstam ramde. Gorn ontwikkelde opeens meer snelheid en joeg Broud voort terwijl ze naar de liggende boomstam stormden, maar Voord lag nog op kop. Hij dreef net zijn speer in de met de huid bedekte stam toen Broud arriveerde, maar de speer stuitte op een verborgen knoest en kletterde op de grond. Tegen de tijd dat hij hem had opgeraapt en opnieuw in de stronk had gejaagd, was zowel Broud als Gorn hem gepasseerd. Hij greep zijn derde speer en ging hen achterna, maar voor Voord was de wedren voorbij.

Broud en Gorn stoven met stampende benen en bonzende harten op het laatste doelwit af. Gorn haalde Broud in en liep zelfs langzaam op hem uit, maar de aanblik van de breedgeschouderde reus vóór hem die hem stof liet happen, maakte Broud woest. Hij dacht dat zijn longen zouden barsten toen hij naar voren ploegde, elke spier en elke pees forcerend. Gorn bereikte de op de grond uitgespreide huid een seconde eerder dan Broud, maar toen hij zijn arm ophief, schoot Broud eronderdoor en plantte zijn speer door het taaie leer heen in de grond terwijl hij over de huid heen stormde. Gorns speer beet er bij de volgende hartenklop doorheen. Eén hartenklop te laat.

Toen Broud tot stilstand kwam, verdrongen de jagers van Bruns stam zich om hem heen. Brun keek toe met schitterende ogen van trots. Zijn hart sloeg bijna even snel als dat van Broud. Hij had iedere stap van de zoon van zijn gezellin in hevige spanning gevolgd. Het scheelde maar een haar; enkele angstige ogenblikken lang was Brun er zeker van geweest dat Broud ging verliezen, maar hij had alles gegeven en had het gehaald. Het was een zeer belangrijke race, met deze eerste plaats maakte Brun een meer dan goede kans. Ik word oud, dacht Brun. Ik heb het bolawerpen verloren, maar Broud heeft niet verloren. Broud heeft gewonnen. Misschien is het tijd om de stam aan hem over te dragen. Ik zou hem tot leider kunnen benoemen, het hier en nu bekend kunnen maken. Ik zal vechten om de hoogste rang en hem met de eer naar huis laten gaan. Na die wedren verdient hij het. Ja, dat doe ik! Ik ga het hem meteen zeggen!

Brun wachtte tot alle mannen Broud hadden gelukgewenst; toen ging hij naar de jonge man toe, zich verheugend op Brouds blijdschap wanneer hij zou horen welke grote eer hem bewezen ging worden. Het zou een passende beloning zijn voor die geweldige wedren die hij gelopen had. Het was het grootste geschenk dat hij de zoon van zijn gezellin kon geven.

'Brun!' Broud zag de leider en sprak het eerst. 'Waarom moest je de wedloop nu uitstellen? Ik had bijna verloren. Ik had hem gemakkelijk kunnen verslaan als je hem geen tijd had gegeven om uit te rusten. Kan het je dan niets schelen of onze stam eerste wordt?' gebaarde hij gemelijk. 'Of komt het doordat je weet dat je te oud bent om bij de volgende Bijeenkomst nog leider te zijn? Als ik de leider ga worden, is het minste wat je kunt doen me als eerste leider laten beginnen, zoals je zelf ook begonnen bent.'

Brun deed een stap achteruit, totaal in de war door Brouds venijnige aanval. Met moeite bedwong hij zijn tegenstrijdige emoties. Je begrijpt het niet, dacht Brun, ik vraag me af of je het ooit zult begrijpen? Deze stam is eerste; en als ik er iets aan kan doen, blijft hij dat ook. Maar wat zal er gebeuren als jij leider wordt, Broud? Hoe lang zal deze stam dán eerste blijven? De trots verdween uit zijn ogen en een grote droefheid beving hem, maar ook die bedwong Brun. Misschien is hij gewoon nog te jong, dacht hij, misschien heeft hij nog een beetje tijd, een beetje meer ervaring nodig. Heb ik het ook eigenlijk wel uitgelegd? Brun probeerde er niet aan te denken dat niemand het hém indertijd had hoeven uitleggen.

'Broud, als Gorn moe was geweest, zou je overwinning dan even waardevol zijn geweest? Stel dat de andere stammen eraan hadden getwijfeld of je had kunnen winnen als hij niet vermoeid was geweest? Op deze wijze weten ze zeker dat je verdiend hebt gewonnen, en jij ook. Je hebt het heel goed gedaan, zoon van mijn gezellin,' gebaarde Brun zachtmoedig. 'Je hebt een goede wedren gelopen.'

Ondanks zijn bitterheid respecteerde Broud deze man meer dan wie ook, en hij kon alleen maar dienovereenkomstig reageren. Op dat ogenblik voelde Broud, zoals hij bij zijn initiatiejacht had gedaan, dat hij alles zou willen geven voor zulke lovende woorden van Brun.

'Daar heb ik niet aan gedacht, Brun. Je hebt gelijk, op deze manier weet iedereen dat ik echt heb gewonnen, ze weten zo zeker dat ik beter ben dan Gorn.'

'Met deze wedloop en Droegs overwinning bij het gereedschap-maken, zullen we beslist als eerste eindigen,' zei Crug enthousiast. 'En jij zult een van de uitverkorenen voor de Beerceremonie zijn, Broud.'

Er kwamen meer mannen op Broud af om hem geluk te wensen toen hij naar de grot terugliep. Brun keek hem na en zag dat ook Gorn omringd door Norgs stam terugliep. Een oudere man sloeg hem bemoedigend op de schouder.

Norgs tweede man kan met recht trots zijn op de zoon van zijn gezellin, dacht Brun. Broud heeft dan wel de wedren gewonnen, maar ik ben er niet zo zeker van dat hij van hen tweeën de beste is. Brun had zijn droefheid alleen bedwongen, niet uitgebannen, en hoewel hij zijn best deed die dieper te begraven, wilde de pijn niet verdwijnen. Broud was nog steeds de zoon van zijn gezellin, de zoon van zijn hart.

'De mannen van Norgs stam zijn dappere jagers,' gaf Droeg toe. 'Het was een goed plan om een gat te graven in het pad dat de neushoorn naar zijn drinkplaats volgde en het met takken toe te dekken. Misschien moesten wij dat ook eens proberen. Er was moed voor nodig om hem terug te drijven toen hij aanviel; neushoorns kunnen woester zijn dan een mammoet, en veel onberekenbaarder ook. Norgs jagers vertelden het verhaal ook goed.'

'Maar het was toch nog niet zo goed als onze mammoetjacht. Dat vond iedereen,' zei Crug. 'Maar Gorn verdiende het een van de uitverkorenen te zijn. Bij bijna elke wedstrijd ging het tussen Gorn en Broud. Ik ben een tijdje bang geweest dat we niet als besten tevoorschijn zouden komen dit jaar. Norgs stam zit ons vlak op de hielen. Wat vind jij van de derde uitverkorene, Grod?'

'Voord heeft het niet slecht gedaan, maar ik zou Nouz gekozen heb-

ben,' antwoordde Grod. 'Ik geloof dat Brun ook de voorkeur aan Nouz gaf.'
'Het was een moeilijke keus, maar ik vind wel dat Voord het verdiend heeft,' merkte Droeg op.
'We zullen Goov niet veel te zien krijgen, pas na het festival weer,' zei Crug. 'Nu de wedstrijden afgelopen zijn, zullen de leerlingen wel al hun tijd bij de tovenaars doorbrengen. Ik hoop niet dat de vrouwen denken dat alleen omdat Broud en Goov vanavond niet mee zullen eten ze niet zoveel hoeven te koken. Ik ga een heleboel eten, want tot het feestmaal morgen krijgen we niets meer.'
'Ik denk niet dat ik zou willen eten als ik Broud was,' zei Droeg. 'Het is een hele eer om voor de Beerceremonie te worden uitgekozen, maar als hij ooit moed nodig heeft gehad, zal het morgenochtend zijn.'

Bij dageraad was de grot leeg. De vrouwen waren al op en aan het werk bij het licht van de vuren en de anderen konden niet meer slapen. De voorbereidingen voor het feestmaal hadden dagen in beslag genomen, maar al dat werk was niets vergeleken bij hetgeen de vrouwen nog te wachten stond. Het was al volop dag voor de gloeiende schijf boven de bergtoppen verscheen en het terrein rond de grot met de brandende stralen van een al hoog aan de hemel staande zon overgoot.
De opwinding was bijna tastbaar, de spanning haast niet te dragen. Nu de wedstrijden achter de rug waren, hadden de mannen tot aan de ceremoniën niets te doen en ze waren ongedurig. Hun nerveuze stemming sloeg op de oudere jongens over en die zaaiden op hun beurt onrust onder de andere kinderen, zodat de vrouwen, die het toch al zo druk hadden, tot wanhoop werden gedreven; onrustig rondlopende mannen en krijgertje spelende kinderen liepen hun voortdurend voor de voeten.
Het rumoer nam tijdelijk af toen de vrouwen koekjes van fijngestampte gierst, met water aangemaakt en op hete stenen gebakken, serveerden. Het ontbijt van de zachte biscuitjes werd met grote plechtigheid genuttigd. Ze werden alleen op deze ene dag eens in de zeven jaar geserveerd en vormden het enige voedsel dat alle stamleden, met uitzondering van baby's, tot het feestmaal zouden krijgen. De gierstkoekjes waren slechts een symbolisch hapje en prikkelden de eetlust alleen maar. Tegen het midden van de ochtend nam door de honger, die nog werd verhevigd door de verrukkelijke geuren die van de diverse vuren opstegen, de onrust weer toe en zweepte de gespannen verwachting op tot een koortsig hoogtepunt toen de tijd voor de Beerceremonie naderde.

Creb had noch Ayla noch Oeba benaderd met instructies zich gereed te maken voor het ritueel na de ceremonie en ze waren ervan overtuigd dat de Mog-urs geen van tweeën aanvaardbaar hadden bevonden. Zij waren niet de enigen die wensten dat Iza gezond genoeg was geweest om de reis te maken. Creb had al de overredingskracht waarover hij beschikte aangewend om de Mog-urs ertoe te bewegen hen de drank te laten maken, maar hoe graag ze ook het ritueel en de zo zeldzame ervaring van de worteldrank zouden beleven, Ayla was te vreemd en Oeba te jong. De Mog-urs weigerden Ayla als vrouw van de Stam te erkennen, laat staan als medicijnvrouw uit Iza's geslacht. De eredienst van Ursus was niet alleen een zaak van de stammen die deze bijwoonden; de gevolgen, goed of slecht, van alle bij ongeacht welke Stamvergadering ook gehouden rituelen raakten de gehele Stam. De Mog-urs wilden niet de kans lopen ongeluk over alle leden van de Stam waar dan ook te brengen. Er stond te veel op het spel.

Het uitvallen van dat traditionele bij de ceremonie horende ritueel betekende een nieuwe aantasting van Bruns status van die van zijn stam. Ondanks alle inspanningen van zijn mannen bij de wedstrijden vormde het feit dat Brun Ayla de hand boven het hoofd hield een grotere bedreiging voor de positie van zijn stam dan wat dan ook ooit eerder had gedaan. Het was te ongebruikelijk. Alleen door Bruns ferm standhouden tegenover de groeiende oppositie bleef de kwestie onbeslist, maar hij was er helemaal niet zeker van dat hij uiteindelijk het pleit zou winnen.

Niet lang nadat de gierstkoekjes waren geserveerd, stelden de leiders zich bij de ingang van de grot op. Ze wachtten rustig af tot ze de aandacht van de verzamelde stammen hadden. De stilte breidde zich uit als de kringen van een in een vijver geworpen steen toen de mensen elkaar op hen attent maakten. De mannen begaven zich snel naar de hun op grond van de rang van hun stam en van henzelf toegewezen plaats. De vrouwen lieten hun bezigheden in de steek, wenkten plotseling brave kinderen en volgden in diepe stilte het voorbeeld van de mannen. De Beerceremonie ging beginnen.

De eerste slag van de gladde harde stok op de uitgeholde komvormige trommel weerklonk in de verwachtingsvolle stilte als een scherpe donderslag. Het langzame, plechtige ritme werd overgenomen door op de grond stampende houten speren, die voor een gedempte begeleiding zorgden. Een ritme in contrapunt van op een lange holle houten buis tikkende stokken weefde zich rond het krachtige gestage dreunen in een schijnbaar willekeurig patroon van klank, dat er geheel los van scheen te staan. Toch hadden de staccato ritmen, in verschillende tempi gespeeld, één nadrukkelijke slag die als toevallig samenviel met elke vijfde van het grondritme. In combinatie riepen ze een groeiend gevoel van verwachting op, een bijna angstige spanning, tot de ritmen samenkwamen. Na elke ontlading liep de spanning weer op, in hypnotiserende golf na golf van geluid en emotie.

Plotseling viel alle geluid weg na een laatste, doordringende slag. Als uit het niets verschenen stonden de negen in berenhuid gehulde Mog-urs op een rij voor de kooi van de holenbeer, en dé Mog-ur vóór hen. In de doodse stilte dreunde het krachtig ritme nog in de hoofden van de mensen na. Dé Mog-ur hield een koord in zijn hand waaraan een lang, plat ovaal van hout hing.

Toen hij dit boven zijn hoofd rond en rond zwaaide, zwol een nauwelijks hoorbaar zoemen aan tot een luid geloei dat de stilte vulde. Het diepe, angstaanjagende gonzen van het snorrebot bezorgde de mensen kippenvel, zowel vanwege de betekenis als vanwege het sonore timbre ervan. Het was de stem van de Holenbeer, die alle geesten waarschuwde weg te blijven van deze ceremonie die aan Ursus alleen was gewijd. Geen totemgeest zou hen te hulp komen; ze hadden zich geheel en al onder de bescherming van de Grote Stamgeest geplaatst.

Een hoge, trillende toon kwam door de diepe bas heen; de ijle, jammerende weeklacht joeg zelfs de meest onbevreesde onder hen de rillingen over de rug toen het geluid van het snorrebot afnam. Als de kreet van een geest sneed het onwezenlijke, onaardse trillen door het helle morgenlicht. Ayla, die in de voorste rij stond, kon zien dat het geluid geproduceerd werd door iets wat een van de Mog-urs bij zijn mond hield.

De fluit, die van het holle pootbeen van een grote vogel gemaakt was, had geen vingergaten. De hoogte van de toon werd bepaald door het open einde meer of minder af te sluiten. In de handen van een bekwame speler kon een volledige reeks van vijf noten aan het simpele instrument worden ontlokt. Voor de jonge vrouw en voor al de anderen was de vreemde muziek pure toverij; het klonk anders dan alles wat ze ooit hadden gehoord. Alleen voor deze ene ceremonie was het op bevel van de heilige man uit de wereld der geesten opgeroepen. Zoals het snorrebot het geluid van de holenbeer in zijn fysieke gedaante symboliseerde, en imiteerde, zo was de fluit de stem van Ursus' geest.

Zelfs de tovenaar die het instrument bespeelde, ervoer het geluid dat uit de primitieve fluit voortkwam als heilig, hoewel hij de fluit zelf had gemaakt. Het maken en bespelen van de magische fluit was het exclusieve geheim van de tovenaars van zijn stam, een geheim dat die tovenaars gewoonlijk de hoogste rang bezorgde. Alleen Crebs unieke vermogens hadden de Mog-ur die de fluit bespeelde naar de tweede plaats verwezen, maar het was een zeer sterke tweede positie. En hij was degene die zich het krachtigst tegen de acceptatie van Ayla verzette.

De enorme holenbeer liep op en neer in zijn kooi. Hij was niet gevoed en hij was niet gewend het zonder voedsel te stellen; hij had zijn hele leven geen dag honger gehad. Ook water was hem onthouden, en hij had dorst. De menigte, die naar spanning en opwinding rook, de ongewone geluiden van houten trommels, snorrebot en fluit, maakten het dier nerveus.

Toen hij dé Mog-ur op zijn kooi toe zag hinken, verhief hij zijn geweldige, overvoede lichaam op de achterpoten en brulde klaaglijk. Creb schokte op in een schrikreflex, maar herstelde zich dadelijk en maskeerde de beweging met een voor hem normaal lijkende schokkende stap. Zijn gezicht, dat evenals dat van de andere magiërs met mangaandioxide zwart was gemaakt, verried niet hoe snel zijn hart klopte toen hij zich achteroverboog om naar de ongelukkige reus op te kijken. Hij had een kleine kom met water in zijn handen, waarvan uit de vorm en de ivoorgrijze kleur bleek dat hij ooit deel had uitgemaakt van een menselijke schedel. Hij zette de macabere drinkbak in de kooi en stapte achteruit toen de ruigharige beer zich op zijn voorpoten liet zakken om te drinken.

Terwijl het dier de vloeistof oplikte, kwamen er eenentwintig jonge jagers om zijn kooi staan, ieder met een pasgemaakte speer in de hand. De leiders van de zeven stammen die niet zo gelukkig waren geweest dat er uit hun midden een man voor de speciale eretaak was uitverkoren, hadden elk drie van hun beste jagers voor de ceremonie uitgekozen. Toen kwamen Broud, Gorn en Voord de grot uit rennen en stelden zich voor de stevig dichtgebonden deur van de kooi op. Afgezien van een kleine lendendoek waren ze naakt, en hun lichamen waren met rode en zwarte tekens overdekt.

Het kleine beetje water hielp niet veel om de dorst van de grote beer te lessen, maar de mannen zo dicht bij zijn kooi gaven hem hoop dat er meer zou komen. Hij ging opzitten en bedelde, een gebaar dat voorheen zelden onbeloond was gebleven. Toen zijn pogingen niets opleverden, waggelde hij naar de dichtstbijzijnde man toe en stak zijn neus tussen de zware tralies door.

De fluitmuziek eindigde met een onbehaaglijk onvoltooide noot, die de gespannen verwachting in de geladen stilte nog verder opvoerde. Creb raapte de van een schedel gemaakte drinkschaal weer op en schuifelde terug naar zijn plaats voor de magiërs die voor de ingang

van de grot stonden opgesteld. Op een onzichtbaar teken begonnen de Mog-urs als één man de gebaren van de formele taal te maken.
'Aanvaard uw water als een teken van dankbaarheid, O Machtige Beschermer. Uw Stam is de lessen die u hem hebt geleerd niet vergeten. De grot is ons thuis, dat ons beschermt tegen de sneeuw en de koude van de winter. Ook wij slapen gerust, gevoed door het voedsel van de zomer en gewarmd door bont. Gij zijt een van ons geweest, hebt bij ons gewoond en weet dat wij aan uw gewoonten vasthouden.'
Met hun zwart gemaakte gezichten en identieke mantels van ruig berenbont leken de tovenaars op een geoefende troep dansers, die als één man bewogen terwijl ze in statige, vloeiende gebaren spraken. De welsprekende eenhandige symbolen van dé Mog-ur die met die van de anderen overeenkwamen en toch een extra dimensie bezaten, ondersteunden en benadrukten de elegante bewegingen.
'Wij vereren u als de Eerste onder al de Geesten. Wij smeken u voor ons in de wereld der Geesten te spreken, om er te vertellen van de dapperheid van onze mannen, de gehoorzaamheid van onze vrouwen, ons er een plaats te bereiden wanneer wij naar de andere wereld terugkeren. Wij verzoeken u ons te beschermen tegen de bozen. Wij zijn uw Volk, Grote Ursus, wij zijn de Stam van de Holenbeer. Ga met ere, Grootste onder de Geesten.'
Toen de Mog-urs voor het eerst in zijn bijzijn de symbolen voor de namen van het grote dier maakten, stootten de eenentwintig jonge mannen hun speren tussen de stevige spijlen van de kooi door en doorboorden de dikke ruige vacht van het heilige dier. Niet allen deden bloed vloeien, want de kooi was te groot om alle speren diep weg te laten zinken, maar de pijn maakte de bijna volgroeide holenbeer woest. Zijn woedend gebrul verscheurde de stilte. De mensen deinsden angstig achteruit.
Tegelijkertijd begonnen Broud, Gorn en Voord de riemen aan de deur van de kooi door te snijden en klommen ze langs de stammen omhoog tot ze boven op de palissade waren. Broud was het eerst boven, maar Gorn slaagde erin vóór hem het daar eerder neergelegde korte dikke blok hout te grijpen. De door zijn pijn tot razernij gebrachte holenbeer verhief zich weer op de achterpoten, uitte een kwaad gebrul en waggelde op de drie jonge mannen af. Zijn zware gewelfde kop kwam bijna even hoog als de hoogste stammen van de omheining. Hij bereikte de deur, duwde ertegen, en smakte hem tegen de grond. De kooi was open! De monsterachtige woedende beer was los!
De jagers schoten met hun speren toe om een beschermende haag

tussen het opgehitste beest en het angstig publiek te vormen. Vrouwen klemden hun baby's tegen zich aan en onderdrukten een neiging om op de vlucht te slaan, oudere kinderen klemden zich met wijdopen ogen van ontzetting aan hen vast. Mannen grepen hun speren vaster beet, klaar om de kwetsbare vrouwen en doodsbange kinderen te beschermen. Maar het Volk van de Stam hield stand.

Toen de gewonde beer de gapende opening in de haag van boomstammen uit schommelde, sprongen Broud, Gorn en Voord, die boven hem hingen, boven op het verraste dier. Broud stond op zijn schouders, reikte voorover, greep hem bij het haar van zijn snuit en trok die omhoog. Intussen zat Voord op zijn rug. Hij greep het ruwe haar beet en ging er met zijn hele gewicht aan hangen, zodat de losse huid rond de nek van het dier strak werd getrokken. Hun gezamenlijke inspanningen dwongen de enorme muil van het tegenspartelende beest open en Gorn, die schrijlings op zijn schouder zat, schoof snel het houtblok rechtop in zijn bek. De beer klapte zijn kaken toe, waardoor het blok klem kwam te zitten en hem bij het ademen hinderde en zo was één wapen uit het arsenaal van de beer uitgeschakeld.

Maar die truc ontwapende de beer niet volkomen. Het woedende beest haalde uit naar de aan hem hangende wezens. Scherpe klauwen groeven zich in de dij van de man op zijn schouder en sleurde de schreeuwende jonge jager in zijn machtige voorpoten. Gorns smartelijk gillen werd abrupt afgesneden toen de verpletterende omhelzing van de beer zijn ruggengraat brak. Een lange jammerkreet ontsnapte een van de toekijkende vrouwen toen de holenbeer het slappe lichaam van de dappere jager liet vallen.

De beer hobbelde op de met speren dreigende mannen om hem heen af. Eén maai met de voorpoot van het razende dier vaagde een hele rij weg; drie mannen vielen neer en een vierde liep een gapende wond op, waarbij de spieren van zijn been tot op het bot werden doorgesneden. De man sloeg dubbel van de pijn, in een zo ernstige shock dat hij niet eens kon schreeuwen. De anderen stapten over en om hem heen terwijl ze zich verdrongen om dicht genoeg bij het strijdlustige beest te kunnen komen om een speer in hem te jagen.

Ayla omklemde Durc vol schrik en afgrijzen, verschroeid van angst dat de beer hen zou bereiken. Maar toen de man viel en zijn leven wegstroomde in het over de grond gutsende bloed, dacht ze niet meer na, ze handelde alleen maar. Ze schoof Oeba haar baby toe, schoot de woelige massa binnen, werkte zich door de dicht opeengepakte mannen heen en sjorde de gewonde man van de horde stampende voeten weg. Met haar ene hand hard op de slagader in zijn lies drukkend stopte ze het uiteinde van de riem rond haar omslag tussen haar tanden en sneed er met haar andere hand een stuk af. De knevel was al op zijn plaats en ze was met haar draagmantel het bloed aan het wegvegen toen twee andere medicijnvrouwen haar voorbeeld volgden. Angstig om de gevaarlijke vechtpartij heen lopend kwamen ze haar te hulp. Gedrieën droegen ze de gewonde man de grot binnen en merkten er in hun wanhopige pogingen zijn leven te redden niet eens iets van toen de geweldige beer ten slotte voor de speren van de jagers van de Stam bezweek.

Op hetzelfde ogenblik dat de beer ineenzakte, rukte Gorns gezellin zich los uit de armen van degenen die haar trachtten te troosten, en rende naar zijn lichaam toe, dat in een onnatuurlijke houding op de grond lag uitgestrekt. Ze stortte zich eroverheen, haar gezicht begravend in het haar op zijn borstkas. Daarna ging ze op haar knieën zitten en smeekte hem in uitzinnige gebaren op te staan. Haar moeder en Norgs gezellin probeerden haar weg te trekken toen de Mog-urs op hen toe kwamen. De heiligste onder de tovenaars boog zich voorover en tilde haar hoofd op om haar aan te zien.

'Treur niet om hem,' gebaarde dé Mog-ur met een zachte blik vol medelijden in zijn diepbruine oog. 'Gorn heeft de grootste eer ontvangen. Hij is door Ursus uitverkoren om hem naar de wereld der geesten te vergezellen. Hij zal de Grote Geest helpen voor ons te bemiddelen. De Geest van de Grote Holenbeer kiest alleen de beste, de dapperste uit om met hem mee te reizen. Het Feestmaal van Ursus zal ook dat van Gorn zijn. Zijn moed en zijn wil om te winnen zullen voortleven in legenden die bij elke Stambijeenkomst verteld zullen worden. Net zoals Ursus terugkeert zal ook de geest van Gorn terugkeren. Hij zal op je wachten zodat jullie samen kunnen terugkeren en weer bij elkaar zijn, maar je moet even dapper zijn als hij is geweest. Zet je verdriet opzij en deel in de vreugde van je metgezel in zijn reis naar de volgende wereld. Vanavond zullen de Mog-urs hem een speciale eer bewijzen, zodat zijn moed door allen zal worden gedeeld, zodat die zal worden doorgegeven aan de Stam.'

De jonge vrouw spande zich zichtbaar in om haar diepe droefheid te beheersen, om zo dapper te zijn als de heilige man haar zei. De scheve, mismaakte, eenogige tovenaar die allen vreesden, scheen op de een of andere wijze niet zo angstaanjagend meer. Met een dankbare blik stond ze op en liep stijfjes naar haar plaats. Ze moest dapper zijn; had dé Mog-ur niet gezegd dat Gorn op haar zou wachten? Dat ze op een dag samen terug zouden keren en weer bij elkaar zouden zijn? Haar ziel klemde zich aan die belofte vast en ze probeerde er niet aan te

denken hoe troosteloos leeg de rest van haar leven zonder hem zou zijn.
Toen Gorns gezellin naar haar plaats was teruggegaan, begonnen de gezellinnen van de leiders en van de tweede mannen handig de holenbeer te villen. Het bloed werd in kommen opgevangen, en nadat de Mog-urs er tekens over hadden gemaakt gingen de leerling-tovenaars er de menigte mee rond en hielden ieder lid van de stam een schaal voor. Mannen, vrouwen en kinderen – ieder kreeg er een beetje van het warme bloed, het levensvocht van Ursus. Zelfs baby's werd door hun moeders het mondje geopend en een vingertop vers bloed op het tongetje gelegd. Ayla en de twee medicijnvrouwen werden uit de grot geroepen om hun deel te ontvangen en de gewonde man die zoveel van zijn eigen bloed had verloren, kreeg ter compensatie een grote slok berenbloed. Iedereen deelde in de communie met de grote beer, die hen tot één volk verenigde.
De vrouwen werkten snel door terwijl de Stam toekeek. De dikke onderhuidse vetlaag van het opzettelijk vetgemeste dier werd zorgvuldig van de huid afgeschraapt. Het uitgesmolten vet bezat magische eigenschappen en zou onder de Mog-urs van alle stammen verdeeld worden. De kop werd aan de vacht gelaten, en terwijl het vlees in de wachtende, met stenen beklede ovenputten werd neergelaten om een hele dag te stoven, hingen de tovenaarsleerlingen de enorme berenhuid op palen voor de grot, waar zijn nietsziende ogen de feestelijkheden konden volgen. De Holenbeer zou de eregast zijn bij de feestelijke nuttiging van zijn eigen vlees. Nadat de berenhuid was opgespannen, tilden de Mog-urs Gorns lichaam op en droegen het met grote plechtigheid diep de grot in. Toen ze verdwenen waren, gaf Brun een teken en de menigte verspreidde zich. De Geest van Ursus was met alle gepaste ceremonieel uitgeleide gedaan.

24

'Hoe heeft ze het anders kunnen doen? Geen van de anderen durfde hem te komen halen, maar zij was niet bang.' De Mog-ur van de stam waar de gewonde man toe behoorde, was aan het woord. 'Het was bijna alsof ze wist dat Ursus haar niets zou doen, net zoals die eerste dag. Ik denk dat dé Mog-ur toch gelijk heeft, Ursus heeft haar geaccepteerd. Ze is een vrouw van de Stam. Onze medicijnvrouw zei dat ze de gewonde het leven heeft gered; ze heeft niet alleen goed onderricht gehad, ze heeft ook een natuurlijke vaardigheid, alsof ze ervoor geboren is. Ik geloof dat ze inderdaad van Iza's geslacht is.'
De Mog-urs bevonden zich in een kleine grot diep in de berg. Stenen lampjes, platte schaaltjes met berenvet waarin een lont van gedroogd mos was gestoken, wierpen lichtkringen die het dichte duister om hen heen terugdrongen. De zwakke vlammetjes werden zachtglanzend weerkaatst in verborgen gladde vlakjes in het kristallen moedergesteente van de rots en in de glinsterende pracht van klamme stalactieten die als nooit smeltende ijspegels van de zoldering omlaaghingen, verlangend reikend naar hun tegenhangers die van de vloer omhooggroeiden. Sommige waren er al in geslaagd een verbinding totstand te brengen. De eeuwenlang door de steen heen geperste kalkhoudende druppels hadden statige kolommen gevormd die van de vloer tot de gewelfde zoldering reikten en in het midden wat dunner waren. Eén reikhalzende stalactiet was nog net een haarbreedte van de bevredigende kus van zijn partner de stalagmiet verwijderd – er zouden nog eeuwen overheen gaan voor die afstand overbrugd was.
'Ze heeft inderdaad iedereen versteld doen staan toen ze die eerste dag totaal geen angst voor Ursus toonde,' zei een andere magiër. 'Maar als ze de drank mag maken, heeft ze dan nog genoeg tijd om zich voor te bereiden?'
'Jawel,' antwoordde dé Mog-ur, 'als we snel besluiten.'
'Ze is bij de Anderen geboren, hoe kan ze dan een vrouw van de Stam zijn?' vroeg de fluitspelende Mog-ur. 'De Anderen behoren niet tot de Stam en zullen er ook nooit toe behoren. Je zei dat ze al met totemte-

kens van de Stam bij jullie kwam, maar dat zijn niet de littekens van een vrouwentotem. Hoe kon je er zo zeker van zijn dat het Stamtekens zijn? Vrouwen van de Stam hebben geen Holenleeuwtotems.'
'Ik heb nooit gezegd dat ze ermee geboren is,' zei dé Mog-ur op redelijke toon. 'Wil je zeggen dat de Holenleeuw geen vrouw kan uitverkiezen? Een Holenleeuw kan kiezen wie hij maar wil. Ze was bijna dood toen ze werd gevonden; Iza zorgde dat ze tot het leven terugkeerde. Denk je dat een klein meisje aan een holenleeuw zou kunnen ontsnappen als ze niet onder de bescherming van zijn Geest stond? Hij merkte haar met zijn teken zodat er geen twijfel kon zijn. Dat zijn totemtekens van de Stam op haar been, dat kon niemand ontkennen. Waarom zou ze met Stamtekens gemerkt worden als het niet de bedoeling was dat ze een vrouw van de Stam werd? Ik weet niet waarom, ik wil het niet doen voorkomen alsof ik begrijp waarom geesten iets doen. Met Ursus' hulp kan ik soms uitleggen wat ze doen. Kan iemand van jullie méér? Ik wil alleen nog zeggen dat ze het ritueel kent; Iza heeft haar het geheim van de wortels in de rode buidel geopenbaard, en Iza zou het haar nooit verteld hebben als ze niet haar dochter was. We hoeven niet van het ritueel af te zien. Ik heb jullie al mijn argumenten al eerder laten horen. Júllie moeten beslissen, maar wees er snel mee.'
'Je zei dat je stam denkt dat het geluk altijd op haar hand is,' gebaarde Norgs Mog-ur.
'Ja, niet zozeer dat ze zelf geluk heeft, maar ze schijnt eerder geluk te brengen. Droeg beschouwt haar als zoiets als een teken van je totem, iets unieks en ongewoons. Misschien heeft ze ook wel geluk, op haar eigen manier.'
'Wel, het is in elk geval al ongewoon genoeg dat een vrouw van de Anderen een vrouw van de Stam is,' merkte een van hen op.
'Ons heeft ze vandaag ook geluk gebracht, onze jonge jager zal in leven blijven,' zei de Mog-ur van de gewonde man. 'Ik ben vóór; het zou jammer zijn ons de ervaring van Iza's drank te laten ontgaan als het niet hoeft.' Hier en daar werd instemmend geknikt.
'En jij?' wenkte dé Mog-ur naar de tovenaar die de tweede plaats bekleedde. 'Denk je nog steeds dat Ursus misnoegd zal zijn als Ayla de rituele drank maakt?'
Alle hoofden wendden zich in zijn richting. Als de machtige tovenaar nog steeds bezwaar maakte, kon hij genoeg andere Mog-urs meekrijgen om het ritueel geen doorgang te laten vinden. Zelfs al zou hij alleen maar weigeren deel te nemen, dan zou dat het pleit beslechten, ook al waren de anderen vóór. Er moest complete overeenstemming

zijn; ze konden zich geen scheuring in hun gelederen veroorloven. Hij keek naar de grond, de vraag overwegend, en keek toen iedere man op zijn beurt aan.
'Misschien zal het Ursus mishagen, misschien ook niet. Ik ben niet overtuigd. Iets aan haar hindert me. Maar het is duidelijk dat verder niemand het ritueel wil laten vallen, en het ziet ernaar uit dat ze de enige is die het kan doen. Ik zou bijna liever Iza's echte dochter de drank laten maken, ondanks haar jeugd. Als alle anderen ervoor zijn, zal ik niet langer bezwaar maken. Het bevalt me niet, maar ik zal het niet tegenhouden.'
Dé Mog-ur keek de mannen een voor een aan en kreeg van ieder een instemmend knikje. Met een zucht van verlichting, die hij camoufleerde door zich moeizaam op te hijsen, verliet de kreupele snel de grot. Hij hobbelde verscheidene gangen door die zich tot vertrekken verwijdden en zich dan weer tot gangen versmalden, geleid door stenen lampjes. Ze werden door dichter op elkaar geplaatste toortsen vervangen toen hij de woonkwartieren van de stammen naderde.
Ayla zat naast de gewonde jongeman in de voorste grot. Durc lag in haar armen en Oeba zat aan haar andere zij. Ook de gezellin van de gewonde was er en sloeg hem gade terwijl hij sliep. Ze wierp Ayla af en toe een dankbare blik toe.
'Ayla, vlug, je moet je voorbereiden. Er is weinig tijd,' gebaarde Mog-ur. 'Je zult moeten voortmaken, maar sla geen enkele handeling over. Kom naar me toe als je klaar bent. Oeba, geef Durc aan Oga om hem te voeden; Ayla zal geen tijd hebben.'
Beiden staarden de magiër aan, verbijsterd door deze plotselinge ommekeer. Het duurde even voor het tot hen doordrong wat hij zei, toen knikte Ayla. Ze rende weg naar de vuurplaats in de tweede grot om een schone omslag te halen. Mog-ur wendde zich tot de jonge vrouw, die bezorgd naar haar slapende metgezel zat te kijken.
'Dé Mog-ur zou graag willen weten hoe de jonge man het maakt.'
'Arrghha zegt dat hij zal blijven leven en misschien weer zal kunnen lopen. Maar zijn been zal nooit meer geheel herstellen.' De vrouw sprak een ander dialect en in zozeer gewijzigde dagelijkse gebaren dat Ayla en Oeba maar met moeite met haar konden praten, behalve in de formele taal. De tovenaar had echter meer oefening in de gewone taal van andere stammen gehad, maar gebruikte de formele taal om zich nauwkeuriger te kunnen uitdrukken.
'Dé Mog-ur zou de totem van deze man willen weten.'
'De Steenbok,' gebaarde ze.
'Deze man is even behendig als die berggeit?' vroeg hij.

'Er is wel gezegd dat deze man dat is,' begon ze. 'Deze man was deze dag niet zo behendig en nu weet ik niet wat hij zal doen. Stel dat hij nooit meer zal kunnen lopen? Hoe moet hij dan op jacht gaan? Hoe moet hij dan voor mij zorgen? Wat kan een man doen als hij niet kan jagen?' De jonge vrouw verviel in de gewone gebaren van haar stam toen haar gespannen zenuwen haar op het randje van de hysterie brachten.

'De jonge man leeft. Is dat niet het belangrijkst?' zei de Mog-ur om haar te kalmeren.

'Maar hij is trots. Als hij niet meer op jacht kan, zal hij misschien wensen dat hij niet in leven was gebleven. Hij was een goed jager, hij had ooit tweede man van de leider kunnen worden. Nu zal hij waarschijnlijk nooit een hogere rang krijgen, eerder een lagere. Wat zal hij doen als hij zijn rang verliest?' vroeg ze hulpeloos.

'Vrouw!' gebaarde dé Mog-ur schertsend vermanend. 'Geen enkele man die door Ursus is uitverkoren verliest zijn rang. Hij heeft zijn man-zijn al bewezen; hij werd bijna uitverkoren met Ursus in de volgende wereld te wandelen. De Geest van Ursus kiest niet lichtvaardig. De Grote Holenbeer besloot hem toe te staan achter te blijven, maar heeft hem wel gemerkt. Deze man geniet nu het eervolle voorrecht Ursus als zijn totem te kunnen beschouwen; zijn littekens zullen de tekens van zijn nieuwe totem zijn. Hij kan ze met trots dragen. Hij zal altijd voor je kunnen zorgen. Dé Mog-ur zal met je leider spreken; je metgezel heeft het recht een deel van iedere jachtbuit op te eisen. En misschien zal hij wel weer lopen, misschien zal hij zelfs weer jagen. Het is mogelijk dat hij niet meer zo lichtvoetig zal zijn als de Steenbok, hij zal misschien meer de gang van een beer hebben, maar dat betekent niet dat hij niet weer zal jagen. Wees trots op hem, vrouw, wees trots op je metgezel die door Ursus is uitverkoren.'

'Hij is door Ursus uitverkoren?' herhaalde de vrouw met een blik vol ontzag. 'De Holenbeer is zijn totem?'

'En de Steenbok. Hij kan beide als zijn totem beschouwen,' zei dé Mog-ur. Hij merkte een lichte zwelling onder haar omslag op. Geen wonder dat ze zo overstuur is, dacht hij. 'Heeft de vrouw al kinderen?'

'Nee, maar het leven is begonnen. Ik hoop op een zoon.'

'Je bent een goede vrouw, een goede gezellin. Blijf bij hem. Wanneer hij ontwaakt, vertel hem dan precies wat dé Mog-ur allemaal heeft gezegd.'

De jonge vrouw knikte, en keek toen op toen Ayla zich voorbijrepte.

Het smalle riviertje bij de grot van de gastheerstam werd in de lente een kolkende stroom woest voortrazend water en was in het najaar maar weinig minder gewelddadig: het trok reusachtige bomen bij de wortels uit, rukte geweldige rotsblokken uit het gesteente los en smeet ze de berg af. Zelfs als hij kalmer was had de midden in een vele malen bredere, met stenen bezaaide bedding voortschuimende stroom de groenige, troebele weerschijn van het smeltwater van de gletsjer. Ayla en Oeba hadden het terrein rond de grot kort na hun aankomst afgezocht naar de reinigende planten die ze nodig hadden om zich mee te zuiveren in geval een van hen aan de ceremonie mee moest werken.

Ayla was nerveus toen ze wegrende om zeepwortel, heermoes en rode ganzenvoet op te gaan graven, en haar maag was één dikke knoop zenuwen toen ze geagiteerd op kokend water van een van de kookvuren wachtte om het luizendodend bestanddeel aan de varen te onttrekken. Het nieuws dat ze het ritueel zou mogen uitvoeren, verspreidde zich als een lopend vuurtje onder de Stam. Het feit dat de Mog-urs haar hadden geaccepteerd, maakte dat alle anderen hun mening ten aanzien van de bij de Anderen geboren vrouw van de Stam herzagen, en ze steeg dienovereenkomstig in hun achting. Het bevestigde dat ze werkelijk Iza's dochter was en verhief haar tot de hoogst geplaatste medicijnvrouw. De leider van de stam waar Zougs verwanten toe behoorden, kwam terug op zijn botte weigering haar op te nemen. Er zou toch wel iets in Zougs aanbeveling kunnen steken. Misschien zou een van de mannen haar willen hebben, al was het maar als tweede vrouw. Ze zou een waardevolle aanwinst kunnen zijn.

Maar Ayla was te gespannen om de om haar heen rondfladderende commentaren op te merken. Ze was meer dan gespannen, ze was in alle staten van angst. Ik red het niet, schreeuwde het in haar hoofd terwijl ze naar het riviertje toe rende. Ik heb niet genoeg tijd om alles gereed te krijgen. Stel dat ik iets vergeet? Stel dat ik een vergissing maak? Ik zal Creb te schande maken. Ik zal de hele stam te schande maken.

De door de gletsjer gevoede rivier was ijzig koud, maar het kille water had een kalmerend effect op haar gespannen zenuwen. Ze voelde zich nog meer ontspannen toen ze op een rotsblok klitten uit haar lange blonde haar zat te trekken terwijl het in een licht briesje droogde, en keek hoe de gloeiende roze bergtop die het licht van de ondergaande zon weerkaatste, van tint veranderde tot diepblauwpaars. Haar haar was nog vochtig toen ze haar amulet weer over het hoofd liet glijden en haar schone omslag omdeed. Ze propte haar stukjes gereedschap in de plooien, raapte haar andere omslag op en snelde terug naar de grot. Onderweg kwam ze langs Oeba met Durc op haar schoot en gaf haar een vlug knikje.

De vrouwen waren als razenden aan het werk, niet bepaald geholpen door de volledig onhanteerbare kinderen. De bloederige rituele slachting van de holenbeer had hen opgewonden; ze waren niet gewend met een lege maag rond te lopen en de geuren van het op het vuur staande voedsel maakte hun trek nog groter en henzelf kribbig, en het feit dat hun moeders zo druk bezig waren, verschafte hun een unieke gelegenheid tot wangedrag dat zelden van kinderen van de Stam geduld werd. Enkele jongens hadden de doorgesneden riemen van de berenkooi opgeraapt en droegen ze als eretekenen rond hun armen. Andere jongens die niet zo snel waren geweest, probeerden ze hun af te pakken en ze renden met z'n allen tussen de kookvuren rond. Toen ze genoeg van het spelletje kregen, begonnen ze de meisjes te plagen die verondersteld werden voor jengelende kleinere broertjes of zusjes te zorgen, tot de meisjes achter hen aan gingen of naar hun moeders liepen om hun beklag te doen. Het was één rumoerig, chaotisch gekkenhuis. Zelfs een strenge vermaning van de metgezel van een of andere vrouw hielp weinig om de ongewoon ongezeglijke kinderen te kalmeren.

De kinderen waren niet de enigen die honger hadden. De enorme hoeveelheden bereid voedsel tantaliseerden ieders smaakpapillen, en het vooruitzicht van het grote feestmaal en de avondceremonie droeg tot de uitzinnige opwinding bij. Bergen wilde broodvruchten, witte zetmeelrijke broodwortels en aardappelachtige aardnoten sudderden zachtjes in boven het vuur gehangen leren potten. Wilde asperges, leliewortels, wilde uien, peulvruchten, kleine pompoenen en paddestoelen stonden in diverse combinaties met subtiele kruiderijen te pruttelen. Een berg wilde sla, klis, rode ganzenvoet en paardebloemblaadjes, fris gewassen, stond te wachten om rauw geserveerd te worden met een saus van heet berenvet, kruiden en op het laatste ogenblik toegevoegd zout.

Eén stam had als specialiteit een combinatie van uien, paddestoelen en de ronde groene peulvruchtjes van de hokjespeul, op smaak gebracht met een geheime combinatie van kruiden en gebonden met gedroogd rendiermos. Een andere bracht een speciale dennenappelvariëteit, van een boom die alleen in hun streek voorkwam, met grote smakelijke zaden die loslieten wanneer ze in het vuur gehouden werden.

Norgs stam roosterde kastanjes die op de lagere berghellingen verzameld waren en maakte een naar noten smakende saus voor havermeelpap van geplette beukennoten, geroosterde granen en schijfjes van kleine, harde, zuurzoete appels die langdurig en op een zacht

vuurtje gekookt waren. Tot op geruime afstand van de grot was de hele omliggende streek ontdaan van bosbessen, in hoge struiken groeiende veenbessen, en de op lager gelegen terreinen gevonden frambozen en wilde bergbramen.
De vrouwen van Bruns stam waren dagen bezig geweest de meegebrachte gedroogde eikels te kraken en te vermalen. De verpulverde noten werden in ondiepe kuilen in het zand bij de rivier gelegd en grote hoeveelheden water werden over de pulverachtige massa geplensd om de bittere smaak eruit te wassen. De resulterende brij werd tot platte koekjes gebakken en deze werden in ahornsiroop gelegd tot ze volledig doordrenkt waren en dan in de zon gedroogd. De vrouwen van de gastheerstam, die ook hun ahornbomen in de vroege lente aftapten en het waterige sap dagenlang inkookten, waren een en al belangstelling zodra ze de bekende berkenbasten bakken zagen waarin ahornsuiker en ahornstroop werden bewaard. De kleverige, met ahorn gezoete eikelkoekjes waren een ongewone lekkernij die de vrouwen van Norgs stam zich voornamen zelf ook eens te gaan maken.
Oeba, die onder het meehelpen bij de vrouwen een oogje op Durc hield, keek naar de schijnbaar eindeloze hoeveelheid en verscheidenheid aan voedsel en vroeg zich af hoe ze dat ooit allemaal op zouden krijgen.

Sliertjes opkringelende rook verdwenen in de stille donkere nacht die zo vol sterren was dat een ragfijne sluier de hoge hemel overtoog. Het was nieuwe maan en de hemelgodin gaf geen blijk van haar aanwezigheid; ze wendde de planeet die ze omcirkelde de rug toe en wierp haar licht in de kille diepten van de ruimte.
De gloed van de kookvuren verlichtte hel het terrein rond de grot, in fel contrast met de duisternis van het bos rondom. Het voedsel was van de grootste hitte van het vuur weggezet, maar nog dicht genoeg erbij om warm te blijven, en de meeste vrouwen hadden zich in de grot teruggetrokken. Ze deden nieuwe omslagen om en namen enkele ogenblikken rust voor de feestelijkheden begonnen.
Maar zelfs de vermoeide vrouwen waren te opgewonden om lang binnen de grot te blijven. De ruimte ervoor begon zich te vullen met een roerige menigte die verlangend wachtte op het feestmaal en het begin van de ceremonie. Er viel een diepe stilte toen de tien magiërs en hun tien leerlingen in een lange rij de grot uit kwamen; daarna volgde een haastig heen-en-weergeloop voor alle stamleden op de goede plek stonden. Het scheen een op basis van toevalligheid opgestelde menig-

te die naar de heilige mannen opkeek. Iemands plaats werd namelijk slechts door zijn relatieve positie ten opzichte van zijn buren bepaald. Ordelijke gelederen waren niet belangrijk, ieder individu moest alleen zorgen dat hij vóór of achter of aan de juiste zijde van bepaalde andere individuen stond. Er was altijd op het laatste ogenblik een druk geschuifel wanneer de mensen probeerden binnen hun vaste kring van buren een plekje te vinden vanwaar ze beter konden zien.

Met veel plechtig ceremonieel werd er voor het donkere gat in de berg een groot vuur ontstoken. Toen werden de stenen boven op de stoofputten weggehaald. De gezellinnen van de leiders van de hooggeplaatste en van de gastheerstam viel de eretaak toe om de geweldige bouten mals vlees omhoog te brengen en Bruns hart zwol van trots toen hij Ebra naar voren zag stappen.

Het feit dat de Mog-urs Ayla hadden geaccepteerd, had ten slotte het pleit beslecht. Brun en zijn stam bekleedden een sterkere eerste positie dan ooit tevoren. Hoe onwaarschijnlijk het eerst ook had geleken, de blonde vrouw was toch een vrouw van de Stam, én een medicijnvrouw uit Iza's zo hoog in aanzien staand geslacht. Bruns onwrikbaar volhouden dat het zo was, was terecht gebleken, het was de wil van Ursus. Had hij slechts een ogenblik geweifeld, dan zou zijn prestige niet zo groot en zijn overwinning niet zo zoet zijn geweest.

Wolken geurige stoom deden de lege magen knorren toen het berenvlees met gevorkte stokken uit de stoofputten werd getild. Dat was voor de andere vrouwen het sein om de schalen van hout en been op te tasten en grote kommen te vullen met het voedsel dat ze zo langdurig en ten koste van zoveel inspanning hadden toebereid. Broud en Voord stapten met grote dienborden in hun handen naar voren en stelden zich voor dé Mog-ur op.

'Dit feestmaal van Ursus is ook ter ere van Gorn, die door de Grote Holenbeer werd uitverkoren om hem te vergezellen. Toen hij nog bij Norgs stam woonde, zag Ursus dat zijn Volk zijn lessen niet vergeten had. Hij leerde Gorn goed kennen en bevond hem een waardige reisgezel. Broud en Voord, jullie werden om jullie moed, jullie kracht, jullie volharding uitgekozen om de Grote Geest te laten zien hoe dapper de mannen van zijn Stam zijn. Hij heeft jullie met zijn grote kracht op de proef gesteld en hij is voldaan. Jullie hebben goed gestreden en jullie wordt nu het voorrecht gegund hem het laatste maal te brengen dat hij met zijn Stam zal delen tot hij uit de Wereld der Geesten terugkeert. Moge de Geest van Ursus altijd met ons zijn.'

De twee jonge mannen liepen langs elk van de vrouwen die naast de met voedsel beladen schotels stonden en zochten bij ieder de meest uitgelezen hapjes uit, behalve bij het vlees. De holenbeer had nooit vlees te eten gekregen, hoewel hij er zich in het wild wel eens aan te buiten ging als hij het gemakkelijk kon krijgen. De dienschalen werden voor de op de palen uitgestrekte berenhuid neergezet.

Daarop zei dé Mog-ur: 'Jullie hebben van zijn bloed gedronken, eet nu van zijn lichaam en weest één met de Geest van Ursus.'

De zegening luidde de aanvang van de feestmaaltijd in. Broud en Voord kregen het eerst een portie van het berenvlees en gingen daarna zelf hun bord verder vullen, gevolgd door de rest van de Stam. Genotvolle zuchten en knorrende geluiden stegen op terwijl ieder zich aan de maaltijd zette. Het vlees van de met vegetarisch voedsel gevoede beer was mals en sappig van het vet. De met angstvallige zorg toebereide groenten, fruit en graanspijzen werden ten volle genoten en de honger deed alles nog beter tot zijn recht komen. Het was een feestmaal dat het wachten waard was.

'Ayla, je eet niet. Je weet dat al het vlees vanavond opgegeten moet worden.'

'Ik weet het, Ebra, maar ik heb gewoon geen trek.'

'Ayla is zenuwachtig,' gebaarde Oeba tussen twee happen door. 'Ik ben blij dat ze mij niet hebben uitgekozen. Dit is zo heerlijk, ik zou niet graag te nerveus zijn om het te kunnen eten.'

'Eet dan in ieder geval wat vlees. Dat moet je echt wel doen. Heb je wat vleesnat voor Durc? Hij moet ook een beetje hebben, het zal hem één met de Stam maken.'

'Ik heb hem wat gegeven, maar hij wilde niet veel. Oga heeft hem juist gevoed. Oga, heeft Grev nog honger? Mijn borsten zijn zo vol, ze beginnen pijn te doen.'

'Ik zou wel gewacht hebben, maar ze hadden allebei honger, Ayla. Je kunt ze morgen voeden.'

'Tegen die tijd zal ik genoeg melk hebben voor hen beiden en nog twee erbij. Vanavond hoeven ze niets meer, dan slapen ze. De slaapdrank van de doornappel staat al klaar. Geef ze de volgende keer dat ze honger hebben die eerst, dan slapen ze beter. Oeba zal je wel zeggen hoeveel. Ik moet dadelijk na het eten naar Creb toe en ik zal pas na de ceremonie terug zijn.'

'Blijf niet te lang weg; onze dans gaat beginnen zodra de mannen de grot zijn binnengegaan. Sommige medicijnvrouwen zijn echt goed in het maken van de ritmen. De vrouwendans bij de Stambijeenkomst is altijd iets heel bijzonders,' gebaarde Ebra.

'Ik heb nog niet zo heel goed leren spelen. Iza heeft het me een beetje geleerd en de medicijnvrouw van Norgs stam heeft het me ook voorgedaan, maar ik heb niet veel oefening gehad,' zei Ayla.

'Je bent nog niet zo lang medicijnvrouw en Iza vond het belangrijker dat je eerst de genezende toverij leerde en pas later de ritmen, hoewel die ook toverij zijn,' zei Ovra. 'Medicijnvrouwen moeten zóveel weten.'

'Ik wou dat Iza hier was,' gebaarde Ebra. 'Ik ben erg blij dat ze je ten slotte toch geaccepteerd hebben, Ayla, maar ik mis Iza. Het is zo vreemd zonder haar.'

'Ik wou ook dat ze hier was,' zei Ayla. 'Ik vond het vreselijk haar achter te laten. Ze is zieker dan ze wil laten merken. Ik hoop maar dat ze veel in de zon zit en rust.'

'Als het haar tijd is om in de andere wereld te wandelen, zal ze gaan. Als de geesten haar roepen, kan niemand haar tegenhouden,' zei Ebra.

Ayla huiverde, hoewel het een warme nacht was, en ze werd plotseling door een akelig voorgevoel bevangen – een vage, onaangename sensatie, als een kille wind die het einde van de zomerwarmte aankondigt. Mog-ur wenkte haar en ze kwam vlug overeind, maar kon het nare gevoel niet van zich afzetten toen ze naar de grot liep.

Iza's kom met de witte rand patina van het generatieslange gebruik stond op haar slaapvacht, waar ze hem had neergelegd. Ze haalde de roodgeverfde zak uit haar medicijnbuidel en ledigde hem. Bij het licht van de toortsen begon ze de wortels te bekijken. Hoewel Iza haar vele malen had verteld hoe ze de juiste hoeveelheden kon schatten, wist Ayla nog steeds niet zeker hoeveel ze er voor de tien Mog-urs moest gebruiken. De sterkte van de drank was niet alleen afhankelijk van het aantal wortels, maar ook van de grootte ervan en hoe lang ze gelegen hadden.

Ze had Iza de drank nooit zien maken. De vrouw had haar dikwijls uitgelegd dat de drank te eerbiedwaardig, te heilig was om hem bij wijze van oefening te maken. Dochters leerden het gewoonlijk door hun moeders gade te slaan, door herhaalde uitleg, en nog meer door de oeroude kennis waarmee ze werden geboren. Maar Ayla was niet in de Stam geboren. Ze zocht verscheidene wortels uit en deed er toen nog eentje bij om er zeker van te zijn dat de toverij zou werken. Vervolgens ging ze naar een plek net binnen de ingang, bij de voorraad vers water waar ze van Creb moest wachten en keek toe hoe de riten begonnen. Het geluid van houten trommels werd gevolgd door het bonzen van speren op de grond en dan het droge geluid van de lange, holle buis. Leerlingen gingen met kommen daturathee onder de mannen rond, en weldra bewogen allen met het zware ritme mee. De vrouwen bleven op de achtergrond; zij kwamen later aan de beurt. Ayla stond gespannen toe te kijken, haar omslag losjes om zich heen, en wachtte. De dans der mannen werd steeds woester, en ze vroeg zich af hoe lang ze nog zou moeten wachten.

Ze sprong geschrokken op bij een tikje op haar schouder – ze had de Mog-urs niet uit het achterdeel van de grot horen komen – maar ze kalmeerde toen ze Creb herkende. De tovenaars gleden stil naar buiten en stelden zich rond de berenhuid op. Dé Mog-ur ging er vlak voor staan, en vanwaar Ayla stond, had ze even de indruk dat de holenbeer, die rechtop was opgespannen met zijn bek open, op het punt stond de gebrekkige aan te vallen. Maar het monsterachtige dier dat hoog boven de Mog-ur uittorende bleef in verstilde beweging hangen, nog slechts een illusie van kracht en woestheid.

Ze zag de grote tovenaar de leerlingen die de houten instrumenten bespeelden een teken geven. Ze hielden bij de volgende geaccentueerde slag met spelen op en de mannen keken op, enigszins beduusd de Mog-urs te zien staan waar nog maar een ogenblik tevoren, of zo leek het althans, lege ruimte was geweest. Maar ook het plotseling verschijnen van de tovenaars was een illusie, en nu wist de jonge vrouw hoe die tot stand werd gebracht.

Dé Mog-ur wachtte en liet de spanning oplopen tot hij er zeker van was dat iedereen naar de reusachtige figuur van de holenbeer keek, die door het ceremoniële vuur fel verlicht en door de heilige mannen geflankeerd werd. Zijn wenk was onopvallend en hij keek zorgvuldig een andere kant op, maar het was de wenk waar Ayla op had gewacht. Ze glipte uit haar omslag, vulde de kom met water en de wortels in haar hand klemmend, haalde ze diep adem en liep op de eenogige toe.

Er ging een zucht van ontsteltenis op toen Ayla de lichtkring binnenstapte. In haar met een lang koord dichtgebonden omslag die door de vele losse plooien en zakken haar figuur verdoezelde, was ze, ook al omdat ze zich als elke andere vrouw gedroeg, een van hen gaan lijken. Maar zonder de misleidende bobbels was haar gestalte opvallend verschillend van die van de vrouwen van de Stam. Anders dan dezen met hun ronde, bijna tonvormige lichaamsbouw die karakteristiek was voor zowel mannen als vrouwen, was Ayla tenger. Van opzij gezien was ze slank, afgezien van haar met melk gevulde borsten. Haar taille viel in en ging over in ronde heupen, en haar armen en benen waren lang en recht. Zelfs de op haar naakte lichaam geschilderde rode en zwarte cirkels konden haar afwijkende bouw niet verbergen.

Haar gezicht miste de vooruitstekende kaken en met haar kleine neus en hoge voorhoofd scheen het platter dan men zich herinnerde. Haar dikke blonde haar, dat haar gezicht in losse golven omlijstte en tot halverwege haar rug viel, ving sprankeltjes licht op van het vuur en glansde als goud; een wonderlijk mooie kroon voor de lelijke, duidelijk niet tot hun ras behorende jonge vrouw.

Maar nog verbazingwekkender was haar lengte. Op de een of andere manier was die hun niet zo opgevallen als ze zich met een gehaaste, voorovergebogen schuifelgang voortbewoog of aan de voeten van een man zat. Maar nu ze rechtop voor de tovenaar stond, was duidelijk te zien hoe lang ze was. Als ze haar hoofd boog, keek ze op dat van dé Mog-ur neer. Ayla was aanzienlijk groter dan de langste man van de Stam.

Dé Mog-ur maakte een reeks gestileerde gebaren om de bescherming in te roepen van de Geest die nog in hun nabijheid vertoefde. Daarna stak Ayla de harde, gedroogde wortels in haar mond. Het kostte haar veel moeite ze fijn te kauwen. Ze bezat niet zulke grote tanden en sterke zware kaken als de mensen van de Stam. Hoezeer Iza haar ook had gewaarschuwd niets van de sappen die zich in haar mond vormden in te slikken, ze kon het niet voorkomen. Ze wist eigenlijk niet hoe lang ze de wortels moest blijven vermalen; het leek haar dat ze maar kauwde en kauwde en kauwde. Tegen de tijd dat ze de laatste zachte pulp uitspuwde, voelde ze zich licht in het hoofd. Ze roerde tot de vloeistof in de geheiligde oude schaal een waterig-witte kleur aannam en reikte daarop Goov de kom aan.

Terwijl ze met de wortels bezig was, hadden de leerlingen met elk een kom sterke daturathee in de handen staan wachten. Goov overhandigde de kom met witte vloeistof die Ayla hem gaf aan dé Mog-ur, nam toen zijn eigen kom op en gaf die aan Ayla terwijl de andere tovenaarsleerlingen de hunne aan de medicijnvrouwen van hun stam overdroegen. Een ruil voor iets van dezelfde soort en waarde. Dé Mog-ur nam een teugje van de vloeistof.

'Het is sterk,' gebaarde de heilige man bedekt tegen Goov. 'Geef wat minder.' Goov knikte, nam de schaal aan en liep naar de Mog-ur die tweede was.

Ayla en de medicijnvrouwen droegen hun kommen naar de wachtende vrouwen en gaven hun en de oudere meisjes ieder een zorgvuldig afgepaste hoeveelheid te drinken. Ayla dronk het restje bezinksel uit haar kom, maar had al een vreemd afwezig gevoel, alsof een deel van haarzelf zich had losgemaakt en vanaf ergens anders toekeek. Verscheidene van de oudere medicijnvrouwen namen de houten trommels op en begonnen de ritmen van de vrouwendans ten gehore te brengen. Ayla keek gefascineerd naar de bewegende stokken, die iedere slag exact in de maat en helder deden opklinken. De medicijnvrouw van Norgs stam bood haar een komvormige trommel aan. Ze luisterde zachtjes meetikkend naar het ritme en merkte toen dat ze al meespeelde.

Ze verloor alle begrip van tijd. Toen ze opkeek, waren de mannen weg en wervelden de vrouwen in een wilde, uitgelaten, erotische woestheid rond. Ze voelde een drang zich bij hen te voegen en legde haar trommel weg. Ze zag hem omrollen en enkele malen om zijn as wentelen voor hij stil lag. De ronde vorm van het instrument leidde haar aandacht af. Haar gedachten gingen opeens terug naar Iza's kom, de kostbare oude reliek die Iza haar had toevertrouwd. Ze herinnerde zich hoe ze in de witte waterige vloeistof had zitten staren terwijl ze die met haar vinger om en om roerde. Waar is Iza's kom, dacht ze. Wat is ermee gebeurd? Ze bleef aan de kom denken, begon zich ongerust te maken; het werd een obsessie.

Ze had een visioen van Iza en haar ogen vulden zich met tranen. Iza's kom, ik ben Iza's kom verloren. Haar mooie oude kom. Die ze van haar moeder had, en haar moeders moeder, en haar moeders moeders moeder. In haar verbeelding zag ze Iza staan, en een andere Iza achter haar, en dan nog een, en nog een; medicijnvrouw na medicijnvrouw in een lange rij achter Iza, tot in een mistig ver verleden, ieder met een eerbiedwaardige, witgevlekte kom in de handen. De vrouwen vervaagden en haar oog werd naar de kom getrokken. Toen, plotseling, barstte de kom en viel in twee helften uiteen. Nee! Nee! De schreeuw galmde door haar brein. Ze was buiten zinnen van schrik. Iza's kom, ik moet Iza's kom vinden.

Ze struikelde weg van de vrouwen en wankelde naar de grot. Het duurde eeuwen voor ze er was. Ze rommelde tussen benen dienborden en houten kommen met gestolde restanten van de feestmaaltijd erin, op zoek naar de waardevolle kom. De vaag door de in de grot brandende toortsen verlichte ingang oefende een magische aantrekkingskracht op haar uit en ze strompelde erheen. Opeens werd haar de weg versperd. Ze zat gevangen in een netwerk rond een of ander ruigharig wezen. Ze keek op en hapte naar adem. Een monsterachtige snuit met een enorme gapende muil staarde op haar neer. Ayla deinsde achteruit en rende toen naar de wenkende grotingang.

Toen ze naar binnen holde, viel haar oog op iets dat dicht bij de plek waar ze op Mog-urs teken had staan wachten op de grond stond. Ze viel op haar knieën en raapte vol tedere zorg Iza's kom op, en wiegde hem in haar armen. Er klotste nog een restje van de melkachtige vloeistof rond de wortelpulp onderin. Ze hebben het niet helemaal opgedronken, dacht ze. Ik heb te veel gemaakt. Wat moet ik nu doen? Ik kan het niet weggooien, Iza zei dat je het niet weg mag gooien. Daarom kon ze het me niet voordoen, daarom heb ik te veel gemaakt: omdat ze het me niet voor kon doen. Ik heb een fout gemaakt. En als iemand het nu te weten komt? Ze zouden misschien denken dat ik geen echte medicijnvrouw was. Geen echte vrouw van de Stam. Ze zouden ons wel weg kunnen sturen. Wat moet ik doen? Wat moet ik doen?

Ik drink het op! Ja, dat doe ik. Als ik het opdrink zal niemand het te weten komen. Ayla hield de kom aan haar lippen en dronk hem leeg. De geheimzinnige drank was al te sterk, maar door de in de kleine hoeveelheid vocht wekende wortels werd hij nog veel werkzamer. Ze liep de tweede grot in, met het vage plan de kom op een veilige plaats op te bergen, maar voor ze haar vuurplaats had bereikt, begon ze het effect van de drank al te voelen.

Ayla was zo ver heen dat ze niet bemerkte dat ze de kom op de grond liet vallen, net binnen de rij grensstenen. Ze had een smaak in haar mond van primitief oerbos, vruchtbare vochtige leem, beschimmeld rottend hout, hoog oprijzende grootbladige bomen, nat van de regen, en enorme vlezige paddestoelen. De wanden van de grot weken terug, steeds verder terug. Ze voelde zich als een over de grond kruipend insect. Kleine details sprongen scherp naar voren. Haar blik volgde de omtrek van een pootafdruk, zag ieder kiezelsteentje, iedere korrel zand. Uit haar ooghoek ving ze een beweging op en zag een spin langs een zijden kabel glijden die glinsterde in het licht van een toorts.

De vlam hypnotiseerde haar. Ze staarde naar het flikkerende, dansende licht en zag zwarte smook opkringelen naar de donkere zoldering. Ze bewoog zich naar de toorts toe, zag toen een tweede. Het felle schijnsel daarvan lokte haar, maar toen ze hem bereikte wenkte weer de volgende, en daarna weer een volgende, zodat ze steeds dieper de berg in gevoerd werd. Ze merkte het niet toen het vuur van de toortsen werd vervangen door de vlammetjes van kleine, ver uiteengeplaatste stenen lampjes; en ze werd zelf ook niet opgemerkt toen ze een grote, diep in de berg gelegen ruimte vol in een diepe trance verzonken mannen voorbijliep, en daarna het kleinere vertrek waarin opgroeiende jongens onder leiding van oudere leerlingen een ceremonie hielden die hun een voorproefje gaf van de ervaring van de volwassen mannen.

Als gebiologeerd liep ze op ieder klein vuurtongetje toe, alleen om daar weer door het volgende te worden aangetrokken. De lichtjes leidden haar door nauwe gangen die in grotere ruimten uitkwamen en zich daarna weer versmalden. Ze struikelde op de oneffen vloer, met haar hand steun zoekend bij de vochtige rotswand die om haar heen scheen te draaien. Ze ging weer een gang in en zag aan het einde ervan een rozig schijnsel. De gang was ongelooflijk lang; er kwam geen eind aan. Dikwijls leek het alsof ze zichzelf vanaf een grote afstand langs de zwak verlichte tunnel zag voortwankelen. Ze voelde hoe haar geest steeds verder weggezogen werd, naar een diepe zwarte leegte, maar ze deinsde terug voor het ontzaglijke niets en worstelde om zich te bevrijden.

Ten slotte naderde ze het licht aan het eind van de tunnel en zag verscheidene gestalten in een cirkel zitten. Vanuit een laatste restje voorzichtigheid ergens diep in haar door het bedwelmende middel benevelde geest bleef ze vóór de laatste hypnotiserende vlammetjes staan en verborg zich achter een druipsteenpilaar. In hun verlichte vertrek waren de Mog-urs in een ritueel verdiept. Ze hadden de ceremonie waaraan alle mannen van de Stam deelnamen ingeleid, maar hadden het aan hun leerlingen overgelaten hem af te werken, en ze hadden zich in het verste heiligdom teruggetrokken om er riten uit te voeren die zelfs voor de leerlingen te geheim waren.

Iedere man zat gehuld in zijn berenhuid achter de schedel van een holenbeer. Andere schedels sierden nissen in de wanden. Midden in de cirkel stond een harig voorwerp. Ayla kon het eerst niet thuisbrengen, maar toen ze ten slotte zag wat het was, voorkwam alleen haar door het verdovende middel veroorzaakte sufheid dat ze het uitgilde. Het was het afgehouwen hoofd van Gorn.

Ze keek vol gefascineerd afgrijzen toe hoe de Mog-ur van Norgs stam het hoofd oppakte, het omdraaide en met een steen het foramen magnum, de grote opening voor de halswervels, vergrootte. Nu lag de grijsroze massa van Gorns hersenen bloot. De tovenaar maakte geluidloze gebaren over het hoofd, ging toen met zijn hand in de opening en trok er een stukje van het zachte weefsel uit. Hij hield de trillende massa in zijn hand terwijl de volgende Mog-ur het hoofd oppakte. Zelfs in haar bedwelmde toestand voelde Ayla een diepe afschuw, maar ze bleef gebiologeerd toekijken terwijl iedere tovenaar zijn hand in het macabere hoofd stak en er een deel van de hersenen van de man die door de holenbeer was gedood uit haalde.

Een hevige duizeling bracht Ayla op de rand van de diepe lege put. Ze slikte heftig om niet over te geven. Wanhopig klemde ze zich aan de rand van het gat vast, maar toen ze de eerbiedwaardige heilige mannen van de Stam hun handen naar hun monden zag brengen en van

Gorns hersenen eten, liet ze los. De kannibalistische handeling dreef haar een peilloze zwarte diepte in.
Ze gilde zonder geluid, zonder zichzelf te horen. Ze kon niet zien, niet voelen, niet waarnemen, maar ze was zich daarvan bewust. Ze kon niet ontsnappen in een droomloze slaap. De leegte bezat een ander karakter, angstaanjagend hol. Vrees, nameloze vrees beving haar. Ze trachtte te ontsnappen, schreeuwde om hulp zonder geluid te geven, maar werd alleen nog dieper omlaaggetrokken. Ze voelde beweging die ze niet voelen kon toen ze steeds sneller de diepe zwarte oneindigheid in tuimelde, het eindeloze koude niets.
Plotseling werd haar roerloze beweging afgeremd. Ze voelde iets kriebelen in haar brein, in haar geest, en werd een tegenkracht gewaar die haar langzaam terug over de rand trok, terug uit het oneindig diepe gat. Ze voelde emoties die haar vreemd waren, niet van haarzelf. Het sterkst was liefde, maar die was gemengd met diepe woede en grote angst, en daarna even een vleugje nieuwsgierigheid. Met een schok besefte ze dat Mog-ur in haar hoofd was. In haar brein werd ze zijn gedachten gewaar, met haar emoties zijn gevoelens. Het bezat iets duidelijk fysieks, een gevoel van volheid zonder de negatieve aspecten ervan, meer iets als een aanraking die intiemer was dan een fysieke.
De geestverruimende wortels uit Iza's rode buideltje versterkten een natuurlijk vermogen van de Stam. Het instinct had zich bij de mensen van de Stam ontwikkeld tot herinneringen. Maar als die herinneringen ver genoeg terug werden gevolgd, werden ze identiek, werden ze de herinneringen van het ras. Alle mensen van de Stam hadden dezelfde rasherinneringen en wanneer hun waarneming verruimd was, konden zij die identieke herinneringen met elkaar delen. De geoefende Mog-urs hadden hun natuurlijke aanleg door middel van bewuste inspanningen vergroot. Zij konden allen de gedeelde herinneringen tot op zekere hoogte besturen, maar alleen dé Mog-ur was met een waarlijk uniek vermogen geboren.
Hij was niet alleen in staat de herinneringen met de anderen te delen en ze te besturen, hij kon ook de verbinding instandhouden terwijl hun geesten zich door de tijd vanuit het verleden naar het heden bewogen. De mannen van zijn stam genoten een rijker genuanceerde en vollediger relatie tijdens de ceremonie dan die van welke andere stam ook. Maar met de geoefende geesten der Mog-urs kon hij de telepathische band al vanaf het begin leggen. Door hem hadden al de Mogurs deel aan een eenwording die veel vollediger en veel bevredigender was dan welke fysieke ook – het was een verbintenis tussen geesten.
De witte vloeistof uit Iza's kom die hun waarneming had verruimd en

de geesten van de magiërs voor dé Mog-ur had opengesteld, had hem via zijn speciale vermogen in staat gesteld ook met Ayla's geest een symbiose tot stand te brengen.

De moeizame geboorte die de hersenen van de mismaakte had beschadigd, had alleen zijn lichamelijke ontwikkeling ten dele aangetast, niet de verfijnde overontwikkeling die aan zijn indrukwekkende vermogens ten grondslag lag. Maar de gebrekkige was het ultieme eindproduct van zijn soort. Alleen in hem had de natuur volledig de voor de Stam uitgestippelde weg afgelegd. Verdere ontwikkeling was niet mogelijk zonder radicale veranderingen, en de kenmerkende eigenschappen van de mensen van de Stam waren niet langer voor verandering vatbaar. Evenals het enorme dier dat zij vereerden en vele andere die hun woongebied met hen deelden, zouden zij drastische veranderingen niet kunnen overleven.

Het ras van mensen met voldoende sociaal geweten om hun zwakke en gewonde soortgenoten te verzorgen, met voldoende geestelijk besef om hun doden te begraven en hun grote totem te vereren, dit ras van mensen met een grote schedelinhoud maar zonder frontale hersenen, die al bijna honderdduizend jaar geen grote schreden voorwaarts meer hadden gezet, zelfs nauwelijks vooruitgang hadden geboekt, was gedoemd dezelfde weg te gaan als de toendramammoet en de grote holenbeer. Ze wisten het niet, maar hun dagen op aarde waren geteld; ze waren gedoemd uit te sterven. In Creb hadden ze het eindpunt van hun ontwikkeling bereikt.

Ayla had een gevoel alsof diep in haar aderen een vreemde bloedstroom klopte. De machtige geest van de grote magiër verkende haar voor hem vreemde hersenwindingen, in een poging een aansluitingspunt te vinden. De aansluiting was onvolledig, maar hij vond overeenkomsten, en waar die ontbraken zocht hij alternatieven en legde verbindingen waar alleen neigingen bestonden. Met een schok begreep ze plotseling dat híj haar uit de afgrond had gehaald; maar dat niet alleen, hij had ook verhinderd dat de andere Mog-urs, die ook met hem in verbinding stonden, te weten kwamen dat zij daar was. Ze kon nog juist zijn contact met hen gewaarworden, maar henzelf in het geheel niet. En zij van hun kant wisten dat hij met iemand – of iets – anders een verbinding had gelegd, maar hadden geen idee dat het Ayla was.

En precies zoals ze begreep dat Mog-ur haar had gered en haar nog steeds beschermde, begreep ze ook met welk een diepe eerbied de tovenaars de kannibalistische handeling hadden uitgevoerd die zo haar afschuw had gewekt. Het doel van de Bijeenkomst van de stammen was hen aaneen te smeden, hen tot één Stam te maken. Maar de Stam bestond uit meer stammen dan de tien aanwezige. Ze wisten allen van stammen die te ver weg woonden om naar deze Bijeenkomst te kunnen reizen; zij gingen naar andere Stambijeenkomsten dichter bij hun woongebied. Desondanks behoorden ze nog steeds tot de Stam. Alle mensen van de Stam deelden hetzelfde erfgoed, en herinnerden zich dat, en ieder ritueel dat bij ongeacht welke Bijeenkomst gehouden werd, was voor allen van even groot belang. De tovenaars geloofden dat ze door het eten van Gorns hersenen een positieve bijdrage aan de Stam leverden. Op deze wijze namen ze de moed in zich op van de jongeman die met de Geest van Ursus meereisde. En daar ze Mog-urs waren en hun breinen speciale vermogens bevatten, waren zij degenen die die moed aan allen door konden geven.

Dat was de reden van Mog-urs toorn, en van zijn angst. Op grond van lange tradities mochten alleen mannen aan de ceremoniën van de Stam deelnemen. Als een vrouw zelfs maar van een eenvoudige, door één enkele stam gehouden ceremonie getuige was, betekende dat al dat de stam gedoemd was. En dit was geen gewone ceremonie. Dit was een ceremonie van grote betekenis voor de gehele Stam. Ayla was een vrouw; haar aanwezigheid kon maar één ding betekenen – onafwendbare, onontkoombare rampspoed en catastrofen voor hen allen. En ze was niet eens een vrouw van de Stam. Mog-ur wist dat nu met een zekerheid die hij niet langer kon ontkennen. Vanaf het moment dat hij zich haar aanwezigheid bewust werd, wist hij dat ze niet tot de Stam behoorde. Op hetzelfde ogenblik besefte hij ook de consequenties van haar overtreding, maar het was al te laat. Er viel niets meer te herstellen en ook dat wist hij. Maar haar vergrijp was zo ernstig dat hij niet precies wist wat hij met haar moest aanvangen; zelfs een doodvloek was niet genoeg. Voor hij een besluit nam, wilde hij meer over haar weten, en via haar meer over de Anderen.

Hij was verrast dat hij haar kreet om hulp voelde. De Anderen waren anders, maar er moesten ook punten van overeenkomst zijn. Hij voelde dat hij omwille van de Stam meer te weten moest komen, en hij bezat een voor zijn soort ongewoon grote nieuwsgierigheid. Ze had hem altijd geïntrigeerd; hij wilde weten waarom ze anders was. Hij besloot een experiment te proberen.

Zich diepere spelonken binnenwerkend, voerde de machtige heilige man, die negen breinen leidde die met het zijne overeenkwamen en zich gewillig schikten en daarnaast nog één dat soortgelijk en toch anders was, hen allen terug naar hun oorsprong.

Ayla proefde weer het oerbos, voelde het toen veranderen in iets

warms en zouts. Haar indrukken waren niet zo duidelijk als die van de anderen – het was nieuw voor haar, deze sensatie van en de herinnering aan de dageraad van het leven, en haar herinneringen waren halfbewust en vaag. Maar haar allerdiepste, vroegste herinnering was als die van de anderen. Het begin was hetzelfde, dacht Mog-ur. Ze voelde de individualiteit van haar eigen cellen en bemerkte het toen ze zich splitsten en differentieerden in de warme voedselrijke wateren die ze nog steeds in zich meedroeg. Ze groeiden en splitsten en vertakten zich, en iedere beweging had een doel. Weer een splitsing en zacht pulserend leven verhardde zich en kreeg vorm en lijn.
Een nieuwe splitsing, en ze kende de pijn van de eerste inademing van zuurstof in een nieuw element. Een splitsing, een zware leemgrond en het groen van jonge vegetatie, en zich ingraven om aan verpletterende monsters te ontsnappen. Een splitsing, en een veilig over een afgrond heen bereikte tak, een plotselinge hitte en droge lucht, en vochtgebrek dat haar terugdreef naar zee. Een splitsing, en sporen van een in zee verloren ontbrekende schakel die haar een grotere gestalte gaf, haar van haar pels ontdeed en haar lichaamsvorm veranderde – en neven achterliet die tot een vroegere, meer gestroomlijnde vorm terugkeerden, maar nog steeds lucht ademden en hun jongen zoogden.
En nu liep ze rechtop op twee achterbenen, waardoor haar voorste ledematen vrij bleven voor andere doeleinden en haar ogen een verdere horizon konden zien, en vertoonde het begin van frontale hersenen. Ze begon zich van Mog-ur te verwijderen, sloeg een ander pad in, maar dat lag niet zo ver van het zijne dat hij het niet langs zijn eigen bijna parallel eraan lopende spoor kon volgen. Hij verbrak de verbinding met de anderen, maar zij waren al ver genoeg gevorderd om hun weg zelf te vervolgen. Het was toch al bijna tijd het contact te verbreken.
Alleen die twee bleven met elkaar verbonden: de oude man van de Stam en de jonge vrouw van de Anderen. Hij leidde niet langer, maar volgde nog steeds haar spoor – en zij volgde het zijne. Ze zag warm land veranderen in ijs dat hoger oprees en het merg nog meer verkilde dan het ijs van haar eigen tijd. Het was een zowel in ruimte als in tijd ver van hen verwijderd land, wist ze onbewust, ver naar het westen, dicht bij een grote zee die vele malen groter was dan de zee rond hun schiereiland.
Ze zag een grot, het thuis van een van de voorouders van de grote tovenaar, een voorouder die veel op hem leek. Het was een nevelig beeld, gezien als het werd over de kloof heen die hun beider rassen scheidde. De grot bevond zich in een steil oprijzende rots en keek uit

over een rivier en een egale vlakte. Boven op het klif stond een grote kei scherp afgetekend tegen de hemel. Het was een langwerpige, enigszins afgeplatte menhir of zwerfsteen die over de rand hing alsof hij onder het vallen was blijven steken en op die plaats vastgevroren. De steen kwam van elders en was van een ander materiaal; een zwerfkei, door woedende wateren en schuivende aarde voortbewogen tot hij in wankel evenwicht bleef hangen op de rand van het klif waarin zich de grot bevond. Het beeld vervaagde maar de herinnering eraan bleef haar bij.

Een ogenblik lang voelde ze een overstelpende droefheid. Toen was ze alleen. Mog-ur kon haar niet meer volgen. Ze vond de weg naar zichzelf terug, en zelfs nog iets verder. In een snelle flits zag ze weer de grot, en daarna een verwarrende caleidoscoop van landschappen, niet geordend op de toevallige wijze van de natuur, maar volgens regelmatige patronen. Doosachtige bouwsels rezen uit de grond op en lange, stenen linten waarover vreemde dieren met grote snelheid voortkropen, spreidden zich in allerlei richtingen uit; enorme vogels vlogen door de lucht zonder hun vleugels te bewegen. Daarna nog meer taferelen, zo vreemd dat ze ze niet kon bevatten. Alles speelde zich in een oogwenk af. In haar snelle reis naar het heden was ze iets te ver doorgeschoten, net even haar eigen tijd voorbij, tot het punt waar ze zich misschien weer af zou splitsen. Vervolgens was haar brein helder en stond ze vanachter een pilaar naar tien in een kring gezeten mannen te kijken.

De Mog-ur keek haar aan, en in zijn diepbruine oog zag ze de smart die ze gevoeld had. Hij had in haar brein onuitwisbare nieuwe paden gebaand, paden waarlangs ze vooruit kon kijken, maar in zijn eigen brein kon hij geen nieuwe paden banen. Terwijl zij vooruitkeek, ving hij nog juist een glimp op, niet van de toekomst, maar van een besef van een toekomst. Een toekomst voor háár, niet voor hem. Hij begreep niet helemaal wat hij zag, maar wel de essentie ervan, en sidderde.

Abstract denken was voor Creb bijna onmogelijk. Alleen met de grootste moeite kon hij net tot twintig tellen. Hij kon niet met getallen werken en had geen oorspronkelijke invallen. Zijn geest was, zo wist hij, veel machtiger dan de hare, intelligenter ook misschien. Maar zijn vermogens waren van een andere soort. Hij kon terugkeren tot zijn oorsprong, en de hare. Zijn herinneringen waren talrijker en duidelijker dan die van welk lid van zijn oude Stam ook. Hij kon zelfs háár zich haar evolutie doen herinneren – maar in haar voelde hij de jeugd, de vitaliteit van een nieuwere vorm. Zij had zich opnieuw gesplitst, en hij niet.

'Ga weg!' Ayla sprong op bij zijn scherp bevel, verbaasd dat hij zo luid had gesproken. toen besefte ze dat hij in het geheel niet gesproken had. Ze had hem gevoeld, niet gehoord. 'Ga de grot uit! Vlug! Nú!'

Ze sprong uit haar schuilplaats en rende weg door de lange gang. In sommige van de stenen lampjes was de lont van mos opgebrand; andere sputterden en waren bezig uit te gaan. Maar er waren er nog genoeg om haar de weg te wijzen. Geen gerucht steeg op uit de diep in de berg gelegen grotten waarin al de mannen en jongens nu de droomloze slaap sliepen. Daar waren de toortsen, sommige ervan ook al bijna uitgedoofd, en ten slotte schoot Ayla uit de grot tevoorschijn. Het was nog donker, maar de nieuwe dag gloorde al zwakjes. Ayla's brein was helder, er was geen spoor van het krachtige bedwelmende middel achtergebleven, maar ze was volledig op. Ze zag overal vrouwen op de grond liggen slapen, hun emoties ontladen en hun energie uitgeput, en legde zich naast Oeba neer. Ze was nog steeds naakt, maar merkte al evenmin iets van de ochtendkilte als de andere naakte, slapende vrouwen.

Toen Mog-ur, die langzamer achter haar aan was gekomen, de ingang van de grot bereikte, lag ze al in een diepe droomloze slaap verzonken. Hij hobbelde naar haar toe en keek neer op haar verwarde blonde haar, net zo anders als Ayla zelf, en een grote zwaarte daalde neer over zijn ziel. Hij had haar niet moeten laten gaan. Hij had haar voor de mannen moeten brengen en haar daar en op dat moment ter dood moeten laten brengen, als straf voor haar vergrijp. Maar wat zou het hebben uitgehaald? Het zou de catastrofe die haar aanwezigheid over hen zou doen komen niet afwenden, de ramp die de Stam zou treffen niet voorkomen. Wat voor nut zou het hebben haar te doden? Ayla was maar één van haar soort, en zij was degene die hij liefhad.

25

Goov stapte de grot uit, knipperde tegen het zonlicht, wreef in zijn ogen en rekte zich uit. Hij zag Mog-ur ineengedoken op een boomstam naar de grond zitten staren. Er zijn zoveel lampen en toortsen uitgegaan, dacht hij, er zou wel eens iemand een verkeerde gang in kunnen slaan en verdwalen. Ik zal Mog-ur vragen of ik de lampen moet bijvullen en nieuwe toortsen ophangen. De leerling stapte energiek op de tovenaar af, maar bleef staan toen hij het afgetrokken gezicht en de somber gebogen schouders van de oude man zag. Misschien kan ik hem maar beter niet lastigvallen en het gewoon doen.

Mog-ur wordt oud, dacht Goov toen hij de grot weer in liep met een blaas vol berenvet, nieuwe lonten, en extra toortsen. Ik vergeet altijd hoe oud hij eigenlijk al is. De reis hierheen zal hem niet gemakkelijk zijn gevallen, en de ceremoniën eisten ook veel van hem. En dan straks de terugreis weer. Vreemd, peinsde de jonge tovenaarsleerling, ik heb hem nooit eerder oud gevonden.

Enkele andere mannen kwamen zich slaperig in de ogen wrijvend de grot uit, en staarden naar de her en der verspreid liggende vrouwen, zich als altijd afvragend waar ze toch zo uitgeput van waren. De eerste vrouwen die wakker werden, zochten haastig hun omslag op en begonnen daarop de anderen te wekken voor er nog meer mannen naar buiten kwamen.

'Ayla,' riep Oeba, de vrouw heen en weer schuddend. 'Ayla, word wakker.'

'Mmmmff,' mompelde Ayla en rolde zich op haar andere zij.

'Ayla! Ayla!' zei Oeba weer, haar pogingen verdubbelend. 'Ebra, ik kan haar niet wakker krijgen.'

'Ayla!' zei de vrouw, luider, en schudde haar ruw dooreen. Ayla opende haar ogen en probeerde een antwoordgebaar te geven, sloot ze toen weer en rolde zich tot een bal ineen.

'Ayla! Ayla!' riep Ebra opnieuw. Nogmaals opende de jonge vrouw haar ogen.

'Ga maar in de grot verder slapen, Ayla. Je kunt hier niet blijven liggen, de mannen zijn al op,' beval Ebra.
De jonge vrouw kwam overeind en wankelde naar de grot. Een ogenblik later was ze weer buiten, nu klaarwakker en spierwit.
'Wat heb je?' gebaarde Oeba. 'Je ziet zo bleek. Je kijkt alsof je een geest hebt gezien.'
'Oeba. O, Oeba. De kom.' Ayla zakte op de grond en begroef haar gezicht in haar handen.
'De kom? Welke kom, Ayla? Ik begrijp je niet.'
'Hij is gebroken,' slaagde Ayla erin te gebaren.
'Gebroken?' herhaalde Ebra. 'Waarom trek je het je zo aan als er een kom breekt? Je kunt toch een andere maken?'
'Nee, dat kan ik niet. Niet zo een. Het is Iza's kom, de kom die ze van haar moeder heeft gekregen.'
'Moeders kom? Moeders speciale kom voor de ceremonie?' vroeg Oeba met een ontdaan gezichtje.
Het droge, broze hout van de oude relikwie had na zoveel generaties lang gebruikt te zijn alle veerkracht verloren. Er had zich een haarscheurtje gevormd dat onder de witte laag patina onopgemerkt was gebleven. De val uit Ayla's hand op de harde stenen vloer van de grot was te veel geweest voor de oude kom. Hij was in tweeën gebroken.
Ayla had Creb niet zien opkijken toen ze de grot uit rende. Het nieuws dat de eerbiedwaardige kom gebroken was, gaf zijn gedachten een grimmig – definitief tintje. Daar heb je het al. Nooit zal de toverij van die wortels meer worden gemaakt. Ik zal er geen ceremonie meer mee houden, en ik zal Goov niet meer leren hoe ze vroeger gebruikt werden. De Stam zal ze vergeten. De gebrekkige oude man leunde zwaar op zijn staf en hees zich op terwijl zijn reumatische gewrichten pijnlijk staken. Ik heb lang genoeg in koude grotten gezeten; het wordt tijd dat Goov het overneemt. Hij is er nog wat jong voor, maar ik ben te oud. Als ik er een beetje vaart achter zet, kan hij over een jaar of twee klaar zijn. Misschien zal hij ook wel móéten. Wie weet hoe lang ik nog meega?
Brun merkte een uitgesproken verandering in de oude tovenaar op. Hij dacht dat Mog-urs neerslachtigheid een natuurlijke reactie was na de opwinding, vooral waar dit zijn laatste Stambijeenkomst zou zijn. Toch maakte Brun zich zorgen hoe hij de thuisreis zou doorstaan en hij was er zeker van dat Creb hen op zou houden. Brun besloot zijn jagers nog op één laatste strooptocht mee te nemen en dan het verse vlees in te ruilen voor het een en ander van de opgeslagen voorraden van de gastheerstam om hun voedselpakket voor onderweg aan te vullen.

Na de geslaagde jacht kreeg Brun haast om te vertrekken. Enkele stammen hadden de thuisreis al aanvaard. Nu de festiviteiten achter de rug waren, gingen zijn gedachten weer uit naar de thuisgrot en de mensen die daarin achtergebleven waren. Maar hij was zeer opgewekt. Nog nooit was zijn positie zo ernstig bedreigd geweest als deze keer; zijn overwinning was er des te zoeter door. Hij was tevreden; over zichzelf, over zijn stam, en over Ayla. Ze was een goede medicijnvrouw; hij had dat al eens eerder opgemerkt. Wanneer iemands leven in gevaar was, vergat ze al het andere, net als Iza. Brun wist dat Mog-ur zich had ingespannen om de andere magiërs te overtuigen, maar Ayla zelf had zijn beweringen gestaafd toen ze de jonge jager het leven redde. Hij en zijn gezellin zouden bij de gastheerstam blijven tot hij sterk genoeg was om te reizen, en zouden er waarschijnlijk wel overwinteren.

Mog-ur zei niets meer over Ayla's clandestiene bezoek aan dat kleine vertrek diep in de berg – behalve één keer. Ze was aan het pakken en alles in gereedheid aan het brengen om de volgende morgen te kunnen vertrekken, toen Creb de tweede grot binnenschuifelde. Tot groot verdriet van de jonge vrouw die zoveel van hem hield, had hij haar sinds haar vergrijp ontweken. Hij bleef met een ruk staan toen hij haar zag en wendde zich om om weer weg te gaan, maar ze sneed hem de pas af door op hem af te schieten en zich aan zijn voeten te werpen. Hij keek neer op haar gebogen hoofd, slaakte een zucht en tikte haar op de schouder.

Ze keek naar hem op en schrok toen ze zag hoeveel ouder hij in slechts enkele dagen was geworden. Het ontsierende litteken en het losse vel over zijn lege oogkas waren verschrompeld en dieper in de schaduw van zijn zware wenkbrauwboog weggezonken. Zijn grijze baard hing slap van zijn vooruitstekende kaken omlaag en zijn lage, terugwijkende voorhoofd werd geaccentueerd door een toenemende kaalheid; maar wat haar het sterkste aangreep was de peilloze droefheid in zijn vochtige diepbruine oog. Wat had ze hem aangedaan? Ze wenste vurig dat ze haar tocht van die nacht de berg in ongedaan kon maken. De pijn die ze om Creb voelde wanneer ze zijn lichamelijk lijden zag, was niets vergeleken bij haar brandend verdriet om de pijn in Mog-urs ziel.

'Wat is er, Ayla?' gebaarde hij.

'Mog-ur, ik... ik...' hakkelde ze, en toen barstte ze los: 'O, Creb, ik kan er gewoon niet tegen als je zo verdrietig bent. Hoe kan ik je toch helpen? Ik zal naar Brun gaan, als je dat wilt, ik zal alles doen wat je wilt. Zeg me alleen wat ik moet doen.'

Wat *kún* je doen, dacht hij. Kun je veranderen wie je bent? Kun je de schade ongedaan maken die je hebt aangericht? De Stam zal sterven, alleen jij en je soort zullen overblijven. Wij zijn een oud volk. We hebben onze tradities in ere gehouden, de geesten en de Grote Ursus geëerd, maar voor ons is het uit, afgelopen.

Misschien moest het zo zijn. Misschien komt het niet door jou, Ayla, maar door je soort. Werd je daarom naar ons toe geleid? Om het me te laten weten? De aarde die we gaan verlaten, is mooi en rijk; hij heeft ons alle generaties dat we hebben bestaan alles gegeven wat we nodig hadden. Hoe zal jij hem achterlaten wanneer het jouw beurt is? Wat kún je doen?

'Ja, er is één ding dat je kunt doen, Ayla,' gebaarde dé Mog-ur traag, iedere beweging benadrukkend. Er kwam een koude blik in zijn oog. 'Er nooit meer over spreken.'

Hij stond zo rechtop als zijn goede been hem wilde toestaan en probeerde niet te zwaar op zijn staf te leunen. Toen, met al de trots die hij voor zichzelf en zijn Volk bijeen kon rapen, wendde hij zich stijfjes en waardig om en liep de grot uit.

'Broud!'

De jonge man stapte op de man die hem begroet had toe. De vrouwen van Bruns stam waren gehaast bezig het ochtendmaal te bereiden, ze wilden dadelijk na het eten vertrekken, en de mannen namen de laatste gelegenheid waar om nog even een praatje te maken met mensen die ze pas weer over zeven jaar terug zouden zien. Sommigen zouden ze nooit meer terugzien. Ze namen nog eens uitgebreid de details van de opwindende bijeenkomst door, om deze nog een beetje langer te laten duren.

'Je hebt een heel goed figuur geslagen bij deze bijeenkomst, Broud, en bij de volgende zul je leider zijn.'

'De volgende keer zul jij misschien een even goed figuur slaan,' gebaarde Broud, een hoge borst opzettend van trots. 'We hebben gewoon geluk gehad.'

'Geluk hebben jullie zeker. Jullie stam is eerste, jullie Mog-ur is eerste, zelfs jullie medicijnvrouw is eerste. Weet je, Broud, jullie hebben het getroffen met Ayla. Niet veel medicijnvrouwen zouden een holenbeer trotseren om een jager te redden.'

Broud trok een enigszins zuur gezicht, kreeg toen Voord in het oog en liep op hem toe.

'Voord!' riep hij, een begroetingsgebaar makend. 'Je hebt je goed geweerd deze keer. Ik was blij toen ze jou kozen in plaats van Nouz. Hij was wel goed, maar jij was beslist beter.'

'Maar jij verdiende het de eerste keus te zijn, Broud. Jij hebt ook een prachtige wedren gelopen. Jullie hele stam verdient de eerste plaats; zelfs jullie medicijnvrouw is de beste, hoewel ik eerst mijn twijfels had. Ze zal een goede medicijnvrouw zijn om in de buurt te hebben als je de leider bent. Ik hoop alleen dat ze niet nog langer wordt. Onder ons gezegd, ik vind het maar een gek gevoel om tegen een vrouw op te moeten kijken.'

'Ja, de vrouw is te lang,' zei Broud met stijve gebaren.

'Maar wat doet het ertoe, als ze maar een goede medicijnvrouw is, niet?'

Broud knikte flauwtjes, wuifde toen verdere ontboezemingen weg en liep door. Ayla, Ayla, ik krijg genoeg van Ayla, dacht hij, de open ruimte voor de grot overstekend.

'Broud, ik wou je graag nog even spreken voor jullie weggaan,' zei een man die hem halverwege tegemoet kwam lopen. 'Je weet dat ik een vrouw in mijn stam heb met een dochtertje dat net zo mismaakt is als de zoon van jullie medicijnvrouw. Ik heb met Brun gesproken en hij heeft erin toegestemd haar op te nemen, maar hij wilde dat ik er ook met jou over sprak. Jij zult tegen die tijd hoogstwaarschijnlijk de leider zijn. De moeder heeft beloofd haar dochter tot een goede vrouw op te voeden, die de eerste stam en de zoon van de eerste medicijnvrouw waardig is. Je hebt toch geen bezwaar, Broud? Het is een logische koppeling.'

'Nee,' gebaarde Broud kortaf en hij draaide zich op zijn hielen om. Als hij niet zo geïrriteerd was geweest, zou hij misschien wél bezwaar hebben gemaakt, maar hij had geen zin om in een discussie over Ayla verwikkeld te raken.

'Tussen twee haakjes, dat was een mooie wedloop, Broud.'

De jonge man zag de opmerking niet meer, hij had de ander al de rug toegewend. Toen hij op de grot toebeende, zag hij twee vrouwen druk met elkaar staan praten. Hij wist dat hij weg zou moeten kijken om niet te zien wat ze zeiden, maar hij bleef gewoon recht voor zich uit staren, alsof hij hen niet zag.

'... ik kon gewoon niet geloven dat ze een vrouw van de Stam was, en toen ik haar kleine zag... Maar zoals ze recht op Ursus afging, net alsof ze van de gastheerstam was, helemaal niet bang of zo. Ik had het niet gekund.'

'Ik heb even met haar gepraat, ze is echt aardig, en ze doet heel gewoon. Maar ik vraag me toch af, zal ze ooit een metgezel vinden? Ze is zo lang, welke man zal een vrouw willen hebben die langer is dan hij? Ook al is ze de hoogst geplaatste medicijnvrouw.'

'Iemand vertelde me dat één stam wel overwoog haar op te nemen, maar er was niet genoeg tijd om alles te regelen en ik denk dat ze er nog over willen praten. Ze zeiden dat ze een boodschapper zouden sturen als ze haar wilden hebben.'

'Maar hebben ze niet een nieuwe grot? Ze zeggen dat zij hem gevonden heeft en dat hij heel groot is en hun ook al veel geluk heeft gebracht.'

'Het schijnt dicht bij de zee te zijn, en de paden zijn goed platgetreden. Ik denk dat een goede loper hen wel zou kunnen vinden.'

Broud liep de twee vrouwen voorbij en weerstond de neiging om de twee kletskousen een draai om de oren te geven. Maar ze waren niet van zijn stam, en hoewel hij het recht had elke willekeurige vrouw terecht te wijzen, was het niet zo verstandig er een van een andere stam een oorvijg te geven zonder toestemming van metgezel of leider, tenzij er duidelijk van een vergrijp sprake was. Hun vergrijp was voor hém duidelijk genoeg, maar voor een ander misschien niet.

'Onze medicijnvrouw zegt dat ze heel bedreven is,' merkte Norg op, net toen Broud de grot betrad.

'Ze is Iza's dochter,' gebaarde Brun, 'en Iza heeft haar goed opgeleid.'

'Spijtig dat zij niet kon komen. Ze is ziek, heb ik gehoord.'

'Ja, dat is een van de redenen waarom ik voort wil maken. We moeten nog een heel eind reizen. Je hebt ons zeer gastvrij ontvangen, Norg, maar iemands eigen grot is zijn thuis. Dit is een van de beste Stambijeenkomsten geweest. We zullen er nog lang aan terugdenken,' zei Brun.

Broud wendde zich met gebalde vuisten af, voor hij het compliment kon zien dat Norg de zoon van Bruns gezellin maakte. Ayla, Ayla, Ayla. Iedereen heeft het over Ayla. Je zou denken dat niemand anders iets bij deze Stambijeenkomst gedaan heeft dan alleen zij. Is zij als eerste uitgekozen? Wie zat er op de kop van de beer terwijl zij veilig en wel op de grond stond? Wat is er nou zo geweldig aan dat ze die jager het leven heeft gered? Hij zal waarschijnlijk toch nooit meer kunnen lopen. Ze is lelijk, ze is te lang, en haar zoon is mismaakt, en ze moesten eens weten hoe onbeschaamd ze thuis is.

Net op dat moment rende Ayla hem met allerlei bundels in haar armen voorbij. Brouds blik vol haat was zo kwaadaardig dat ze ervan schrok. Wat heb ik nu weer misdaan, dacht ze. Ik heb Broud al die tijd dat we hier zijn nauwelijks gezien.

Broud was een volgroeide en krachtig gebouwde man van de Stam, maar hij was in een ander opzicht nog veel bedreigender dan alleen in lichamelijk opzicht. Hij was de zoon van de gezellin van de leider en

voorbestemd om eens zelf leider te zijn. Daar dacht hij nu ook aan, terwijl hij toekeek hoe Ayla haar bundels buiten de grot neerzette.
Na het eten pakten de vrouwen vlug de weinige voorwerpen in die ze voor het bereiden van het ochtendmaal hadden gebruikt. Brun wilde nu snel weg, en zij ook. Ayla wisselde nog een paar laatste gebaren met enkele van de medicijnvrouwen, Norgs gezellin en nog een of twee andere vrouwen, wikkelde haar zoon in haar draagmantel en nam haar plaats aan het hoofd van de vrouwenrij in. Brun gaf een teken en daar gingen ze over het ontboste terrein voor de grot op weg. Voor ze de bocht in het pad rondden, bleef Brun staan en ze keken allen nog een laatste keer om. Norg en zijn stam stonden bij de ingang van de grot.
'Ga met Ursus,' seinde Norg.
Brun knikte en liep weer door. Het zou zeven jaar duren voor ze Norg terug zouden zien – of misschien zouden ze hem wel nooit terugzien. Alleen de Geest van de Grote Holenbeer wist het.

Zoals Brun wel had verwacht, viel de thuisreis Creb zwaar. Nu hij niet langer door vreugdevolle verwachtingen op de been werd gehouden en sombere gedachten over de wetenschap die hij voor zich had gehouden hem terneerdrukten, liet het lichaam van de oude man het keer op keer afweten. Bruns bezorgdheid groeide; hij had de grote tovenaar nooit zo terneergeslagen gezien. Hij bleef steeds achter. Telkens weer moest Brun een jager terugsturen om hem te gaan zoeken terwijl de anderen wachtten. De leider verlaagde het tempo in de hoop dat Creb hen dan gemakkelijker zou kunnen bijhouden, maar het scheen Creb gewoon niet te kunnen schelen. De enkele avondceremoniën die op Bruns instigatie werden gehouden, misten bezieling. Mog-ur scheen ze met tegenzin en met houterige gebaren uit te voeren, alsof zijn hart er niet bij was. Brun merkte op dat Creb en Ayla elkaar ontweken, en hoewel zij geen moeite had het tempo bij te houden, had Ayla's tred zijn veerkracht verloren. Er is iets mis tussen die twee, dacht hij.
Sinds halverwege de morgen waren ze door hoog, dor gras voortgetrokken. Brun keek achterom; Creb was nergens te zien. Hij wilde al een van de mannen een wenk geven, maar bedacht zich en liep in plaats daarvan naar Ayla terug.
'Ga Mog-ur eens zoeken,' gebaarde hij.
Ze keek verrast op, knikte dan. Na Durc aan Oeba te hebben overhandigd, haastte ze zich terug over het spoor van geknakt en platgetreden gras. Ze vond hem een heel eind terug, langzaam lopend en zwaar op zijn staf leunend. Hij scheen pijn te hebben.

Ayla was zo verpletterd geweest door zijn reactie op haar liefdevolle betuigingen van spijt dat ze daarna niet meer geweten had wat ze tegen hem moest zeggen. Ze was er zeker van dat zijn reumatische gewrichten hem veel pijn bezorgden, maar hij had geweigerd haar hem iets voor de pijn te laten geven. Na de eerste kortaffe weigeringen had ze het niet meer aangeboden, hoewel haar hart voor hem bloedde. Hij bleef staan toen hij haar zag.

'Wat doe je hier?' vroeg hij.

'Brun heeft me teruggestuurd om je te zoeken.'

Creb knorde wat en zette zich weer in beweging. Ayla ging achter hem lopen. Ze keek naar zijn langzame pijnlijke schuifelgang tot ze het niet langer kon aanzien. Ze liep om hem heen en liet zich voor hem op de grond vallen, zodat hij wel moest blijven staan. Creb keek lang op de jonge vrouw neer voor hij haar op de schouder tikte.

'Deze vrouw zou graag willen weten waarom de Mog-ur vertoornd is.'

'Ik ben niet vertoornd, Ayla.'

'Waarom wil je me dan niet laten helpen?' vroeg ze smekend. 'Je hebt nooit eerder geweigerd.' Ayla deed haar best kalm te blijven. 'Deze vrouw is een medicijnvrouw. Ze werd ervoor opgeleid om hen die pijn lijden te helpen. Dat is haar werk, haar bestemming. Het doet deze vrouw pijn Mog-ur te zien lijden, en hem niet te kunnen helpen.' Ayla kon de formele spreektrant niet langer volhouden. 'O, Creb, laat me je toch helpen. Weet je niet meer dat ik van je hou? Voor mij ben je als de metgezel van mijn moeder. Je hebt voor me gezorgd, voor me gepleit, ik heb mijn leven aan je te danken. Ik weet niet waarom je bent opgehouden van mij te houden, maar ik ben niet opgehouden van jou te houden.' De tranen stroomden haar over het wanhopig gezicht.

Waarom komt er toch altijd water in haar ogen als ze denkt dat ik niet van haar houd? En waarom roepen haar zwakke ogen altijd het verlangen in me op iets voor haar te doen? Hebben al de Anderen die kwaal? Ze heeft gelijk, ik heb er vroeger nooit bezwaar tegen gehad dat ze me hielp, wat zou het dan nu nog voor verschil maken? Ze is geen vrouw van de Stam. Wat de anderen ook denken, ze is bij de Anderen geboren, en ze zal altijd een van hen zijn. Ze weet het zelf niet eens. Ze denkt dat ze een vrouw van de Stam is, dat ze een medicijnvrouw is. Ze ís ook een medicijnvrouw. Ze is dan misschien niet van Iza's geslacht, maar ze ís een medicijnvrouw en ze heeft echt geprobeerd een vrouw van de Stam te worden, hoe moeilijk het soms ook voor haar was. Ik vraag me af hóé moeilijk het voor haar is. Dit is niet de eerste keer dat er water in haar ogen staat, maar hoe vaak heeft ze niet uit alle macht geprobeerd het tegen te houden? Ze kan het alleen niet tegenhouden wanneer ze denkt dat ik niet meer van haar houd. Kan haar dat werkelijk zoveel verdriet doen? Hoeveel verdriet zou het mij doen als ik dacht dat ze niet meer van mij hield? Meer dan ik mezelf graag zou bekennen. Als zij op dezelfde manier liefheeft als wij, kan ze dan zo anders zijn? Creb probeerde haar als een vreemdelinge, als een vrouw van de Anderen te zien. Maar ze was nog steeds Ayla, nog steeds het kind van de gezellin die hij nooit had gehad.

'We moesten maar eens doorlopen, Ayla. Brun staat op ons te wachten. Veeg je ogen af en als we halt houden kun je wat wilgenbastthee voor me zetten, medicijnvrouw.'

Een glimlach brak door haar tranen heen. Ze krabbelde overeind en stelde zich weer achter hem op, maar na enkele stappen kwam ze naast hem lopen, aan zijn zwakke kant. Hij bleef even staan, knikte toen en liet zich door haar ondersteunen.

Brun bemerkte onmiddellijk een verbetering op en verhoogde weldra het tempo, hoewel ze nog steeds niet zo snel vorderden als hij wel had gewild. De oude man straalde nog steeds iets droefgeestigs uit, maar hij scheen zich meer moeite te geven. Ik wist wel dat er iets met die twee aan de hand was, dacht Brun, maar ze schijnen het opgelost te hebben. Hij was blij dat hij op het idee was gekomen Creb door Ayla te laten ophalen.

Creb liet zich inderdaad door Ayla helpen, maar toch bleef er nog steeds een zekere afstand tussen hen bestaan, een kloof die hij niet kon overbruggen. Hij kon de discrepantie tussen hun beider bestemmingen niet vergeten en dat schiep een gespannen sfeer die de gemakkelijke warme relatie van vroeger dagen belette terug te keren.

Hoewel het overdag nog warm was tijdens de reis, werden de nachten al koel. Het eerste verschijnen van met sneeuw bedekte bergtoppen ver in het westen gaf de stamleden nieuwe moed, maar toen de afstand met het verstrijken der dagen nauwelijks kleiner leek te worden, werd de bergketen op de zuidpunt van het schiereiland gewoon een onderdeel van het landschap. De afstand wérd echter kleiner, hoe onmerkbaar ook. Terwijl ze dag na lange dag in westelijke richting bleven voorttrekken, gaven blauwe kloven en spleten de gletsjers ieder hun eigen gezicht en nam het vage purper onder de ijzige bergtoppen de vorm van pieken en richels aan.

De laatste nacht op de steppe sjouwden ze tot donker door voor ze hun kamp opsloegen, en iedereen was bij het krieken van de dag wakker. De vlakte ging over in een heuvelachtig landschap met veel gras en hoge bomen en de aanblik van een grazende neushoorn uit de gematigde zone gaf het iets vertrouwds, vooral toen hij verder liep zonder zich te verwaardigen hen op te merken. Ze versnelden hun pas toen ze bij een pad kwamen dat de uitlopers van de bergen in liep. Toen rondden ze een bekende richel en zagen hun grot, en aller harten sloegen een slag over. Ze waren thuis.

Daar kwamen Aba en Zoug hen al tegemoet snellen. Aba begroette haar dochter en Droeg vol vreugde, omhelsde de oudere kinderen, sloot dan Groeb in haar armen. Zoug knikte Ayla toe terwijl hij zich naar Grod en Oeka, en toen naar Ovra en Goov haastte.

'Waar is Dorv?' gebaarde Ika.

'Dorv wandelt nu in de wereld der geesten,' antwoordde Zoug. 'Zijn ogen werden zo slecht dat hij niet meer zien kon wat je zei. Ik denk dat hij de moed opgaf en niet meer op jullie terugkomst wilde wachten. Toen de geesten hem kwamen halen, ging hij met hen mee. We hebben hem begraven en de plek gemarkeerd zodat Mog-ur hem zal kunnen vinden voor de doodsriten.'

Ayla keek om zich heen, plotseling ongerust. 'Waar is Iza?'

'Ze is erg ziek, Ayla,' zei Aba. 'Ze is al sinds de vorige maan niet meer uit bed geweest.'

'Iza! Niet Iza! Nee! Nee!' riep Ayla, naar de grot rennend. Toen ze bij Crebs vuurplaats kwam wierp ze haar bundels neer en vloog op de vrouw af die daar op haar bontvachten lag.

'Iza! Iza!' riep de jonge vrouw. De oude medicijnvrouw sloeg de ogen op.

'Ayla,' zei ze, haar schorre stem was nauwelijks hoorbaar. 'De geesten hebben mijn wens verhoord,' gebaarde ze zwakjes, 'jullie zijn terug.' Iza strekte haar armen uit. Ayla omhelsde haar en voelde hoe mager en broos haar lichaam was, nauwelijks meer dan beenderen met gerimpelde huid erover. Haar haar was sneeuwwit; de huid van haar gezicht spande als dor perkament over het bot rond de holle wangen en de diepliggende ogen. Ze leek wel duizend jaar oud. En ze was nog maar net zesentwintig.

Ayla kon nauwelijks zien door de tranen die haar over het gezicht stroomden. 'Waarom ben ik toch naar de Stambijeenkomst gegaan? Ik had hier moeten blijven en voor jou moeten zorgen. Ik wist toch dat je ziek was; waarom ben ik weggegaan en heb ik je in de steek gelaten?'

'Nee, nee, Ayla,' wenkte Iza af. 'Je moet jezelf er niet de schuld van geven. Je kunt niet veranderen wat zo moet zijn. Ik wist dat ik stervende was toen jullie weggingen. Je had me niet kunnen helpen, niemand had me kunnen helpen. Ik wilde jullie alleen nog één keer zien voor ik me bij de geesten voegde.'

'Je mag niet sterven! Ik láát je gewoon niet sterven! Ik zal voor je zorgen. Ik zal je beter maken,' gebaarde Ayla wild.

'Ayla, Ayla. Er zijn nu eenmaal dingen waar zelfs de beste medicijnvrouw niets aan kan verhelpen.'

De inspanning van het spreken deed een hoestbui opkomen. Ayla hield Iza ondersteund tot het hoesten afnam. Ze schoof de vrouw haar bontvacht in de rug om haar meer rechtop te laten zitten, zodat ze gemakkelijker ademde, en begon toen in de medicijnvoorraden bij haar bed te rommelen.

'Waar is de alantswortel? Ik kan de alantswortel niet vinden.'

'Ik denk niet dat er nog is,' gebaarde Iza zwakjes. De hoestaanval had haar uitgeput. 'Ik heb er een heleboel van gebruikt en kon er zelf niet meer van gaan halen. Aba is ervoor uitgegaan, maar ze kwam met zonnebloemen terug.'

'Ik had niet weg moeten gaan,' zei Ayla en ze rende de grot uit. Bij de ingang kwam ze Oeba met Durc en Creb tegen.

'Iza is ziek,' gesticuleerde Ayla wanhopig, 'en ze heeft zelfs helemaal geen alantswortel meer. Ik ga wat halen. Er is geen vuur in de vuurplaats, Oeba. Waarom ben ik toch naar de Stambijeenkomst gegaan? Ik had hier bij haar moeten blijven. Waarom ben ik toch weggegaan?'

Ayla's ontstelde gezicht, smoezelig van het reizen, was helemaal streperig van de tranen, maar ze bemerkte het niet en het zou haar ook niet hebben kunnen schelen. Ze rende de helling af terwijl Creb en Oeba zich de grot in haastten.

Ayla holde pletsend door de stroom en vervolgens regelrecht naar de wei waar de planten groeiden en groef daar de wortels met haar blote handen op, ze onbeheerst uit de grond rukkend. Ze bleef net lang genoeg bij de rivier staan om ze te wassen en snelde daarop terug naar de grot.

Oeba had een vuur gemaakt, maar het water dat ze was begonnen te verhitten, was nog maar nauwelijks warm. Creb stond over Iza heen gebogen en maakte met meer vuur dan hij vele dagen had gevoeld formele gebaren, waarmee hij alle geesten die hij kende te hulp riep om haar levensgeesten te versterken, en hun smeekte haar nog niet mee te nemen. Oeba had Durc op een matje gelegd. Hij was juist begonnen te kruipen en richtte zich op zijn handen en knieën op. Hij schoof naar zijn moeder toe, die bezig was een wortel in kleine stukjes te snijden, maar ze duwde hem weg toen hij probeerde bij haar te

drinken. Ayla had geen tijd voor haar zoon. Hij begon te jengelen toen ze de wortel in het water gooide en er vol ongeduld hete stenen bij deed om het sneller te laten koken.
'Laat me Durc eens zien,' gebaarde Iza. 'Hij is zo gegroeid.'
Oeba nam hem op en bracht hem bij haar moeder. Ze legde de baby bij Iza op schoot, maar hij was niet in de stemming om zich door een oude vrouw die hij zich niet herinnerde te laten knuffelen en spartelde hevig om weer van haar schoot af te komen.
'Hij is sterk en gezond,' zei Iza, 'en heeft er helemaal geen moeite mee zijn hoofd rechtop te houden.'
'Hij heeft zelfs al een gezellin,' zei Oeba, 'of tenminste, een meisje dat hem is toegezegd.'
'Al een gezellin? Welke stam zou hem nu een meisje beloven? Hij is nog zo jong, en dan die mismaaktheid.'
'Er was een vrouw bij de Stambijeenkomst met een mismaakt dochtertje. Ze kwam de eerste dag naar ons toe,' legde Oeba uit. 'Haar kleine ziet er net zo uit als Durc, wat haar hoofd betreft tenminste. Haar gezichtje is een beetje anders. De moeder vroeg of ze misschien aan Durc gekoppeld kon worden. Oda was zo bang dat haar dochter nooit een metgezel zou vinden. Brun en de leider van haar stam hebben het allemaal geregeld. Ik denk dat ze na de volgende Bijeenkomst wel hier bij ons zal komen wonen, zelfs als ze dan nog geen vrouw is. Ebra heeft gezegd dat ze wel bij haar kon wonen tot ze beiden oud genoeg zouden zijn om gekoppeld te worden. Oda was zo blij, vooral nadat Ayla de drank voor de ceremonie had gemaakt.'
'Ze hebben Ayla dus inderdaad als medicijnvrouw uit mijn geslacht geaccepteerd. Ik vroeg me nog af of ze dat zouden doen,' gebaarde Iza; toen legde ze haar handen in haar schoot. Spreken vermoeide haar, maar het zien van haar dierbaren om haar heen schonk haar geest nieuwe kracht, zij het niet haar lichaam. Ze rustte even en vroeg toen: 'Hoe heet het meisje?'
'Oera,' antwoordde Iza's dochter.
'Een aardige naam, hij ligt goed in het gehoor.' Iza rustte weer enkele ogenblikken en stelde vervolgens een andere vraag. 'En Ayla? Heeft zij nog een metgezel bij de Stambijeenkomst gevonden?'
'De stam van Zougs verwanten overweegt haar op te nemen. Eerst weigerden ze haar, maar toen ze als medicijnvrouw was geaccepteerd, besloten ze er nog eens over na te denken. Er was geen tijd om iets definitiefs af te spreken voor we weggingen. Misschien zullen ze Ayla wel nemen, maar ik denk niet dat ze Durc willen.'
Iza knikte alleen en sloot haar ogen.

Ayla was vlees aan het fijnstampen om er vleesnat voor Iza van te trekken. Ze proefde telkens het kokende water met de wortel erin om te kijken of de kleur en smaak al goed waren, vol ongeduld wachtend tot het zover was. Durc kroop opnieuw drenzerig naar haar toe, maar ook nu duwde ze hem weg.

'Geef hem mij maar, Oeba,' gebaarde Creb. Het jongetje was een tijdje stil toen hij op Crebs schoot zat en geïnteresseerd zijn baard bekeek. Maar ook daar kreeg hij vlug genoeg van. Hij wreef in zijn oogjes en maakte zich los uit de arm die hem omsloot, en kroop toen hij vrij was weer regelrecht naar zijn moeder. Hij was moe, en hij had honger. Ayla stond over het vuur gebogen en scheen het nauwelijks op te merken toen hij zich op wankele beentjes aan haar been probeerde op te trekken. Creb hees zich op, liet zijn staf vallen en wenkte Oeba hem de jongen op de arm te geven. Zwaar hinkend zonder zijn stok schuifelde hij naar Brouds vuurplaats en gaf Durc aan Oga.

'Durc heeft honger en Ayla is druk bezig medicijnen voor Iza te maken. Wil jij hem voeden, Oga?'

Oga knikte, nam de baby van hem over en legde hem aan haar borst. Broud trok een zuur gezicht, maar een donkere blik van Mog-ur deed hem snel zijn boosheid onderdrukkenen. Zijn haat jegens Ayla strekte zich niet uit tot de man die haar beschermde en voor haar zorgde. Broud vreesde Mog-ur te zeer om hem te haten. Hij had echter al jong ontdekt dat de grote heilige man zich zelden met het wereldlijk leven van de stam bemoeide en zijn activiteiten tot de wereld der geesten beperkte. Mog-ur had Broud nooit belet de baas te spelen over de jonge vrouw die bij zijn vuurplaats woonde, maar de jonge man had er geen behoefte aan rechtstreeks degens met de magiër te kruisen.

De oude man schuifelde terug naar zijn vuurplaats en begon in de onordelijk neergeworpen bundels naar de blaas met holenbeervet te zoeken, zijn aandeel van het gesmolten vet van het ritueel geslachte dier. Oeba zag hem bezig en schoot hem te hulp. Creb nam de blaas mee naar de plek van de geesten. Hoewel hij van het hopeloze van de situatie overtuigd was, zou hij ook het kleinste beetje magie dat tot zijn beschikking stond aanwenden om Ayla te helpen bij haar pogingen Iza in leven te houden.

De wortel had lang genoeg gekookt en Ayla schepte een kommetje vol van de vloeistof, nu weer ongeduldig wachtend tot die afkoelde. Het warme vleesnat dat Ayla haar al eerder had gevoerd, met kleine teugjes, terwijl ze Iza's hoofd ondersteunde, net als Iza voor haar had gedaan toen ze vijf jaar oud en de dood nabij was, had ervoor gezorgd dat de oude medicijnvrouw weer wat opknapte. Ze had weinig gegeten sinds ze op bed was gaan liggen en daarvóór ook al niet veel. Het voedsel dat haar gebracht werd, bleef vaak onaangeroerd. Het was een troosteloze, eenzame zomer geweest voor Iza. Met niemand om haar heen om op haar te letten en ervoor te zorgen dat ze at, vergat ze het dikwijls of nam gewoon de moeite niet. De drie anderen hadden allen geprobeerd haar te helpen toen ze zagen dat ze achteruitging, maar ze wisten niet hoe ze moesten helpen.

Iza had zich vermand toen Dorvs einde nabij was, maar het oudste lid van de stam ging snel heen en ze kon weinig anders doen dan proberen hem het sterven te verlichten. Zijn dood had een sombere schaduw over de anderen geworpen. De grot scheen veel leger zonder hem en het gebeurde deed hen alle drie beseffen hoe dicht ze de volgende wereld waren genaderd. Hij was de eerste dode na de aardbeving.

Ayla zat naast Iza op het vocht in het benen kommetje te blazen, het zo nu en dan proevend om te kijken of het al voldoende was afgekoeld. Ze was zo volledig op Iza geconcentreerd dat ze niet merkte dat Creb met Durc wegging en ze zag hem evenmin de kleine grot binnengaan, en ze was zich er ook niet van bewust dat Brun naar haar stond te kijken. Ze hoorde de zachte pruttelende geluidjes van Iza's ademhaling en wist dat ze stervende was, maar wilde het niet geloven. Koppig zocht ze haar geheugen af naar mogelijke behandelingswijzen.

Een nat verband van de onderbast van de moerasden? Ja, en een thee van duizendblad. Het zou ook moeten helpen als ze de stoom inademt. Bramen en hertshooi, en venushaar. Nee, dat is alleen voor een lichte kou. Kliswortels? Misschien. Stijfselkruid? Natuurlijk, en de wortel is in de herfst het best. Ayla was vastbesloten Iza met allerlei soorten thee vol te gieten, met vochtige doeken te overdekken en haar zo nodig in stoom te verdrinken, als het maar hielp. Alles, álles wilde ze doen om het leven van haar moeder, de enige moeder die ze kende, te verlengen. Ze kon de gedachte dat Iza zou sterven niet verdragen.

Hoewel Oeba zich de ernst van haar moeders ziekte scherp bewust was, had ze Bruns aanwezigheid wel degelijk opgemerkt. Het was niet gebruikelijk dat een man de vuurplaats van een andere man in diens afwezigheid bezocht, en Brun maakte Oeba nerveus. Ze schoot gehaast toe om de links en rechts bij de vuurplaats neergeworpen pakken en bundels te verzamelen om het er wat netter te laten uitzien, steeds van Brun naar Ayla en van Ayla weer naar haar moeder kijkend. Daar er niemand was om haar leiding en iets duidelijks te doen te geven, wist ze niet wat ze met Bruns bezoek aan moest. Niemand reageerde op hem, niemand heette hem welkom, wat verwachtte men van haar?

Brun sloeg de drie vrouwen gade – de oude medicijnvrouw, de verbeten werkende jonge medicijnvrouw die geen gelijkenis met de Stam vertoonde en toch hun hoogst geplaatste genezeres was, en Oeba, die eveneens voorbestemd was om medicijnvrouw te worden. Hij was altijd op zijn bloedverwante gesteld geweest. Zij was het kleine meisje dat geknuffeld en vertroeteld werd en o zo welkom was toen er eenmaal een gezonde jongen geboren was om het leiderschap over te nemen. Hij had altijd de neiging gehad haar te beschermen. Hij zou nooit de man die haar metgezel was geweest voor haar hebben gekozen; Brun had hem nooit gemogen, een opschepper die zijn gebrekkige broeder bespotte. Iza had geen keus, maar ze had zich goed gehouden. Toch was ze na de dood van haar metgezel gelukkiger geweest dan ooit tevoren. Ze was een goede vrouw, en een goede medicijnvrouw. De stam zou haar missen.

Iza's dochter wordt ook al groot, dacht hij, het meisje gadeslaand. Oeba zal weldra een vrouw zijn. Ik zou eigenlijk eens over een metgezel voor haar moeten nadenken. Het moet een goede metgezel zijn, iemand met wie ze goed overweg kan. Het is trouwens ook beter voor een jager als zijn gezellin hem toegewijd is. Maar wie is er anders dan Vorn? Ik moet ook aan Ona denken, en zij kan Vorns gezellin niet worden, ze zijn bloedverwanten. Ze zal moeten wachten tot Borg een man is. Als ze vroeg vrouw wordt, zou ze al een kind kunnen hebben voor Borg zover is dat hij gekoppeld kan worden. Misschien zou ik er wat vaart achter moeten zetten, hij is ouder dan Ona. Als hij oud genoeg is om zich te verlichten is hij ook oud genoeg om een man te worden. Zou Vorn een goede metgezel voor Oeba zijn? Droeg heeft een gunstige invloed op hem gehad, en hij doet wel graag flink als ze in de buurt is. Hij ziet misschien wel wat in haar. Brun borg zijn overpeinzingen in zijn ordelijk brein weg om er later op terug te kunnen komen.

De alantswortelthee was afgekoeld en Ayla wekte de oude vrouw, die nu ingedommeld was en ondersteunde haar hoofd teder terwijl ze haar de medicijn liet drinken. Ik denk niet dat je haar er deze keer doorheen sleept, Ayla, zei Brun bij zichzelf, naar de broze vrouw kijkend. Hoe heeft ze zo snel zo oud kunnen worden? Ze was de jongste van ons; nu ziet ze er ouder uit dan Creb. Ik herinner me nog dat ze mijn gebroken arm zette. Ze was toen niet veel ouder dan Ayla toen die Bracs arm zette, maar een vrouw en al gekoppeld. Ze heeft het ook keurig gedaan. Ik heb er nooit meer last van gehad, afgezien van wat scheuten de laatste tijd. Ik word ook al oud. Mijn dagen als jager zullen weldra voorbij zijn en dan zal ik het leiderschap aan Broud over moeten dragen.

Is hij er wel klaar voor? Hij deed het zo goed bij de Stambijeenkomst, ik heb hem toen al bijna tot leider gemaakt. Hij is dapper, iedereen vertelde me steeds wat een geluksvogel ik was. Dat ben ik ook; ik was bang dat hij misschien uitverkoren zou worden om met Ursus mee te gaan. Het zou een eer zijn geweest, maar ik was deze keer blij dat hij ons niet te beurt viel. Gorn was een goede kerel, het was een hard gelag voor Norgs stam. Dat is het altijd wanneer Ursus iemand uitkiest. Soms kun je eerder van geluk spreken als de eer je neus voorbijgaat; de zoon van mijn gezellin wandelt nog in deze wereld. En hij is onbevreesd. Misschien té onbevreesd. Een beetje overmoed en roekeloosheid is best voor een jonge man, maar een leider moet bedachtzamer zijn. Hij moet om zijn mannen denken. Hij moet denken en plannen maken zodat de jacht zal slagen, maar toch zijn mannen niet nodeloos in gevaar brengen. Misschien zou ik hem eens enkele jachten moeten laten leiden. Hem het eens laten meemaken. Hij moet leren dat leider-zijn meer omvat dan het tentoonspreiden van veel durf. Je hebt er ook nog verantwoordelijkheidsgevoel en zelfbeheersing voor nodig.

Wat is het toch aan Ayla dat altijd het slechtste in hem naar buiten brengt? Waarom verlaagt hij zich tot rivaliteit met haar? Ze mag er dan wat anders uitzien, ze is nog steeds maar een vrouw. Maar wel dapper voor een vrouw, wilskrachtig. Ik vraag me af of Zougs verwanten haar nog zullen willen nemen. Het zou vreemd zijn zonder haar, nu ik aan haar gewend ben. En ze is een goede medicijnvrouw, een waardevol lid voor elke stam. Ik zal doen wat ik kan om ervoor te zorgen dat ze haar naar waarde schatten. Kijk haar nu eens – zelfs haar zoon, de zoon die ze bereid was naar de volgende wereld te volgen, kan haar gedachten niet van Iza afleiden. Er zijn er niet veel die een holenbeer zouden trotseren om iemand het leven te redden. Ze kan ook onbevreesd zijn, en ze heeft geleerd zich te beheersen. Ze heeft zich bij de Bijeenkomst goed gedragen, in elk opzicht als een fatsoenlijke vrouw, niet zoals toen ze jonger was. Niemand sprak anders dan lovend over haar toen de Bijeenkomst afgelopen was.

'Brun!' riep Iza met zwakke stem. 'Oeba, breng de leider wat thee,' gebaarde ze, en ze probeerde wat meer rechtop te gaan zitten. Nog steeds was zij de meesteres van Crebs vuurplaats. 'Ayla, breng Brun een vacht om op te zitten. Deze vrouw betreurt dat ze de leider niet zelf kan bedienen.'

'Iza, doe geen moeite. Ik ben niet voor thee gekomen, ik ben voor jou gekomen,' gebaarde Brun terwijl hij bij haar bed ging zitten.

'Hoe lang sta je daar al?' vroeg Iza.

'Niet lang – Ayla was druk, ik wilde haar niet storen, en jou ook niet, voor ze klaar was. Men heeft je gemist bij de Stambijeenkomst.'
'Was het een geslaagde bijeenkomst?'
'Deze stam is nog steeds de beste. De jagers hebben zich goed geweerd; Broud werd als eerste voor de Beerceremonie gekozen. Ook Ayla heeft een goed figuur geslagen. Ze heeft veel complimenten gekregen.'
'Complimenten! Wat heb je aan complimenten? Te veel complimenten maken de geesten jaloers. Als ze het maar goed heeft gedaan, als ze de stam eer heeft aangedaan, dat is genoeg.'
'Ze heeft het goed gedaan. Ze is geaccepteerd, ze heeft zich als een fatsoenlijke vrouw gedragen. Ze is jouw dochter, Iza. Hoe zou iemand iets anders kunnen verwachten?'
'Ja, ze is mijn dochter, net als Oeba mijn dochter is. Ik heb geluk gehad, de geesten hebben verkozen mij met twee dochters te begunstigen, en ze zullen beiden goede medicijnvrouwen zijn. Ayla kan Oeba's opleiding afmaken.'
'Nee!' viel Ayla haar in de rede. 'Jíj zult Oeba's opleiding afmaken. Je zult weer beter worden, wacht maar af,' gebaarde ze in een wanhopig optimisme. 'Je móét beter worden, moeder.'
'Ayla, kindje. De geesten wachten al op me, ik zal weldra met hen mee moeten gaan. Ze hebben mijn laatste wens vervuld, om mijn dierbaren nog te zien voor ik ga, maar ik kan hen niet veel langer laten wachten.'
Het vleesnat en de medicijn hadden de laatste reserves van de zieke vrouw gemobiliseerd. Haar temperatuur steeg in nog één heldhaftige poging van haar lichaam om de ziekte die haar levenskrachten had ondermijnd te verslaan. De glans in haar koortsig starende ogen en de hoge kleur op haar wangen verleenden haar een valse schijn van gezondheid. Maar er lag een doorschijnende gloed over Iza's gezicht alsof het van binnenuit werd verlicht. Het was geen blos van gezondheid. Het onaardse schijnsel werd de gloed des doods genoemd, en Brun had het al eens eerder gezien. Het was het laatste opgloeien van het leven voor het het lichaam verliet.
Oga hield Durc lang bij Brouds vuurplaats en bracht het slapende kind pas terug lang nadat de zon was ondergegaan. Oeba legde hem neer op Ayla's bontvachten, die ze op de grond had uitgespreid. Het meisje voelde zich angstig en verloren. Ze kon zich tot niemand wenden om steun; ze was bang Ayla te storen bij haar pogingen Iza te redden, en ook bang haar moeder te storen. Creb was alleen lang genoeg terug geweest om met een pasta van rode oker en berenvet symbolen

op Iza's lichaam te schilderen, terwijl hij zijn gebaren over haar maakte. Daarna was hij meteen weer naar de kleine grot teruggegaan en er niet meer uit teruggekeerd.

Oeba had alles uitgepakt en de vuurplaats aan kant gemaakt, een avondmaal bereid dat niemand at, en het weer opgeruimd. Toen ging ze stil naast de slapende baby zitten, wensend dat ze iets te doen kon vinden, het gaf niet wat, als ze maar bezig was. Het zou weliswaar de angst in haar hart niet verminderen, maar het leidde haar tenminste af. Het was beter dan maar te zitten toekijken hoe haar moeder stierf. Ten slotte ging ze op Ayla's bed liggen, legde haar arm om de baby heen en kroop dicht tegen hem aan in een verloren poging althans bij iemand een beetje warmte en geborgenheid te vinden.

Ayla was voortdurend met Iza in de weer en probeerde elke medicijn en behandelingswijze die ze maar kon bedenken. Ze bleef onafgebroken aan haar zijde, bang om haar ook maar even te verlaten, bang dat de vrouw weg zou glippen als ze haar een ogenblik alleen liet. Ze was niet de enige die die nacht een wake hield. Alleen de kleine kinderen sliepen. Bij elke vuurplaats in de verduisterde grot staarden mannen en vrouwen in de rode kooltjes van omwalde vuurtjes of lagen met wijdopen ogen op hun bontvachten.

Buiten was de hemel bedekt en waren de sterren onzichtbaar. De duisternis in de grot ontmoette bij de wijde grotingang een nog dieper zwart, zodat elk blijk van leven achter de smeulende sintels van het grotvuur aan het oog werd onttrokken. In de stilte van de vroege morgen, toen de nacht op z'n diepst en donkerst was, hief Ayla met een ruk het hoofd uit een korte dommeling.

'Ayla,' zei Iza opnieuw in een schorre fluister.

'Wat is er, Iza?' gebaarde Ayla. De ogen van de oude medicijnvrouw glansden in het zwakke licht van het rood gloeiend houtskool in de vuurplaats.

'Ik wil je nog iets zeggen voor ik ga,' gebaarde Iza. Toen liet ze haar handen weer vallen. Het kostte haar grote inspanning ze te bewegen.

'Probeer maar niet te praten, moeder. Rust nu maar. Morgenochtend zul je sterker zijn.'

'Nee, kind, ik moet het nu zeggen. Ik zal de ochtend niet halen.'

'O jawel. Je moet. Je mag niet doodgaan,' gebaarde Ayla.

'Ayla, ik ga, je moet het aanvaarden. Laat me uitspreken; ik heb niet veel tijd meer.' Iza rustte opnieuw, terwijl Ayla in stomme wanhoop afwachtte.

'Ayla, ik heb van jou altijd het meest gehouden. Ik weet niet waarom, maar het is zo. Ik wou je bij me houden, wilde dat je bij de stam bleef.

Maar ik zal er gauw niet meer zijn. Creb zal over niet te lange tijd ook zijn weg naar de wereld der geesten vinden, en Brun wordt al oud. Dan zal Broud leider worden. Ayla, je kunt hier niet blijven wanneer Broud de leider is. Hij zal een manier bedenken om je kwaad te doen.'
Weer rustte Iza, waarbij ze haar ogen sloot en vocht om adem en kracht om verder te spreken.
'Ayla, mijn dochter, mijn vreemd, gedreven kind dat altijd zo haar best deed, ik heb je tot medicijnvrouw opgeleid zodat je genoeg aanzien zou hebben om bij de stam te blijven, zelfs als je nooit een metgezel vond. Maar je bent een vrouw, je hebt een metgezel nodig, een man voor jezelf. Je behoort niet tot de Stam, Ayla. Je bent bij de Anderen geboren, je hoort bij hen. Je moet hier weggaan, kind, je moet je eigen soort zoeken.'
'Weggaan?' gebaarde Ayla ontsteld. 'Waar zou ik heen moeten, Iza? Ik ken helemaal geen Anderen, ik zou niet eens weten waar ik ze moest zoeken.'
'Er zijn er velen ten noorden van hier, Ayla, op het vasteland achter het schiereiland. Mijn moeder vertelde me dat de man die haar moeder genas uit het noorden kwam.' Weer zweeg Iza even; toen dwong ze zich verder te spreken. 'Je kunt niet hier blijven, Ayla. Ga ze zoeken, mijn kind. Zoek je eigen volk, je eigen metgezel.'
Toen vielen Iza's handen neer en haar ogen sloten zich. Haar ademhaling ging stotend en oppervlakkig. Ze spande zich nog eenmaal in diep adem te halen en sloeg haar ogen weer op. 'Zeg Oeba dat ik van haar houd, Ayla. Maar jij was mijn eerste kind, de dochter van mijn hart. Hield altijd van jou... van jou het meest...'
Iza's adem ontsnapte in een beverige zucht. Ze ademde niet meer in.
'Iza! Iza!' gilde Ayla. 'Moeder, ga niet weg, laat me niet alleen! O, moeder, ga niet weg!'
Oeba ontwaakte door Ayla's jammerkreten en ze rende op hen af. 'Moeder! O nee! Mijn moeder is dood, mijn moeder is dood!'
Het meisje en de jonge vrouw staarden elkaar aan.
'Ik moest je van haar zeggen dat ze van je hield, Oeba,' zei Ayla. Haar ogen waren droog, de schok was nog niet helemaal tot haar doorgedrongen. Creb schuifelde op hen af. Hij was zijn grot al uit voor Ayla schreeuwde. Met een hoge snik strekte Ayla haar armen naar de beide anderen uit en ze klemden zich gedrieën in hun gezamenlijke smart en wanhoop aan elkaar vast. Ayla's tranen bevochtigden hen allen. Oeba en Creb hadden geen tranen, maar hun verdriet was er niet minder om.

26

‘Oga, wil jij Durc nog eens voeden?’

De jonge vrouw begreep wat de eenarmige haar wilde vragen, ondanks het feit dat hij tegelijk de spartelende baby vasthield. Ayla zou hem zelf moeten voeden, dacht ze. Het is niet goed voor haar hem zo lang niet de borst te geven. De tragedie van Iza’s dood en zijn ontsteltenis over Ayla’s reactie waren duidelijk van Mog-urs gezicht af te lezen. Ze kon het verzoek van de tovenaar niet afwijzen.

‘Maar natuurlijk,’ zei Oga en ze nam Durc in haar armen.

Creb hobbelde naar zijn vuurplaats terug. Hij zag dat Ayla zich nog steeds niet had verroerd, hoewel Ebra en Oeba Iza’s lichaam hadden weggebracht om het gereed te maken voor de begrafenis. Ayla’s haar was in de war en haar gezicht was nog steeds groezelig van het stof van de reis en van de tranen. Ze droeg nog dezelfde vlekkerige en vuile omslag die ze tijdens hun lange trektocht na de Stambijeenkomst had gedragen. Creb had haar zoon bij haar op schoot gelegd toen hij huilde omdat hij honger had, maar ze was blind en doof voor zijn noden. Een andere vrouw zou geweten hebben dat de kreten van een baby uiteindelijk ook door de diepste smart heen dringen, maar Creb had weinig ervaring met moeders en baby’s. Hij wist alleen dat vrouwen dikwijls elkaars kinderen voedden, en hij kon het niet over zijn hart verkrijgen de kleine honger te laten lijden zolang er nog andere vrouwen waren die hem de borst konden geven. Hij had Durc bij Aga en Ika gebracht, maar hun jongsten waren al bijna gespeend en ze hadden maar weinig melk meer. Grev was nog maar net een jaar en Oga scheen altijd meer dan voldoende melk te hebben, dus had Creb zich al verscheidene malen met Durc bij haar gemeld. Ayla voelde de pijn van haar harde, verstopt rakende overvolle borsten niet; de pijn in haar hart was erger.

Mog-ur raapte zijn staf op en hinkte naar het achterste gedeelte van de grot. In een ongebruikte hoek van de grote holle ruimte lagen van buiten de grot aangesleepte stenen opgestapeld en was een ondiepe kuil in de zanderige vloer gemaakt. Iza was een medicijnvrouw van de

hoogste rang geweest. Niet alleen haar plaats binnen de hiërarchie van de stam, ook haar intieme omgang met de geesten verordonneerde dat ze in de grot werd begraven. Dat garandeerde dat de beschermgeesten die over haar hadden gewaakt dicht bij haar stam zouden blijven, en maakte het haar mogelijk vanuit haar thuis in de volgende wereld een blik op de stamleden te slaan. En bovendien kon zo geen aaseter haar beenderen verspreiden.
De tovenaar strooide verpulverde rode oker binnen het ovaal van de kuil en maakte daarna weer zijn eenhandige gebaren. Nadat hij de grond waarin Iza zou rusten gewijd had, hobbelde hij naar een losjes met een zachte gelooide huid toegedekte bultige vorm. Hij trok het dek weg en ontblootte aldus het grijze, naakte lichaam van de medicijnvrouw. Haar armen en benen waren in een foetale houding gebogen en met roodgeverfde pezen vastgebonden. De magiër maakte een gebaar om zich te beschermen, zakte toen op zijn knieën en begon het koude vlees in te wrijven met een zalf van rode oker en holenbeervet. Opgerold als een ongeboren kind en overdekt met het rode smeersel dat op geboortebloed leek, zou Iza de volgende wereld binnengaan op dezelfde manier als ze in deze gearriveerd was.
Nooit was Creb deze taak harder gevallen. Iza was meer dan een bloedverwante voor hem geweest. Zij kende hem beter dan wie ook. Ze wist hoeveel pijn hij zonder klagen had geleden, hoeveel schaamte hij over zijn handicap had gevoeld. Zij begreep hoe zachtmoedig en gevoelig hij was en ze had zich verheugd in zijn grootheid, zijn macht en zijn wil om zijn handicap te overwinnen. Ze had voor hem gekookt, hem verzorgd, zijn pijnen verzacht. Met haar had hij bijna als een gewone man de genoegens van het gezinsleven beleefd. Hoewel hij haar nooit zo intiem had aangeraakt als op dat moment toen hij haar koude lichaam inwreef met zalf, was ze meer zijn 'kameraad' geweest dan vele mannen dat geweest waren. Haar dood verpletterde hem.
Toen hij bij zijn vuurplaats terugkwam, was Crebs gezicht even asgrauw als het dode lichaam was geweest. Ayla zat stil naast Iza's bed met een lege blik in haar ogen voor zich uit te staren, maar ze kwam in beweging toen Creb in Iza's eigendommen begon te rommelen.
'Wat doe je?' gebaarde ze, vanuit een gevoel dat ze alles wat van Iza was beschermen moest.
'Ik zoek Iza's kommen en andere spullen. De gereedschappen die ze in deze wereld gebruikte, horen met haar mee begraven te worden, zodat ze hun geesten in de volgende wereld bij zich heeft,' legde Creb uit.
'Ik zal ze pakken,' zei Ayla, Creb opzij duwend. Ze zocht de houten

schalen en benen kommetjes bijeen waarmee Iza haar medicijnen had gemaakt en hoeveelheden afgemeten, de ronde handsteen en de platte schaal voor het stampen en malen, Iza's eigen eetborden, instrumenten en haar medicijnbuidel, en legde ze op Iza's bed. Daarop stond ze een tijdje op het schamele hoopje voorwerpen dat Iza's leven en werken vertegenwoordigde neer te staren.

'Dat zijn Iza's werktuigen niet!' gebaarde Ayla toen plotseling boos; ze sprong op en rende de grot uit. Creb keek haar na, schudde het hoofd en begon Iza's spullen van het bed op te rapen.

Ayla stak de rivier over en rende naar een weitje waar zij en Iza wel eens heen gingen. Ze bleef staan bij een groepje stokrozen op sierlijke stelen en verzamelde een armvol, in verschillende tinten. Daarna plukte ze het veelbladige, madeliefachtige duizendblad, dat voor natte verbanden en als pijnstiller werd gebruikt. Ze rende door wei en bos, overal planten plukkend die Iza bij het uitoefenen van haar genezende magie had gebruikt: witbladige distels met ronde lichtgele bloemen en gele stekels; grote, stralend gele kruiskruidbloemen; hyacinten, zo blauw dat ze bijna zwart waren.

Elk van de planten die ze plukte had te eniger tijd deel uitgemaakt van Iza's geneesmiddelenvoorraad, maar ze koos alleen die planten die ook mooi waren om te zien, met kleurige, zoetgeurende bloemen. Ayla moest weer huilen toen ze met haar bloemen aan de rand van de wei bleef staan en dacht aan de keren dat zij en Iza samen planten hadden verzameld. Haar armen waren zo vol dat ze de bloemen, zo zonder haar rugmand, haast niet kon dragen. Er viel een aantal bloemen op de grond en ze knielde neer om ze op te rapen, zag toen de verward dooreengegroeide takken van een heermoesplant met zijn kleine bloemen, en glimlachte bijna toen er een idee bij haar opkwam.

Ze zocht in een plooi, haalde een mes tevoorschijn en sneed een tak van de plant af. In de warme zon van de vroege herfst zat Ayla aan de rand van een wei de stelen van de stralende bloemen door en tussen het ondersteunend netwerk in te vlechten tot de hele tak één feest van kleuren was.

De hele stam stond verbluft toen Ayla met haar grafkrans de grot in kwam. Ze liep regelrecht naar het achterdeel van de grot en legde de krans naast het lichaam van de medicijnvrouw neer, die op haar zij in de ondiepe grafkuil binnen een ovale kring van stenen lag.

'Dát waren Iza's werktuigen,' gebaarde Ayla trots, iedereen tartend haar tegen te spreken.

De oude tovenaar knikte. Ze heeft gelijk, dacht hij. Dat waren Iza's werktuigen, dat was waar ze verstand van had, waar ze haar hele leven mee heeft gewerkt. Ze zou het misschien wel prettig vinden ze in de wereld van de geesten bij zich te hebben. Ik vraag me af of daar ook bloemen groeien?

Iza's eigendommen, haar gereedschappen en de bloemen werden bij de vrouw in het graf gelegd en daarna begon de stam de stenen rond en boven op haar lichaam op te stapelen, terwijl Mog-ur in gebarentaal de Geest van de Grote Ursus en die van haar eigen Saiga-Antilope verzocht Iza's geest veilig naar de volgende wereld te leiden.

'Wacht!' riep Ayla plotseling uit. 'Ik ben nog iets vergeten.' Ze rende terug naar de vuurplaats, zocht haar medicijnbuidel op en haalde er voorzichtig de twee helften van de oude medicijnkom uit. Ze snelde terug en legde beide stukken in het graf naast Iza's lichaam.

'Ik dacht dat ze de kom misschien wel mee zou willen hebben, nu hij niet meer gebruikt kan worden.'

Mog-ur knikte goedkeurend. Het paste in het geheel, beter dan iemand wist; toen hervatte hij zijn formele gebaren. Nadat de laatste steen op het graf was gelegd, begonnen de vrouwen van de stam om en op de stapel stenen hout op te tasten. Met een sintel van het grotvuur werd het kookvuur voor Iza's begrafenismaal ontstoken. Het voedsel werd boven op haar graf gekookt en het vuur zou zeven dagen lang brandend worden gehouden. De hitte ervan zou alle vocht uit het lichaam verdrijven en het uitdrogen en mummificeren, zodat het niet zou gaan ruiken.

Toen de vlammen hoog oplaaiden, begon Mog-ur een laatste welsprekende weeklacht in gebaren die elk stamlid in het hart troffen. Hij sprak de wereld der geesten van hun liefde voor de medicijnvrouw die voor hen had gezorgd, over hen had gewaakt, hen door ziekten en pijn heen had geholpen die even geheimzinnig voor hen waren als de dood. Hij gebruikte rituele gebaren die bij een begrafenis gebruikt werden, en enkele daarvan waren specifiek voor de ceremoniën der mannen en de vrouwen onbekend, en toch begrepen zij ze. Hoewel de vorm van de bewegingen door de gebruiker was vastgelegd, verleenden de intense emotie en overtuiging en de onuitsprekelijke smart van de grote heilige man de geformaliseerde gebaren een zeggingskracht die veel verder reikte dan het gebaar alleen.

Ayla staarde met droge ogen over het dansende vuur naar de vloeiende gracieuze bewegingen van de kreupele eenarmige, zijn diepe bewogenheid aanvoelend alsof het haar eigen emotie was.

Mog-ur gaf uitdrukking aan háár pijn, en ze identificeerde zich volledig met hem, alsof hij in haar huid gekropen was en sprak via háár brein, voelde met háár hart. Ze was niet de enige die Mog-urs smart als het eigen verdriet ervoer. Ebra begon zachtjes en bedroefd te jammeren, en daarna volgden de andere vrouwen. Oeba, die Durc in haar armen hield, voelde een hoge woordeloze weeklacht in haar keel opstijgen en stemde met opluchting in de algemene klaagzang in. Ayla staarde met doffe ogen voor zich uit, te diep in haar ellende verzonken om zich te kunnen uiten. Zelfs de opluchting van tranen kon ze niet vinden.

Ze wist niet hoe lang ze met nietsziende ogen in de hypnotiserende vlammen had gekeken. Ebra moest haar heen en weer schudden voor Ayla reageerde en de gezellin van de leider met een lege blik aankeek.

'Ayla, eet iets. Dit is het laatste feestmaal dat we met Iza zullen delen.'

Ayla nam het houten bord met voedsel aan, stak werktuiglijk een stukje vlees in haar mond en stikte bijna toen ze probeerde het door te slikken. Plotseling sprong ze op en rende de grot uit. Blindelings struikelde ze door struiken en over stenen voort. Haar voeten wilden haar eerst langs een vertrouwde route naar een hooggelegen bergwei dragen, naar een kleine grot, die al eerder onderdak en geborgenheid geboden had, maar ze boog af. Sinds ze de plek aan Brun had laten zien, scheen hij niet meer van haar te zijn, en aan haar laatste verblijf daar waren te veel pijnlijke herinneringen verbonden. In plaats van naar de grot klom ze naar de top van het klif die hun grot beschutte tegen de noordenwinden die in de winter gierend van de bergen omlaag kwamen zetten, en tegen de hevige stormen van de herfst.

Gebeukt door windvlagen viel Ayla bovengekomen op haar knieën neer en daar, alleen met haar ondraaglijk verdriet, gaf ze zich over aan haar smart in een klaaglijk zangerig jammeren, terwijl ze heen en weer wiegde en wiegde op het ritme van haar verscheurde hart. Creb hobbelde achter haar aan de grot uit, zag haar op het klif in silhouet tegen de door de zonsondergang gekleurde wolken afgetekend en hoorde de ijle verre klacht. Hoe groot zijn eigen droefheid ook was, hij kon haar afwijzing van de troost van anderen om haar heen in haar verdriet niet begrijpen, dit zich terugtrekken in zichzelf. Zijn gebruikelijke gevoeligheid was door zijn eigen leed verdoofd; hij begreep niet dat ze niet alleen onder verdriet gebukt ging.

Ook schuldgevoelens folterden haar ziel. Ze gaf zichzelf de schuld van Iza's dood. Ze had een zieke vrouw in de steek gelaten om naar een Stambijeenkomst te gaan; ze was een medicijnvrouw die iemand die haar nodig had in de steek had gelaten, nog wel iemand die ze liefhad. Ze gaf zichzelf de schuld van Iza's tocht de bergen in om een wortel voor haar te vinden zodat ze de zo wanhopig gewenste baby zou kunnen houden, de tocht die geleid had tot de bijna fatale ziekte waardoor de vrouw zo verzwakt was. Ze voelde zich schuldig over het verdriet dat ze Creb had aangedaan door onnadenkend de lichtjes te volgen naar het kleine vertrek diep in de bergen die nu ver in het oosten lagen. Nog meer dan door haar verdriet en schuldgevoelens waren haar krachten ondermijnd door gebrek aan voedsel en door koorts, veroorzaakt door haar gezwollen, pijnlijke, niet-geledigde borsten. Maar bovenal leed ze aan een depressie waar Iza haar mee had kunnen helpen als ze nog geleefd had. Want Ayla was een medicijnvrouw, een vrouw die zich wijdde aan het verzachten van pijn en het redden van levens, en Iza was haar eerste patiënt die gestorven was.

Wat Ayla het meest van alles nodig had, was haar baby. Niet alleen moest ze hem dringend de borst geven, ze had de eisen die zijn verzorging aan haar stelde ook nodig om tot de werkelijkheid terug te keren en te begrijpen dat het leven verdergaat. Maar toen ze bij de grot terugkeerde, lag Durc naast Oeba te slapen. Creb had hem weer bij Oga gebracht om gevoed te worden. Ayla lag te woelen en te draaien in bed, niet in staat in te slapen, niet eens beseffend dat pijn en koorts haar wakker hielden. Haar ziel was te zeer naar binnen gekeerd, volkomen op haar verdriet en schuldgevoelens geconcentreerd.

Ze was weg toen Creb wakker werd. Ze was de grot uit gedwaald en het klif weer opgeklommen. Creb kon haar van een afstand zien en keek bezorgd naar haar omhoog, maar haar zwakte en koorts kon hij niet zien.

'Zou ik haar achterna moeten gaan?' vroeg Brun, even verbijsterd over Ayla's reactie als Creb.

'Ze schijnt alleen te willen zijn. Misschien moesten we haar dat maar gunnen,' antwoordde Creb.

Hij begon zich ongerust te maken toen hij haar niet meer zag, en toen ze tegen de avond nog niet terug was, vroeg hij Brun haar te gaan zoeken. Creb had spijt dat hij Brun niet eerder achter haar aan had laten gaan toen hij de leider Ayla terug zag dragen naar de grot. Haar smart en depressie hadden hun tol geëist, haar zwakte en koorts hadden de rest gedaan. Oeba en Ebra verzorgden de medicijnvrouw van de stam. Ze ijlde, had nu eens koude rillingen en gloeide dan weer van de koorts. Ze schreeuwde het uit als haar borsten maar even werden aangeraakt.

'Haar melk zal opdrogen,' zei Ebra tegen het meisje. 'Het zal nu ook niets meer helpen om Durc nog aan te leggen. De melk is vastgekoekt, hij kan hem er niet meer uit krijgen.'

'Maar Durc is te jong om gespeend te worden. Wat zal er van hem worden? Wat zal er van háár worden?'

Het had nog niet te laat hoeven zijn als Iza nog geleefd had of Ayla bij zinnen was geweest. Zelfs Oeba wist dat natte verbanden haar hadden kunnen helpen, dat er medicijnen waren die hadden kunnen werken, maar ze was jong en onzeker, en Ebra leek zo zeker van haar zaak. Tegen de tijd dat de koorts over was, was Ayla's melk opgedroogd. Ze kon haar zoon niet meer voeden.

'Ik wil dat mismaakte mormel niet bij mijn vuurplaats, Oga! Ik wil hem niet als broeder van jouw zoons!'
Broud stond woedend met zijn vuisten te zwaaien terwijl Oga angstig aan zijn voeten lag.
'Maar Broud, het is nog maar een klein kind. Hij móét drinken. Aga en Ika hebben niet genoeg melk, het zou geen zin hebben als zij hem namen. Ik heb genoeg, ik heb altijd te veel melk gehad. Als hij niet drinkt zal hij verhongeren, Broud, hij zal sterven.'
'Het kan me niet schelen of hij sterft. Hij had toch al nooit in leven mogen blijven. Hij komt níét bij deze vuurplaats.'
Oga hield op met beven en staarde de man die haar metgezel was aan. Ze had niet echt geloofd dat hij zou weigeren haar Ayla's kleine te laten voeden. Ze wist wel dat hij zou schetteren en tieren en tekeergaan, maar ze was er zeker van geweest dat hij uiteindelijk toe zou geven. Zó wreed kon hij niet zijn, om een baby van honger te laten omkomen, hoezeer hij Durcs moeder ook haatte.
'Broud, Ayla heeft Brac het leven gered, hoe kun je haar zoon laten doodgaan?'
'Is ze nog niet genoeg beloond omdat ze Brac het leven heeft gered? Ze mocht blijven leven, ze mocht zelfs op jacht gaan. Ik ben haar niets verschuldigd.'
'Ze mocht niet blijven leven, ze werd met de dood gevloekt. Ze is uit de geestenwereld teruggekomen omdat haar totem het wilde, hij heeft haar beschermd,' protesteerde Oga.
'Als ze behoorlijk gevloekt was, zou ze niet teruggekomen zijn en zou ze nooit dat misbaksel hebben gebaard. Als haar totem zo sterk is, waarom is haar melk dan opgedroogd? Iedereen zei dat haar kind ongeluk zou aantrekken. Wat kan een groter ongeluk voor hem zijn dan dat zijn moeders melk opdroogt? Nu wil je zijn tegenspoed over deze vuurplaats brengen. Ik sta het niet toe, Oga. En daarmee uit.'
Oga ging rechtop zitten en keek met kalme vastbeslotenheid naar Broud op.
'Nee, Broud,' gebaarde ze. 'Daarmee is het níét uit.' Ze was niet langer bedeesd en onderworpen. De uitdrukking op Brouds gezicht ver-

anderde in een van geschokte verbazing. 'Je kunt beletten dat Durc bij je vuurplaats komt wonen; dat is je recht en daar kan ik niets tegen doen. Maar je kunt mij niet beletten hem te voeden. Dat is het recht van de vrouw. Een vrouw mag elke kleine voeden die ze wil, en geen man kan haar dat verbieden. Ayla heeft mijn zoon het leven gered en ik weiger de hare te laten sterven. Durc zal een broeder van mijn zoons zijn, of je het leuk vindt of niet.'

Broud stond perplex. De weigering van zijn gezellin zich naar zijn wensen te voegen was volslagen onverwacht. Oga was nooit brutaal geweest, nooit oneerbiedig, had nooit het geringste teken van ongehoorzaamheid gegeven. Hij kon zijn ogen nauwelijks geloven. Verbijstering ging over in dolle woede.

'Hoe durf je je metgezel te trotseren, vrouw. Ik zal je van deze vuurplaats wegsturen!' raasde hij.

'Dan zal ik mijn zoons op de arm nemen en weggaan, Broud. Ik zal een andere man vragen me op te nemen. Misschien zal Mog-ur me toestaan bij hem te komen wonen als geen andere man me hebben wil. Maar ik zál Ayla's kleine voeden.'

Als enig antwoord kreeg ze een hevige slag met een harde vuist, zodat ze tegen de grond sloeg. Voor een andere reactie was Broud te kwaad. Hij wilde haar nog een tweede opdoffer geven, maar bedacht zich en draaide zich om. Daar zal ik eens gauw iets aan doen, aan zo'n openlijke onbeschaamdheid, dacht hij terwijl hij naar Bruns vuurplaats beende.

'Eerst steekt ze Iza aan en nu heeft haar eigenzinnigheid zich ook al tot mijn vuurplaats uitgebreid,' begon Broud, op het moment dat hij over de grensstenen stapte. 'Ik zei Oga dat ik Ayla's zoon niet bij mijn vuurplaats wilde hebben, dat ik niet wilde dat dat mismaakte joch een broeder van haar zoons werd. Weet je wat ze zei? Ze zei dat ze hem toch zou voeden. Ze zei dat ik haar niet beletten kon. Ze zei dat hij een broeder van haar zoons zou worden of ik het leuk vond of niet. Kun je je het voorstellen? Van Oga? Van mijn gezellin?'

'Ze heeft gelijk, Broud,' zei Brun met beheerste kalmte. 'Je kunt haar niet beletten hem te voeden. Welke kleine een vrouw zoogt is geen zaak waar mannen zich druk over maken, is dat nooit geweest. Een man heeft belangrijker dingen aan zijn hoofd.'

Brun was helemaal niet met Brouds heftige tegenwerpingen ingenomen. Het was vernederend voor Broud om zo emotioneel betrokken te zijn bij dingen die zich op het terrein van vrouwen bewogen. En wie kon Durc anders voeden? Hij behoorde tot de Stam, vooral na het Beerfestival. En de Stam zorgde altijd voor zijn leden. Zelfs de vrouw die uit een andere stam gekomen was en nooit een kind had voortgebracht, hadden ze niet laten verhongeren toen haar metgezel stierf. Ze mocht dan geen waarde hebben, ze mocht dan slechts een last zijn, maar zolang de stam voedsel had, had ze voldoende te eten gekregen.

Broud kon wél weigeren Durc bij zijn vuurplaats op te nemen. Dat zou hem verplichten voor het jongetje te zorgen en hem samen met Oga's zoons op te leiden. Brun betreurde Brouds weigering, maar hij had niet anders verwacht. Iedereen wist hoe Broud tegenover Ayla en haar zoon stond. Maar waarom zou hij bezwaar maken als zijn gezellin het kind voedde, ze behoorden toch allen tot dezelfde stam?

'Wil je soms zeggen dat Oga me opzettelijk en ongestraft ongehoorzaam kan zijn?' gebaarde Broud woedend.

'Waarom vind je het zo erg als ze Durc voedt, Broud? Wil je soms dat het kind sterft?' vroeg Brun. Broud kleurde bij de scherpe vraag. 'Hij behoort tot de Stam, Broud. Ondanks het feit dat zijn hoofd misvormd is, lijkt hij niet achterlijk. Hij zal tot een jager opgroeien. Dit is zijn stam. Er is zelfs al een gezellin voor hem geregeld, en jij hebt daarin toegestemd. Waarom raak je zo opgewonden als je gezellin de kleine van een ander zoogt? Of gaat het om Ayla – wind je je nog steeds zo op over alles wat haar aangaat? Je bent een man, Broud, wat je haar ook opdraagt, ze moet je gehoorzamen. En ze gehoorzaamt je ook. Waarom wedijver je met een vrouw? Je verlaagt jezelf ermee. Of zie ik het soms verkeerd? Bén je wel een man, Broud? Ben je voldoende man om deze stam te leiden?'

'Ik wil alleen niet dat een mismaakt kind de broeder van de zoons van mijn gezellin wordt,' gebaarde Broud zwakjes. Het was een armetierig excuus, maar Bruns bedekte dreigement was hem niet ontgaan.

'Broud, welke jager heeft niet ooit een andere het leven gered? Welke man draagt niet een stukje van de geest van elke andere man in zich? Welke man is niet de broeder van alle anderen? Maakt het enig verschil of Durc nú de broeder van de zoons van je gezellin wordt of nadat ze allen opgegroeid zijn? Waarom verzet je je ertegen?'

Broud had geen antwoord, althans geen dat acceptabel voor de leider zou zijn. Hij kon zijn allesverterende haat jegens Ayla niet bekennen. Dat zou hetzelfde zijn als toegeven dat hij zijn emoties niet de baas was, dat hij niet voldoende man was om leider te worden. Nu speet het hem dat hij naar Brun was toe gegaan. Ik had eraan moeten denken, zei hij bij zichzelf. Hij kiest altijd partij voor háár. Bij de Stambijeenkomst was hij zo trots op me. Nu twijfelt hij weer aan me, om haar.

'Nou, mij best als Oga hem voedt,' gebaarde Broud, 'maar ik wil hem niet bij mijn vuurplaats.' Op dat punt wist hij dat hij in zijn recht stond en wilde hij niet wijken. 'Jij denkt misschien dat hij niet achterlijk is, maar ik weet het nog zo net niet. Ik wil niet voor zijn opleiding verantwoordelijk zijn. Ik betwijfel nog steeds of hij ooit een jager zal worden.'

'Dat moet jij weten, Broud. Ik heb de verantwoordelijkheid voor zijn onderricht al op me genomen; daar had ik al toe besloten vóór ik hem accepteerde. Maar ik heb hem geaccepteerd. Durc is een lid van deze stam en hij zal een jager worden. Daar zal ik voor zorgen.'

Broud wilde naar zijn eigen vuurplaats teruggaan, maar zag dat Creb Durc weer bij Oga bracht en liep in plaats daarvan de grot uit. Hij gaf zijn woede pas lucht toen hij zeker wist dat hij veilig buiten Bruns gezichtsveld was. Het is allemaal de schuld van die oude mankepoot, zei hij bij zichzelf; toen probeerde hij de gedachte terug te nemen, bang dat de magiër op een of andere wijze zou weten wat hij dacht.

Broud vreesde de geesten misschien meer dan welke andere man uit de stam ook, en zijn angst strekte zich ook uit tot de man die zo intiem met hen omging. Wat kon één jager tenslotte uitrichten tegen een horde onstoffelijke wezens die je ongeluk of ziekte of de dood konden brengen, en wat kon hij doen tegen de man die de macht bezat hen naar believen te ontbieden? Broud was juist teruggekeerd van een Stambijeenkomst waarbij hij menige avond had doorgebracht in het gezelschap van jonge mannen van andere stammen die hun best deden elkaar de stuipen op het lijf te jagen met sterke verhalen over door gedwarsboomde Mog-urs opgeroepen onheil. Speren die op het laatste moment in de lucht afbogen zodat de prooi gemist werd, vreselijke ziekten die van ondraaglijke pijnen vergezeld gingen, jachtongelukken waarbij jagers op de horens genomen of anderszins toegetakeld werden, allerlei gruwelijke calamiteiten werden op rekening van een vergramde magiër geschreven. In zijn eigen stam werden niet zoveel griezelverhalen verteld, maar toch, dé Mog-ur was de machtigste van alle.

Hoewel de jonge man hem soms eerder hoon dan respect waardig gedacht had, droegen Mog-urs mismaakte lichaam en afschuwelijk door littekens ontsierde gezicht met het ene oog tot zijn eerbiedwaardigheid bij. Voor hen die hem niet kenden leek hij geen mens, misschien eerder een halve demon te zijn. Broud had van de angst van de andere jonge mannen gebruikgemaakt en van hun blik van ongelovig ontzag genoten wanneer hij pochte niet bang te zijn voor De Grote Mog-ur. Maar ondanks zijn snoeverij hadden de verhalen der anderen niet nagelaten indruk op hem te maken. Door de eerbied waarmee de Stam de kreupele oude man die niet jagen kon bejegende besefte Broud beter diens grote macht.

Wanneer hij zat te dagdromen over de tijd dat hij leider zou zijn, was in zijn gedachten altijd Goov zijn Mog-ur. Goov scheelde weinig met hem in leeftijd en was een te vertrouwde jachtgenoot om Broud de toekomstige tovenaar met dezelfde ogen te doen bezien als de huidige. Hij was er zeker van dat hij de leerlingtovenaar bij een meningsverschil wel zou kunnen ompraten of dwingen met zijn beslissing mee te gaan, maar het zou niet in zijn hoofd opkomen dat met dé Mog-ur te proberen.

Terwijl Broud door het bos dicht bij de grot liep te slenteren, nam hij één ferm besluit. Nooit weer zou hij de leider aanleiding geven aan hem te twijfelen; nooit weer zou hij de positie die hij al zo dicht genaderd was in gevaar brengen. Maar wanneer ik de leider ben, neem ík de beslissingen, dacht hij. Ze heeft Brun tegen me opgezet, ze heeft zelfs Oga tegen me opgezet, mijn eigen gezellin. Wanneer ik de leider ben, zal het niet meer uitmaken of Brun haar partij kiest, hij zal haar dan niet meer de hand boven het hoofd kunnen houden. Broud herinnerde zich al het onrecht dat ze hem had aangedaan, herinnerde zich elke keer dat ze hem zijn glorie had ontstolen, iedere ingebeelde belediging voor zijn ego. Hij bleef erover nadenken, zich verlustigend in de gedachte het haar allemaal betaald te zullen zetten. Hij kon wachten. Eéns, zei hij bij zichzelf, éêns, binnenkort, zal het haar berouwen dat ze bij deze stam is gekomen.

Broud was niet de enige die een beschuldigende vinger naar de oude gebrekkige uitstrekte; Creb deed het zelf ook. Hij gaf zichzelf er de schuld van dat Ayla's melk was opgedroogd. Het deed er weinig toe dat zijn goedbedoelde bezorgdheid dit rampzalig feit had veroorzaakt. Hij had alleen niet geweten hoe een vrouwenlichaam functioneerde, hij had te weinig ervaring met vrouwen gehad. Pas nu, in zijn ouderdom, maakte hij voor het eerst een jonge moeder met een baby in zijn onmiddellijke omgeving mee. Hij had niet beseft dat wanneer de ene vrouw het kind van de andere zoogde, die andere de gunst meer omwille van haarzelf dan vanuit een gevoel van verplichting retourneerde. Niemand had het hem ooit verteld; het was niet aan de orde geweest, tot het te laat was.

Hij vroeg zich af waarom haar zoiets vreselijks was overkomen. Was het alleen omdat haar kind ongeluk aantrok? Creb zocht naar een reden, en in zijn met schuldgevoelens beladen zelfonderzoek begon hij aan zijn eigen motieven te twijfelen. Was het werkelijk bezorgdheid geweest, of had hij haar pijn willen doen, zoals ze hem onwetend pijn had gedaan? Was hij zijn grote totem waardig? Had dé Mog-ur zich werkelijk tot een dergelijke kleinzielige wraakneming verlaagd? Als hij hun hoogst geplaatste heilige man moest voorstellen, verdiende zijn volk misschien niet beter dan uit te sterven. Crebs vaste overtuiging dat zijn ras gedoemd was, Iza's dood, en zijn schuldgevoelens over het verdriet dat hij Ayla had aangedaan, deden hem in sombere neerslachtigheid verzinken. De zwaarste proef uit Mog-urs leven kwam tegen het einde ervan.

Ayla verweet Creb niets, ze gaf zichzelf de schuld van het opdrogen van haar melk, maar toekijken hoe een andere vrouw haar kind zoogde terwijl ze het zelf niet meer kon, was meer dan ze kon verdragen. Oga, Aga en Ika waren ieder naar haar toe gekomen om haar te zeggen dat zij Durc wel voor haar zouden voeden en daar was ze hen dankbaar voor, maar het was meestal Oeba die Durc naar een van hen toebracht en bleef wachten tot hij verzadigd was. Nu ze geen melk meer had, verloor Ayla een belangrijk deel van het contact met haar zoon. Ze treurde nog steeds om Iza en gaf zichzelf de schuld van haar dood, en Creb had zich zo ver in zichzelf teruggetrokken dat ze hem niet meer kon bereiken en het ook niet meer durfde proberen. Maar iedere nacht dat ze bij Durc in bed kroop, was ze Broud dankbaar. Zijn weigering hem op te nemen, betekende voor haar dat ze haar zoon niet volledig had verloren.

Toen de dagen in de herfst korter werden, nam Ayla haar slinger weer ter hand als een excuus om er alleen op uit te kunnen trekken. Ze had het afgelopen jaar zo weinig gejaagd dat haar vaardigheid wat verminderd was, maar na enige oefening keerden haar trefzekerheid en snelheid terug. Meestal ging ze vroeg weg en keerde laat terug, de zorg voor Durc aan Oeba overlatend, en ze betreurde alleen dat de winter zo snel naderde. De beweging in de buitenlucht deed haar goed, maar met één probleem kampte ze nog. Nadat ze een volledige ontwikkelde vrouw was geworden, had ze niet veel meer gejaagd en haar volle borsten, die bij elke stap of sprong meeschommelden, hinderden haar. Ze zag dat de mannen een leren lendendoek droegen om hun kwetsbare externe organen te beschermen en knutselde een band in elkaar die haar boezem op zijn plaats hield en op haar rug werd dichtgebonden. Ze bewoog zich er gemakkelijker mee en negeerde de nieuwsgierige zijdelingse blikken als ze hem omdeed.

Hoewel het jagen haar lichaam hardde en haar geest bezighield zolang ze buiten was, droeg ze nog steeds haar smart en rouw als een loden last met zich mee. Oeba kwam het voor alsof alle vreugde Crebs vuurplaats had verlaten. Ze miste haar moeder, en zowel Creb als Ayla had een aura van voortdurende droefheid om zich heen. Alleen Durc, met zijn onschuldige babymaniertjes, bracht nog iets van de vrolijkheid die ze als vanzelfsprekend had beschouwd. Hij kon zelfs Creb een enkele maal uit zijn lethargie doen ontwaken.

Ayla was vroeg weggegaan en ook Oeba was niet bij de vuurplaats omdat ze achter in de grot naar iets zocht. Oga had juist Durc teruggebracht en Creb hield een oogje op het kleine jongetje. Hij was verzadigd en tevreden, maar niet erg slaperig. Hij kroop naar de oude man toe en trok zich op wankele onzekere beentjes op, zich voor steun aan Creb vastklemmend.

'Zo, je gaat dus al lopen, hè?' gebaarde Creb. 'Vóór deze winter voorbij is, zul je de hele grot wel rondrennen, jongeman.'

Creb prikte het kind in zijn bolle buikje om zijn woorden kracht bij te zetten. Durcs mondhoeken gingen omhoog en hij maakte een geluid dat Creb maar één ander persoon in de stam ooit had horen maken. Hij lachte. Creb prikte hem opnieuw in zijn buik en de kleine vouwde zich met een hoog giecheltje dubbel, verloor zijn evenwicht en kwam met een plof op zijn dikke achterste neer. Creb hielp hem weer overeind en bekeek het kind zoals hij nog nooit eerder had bekeken.

Durcs beentjes waren wat krom, maar lang niet zo krom als die van andere baby's van de stam; en hoewel hij mollig was, kon Creb zien dat zijn botten langer en fijner waren. Ik denk dat Durc rechte benen zal hebben als hij groot is, net als Ayla, en hij wordt ook lang. En zijn hals was zo dun en iel toen hij geboren werd dat hij zijn hoofd niet rechtop kon houden, en nu is hij net als Ayla's hals. Maar zijn hoofd is niet zoals het hare, of toch? Dat hoge voorhoofd, dat is wel van Ayla. Creb draaide Durcs hoofdje opzij om zijn profiel te bekijken. Ja, beslist haar voorhoofd, maar de wenkbrauwen en ogen zijn die van de Stam, en zijn achterhoofd lijkt ook meer op dat van de Stam.

Ayla had gelijk. Hij is niet mismaakt, hij is een mengeling, een mengeling van haar en de Stam. Ik vraag me af of dat altijd zo gaat? Vermengen de geesten zich altijd? Misschien is dát de oorzaak dat er ook meisjes geboren worden, en komt het niet door een zwakke mannentotem. Begint het leven met een vermenging van mannelijke en vrouwelijke totemgeesten? Creb schudde het hoofd, hij wist het niet, maar zijn observaties zetten de oude tovenaar aan het denken. Die koude, eenzame winter dacht hij vaak over Durc na. Hij had het gevoel dat Durc belangrijk was, maar waarom precies ontging hem.

27

'Maar Ayla, ik ben niet zoals jij, ik kan niet jagen. Waar moet ik naartoe als het donker wordt?' vroeg Oeba hulpzoekend. 'Ayla, ik ben bang.'
Het angstige gezicht van de jonge vrouw deed Ayla wensen dat ze met haar mee kon gaan. Oeba was nog geen acht jaar oud en de gedachten aan de dagen die ze alleen, weg van de veiligheid van de grot, door zou moeten brengen, joegen haar grote angst aan, maar haar totem had voor het eerst gestreden en het werd eenvoudig van haar verwacht. Ze had geen keus.
'Herinner je je nog de kleine grot waar ik me verstopt gehouden heb toen Durc geboren was? Ga daar maar heen, Oeba. Het zal veiliger zijn dan in de openlucht. Ik zal je elke avond komen opzoeken en dan ook wat eten voor je meebrengen. Het is maar voor een paar dagen, Oeba. Denk erom dat je een slaapvacht meeneemt en een kooltje om een vuur mee aan te leggen. Er is water vlakbij. Het zal eenzaam zijn, vooral 's nachts, maar je zult het er best redden. En denk eens aan, je bent nu een vrouw. Je zult weldra een metgezel krijgen en misschien ook al gauw een kleine van jezelf hebben,' troostte Ayla.
'Wie denk je dat Brun voor me zal kiezen, Ayla?'
'Wie zou je willen dat hij voor je koos, Oeba?'
'Vorn is de enige man zonder gezellin, hoewel Borg er ook gauw een zal zijn. Natuurlijk zou hij ook kunnen besluiten me de tweede vrouw van een van de anderen te maken. Ik zou het geloof ik wel leuk vinden als het Borg werd. We speelden vroeger vaak dat we gekoppeld waren, tot die keer dat hij echt probeerde zich met me te verlichten. Het lukte niet zo best en nu is hij kopschuw en ook al bijna een man, hij wil niet meer met meisjes spelen. Maar Ona is ook al een vrouw, en zij kan niet met Vorn gekoppeld worden. Tenzij Brun besluit haar aan een man te geven die al een gezellin heeft, is Borg de enige mogelijkheid voor haar. Dat zal dan wel betekenen dat Vorn mijn metgezel wordt.'
'Vorn is al een tijdje een man, hij zal nu waarschijnlijk wel zo langzamerhand een gezellin willen hebben,' zei Ayla. Zij was tot dezelfde conclusie gekomen. 'Zou je Vorn wel als metgezel willen?'

'Hij probeert te doen alsof hij me niet ziet, maar soms zit hij wel stiekem naar me te kijken. Hij is misschien nog zo kwaad niet.'
'Broud is erg op hem gesteld, hij zal waarschijnlijk later wel tweede man worden. Over rang hoef jij je niet druk te maken, maar het zou gunstig zijn voor je zoons. Ik mocht Vorn niet zo erg toen hij jonger was, maar je zult wel gelijk hebben. Hij is nog niet zo kwaad. Hij is zelfs aardig tegen Durc als Broud niet in de buurt is.'
'Iedereen is aardig tegen Durc, behalve Broud,' zei Oeba. 'Iedereen houdt van hem.'
'Ja, hij heeft bij elke vuurplaats zo z'n plekje. Hij is er zo aan gewend om nu eens hier en dan weer daarheen gebracht te worden om te drinken dat hij elke vrouw moeder noemt,' gebaarde Ayla met een lichte frons. Een vlugge glimlach verjoeg de ongelukkige uitdrukking op haar gezicht. 'Weet je nog, die keer dat hij Grods vuurplaats binnenliep, net of hij daar woonde?'
'Ja, ik weet het nog, ik probeerde niet te kijken, maar ik kon het gewoon niet laten,' zei Oeba. 'Hij liep recht langs Oeka heen, groette haar alleen even en zei moeder tegen haar, en ging toen regelrecht op Grod af en kroop op zijn schoot.'
'Ja, ik weet het,' zei Ayla. 'Ik heb Grod van mijn leven nog niet zo verbaasd zien kijken. Toen klom Durc weer van zijn schoot en ging op Grods speren af. Ik was ervan overtuigd dat Grod kwaad zou worden, maar hij kon dat brutale boefje gewoon niet weerstaan toen hij aan zijn zwaarste speer begon te sjorren. Toen Grod hem de speer afnam, zei hij: "Durc jagen als Grod."'
'Ik denk dat Durc die speer zo de grot uit gesleept zou hebben als Grod hem zijn gang had laten gaan.'
'Hij neemt de kleine speer die Grod voor hem gemaakt heeft elke avond mee naar bed,' gebaarde Ayla, nog steeds glimlachend. 'Je weet, Grod zegt nooit veel. Ik was heel verbaasd toen hij die dag bij ons aan kwam zetten. Hij groette me nauwelijks, ging gewoon recht op Durc af en stopte hem die speer in zijn handjes, liet hem zelfs zien hoe hij hem vast moest houden. Toen hij weer wegging, zei hij alleen: "Als het jochie zo graag wil jagen, moet hij zijn eigen speer hebben."'
'Wel jammer dat Ovra nooit kinderen heeft gekregen. Ik denk dat Grod het wel leuk zou hebben gevonden als de dochter van zijn gezellin een kleine had gehad,' zei Oeba. 'Misschien heeft Grod daarom een zwak voor Durc: hij hoort eigenlijk bij geen enkele man. Brun mag hem ook wel, dat kan ik wel zien; en Zoug is hem al aan het uitleggen hoe hij een slinger moet gebruiken. Ik denk niet dat hij er enig probleem mee zal hebben te leren jagen, zelfs al is er geen man bij de

vuurplaats om hem op te leiden. Aan de manier waarop de mannen van de stam met hem omgaan, zou je denken dat elke man in de stam de metgezel van zijn moeder is, behalve Broud dan.' Ze zweeg even. 'Misschien zijn ze dat ook, Ayla. Dorv heeft altijd gezegd dat jouw Holenleeuw door de totems van alle mannen samen verslagen is.'
'Ik denk dat je nu maar beter kunt gaan, Oeba,' zei Ayla, van onderwerp veranderend. 'Ik loop wel een stukje met je op. Het regent niet meer en ik geloof dat de aardbeien rijp zijn. Halverwege het pad staan er een heleboel. Ik kom later wel naar je toe.'

Met gele okerpasta tekende Goov het symbool voor Vorns totem ten teken van Vorns dominantie over dat van Oeba's totem heen, zodat het hare onduidelijk werd.
'Aanvaard je deze vrouw als je gezellin?' gebaarde Creb.
Vorn tikte Oeba op de schouder en ze volgde hem de grot in. Daarop voerden Creb en Goov hetzelfde ritueel uit voor Borg en Ona, en begaven ook dezen zich naar hun nieuwe vuurplaats om er de verplichte periode van afzondering door te gaan brengen. De bladeren van de al in zomertooi gehulde bomen, nog steeds een nuance lichter dan ze later in het seizoen zouden zijn, ritselden in de lichte bries toen de verzamelde stam uiteenging. Ayla nam Durc op om hem de grot in te dragen, maar hij stribbelde tegen.
'Goed dan, Durc,' gebaarde ze. 'Je mag lopen, maar ga dan wel mee naar binnen om wat vleessoep en moes te eten.'
Terwijl Ayla het ontbijt klaarmaakte, dwaalde Durc van de vuurplaats weg en ging naar de nieuwe vuurplaats waar Oeba en Vorn nu woonden. Ayla rende hem na en droeg hem terug.
'Durc wil naar Oeba,' gebaarde het kind.
'Dat kan niet. Voor een poosje kan nu niemand haar opzoeken. Maar als je je moes eet, mag je met me mee op jacht.'
'Durc zoet. Waarom kan niet Oeba opzoeken?' vroeg het kereltje, met het verbod verzoend door zijn moeders belofte dat ze hem mee zou nemen. 'Waarom Oeba niet bij ons eten?'
'Ze woont hier niet meer, Durc. Ze is nu aan Vorn gekoppeld,' legde Ayla uit.
Durc was niet de enige wie Oeba's afwezigheid opviel. Ze misten haar alle drie. De vuurplaats leek zo leeg nu alleen Creb, Ayla en het kind er nog woonden, en de spanning tussen de oude man en de jonge vrouw deed zich nu meer voelen. Ze hadden nog steeds geen weg gevonden om zich van hun wederzijdse wroeging over het verdriet dat ze elkaar hadden aangedaan te bevrijden. Dikwijls wanneer Ayla de

oude man diep in droevig gepeins verzonken zag, wilde ze naar hem toe gaan, haar armen om zijn ruige witte hoofd leggen en hem omhelzen zoals ze dat als klein meisje had gedaan. Maar ze bedwong de impuls, bang zich aan hem op te dringen.

Creb miste haar warme aanhankelijkheid, hoewel hij niet besefte dat dit gemis tot zijn neerslachtigheid bijdroeg. En dikwijls wanneer Creb Ayla's verdriet zag terwijl ze toekeek hoe een andere vrouw haar zoon voedde, wilde hij van zijn kant naar haar toe gaan. Als Iza nog in leven was geweest, zou die een manier hebben gevonden om hen weer tot elkaar te brengen, maar nu dreven ze steeds verder uiteen, ieder verlangend de ander zijn liefde te kunnen tonen, terwijl geen van beiden wist hoe de kloof die hen scheidde te overbruggen. Ze waren beiden slecht op hun gemak tijdens het eerste ochtendmaal zonder Oeba.

'Wil je nog wat, Creb?' vroeg Ayla.

'Nee. Nee, laat maar. Ik heb genoeg gehad,' gebaarde hij. Hij keek toe hoe ze opruimde terwijl Durc met beide handjes en een mosselschelp als lepel nog in een tweede portie dook. Hoewel hij nog maar net twee jaar was, was hij in feite al gespeend. Hij zocht nog wel steeds Oga op – en Ika, nu ze weer een nieuwe baby had – om nog wat bij hen te drinken, maar dat was meer vanwege de warmte en de geborgenheid, en omdat ze het oogluikend toestonden. Gewoonlijk werd, wanneer er een nieuwe baby geboren was, oudere kinderen die nog zoogden de borst ontzegd, maar voor Durc maakte Ika een uitzondering. Het kind scheen aan te voelen dat hij geen misbruik van zijn voorrecht moest maken. Hij dronk haar borsten nooit leeg, ontstal haar nieuwe kleintje nooit zijn melk, hij kroop alleen voor enkele ogenblikken tegen haar aan als om zijn oudste rechten te bewijzen.

Ook Oga was toegeeflijk met hem en hoewel Grev in feite zijn zuigelingentijd achter zich had, profiteerde hij ook van zijn moeders goedhartigheid. Dikwijls zaten de twee jongetjes samen bij haar op schoot, ieder aan een borst, tot hun belangstelling voor elkaar het van hun verlangen naar moederkoestering won en ze de borst loslieten voor een stoeipartijtje. Durc was even groot als Grev, maar lang niet zo stevig gebouwd, en hoewel Grev het meestal van Durc won wanneer ze voor de grap aan het worstelen waren, liet Durc de oudere jongen meestal achter zich bij het hardlopen. Het span was onafscheidelijk; bij iedere gelegenheid zochten ze elkaar op.

'Neem je de jongen mee?' gebaarde Creb, na een onbehaaglijke stilte.

'Ja,' knikte Ayla, terwijl ze het kind zijn gezichtje en handen afveegde. 'Ik heb hem beloofd dat hij met me mee op jacht mocht. Ik betwijfel of ik veel zal kunnen jagen met hem erbij, maar ik moet ook wat kruiden zoeken en het is een mooie dag.'

Creb knorde.

'Jij moest ook naar buiten gaan, Creb,' vervolgde ze. 'De zon zou je goeddoen.'

'Ja, ja, dat zal ik ook wel, Ayla. Straks.'

Even kwam het in haar op hem de grot uit te lokken door hem voor te stellen een wandeling langs de rivier te maken, zoals ze vroeger altijd deden, maar hij leek zich alweer in zichzelf te hebben teruggetrokken. Ze liet hem zitten waar hij zat, nam Durc op en repte zich naar buiten. Creb keek pas op toen hij zeker wist dat ze weg was. Hij pakte zijn staf, besloot toen dat het te veel moeite was om op te staan en legde hem weer neer.

Ayla piekerde over Creb terwijl ze met Durc op haar heup en haar verzamelmand op de rug op weg ging. Ze had het gevoel dat hij geestelijk achteruitging. Hij was afweziger dan ooit, en hij vroeg haar dikwijls tweemaal hetzelfde. Hij kwam er zelden meer toe de grot uit te gaan, zelfs wanneer het warm en zonnig weer was. En wanneer hij lange uren achtereen naar hij zei zat te mediteren, viel hij dikwijls rechtop zittend in slaap.

Ayla verlengde haar schreden toen ze eenmaal buiten het gezichtsveld van de grot was. De grotere bewegingsvrijheid en de prachtige dag maakte het haar gemakkelijker haar bezorgdheid in een hoekje van haar geest weg te stoppen. Ze zette Durc neer toen ze bij een open plek kwam waar ze wat planten wilde plukken. Hij keek toe wat ze deed, greep toen een handvol gras en purperbloemige luzerne beet en rukte die met wortel en tak uit de grond. Hij kwam haar het bosje in zijn vuistje geklemd brengen.

'Je bent een hele hulp, Durc,' gebaarde ze; ze nam het van hem aan en legde het in de verzamelmand naast haar.

'Durc meer halen,' gebaarde hij en hij rende weg.

Ayla zat op haar hurken toe te kijken hoe haar zoon aan een dikkere pol planten trok. Ze schoten plotseling los en hij viel met een bons op zijn achterste. Hij vertrok zijn gezichtje al om te gaan huilen, zij het meer van schrik dan van pijn, maar Ayla sprong op hem af, tilde hem op en gooide hem in de lucht en ving hem weer in haar armen op. Durc kraaide verrukt. Ze zette hem neer en deed alsof ze hem wilde grijpen.

'Ik zal je pakken!' gebaarde Ayla.

Durc rende lachend op zijn kromme beentjes weg. Ze liet hem op haar vooruitlopen, ging toen op handen en knieën achter hem aan, greep hem beet en trok hem over zich heen, terwijl ze beiden schaterden van plezier in hun spelletje. Ze kietelde hem, alleen om hem nog eens te horen lachen.

Ayla lachte nooit met of tegen haar zoon, tenzij ze alleen waren, en Durc had al vroeg gemerkt dat niemand anders zijn glimlachjes en gegiechel begreep of goedkeurde. Hoewel Durc het gebaar voor 'moeder' tegen alle vrouwen van de stam maakte, wist hij in zijn kinderhartje dat Ayla een speciale plaats innam. Hij voelde zich bij haar altijd gelukkiger dan bij wie ook en hij vond het heerlijk als ze alleen met hem op pad ging, zonder de andere vrouwen. En hij genoot van het andere spelletje dat alleen hij en zijn moeder samen speelden.

'Ba-ba-na-nee-nee,' deed Durc.

'Ba-ba-na-nee-nee,' zei Ayla de betekenisloze lettergrepen na.

'No-na-nee-ga-go-la,' kwam Durc met een volgende reeks geluiden.

Ayla deed hem weer na, kietelde hem dan nog eens. Ze hoorde hem zo graag lachen. Ze moest er zelf ook altijd door lachen. Toen sprak ze een combinatie van klanken uit die ze hem het liefst van alles hoorde maken. Ze wist niet waarom, behalve dat het zo'n sterk gevoel van tederheid in haar opriep dat ze er bijna tranen van in de ogen kreeg.

'Ma-ma-ma-ma,' zei ze.

'Ma-ma-ma-ma,' herhaalde Durc. Ayla sloeg haar armen om hem heen en hield hem dicht tegen zich aan. 'Ma-ma,' zei Durc nog eens. Hij spartelde om los te komen. Het enige tijdstip dat hij zich wat langer wilde laten knuffelen, was wanneer hij 's avonds tegen haar aan gekropen in slaap viel. Ze veegde een traan uit een ooghoek weg. Tranende ogen waren een eigenaardigheid die hij niet met haar deelde. Durcs grote bruine ogen onder de zware wenkbrauwboog waren duidelijk die van de Stam.

'Ma-ma,' zei Durc. Hij gebruikte dikwijls die lettergrepen voor haar wanneer ze alleen waren, vooral nadat ze hem eraan herinnerd had. 'Jij nu jagen?' gebaarde hij.

De laatste keren dat ze Durc had meegenomen, had ze er enige tijd aan besteed hem te laten zien hoe hij een slinger moest vasthouden. Ze had er een voor hem willen maken, maar Zoug was haar voor geweest. De oude man ging er niet meer zelf op uit, maar onderwees de kleine jongen met zoveel genoegen dat ook Ayla er plezier aan beleefde. Hoewel Durc nog jong was, kon Ayla al zien dat hij haar handigheid met het wapen zou hebben, en hij was al even trots op zijn miniatuurslinger als op zijn speertje.

Hij genoot van de aandacht die hij kreeg als hij trots voortstapte met zijn slinger aan het koord om zijn middel – naast zijn amulet het enige wat hij in de zomer droeg – en de speer in zijn hand. Ook Grev moest natuurlijk wapens hebben. Het tweetal deed de ogen der stamleden geamuseerd glinsteren en ontlokte hun de reactie dat ze toch al echte kleine mannetjes waren. Ze werden al volkomen in hun toekomstige rol gedrongen. Toen Durc ontdekte dat arrogante bazigheid tegenover kleine meisjes toegejuicht en zelfs tegenover volwassen vrouwen goedmoedig geduld werd, aarzelde hij nooit tot de grenzen van het toegestane te gaan – behalve met zijn moeder.

Durc wist dat zijn moeder anders was. Alleen zij lachte met hem, alleen zij speelde het klankenspelletje met hem, alleen zij had het zachte gouden haar dat hij zo graag aanraakte. Hij kon zich niet herinneren dat ze hem vroeger gezoogd had, maar hij wilde bij niemand anders slapen. Hij wist dat ze een vrouw was omdat ze op hetzelfde gebaar reageerde als de andere vrouwen. Maar ze was veel langer dan welke man ook, en ze jaagde. Wat jagen was wist hij wel niet helemaal precies, behalve dat mannen het deden – en zijn moeder. Ze paste in geen enkele categorie, ze was een vrouw en toch geen vrouw, een man en toch geen man. Ze was uniek. De naam die hij voor haar begonnen was te gebruiken, de naam in klanken, scheen het best bij haar te passen. Ze was Mama: en Mama, de goudharige godin die hij aanbad, knikte niet goedkeurend wanneer hij probeerde haar te commanderen.

Ayla legde Durc zijn kleine slinger in de hand en probeerde hem met haar hand over de zijne voor te doen hoe hij hem moest gebruiken. Zoug had hetzelfde gedaan en hij begon het al door te krijgen. Toen nam ze haar eigen slinger uit haar gordel, raapte wat stenen op en smeet ze naar voorwerpen in de buurt.

Toen ze kleinere stenen op grotere neerlegde en ze er daarna weer vanaf begon te schieten, vond Durc dat heel grappig. Hij scharrelde met meer stenen naar haar toe om haar het nog eens te zien doen. Na een tijdje verloor hij zijn belangstelling en ze zette zich weer aan het planten-verzamelen terwijl Durc achter haar aan kwam. Ze vonden wat frambozen en bleven staan om ze op te eten.

'Je ziet er fraai uit, kleverige zoon van me,' gebaarde Ayla, lachend om zijn met rood sap bekliederde gezichtje, handjes en rond buikje. Ze nam hem op en droeg hem onder haar arm naar een beekje om hem te wassen. Vervolgens raapte ze een groot blad op, vouwde het tot een horentje en vulde het met water, zodat zij en Durc konden drinken. Durc gaapte en wreef in zijn oogjes. Ze legde haar draagmantel op de grond in de schaduw van een grote eik en ging naast hem liggen tot hij in slaap viel.

In de stilte van de zomermiddag zat Ayla met haar rug tegen de boom geleund toe te kijken hoe rondfladderende vlinders met dichtgevouwen vleugels rust namen en insecten in voortdurende beweging rondzoemden, en luisterde ze naar een tjilpende symfonie van kwinkelerende vogels. Haar gedachten dwaalden terug naar de gebeurtenissen van die morgen. Ik hoop dat Oeba gelukkig zal zijn met Vorn, dacht ze. Ik hoop dat hij goed voor haar is. Het is zo stil nu ze weg is, ook al is ze niet ver. Het is gewoon niet hetzelfde. Ze zal nu voor haar metgezel koken, en na de periode van afzondering met hem slapen. Ik hoop dat ze gauw een kleine krijgt, dat zou haar in ieder geval gelukkig maken.

Maar ik? Er is nooit meer iemand van die stam naar me komen vragen. Misschien kunnen ze gewoon de grot niet vinden. Ik heb toch al nooit geloofd dat ze zo bijster geïnteresseerd waren. Gelukkig maar. Ik wil niet gekoppeld worden aan een man die ik niet ken. Ik wil niet eens een van de mannen die ik wél ken, en geen van hen wil mij. Ik ben te lang: zelfs Droeg komt maar net tot mijn kin. Iza vroeg zich altijd af of ik ooit met groeien op zou houden. Ik begin het me nu ook af te vragen. Broud vindt het vreselijk. Hij kan het niet verdragen een vrouw om zich heen te hebben die langer is dan hij. Maar hij heeft me helemaal niet meer lastiggevallen sinds we van de Stambijeenkomst terugkwamen. Waarom loopt er toch altijd een rilling over mijn rug, elke keer dat hij naar me kijkt?

Brun wordt oud. Ebra heeft de laatste tijd vaak medicijnen voor zijn pijnlijke spieren en stijve gewrichten gehaald. Hij zal Broud wel gauw leider maken. Dat voel ik gewoon. En dan wordt Goov de Mog-ur. Hij doet al steeds meer ceremoniën. Ik geloof dat Creb geen Mog-ur meer wil zijn, sinds die keer dat ik hen gezien heb. Waarom ben ik die nacht toch de grot in gegaan? Ik herinner me niet eens hoe ik er terecht ben gekomen. Ik wou dat ik nooit naar de Stambijeenkomst gegaan was. Als ik niet gegaan was, had ik Iza misschien nog een paar jaar in leven kunnen houden. Ik mis haar zo vreselijk, en ik heb er ook geen metgezel gevonden. Maar Durc wél.

Vreemd dat Oera mocht blijven leven, bijna alsof het de bedoeling was dat ze Durcs gezellin zou worden. Mannen van de Anderen, zei Oda. Wie zijn dat toch? Iza zei dat ik bij hen geboren ben; waarom herinner ik me er niets van? Wat is er met mijn echte moeder gebeurd? En met haar metgezel? Had ik bloedverwanten? Ayla voelde een lichte beklemming onder in haar maag – geen echte misselijkheid, alleen een onbehaaglijk gevoel. Dan kriebelde plotseling haar hoofdhuid toen ze zich iets herinnerde dat Iza de nacht van haar sterven tegen haar had gezegd. Ayla had het buiten haar bewustzijn gesloten; de gedachte aan Iza's doodsuur was te pijnlijk.

Iza zei me weg te gaan! Ze zei dat ik niet tot de Stam behoorde, dat ik bij de Anderen geboren was. Ze zei me mijn eigen volk op te zoeken, mijn eigen metgezel te vinden. Ze zei dat Broud een manier zou vinden om me kwaad te doen als ik bleef. In het noorden, zei ze, ze wonen in het noorden, boven het schiereiland, op het vasteland.

Hoe kan ik nu weggaan? Dit is mijn thuis. Ik kan Creb niet zomaar verlaten, en Durc heeft me nodig. En als ik nu eens geen Anderen kan vinden? En als ik ze wel vind, maar ze willen me niet opnemen? Niemand wil een lelijke vrouw. Hoe weet ik nu of ik een metgezel zal vinden, zelfs als ik de Anderen vond?

Maar Creb wordt al oud. Wat zal er met me gebeuren als hij er niet meer is? Wie zal er dan voor me zorgen? Ik kan niet alleen met Durc leven, een of andere man zal me moeten opnemen. Maar wie? Broud! Hij wordt de leider, als niemand anders me wil hebben, zal hij me moeten opnemen. Wat te doen als ik bij Broud moet gaan wonen? Hij zal mij al evenmin willen, maar hij weet dat ik het afschuwelijk zou vinden. Hij zou me juist nemen omdát ik het vreselijk zou vinden. Ik zou het onmogelijk kunnen uithouden bij Broud, ik zou nog liever bij een of andere man die ik niet ken van een andere stam willen wonen, maar zij willen me ook niet.

Misschien zou ik inderdaad weg moeten gaan. Ik zou Durc mee kunnen nemen; we zouden samen weg kunnen gaan. Maar als ik nu geen Anderen vond? En als me eens iets overkwam? Wie zou er dan voor hem zorgen? Hij zou helemaal alleen zijn, net zoals ik toen. Ik bofte dat Iza me vond; Durc zou minder geluk kunnen hebben. Ik kan hem niet meenemen, hij is hier geboren, hij behoort tot de Stam, zelfs al is hij ook voor een stukje van mij.

Er is al een gezellin voor hem geregeld. Wat zou Oera moeten als ik Durc meenam? Oda is haar al aan het voorbereiden om Durcs gezellin te worden. Ze heeft haar verteld dat er een man voor haar is, al is ze mismaakt en lelijk. Durc zal Oera ook nodig hebben. Hij zal een gezellin moeten hebben als hij volwassen wordt, en Oera is precies goed voor hem.

Maar ik zou niet weg kunnen gaan zonder Durc. Ik zou nog liever bij Broud gaan wonen dan Durc achterlaten. Ik moet blijven, er is geen andere mogelijkheid. Ik zal blijven en bij Broud gaan wonen als het moet. Ayla keek naar haar slapende kind en probeerde haar gedachten in het gareel te brengen, probeerde een goede vrouw van de Stam te zijn en haar lot te aanvaarden. Er landde een vlieg op Durcs neus. Hij vertrok zijn gezichtje, wreef in zijn slaap aan zijn neus, lag toen weer stil.

Ik zou toch ook niet weten waar ik heen moest. Naar het noorden? Wat heb ik daaraan? Alles is ten noorden van hier, alleen de zee ligt in het zuiden. Ik zou de rest van mijn leven kunnen blijven rondzwerven zonder ooit iemand te vinden. En misschien zijn ze wel even erg als Broud. Oda zei dat die mannen haar overweldigden, haar niet eens haar kleine lieten neerleggen. Het zou beter zijn om hier te blijven, bij Broud die ik ken, dan te moeten wonen bij een of andere man die misschien nog erger is.

Het is laat, ik moest maar teruggaan. Ayla wekte haar zoon en probeerde de gedachten aan Anderen weg te dringen terwijl ze naar de grot terugliep, maar losse flarden vol nieuwsgierigheid bleven zich opdringen. Nu ze zich hen eenmaal weer herinnerd had, kon ze de Anderen niet meer helemaal vergeten.

'Heb je het druk, Ayla?' vroeg Oeba. Haar gezicht stond zowel verlegen als blij en Ayla had al wel zo'n vermoeden waarom. Ze besloot Oeba het haar toch maar te laten vertellen.

'Nee, ik heb het niet echt druk. Ik heb alleen wat munt en luzerne dooreen gemengd en wilde het juist proeven. Ik kan eigenlijk meteen wel wat water voor thee warm maken.'

'Waar is Durc?' vroeg Oeba, terwijl Ayla het vuur opporde en er wat hout en kookstenen in legde.

'Hij is buiten met Grev. Oga let op ze. Die twee, ze zijn altijd samen,' gebaarde Ayla.

'Het zal wel komen doordat ze samen gezoogd zijn. Ze zijn nog meer op elkaar gesteld dan broeders. Ze zijn bijna als twee tezamengeborenen.'

'Maar twee tezamengeborenen zien er dikwijls hetzelfde uit, en dat doen zij zeker niet. Herinner je je die vrouw bij de Stambijeenkomst met twee tezamengeborenen? Ik kon geen verschil zien tussen hen.'

'Soms brengt het ongeluk om twee tezamengeborenen te hebben, en drie tezamengeborenen mogen nooit in leven blijven. Hoe zou een vrouw er ook tegelijkertijd drie kunnen voeden – ze heeft toch maar twee borsten?' vroeg Oeba.

'Met veel hulp. Het is al zwaar genoeg voor een vrouw om er twee te hebben. Ik ben er om Durc heel dankbaar voor dat Oga altijd meer dan voldoende melk heeft gehad.'

'Ik hoop dat ik ook meer dan voldoende melk zal hebben,' gebaarde Oeba. 'Ik geloof dat ik een kleintje ga krijgen, Ayla.'

'Dat dacht ik ook al, Oeba. Je hebt je vrouwenvloek niet meer gehad sinds je gekoppeld bent, wel?'

'Nee. Ik denk dat Vorns totem al heel lang heeft gewacht. Hij moet erg sterk zijn geweest.'

'Heb je het hem al verteld?'

'Ik had willen wachten tot ik het zeker wist, maar hij raadde het zelf. Hij moet opgemerkt hebben dat ik helemaal niet in afzondering ben gegaan. Hij is er erg blij mee,' gebaarde Oeba trots.

'Is hij een goede metgezel, Oeba? Ben je gelukkig?'

'O ja. Hij is een goede metgezel, Ayla. Toen hij hoorde dat ik een kleine ging krijgen, zei hij dat hij lang op me gewacht had en dat hij blij was dat ik geen tijd verloren had laten gaan om een kleintje te laten beginnen. Hij zei dat hij al om me gevraagd had voor ik een vrouw was geworden.'

'Dat is geweldig, Oeba,' zei Ayla.

Ze zei er niet bij dat hij niemand anders in de stam tot gezellin had kunnen nemen, behalve haarzelf. Maar waarom zou hij mij willen? Waarom zou hij een grote, lelijke vrouw willen wanneer hij zo'n aantrekkelijk meisje als Oeba kon krijgen, en zij is ook nog uit Iza's geslacht. Wat mankeert me? Ik heb Vorn nooit als metgezel willen hebben. Het zal wel komen doordat ik steeds moet nadenken over wat er met me zal gebeuren als Creb er niet meer is. Ik zal erg goed voor hem moeten zorgen, zodat hij nog lang blijft leven. Het is alleen net of hij er geen zin meer in heeft. Hij komt bijna de grot niet meer uit. Als hij geen lichaamsbeweging krijgt, zal hij straks de grot niet eens meer uit kunnen.

'Waar denk je aan, Ayla? Je bent zo stil.'

'Ik dacht aan Creb. Ik maak me zorgen over hem.'

'Hij wordt oud. Hij is veel ouder dan moeder, en zij is er al niet meer. Ik mis haar nog steeds, Ayla. Ik zou het afschuwelijk vinden als Creb ook naar de volgende wereld overgaat.'

'Ik ook, Oeba,' gebaarde Ayla uit de grond van haar hart.

Ayla was ongedurig. Ze ging dikwijls op jacht – en wanneer ze niet op jacht was, werkte ze met onuitputtelijke energie. Ze kon niet verdragen niets om handen te hebben. Ze keek de voorraad medicinale planten na en ordende ze opnieuw, stroopte daarna de omgeving af om oude medicijnen te vervangen of geslonken reserves aan te vullen, en reorganiseerde daarop de hele vuurplaats. Ze vlocht nieuwe manden en matten, maakte houten kommen en borden, bakjes van stijf ongelooid leer of berkenbast en nieuwe omslagen, prepareerde en bewerkte nieuwe bontvachten en maakte beenkappen, mutsen, hand- en voetomhulsels voor de volgende winter. Ze maakte blazen en magen waterdicht om er allerlei vloeistoffen in te bewaren en bouwde een stevig met leren riemen en pezen omwonden nieuw staketsel waaraan ze leren kookpotten boven het vuur kon hangen. Ze hakte kuiltjes in platte stenen om er vet voor lampen in te doen en legde nieuwe lonten van mos te drogen, klopte een nieuw stel messen, krabbers, zagen, boren en bijlen, zocht de zeekust af naar schelpen om er eetlepels, dienlepels en kleine bordjes van te maken. Als het haar beurt was, ging ze met de jagers mee om het buitgemaakte vlees te drogen, verzamelde fruit, zaden, noten en groenten met de vrouwen, wande, roosterde en maalde graankorrels tot een extra fijn meel zodat Creb en Durc het gemakkelijker konden kauwen. En nog kon haar hand niet genoeg te doen vinden.

Creb werd het voorwerp van haar intense zorg. Ayla vertroetelde hem, was attenter dan ooit tevoren. Ze bereidde speciale gerechten om zijn eetlust te prikkelen, maakte medicinale brouwsels en natte verbanden, liet hem in de zon zitten en haalde hem over tot lange wandelingen zodat hij wat beweging kreeg. Hij scheen haar zorg en gezelschap wel op prijs te stellen en wat van zijn kracht en elan te herwinnen. Maar toch ontbrak er iets. De bijzondere verbondenheid, de ontspannen warme relatie, de lange van de hak op de tak springende gesprekken van vroeger jaren waren verdwenen. Meestal wandelden ze zwijgend naast elkaar voort. De weinige conversatie die ze hadden, was gedwongen, en er waren geen spontane genegenheidsbetuigingen meer.

Creb was niet de enige die oud werd. De dag dat Brun de vertrekkende jagers vanaf de richel nakeek tot ze kleine stipjes op de steppe beneden hem waren, besefte Ayla met een schok hoezeer hij veranderd was. Zijn baard was geen peper-en-zout meer, hij was grijs, en zijn hoofdhaar eveneens. Diepe rimpels doorploegden zijn gezicht en sneden diepe voren in de huid bij zijn ooghoeken. Het vlees van zijn harde gespierde lichaam was minder veerkrachtig, zijn huid hing losser, hoewel hij nog steeds zeer sterk was. Hij liep langzaam naar de grot terug en bleef de rest van de dag binnen de begrenzingen van zijn vuurplaats. De keer daarop ging hij wel met de jagers mee; maar de tweede keer dat Brun thuisbleef deed Grod dat ook, nog steeds de trouwe luitenant.

Op een dag, tegen het einde van de zomer, kwam Durc de grot binnenrennen.

'Mama! Mama! Een man! Er komt een man aan!'

Ayla rende met alle anderen samen naar de grotingang om de vreemdeling te zien die het pad vanaf de zeekust op kwam lopen.

'Ayla, denk je dat hij voor jou komt?' gebaarde Oeba opgewonden.

'Ik weet het niet, Oeba. Ik weet niets meer dan jij.'

Ayla was gespannen en vol tegenstrijdige emoties. Enerzijds hoopte ze dat de bezoeker iemand van de stam van Zougs verwanten zou zijn, anderzijds was ze bang dat hij dat zou zijn. Hij bleef even met Brun staan praten, liep toen met de leider mee naar diens vuurplaats. Niet lang daarna zag Ayla Ebra de vuurplaats verlaten en recht op haar afkomen.

'Brun wil je spreken, Ayla,' wenkte ze.

Ayla's hart ging wild tekeer. Haar knieën voelden zo slap aan dat ze er zeker van was dat ze het zouden begeven toen ze naar Bruns vuurplaats liep. Ze was blij zich aan zijn voeten neer te kunnen laten vallen. Hij tikte haar op de schouder.

'Dit is Vond, Ayla,' zei de leider, met een gebaar naar de bezoeker. 'Hij is van ver gekomen om je te spreken, helemaal van Norgs stam. Zijn moeder is ziek en hun medicijnvrouw kan haar niet genezen. Ze dacht dat jij misschien een toverij kende die zou kunnen helpen.'

Ayla had zich bij de Stambijeenkomst een reputatie verworven als een medicijnvrouw van grote kunde en kennis. De man was voor haar magie gekomen, niet voor haarzelf. Ayla's opluchting was groter dan haar teleurstelling. Vond bleef maar enkele dagen, maar hij bracht nieuws van zijn stam. De jonge man die door de holenbeer was verwond, had bij hen overwinterd. Hij was vroeg de volgende lente vertrokken op zijn eigen twee benen en zelfs nauwelijks meer hinkend. Zijn gezellin had een gezonde zoon gebaard die ze Creb hadden genoemd. Ayla vroeg de man uit en maakte een pakketje gereed dat Vond mee terug moest nemen, met instructies voor hun medicijnvrouw. Ze wist niet of haar remedie méér resultaat zou hebben, maar hij was van zo ver gekomen, ze moest het op z'n minst proberen.

Brun dacht na Vonds vertrek over Ayla na. Hij had een beslissing over haar toekomst uitgesteld zolang er nog enige hoop bestond dat een andere stam haar zou willen opnemen. Maar als één boodschapper hun grot kon vinden, konden anderen die ook vinden als ze dat wilden. Na zo'n lange tijd kon hij niet meer hopen. Er zou in zijn eigen stam een of andere regeling voor haar getroffen moeten worden.

Maar weldra zou Broud leider zijn, en hij was degene die haar hoorde op te nemen. Het zou het beste zijn als dat besluit van Broud zelf kwam, en zolang Mog-ur nog leefde was het niet nodig er haast achter te zetten. Brun besloot het probleem voor de zoon van zijn gezellin te laten liggen. Hij lijkt zijn heftige emoties jegens haar overwonnen te hebben, dacht Brun. Hij valt haar nooit meer lastig. Misschien is hij gereed, misschien is hij eindelijk gereed. Maar een spoortje twijfel bleef.

De zomer naderde zijn veelkleurige einde en de stam verviel in het langzamere ritme van het koude seizoen. Oeba's zwangerschap vorderde normaal tot ruim voorbij haar tweede trimester. Toen voelde ze geen leven meer. Ze probeerde haar toenemende rugpijn en de onaangename krampen in haar buik te negeren, maar toen ze bloed begon te verliezen, haastte ze zich naar Ayla toe.

'Hoe lang is het geleden dat je nog leven voelde, Oeba?' vroeg Ayla met een bezorgde trek op haar gezicht.

'Al vele dagen, Ayla. Wat moet ik doen? Vorn was zo blij met me toen het leven al zo snel nadat we gekoppeld waren begon. Ik wil mijn kleine niet verliezen. Wat kan er verkeerd zijn gegaan? Het was al bijna mijn tijd. Binnenkort is het lente.'

'Ik weet het niet, Oeba. Ben je soms gevallen? Heb je je misschien vertild?'

'Ik geloof het niet, Ayla.'

'Ga maar naar je vuurplaats, Oeba, en kruip in bed. Ik zal wat zwarte berkenbast koken en je de thee brengen. Ik wou dat het herfst was – dan zou ik die slangebloemwortel gaan zoeken die Iza toen voor mij gehaald heeft. Maar de sneeuw is nu te diep om ver weg te kunnen gaan. Ik zal proberen iets te bedenken. Denk jij ook goed na, Oeba. Jij weet bijna alles wat Iza wist.'

'Ik heb er al over nagedacht, Ayla, maar ik kan me niets herinneren dat een kleine weer aan het schoppen krijgt als hij er eenmaal mee is opgehouden.'

Ayla had geen antwoord. In haar hart wist ze net zo goed als Oeba dat het hopeloos was en deelde ze in de ellende van de jonge vrouw.

De volgende dagen bleef Oeba op bed, tegen beter weten in hopend dat iets zou helpen, en beseffend dat ze nergens op kon hopen. De pijn in haar rug werd bijna ondraaglijk en werd alleen weggedrukt door medicijnen die haar in een verdoofde slaap zonder verkwikking deden vallen. Maar de krampen wilden niet in weeën overgaan, de bevalling wilde niet op gang komen.

Ovra woonde bijna bij Vorns vuurplaats, om Oeba met haar begripvolle steun bij te staan. Ze had zelf zo vaak dezelfde beproeving doorgemaakt dat zij beter dan wie ook Oeba's pijn en verdriet kon begrijpen. Goovs gezellin had nooit een zwangerschap kunnen uitdragen en toen ze met het verstrijken van de jaren kinderloos bleef, was ze nog stiller en introverter geworden. Ayla was blij dat Goov zachtmoedig was. Vele mannen zouden haar hebben verstoten of een tweede vrouw genomen hebben. Maar Goov koesterde een diepe genegenheid voor zijn gezellin. Hij wilde haar verdriet niet vergroten door een andere vrouw te nemen om hem kinderen te baren. Ayla was begonnen Ovra de geheime medicijn te geven waar Iza haar van had verteld, de medicijn die voorkwam dat haar totem werd verslagen. Het was te erg voor de vrouw om steeds maar weer zwanger te worden zonder ooit een voldragen baby ter wereld te brengen. Ayla zei haar niet waar de medicijn voor was, maar na enige tijd, toen ze niet meer zwanger werd, raadde Ovra het zelf. Het was maar beter zo.

Op een koude trieste dag laat in de winter onderzocht Ayla Iza's dochter en nam een besluit.

'Oeba,' zei ze zachtjes. De jonge vrouw opende haar ogen waar donkere kringen onder lagen, waardoor ze nog dieper onder haar wenkbrauwbogen weggezonken schenen te liggen. 'Het is tijd voor het moederkoren. We moeten de weeën op gang zien te krijgen. Niets kan je kleine nog redden, Oeba. Als hij er nu niet uit komt zul jij ook sterven. Je bent jong, je kunt nog meer kleintjes krijgen,' gebaarde Ayla.

Oeba keek naar Ayla, dan naar Ovra, toen weer naar Ayla.

'Goed dan,' knikte ze. 'Je hebt gelijk, er is geen hoop. Mijn kleine is dood.'

Oeba had een zware bevalling. De weeën waren moeilijk op gang te brengen en daarom durfde Ayla haar niet een te sterk pijnstillend middel te geven, uit angst dat ze dan weer op zouden houden. Hoewel de andere vrouwen van de stam telkens even langskwamen om haar te bemoedigen en morele steun te verlenen, wilde geen van hen lang blijven. Ze wisten allen dat haar pijn en inspanning voor niets zouden zijn. Alleen Ovra bleef om Ayla te helpen.

Toen de dode foetus was uitgedreven, wikkelde Ayla hem vlug te zamen met de moederkoek in de lap leer waar de baring op had plaatsgevonden.

'Het was een jongen,' zei ze Oeba.

'Mag ik hem zien?' vroeg de uitgeputte jonge vrouw.

'Beter van niet, denk ik, Oeba. Je zult je er alleen maar akeliger door voelen. Rust jij nu maar, ik zal hem wel voor je wegbrengen. Je bent te zwak om op te staan.'

Ayla vertelde Brun dat Oeba te zwak was en dat zij daarom de kleine weg zou brengen, maar verder zei ze niets. Oeba had niet één zoon gebaard, maar twee, die niet naar behoren van elkaar gescheiden waren. Alleen Ovra had het deerniswekkende, afgrijselijke, nauwelijks als een menselijk wezen herkenbare ding gezien, met te veel armen en benen eraan en groteske gelaatstrekken op een te groot hoofd. Ovra had grote moeite gehad haar maag niet om te keren en Ayla had zelf ook heftig moeten slikken.

Dit was niet Durcs mengeling van de kenmerken van de Stam met de hare, dit was een misgeboorte. Ayla was blij dat het ernstig mismaakte ding niet lang genoeg in leven was gebleven om door Oeba levend ter wereld gebracht te worden. Ze wist dat Ovra er nooit iemand van zou vertellen. Het was het beste de stam in de waan te laten dat Oeba een normale doodgeboren zoon had gebaard, om harentwil.

Ayla deed haar buitenkleren aan en ploeterde door de diepe sneeuw voort tot ze ver genoeg van de grot was verwijderd. Ze opende het pakje en liet de inhoud open en bloot liggen. Het is beter dat alle bewijzen worden vernietigd, dacht Ayla. Toen ze zich omdraaide om terug te gaan, zag ze uit een ooghoek een slinkse beweging. De geur van bloed had het middel tot die vernietiging al aangelokt.

28

‘Wil je vannacht misschien bij Oeba slapen, Durc?’ vroeg Ayla.
‘Nee!’ schudde het jongetje nadrukkelijk. ‘Durc bij Mama slapen.’
‘Het geeft niet, Ayla. Ik had al niet verwacht dat hij zou willen. Hij is trouwens toch al de hele dag bij me geweest,’ zei Oeba. ‘Hoe komt hij toch aan die naam voor je, Ayla?’
‘Dat is maar een naampje dat hij voor me gebruikt,’ zei Ayla, haar blik afwendend. Het in de Stam geldende verbod op het onnodig gebruik van woorden of klanken was Ayla vanaf haar aankomst in de stam zo krachtig ingeprent dat ze schuldgevoelens had over het woordspelletje dat ze met haar zoon speelde. Oeba vroeg niet verder, hoewel ze wist dat Ayla iets verzweeg.
‘Soms als ik alleen met Durc uitga, maken we samen allerlei geluidjes,’ gaf Ayla toe. ‘Hij heeft dat woord voor mij bedacht; hij kan een heleboel klanken maken.’
‘Jij kunt ook klanken maken. Moeder zei dat je allerlei geluiden en woorden maakte toen je klein was, vooral voordat je leerde praten,’ gebaarde Oeba. ‘Ik weet nog dat ik toen ik klein was dat geluid dat je maakte als je me wiegde heerlijk vond.’
‘Ja, ik zal dat wel gedaan hebben toen ik klein was, ik herinner het me eigenlijk niet zo goed meer,’ gebaarde Ayla. ‘Durc en ik spelen gewoon samen een spelletje.’
‘Daar lijkt me niet zoveel verkeerds aan,’ zie Oeba. ‘Het is niet zo dat hij niet kan praten. Ik wou dat deze wortels niet zo rot waren,’ ging ze verder, een grote wortel weggooiend. ‘Dat zal morgen nou niet bepaald een geweldig feestmaal worden, met alleen gedroogd vlees en vis en halfrotte groenten. Als Brun het nog even had uitgesteld, zouden er tenminste wat groene groenten en scheuten zijn.’
‘Het ligt niet alleen aan Brun,’ zei Ayla. ‘Creb zegt dat de eerste volle maan na het begin van de lente er het beste tijdstip voor is.’
‘Hoe zou hij weten wanneer de lente begint, vraag ik me af?’ merkte Oeba op. ‘De ene regenachtige dag ziet er in mijn ogen precies zo uit als de andere.’

'Ik geloof dat het iets met de zonsondergang heeft te maken. Hij staat er al dagen naar te kijken. Zelfs als het regent, kun je dikwijls zien waar de zon gaat slapen, en er zijn genoeg heldere nachten geweest om de maan te kunnen zien. Creb weet het heus wel.'

'Ik wou dat Creb niet ook Goov tot Mog-ur ging maken,' zei Oeba.

'Ik ook,' zei Ayla. 'Hij zit de laatste tijd toch al veel te veel te niksen. Wat moet hij gaan doen als hij zelfs geen ceremonies meer heeft uit te voeren? Ik wist wel dat het eens zou gebeuren, maar dit wordt wel een feestmaal waar ik niet van zal genieten.'

'Het zal inderdaad vreemd zijn. Ik ben er zo aan gewend dat Brun de leider is en Creb de Mog-ur, maar Vorn zegt dat het tijd wordt dat de jonge mannen het overnemen. Hij zegt dat Broud lang genoeg heeft gewacht.'

'Hij zal wel gelijk hebben,' gebaarde Ayla. 'Vorn heeft Broud altijd bewonderd.'

'Hij is goed voor mij, Ayla. Hij is niet eens kwaad geworden toen ik de kleine verloor. Hij zei alleen dat hij Mog-ur om een talisman zou vragen om zijn totem weer sterk te maken, zodat hij een andere kleine zou kunnen laten beginnen. Ik denk dat hij jou ook wel mag, Ayla. Hij heeft me zelfs gezegd je te vragen om Durc bij ons te laten slapen. Ik denk dat hij weet hoe graag ik hem om me heen heb,' zei Oeba vertrouwelijk. 'Zelfs Broud is de laatste tijd niet zo vervelend tegen je geweest.'

'Nee, hij heeft me niet veel meer lastiggevallen,' gebaarde Ayla. Ze kon de vrees niet verklaren die haar elke keer dat hij naar haar keek besloop. Ze kon zelfs het haar in haar nek overeind voelen gaan staan als hij naar haar staarde zonder dat ze het zag.

Creb bleef tot laat die avond met Goov op de plek van de geesten. Ayla maakte een lichte maaltijd voor Durc en zichzelf klaar en zette iets voor Creb weg voor als hij terugkwam, hoewel ze betwijfelde of hij de moeite zou nemen het op te eten. Ze was die morgen wakker geworden met een gevoel van onbehagen, dat groeide naarmate de dag vorderde. De wanden van de grot schenen op haar af te komen en haar mond voelde zo droog als kurk. Ze kon maar een paar happen door haar keel krijgen, sprong toen plotseling op en rende naar de grotingang, waar ze naar de loden hemel ging staan kijken en naar de zwaar neerruisende regen die kleine kratertjes maakte in de volledig verzadigde modder. Durc kroop in haar bed en sliep al toen ze terugkwam. Zodra hij haar naast zich in bed voelde komen, nestelde hij zich dicht tegen haar aan en maakte een halfbewust gebaar dat eindigde met het woord 'Mama'.

Ayla legde haar arm om hem heen en voelde zijn hartje kloppen terwijl ze hem tegen zich aan hield, maar het duurde lang voor de slaap wilde komen. Klaarwakker lag ze in het zwakke licht van het stervende vuur naar de beschaduwde omtrekken van de ruwe rotswand te kijken. Ze was nog wakker toen Creb eindelijk terugkeerde, maar bleef stil liggen luisteren hoe hij rondschuifelde en gleed ten slotte weg in de slaap toen hij in bed was gestapt.

Gillend werd ze wakker!

'Ayla! Ayla!' riep Creb, haar heen en weer schuddend om haar bij haar positieven te krijgen. 'Wat heb je, kind?' gebaarde hij, zijn oog vol bezorgdheid.

'O, Creb,' snikte ze en ze sloeg haar armen om zijn hals. 'Ik heb die droom weer gehad. En ik had hem al jaren niet meer.' Creb sloeg zijn arm om haar heen en voelde hoe ze beefde.

'Wat is er met Mama?' gebaarde Durc, die met wijdopen ogen van angst overeind kwam. Hij had zijn moeder nog nooit horen gillen. Ayla legde haar arm om hem heen.

'Welke droom, Ayla? Die van de holenleeuw?' vroeg Creb.

'Nee, die andere, die ik me nooit precies kan herinneren.' Ze begon weer te beven. 'Creb, waarom zou ik die droom nu nog hebben? Ik dacht dat ik over boze dromen heen was gegroeid.'

Creb omarmde haar nog eens om haar te troosten. Ayla omhelsde hem ook. Plotseling beseften ze beiden hoe lang ze dat al niet meer hadden gedaan en hielden elkaar omklemd met Durc tussen hen in.

'O, Creb, ik kan je niet zeggen hoe vaak ik je heb willen omhelzen. Ik dacht dat je het niet zou willen, dat je me weg zou duwen, zoals toen ik een brutaal klein meisje was. En ik wilde je ook nog iets zeggen. Ik hou van je, Creb.'

'Ayla, zelfs toen moest ik mezelf dwingen je weg te duwen; maar ik móést iets doen, anders zou Brun het hebben gedaan. Ik kon nooit boos op je zijn, ik hield te veel van je. Ik hou nog steeds te veel van je. Ik dacht dat jij boos op mij was omdat je geen melk meer had en het mijn schuld was.'

'Dat was jouw schuld niet, Creb. Het was mijn eigen schuld. Ik heb het jou nooit kwalijk genomen.'

'Ik heb het mezelf wél kwalijk genomen. Ik had moeten begrijpen dat een kleine moet blijven drinken, omdat de melk anders opdroogt, maar je scheen met je verdriet alleen te willen zijn.'

'Hoe had jij dat nu kunnen weten? Geen van de mannen weet veel van kleintjes af. Ze vinden het wel leuk ze op schoot te hebben en wat met ze te spelen als ze verzadigd en vrolijk zijn, maar zodra ze beginnen te jengelen geven alle mannen ze direct aan hun moeders terug. Bovendien heeft het hem geen kwaad gedaan. Dit is pas het jaar waarin hij gespeend had moeten worden, en hij is groot en gezond hoewel hij al lang geleden gespeend is.'

'Maar het heeft jou verdriet gedaan, Ayla.'

'Mama verdriet?' vroeg Durc, nog steeds ongerust over haar schreeuw.

'Nee, Durc, Mama heeft geen verdriet, nu niet meer.'

'Hoe heeft hij je bij dat woord leren noemen, Ayla?'

Ze bloosde licht. 'Durc en ik spelen soms een spelletje waarbij we klanken maken. Hij besloot gewoon dat woord voor me te gebruiken.'

Creb knikte. 'Hij noemt alle vrouwen moeder – ik denk dat hij voor jou iets anders moest bedenken. Het betekent voor hem waarschijnlijk moeder.'

'Voor mij ook.'

'Je maakte een heleboel klanken en woorden toen je pas bij ons was. Ik denk dat jouw volk met klanken spreekt.'

'Mijn volk is het volk van de Stam. Ik ben een vrouw van de Stam.'

'Nee, Ayla,' gebaarde Creb langzaam. 'Jij bent niet van de Stam, je bent een vrouw van de Anderen.'

'Dat zei Iza ook, de nacht dat ze stierf. Ze zei dat ik niet echt tot de Stam behoorde; ze zei dat ik nog steeds een vrouw van de Anderen was.'

Creb keek verrast. 'Ik heb nooit geweten dat ze dat besefte. Iza was een wijze vrouw, Ayla. Ik ontdekte het pas die nacht dat je ons de grot in volgde.'

'Het was helemaal mijn bedoeling niet de grot in te gaan, Creb. Ik weet niet eens hoe ik er terechtgekomen ben. Ik weet niet wat het is dat je zoveel verdriet heeft gedaan, maar ik dacht dat je niet meer van me hield omdat ik die grot was binnengegaan.'

'Nee, Ayla, ik hield nog altijd van je, ik hield te veel van je.'

'Durc honger,' kwam het kind tussenbeide. Hij was nog steeds verontrust door zijn moeders gil en de intense conversatie tussen haar en Creb hinderde hem.

'Heb je honger? Ik zal eens zien of ik iets voor je kan vinden.'

Creb sloeg haar gade terwijl ze opstond en naar het vuur liep. Ik vraag me af waarom ze naar ons toe is geleid, dacht hij. Ze is bij de Anderen geboren en de Holenleeuw heeft haar altijd beschermd; waarom zou hij zich laten verslaan, haar een kleine laten krijgen en dan haar melk laten opdrogen? Iedereen denkt dat het komt omdat Durc rampspoedig is, maar kijk hem nu eens. Hij is gezond, hij is gelukkig, iedereen houdt van hem. Misschien had Dorv het bij het juiste eind, misschien hebben alle totemgeesten van alle mannen zich met haar Holenleeuw vermengd. Op dat punt had ze gelijk: hij is niet mismaakt, hij is een mengeling. Hij kan zelfs net zulke geluiden maken als zij. Hij is voor een deel Ayla en voor een deel Stam.

Plotseling voelde Creb het bloed uit zijn gezicht wegtrekken en kreeg hij over zijn hele lichaam kippenvel. Voor een deel Ayla en voor een deel Stam! Werd ze daarom naar ons toe geleid? Om Durc? Om haar zoon? De Stam is gedoemd, de Stam zal niet overleven, alleen háár soort zal blijven bestaan. Ik weet het, ik heb het gevoeld. Maar Durc? Hij behoort voor een deel tot de Anderen, hij zal overleven, maar hij behoort ook tot de Stam. En Oera, zij ziet er net uit als Durc en ze werd niet lang na dat voorval met die mannen van de Anderen geboren. Zijn hun totems zo sterk dat ze die van een vrouw in zo'n korte tijd kunnen verslaan? Misschien: als hun vrouwen Holenleeuwtotems kunnen hebben, zal dat wel nodig zijn. Is Oera dan ook een mengeling? En als er een Durc en een Oera zijn, moeten er ook anderen zijn. Kinderen van vermengde geesten, kinderen die zullen overleven, die de Stam zullen doen voortbestaan. Niet veel, misschien, maar genoeg. Misschien was de Stam al gedoemd vóór Ayla de heilige ceremonie zag, en is ze daar alleen heen geleid om het mij te laten weten. Wij zullen er niet meer zijn, maar zolang er Durcs en Oera's zijn, zullen we niet helemaal ten onder gaan. Ik vraag me af of Durc de herinneringen heeft. Was hij maar ouder, oud genoeg voor een ceremonie. Het doet er niet toe, Durc heeft meer dan de herinneringen, hij heeft de Stam. Ayla, mijn kind, kind van mijn hart, je bent werkelijk een draagster van het geluk, je hebt het ons gebracht. Nu weet ik waarom je gekomen bent: niet om ons de dood te brengen, maar om ons onze enige kans tot overleven te geven. Het zal nooit hetzelfde zijn, maar het is iets.

Ayla bracht haar zoon een stukje koud vlees. Creb leek in gedachten verzonken, maar keek haar aan toen ze ging zitten.

'Weet je, Creb,' zei ze nadenkend, 'soms denk ik dat Durc niet alleen míjn zoon is. Sinds mijn melk opdroogde en hij eraan gewend raakte van vuurplaats naar vuurplaats te worden gebracht om gezoogd te worden, eet hij ook bij elke vuurplaats. Iedereen geeft hem te eten. Hij doet me denken aan een holenbeerjong, het is alsof hij de zoon van de hele stam is.'

Ayla zag een diepe droefheid in Crebs ene donkere, zielvolle oog, 'Durc ís ook de zoon van de hele stam, Ayla. Hij is de enige zoon van de Stam.'

Het eerste ochtendgloren lichtte op in de grotingang en vulde het driehoekige vlak. Ayla was al wakker en lag in het groeiende licht naar haar zoon te kijken, die naast haar sliep. Ze kon Creb onder zijn slaapvacht op zijn bed zien liggen en hoorde aan zijn regelmatige ademhaling dat ook hij nog sliep. Ik ben blij dat Creb en ik eindelijk gepraat hebben, dacht ze, met een gevoel alsof haar een vreselijke last van de schouders was genomen, maar de beklemming onder in haar maag die ze de gehele vorige dag en nacht had gevoeld, was gebleven en werd sterker. Haar keel voelde toegeknepen en droog aan, en ze dacht dat ze zou stikken als ze nog een minuut langer in de grot bleef. Ze gleed zachtjes uit bed, deed snel een omslag en een paar voetomhulsels aan en ging stil naar de grotingang.

Ze haalde diep adem zodra ze buiten was. Haar opluchting was zo groot dat het haar niet kon schelen dat ijzige regen haar leren omslag doorweekte. Ze sopte door de drassige poel voor de grot naar de rivier, rillend toen ze het plotseling koud kreeg. Vanaf plakkaten sneeuw, zwart gespikkeld door het van de vele vuren neerdwarrelende roet, liepen modderige beekjes langs de glooiing omlaag en vermengden zich bescheiden met het neerstromende hemelwater dat de nog in ijs gevangen stroom deed zwellen.

Haar leren voetomhulsels vonden weinig houvast in het roodbruine slijk en ze gleed uit en rolde de halve helling naar de stroom af. Haar sliertige, tegen haar hoofd plakkende haar hing in dikke strengen neer; het eruit druipende water trok riviertjes door de aan haar omslag klevende modder voor de regen die wegspoelde. Lang stond ze aan de oever van de waterloop die worstelde om zich van zijn bevroren boeien te bevrijden, en zag het donkere water om de schotsen kolken, ze ten slotte losslaan en naar een ongeziene bestemming afvoeren.

Haar tanden klapperden toen ze zich weer tegen de glibberige helling op worstelde en zag hoe de bewolkte hemel achter de richel ten oosten van de grot bijna onmerkbaar lichter werd. Bij de ingang van de grot moest ze door een onzichtbare barrière heen breken en zodra ze binnen was voelde ze de beklemming haar weer bespringen.

'Ayla, je bent doorweekt. Waarom ben je in deze regen naar buiten gegaan?' gebaarde Creb. Hij legde een extra stuk hout in het vuur. 'Doe die natte omslag uit en kom hier bij het vuur. Je zult je nog een kou op de hals halen.'

Ze kleedde zich om en kwam toen naast Creb bij het vuur zitten, dankbaar dat de stilte tussen hen niet langer gedwongen was.

'Creb, ik ben zo blij dat we gisteravond hebben gepraat. Ik ben naar

de rivier geweest; het ijs komt al los. De zomer komt eraan, we zullen weer lange wandelingen kunnen maken.'
'Ja, Ayla, de zomer komt er weer aan. Als je dat wilt zullen we weer lange wandelingen maken. Als het zomer is.'
Ayla voelde plotseling een rilling over haar rug lopen. Ze had het afschuwelijke gevoel dat ze nooit meer een lange wandeling met hem zou maken, en dat Creb dat wist. Ze strekte haar armen naar hem uit en ze hielden elkaar omklemd als voor de laatste keer.

Tegen het midden van de ochtend verstilde de regen tot een druilerige motregen en tegen de middag hield hij helemaal op. Een bleek, vermoeid zonnetje brak door het dikke wolkendek, maar kon de doorweekte aarde maar weinig verwarmen of drogen. Ondanks het sombere weer en het karige voedsel was de stam opgewonden over deze bijzondere aanleiding tot het feestmaal. Een overdracht van het leiderschap was al een zeldzame gebeurtenis, maar het feit dat er tegelijkertijd een nieuwe Mog-ur zou worden aangesteld, maakte er helemaal een uitzonderlijke gelegenheid van. Oga en Ebra zouden ook een rol bij de ceremonie spelen, evenals Brac. De zevenjarige zou de volgende kroonprins zijn.
Oga was één bonk gekwelde zenuwen. Ze sprong ieder ogenblik op om alle vuurplaatsen waar voedsel stond te koken te gaan inspecteren. Ebra probeerde haar te kalmeren, maar Ebra was zelf ook niet al te kalm. En Brac was in een poging volwassener te lijken orders aan het uitdelen onder de kleine kinderen en ingespannen werkende vrouwen. Ten slotte bemoeide Brun zich ermee en riep hem terzijde om zijn rol nog eens te oefenen. Oeba nam de kinderen mee naar Vorns vuurplaats om ze uit de weg te hebben, en toen de meeste voorbereidingen gereed waren voegde Ayla zich bij haar. Afgezien van het helpen bij het koken zou Ayla's enige aandeel bestaan uit het bereiden van daturathee voor de mannen, daar Creb haar had gezegd dat ze de worteldrank niet hoefde te maken.
Tegen de avond gleden er nog slechts enkele wolkenflarden langs de volle maan, die het kale, doodse landschap verlichtte. In de grot brandde een groot vuur in een door een kring van toortsen omgrensde ruimte achter de laatste vuurplaats.
Ayla zat alleen op haar slaapvacht in haar eigen kleine vuur te kijken dat vlak voor haar knapte en knetterde. Ze had nog steeds het onbehaaglijke gevoel niet van zich af kunnen zetten. Ze besloot bij de grotingang naar de maan te gaan kijken tot de festiviteiten begonnen, maar net toen ze opstond, zag ze Brun het teken geven en liep ze

schoorvoetend de andere kant op. Toen eenieder op de juiste plaats stond opgesteld, kwam Mog-ur uit de plek der geesten, gevolgd door Goov en evenals deze in een berenhuid gehuld.

Toen de grote heilige man voor het laatst de geesten bijeenriep, schenen de jaren van hem af te vallen. Hij maakte de welsprekende, vertrouwde gebaren met meer zeggingskracht en intensiteit dan de stam hem in jaren had zien doen. Het was een meesterlijke voorstelling. Hij bespeelde zijn publiek met het gemak van een virtuoos, door perfecte timing hun aandacht gevangenhoudend van hoogtepunt naar hoogtepunt van intense emotie, tot aan de allesverterende climax, die hen uitgeput achterliet. Naast hem was Goov een kleurloze kopie. De jonge man was een competente Mog-ur, zelfs een goede, maar hij kon niet tippen aan dé Mog-ur. De machtigste tovenaar die de Stam ooit had gekend, had zijn laatste en schitterendste ceremonie gehouden. Toen hij zijn functie aan Goov overdroeg, was Ayla niet de enige die schreide. De droogogige stamleden weenden met hun harten.

Ayla's gedachten dwaalden af terwijl Goov de gebaren maakte waarmee Brun van zijn taak ontheven en Broud tot de positie van leider werd verheven. Ze keek naar Creb en herinnerde zich de eerste keer dat ze zijn eenogige, met littekens overdekte gezicht had gezien en haar hand had uitgestoken om het aan te raken. Ze herinnerde zich hoe geduldig hij had geprobeerd haar te leren spreken, en hoe ze het plotseling begrepen had. Ze reikte naar haar amulet en voelde het littekentje op haar keel waar hij haar handig een klein sneetje had toe gebracht om haar bloed te doen vloeien als offer voor de oeroude geesten die haar toestemming hadden verleend om op jacht te gaan. En ze kromp ineen bij de herinnering aan haar clandestiene bezoek aan een kleine grot diep in een berg. Toen herinnerde ze zich zijn blik van liefdevolle droefheid en zijn raadselachtige opmerking van de avond tevoren.

Bij het feestmaal waarmee de opvolging van de volgende generatie op de gezaghebbende posities werd gevierd, zat ze maar wat aan haar voedsel te plukken. De mannen gingen in een rij de kleine heilige grot binnen om de ceremonie in afzondering te voltooien, en Ayla deelde onder de vrouwen de daturathee uit die ze van Goov, nu de Mog-ur, ontvangen had. Maar ze was niet in de stemming voor de vrouwendans; haar trommelspel miste elan en ze dronk zo weinig van de ceremoniële thee dat het effect ervan snel verdween. Zodra het fatsoen dat toeliet, keerde ze naar Crebs vuurplaats terug en sliep al toen Creb terugkeerde, maar het was een onrustige slaap. Creb stond een tijdje bij haar bed naar haar en haar zoon te kijken voor hij naar zijn eigen slaapplaats hobbelde.

'Mama jagen? Durc jagen met Mama?' vroeg het jongetje, uit bed springend en naar de grotingang lopend. Er waren nog maar enkele mensen op, maar Durc was klaarwakker.
'In ieder geval pas ná het ontbijt, Durc. Kom terug,' gebaarde Ayla en ze stond op om hem te halen. 'Waarschijnlijk helemaal niet, vandaag. Het is wel lente, maar zo warm is het nog niet.'
Nadat hij had gegeten, ontdekte Durc Grev en vergat de hele jacht terwijl hij naar Brouds vuurplaats rende. Ayla keek hem na, met een gevoel van vertedering dat haar mondhoeken deed krullen. De glimlach verdween toen ze zag hoe Broud naar hem keek. Het deed haar hoofdhuid prikken. De jongens renden samen naar buiten. Plotseling voelde ze zich zo beklemd in de grot dat ze dacht over te zullen geven als ze niet dadelijk naar buiten ging. Ze stormde naar de ingang, terwijl ze haar hart tekeer voelde gaan, en haalde verscheidene keren diep adem.
'Ayla!'
Ze sprong op bij het horen van Brouds stem, draaide zich om, boog haar hoofd en keek op de nieuwe leider neer.
'Deze vrouw groet de nieuwe leider,' gebaarde ze formeel. Broud stond zelden recht tegenover haar. Ze was veel langer dan de langste man van de stam. en Broud was niet een van de grootsten. Hij kwam maar nauwelijks tot haar schouder. Ze wist dat hij er een hekel aan had tegen haar op te moeten kijken.
'Ga er niet weer vandoor. Ik ga hier zo dadelijk een bijeenkomst beleggen.'
Ayla knikte gehoorzaam.
De stam verzamelde zich langzaam. De zon scheen en ze waren blij dat Broud besloten had deze bijeenkomst buiten te houden, ondanks de soppige grond. Ze moesten even wachten; toen stapte Broud naar de plek waar Brun voorheen altijd had gestaan, zich triomfantelijk zijn nieuwe status bewust.
'Zoals jullie weten ben ik jullie nieuwe leider,' begon Broud. Hij verried zijn nervositeit bij het toespreken van de stam in zijn nieuwe hoedanigheid door deze inleidende voor de hand liggende waarheid.
'Omdat de stam een nieuwe leider én een nieuwe Mog-ur heeft gekregen, is dit een goed moment om nog enkele andere veranderingen aan te kondigen,' sprak hij verder. 'Ik wil hierbij bekendmaken dat Vorn nu mijn tweede man is.'
Er werd geknikt; dat had men al verwacht. Brun dacht bij zichzelf dat Broud had moeten wachten tot Vorn wat ouder was voor hij hem boven meer ervaren jagers plaatste, maar iedereen wist toch al dat het

zou gebeuren. Hij kan het misschien inderdaad maar net zo goed meteen doen, zei hij bij zichzelf.

'Dan zijn er nog enkele andere veranderingen,' gebaarde Broud. 'Eén vrouw in deze stam heeft geen metgezel.' Ayla voelde het bloed naar haar wangen stijgen. 'Iemand moet voor haar zorgen, en ik wil mijn jagers niet met haar belasten. Ik ben nu de leider en dus ben ik verantwoordelijk voor haar. Ik zal Ayla als tweede vrouw bij mijn vuurplaats opnemen.'

Ayla had het al wel verwacht, maar de wetenschap dat ze het bij het rechte eind had gehad, verschafte haar weinig vreugde. Ze mag het misschien niet zo prettig vinden, dacht Brun, maar Broud doet wat hij hoort te doen. Brun keek trots naar de zoon van zijn gezellin. Broud was rijp voor het leiderschap.

'Ze heeft een mismaakt kind,' ging Broud voort. 'Ik wil hierbij nog eens duidelijk zeggen dat er geen mismaakte kinderen meer in deze stam geaccepteerd zullen worden. Ik wil niet dat iemand denkt dat het door mijn vooroordeel komt als het volgende geweigerd wordt. Als zij een normaal kind voortbrengt, zal het geaccepteerd worden.'

Creb stond bij de grotingang en schudde het hoofd toen hij Ayla zag verbleken en het hoofd buigen. Nu, je kunt er zeker van zijn dat ik geen andere kinderen meer zal krijgen, Broud; niet als Iza's toverij ook voor mij werkt, dacht ze. Het kan me niet schelen of een kleintje door de totem of het orgaan van een man wordt begonnen; jij zult er geen meer in mij laten beginnen. Ik ben niet van plan kleintjes te baren die dan moeten sterven omdat jij denkt dat ze mismaakt zijn.

'Ik heb het al eens eerder gezegd,' ging Broud voort, 'dus zal dit niet als een verrassing komen. Ik wil geen mismaakte kinderen bij mijn vuurplaats.'

Ayla's hoofd schoot met een ruk omhoog. Wat bedoelt hij? Als ik bij zijn vuurplaats moet komen wonen, komt mijn zoon met me mee.

'Vorn heeft ermee ingestemd Durc bij zijn vuurplaats op te nemen. Zijn gezellin is op de jongen gesteld, ondanks het feit dat hij mismaakt is. Hij zal goed worden verzorgd.'

Dit nieuws werd door de stam met een verontrust gemompel en een druk gefladder van handen begroet. Kinderen hoorden bij hun moeder tot ze volwassen waren. Waarom zou Broud Ayla opnemen maar haar zoon weigeren? Ayla brak van haar plaats weg en wierp zich voor Brouds voeten neer. Broud tikte haar op de schouder.

'Ik ben nog niet uitgesproken, vrouw. Het is onbeleefd om de leider in de rede te vallen, maar ik zal het ditmaal door de vingers zien. Je mag spreken.'

'Broud, je kunt me Durc niet afnemen. Hij is mijn zoon. De kinderen van een vrouw gaan met haar mee, waar ze ook heen gaat,' gebaarde ze, geheel vergetend hem eerbiedig aan te spreken of haar protest in de vorm van een verzoek te gieten.

Brun keek woedend. Zijn trots over de nieuwe leider was verdwenen.

'Wil jij, vrouw, deze leider vertellen wat hij wel en niet kan doen?' gebaarde Broud, met een honende uitdrukking op zijn gezicht. Hij was zeer met zichzelf ingenomen. Hij was dit al lang van plan geweest, en hij had haar precies die reactie ontlokt waarop hij had gehoopt.

'Jij bent geen moeder. Oga is meer Durcs moeder dan jij. Wie heeft hem gezoogd? Jij niet. Hij weet niet eens wie zijn moeder is. Elke vrouw in deze stam is moeder voor hem. Wat maakt het voor verschil waar hij woont? Het kan hemzelf kennelijk ook niet schelen, hij eet bij iedere vuurplaats,' zei Broud.

'Ik weet dat ik hem niet heb kunnen voeden, maar je weet dat hij mijn zoon is, Broud. Hij slaapt elke nacht bij me.'

'Nu, hij zal niet elke nacht bij míj slapen. Kun je ontkennen dat Vorns gezellin "moeder" voor hem is? Ik heb Goov, ik bedoel de Mogur, al gezegd dat de koppelceremonie na deze bijeenkomst gehouden moet worden. Het heeft geen zin ermee te wachten. Je komt vanavond bij mijn vuurplaats wonen en Durc bij die van Vorn. Ga nu naar je plaats terug,' beval hij. Broud keek even de stam rond en zag Creb op zijn staf geleund bij de grot staan. De oude man keek vertoornd.

Maar nog lang niet zo vertoornd als Brun. Zijn gezicht stond op storm toen hij Ayla naar haar plaats zag terugkeren. Hij vocht om zich te beheersen, om niet tussenbeide te komen. Er sprak meer dan woede uit zijn ogen, ook de pijn in zijn hart was zichtbaar. De zoon van mijn gezellin, dacht hij, die ik heb opgevoed en onderricht en zojuist tot leider van deze stam heb gemaakt. Hij gebruikt zijn positie om wraak te nemen. Wraak op een vrouw, voor ingebeeld onrecht. Waarom heb ik het niet aan zien komen? Waarom ben ik zo blind geweest? Nu begrijp ik waarom hij Vorn zo snel heeft bevorderd. Broud heeft het allemaal van tevoren met hem geregeld; hij is al lang van plan geweest Ayla dit aan te doen. Broud, Broud, is dat het eerste wat een nieuwe leider doet? Zijn jagers in gevaar brengen door een jonge en onervaren tweede man aan te stellen, alleen om zich op een vrouw te wreken? Wat voor genoegen kun je erin vinden een moeder van haar kind te scheiden terwijl ze al zoveel verdriet heeft gehad? Heb je geen hart, zoon van mijn gezellin? De enige vertrouwelijkheid die ze aan haar zoon beleeft, is dat ze 's nachts haar bed met hem deelt.

'Ik ben nog niet uitgesproken, ik ben nog niet klaar,' gebaarde Broud, in een poging de aandacht van de geschokte en onrustige stam te trekken. Ten slotte kalmeerden de stamleden wat.

'Deze man is niet de enige die tot een nieuwe rang is verheven. We hebben ook een nieuwe Mog-ur. Aan een hogere rang zijn bepaalde voorrechten verbonden. Ik heb besloten dat Goov... de Mog-ur, op de voor de tovenaar van de stam gereserveerde vuurplaats zal gaan wonen. Creb krijgt een vuurplaats achter in de grot.'

Brun wierp een snelle blik op Goov. Zat hij ook in het complot? Maar Goov schudde zijn hoofd, met een verbijsterde uitdrukking op zijn gezicht.

'Ik wil niet op de vuurplaats van de Mog-ur wonen,' zei hij. 'Daar woont hij al sinds we deze grot betrokken.'

De stam voelde zich steeds minder op zijn gemak over zijn nieuwe leider.

'Ik heb besloten dat je er gaat wonen!' gebaarde Broud gebiedend, kwaad dat Goov weigerde. Toen hij de kreupele oude man die daar op zijn staf stond geleund woedend naar hem had zien kijken, had hij plotseling beseft dat de grote Mog-ur geen tovenaar meer was. Wat had hij van een mismaakte oude mankepoot te vrezen? In een opwelling had hij het aanbod van Mog-urs vuurplaats gedaan, in de verwachting dat Goov dat uitgelezen plekje in de grot dolgraag wilde hebben, net zoals Vorn de kans op een hogere rang met beide handen had aangegrepen. Hij had gedacht dat hij de nieuwe Mog-ur daarmee aan zich zou binden, Goov aan zich zou verplichten. Broud had geen rekening gehouden met Goovs trouw aan en liefde voor zijn leraar.

Brun kon zich niet langer inhouden en stond op het punt zich ermee te bemoeien, maar Ayla was hem voor.

'Broud!' schreeuwde Ayla vanaf haar plaats. Zijn hoofd schoot omhoog. 'Dat kun je niet doen! Je kunt Creb toch niet van zijn vuurplaats verdrijven?!' Vol gerechtvaardigde toorn kwam ze op hem toe stampen. 'Hij moet een beschutte plek hebben. Het waait te hard achterin. Je weet toch hoeveel pijn hij 's winters heeft?' Ayla vergat zich als een vrouw van de Stam te gedragen; ze was nu een medicijnvrouw die haar patiënt in bescherming nam. 'Je doet het alleen maar om mij te treffen. Je probeert Creb te straffen omdat hij voor mij gezorgd heeft. Het kan me niet schelen wat je mij aandoet, Broud, maar laat Creb met rust!' Ze stond vlak voor hem, torende boven hem uit, gebaarde woedend in zijn gezicht.

'Wie heeft je toegestaan te spreken, vrouw?' raasde Broud. Hij haalde met een gebalde vuist naar haar uit, maar ze zag het aankomen en

dook weg. Broud keek vreemd op toen hij in het luchtledige sloeg. Zijn verbazing ging over in woede toen hij de achtervolging inzette.
'Broud!' Bruns schreeuw bracht hem tot staan. Hij was te zeer gewend die stem te gehoorzamen, vooral wanneer hij in toorn verheven werd. 'Dat is Mog-urs vuurplaats, Broud, en het zal zijn vuurplaats blijven tot aan zijn dood. Die zal snel genoeg komen zonder dat jij het verhaast door hem te verplaatsen. Hij heeft deze stam lang en goed gediend; hij verdient die plaats. Wat ben jij voor een leider? Wat ben jij voor een man? Om je positie te gebruiken om je op een vrouw te wreken? Een vrouw die je nooit iets heeft misdaan, Broud, die dat niet eens zou kunnen als ze het probeerde. Je bent geen leider!'
'Nee, jij bent degene die geen leider is, Brun, niet meer.' Broud besefte, na zijn aanvankelijke impuls om te gehoorzamen, weer wat zijn positie, en die van Brun, was. 'Nu ben ík de leider! Ik neem nu de beslissingen! Jij hebt altijd haar zijde gekozen, tégen mij, haar altijd in bescherming genomen. Wel, nu kun je haar niet meer in bescherming nemen!' Broud begon zijn zelfbeheersing te verliezen en stond met een paars gezicht van woede wild te gesticuleren. 'Ze zal doen wat ik zeg of ik vervloek haar! En niet voor tijdelijk! Je hebt toch gezien hoe onbeschaamd ze daarnet was, en nóg kom je voor haar op. Ik neem het niet meer! Ze verdient het gevloekt te worden. En dat ga ik doen ook! Hoe bevalt je dát, Brun? Goov! Vervloek haar! Vervloek haar! Nu meteen! Ik wil dat ze dadelijk gevloekt wordt. Niemand zal deze leider vertellen wat hij moet doen, en zeker die lelijke vrouw niet. Heb je me begrepen? Vervloek haar, Goov!'
Creb had geprobeerd Ayla's aandacht te trekken sinds het ogenblik dat ze haar stem tegen Broud verhief, om haar te waarschuwen. Het kon hem niet schelen waar hij woonde, voor in of achter in de grot, het was hem allemaal hetzelfde. Zijn achterdocht was al gewekt op het moment dat Broud aankondigde dat hij Ayla als tweede vrouw op zou nemen. Het was niets voor Broud om zonder een speciale reden zo'n van verantwoordelijkheidsgevoel getuigende zet te doen. Maar zijn boze vermoedens hadden hem toch niet voorbereid op de onverkwikkelijke scène die daarna volgde. Toen hij Broud Goov zag bevelen haar te vervloeken, verliet het laatste beetje vechtlust hem. Hij had er geen behoefte aan nog meer te zien en wendde zich af om langzaam de grot binnen te schuifelen. Ayla keek net op toen hij in het gat van de berg verdween.
Creb was niet de enige die door de confrontatie geschokt was. De hele stam was in beroering; men gebaarde, schreeuwde, liep in grote verwarring rond. Sommigen konden het niet langer aanzien, terwijl an-

deren in verbluft ongeloof staarden naar een schouwspel dat niet één van hen verwacht had ooit in zijn leven te zullen aanschouwen. Hun levens waren té geordend, te geborgen, te zeer door tradities en zeden en gebruiken aan banden gelegd.

Ze waren verbaasd over Brouds ongebruikelijke en onredelijke beslissingen met betrekking tot Ayla en haar zoon; ze waren niet minder ontzet over Ayla's botsing met de nieuwe leider en over Brouds besluit Creb zijn vuurplaats te doen verlaten; en ze waren al evenzeer verbijsterd door Bruns uitvaren tegen de man die hij net tot leider had benoemd en door Brouds onbeheerste driftaanval en zijn bevel aan Goov om Ayla te vervloeken. Er stonden hun echter nog meer schokken te wachten.

Ayla beefde zo hevig dat ze het trillen onder haar voeten niet voelde, tot ze mensen om zag vallen, niet in staat hun evenwicht te bewaren. Haar eigen gezicht weerspiegelde de verblufte uitdrukking van die van de anderen, die veranderde in angst, en daarna in pure ontzetting. Toen hoorde ze pas het diepe, angstwekkende rommelen in de ingewanden van de aarde.

'Duurrrc!' schreeuwde ze, en ze zag dat Oeba hem beetgreep en over hem heen viel alsof ze zijn kleine lichaampje met dat van haarzelf wilde beschermen. Ayla wilde naar hen toe rennen, maar herinnerde zich toen plotseling iets dat haar met afgrijzen vervulde.

'Creb! Hij is in de grot!'

Ze klauterde tegen de heen en weer schokkende helling op in een poging de wijde driehoekige ingang te bereiken. Een geweldig rotsblok denderde de steile rotswand waarin de ingang gelegen was af en bonsde naast haar neer, uit zijn koers gebracht door een boom die door de botsing aan splinters sloeg. Ayla lette er niet op. Ze was verdoofd, als in een shock. De in haar oude nachtmerrie opgesloten herinneringen kwamen los, maar bleven verward en onsamenhangend door haar paniek. In het donderend lawaai van de aardbeving hoorde zelfs zijzelf niet het in een lang vergeten taal aan haar lippen ontwrongen woord.

'Moederrr!'

De grond onder haar voeten viel meters weg, en kwam toen weer omhoog. Ze viel om, worstelde om overeind te komen en zag vervolgens de gewelfde zoldering van de grot instorten. Puntige brokken steen lieten los, vielen daverend neer en sprongen door de klap uiteen. Meer volgden. Overal om haar heen sprongen en tuimelden rotsblokken de stenige bergwand af, rolden de minder steile glooiing af en plonsden in de met ijs bedekte rivier. De richel ten oosten van de grot barstte en brokkelde voor de helft af.

Binnen de grot regende het stukken rots en steentjes en zand, begeleid door het met veel lawaai instorten van grote stukken van de wanden en de gewelfde overspanning. Buiten stonden hoge coniferen te dansen als lompe reuzen en schudden naakte loofbomen hun kale takken in een ongracieuze springende beweging op het versnelde ritme van de dreunende doodszang. Een barst in de wand, dicht bij de oostzijde van de ingang en tegenover de door de bron gevoede vijver scheurde open en deed een lawine van los gesteente en grind omlaagstorten. Daardoor werd de weg vrijgemaakt voor een tweede ondergrondse stroom, die zijn last aan puin op het brede terras voor de grot deponeerde alvorens zich naar de rivier te reppen. De kreten van de dodelijk verschrikte mensen verdronken in het donderend geraas van de scheurende aarde en de neerdreunende brokken gesteente. Het lawaai was oorverdovend.

Ten slotte nam het beven van de aarde af. Enkele laatste stenen tuimelden nog de berg af, sprongen en rolden nog wat voort, en bleven toen liggen. Versufte, nog natrillende mensen kwamen langzaam overeind en liepen nietsziend rond, trachtend hun gedachten te ordenen. Vervolgens begonnen ze zich rond Brun te verzamelen. Hij was altijd hun steunpilaar, hun toeverlaat geweest. Ze zochten bij hem de veiligheid waar hij altijd voor had gestaan.

Maar Brun deed niets. Hij wist dat hij in al zijn jaren als leider nooit een grotere vergissing had gemaakt dan toen hij Broud tot leider benoemde. Nu pas besefte hij hoe blind hij was geweest voor de gebreken van de zoon van zijn gezellin. Zelfs zijn deugden, zijn onbevreesde driestheid en onstuimige moed, zag Brun nu als uitingen van hetzelfde onverschillig-harde karakter en onbeheerste temperament. Maar dat was niet de reden waarom Brun weigerde tot actie over te gaan. Broud was nu de leider, hoe dan ook. Brun kon hem nu het leiderschap niet weer afnemen en een andere man opleiden, al wist hij dat de stam ermee akkoord zou zijn gegaan. De enige manier waarop Broud kon hopen ooit een echte leider te worden, de enige hoop voor de stam, was hem nu te laten leiden. Broud had gezegd dat hij de leider was – uitdagend, volkomen onbeheerst had Broud gezegd dat hij de leider was. Nu, *leid* dan, Broud, dacht Brun. Doe iets. Wat voor beslissingen Broud van nu af nam, of niet nam, Brun zou niet tussenbeide komen.

Toen de stam begreep dat Brun het leiderschap niet zou terugnemen, wendde men zich ten slotte tot Broud. De stamleden waren zo gewend aan hun tradities, hun hiërarchie, en Brun was een erg goede leider geweest, erg sterk, zich uitermate bewust van zijn verantwoordelijkheid.

Ze waren eraan gewend dat hij in tijden van nood de leiding nam, dat ze geheel op zijn kalmte, zijn weloverwogen oordeel konden vertrouwen. Ze konden niet zelfstandig optreden, niet zelf beslissingen nemen. Zelfs Broud verwachtte dat Brun het van hem zou overnemen; ook hij had behoefte aan iemand om op te steunen. Toen het ten slotte tot Broud doordrong dat de last nu op zíjn schouders rustte, probeerde hij zich ernaar te gedragen. Hij probeerde het werkelijk.
'Ontbreekt er iemand? Is er iemand gewond?' gebaarde Broud. Er ging een algemene zucht van verlichting op. Eindelijk deed er iemand iets. Gezinsleden zochten elkaar op, en toen de stam zich onder kreten van verrassing bij het zien van reeds doodgewaande dierbaren verzameld had, scheen er niemand te ontbreken. Ondanks al het vallend gesteente en het schokken van de aarde was er zelfs niemand ernstig gewond. Kneuzingen, sneden, schaafwonden, maar geen gebroken ledematen.
Dat was echter niet helemaal waar.
'Waar is Ayla?' riep Oeba, met een klank van paniek in haar stem.
'Hier,' antwoordde Ayla, en ze kwam van de helling terug omlaaglopen, voor het moment vergetend hoe ze daar terechtgekomen was.
'Mama!' schreeuwde Durc, terwijl hij zich uit Oeba's beschermende omarming losrukte en naar haar toe rende. Ook Ayla begon te rennen, tilde hem op en zwaaide hem omhoog, drukte hem stijf tegen zich aan en droeg hem mee terug naar de stam.
'Oeba, is alles goed met je?' vroeg ze.
'Ja, ik heb niets ernstigs.'
'Waar is Creb?' Toen herinnerde Ayla zich plotseling waarom ze op de glooiing was geweest. Ze gaf Durc terug aan Oeba en rende de helling weer op.
'Ayla! Waar ga je heen? Ga de grot niet in! Er kunnen nog meer schokken komen!'
Ayla zag de waarschuwing niet, noch zou ze er gehoor aan hebben gegeven. Ze rende de grot binnen en ging regelrecht naar Crebs vuurplaats. Stenen en grind stroomden nog omlaag en maakten kleine bergjes op de grond. Afgezien van enkele brokken steen en een dikke stoflaag was hun plekje in de grot onbeschadigd, maar Creb was er niet. Ayla keek bij elke vuurplaats. Sommige waren totaal verwoest, maar bij de meeste was nog wel iets te redden. Creb was op geen enkele vuurplaats. Ze aarzelde bij de nauwe opening die naar de plek van de geesten leidde, wilde toen binnengaan, maar het was er te donker om te kunnen zien. Ze zou een toorts moeten hebben. Ze besloot eerst de rest van de grot af te zoeken.

Grind spatte op haar neer en ze sprong opzij. Een puntig brok steen viel dreunend naast haar op de grond, en passant haar arm openschavend. Ze zocht langs de wanden, liep vervolgens kriskras de ruimte door, terwijl ze in de diepe schaduwen achter opgestapelde voedselvoorraden en grote rotsblokken tastte. Ze wilde al een toorts gaan halen, maar ging toch nog eerst op één laatste plek kijken.

Ze vond Creb naast Iza's grafhoop. Hij lag op zijn mismaakte zij met zijn benen opgetrokken, bijna alsof ze in een foetushouding waren vastgebonden. De grote, indrukwekkende schedel die zijn machtig brein had beschermd, beschermde het niet langer. De zware steen die hem verbrijzeld had, was een eindje weggerold. Hij was dadelijk dood geweest. Ze knielde naast zijn lichaam neer en liet haar tranen de vrije loop.

'Creb, o, Creb. Waarom ben je de grot in gegaan?' gebaarde ze. Ze wiegde op haar knieën liggend heen en weer, terwijl ze luid zijn naam riep. Toen, om een onverklaarbare reden, stond ze op en begon de gebaren te maken die ze hem over Iza had zien maken, de gebaren van de begrafenisrite. Stille tranen vertroebelden haar blik terwijl de lange blonde vrouw, alleen in een met rotsblokken en gesteente bezaaide grot, de oude, symbolische bewegingen maakte met een gratie en verfijning die niet onderdeden voor die van de grote heilige man zelf. Veel van de gebaren begreep ze niet eens. Ze zou ze ook nooit begrijpen. Het was haar laatste geschenk aan de enige vader die ze had gekend.

'Hij is dood,' gebaarde Ayla tegen de naar haar opgeheven gezichten toen ze uit de grot naar buiten kwam. Broud staarde haar mét de anderen aan; toen beving hem een grote angst. Zij was degene geweest die de grot had gevonden, degene die de geesten begunstigden. En toen hij haar had gevloekt, hadden ze de aarde laten beven en de grot die zij gevonden had verwoest. Waren ze kwaad op hem, omdat hij haar wilde laten vervloeken? Hadden ze de grot die zij gevonden had laten instorten omdat ze vertoornd op hem waren? Stel dat de rest van de stam ging denken dat híj dit onheil over hen had gebracht? In de duistere spelonken van zijn bijgelovige ziel sidderde hij voor het slechte teken en voor de toorn der geesten die hij naar zijn vaste overtuiging had opgewekt. Toen, vanuit een plotselinge, impulsieve, kromme redenatie, bedacht hij dat als hij de schuld op háár wierp voordat iemand die op hém kon werpen, niemand hem meer aansprakelijk zou kunnen stellen en de geesten zich tegen háár zouden keren.

'Dat heeft zíj gedaan! Het is háár schuld!' gebaarde Broud plotseling.

'Zíj heeft de geesten boos gemaakt. Zij is degene die de tradities heeft geschonden. Jullie hebben het allemaal gezien. Ze was onbeschaamd, ze was oneerbiedig jegens de leider. Ze hoort gevloekt te worden. Dan zullen de geesten weer tevreden zijn. Dan zullen ze weten dat wij hen in ere houden. Dan zullen ze ons weer naar een nieuwe grot leiden, een die nog beter is en ons meer geluk brengt. Dat zullen ze beslist. Ik weet het zeker. Vervloek haar, Goov! Nú, doe het nú! Vervloek haar! Vervloek haar!'

Aller hoofden wendden zich naar Brun. Hij bleef recht voor zich uit staren, de spieren op zijn rug trillend van de spanning. Hij weigerde in te grijpen, weigerde tussenbeide te komen, hoewel dat het uiterste van zijn wilskracht vergde. De stamleden keken elkaar verontrust aan, keken toen weer naar Goov, naar Broud. Goov staarde Broud verbijsterd en ongelovig aan. Hoe kon hij Ayla hier de schuld van geven? Als er al iemand schuld aan heeft, is het Broud zelf. Toen begreep Goov het.

'Ik ben de leider, Goov! Jij bent de Mog-ur. Ik beveel je haar te vervloeken. Vloek haar met de dood!'

Goov draaide zich bruusk om, greep een brandende, harsrijke dennentak uit het vuur dat men had aangelegd terwijl Ayla in de grot was, liep de helling op en verdween in de donkere driehoekige ingang. Hij zocht zich voorzichtig een weg tussen het gevallen gesteente door, beseffend dat een nieuwe schok tonnen op zijn hoofd kon doen neerdalen, en wensend dat dat zou gebeuren voor hij datgene wat hij moest doen gedaan had. Hij ging de plek van de geesten binnen en legde de geheiligde beenderen van de holenbeer in evenwijdige rijen neer, bij elk bot formele gebaren makend. Het laatste bot werd door het gat onder in een holenbeerschedel gestoken en door de linkeroogkas weer naar buiten. Vervolgens zei hij hardop de alleen aan Mog-urs bekende woorden, de vreselijke namen van de boze geesten. De benoeming die hun macht gaf.

Ayla stond nog steeds voor de grot toen hij haar met nietsziende ogen voorbijliep.

'Ik ben de Mog-ur. Jij bent de leider. Je hebt me bevolen Ayla met de dood te vloeken. Het is volbracht,' gebaarde Goov. Toen wendde hij de leider van de stam de rug toe.

Eerst kon niemand het geloven. Het was te snel gegaan. Dat was niet de manier waarop het gedaan hoorde te worden. Brun zou het besproken hebben, het uit en te na beredeneerd hebben, de stam erop voorbereid hebben. Maar hij zou haar zeker niet gevloekt hebben. Wat had ze misdaan? Ze was onbeschaamd geweest tegen de leider, en dat was verkeerd, maar was het een reden om haar met de dood te vloeken? Ze was alleen voor Creb opgekomen. En wat had Broud haar niet aangedaan? Haar haar kind afgenomen en de oude tovenaar van zijn vuurplaats verdreven om zich op haar te wreken. Nu had niemand meer een vuurplaats. Waarom had Broud dat gedaan? Waarom had hij haar gevloekt? De geesten hadden haar altijd begunstigd; ze bracht geluk, tot Broud zei dat hij wilde dat ze vervloekt werd, tot hij de Mog-ur opdracht gaf haar te vervloeken. Broud had het ongeluk over hen gebracht. Wat zou er nu van hen worden? Broud had de beschermgeesten vertoornd en daarna ook nog de boze geesten losgelaten. En de oude tovenaar was dood, dé Mog-ur kon hen nu niet meer helpen.

Ayla was zo overweldigd door haar verdriet dat ze zich niet bewust was van de kolkende emoties en gebeurtenissen om haar heen. Ze zag Broud Goov bevelen haar te vervloeken, en zag Goov hem melden dat het gebeurd was, maar haar door smart verdoofde brein registreerde het niet. Langzaam sijpelde de betekenis van wat ze gezien had haar bewustzijn binnen. Toen ze het eindelijk begreep en alle gevolgen tot haar doordrongen, was ze als verpletterd.

Vervloekt? Met de dood gevloekt? Waarom? Wat heb ik voor slechts gedaan? Hoe heeft het zo vlug kunnen gebeuren? De stam was al even traag van begrip als zij. Men was nog niet helemaal over de schok van de aardbeving heen. Ayla sloeg hen met een vreemde afstandelijkheid gade terwijl ze de een na de ander een starende lege blik in de ogen kregen. Daar gaat Crug. Wie is de volgende. Oeka. En Droeg, maar Aga nog niet. Daar gaat ze, ze moet me naar haar hebben zien kijken. Ayla kwam pas in beweging toen Oeba's blik omfloerst werd en ze begon te jammeren om de moeder van het jongetje dat ze in haar armen hield. Durc! Mijn kleintje, mijn zoon! Ik ben gevloekt, ik zal hem nooit meer terugzien. Wat zal er nu met hem gebeuren? Alleen Oeba is nog over. Ze zal voor hem zorgen, maar wat kan ze tegen Broud uitrichten? Broud haat hem omdat hij mijn zoon is. Ayla keek vertwijfeld om zich heen en zag Brun. Brun! Brun kan Durc beschermen. Alleen Brun kan hem beschermen.

Ayla rende op de flegmatieke, sterke, sensitieve man toe die tot de vorige dag de stam had geleid. Ze viel aan zijn voeten neer en boog haar hoofd. Het duurde even voor ze besefte dat hij haar nooit op de schouder zou tikken. Toen ze opkeek, stond hij over haar hoofd heen naar het vuur achter haar te staren. Als hij wilde, konden zijn ogen haar zien. Hij kan me zien, dacht Ayla. Ik weet het zeker. Creb herinnerde zich alles wat ik tegen hem gezegd had, en Iza ook.

'Brun, ik weet dat je denkt dat ik dood ben, dat ik een geest ben. Kijk nu niet weg! Ik smeek je, kijk niet weg! Het is te snel gegaan! Ik zal weggaan, ik beloof je weg te zullen gaan, maar ik ben bang voor Durc. Broud haat hem, je weet dat hij hem haat. Wat zal er met hem gebeuren nu Broud de leider is? Durc behoort tot de Stam, Brun. Jij hebt hem geaccepteerd. Ik smeek je, Brun, bescherm Durc. Alleen jij kunt hem beschermen. Laat Broud hem geen kwaad doen!'

Brun wendde zich langzaam van de smekende vrouw af, zijn blik verplaatsend alsof hij alleen van houding veranderde, niet alsof hij probeerde niet naar haar te kijken. Maar ze zag nog juist iets van herkenning in zijn ogen, een schaduw van een bevestigend knikje. Het was voldoende. Hij zou Durc beschermen, hij had het de geest van Durcs moeder beloofd. Het was waar dat het te snel was gegaan, maar ze had geen tijd gehad het hem eerder te vragen. In dat opzicht zou hij van zijn beslissing zich niet met Brouds beleid te bemoeien afwijken. Hij zou niet toestaan dat de zoon van zijn gezellin Ayla's zoon kwaad deed.

Ayla stond op en liep doelbewust naar de grot. Ze had pas besloten te vertrekken toen ze Brun zei dat ze dat zou doen, maar op dat moment stonden haar besluit en haar doel ook vast. Haar verdriet over Crebs dood duwde ze weg in een hoekje van haar geest, om er later op terug te komen, wanneer haar leven niet langer op het spel stond. Ze zou gaan, misschien naar de wereld der geesten, misschien ook niet, maar ze zou niet onvoorbereid gaan.

De eerste keer dat ze de grot binnenging, was ze zich niet zo van de verwoesting daarbinnen bewust geweest. Ze staarde in de vreemd veranderde ruimte, dankbaar dat de stam buiten was geweest. Toen haalde ze diep adem en haastte zich naar Crebs vuurplaats, de verraderlijke toestand van de grot negerend. Als ze niet meenam wat ze nodig had om in leven te blijven, zou ze vast en zeker sterven.

Ze schoof een groot brok steen van haar bed, schudde haar bontvacht uit, en begon er allerlei dingen op op te stapelen. Haar medicijnbuidel, haar slinger, twee paar voetomhulsels, beenkappen, handomhulsels, een met bont gevoerde omslag, een kap. Haar drinknap en etenskom, waterzakken, gereedschappen. Ze ging naar het achterste gedeelte van de grot en vond daar de voorraad sterk geconcentreerde, calorierijke reiskoekjes van gedroogd vlees, fruit en vet. Ze rommelde in het puin en vond berkenbasten pakjes ahornsuiker, noten, gedroogd fruit, gemalen geroosterd graan, repen gedroogd vlees en vis, en wat groenten. Aan het eind van het winterseizoen was er niet veel keus, maar ze had er voldoende aan. Ze gooide gruis en stenen uit haar verzamelmand en begon hem te pakken.

Ze raapte Durcs draagmantel op en hield hem tegen haar gezicht, en voelde de tranen opwellen. Ze zou de mantel niet nodig hebben, ze nam Durc immers niet mee. Maar toch pakte ze de mantel in. Ze kon tenminste iets meenemen dat in nauw contact met Durc was geweest. Toen kleedde ze zich warm aan. Het was nog maar vroeg in de lente; op de steppen zou het koud zijn. En in het noorden was het misschien nog wel winter. Ze had nog geen vastomlijnd reisplan gemaakt, maar ze wist dat ze naar het vasteland ten noorden van het schiereiland ging.

Op het laatste ogenblik besloot ze ook nog het leren tentje mee te nemen dat ze gebruikte als ze met de mannen op jacht ging, hoewel het strikt gesproken niet van haar was. Ze kon alles meenemen wat haar toebehoorde; wat ze achterliet zou verbrand worden. En ze vond dat haar ook wel een deel van het voedsel toekwam, maar de tent was van Creb, voor algemeen gebruik door de leden van zijn vuurplaats. Creb was dood en hij had het tentje nooit nodig gehad; ze dacht niet dat hij het erg zou vinden als zij het meenam.

Ze pakte het boven in haar verzamelmand, hees toen de zware last op haar rug en snoerde de riemen aan die hem stevig op zijn plaats moesten houden. Weer kwamen bijna de tranen toen ze midden op de vuurplaats stond die haar thuis was geweest sinds enkele dagen nadat Iza haar gevonden had. Ze zou hem nooit weerzien. Een bonte mengeling van herinneringen trok aan haar voorbij; bij belangrijke gebeurtenissen stond ze een ogenblik stil. Het laatst dacht ze aan Creb. Ik wou dat ik wist wat je zoveel pijn heeft gedaan, Creb. Misschien zal ik het eens begrijpen, maar ik ben zo blij dat we die nacht nog hebben gepraat, voor je naar de wereld der geesten ging. Ik zal jou, of Iza, of de stam, nooit vergeten. Toen liep Ayla de grot uit.

Niemand keek naar haar, maar iedereen wist het toen ze weer tevoorschijn kwam. Ze bleef staan bij de stille vijver net buiten de grot om haar waterzakken te vullen, en herinnerde zich toen nog iets. Alvorens de eerste waterzak onder te dompelen en het spiegelende wateroppervlak te verstoren, boog ze zich voorover en bekeek zichzelf. Ze bestudeerde haar gelaatstrekken zorgvuldig; deze keer leek ze niet zo lelijk, maar het ging haar niet om haar eigen gezicht. Ze wilde het gezicht van de Anderen zien.

Toen ze overeind kwam, was Durc hevig spartelend bezig om zich uit Oeba's armen te bevrijden. Er was iets gaande dat zijn moeder betrof. Hij wist niet wat het was, maar het stond hem niet aan. Hij rukte zich los en rende op Ayla toe.

'Je gaat weg,' gebaarde hij beschuldigend, nu begrijpend wat er te ge-

beuren stond en verontwaardigd dat hem niets was verteld. 'Je bent helemaal aangekleed en je gaat weg.'
Ayla aarzelde slechts een fractie van een seconde, en hield toen haar armen wijd voor hem open. Hij vloog haar om de hals en ze tilde hem op en drukte hem stijf tegen zich aan, met geweld haar tranen terugdringend. Daarna zette ze hem neer en ging op haar hurken zitten, zodat ze hem recht in zijn grote bruine ogen kon kijken.
'Ja, Durc, ik ga weg. Ik moet weg.'
'Neem me met je mee, Mama. Neem me mee! Laat me niet alleen!'
'Ik kan je niet meenemen, Durc. Je moet hier blijven, bij Oeba. Zij zal voor je zorgen. En Brun ook.'
'Ik wil niet hier blijven!' gebaarde Durc heftig. 'Ik wil met je mee. Laat me niet achter!'
Oeba kwam op hen toe. Ze moest wel, ze moest Durc van de geest weghalen. Ayla omhelsde haar zoon nog eenmaal.
'Ik hou van je, Durc. Vergeet dat nooit, ik hou van je.' Ze tilde hem op en legde hem in Oeba's armen. 'Zorg voor mijn zoon, Oeba,' gebaarde ze, Oeba in de treurige ogen kijkend, die terugkeken en haar zagen. 'Zorg voor hem... mijn zuster.'
Broud sloeg hen met stijgende woede gade. De vrouw was dood, ze was een geest. Waarom gedroeg ze zich niet als zodanig? En sommige leden van zijn stam behandelden haar niet als een geest.
'Dat is een geest,' gebaarde hij kwaad. 'Ze is dood. Weet je niet dat ze dood is?'
Ayla marcheerde recht op Broud af en ging in haar volle lengte voor hem staan. Ook hem viel het moeilijk haar niet te zien. Hij probeerde haar te negeren, maar ze keek op hem neer, knielde niet aan zijn voeten zoals een vrouw betaamde.
'Ik ben niet dood, Broud,' gebaarde ze uitdagend. 'Ik wil niet sterven. Je kunt me niet dwingen dood te gaan. Je kunt me dwingen weg te gaan, je kunt me mijn zoon afnemen, maar je kunt me niet dwingen dood te gaan!'
Twee emoties streden in Broud om voorrang: woede en angst. Hij hief zijn vuist in een verterend verlangen haar te slaan, hield hem toen midden in de beweging stil, bang haar aan te raken. Het is een list, dacht hij, het is een geestenlist. Ze is dood, ze is gevloekt.
'Sla me dan, Broud! Toe dan, erken deze geest. Sla me, dan zul je zien dat ik niet dood ben.'
Broud draaide zich om naar Brun om van de geest weg te kunnen kijken. Hij liet zijn armen weer zakken, slecht op zijn gemak omdat hij de beweging er niet natuurlijk uit kon laten zien. Hij had haar niet

aangeraakt, maar hij was bang dat hij alleen al door zijn vuist op te heffen haar aanwezigheid had erkend, en hij probeerde het ongeluk dat dat zou brengen aan Brun door te geven.

'Denk maar niet dat ik niet gezien heb wat je deed, Brun. Je hebt haar antwoord gegeven toen ze tegen je sprak, voordat ze de grot binnenging. Ze is een geest, je zult ons ongeluk brengen,' zei hij beschuldigend.

'Alleen mijzelf, Broud, en wat voor ongeluk kan ik nog meer hebben? Maar wanneer heb je haar tegen me zien spreken? Wanneer heb je haar de grot zien binnengaan? Waarom wilde je een geest slaan? Je begrijpt het nog steeds niet, hè? Je hebt haar aanwezigheid erkend, Broud, ze heeft je verslagen. Je hebt haar alles aangedaan wat je haar aan kon doen, je hebt haar zelfs gevloekt. Ze is dood, en toch heeft ze gewonnen. Ze was een vrouw, en ze had meer moed dan jij, Broud, meer wilskracht, meer zelfbeheersing. Ze was meer man dan jij bent. Ayla had de zoon van mijn gezellin moeten zijn.'

Ayla stond verbaasd over Bruns onverwachte lofrede. Durc probeerde weer uit Oeba's armen los te komen en riep telkens naar haar. Ze kon het niet langer verdragen en haastte zich weg. Toen ze langs Brun liep, boog ze het hoofd en maakte een gebaar van dankbaarheid. Bij de richel gekomen draaide ze zich om en keek nog eenmaal naar hen die ze achterliet. Ze zag Brun zijn hand omhoogbrengen alsof hij aan zijn neus wilde krabben, maar het leek alsof hij een gebaar maakte, hetzelfde gebaar dat Norg had gemaakt toen ze van de Stambijeenkomst vertrokken. Het leek alsof Brun zei: 'Ga met Ursus.'

Het laatste wat Ayla hoorde toen ze achter de half verbrokkelde richel verdween, was Durcs klaaglijke kreet: 'Maama, maaama, maamaaa!'

De hierna volgende bladzijden vormen het begin van
De vallei van de paarden,
het vervolg op
De stam van de holenbeer

1

Ze was dood. Wat deed het ertoe of een ijzige, striemende regen haar huid geselde? De jonge vrouw kneep haar ogen dicht tegen de wind en trok de kap van veelvraatbont dichter om haar hoofd. Woeste rukwinden zwiepten de omslag van berenvacht tegen haar benen.

Waren dat bomen in de verte? Ze meende zich te herinneren dat ze eerder een onregelmatige rij bosachtige begroeiing aan de horizon had gezien en wilde maar dat ze beter had opgelet, of dat haar geheugen net zo goed was als dat van de rest van de Stam. Ze beschouwde zichzelf nog steeds als lid van de Stam, hoewel ze dat nooit was geweest, en nu was ze dood.

Ze boog haar hoofd en leunde in de wind. De storm, die vanuit het noorden aan kwam razen, had haar plotseling overvallen en ze móést een schuilplaats vinden. Maar ze was ver weg van de grot en ze kende de streek niet. De maan had een volledige cyclus doorlopen sinds ze was weggegaan, maar ze had nog steeds geen flauw idee waarheen ze op weg was.

Naar het noorden, naar het vasteland achter het schiereiland, dat was alles wat ze wist. De nacht dat ze stierf, had Iza haar gezegd dat ze moest weggaan; ze had haar gezegd dat Broud een manier zou bedenken om haar te kwetsen wanneer hij leider werd. Iza had gelijk gehad. Broud had haar inderdaad gekwetst, erger dan ze zich ooit had voorgesteld.

Hij had geen enkele reden om me Durc af te nemen, dacht Ayla. Hij is mijn zoon. Broud had ook geen enkele reden om me te vervloeken. Hij heeft de geesten vertoornd. Hij heeft de aardbeving veroorzaakt. Deze keer wist ze tenminste wat haar te wachten stond. Maar het was zo snel gegaan dat zelfs de Stam een poosje nodig had gehad om het te accepteren, om haar buiten hun gezichtsveld te sluiten. Maar ze konden niet verhinderen dat Durc haar wel zag, ook al was ze voor de rest van de Stam dood.

Broud had haar in een vlaag van woede vervloekt. De eerste keer, toen Brun haar had vervloekt, had hij hen voorbereid; hij had er reden toe

gehad. Ze wisten dat hij het moest doen en hij had haar een kans gegeven.
Ze hief haar hoofd op in een nieuwe ijzige rukwind en merkte dat het al schemerig was. Het zou gauw donker zijn en ze had geen gevoel meer in haar voeten. IJskoude papsneeuw lekte door haar leren voetomhulsels, ondanks de isolerende zegge die ze erin had gepropt. Ze was opgelucht toen ze een kwijnende kromme den zag.
Bomen waren zeldzaam op de steppen; ze groeiden alleen op plaatsen waar genoeg vocht was om ze in leven te houden. Een dubbele rij dennen, berken of wilgen, door de wind vervormd tot dwergachtige, asymmetrische gestalten, duidde meestal op een stroompje. In droge jaargetijden boden ze een welkome aanblik in gebieden waar het grondwater schaars was. Als er vanaf de grote noordelijke ijskap stormen loeiden over de open vlakten, boden ze bescherming, al was die nog zo ontoereikend.
Met nog een paar stappen was de jonge vrouw bij de rand van een smal stroompje tussen met ijs bedekte oevers. Ze boog af naar het westen om het stroomafwaarts te volgen, op zoek naar dichtere begroeiing die meer beschutting zou geven dan het struikgewas in de buurt.
Ze zwoegde verder, haar kap naar voren getrokken, maar ze keek op toen de wind abrupt ging liggen. Aan de overkant van het stroompje werd de oever beschermd door een lage rotswand. De zegge hielp helemaal niet om haar voeten warm te houden toen het ijzige water bij het oversteken naar binnen sijpelde, maar ze was dankbaar dat ze uit de wind was. De aarden oeverwal was op één plaats uitgehold, waardoor een afdakje was ontstaan, bedekt met een wirwar van graswortels en verstrengelde oude planten, met een tamelijk droog plekje eronder. Ze maakte de doorweekte riemen los waarmee haar draagmand op haar rug zat en liet hem van haar schouders zakken. Toen haalde ze een zware oerossenhuid tevoorschijn en een stevige tak waar de twijgen vanaf waren gestroopt. Ze zette een laag, schuin lopend tentje op dat ze op de grond vastzette met stenen en blokken drijfhout. De tak hield het aan de voorkant open.
Met haar tanden trok ze de riempjes van haar handomhulsels los. Het waren min of meer ronde stukken met bont gevoerd leer, die bij de pols werden samengebonden, met een gleuf in de palm om haar duim of hand door te steken als ze iets wilde vastpakken. Haar voetomhulsels waren op dezelfde manier gemaakt, zonder gleuf, en ze had moeite om de doorweekte leren veters om haar enkels los te krijgen. Ze lette op dat de natte zegge bewaard bleef toen ze ze afdeed.

Ze legde haar omslag van berenvacht uit op de grond in de tent, met de natte kant naar beneden, legde de zegge en de hand- en voetomhulsels erbovenop en schoof toen naar binnen. Ze wikkelde de vacht om zich heen en trok de draagmand overeind om de opening af te sluiten. Ze wreef haar koude voeten, en toen het warmer werd in haar klamme bontnestje, trok ze haar benen op en deed haar ogen dicht.

De winter deed een laatste, ijzige poging om zich te handhaven, maar moest tegen wil en dank wijken voor de lente. Maar dat prille jaargetijde gedroeg zich grillig. Tussen barre wintertemperaturen die deden denken aan de gletsjerkou, beloofden verlokkelijke vleugjes warmte de hitte van de zomer. In een impulsieve ommekeer nam de storm in de loop van de nacht af.

Ayla werd wakker bij het weerkaatsende licht van een verblindende zon, die op plekken sneeuw en ijs langs de oever glinsterde, en een stralende, helblauwe lucht. Rafelige wolkenflarden trokken ver naar het zuiden weg. Ze kroop haar tent uit en rende op blote voeten met haar waterzak naar de waterkant. Zonder zich te bekommeren om de ijzige kou vulde ze de met leer overtrokken blaas, nam een diepe teug en holde terug. Nadat ze naast de oever had geplast, kroop ze in haar vacht om weer warm te worden.

Ze bleef niet lang. Ze wilde te graag buiten zijn nu het gevaar van de storm geweken was en de zon wenkte. Ze wikkelde de omhulsels, die door haar lichaamswarmte waren gedroogd, om haar voeten en bond de berenvacht over de met bont gevoerde leren omslag waarin ze had geslapen. Ze nam een stuk gedroogd vlees uit de mand, pakte vervolgens de tent en handomhulsels in en ging op weg, kauwend op het vlees.

Het stroompje liep tamelijk recht en enigszins omlaag, en het was gemakkelijk te volgen. Ayla neuriede zachtjes een eentonig wijsje. Ze zag vlekjes groen op het struikgewas vlak bij de oevers en af en toe moest ze glimlachen als een bloempje dapper zijn kleine kopje door de smeltende sneeuwplekken omhoogstak. Een klomp ijs brak los, kloste een tijd met haar mee en schoot toen vooruit, meegesleurd door de snelle stroming.

De lente was al begonnen toen ze van de grot wegging, maar op de zuidpunt van het schiereiland was het warmer en het jaargetijde begon er eerder. De bergketen vormde een barrière voor de gure, van de ijskap afkomstige winden en de wind die van de binnenzee kwam, verwarmde en bevochtigde de smalle kuststrook en de zuidelijke hellingen en zorgde voor een gematigd klimaat.

De steppen waren kouder. Ze was langs de oostkant van de keten gelopen, maar toen ze naar het noorden trok, over de open vlakten, leek de komst van de lente gelijke tred met haar te houden. Het leek nooit warmer te worden dan in het vroege voorjaar.

Het schorre gekrijs van visdiefjes trok haar aandacht. Ze keek op en zag een aantal van de kleine vogels die op meeuwen leken moeiteloos met gestrekte vleugels zweven en rondcirkelen. Ik moet vlak bij de zee zijn, dacht ze. Er zullen wel al vogels nestelen; dat betekent eieren. Ze versnelde haar pas. En misschien wel mosselen op de rotsen, en strandgapers, en schaalhorens, en bij laagwater poelen vol anemonen.

De zon naderde zijn hoogste punt toen ze bij een beschutte baai aankwam, gevormd door de zuidkust van het vasteland en de noordwestelijke flank van het schiereiland. Ze was eindelijk bij de brede doorgang gekomen die de landtong met het vasteland verbond.

Ayla liet de draagmand van haar schouders glijden en klauterde op een verweerde rots, die zich hoog verhief boven het landschap eromheen. Aan de zeekant had een beukende branding puntige happen uit de massieve rots gekliefd. Een zwerm zwarte zeekoeten en visdiefjes liet een boos gekrijs horen toen ze eieren raapte. Ze brak er een paar open en slurpte ze, nog warm van het nest, naar binnen. Voor ze naar beneden klauterde, stopte ze er nog wat weg in een plooi van haar omslag.

Ze deed haar schoeisel af en waadde de branding in om het zand van de mosselen te wassen die ze op waterhoogte van de rotsen had geplukt. Op bloemen gelijkende zeeanemonen trokken hun schijnblaadjes in toen ze haar hand uitstrekte om ze te plukken uit de ondiepe poelen die door het zakkende getij op het strand waren achtergebleven. Maar deze hadden een kleur en vorm die ze niet kende. In plaats daarvan beëindigde ze haar lunch met een paar strandgapers, uitgegraven uit het zand op plaatsen waar een licht kuiltje ze verried. Ze deed het zonder vuur en at haar geschenken van de zee rauw.

Verzadigd van eieren en schaaldieren ontspande de jonge vrouw zich aan de voet van de hoge rots en klauterde er toen weer op om een beter uitzicht te hebben over de kust en het vasteland. Ze zat met haar armen om haar knieën geslagen boven op de grote rots uit te kijken over de baai. De wind in haar gezicht bracht een zuchtje met zich mee van het rijke leven in de zee.

De zuidkust van het continent boog in een flauwe bocht naar het westen. Achter een smalle rand van bomen zag ze een breed steppegebied, niet anders dan de koude vlakte van het schiereiland, maar geen enkel teken dat het door mensen werd bewoond.

Daar is het, dacht ze, het vasteland achter het schiereiland. Waar moet ik nu heen, Iza? Jij zei dat de Anderen daar waren, maar ik zie helemaal niemand. Terwijl ze uitkeek over het uitgestrekte, lege land, dwaalden Ayla's gedachten terug naar die vreselijke nacht dat Iza stierf, drie jaar geleden.

'Je behoort niet tot de Stam, Ayla. Je bent bij de Anderen geboren, je hoort bij hen. Je moet hier weggaan, je moet je eigen mensen zoeken.'
'Weggaan! Waar moet ik dan heen, Iza? Ik ken de Anderen niet, ik zou niet eens weten waar ik ze moest zoeken.'
'Naar het noorden, Ayla. Ga naar het noorden. In het noorden, op het vasteland achter het schiereiland wonen er veel. Je kunt hier niet blijven. Broud zal een manier bedenken om je kwaad te doen. Ga ze zoeken, kind. Zoek je eigen volk, zoek je eigen metgezel.'

Toen was ze niet weggegaan, dat kon ze niet. Nu had ze geen keus. Ze móést de Anderen zoeken, ze had niemand anders. Ze kon nooit meer terug, ze zou haar zoon nooit meer zien.
De tranen stroomden Ayla over de wangen. Daarvóór had ze nog niet gehuild. Haar leven had op het spel gestaan toen ze wegging, en verdriet was een luxe die ze zich niet kon veroorloven. Maar nu de barrière eenmaal doorbroken was, kon ze zich niet meer inhouden.
'Durc... mijn kleintje,' snikte ze terwijl ze haar gezicht in haar handen begroef. 'Waarom heeft Broud je van me afgenomen?' Ze huilde om haar zoon en om de Stam die ze had achtergelaten; ze huilde om Iza, de enige moeder die ze zich kon herinneren, en ze huilde om haar eenzaamheid en angst voor de onbekende wereld die haar te wachten stond. Maar niet om Creb, die veel van haar had gehouden. Dat verdriet was nog te vers; daar wist ze nog geen raad mee.
Toen ze niet meer huilde, merkte Ayla dat ze naar de beukende branding ver onder zich zat te staren. Ze zag de aanrollende golven in schuimfonteinen opspatten en daarna rond de puntige rotsen kolken. Het zou zo gemakkelijk zijn, dacht ze.
Nee! Ze schudde haar hoofd en rechtte haar rug. Ik heb hem gezegd dat hij me mijn zoon kon afnemen, dat hij me kon dwingen weg te gaan, dat hij me met de dood kon vloeken, maar dat hij me niet kon dwingen dood te gaan!
Ze proefde zout en er gleed een pijnlijke glimlach over haar gezicht. Iza en Creb waren altijd van streek geraakt door haar tranen. De ogen van de mensen van de Stam traanden niet, tenzij ze geïrriteerd werden. Zelfs die van Durc niet. Hij had veel van haar, hij kon zelfs stem-

geluiden maken, net als zij, maar Durcs grote, bruine ogen waren die van de Stam.
Ayla klauterde vlug naar beneden. Terwijl ze haar draagmand op haar rug sjorde, vroeg ze zich af of haar ogen echt zwak waren of dat alle Anderen tranende ogen hadden. Toen speelde een andere gedachte door haar hoofd: zoek je eigen volk, zoek je eigen metgezel.

De jonge vrouw trok langs de kust naar het westen en stak veel beekjes en kreken over die naar de binnenzee stroomden, tot ze bij een tamelijk grote rivier kwam. Toen wendde ze zich naar het noorden en volgde de snelstromende waterloop landinwaarts, op zoek naar een plaats om over te steken. Ze kwam door de kustzoom van dennen en lariksen, bossen met hier en daar een reuzenboom die boven zijn dwergachtige neefjes uitstak. Toen ze de steppen van het continent bereikte, werden de gedrongen coniferen die de rivier omzoomden, aangevuld met wilgen, berken en espenstruiken.
Ze volgde iedere kronkel en slinger in de bochtige stroom en werd met de dag ongeruster. De rivier voerde haar terug naar het oosten, ruwweg in noordoostelijke richting. Ze wilde niet naar het oosten. Sommige stammen jaagden in het oostelijk deel van het vasteland. Het was haar bedoeling geweest op haar noordwaartse tocht af te buigen naar het westen. Ze wilde niet het risico lopen mensen van de Stam tegen te komen – niet nu er een doodvloek op haar rustte! Ze moest een manier vinden om de rivier over te steken.
Toen de rivier breder werd en zich splitste om een met kiezels bedekt eilandje vol kreupelhout dat zich aan de rotsachtige oevers vastklampte, besloot ze de oversteek te wagen.
Een paar grote rotsblokken in de geul aan de andere kant van het eilandje brachten haar op het idee dat het misschien ondiep genoeg was om te waden. Ze kon goed zwemmen, maar ze wilde niet dat haar kleren of de mand nat werden. Het zou te lang duren voor ze weer droog waren, en de nachten waren nog koud.
Ze liep langs de oever heen en weer en keek naar het snelstromende water. Toen ze had bekeken welke weg het minst diep was, trok ze haar kleren uit, gooide alles in haar mand, hield hem omhoog en stapte het water in. De rotsen onder haar voeten waren glibberig en ze dreigde haar evenwicht te verliezen in de stroming. Halverwege de eerste geul kwam het water tot haar middel, maar ze wist zonder ongelukken het eilandje te bereiken. De tweede geul was breder. Ze wist niet zeker of hij wel doorwaadbaar was, maar ze was al bijna halverwege en ze wilde het niet opgeven.

Ze was ruim voorbij het midden toen de rivier zo diep werd dat ze op haar tenen moest lopen met het water tot aan haar hals. Ze hield de mand boven haar hoofd. Plotseling voelde ze geen bodem meer. Ze ging kopje-onder en slikte onwillekeurig water naar binnen. Het volgende ogenblik was ze aan het watertrappelen, terwijl haar mand boven op haar hoofd rustte. Ze hield hem met één hand op zijn plaats, terwijl ze probeerde om met de andere vooruit te komen naar de overkant. De stroom kreeg vat op haar en voerde haar mee, maar slechts een klein eindje. Ze voelde rotsen onder haar voeten en enkele ogenblikken later liep ze aan de overkant de oever op.

Ayla liet de rivier achter zich en trok weer over de steppen. Nu de zonnige dagen de regenachtige in aantal begonnen te overtreffen, haalde het warme jaargetijde haar eindelijk in op haar tocht naar het noorden. De knoppen aan bomen en struiken werden blaadjes, en zachte, lichtgroene naalden strekten zich uit aan de uiteinden van takken en twijgen van coniferen. Ze plukte ze af om er onderweg op te kauwen, genietend van de enigszins wrange dennensmaak.

Ze geraakte in een ritme van de hele dag trekken tot ze, tegen de schemering, een kreek of stroompje vond, waar ze haar kamp opsloeg. Water was nog steeds gemakkelijk te vinden. Lenteregens en wegsmeltende wintersneeuw verder uit het noorden deden stroompjes overlopen en vulden waterlopen en ondiepe plekken, die later droge greppels of op z'n best trage, modderige stroompjes zouden worden.

Haast van de ene dag op de andere stond het land vol bloemen, wit, geel en paars – minder vaak levendig blauw of hel rood –, die in de verte opgingen in het overheersende jonge groen van nieuw gras. Ayla genoot van de schoonheid van het jaargetijde; ze vond de lente altijd de mooiste tijd.

Naarmate het leven op de open vlakten verder uitbotte, verliet ze zich steeds minder op de karige voorraad gedroogd voedsel die ze bij zich had, en begon van het land te leven. Het vertraagde haar tempo nauwelijks. Iedere vrouw van de Stam leerde onderweg blaadjes, bloemen, knoppen en bessen te plukken, haast zonder stil te blijven staan. Ze stroopte bladeren en twijgen van een stevige tak, sneed er aan één kant een punt aan met een scherpe steen en gebruikte de graafstok om wortels en knollen al even vlug omhoog te wroeten. Het verzamelen ging gemakkelijk. Ze hoefde alleen zichzelf maar te voeden.

Maar Ayla had een voordeel op de vrouwen van de Stam. Ze kon jagen. Weliswaar alleen met een slinger, maar zelfs de mannen gaven toe – toen ze alleen het idee al dat ze jaagde eenmaal hadden geaccepteerd – dat ze de bekwaamste slingerjager van de Stam was. Ze had het zichzelf aangeleerd en ze had er zwaar voor moeten boeten.

Nu de opschietende kruiden en grassen de in holen levende gestreepte eekhoorns, reuzenhamsters, grote woestijnspringmuizen, konijnen en hazen uit hun winternesten lokten, begon Ayla haar slinger weer te dragen, weggestopt in de riem waarmee ze haar bontomslag dichthield. Ze had de graafstok ook tussen haar riem gestoken, maar haar medicijnbuidel droeg ze, zoals altijd, aan haar onderomslag.

Er was voedsel in overvloed; het was iets moeilijker om aan vuur en hout te komen. Ze kon vuur maken, en struikgewas en kleine boompjes wisten zich langs sommige van de aan het seizoen gebonden stroompjes staande te houden, waar dan vaak sprokkelhout lag. Als ze droge takken of mest tegenkwam, verzamelde ze die ook steeds. Maar ze maakte niet iedere avond vuur. Soms was het juiste materiaal niet voorhanden, of was het groen, of nat; of ze was moe en was het haar gewoon te veel moeite. Maar ze vond het niet prettig om in de openlucht te slapen zonder de veiligheid van een vuur. Het uitgestrekte grasland werd bevolkt door grote aantallen grazende dieren en hun gelederen werden uitgedund door allerlei viervoetige jagers. Vuur hield hen meestal op een afstand. Bij de Stam was het normaal gebruik dat een man van hogere rang een kooltje meedroeg als ze op reis waren, om het volgende vuur aan te steken, en aanvankelijk was het niet bij Ayla opgekomen om materiaal mee te nemen om vuur te maken. Later vroeg ze zich af waarom ze het niet eerder had gedaan. De stok die ze op het platte stukje hout moest draaien, maakte het ook niet veel gemakkelijker om vuur te maken wanneer het licht ontvlambare materiaal te groen of te vochtig was. Toen ze het skelet van een oeros vond, dacht ze dat haar problemen waren opgelost.

De maan had weer een complete cyclus doorlopen en de natte lente werd warmer en ging langzaam over in de vroege zomer. Ze trok nog steeds door de brede kustvlakte, die zacht omlaagglooide naar de binnenzee. Door de overstromingen van de lente meegevoerd slib vormde vaak langgerekte estuaria, gedeeltelijk of geheel afgesloten door zandbanken, waardoor lagunen of poelen werden gevormd.

Ayla had haar kamp opgeslagen op een plek zonder water en hield halverwege de ochtend stil bij een kleine poel. Het water zag eruit alsof het stilstond en niet te drinken was, maar haar waterzak begon leeg te raken. Ze dompelde haar hand erin om het te proeven en spuugde de brakke vloeistof uit. Vervolgens nam ze een klein slokje uit haar waterzak om haar mond te spoelen.

Ik vraag me af of die oeros dit water heeft gedronken, dacht ze toen ze de verbleekte botten en schedel met de lange, spits toelopende horens zag. Ze keerde zich af van de stilstaande poel met dat spookbeeld van de dood, maar ze kon de botten maar niet uit haar gedachten zetten. Ze zag steeds die witte schedel en de lange horens, de gekromde, holle horens, voor zich.

Rond het middaguur hield ze stil bij een stroompje en besloot vuur te maken en het konijn te roosteren dat ze had geveld. Terwijl ze in de warme zon zat en de vuurstok tussen haar handpalmen liet ronddraaien op het platte stuk hout, wenste ze dat Grod zou verschijnen met het kooltje dat hij in...

Ze sprong op, gooide de vuurstok en het plankje in haar mand, legde het konijn erbovenop en liep haastig terug langs de weg die ze was gekomen. Toen ze bij de poel aankwam, zocht ze naar de schedel. Grod droeg meestal een gloeiend kooltje verpakt in gedroogd mos of korstmos in de lange, holle horen van een oeros. Met één horen kon ze vuur meedragen.

Maar terwijl ze aan de horen sjorde, voelde ze haar geweten knagen. Vrouwen van de Stam droegen geen vuur, dat was niet toegestaan. Wie zal het voor mij dragen als ik het zelf niet doe, dacht ze, en ze brak met een harde ruk de horen los. Ze vertrok vlug, alsof alleen al het denken aan de verboden handeling waakzame, afkeurende blikken had opgeroepen.

Een tijdlang had haar overleven ervan afgehangen dat ze zich aanpaste aan een manier van leven die vreemd was aan haar natuur. Nu hing het af van de mogelijkheid om dat aangeleerde automatisme af te leren en zelfstandig te denken. De oeroshoren was een begin, en hij gaf goede hoop voor haar kansen. Maar er kwam meer bij de hele kwestie van vuur-dragen kijken dan ze had beseft. De volgende ochtend zocht ze naar droog mos om haar kooltje in te verpakken. Maar mos, dat in de bosrijke streek bij de grot zo overvloedig groeide, was op de droge, open vlakte niet te vinden. Ten slotte besloot ze het maar te doen met gras. Tot haar ontsteltenis was het kooltje uitgedoofd toen ze haar kamp weer op wilde slaan. En toch wist ze dat het kon; ze had vaak vuren afgedekt zodat ze de hele nacht bleven branden. Ze bezat de benodigde kennis. Het kostte vele pogingen en veel uitgedoofde kooltjes voor ze een manier ontdekte om een stukje van het vuur van het ene kamp te bewaren voor het volgende. De oeroshoren droeg ze ook aan haar gordel.

Ayla vond altijd wel een manier om de stroompjes op haar pad wadend over te steken, maar toen ze op een grote rivier stuitte, wist ze dat ze iets anders moest bedenken. Ze volgde die nu al een aantal dagen stroomopwaarts. Hij maakte een scherpe bocht naar het noordoosten en werd niet smaller.

Hoewel ze dacht dat ze niet meer in het gebied zat waar misschien leden van de Stam zouden jagen, wilde ze niet naar het oosten. Naar het oosten gaan betekende teruggaan, richting Stam. Ze kon niet terug en ze wilde zelfs die kant niet op. En ze kon niet blijven waar ze nu haar kamp had opgeslagen: in het open veld naast de rivier. Ze moest naar de overkant, een andere weg was er niet.

Ze dacht dat ze het wel kon halen – ze had altijd al goed kunnen zwemmen, maar niet als ze een mand met al haar bezittingen boven haar hoofd moest houden. Dat was het probleem.

Ze zat naast een klein vuurtje in de luwte van een omgevallen boom waarvan de kale takken door het water sleepten. De middagzon glinsterde in de voortdurende beweging van de snelle stroom. Af en toe kwam er wat drijfhout voorbij. Het deed haar denken aan de rivier die in de buurt van de grot stroomde en aan het vissen naar zalm en steur op de plaats waar hij uitmondde in de binnenzee. Toen zwom ze altijd graag, hoewel het Iza had verontrust. Ayla kon zich niet herinneren dat ze ooit had leren zwemmen; het leek gewoon alsof ze het altijd al had gekund.

Ik vraag me af waarom niemand anders het prettig vond te zwemmen, peinsde ze. Ze vonden me maar vreemd omdat ik graag zo ver ging... tot die keer dat Ona bijna verdronk.

Ze herinnerde zich dat iedereen haar dankbaar was geweest omdat ze het kind het leven had gered. Brun had haar zelfs uit het water geholpen. Ze had toen een warm gevoel van acceptatie gehad, alsof ze er echt bij hoorde. Lange, rechte benen, een te mager en te lang lijf, blond haar en blauwe ogen en een hoog voorhoofd deden er niet toe op dat moment.

Sommige stamleden hadden daarna geprobeerd te leren zwemmen, maar ze bleven niet goed drijven en waren bang voor diep water.

Ik vraag me af of Durc het zou kunnen leren. Hij was nooit zo zwaar als de kleintjes van de andere vrouwen en hij zal nooit zo gespierd worden als de meeste mannen. Ik denk dat hij het wel zou kunnen... Wie zou het hem leren? Ik ben er niet en Oeba kan het niet. Ze zal voor hem zorgen, ze houdt evenveel van hem als ik, maar ze kan niet zwemmen. En Brun kan het ook niet. Maar Brun zal hem leren jagen en hij zal Durc beschermen. Hij zal niet toestaan dat Broud mijn zoon kwaad doet, dat heeft hij beloofd – ook al mocht hij me eigenlijk niet zien. Brun was een goede leider, heel anders dan Broud...

Zou Broud Durc in mij hebben kunnen laten beginnen? Ayla rilde bij de herinnering hoe Broud haar had verkracht. Iza zei dat mannen dat deden met vrouwen die ze aantrekkelijk vonden, maar Broud deed het alleen omdat hij wist hoe afschuwelijk ik het vond. Iedereen zegt dat totemgeesten kleintjes laten beginnen. Maar niet één van de mannen heeft een totem die sterk genoeg is om mijn Holenleeuw te verslaan. Ik ben pas zwanger geworden toen Broud zich iedere keer met mij verlichtte, en iedereen was verbaasd... Niemand dacht dat ik ooit een kleintje zou krijgen... Ik wou dat ik hem kon zien opgroeien. Hij is al groot voor zijn leeftijd, zoals ik. Hij wordt de langste man van de Stam. Dat weet ik zeker...

Of niet! Ik zal het nooit weten. Ik zal Durc nooit meer zien.

Laat ik maar niet meer aan hem denken, dacht ze, terwijl ze een traan wegpinkte. Ze stond op en liep naar de oever van de rivier. Het is nergens goed voor om aan hem te denken. En ik kom er niet mee aan de overkant van deze rivier!

Ze was zo in gedachten verzonken geweest dat ze het gevorkte stuk hout dat vlak langs de oever dreef niet in de gaten had. Afstandelijk, maar alert staarde ze voor zich uit terwijl het verstrikt raakte in de in elkaar gestrengelde takken van de omgevallen boom. Een tijdlang keek ze toe hoe het blok stootte en rukte in een poging om los te komen, zonder er aandacht aan te schenken. Toen drongen plotseling de mogelijkheden ervan tot haar door.

Ze waadde de ondiepe plek in en sleepte het stuk hout het strandje op. Het was het bovenste gedeelte van een flinke boomstam, pas afgebroken door hevige overstromingen verder stroomopwaarts, en het had nog niet al te veel water opgezogen. Met een stenen vuistbijl, die ze in een plooi van haar leren omslag droeg, hakte ze de langste van de twee takken die de vork vormden op ongeveer gelijke hoogte met de andere tak af en snoeide in de weg zittende twijgen, zodat er twee tamelijk lange stronken overbleven.

Na een snelle blik in het rond liep ze op een groepje berkenbomen af die begroeid waren met klimplanten. Door een ruk aan een jonge, houtige rank kwam er een lange, sterke stengel los. Terwijl ze terugliep trok ze er de blaadjes vanaf. Toen spreidde ze haar leren tent op de grond uit en kiepte haar draagmand leeg. Het was tijd om te inventariseren en de boel opnieuw in te pakken.

Haar bonten beenwikkels en handomhulsels legde ze onder in de mand, en ook de met bont gevoerde omslag, nu ze haar zomeromslag droeg; ze zou ze de volgende winter pas weer nodig hebben. Ze vroeg zich even af of ze er de volgende winter nog wel zou zijn, maar daar stond ze liever niet bij stil. Ze pakte in gedachten de zachte, soepele leren mantel op die ze had gebruikt om Durc op haar heup te ondersteunen als ze hem droeg.

Ze had hem niet nodig om te overleven. Ze had hem alleen meegenomen omdat het iets was dat in nauw contact met hem was geweest. Ze hield hem tegen haar wang en vouwde hem toen heel voorzichtig op en legde hem in de mand. Daarbovenop legde ze de zachte, absorberende repen leer die ze had meegenomen om tijdens haar menstruatie te dragen. Vervolgens ging haar extra paar voetomhulsels in de mand. Ze liep nu op blote voeten, maar droeg nog steeds een paar voetomhulsels als het nat was, of koud, en ze begonnen te slijten. Ze was blij dat ze een tweede paar had meegenomen.

Vervolgens controleerde ze haar voedsel. Er was nog één berkenbasten pakje ahornsuiker over. Ayla maakte het open, brak een stukje af en stopte het in haar mond. Ze vroeg zich af of ze ooit nog ahornsuiker zou proeven als deze op was.

Ze had nog steeds een aantal reiskoekjes, het soort dat de mannen meenamen als ze op jacht gingen, gemaakt van uitgesmolten vet, gemalen, gedroogd vlees en gedroogde vruchten. Ze watertandde bij de gedachte aan het kostelijke vet. De meeste dieren die ze met haar slinger had gedood, waren mager. Zonder het plantaardige voedsel dat ze verzamelde kon ze uiteindelijk niet in leven blijven, omdat haar dieet te eenzijdig uit eiwitten zou bestaan. Vetten of koolhydraten, in de een of andere vorm, waren onmisbaar.

Ze deed de reiskoekjes in de mand zonder toe te geven aan haar eetlust en bewaarde ze voor noodgevallen.

Ze deed er een paar repen gedroogd vlees bij – zo taai als leer, maar voedzaam – een paar gedroogde appels, wat hazelnoten, een paar buidels graan, geplukt van de grassen van de steppen in de buurt van de grot, en gooide een verrotte wortel weg. Boven op het voedsel legde ze haar kop en kom, haar kap van veelvraatbont en de versleten voetomhulsels.

Ze maakte haar medicijnbuidel los van de riem om haar middel en streek met haar hand over de gladde waterdichte vacht van otterhuid en voelde de harde botjes van de pootjes en de staart. Het koord waarmee de buidel werd dichtgetrokken, was langs de halsopening geregen en de vreemd afgeplatte kop, die nog aan de nek vastzat, diende als klep. Iza had hem voor haar gemaakt en had zo de erfenis van moeder op dochter overgedragen, toen ze medicijnvrouw werd van de Stam.

Toen dacht Ayla voor het eerst in vele jaren aan de eerste medicijnbuidel die Iza voor haar had gemaakt, de buidel die Creb had verbrand toen ze de eerste keer werd vervloekt. Brun moest het doen. Het was vrouwen niet toegestaan wapens aan te raken en Ayla gebruikte haar slinger al een paar jaar. Maar hij had haar de kans gegeven om terug te komen – als ze in leven wist te blijven.

Misschien heeft hij me wel een betere kans gegeven dan hij wist, dacht ze. Ik vraag me af of ik nu nog in leven zou zijn als ik niet had geleerd hoe een doodvloek maakt dat je ook wilt sterven. Behalve dat ik nu Durc moest achterlaten, was het de eerste keer moeilijker, geloof ik. Toen Creb al mijn spullen verbrandde, wilde ik sterven.

Ze had niet aan Creb kunnen denken; het verdriet was te nieuw, de pijn te schrijnend. Ze had van de oude tovenaar al net zoveel gehouden als van Iza. Hij was Iza's bloedverwant geweest, en ook die van Brun. Omdat hij een oog miste, en een deel van een arm, had Creb nooit gejaagd, maar hij was de belangrijkste heilige man van alle stammen. Als Mog-ur, gevreesd en geëerbiedigd, met zijn oude gezicht vol littekens en met maar één oog, kon hij de dapperste jager vrees inboezemen, maar Ayla kende zijn zachtmoedige kant.

Hij had haar beschermd, voor haar gezorgd, van haar gehouden als van het kind van de gezellin die hij nooit had gehad. Ze had tijd gehad om te wennen aan Iza's dood, drie jaar geleden, en hoewel ze om de scheiding had getreurd, wist ze dat Durc nog leefde. Maar ze had niet getreurd om Creb. Plotseling wilde de pijn die ze had binnengehouden sinds de aardbeving waarbij hij was gedood, niet meer binnen blijven. Ze schreeuwde zijn naam uit.

'Creb... O, Creb...' Waarom ben je de grot weer in gegaan? Waarom moest je sterven?

Ze snikte heftig in de waterdichte vacht van de buidel van otterhuid. Toen welde er van heel diep een hoogtonige jammerklacht op in haar keel. Ze wiegde heen en weer terwijl ze haar smart, haar verdriet, haar wanhoop uitkermde. Maar er was geen liefhebbende Stam om zijn jammerklachten bij de hare te voegen en in haar ellende te delen. Ze treurde alleen en ze treurde om haar eenzaamheid.

Toen haar jammerklachten bedaarden, voelde ze zich uitgeput maar ook opgelucht. Na een poosje ging ze naar de rivier en waste haar gezicht. Toen deed ze haar medicijnbuidel in de mand. Ze hoefde de inhoud niet te controleren. Ze wist precies wat erin zat.

Ze pakte haar graafstok en gooide hem weer neer omdat haar verdriet had plaatsgemaakt voor woede en het vaste besluit dat Broud haar niet zou laten sterven.

Eindelijk haalde ze diep adem en dwong zichzelf met al haar wilskracht om de mand verder in te pakken. Ze legde het materiaal om vuur te maken en de oeroshoren erin en haalde toen een paar stenen werktuigen uit de plooien van haar omslag. Uit een andere plooi haalde ze een ronde kiezelsteen, gooide hem in de lucht en ving hem weer op. Iedere willekeurige steen van de juiste afmetingen kon met een slinger worden geworpen, maar je bereikte grotere nauwkeurigheid met gladde, ronde projectielen. De paar die ze had, bewaarde ze.

Daarna pakte ze haar slinger, een reep hertenhuid met een uitstulping in het midden voor de steen en lange, taps toelopende uiteinden, helemaal verwrongen door het vele gebruik. Het stond buiten kijf dat ze die zou houden. Ze maakte een lange leren veter los die zo om haar zachte, gemzenleren omslag gewikkeld zat dat er plooien ontstonden waarin ze allerlei dingen bewaarde. De omslag viel van haar af. Ze was nu naakt, op de kleine leren buidel na die aan een koordje om haar hals hing – haar amulet. Ze liet het over haar hoofd glijden en huiverde. Zonder haar amulet voelde ze zich naakter dan zonder omslag, maar de kleine, harde voorwerpen die erin zaten, waren geruststellend. Dat waren al haar bezittingen, alles wat ze nodig had om te overleven, behalve kennis, vaardigheid, ervaring, intelligentie, vastberadenheid en moed.

Vlug rolde ze haar amulet, gereedschap en slinger in haar omslag en stopte ze in de mand, deed de berenhuid eromheen en zette die vast met de lange veter. Ze wikkelde de bundel in de tent van oeroshuid en bond hem met de stengel van de klimplant achter de vork in het stuk hout.

Ze staarde een poosje naar de brede rivier en de tegenoverliggende oever en dacht aan haar totem. Toen schopte ze zand op het vuur en duwde het blok hout met al haar kostbare bezittingen even voorbij de boom de rivier in zodat het niet kon vastlopen. Ayla vatte post aan het gevorkte uiteinde, greep de uitstekende stronken van vroegere takken beet en liet haar vlot met een duw te water. Het ijzige water, dat nog steeds werd afgekoeld door het gletsjerwater, sloot zich om haar naakte lichaam. Ze hapte naar lucht, nauwelijks in staat te ademen, maar toen ze aan het intens koude element gewend raakte, trad er een zekere verdoving in. De krachtige stroming greep het blok hout, in een poging het verder mee te voeren naar zee. Het dobberde op de deining, maar door de gevorkte takken kon het niet omkiepen. Ze sloeg flink haar benen uit en worstelde om zich een weg te banen door de golven, schuin op de overkant aansturend.

Maar ze kwam tergend langzaam vooruit. Iedere keer dat ze keek, was de overkant van de rivier verder dan ze verwachtte. Ze werd veel sneller stroomafwaarts gesleurd dan dat ze naar de overkant kwam. Tegen de tijd dat de rivier haar had meegesleurd voorbij de plek waar ze had gedacht uit te komen, was ze moe en begon ze bevangen te raken door de kou. Ze huiverde. Haar spieren deden pijn. Ze had het gevoel alsof ze al eeuwen haar benen uitsloeg met blokken steen aan haar voeten gebonden, maar ze dwong zichzelf door te gaan. Eindelijk gaf ze zich uitgeput over aan de onverbiddelijke kracht van de stroom. De rivier profiteerde van zijn overwicht en sleurde het geïmproviseerde vlot met de stroom mee terwijl Ayla zich wanhopig vastklampte, aangezien het blok hout nu haar beheerste.

Maar verderop veranderde de loop van de rivier. Hij slingerde zich op zijn zuidelijke koers in een scherpe bocht naar het westen, om een uitstekende landtong heen. Ayla had al meer dan driekwart van de weg door de jachtende stroom afgelegd voor ze zich aan haar vermoeidheid had overgegeven, en toen ze de rotsachtige oever zag, nam ze met een resolute krachtsinspanning het heft weer in handen.

Ze dwong zich om haar benen uit te slaan en deed haar uiterste best het land te bereiken voor de rivier haar om de punt sleurde. Ze deed haar ogen dicht en concentreerde al haar aandacht erop om haar benen in beweging te houden. Plotseling voelde ze het blok hout met een schok over de bodem schrapen en tot stilstand komen.

Ayla kon zich niet bewegen. Ze bleef half onder water liggen, zich nog steeds vastklampend aan de stompjes tak. Een deining in de woeste stroom tilde het blok hout van de scherpe rotsen op en vervulde de jonge vrouw met paniek. Ze dwong zichzelf op haar knieën en duwde de gebeukte boomstam vooruit, zodat hij veilig op het strandje kwam te liggen, en viel toen terug in het water.

Maar ze kon niet lang blijven liggen. Hevig rillend in het koude water, dwong ze zichzelf de rotsige landtong op te kruipen. Ze modderde met de knopen in de klimplant en toen die wat losser kwam te zitten, hees ze de bundel op het strand. Met haar trillende vingers was de veter zelfs nog moeilijker los te krijgen. Het geluk was met haar. De veter brak op een zwakke plek. Ze schoof de lange reep leer weg, duwde de mand opzij, kroop op de berenvacht en sloeg die om zich heen. Tegen de tijd dat het rillen was opgehouden, sliep de jonge vrouw.

Hoe het Ayla verder vergaat, leest u in:
De Vallei van de Paarden,
het tweede deel van de romanserie De Aardkinderen.